Scheidewege

Jahresschrift für skeptisches Denken

Begründet von
Friedrich Georg Jünger und Max Himmelheber

Jahrgang 21 · 1991/92

Im Verlag der Max-Himmelheber-Stiftung

Erwin Chargaff

Fragmente über das nichtgewußte Wissen

Die Wolke des Wissens

I

Wie eine schwarze, undurchdringliche Masse liegt jetzt die Wolke des Wissens über den Menschen, zwischen ihnen und dem, was sie nicht erreichen können. Jahrhunderte mußten vergehen, bevor die Wolke versammelt war, aber jetzt haben die Menschen sich an das immer grauer werdende Licht gewöhnt, an die Düsterheit, deren Folgen hier betrachtet werden sollen.

Den einen oder andern Leser dieser Zeilen wird ihr Titel vielleicht an eine Wendung erinnern, der er schon begegnet ist. Ein berühmter englischer Traktat aus der zweiten Hälfte des 14. Jahrunderts trägt nämlich den schönen Titel *The Cloud of Unknowing* („Die Wolke des Nichtwissens"). Der auf mittelenglisch geschriebene kurze mystische Text ist oder war* als Übersetzung in der Penguin-Sammlung leicht erhältlich. Wenn man das Buch liest, merkt man, daß „unknowing" etwas anderes und mehr bedeutet als den Gegensatz zu „Wissen"; eher so etwas wie *Entwissen*, also die Folge eines Läuterungsvorgangs, eines Fortschritts zu einer höheren Stufe des Glaubens. In unserem dummen Zeitalter, das stolz ist auf die angebliche „Wissensexplosion", ist Unwissenheit oder Nichtwissen wohl das Ärgste, was man dem Fachmann vorwerfen kann. Wird ihm dieses zu Recht vorgehalten, so wird angenommen, daß er mit einem häßlichen Schrei von der Bildfläche verschwindet.

Zu dem Unwissen vorzustoßen, von dem der englische Mystiker in alten Zeiten schreiben konnte, wird in unseren Tagen nur wenigen im Westen Lebenden gelingen. Wer sich jedoch von dem öden Allerleiwissen und dem damit verbundenen Geschrei fernhalten will, muß lernen, eine Art von Askese ge-

* Taschenbücher gehören zu den Wahrzeichen unsrer Wegwerfzivilisation. Wenn es sich um bemerkenswerte Texte handelt, so scheinen sie mit affenartiger Behendigkeit aus den Katalogen, die sie mit ihrer Anwesenheit nur kurz geehrt haben, wieder zu verschwinden. Die Händler in „instant culture", diesem lästigen Schaum auf der freien Marktwirtschaft, sind sich der Vergänglichkeit aller Dinge vielleicht zu sehr bewußt.

genüber ihm aufgedrängten Neuigkeiten, sozusagen einen Wissensvegetarismus zu üben. Nur dann wird er es vermögen, eine zugleich so großartige und so einfache menschliche Fähigkeit wie die des Denkens zu bewähren. Aber er muß aufpassen: die schrecklichen Damen, welche die griechische Mythologie Harpyen nannte, beschäftigen sich jetzt mit der Verbreitung angeblichen Wissens, und sie sind sehr aggressiv. Will also der zurückhaltende Wissensasket etwas aufschreiben, wird er bald merken, wie schwer es geworden ist – viel schwerer, scheint mir, als früher –, das Recht zu erwerben, etwas zu sagen, was zu hören sich lohnt.

II

Etwas zu sagen, was gehört zu haben sich lohnt; etwas zu schreiben, was man froh ist gelesen zu haben – als ich jung war, schien mir die Welt noch immer nicht arm zu sein an Leuten, von denen ich das gesagt hätte. Jetzt aber starrt eine Öde, für die der Eiskordon des Altseins keine hinreichende Erklärung ist. Das Feuer schriftstellerischer Intensität würde wie eh und je die Barriere schmelzen. Was aber ist aus dem Feuer geworden?

Es muß eine Erklärung dafür geben, daß der Stil, das charakteristische Merkmal des einzelnen, erschlafft ist; daß die Wörter ihre Konturen und damit die Gedanken die Schärfe ihrer Umrandung verloren haben; daß eine matte Verschwommenheit jegliche Perspektive auflöst; daß alles über jedes gesagt werden kann und daher nichts über etwas Besonderes; daß so viel aus dem Kopf geschrieben wird und so wenig aus der Seele gedacht. Mit anderen Worten, die geistigen Erzeugnisse haben ihre Ansteckungskraft eingebüßt: man liest und legt das Papier weg, als wäre nichts gewesen. Und tatsächlich ist nichts gewesen.

Woher kommt es also, daß – mit wenigen rühmlichen Ausnahmen – im Bereich der Literatur und wahrscheinlich auch der andern Künste eine fade Nullstimmung herrscht? Die Antwort, die ich auf diese Frage zu geben vermag, enttäuscht mich selbst. Es ist, als träte ich einer Apokalypse mit der Fliegenklappe entgegen. Der Grund, der mir glaublich erscheint, ist nämlich das seit dem Beginn dieses Jahrhunderts immer deutlicher werdende Verschwinden der Intellektuellen aus dem denkenden und schreibenden Leben.

III

Ich wollte, es gäbe ein besseres Wort für die Art von Schriftstellern, deren Leistungen auf ihrem Höhepunkt waren, lange bevor das recht häßliche Wort „die Intellektuellen" in das Schrifttum eintrat. Im Französischen und Englischen sind die von *intellect* (Verstand) abgeleiteten Adjektive uralt; viel weniger alt sind die Nominative als Bezeichnung derjenigen, die von ihrem Verstand sozusagen hauptberuflich Gebrauch machen. Im Littré, dem großen französischen Wörterbuch des 19. Jahrhunderts, fehlt überhaupt das Hauptwort „L'intellectuel".

Wann im Deutschen der Intellektuelle sich zu dem „geistigen Arbeiter" und dem etwas komischen „Kopfarbeiter" gesellte, weiß ich nicht. Im großen Duden ist er jedenfalls vorhanden, im 3. Band, S. 1352: *„Der Intellektuelle* – jmd., der wissenschaftlich (oder künstlerisch) gebildet ist und geistig arbeitet." Und dazu das mir wohlgefällige, drollige Zitat: „ein Pfeife rauchender Intellektueller". (Allerdings fehlt der Tweedanzug.)

Zu einer nicht genau bestimmbaren Zeit, gegen Ende des vorigen Jahrhunderts, geschah jedoch etwas Bemerkenswertes, das Erscheinen einer neuen, durch einen Plural gekennzeichneten Klasse: „die Intellektuellen", nicht nur als solitäre Pfeifenraucher, sondern als oft vereint schlagende soziale Gruppe. Hören wir Paul Valéry (meine Übersetzung):

> Der Beruf der Intellektuellen besteht darin, alle Dinge aufzustören, soweit deren Zeichen, Namen oder Symbole in Betracht kommen, jedoch ohne das Gegengewicht wirklicher Handlungen. Infolgedessen sind ihre Absichten erstaunlich, ihre Politik gefährlich, ihre Vergnügungen oberflächlich. Sie sind soziale Reizmittel, mit den Vorzügen und den Gefahren von Reizmitteln im allgemeinen.[1]

Tatsächlich war Frankreich in der ersten Hälfte dieses Jahrhunderts das Land, wo „den Intellektuellen" nur geschriebene Satzungen fehlten, um sie als anerkannten Gewerbszweig hinzustellen. Den ersten Höhepunkt der Wirksamkeit erreichte die neue Zunft anläßlich des Dreyfus-Prozesses, mit Maurice Barrès auf der einen und Émile Zola auf der anderen Seite. Zolas *J'accuse* ist eines der großen kulturgeschichtlichen Manifeste. Ein zweiter Höhepunkt kam nach der Beendigung des Zweiten Weltkriegs, als einer der Hauptfunktionäre, J. P. Sartre, vom General de Gaulle brieflich als „Mon Cher Maître" angesprochen werden konnte. Bald darauf zerfiel das Gewerbe.

Da in Deutschland geistige Arbeit nur anerkannt wird, wenn ihre Resultate unverständlich sind, was man von den französischen Intellektuellen nicht behaupten kann, half man sich eher mit der verwaschenen Bezeichnung „die Akademiker"*. Der englische Sprachraum blieb fern von der ganzen Angelegenheit. Dagegen hat die russische Sprache sogar ein spezielles Wort hervorgebracht und spricht von der „intelligenzia", ein eher rührendes Zeichen der Bescheidenheit des russischen Volks.

IV

Das erste Auftauchen der Bezeichnung „die Intellektuellen" als ein eine Gruppe kennzeichnender Begriff wird gewöhnlich in das Jahr 1886 verlegt: in seinem ungewöhnlichen Roman *Le Désespéré* spricht Léon Bloy von „forçats intellectuels", von „intellektuellen Zuchthäuslern".[2] Ich glaube jedoch, eine viel frühere Verwendung entdeckt zu haben, und zwar im Englischen, einer Sprache, in der die Bezeichnung eine viel geringere Rolle spielt als im Französischen. In seinen Tagebüchern aus dem Jahre 1813 schreibt Lord Byron:

> Canning is to be there, Frere and Sharpe – perhaps Gifford. I am to be one of „the five" ... I wish I may be well enough to listen to these intellectuals.[3]

Jedenfalls dürfte das Datum 1886 ungefähr den Beginn einer etwa 70 Jahre währenden Epoche markieren, in der, zumindest in Frankreich, die selbstbevollmächtigten Intellektuellen den Ton angaben. Sie mag mit Renan und Taine angefangen und über Bergson, Alain, Gide, Valéry bis etwa zu Camus und Sartre angedauert haben. Ohne die Existenz einflußreicher Zeitschriften – anfangs *Revue des Deux Mondes*, später *Mercure de France, Nouvelle Revue Française* und schließlich *Les Temps Modernes* – wäre diese Periode undenkbar. Selbstverständlich hat es immer bedeutende Schriftsteller gegeben, die zu dieser Gruppe, die meistens von einem leichten Schleier spitzmäuliger Preziosität umhüllt war, nicht gehören wollten; so z. B. der bereits erwähnte Bloy, dann Péguy, Claudel (wahrscheinlich), Maurras, Bernanos, Léautaud. Die abseits standen waren meistens, wie zu erwarten, konservativ gesinnt. Charles Maurras war schon etwas zu übertrieben reaktionär, in seinem langen Leben den zweitausend Jahre alten Weg von Perikles zu Adolf Hitler zurücklegend.

Vor etwa 20 oder 25 Jahren war es mit dem Ganzen zu Ende. Die Konsumentenwelt, in der wir leben, hatte andere Sorgen. Die Zeiten hatten wenig Respekt vor dem Intellekt, jedenfalls nicht vor dem, der die Zunft beseelte. Dafür hatten sie einen lebhaften Sinn für die Lächerlichkeit einer nur mitein-

* Das L der Abschätzigkeit findet sich im Wort „Intelligenzler", genauso wie in „Wissenschaftler".

ander redenden Würdenwelt; ein Sinn allerdings, der vor anderen viel größeren Lächerlichkeiten versagte.

Zuerst möchte ich jedoch einen Blick in die Vergangenheit tun. Die, welche konnten, schrieben; die, welche nicht konnten, schrieben auch, aber meistens über jene. Daher gehen die Werke über Ästhetik bis in eine sehr alte Vergangenheit zurück, wenn auch der Name dieser Wissenschaft aus dem 18. Jahrhundert stammt. Viel Sinn hat das Ganze für den Laien nie gehabt; wenn ich selbst nicht weiß, warum mir etwas gefällt, wird ein anderer es mir nicht erklären können. Und wenn er mir vollends befehlen will, wie ich empfinden soll, mag er zum Teufel gehn. Das Geheimnisvolle an aller Kunst ist, daß man über sie reden kann, aber nicht soll. Die Unbefugten treffen es besser, weshalb ich lieber Kierkegaard über Don Giovanni anhöre als einen Professor der Musikästhetik. Noch lieber hätte ich eine der Garcia-Töchter gehört, die Malibran oder die Viardot, aber ach!

V

Die meisten Leute, wenn sie von einem Schriftsteller gesagt bekommen, er schreibe in Prosa, werden an einen Romanschreiber denken. Für die Jahre 1750 bis 1950 wäre das auch am Platz gewesen, denn diese Periode gehörte der erzählenden Prosa. Was zwischen Fielding und Joyce, zwischen Stendhal und Proust, zwischen Puschkin und Tschechow in Romanen und Novellen geleistet wurde, übertraf an Quantität, obwohl nicht an Qualität, die Literatur der Lyrik. Die deutsche Literatur bildet vielleicht eine Ausnahme. Wenn man sie gegen die großen Prototypen der Romankunst hält, also z. B. Fielding, Balzac, Flaubert, Dickens oder Tolstoi, sind die bedeutenden deutschen essayistisch-lyrischen Werke, wie *Agathon, Ardinghello, Wilhelm Meister,* eigentlich keine Romane. Jean Paul hingegen, Stifter, Gottfried Keller und Fontane gehören zweifellos zur großen europäischen Tradition. Die beiden bedeutendsten Außenseiter der deutschen Literatur, Kleist und Kafka, stehen allein. Ihre erzählenden Werke, und vielleicht auch Büchners *Lenz*, haben eigene Traditionen gesetzt.

Was jedoch nicht vergessen werden darf ist, daß eine andere Form künstlerischer Prosa in Europa auf eine viel ältere Tradition zurückblickt, auf ein ununterbrochenes Fortleben von der Antike an bis fast in unsere Zeit. Unsere Gegenwart hat allerdings, so will es mir erscheinen, damit Schluß gemacht. Es ist die Art von Prosa, in der es nicht um Erdichtung geht, wohl aber um Dichtung, nicht um Aussage, aber um Ausdruck. Die Liste der Schriftsteller, an die ich denke, ist viel zu groß, als daß der Versuch einer Aufzählung gemacht werden könnte. Manche sind Dichter, auch im vulgären Sinn gewesen, manche Philosophen, Theologen, Historiker, Staatsmänner; die meisten trugen keine Etikette außer der, daß sie große Schriftsteller waren, die es verstanden, aus Wörtern Worte zu machen und aus Worten Sätze; die Sätze hinwiederum verwebten sich zu einem Kontinuum, das auf uns den Eindruck eines Kunstwerks macht. Ob Platon oder Lukian, ob Cicero oder Tacitus, Petronius oder Tertullian, Augustinus oder Thomas von Aquino, Luther oder Machiavelli, Galilei oder Vico, Donne oder Sir Thomas Browne, Pascal oder Bossuet, Swift oder Doctor Johnson, Lessing, Hamann oder Lichtenberg, Kierkegaard oder Karl Marx, Schopenhauer oder Nietzsche und so weiter bis zu Karl Kraus und Walter Benjamin: alle waren höchst verschieden voneinander, aber alle waren große Prosaschreiber. Anders kann man sie nicht nennen: ich kenne keine Kategorie, der man sie zuzählen könnte, wie es bei den Lyrikern, Dramatikern oder Romanschreibern der Fall ist. Als einziges bietet sich so etwas wie „Essayist“ an, aber das wäre eine Verlegenheitslösung und noch dazu eine recht lahme. Wer möchte den heiligen Augustinus oder Martin Luther einen Essayisten nennen? Oder nehmen wir die beiden großen Kardinäle, deren Namen auf jeder Liste stehen müssen: Retz und Newman. Beide haben hervorragende Autobiographien geschrieben: die *Mémoires* von Retz, die *Apologia pro vita sua* von Newman sind Meisterwerke der Prosa; aber nur dieser könnte auch als Essayist bezeichnet werden.

Zwei sehr bedeutende Schriftsteller haben sich fast ausschließlich dem Essay gewidmet: Montaigne, der diesen Namen in die Sprachen eingeführt hat, und William Hazlitt. Über das Wesen dieser nicht leicht definierbaren literarischen Gattung habe ich bereits bei früheren Gelegenheiten einiges gesagt[4, 5].

VI

Auch die Verfasser von Aphorismen, Anekdoten und anderen Kurzformen gehören in den Kanon: E. M. Cioran nicht weniger als La Rochefoucauld, die Marquise de Sévigné ebensogut wie Amiel oder Léautaud. Man sieht, es wäre ein sehr dicker Katalog, und er würde bis etwa zum Jahr 1930 reichen. Dann beginnt er sich rapid zu verdünnen. Der Gründe sind viele. Einer davon, werden manche sagen, ist, daß uns die Distanz fehlt von dem, was zu unseren Lebzeiten geschaffen worden ist. Wir brauchen im allgemeinen einen zeitlichen Abstand, um zu erkennen, was gut ist. Ich halte diese Erklärung für unzutreffend oder zumindest sehr unzureichend. Die bedeutenden Schriftsteller sind gewöhnlich auch in ihrer eigenen Zeit nicht unerkannt gewesen. Selbstverständlich, wenn sie, wie Lichtenberg, ihre „Sudelbücher" im Schreibtisch haben liegen lassen, konnte man sie nicht erkennen. Allerdings, und das ist ein Teil der Misere, fehlt es jetzt mehr als je an guten literarischen Kritikern und an wagemutigen Verlegern.

Zwei andere Gründe, von denen der erste schon vielfach erwogen worden ist, will ich hingegen gelten lassen. Erstens, die sehr schlechten politischen und ökonomischen Zustände während des Hauptteils unseres Jahrhunderts. Seit dem großen Einschnitt des Jahres 1914 hat wenig Ruhe geherrscht. Der fürchterliche Erste Weltkrieg; die Russische Revolution; der mit 1928 einsetzende und irgendwie nie beendete Wirtschaftskrach; die 1933 beginnende und im Zweiten Weltkrieg kulminierende nationalsozialistische Greueldiktatur; der Zerfall der westlichen Zivilisationen, der zu einer in einer Wohlstandsnarkose dahindämmernden Welt geführt hat. „Sie hatten es nie so gut, obwohl sie es so schlecht haben."

Obgleich ich die hier angeführten Umstände als eine teilweise Erklärung annehmen will, kann ich mich nicht ganz mit ihr befreunden. Der Dreißigjährige Krieg war eine Epoche des Grauens für einen großen Teil Europas. Aber sehe ich nicht einen großen symptomatischen Unterschied, wenn ich *Simplicius Simplicissimus* mit *Im Westen nichts Neues* vergleiche? Wo ist der Crashaw, wo ist der Gryphius unseres Jahrhunderts? Die Manierismen des Surrealismus eigneten sich zu allem besser als zum emphatischen Ausdruck des Elends einer Zeit. Die Besten mußten sich in allegorische Satiren retten, die nur wenige verstehen konnten. Nichtsager des Unsagbaren, wie Beckett, ragen heraus, aber man hat nicht viel davon. In meiner Zeit bin ich keiner Kraft begegnet, welche die Tränen ihres Zeitalters in unzerstörbar schimmernde Kristalle hätte verwandeln können. Schreie des Herzens wurden nur in Irrenhäusern behandelt.

VII

Ich komme jetzt zu meinem Zweitens, das ich im vorigen Abschnitt versprochen habe. Der Triumph der Naturwissenschaften hat den hauptsächlichen Teil der geistigen Fähigkeiten der Menschheit in Beschlag genommen, er hat den Bereich ihrer Interessen verheerend verschoben. Ich habe bei früheren Gelegenheiten schon so oft davon gesprochen, daß ich es mir hier ersparen kann auszuführen, warum ich den Eindruck habe, daß die einzige Tätigkeit des Intellekts, die in unsern Tagen blüht, die Naturforschung ist. Ich will nicht einmal behaupten, daß wir mehr wissen von der Natur, aber wir haben enorm dazugelernt, was wir alles aus ihr herausbekommen können. Ob nicht alle Natur lebend genannt werden muß, weiß ich nicht; jedenfalls ist unser Spezialwissen über die zahllosen Bestandteile der „lebenden" und der „toten" Natur und über deren Verknüpfung so enorm gewachsen, daß die Naturwissenschaften der Gegenwart nur in ihren Namen denen der Vergangenheit ähneln, in Wirklichkeit jedoch etwas völlig Neues, Niedagewesenes vorstellen.

Der Einwand, daß es neben den Naturwissenschaften ja auch zahlreiche Geisteswissenschaften gebe, ist natürlich berechtigt, aber gerade im Vergleich der beiden zeigt sich die Einzigartigkeit dessen, was als die moderne Naturwissenschaft und Naturforschung bezeichnet werden kann.

Wenn ein Naturforscher sagt, er brauche sich keine Sorgen zu machen, daß ihm jemals der Faden ausgehen werde, denn die Natur sei unendlich, sagt er gewiß eine Dummheit, denn ihm fehlt das Organ, Unendlichkeit zu begreifen. Aber ausgehn wird ihm der Faden sicherlich nicht, so fleißig er auch spinnen möge. Es ist nämlich dafür gesorgt worden, daß seine Wissenschaft in so viele Etagen unterteilt worden ist, daß die Gefahr, er könne alle bereits völlig möbliert vorfinden, sehr gering ist. Und sogar, wenn das der Fall ist, so kann er immer noch tiefer graben und neue Fächer einrichten.

Ich glaube, daß dieser Umstand die Naturwissenschaften von allen andern entscheidend abhebt. Zwar haben diese verzweifelt versucht jenen nachzueifern, aber mit wenig Erfolg. Ist es schon in der Naturforschung nicht leicht, zwischen Entdeckung und Erfindung zu unterscheiden, so ist es in den anderen Wissenschaften noch viel schwerer. Was dem Naturforscher einerseits und, sagen wir, dem Historiker oder Philosophen andererseits als Wirklichkeit erscheint, das sind, fürchte ich, sehr verschiedene Wirklichkeiten, wenn auch beide den Namen nicht verdienen.

Fast alle, auch die ärmsten Länder besitzen großzügige Einrichtungen zur Unterstützung der Naturforschung. Dies hat zur Entstehung einer neuen Klasse, der Wissensproduzenten geführt; einer Klasse, die sich von den früher besprochenen „Intellektuellen" nicht nur durch ihren gewaltigen Umfang unterscheidet, sondern auch dadurch, daß es sich bei ihnen kaum um Intellektuelle handelt. Durch ihre Anzahl und durch die Lautstärke, mit der sie ihre oft sehr trivialen Entdeckungen proklamieren, haben die Wissensproduzenten viel Einfluß auf die sogenannte Öffentliche Meinung und bringen es zustande, mittels politischen Drucks für ihre dauernde Vermehrung und wachsende finanzielle Unterstützung zu sorgen. Sie produzieren ungeheure Mengen von manchmal wirklichem, häufig jedoch angeblichem „neuen Wissen". Die vorgebliche Nutzbarkeit alles Wissens über die Natur dient als Vorwand für eine unverdiente Monopolstellung und hat, mindestens in den „entwickelten" Ländern zu einer grotesken Hieratisierung der gesamten Klasse geführt.

Es ist diese von den Völkern geförderte Vormachtstellung der Forschung, die für die wahrhaft ungeheure Produktion von Wissen auf dem laufenden, von den Behörden geschmierten Band verantwortlich ist. Sie hat die Wolke des Wissens, von der mein Titel spricht, so schwarz und undurchsichtig gemacht. Wenn so viel geschrieben und gehudelt wird, wie kann da der einzelne, mit keiner Fachlichkeit gesalbte, mit keinem Professortitel versehene Schriftsteller den Mund auftun? Er mag zwar auf der Höhe der Zukunft sein, nicht aber auf der seiner eigenen, von Trivialentdeckungen überschäumenden Zeit.

VIII

Das ist kein ganz neuartiger Zustand. Schon im vorigen Jahrhundert wurden ähnliche, wenn auch primitivere Argumente gegen angebliche Amateure verwendet, um solche Schriftsteller wie Schopenhauer, Burckhardt, Nietzsche lächerlich zu machen oder totzuschweigen. Mit wieviel Bitterkeit Schopenhauer diese Mißachtung aufnahm ist wohlbekannt. In seinen *Parerga und Paralipomena* ist er gewiß einer der großen Essayisten des Jahrhunderts, ganz abgesehen von seinen philosophischen Arbeiten.

Dennoch besteht ein großer Unterschied zwischen jener Zeit und unserer. Damals gab es noch in allen Ländern Europas ein sehr beträchtliches Publikum für literarische Erzeugnisse von hohem Rang. Wo gibt es jetzt z. B. Kritiker, die eine Stellung einnehmen, die der eines Sainte-Beuve oder Matthew Arnold vergleichbar wäre? Was für ein hervorragender Kulturkritiker war zum Beispiel Baudelaire! Oder jener Nietzsche, der den Sängen der unwahrscheinlichen Sirenen namens Wagner und Darwin hie und da seine Ohren verschloß. Jetzt gibt es bestenfalls Mitläufer; meistens sind es Nachläufer, die ihr Leben fristen, indem sie dem an sich schon windigen Begriff der Moderne ein „post" nach dem andern vorhängen: Postpost-postpost-Moderne – alle fünf Jahre ein weiteres „post".*

* Es gibt natürlich rühmliche Ausnahmen. Zu diesen möchte ich zum Beispiel Erich Auerbach mit seinem Buch *Mimesis* zählen und meinen vor kurzem verstorbenen Freund Erich Heller, dessen Schriften, insbesondere *The Disinherited Mind* mich viel gelehrt haben.

Unterdessen hat sich jedoch das des Lesens noch fähige Publikum verlaufen. Die Flut von wissenschaftlichen Arbeiten – Lawinen gedruckten Papiers, das niemand liest* – mag zum Teil daran schuld sein, daß die Leute sich allmählich das Lesen abgewöhnen; hinzu kommen die zeitraubenden Massenmedien, und noch mehr die allgemeine Apathie, die wie ein Bleideckel auf den Menschen lastet.

Es ist nicht unmöglich, daß meine pessimistische Einschätzung für die Randländer Europas – Rußland und Spanien (samt Lateinamerika) – nicht ganz gilt. Das kann ich leider nicht beurteilen. Was ich an Belletristik überschauen kann sieht trostlos aus. Die wenigen Variationen, deren der Geschlechtsverkehr und der Alkoholkonsum fähig ist, sind bereits viele tausendmal abgewandelt worden, bei kräftiger Abnutzung aller vorhandenen Slangwörterbücher. Jetzt kann man nur die Haupt-, Zeit-, Umstands-, Für- und Mittelwörter auslassen und versuchen, aus dem Rest etwas zu machen. Im Englischen bleiben wenigstens noch die Interjektionen übrig, im Deutschen ist das weniger ergiebig. Die französische Prosa hilft sich eher auf andere Art, um langweilig und farblos zu sein. Jedenfalls ist es überall gelungen, die „schöne Literatur" – was auf englisch *Fiction* heißt – unleserlich zu machen, außer für die Konkurrenz.

Die unschöne Literatur – mein kleiner Langenscheidt übersetzt *Non-fiction* seltsamerweise mit „Fachliteratur" – sitzt auf einem noch weniger grünen Zweig. Zeitschriften von nationaler Bedeutung, wie diejenigen, die im vierten Abschnitt erwähnt worden sind, haben ihren frühern Einfluß völlig verloren oder sind eingegangen. Man muß nur bedenken, was für eine enorme Rolle so eine Zeitschrift wie die *Edinburgh Review* in der ersten Hälfte des vorigen Jahrhunderts gespielt hat. Auch die hochstehenden Zeitschriften mit kleinem Leserkreis, die noch vor fünfzig Jahren viel zur Einführung wertvoller Texte beitrugen, sind fast alle verschwunden oder auf ein winziges sektiererisches Publikum beschränkt.

* Laut der Zeitschrift SCIENCE (*250*, 1331, 1990) bleiben 55% aller naturwissenschaftlichen Publikationen in den ersten fünf Jahren nach ihrem Erscheinen völlig unzitiert. Sie sind also mit ihrer Geburt in das Loch der Vergessenheit gefallen. Dafür ist die Zahl wissenschaftlicher Zeitschriften in den letzten 20 Jahren von 70000 auf 108590 gestiegen. Der Drang nach Daueranstellung hat sich als ein wirksames geistiges Abführmittel erwiesen: *est cacatum scriptum.*

IX

Ich habe hier versucht, die Wellen höchst einseitigen Wissens, die uns überrollt haben, und den damit verbundenen ungeheuren Wortschwall, in Verbindung zu bringen mit dem Elend und der Öde unsrer Zeit. Das mag vielen als eine fixe Idee vorkommen, als eine Lappalie, wenn man derartige Bedrohungen wie die irreversible Verschmutzung und Überbevölkerung* der Erde dagegen hält. Aber irgendwie hängt alles miteinander zusammen: die Hungersnot im Sudan und die drei Milliarden für das Genomprojekt, die halbe Million sinnlos in die Wüste geschickter amerikanischen Soldaten und die gestern erfolgte Ermordung eines kleinen Mädchens in Brooklyn.

> Liber scriptus proferetur,
> in quo *totum* continetur ...

Das Wort *totum,* alles, habe ich unterstrichen, denn der Dichter des *Dies irae* stammte aus unbedingtern Zeiten: auch für ihn hing alles zusammen, und so mußte es Platz finden im geschriebenen Buch. Das ist aber nicht ein Buch, das Menschen schreiben können. Auch der umfassendste Chip, und wäre selbst ein ganzes Menschenleben graviert in seine Winzigkeit, könnte nicht beginnen es zu bewältigen.

Kein Mensch kann anfangen, über irgendetwas nachzudenken, ohne der Geringfügigkeit seiner Anstrengungen gewahr zu werden. Daher ist es durchaus möglich, daß ich mich irre; daß die schwarze Wolke des Wissens nur den Wissenden stört; und daß, da es nur sehr wenige Wissende gibt, die Welt ganz andere Sorgen hat. Wenn der Laie ausdrücken will, daß eine Diskussion völlig unangebracht ist, sagt er, es handle sich um eine akademische Frage. Vielleicht habe ich mich also wieder einmal um ein akademisches Viertel verspätet.

* Ist es schon betont worden, wie viel dumme Arroganz in dem Wort *Über*bevölkerung enthalten ist? „Für mich ist gerade noch Platz; dann wird der Deckel zugemacht." Vielleicht ist die Erde schon seit Hunderten von Jahren überbevölkert.

Anmerkungen

[1] Paul Valéry, Rhumbs, in *Œuvres,* 2. Bd., S. 619 (Pléiade, Paris, 1960)
[2] Paul Robert, *Dictionnaire alphabétique et analogique de la langue française,* 4. Bd., S. 229 (Paris 1957) – unter dem Wort „galérien"
[3] Lord Byron, Journal, 23. November 1813, in Byron, *Letters and Journals* (hrsg. L. A. Marchand), 3. Bd., S. 216 (London, 1974)
[4] E. Chargaff, Quintessence, in *Serious Questions*, S. 173 (Boston, 1986).
[5] E. Chargaff, Versuch mit oft unzulänglichen Mitteln, in *Alphabetische Anschläge,* S. 222 (Stuttgart, 1989).

Der Strom des Wissens und seine Ufer

I

Er ist ein riesiger Strom geworden, dieser Strom des Wissens, der unsere Zeiten überflutet hat, ein trüber, höchst verschmutzter Strom. Millionen von Leuten auf der ganzen Welt sind mit nichts anderem befaßt als damit, immer mehr sogenanntes Wissen – ein Wissen, das niemand weiß – hineinzukippen. Manchmal sind es nur tote Katzen und verfaulte Kohlköpfe, was hineingeworfen wird, selten ein Diamant. Dabei ist es ein Strom, der nirgendwo mündet; er schwillt und fließt und findet kein Meer.

Den Strom hat es gegeben, seit es Menschen gibt, aber durch Jahrtausende war er ein helles, klares Rinnsal, und die Ufer waren sehr dünn besiedelt. Was da so hinfloß war menschliches Wissen, überkommenes Wissen, von Vater und Mutter zu Kind und Enkel. Es war fast nie ein Wissen, dessen Ursprung man hätte bezeichnen können; nur selten wurde es erzeugt. Erst in den letzten vierhundert Jahren hätte man beginnen können, die Namen von Wissensfabrikanten zu nennen, und das immer häufiger, bis es in unseren Tagen zu einer wahren Explosion gekommen ist. An den Ufern gibt es jetzt kaum mehr Stehplätze, und die Träger von Kübeln voller Wissen haben es schwer sich durchzudrängen um sie auszuleeren.

Die dicken Scharen der Uferanwohner haben es längst aufgegeben, in diesem Strom nach etwas Bestimmtem zu fischen. Sie nehmen was sie kriegen und müssen damit zufrieden sein. Daß dieses dann ihr ganzes weiteres Leben bestimmen wird, ist traurig, aber dem ist nicht abzuhelfen. Man muß noch froh sein, daß man überhaupt etwas gefunden hat. Das eine kann man sagen: die Freude am Suchen und Finden ist verlorengegangen. Es herrscht eine öde Stimmung, aber dafür eine heftige Konkurrenz zwischen den Fischern. Manches verfaulte Zeug, das da herausgezogen wurde, steht jetzt in einer Vitrine im Museum. Findet aber einer etwas, was hoffnungsvoll aussieht, so muß er ein lautes Geschrei erheben, denn der Wert des Gefundenen wird nach dem Lärm bemessen, den der Finder macht. Es gibt sogar riesenhafte Büros, die man anwerben kann und die sich mit nichts als Geschrei befassen.

II

Jetzt ist es aber Zeit, daß ich der Metapher entsage, indem ich sie in unser tägliches Leben eintauche. „Der Strom des Wissens"? Was unter „Wissen" zu verstehen ist, darüber sind sich die Philosophen nie wirklich einig geworden. Wissen, Gewißheit, Bewußtsein, Gewissen, Weisheit: im Deutschen eng verwandt, aber gar nicht in vielen andern Sprachen – und dazu kommt noch das große Wort Glaube, die Spinngewebe jeglicher Dialektik glatt durchschneidend. Wenn man mir sagt, daß Wissen Gewißheit erfordert, bin ich etymologisch befriedigt und sage „Natürlich!". Aber auf englisch? „Knowledge requires certainty". Da antworte ich „This has to be considered more carefully"; und da beginnt schon die Lawine der Spezialliteratur, von der ich nur ein kleines Buch empfehlen kann: Ludwig Wittgensteins letztes unabgeschlossenes Werk *Über Gewißheit*. Dort schreibt er auf S. 113: „Man wird oft von einem Wort behext. Z. B. vom Wort ‚wissen'"; ein Gefühl, das ich durchaus teile. Allerdings bin ich selbst von diesem Buch mit dem Eindruck geschieden, daß es leichter ist, einer Kuh zu erklären was Milch ist als einem Wissenschafter, was er unter Wissen verstehen soll. Genau gesehen, und wie unsere Welt beschaffen ist, ist nichts wirklich definierbar. Man befindet sich immer in einem Labyrinth von Tautologien. Was das Wissen betrifft, braucht man ein ganzes langes Leben, um zur Ignoranz eines Sokrates aufzuwachen. Aber die meisten von uns nehmen es nicht so genau, weshalb wir auch keine Sokratesse sind, aber dafür emsige Wissenschafter.

Nun ist das Wort gefallen, Wissenschaft, das für die meisten Menschen, die jetzt unsre Erde überfüllen, das verkörpert, was ich den Strom des Wissens genannt habe. Ich denke, diese Gleichsetzung ist nicht ganz richtig, denn der Strom führt viel mehr und viel Wichtigeres, als was als Gegenstand der Wissenschaften betrachtet werden kann.

Wie viele Einwohner die Welt jetzt besitzt weiß ich zwar nicht genau, aber Schätzungen sind in den verschiedenen statistischen Handbüchern auffindbar. Wie viele Stücke jedoch von einzelnem Wissen – nennen wir sie „Wisseneinheiten" – ein einziges menschliches Gehirn gleichzeitig und abrufbar beherbergt, das entzieht sich gewiß jeder Schätzung. Es muß eine ungeheure Zahl sein, vor der die etwaigen Unterschiede zwischen einem Partikelphysiker, einem Experten in byzantinischen Münzen und einem Börsenjobber sich völlig verwischen. Selbst der wüsteste Fachmann, selbst der zerstreuteste Gelehrte muß unendlich mehr allgemein menschliche Wissenseinheiten besitzen als Gegenstände seines Spezialwissens. Dabei sind jene fast immer assoziativ verfügbar, diese hingegen liegen nur herum und man stolpert darüber. Das ist übrigens in meiner Meinung ein grundlegender Unterschied zwischen überkommenem und angelerntem Wissen, aber ich habe keine Zeit das zu erörtern.

Die Neanderthaler waren zu gescheit, um uns Autobiographien zu hinterlassen; aber, wenn ich damit, was ich gerade gesagt habe, recht habe, so muß ihr Vorrat an allgemeinem Wissen nicht viel kleiner gewesen sein als der ihrer Nachfolger. Und so wird es weitergegangen sein bis zu den letzten drei- oder vierhundert Jahren.

Brot hat man gewiß schon im alten Ninive gebacken, und es muß viele Bäkker gegeben haben. Aber die Sucher nach dem Unbekannten, die Forscher und hoffentlich auch Finder, waren streng segregiert. Sie saßen in Türmen und schauten auf die Sterne, spärliche Mitglieder einer Priesterkaste, von der das Volk, seines mühseligen Weges gehend, sich fernhielt. Während mehrerer Jahrtausende nach dem Auftreten der ersten großen Zivilisationen wird es nicht viel anders zugegangen sein. Die Chinesen, die Inder und die Griechen waren Völker, die viel nachgedacht haben, über die Natur, über den Menschen und am meisten über das Unerforschliche. Denn die Welt lag da als *ein* großes Geheimnis, das durch Nachdenken noch geheimnisvoller wurde. Was die großen Denker fanden, waren eher Fragen als Antworten. Daß man dies Wissen nennen kann, und jedenfalls erzeugtes Wissen, würde ich bezweifeln. Es baute sich ein ungeheures *Corpus* auf, von Kunst und Dichtung, von Geschichte und Philosophie, so daß man von einem Fortschritt der verschiedenen Kulturen sprechen kann, lange bevor das Schlagwort vom Fortschritt aufkam. Als jenes zu einer sinnentleerten politischen Vokabel wurde, begann dieser, der Fortschritt, höchst fragwürdig auszusehen. Ein Politiker, und leider auch ein Naturwissenschafter, der sich jetzt nicht als progressiv bezeichnet, hat sein Todesurteil unterschrieben.

III

Vom allgemeinen menschlichen Wissen kann man, denke ich, sagen, daß es, trotz unerläßlichen Anstößen von außen, aus dem Innern des einzelnen kommt. Er fährt fort zu lernen, wie er es als Kind getan hat; es ist ein Wissen, mehr des Herzens als des Kopfes. Wenn man vor etwa dem Jahre 1600 von konstituierten, noch uns erkennbaren Naturwissenschaften reden kann, so sind es vielleicht die Astronomie, die Geographie, die Physik und natürlich die Mathematik; aber diese würde ich kaum als strikte Naturwissenschaft betrachten. Die Astrologie und die Alchimie rechne ich nicht dazu, obwohl der dicke Hohn, der jetzt über diese uralten Bestrebungen der Menschheit ausgegossen wird, mir eher albern erscheint. Unsere szientistische Arroganz gestattet uns überhaupt nicht, uns in frühere Zeiten als deren ehrliche Zeitgenossen zu versetzen, um die seelischen und die intellektuellen Knotenpunkte zu erkennen, von denen die uns lächerlich erscheinenden Tätigkeiten der Vergangenheit ausgegangen sind. Es gibt keine Anzeichen dafür, daß der Mensch mit den Jahrhunderten gescheiter geworden ist; er ist überheblicher und der Erde, auf der er ja vorläufig noch leben muß, viel schädlicher geworden. Wollte man mythisch verfahren, so könnte man sagen: der Mensch hat etwas von der Intelliganz des Teufels angenommen, aber die Lebensklugheit einer Eule oder Spinne hat er ganz verloren.

Was wir jetzt als Naturwissenschaften anerkennen erschöpft natürlich nicht den Begriff der Wissenschaften. Philosophie, Historie, Philologie und vieles andere haben seit der Antike nicht aufgehört zu blühen. Die große Kuppel der Weltkultur mag Löcher erlitten haben, aber Zeichen des Zusammenbruches zeigt sie erst in unsern Tagen. Daß das heute auf alle geistigen Tätigkeiten zutrifft, vielleicht mit der wahrscheinlich nur scheinbaren Ausnahme der Naturforschung, das zu erörtern fehlt es mir an Zeit.

Ich habe früher das Jahr 1600 erwähnt, aber das war eine oberflächliche Datierung. Ich hätte sagen sollen, daß die meisten Naturwissenschaften sich im 17. Jahrhundert herausbildeten, und wollte ich Wahrzeichen erwähnen, so wären es ihrer drei: 1. der Begriff der Maschine; 2. das Teleskop; 3. das Mikroskop. Aber kulturelle Infektionen sind langsame Prozesse, und die ersten Anstöße müssen früher erfolgt sein, nämlich, grob gesagt, zur Zeit der Renaissance. Wieder nenne ich ihrer drei, ohne ausführlich darauf eingehen zu können. Diese sind: 1. die Erfindung des Buchdrucks; 2. die Entdeckung Amerikas; 3. die Anfänge des Frühkapitalismus.

IV

Wenn ich das Wissen des einzelnen ziemlich willkürlich in zwei Teile schneide, so möchte ich zwischen dem allgemein menschlichen und dem angeschwemmten Wissen unterscheiden. Das letztere ist es, das den Strom des Wisens so ungeheuer schwellt. Daß es vor allem andern die Druckerpresse war, die das Anschwellen des Stroms möglich gemacht hat, bedarf nicht der Bekräftigung. Buchwissen erfordert das Buch; mit dem Buchdruck begann die Wissensexplosion, wenn auch anfänglich in sehr bescheidenem Ausmaß. Das 1976 in zweiter Auflage erschienene ausgezeichnete Buch von L. Febvre und H.-J. Martin, *L'Apparition du livre* – ich weiß nicht, ob es ins Deutsche übersetzt worden ist – ist in dieser Beziehung sehr lehrreich. Erst seit Gutenberg kann man von der Gelehrtenrepublik sprechen: ein Gelehrter ist ein Mensch voll von angeschwemmtem Wissen. Je näher er dem Platzen ist, desto höher sein Rang.

Zu jener Zeit veränderte sich jedoch nicht nur die Quantität des Wissens, sondern auch die Qualität. Es wurde immer mehr zu einem durch Forschung zutage geförderten Wissen spezieller Art, eben dem Wissen der Wissenschaften. Erst seit jener Zeit kann man von einer Wissensproduktion sprechen. So wurde im Laufe der Zeit aus einem Handwerksbetrieb ein gigantisches Unternehmen, an dem heute viele Millionen von Menschen beteiligt sind. Ich nenne sie die Klasse der Wissensproduzenten. Sie würden sich vielleicht lieber als einen Stand betrachten. Während jedoch, sagen wir, der Stand der Advokaten, zumindest außerhalb Amerikas, keinen direkten Vorteil aus dem furchterregenden Wachstum der Verbrechen bezieht und diese auch nicht propagiert, sind die Wissensproduzenten höchst interessiert am dauernden und raschen Wachstum der Wissensproduktion. Das gilt natürlich besonders für die Naturforschung, denn die anderen Wissenschaften müssen mit einem beschränkten und sehr geringen Kapital wuchern. Trotz eifrigster Benutzung von Synonymenwörterbüchern kann zum Beispiel die Hölderlin- oder Kafkaindustrie es nicht leicht finden, immer wieder neues Wissen auszugraben. Die Natur aber ist unerschöpflich; und wenn der Naturforscher irgendwo an ein Ende stößt, braucht er nur die Definition von Natur zu erweitern, und schon kann er wieder fortschreiten. Geht es überhaupt nicht weiter, so erhöht man die Genauigkeit um einige Dezimalen. So wird zum Beispiel mit der berühmten Zahl Pi viel Unfug getrieben, denn die Computer und die Völker, die deren Anschaffung ermöglichen, sind geduldig.

Die Erforschung der Natur mit Hilfe der in ihrer Entwicklung begriffenen experimentellen Wissenschaften setzte vor etwa 400 Jahren im Ernst ein und ging fort in einem immer mehr anwachsenden Tempo. Bis zum Ende des Zweiten Weltkriegs hielt sich dieses jedoch in menschlichen Ausmaßen. Man muß sich also fragen, was in unserer Zeit zu einer wahrhaft kataklysmischen Beschleunigung der Wissensproduktion und zu einer Elefantiasis des Wissensumfangs geführt hat. Ich muß gestehen, daß ich diese Frage nicht zu beantworten vermag. Wir sind alle vertraut mit dem journalistischen Schlagwort von der jetzt obwaltenden Informationsexplosion. Nun verhält sich Information zu Wissen wie ein Gerücht zu einer unumstößlichen Wahrheit oder wie

Schein zu Sein. Man kann mir tausend Dinge mitteilen, bevor eines in mein widerborstiges Gehirn eindringt; ein Organ, das viel weniger empfänglich ist als sein Kollege, das Ohr.

„Vertrautheit erzeugt Verachtung" – Sie kennen das alte Wahrwort. Manchmal ist es auch nur Mißachtung, und das ist es, was wir dem Schwall und Schwarm von trivialen Ereignissen, Beobachtungen, Behauptungen entgegenbringen, die uns die verschiedenen Medien alltäglich in die Ohren und Augen stopfen. Das meiste davon kann kaum als Wissen aufgenommen werden; es ist ein Teil der Lärmkulisse, die unser ganzes Leben verhunzt. Immerhin dringt noch sehr viel in den Strom, der den Titel meiner Betrachtungen bildet, und wird als zusätzlicher Mist mitgeführt.

V

Vor kurzem erhielt ich als einen der Hunderte von Schnorrbriefen, die einem New Yorker alljährlich zuflattern, ein Schreiben von der New York Public Library, einer der größten Bibliotheken der Welt. Sie braucht Geld – wer nicht? – und sie sagt warum:

> Die Welt lebt in einer Informationsexplosion. Alljährlich steigt die Menge von Informationen, die uns zugänglich wird, um 20%. Alle 365 Tage erhalten Sie und ich mehr Informationen als unsere Großeltern im Laufe ihres ganzen Lebens abbekommen haben. Naturwissenschaftliche Daten, neue Forschungsergebnisse, historische Auskünfte, gelehrte Veröffentlichungen, riesige Mengen neuer Literatur, und Hunderte von technischen Fortschritten werden uns zur Verfügung gestellt – nicht nur im Druck, sondern auch mittels Computer und Video- und Kompaktplatte. ... Was kann man da tun?

Mit diesem Aufschrei schließe ich das Zitat. Der Brief geht weiter und bittet um finanzielle Beihilfe, fordert mich jedoch nicht auf – was wirksamer wäre –, ein Gelübde zu leisten, nichts mehr zu publizieren. Das hätte das Wachstum des Stromes vielleicht um ein zehntausendstel Prozent vermindert. Aber die Bibliothek, als Wissensmaklerin, ist ganz im Gegenteil am fortdauernden rapiden Anwachsen der Überflutung interessiert. Alles was sie will ist Geld: für mehr Angestellte, mehr neue Gebäude usw.

Was ich so bedrückend finde ist, daß das ganze Affentheater in unserer Zeit, während wir zugesehen haben, begonnen hat. Vorher herrschte die heilige Stille der Bibliotheken. Die Bibliothekare waren gelehrte, zurückhaltende, nicht allzu gut besoldete Vermittler der Weisheit mehr als des Wissens der Jahrtausende. Jetzt klappert es Tag und Nacht auf allen Dächern, denn alles ist plötzlich wissenswert geworden und fordert ungestüm Aufbewahrung und Abrufbarkeit bis zum Jüngsten Gericht und wahrscheinlich noch darüber hinaus. Kein Blödwort einer sogenannten Persönlichkeit, aber auch keine Lappalie der Forschung, die nicht mittel- oder unmittelbar das Budget unserer Bibliotheken beschweren. Man kann ja nie wissen, wann so etwas gebraucht werden kann. Die Mettwurst der Wissenschaften, die Soziologie, kann fast alles verwenden, und die Statistik, die Psychologie etc. bleiben nicht weit dahinter. Dennoch ist es ein komischer Anblick, wie die Datenverarbeiter an den Ufern sitzen und klagen. Dieses rührende biblische Bild erweckt übrigens in mir die Vorstellung vom Jüngsten Gericht als einem riesigen Computer; ein jeder steckt seine persönliche Mißkreditkarte in den Schlitz, auf deren magnetischem Streifen Tat und Untat registriert sind, und heraus kommt die Rechnung. Hoffentlich ist der elektronische Rechnungsengel verläßlicher als was einem heutzutage in Ämtern, Banken, Geschäften begegnet. Die Apokalypse des Johannes sagt alles weitere Nötige. Die Lobpreiser unsrer Zeit scheinen vergessen zu haben, daß die Existenz von irgendetwas zwar seine Wirklichkeit, aber nicht seine Wahrheit bekräftigt. Man ist kein Zyniker, wenn man den Verdacht äußert, daß ein beträchtlicher Teil davon, was uns als Information angeboten wird, Unsinn ist oder Lug und Trug.

VI

Es ist eine seltsame Überlegung: mit dem enormen Anstieg der Weltbevölkerung ist jeder einzelne Mensch kleiner geworden, denn sein Pachtgut auf Erden hat sich verringert. Nichtsdestoweniger sind aus den Siebenmeilenstiefeln des Märchens Siebenhunderttausendmeilenstiefel geworden, und die Posaunen von Jericho reichen über den ganzen Erdkreis. Statistisch gesehen kann niemand mehr allein sein; und doch sind viele Menschen einsamer als je zuvor. Sie haben darauf mit einer Verdickung ihrer seelischen Haut geantwortet, und es ist ihnen völlig egal, ob einer der Spähsatelliten der Gernegroßmächte ihnen bis in die Toilette folgt. Selbst das sind Daten, die zur Informationsexplosion beitragen, und die New York Public Library wird froh sein, sie aufbewahren zu dürfen. Die Wissenschaften vermehren sich ja jeden Tag, mal durch Spaltung, mal durch Akkreszenz – und bald wird, sagen wir, die Molekularpsychophysiologie froh sein, derartige Daten zu besitzen.

Aber Spaß beiseite – und es ist ein trübseliger Spaß –, warum ist unsere die erste Epoche, die alles Wißbare für wissenswert hält? Wohl doch nicht, weil es jetzt so viel mehr Ohren auf der Welt gibt, die meisten wollen nichts davon hören. Die Wissenschaften sind hermetischer als je zuvor. Die Gelehrtenrepublik, von der Klopstock träumte, ist völlig atomisiert: selbst innerhalb derselben wissenschaftlichen Disziplin ist jeder einzelne Teilhaber ein kompletter Laie, außer in seinem eigenen sehr beschränkten Spezialgebiet. Die Fachleute verfügen jetzt nur über sehr schmale Fächer. Da waren Leibniz oder sogar noch Alexander von Humboldt ganz andere Männer.

Dieses ungezügelte Wissenwollen, ja Wissenmüssen, ist über die Welt gekommen wie eine plötzliche Seuche. Obwohl es bescheidene Vorläufer gibt, kann man, denke ich, den Ausbruch der Pestilenz recht genau datieren. Er fällt in den Zweiten Weltkrieg, als die Staaten gewahr wurden, daß naturwissenschaftliche Erkenntnisse en gros viel rascher zu haben sind, besonders diejenigen, die zur rapiden Entmenschlichung beitragen. Und gibt es etwas Entmenschenderes als den Massenmord? Zu jener Zeit wurde die Finanzierung der Naturforschung aus Steuergeldern als eine Pflicht der Völker statuiert. Das war das Ende der kleinen Wissenschaften, die uns jetzt – nach nicht mehr als 40 oder 50 Jahren – anmuten wie ein liebenswert hausväterliches Kleingewerbe, rührend wie die stillen Klöpplerinnen auf einem Gemälde von Vermeer. Ich habe diese Zeit noch in lebhafter, sehnsüchtiger Erinnerung: es ist also nicht so lange her.

Das weitere enorme Anwachsen erfolgte mit fast automatischer Regelmäßigkeit. Der entstehende ungeheure Produktionsdruck wirkt wie eine Kettenreaktion: 20% Vermehrung pro Jahr bedeutet, daß die „Wissenseinheiten" sich schon nach vier Jahren verdoppelt und nach zehn versechsfacht haben. Man darf diese Schätzung nicht zu genau nehmen. Aber sind das nicht wahrhaft grauenerregende Zinseszinsen? Diese könnten nicht akkumuliert werden, wenn nicht eine regelmäßig wachsende Anzahl von Forschern in den Betrieb einträten. Obwohl die Forschung immer mehr mechanisiert ist, dürften in manchen Fächern 50 oder sogar 100 mal so viele Leute tätig sein wie in der Vorkriegszeit.

Das hat zu einem bedeutsamen Wandel in der Art von Menschen geführt, die sich jetzt mit den Naturwissenschaften befassen. Ich will aber heute solche ökonomischen, demographischen, ja sogar moralischen Überlegungen vermeiden, um so mehr als ich schon an andern Orten einiges darüber gesagt habe. Daß die in den Laboratorien herrschende geistige Atmosphäre sich in den letzten Jahrzehnten sehr verschlechtert hat ist allgemein bekannt, wie auch die erschreckende Zunahme von erschwindelten Publikationen.

VII

Wie kommt es, daß die Naturwissenschaften trotz ihrem Reichtum, ihrer Macht uns immer mehr entfremdet werden? Ist es ihre zunehmende Unverständlichkeit oder kommt es daher, daß sie uns immer öfter etwas mitteilen, was wir gar nicht hören wollen? Oder ist es der Umstand, daß in weiten Kreisen die Überzeugung sich verbreitet, daß selbst das Wissenswerte manchmal sehr schädlich und sogar lebensgefährlich sein kann? Oder ist gar diese Entfremdung, diese Hieratisierung gerade, was die Völker brauchen? Denn mit dem Verblassen des religiösen Gefühls, mit der Erschlaffung der Religionen, sind die Naturwissenschaften für viele Menschen ein Religionsersatz geworden. Ihre Unnahbarkeit, ihre Macht über Leben und Tod, ihr Fachvolapük erhöhen den numinosen Aspekt. Die Baumeister der ägyptischen Pyramiden, Träger eines Geheimnisses, das vielleicht keines war, mögen einen ähnlichen Eindruck gemacht haben. Es gibt nämlich eine Form von Unsinn, die bis an die Erhabenheit reicht. Nestroy sagt es sehr treffend, wenn er in seiner Posse „Nur keck!" eine der Figuren ausrufen läßt: „Das ist schon der höhere Knoblauch, der unsereinem niemals blüht."

Daß ein Bruch besteht oder eine Kluft zwischen den Völkern und der von ihnen bezahlten Forschung, daran kann ich nicht zweifeln. Ich glaube jedoch, daß diese Kluft eine tiefere Ursache besitzt, welche die Legitimität so weit vorangetriebener Forschungstätigkeiten betrifft. Um es kurz zu sagen: *Wir haben keinen Grund anzunehmen, daß die Natur rational ist; die Wissenschaften hingegen können nichts anderes sein als rational.* Die Wissenschaft drückt den zur Untersuchung ausgewählten Natursegmenten gleichsam einen Raster auf, der diese erst der Erforschung zugänglich macht. Das heißt, daß die Naturwissenschaften nur einen Teil der Welt, und vielleicht nicht den wichtigsten zu untersuchen vermögen. Was wir nicht isolieren, messen und zerlegen können entgeht notwendigerweise unserer Aufmerksamkeit, deren einzige Vermittlerin die menschliche Vernunft sein muß. Am Lebendigen wird aber die lebende Vernunft immer scheitern: das Forschungsobjekt kann nicht zugleich das Instrument sein. So wird eine wahre Metabiologie uns immer unzugänglich sein. Der tiefsinnigen griechischen Vorsilbe *meta*, im Sinne von „darüber hinaus" sind wir nicht gewachsen. Nur was sozusagen „auf dieser Seite" liegt können wir erforschen. Wenn sich jedoch der Teil als Ganzes aufzwingt, entsteht der Bruch, von dem ich gesprochen habe. Es ist als stünden wir vor einem Buch, von dem wir sagen können, daß es aus Papier von dieser und dieser Zusammensetzung besteht; darauf seien schwarze Lettern gedruckt mittels einer so und so zusammengesetzten Schwärze; aber den Text, den könnten wir nicht lesen. Man wird jedoch nicht viele Naturwissenschafter finden, die dieses Eingeständnis zu machen bereit sind; ein nicht unverständliches Widerstreben, denn eine solche Einräumung würde heißen, daß die Wissenschaften nur das erforschen können, worauf es möglicherweise wenig ankommt.

In meiner Jugend, als ich beschlossen hatte, Chemie zu studieren, war ich sehr beeindruckt von einer Art von Wortwechsel, die vor langer Zeit zwischen Goethe und Albrecht von Haller stattgefunden hat. Allerdings war der große Schweizer schon damals viel zu tot, um antworten zu können. Er hatte in einem 1730 erschienenen Lehrgedicht die folgenden Worte geschrieben:

Ins Innre der Natur dringt kein erschaffner Geist,
Glückselig, wem sie nur die äußere Schale weist.

Diese weise Bescheidenheit war dem im Alter zugleich vorsokratisch und dialektisch denkenden Goethe unerträglich, und so erwiderte er fast hundert Jahre später im Jahre 1821, mit dem folgenden unfreundlichen Gedicht, das den Titel *Allerdings* trägt:

„Ins Innre der Natur –“
O du Philister! –
„Dringt kein erschaffner Geist.“
Mich und Geschwister
Mögt ihr an solches Wort
Nur nicht erinnern:
Wir denken Ort für Ort
Sind wir im Innern.
„Glückselig, wem sie nur
Die äußre Schale weist!“
Das hör ich sechzig Jahre wiederholen.
Ich fluche drauf, aber verstohlen;
Sage mir tausend tausend Male:
Alles gibt sie reichlich und gern;
Natur hat weder Kern
Noch Schale,
Alles ist sie mit einem Male.
Dich prüfe du nur allermeist,
Ob du Kern oder Schale seist.

Die Gegner schieden unversöhnt; sie hatten aneinander vorbeigeredet. Noch dialektischer als Goethe, habe ich den Eindruck, daß sie beide recht haben, aber Haller vielleicht ein bißchen mehr. Wenn er vom „Innern der Natur“

sprach, betrachtete er dieses anders als Goethe, als etwas der Forschung ewig Unzugängliches. Selbstverständlich hatte Goethe, nur mit einer ganz andern Art von Naturwissenschaft vertraut, nicht erkennen können, daß eine Naturforschung im Kommen ist, welche, den Kern zerlegend, ihn gleichsam zwangsläufig zur Schale degradiert.

Vielleicht ahnte Goethe dennoch, was da herauskam. In einem Brief an den Botaniker Ernst Meyer vom 10. September 1822 schrieb er:

> Die Wissenschaft, anstatt sich in die Mitte zu stellen zwischen Natur und Subjekt, geht darauf aus, sich an die Stelle der Natur zu setzen, und wird nach und nach so unbegreiflich als diese selbst. Will nun der unbewußte Mensch hier sich in Worten aussprechen, so haben wir den traurigen Mystizismus, der das Labyrinth verwirrt.

VIII

Damit was ich gerade gesagt habe, ist meine Charakterisierung als *vir obscurus,* als Dunkelmann, wahrscheinlich sichergestellt, und der Humanistenkreis um Johannes Reuchlin, wenn man sich jetzt so etwas vorstellen kann, würde mir schön einheizen. Dennoch glaube ich nicht ganz im Unrecht zu sein, wenn ich folgendes sage. Das Sichausleben des menschlichen Wissenstriebs kann ein edles Unterfangen sein, wenn es in einem menschlichen Zeitmaß vor sich geht. Unser Geist, nicht weniger als unser Körper, widersetzt sich extremen Bedingungen. Wir brauchen viel Zeit um uns zu adaptieren; und diese Zeit ist uns jetzt genommen worden. Wird ein Trieb zu einer Sucht, so ist er ein Laster. Der jetzt auf uns niederprasselnde Hagel von wissenschaftlichen Leistungen, vorangetrieben von riesigen öffentlichen Geldern, hat aus dem Wissen eine gefährliche Droge gemacht: je mehr wir kriegen, desto mehr brauchen wir. Die einzige Bremse, die ich mir vorstellen kann, ist ein kompletter ökonomischer und politischer Kollaps der reichen Nationen. Da die Wissensproduzenten über eine sehr wirksame Lobby verfügen, werden sie selbst dann nicht unter den ersten Opfern sein.

Die explosive Aufhäufung von Wissen, für das nur der Computer Platz haben kann, hat eine Wirkung gehabt, die man vielleicht nicht hätte vorhersagen können. Sie hat eine unglaubliche Ignoranz unter den Forschern hervorgerufen. Viele Trivialitäten – und manchmal, darunter verborgen, etwas Wichtiges – regnen alltäglich auf sie hinunter. Wenn etwas übervoll wird, entwickelt man einen *amor vacui.* Das mag eine unnatürliche Reaktion sein, ist aber eine durchaus menschliche.

Anstatt des Suchers, des Forschers haben wir den Fachmann bekommen, anstatt des Doktor Faust den Magister Wagner. Dieser ist gleichsam der Franz Liszt des Computers, ein wahrer Virtuose im Tastendrücken. Nun haben sich aber die Wissenschaften, besonders die Naturwissenschaften, derart ausgebreitet, daß jeder Fachmann auf seinem immer enger werdenden Gebiet ein Unikum darstellt. Der jeder Wissenschaft so nötige Überblick ist verlorengegangen, und das hat die Qualität des Wissens sehr beeinträchtigt. Auch diese Gottesgabe kann den Gefahren der Inflation unterliegen. Wenn der Fachmann eine Machtposition erreicht hat, so daß er, über eine Anzahl von Hilfskräften gebietend, sich der wirklichen Forschung ganz entfremdet hat, gleicht er einem Impresario oder – um ein Wort aus dem Börsenmilieu zu gebrauchen, dem die gegenwärtige Forschung zu ähneln beginnt – er gleicht einem Arbitrageur.

Schon vor 200 Jahren, als diese Frage noch gar nicht akut war, hat der große Lichtenberg über sie nachgedacht. So zum Beispiel die folgende Notiz:

> Ich glaube, daß einige der größten Geister, die je gelebt haben, nicht halb so viel gelesen hatten, und bei weitem nicht so viel wußten, als manche unserer mittelmäßigen Gelehrten. Und mancher unserer sehr mittelmäßigen Gelehrten hätte ein größerer Mann werden können, wenn er nicht so viel gelesen hätte. (K 168)

IX

Ich komme zu dem Schluß meiner Bemerkungen. Es würde mir leid tun, wenn diese Ihnen den Eindruck vermittelt hätten, ich sei ein Wissensnihilist. Das bin ich nun ganz und gar nicht. Es hat einmal ein Buch gegeben, das den Titel trug *Daß man nichts weiß*, oder, wie es sich gehört, auf lateinisch: *Quod nihil scitur.* Ein Vertreter der großen französischen Skeptikerschule des 17. Jahrhunderts hat es geschrieben, der Portugiese Francisco Sanches, gestorben 1632. So weit würde ich keineswegs gehen; man hat schon 1632 allerhand gewußt, und jetzt weiß man noch ein bißchen mehr. Da wir aber auch allerhand vergessen haben, was wir nicht hätten vergessen sollen, ist unser Vorsprung nicht so riesenhaft, wie uns vorgeblasen wird. Wir sind allerdings überreich an Wissen, das niemand weiß, aber das will ich nicht anerkennen.

Es hat wohl wenige Zeiten gegeben, die nicht dumm genug waren um zu glauben, sie stünden auf dem Gipfel des Möglichen. Unsere Zeit gehört nicht dazu, denn wir sehen unsere Hauptaufgabe darin, die Grenzen des Möglichen immer weiter hinauszuschieben. Aber ist das Mögliche auch das Wünschenswerte? Sind nicht viele Dinge, in die die Forschung sich jetzt einläßt, sind sie nicht ein reiner Übermut? Da möchte ich – um in dem mir leichter zugänglichen Bereich zu bleiben – das sogenannte menschliche Genomprojekt nennen; in der Branche heißt es jetzt HUGO. Es handelt sich um die völlige Aufschlüsselung der DNA-Kette des Menschen, um die Bestimmung der Sequenz von insgesamt 3 Milliarden von Nukleotiden. Man schätzt die Kosten auf 3 Milliarden Dollar. Das ist sicherlich eine Unterschätzung: es wäre das erste Mal, daß ein von einer Regierung geplantes oder finanziertes Unterfangen nicht ein Vielfaches des Voranschlags kosten würde.

Da ich in meinem unlängst erschienenen Buch *Alphabetische Anschläge* ausführlicher darüber gesprochen habe, will ich mich hier auf wenige Punkte beschränken. Die Begeisterung, mit der die Molekularbiologen und die Genetiker dieses mir unsinnig erscheinende Riesenprojekt aufgenommen haben, zeigt, wie innig es mit den beruflichen, sozusagen den gewerkschaftlichen Belangen der Klasse der Wissensproduzenten übereinstimmt. Es wird einer sehr großen Zahl sogenannter Gelehrten Anstellungsmöglichkeiten für Jahrzehnte garantieren. Da niemand weiß, was und ob etwas dabei herauskommen wird, kann man zahlreichen „Durchbrüchen" und laut ausposaunten Überraschungen entgegensehen, die für das „Image" der Forschung heutzutage unumgänglich sind. Lange bevor man eine Ahnung hat, wie man anfangen soll, gibt es schon in vielen Ländern Ausschüsse, die die Ausschußware voreiliger Versprechungen kolportieren, zahlreiche Symposien haben bereits stattgefunden, der Stellungskrieg um Machtpositionen ist angelaufen. Ich kenne nur einen großen Schriftsteller der Vergangenheit, der dem Ganzen die Gerechtigkeit seiner Satire angedeihen zu lassen vermocht hätte: der Mann, der den dritten Teil von *Gulliver's Travels* geschrieben hat, Jonathan Swift.

Was kann man tun? Die Antwort ist natürlich: Nichts. Wäre ich ein allmächtiger Mandschukaiser, wie China sie im Mittelalter kannte, so würde ich sagen: eine sofortige Dämpfung der Wissensinflation ist unbedingt notwendig. Die Ausgaben des Staates für die Naturforschung weden jedes Jahr um 5% reduziert, bis die relativen Aufwendungen auf das Niveau von, sagen wir, 1935 zurückgefallen sind.

Das wird natürlich allen Naturwissenschaftern als eine Dystopie erscheinen. Ich aber kann nur sagen: wahres Wissen ist herrlich, es erweitert den Geist; leeres Wissen ist tödlich, es erstickt den Geist. Da Adam und Eva bekanntlich mit der Fähigkeit ausgestattet wurden – allerdings nicht von Gott –, das Gute und das Schlechte zu erkennen, sollte ihnen die Unterscheidung nicht schwerfallen.

Hans Jonas

Last und Segen der Sterblichkeit

Seit unvordenklicher Zeit haben Sterbliche ihre Sterblichkeit beklagt, ihr zu entrinnen gesucht, an der Hoffnung auf ewiges Leben gehangen. Mit „Sterbliche" sind natürlich Menschen gemeint. Der Mensch allein unter allen Geschöpfen weiß, daß er sterben muß, er allein betrauert seine Toten, bestattet seine Toten, gedenkt seiner Toten. So sehr wurde Sterblichkeit als Kennzeichen der *conditio humana* angesehen, daß das Attribut „sterblich" beinah für den Menschen monopolisiert wurde: Im homerischen wie späteren griechischen Sprachgebrauch z. B. ist „die Sterblichen" fast synonym mit „die Menschen" gebraucht, im Kontrast zu der beneideten, alterslosen Unsterblichkeit der Götter. „Memento mori" hallt durch die Zeiten als ständige philosophische wie religiöse Mahnung im Dienste eines wahrhaft menschlichen Lebens. „Lehre uns zählen unsere Tage, auf daß wir ein weises Herz gewinnen" schreibt der Psalmist im 90. Psalm.

Über dieser unheilbar anthropozentrischen Gebanntheit des Blicks wurden nicht viele Gedanken auf die offenkundige Tatsache verschwendet, daß wir das Los der Sterblichkeit mit unseren Mitgeschöpfen teilen, daß alles Leben sterblich ist, daß in der Tat Tod und Leben gebietsgleich sind. Ein wenig Nachdenken belehrt uns, daß dies so sein muß, daß man das eine nicht ohne das andere haben kann. Dies soll unser erstes Thema sein: Sterblichkeit als Wesenmerkmal des Lebens an sich; erst danach wenden wir uns den spezifisch menschlichen Aspekten hiervon zu.

Zwei Bedeutungen fließen im Attribut „sterblich" zusammen: Zum einen, daß die so bezeichnete Kreatur sterben *kann* und der permanenten Möglichkeit des Todes ausgesetzt ist; zum zweiten, daß sie irgendwann sterben *muß*, der letztendlichen Notwendigkeit des Todes nicht entrinnen kann. Mit der permanenten Möglichkeit des Todes verknüpfe ich nun die Last der Sterblichkeit, mit seiner letztendlichen Notwendigkeit ihren Segen. Die zweite dieser Verbindungen mag befremden. Erörtern wir beide.

Ich beginne mit der Sterblichkeit als stets präsenter *Möglichkeit* des Todes für alles Lebendige, einhergehend mit dem Lebensprozeß selber. Diese „Möglichkeit" bedeutet mehr als die Binsenwahrheit der Zerstörbarkeit, die für jede zusammengesetzte materielle Struktur gilt, ob sie nun tot oder lebendig ist. Mit genügender Gewalt läßt sich auch der Diamant zertrümmern, und alles, was da lebt, kann durch zahllose äußere Ursachen getötet werden, worunter andere Lebewesen an prominenter Stelle stehen.

Der innerste Zusammenhang jedoch zwischen Leben und möglichem Tod reicht in größere Tiefe: Er beruht auf der organischen Konstitution als solcher, auf der ihr eigentümlichen Weise „zu sein". Diese Weise des Seins müssen wir zergliedern, um die Wurzeln des Todes im Leben selbst bloßzulegen. Zu diesem Zweck bitte ich Sie, mich auf einer Wegstrecke ontologischer Prüfung zu begleiten. „Ontologisch" nennen wir die Frage nach der, für diese oder jene Klasse von Dingen charakteristischen, Weise „zu sein" – in unserem Fall für die Klasse „Organismus", da dies, soweit wir wissen, die einzige physische Form ist, in welcher Leben existiert. Was ist die Art des Seins eines Organismus?

Unsere erste Beobachtung ist die, daß Organismen Dinge sind, deren Sein ihr eigenes Werk ist. Das will sagen, daß sie nur existieren kraft dessen, was sie tun. Und dies in dem radikalen Sinne, daß das Sein, das sie sich durch dieses ihr Tun erwerben, nicht ein Besitz ist, den sie nun „haben", abgetrennt von der Tätigkeit, durch die er erzeugt wurde, sondern jenes Sein ist nichts anderes als die Fortsetzung eben dieser Tätigkeit selbst, möglich gemacht durch das, was sie gerade vollbracht hat. Daher bedeutet die Aussage, daß das Sein der Organismen ihr eigenes Werk ist, soviel wie: daß dieses Tun ihres Tuns ihr Sein selber *ist*. Sein besteht für sie im Tun dessen, was sie zu tun haben, damit sie fortfahren, zu sein. Daraus folgt direkt, daß ein Aufhören des Tuns auch ein Aufhören des Seins bedeutet; und weil das geforderte Tun in seiner Möglichkeit nicht von ihnen allein abhängt, sondern auch vom Entgegenkommen einer Umwelt, das gewährt oder versagt werden kann, so begleitet die Gefahr des „Aufhörens" die Organismen von Anfang an. Hier ist die fundamentale Verknüpfung von Leben und Tod, der Grund der Sterblichkeit in der Urverfassung des Lebens.

Was wir bisher in den abstrakten Begriffen des Seins und Tuns, also in der Sprache der Ontologie ausgedrückt haben, soll nun bei seinem geläufigen wissenschaftlichen Namen genannt werden: *Metabolismus.* Der ist konkret das Tun, das wir im Auge hatten, als wir eingangs von Wesen sprachen, deren Sein ihr eigenes Werk ist. Metabolismus kann sehr wohl als definierende Eigenschaft (definieren im doppelten Sinne des Ausgrenzens wie des Eingrenzens!) des Lebendigen dienen: Alles Lebendige hat ihn, kein Nicht-Lebendiges hat ihn. Was er bezeichnet, ist dies: zu existieren mittels Austausch von Stoff mit der Umwelt, seiner vorübergehenden Einverleibung, Nutzung und Wiederausscheidung. Das deutsche Wort „Stoffwechsel“ drückt dies sprechend aus. Machen wir uns klar, wie ungewöhnlich, ja einzigartig dieser Zug im weiten All der Materie ist.

Wie macht es ein gewöhnliches physikalisches Ding – ein Proton, ein Molekül, ein Stein, ein Planet –, zu dauern? Nun, einfach dadurch, daß es da ist. Sein Jetztdasein ist der zureichende Grund dafür, auch später da zu sein, wenn auch vielleicht an einem anderen Ort. Das gilt wegen des Materieerhaltungsgesetzes, eines der grundlegenden Naturgesetze, seitdem – bald nach dem Urknall – das explodierende Chaos sich in diskreten, äußerst dauerhaften Einheiten kondensierte. (Gelehrte Feinheiten über das Verhältnis von Materie und Energie spielen für die Argumentation hier keine Rolle.) In dem Universum, das seitdem evolvierte, ist das einzelne, sture Teilchen, etwa ein Proton, einfach und endgültig, was es ist, identisch mit sich selbst im Ablauf der Zeit und ohne diese Identität durch irgendein Handeln seinerseits aufrechterhalten zu müssen. Seine Erhaltung ist bloßes Verharren, kein Neu-sich-behaupten im Sein von Augenblick zu Augenblick. Es existiert ein für allemal. Von einem zusammengesetzten, makroskopischen Gegenstand – einem bestimmten Quarz in unserer Steinsammlung – zu sagen, er sei derselbe wie gestern, heißt demnach nichts anderes als daß er aus denselben Teilen und Teilchen besteht wie zuvor.

Gemäß diesem Kriterium nun würde ein lebender Organismus keine Identität im Flusse der Zeit besitzen. Wiederholte Besichtigungen würden erbringen, daß er weniger und weniger aus den anfänglichen Bestandteilen und mehr und mehr aus neuen derselben Art besteht, die an ihre Stelle treten, bis schließlich zwei verglichene Zustände vielleicht kein einziges Partikel mehr gemein haben. Gleichwohl würde kein Biologe dies dahin deuten, daß er es nicht mehr mit demselben organischen Individuum zu tun habe. Im Gegenteil, jeder andere Befund der genannten Besichtigungen müßte ihm unverträglich erscheinen mit der Selbigkeit eines Lebewesens qua Lebewesen: Wenn es nach einer hinreichend langen Zeitspanne noch dasselbe Inventar von Teilchen aufwiese, würde er daraus schließen, daß der betreffende Körper kurz nach der ersten Inspektion zu leben aufgehört hat und in dieser entscheidenden Hinsicht nun nicht mehr „derselbe“ ist, das heißt, nicht mehr ein „Geschöpf“, sondern ein Leichnam. So sehen wir uns denn konfrontiert mit der ontologischen Tatsache einer ganz anders gearteten Identität als der trägen, physikalischen Identität, obgleich sie auf Vorgängen mit und zwischen Stücken von der Art dieser einfachen Identität beruht.

Dieser äußerst erstaunlichen Tatsache müssen wir nachgehen. Sie hat etwas von einem Paradox an sich. Einerseits ist der lebendige Körper eine Zusammensetzung von Materie, und in jedem Moment fällt seine Realität vollständig mit seinem augenblicklichen „Stoff" zusammen – d. h. mit einer bestimmten Mannigfaltigkeit individueller Bestandteile. Andererseits ist er nicht mit der Stoff-Totalität dieses oder irgendeines Augenblicks identisch, da diese jedesmal im Strom des Wechsels schon flußabwärts im Verschwinden ist; in dieser Hinsicht ist der Körper verschieden von seinem Stoff und nicht die Summe davon. Also haben wir im Organismus den Fall eines substantiell Seienden, das eine Art von *Freiheit* genießt gegenüber seiner eigenen Substanz, eine Unabhängigkeit von demselben Stoffe, aus dem es nichtsdestoweniger gänzlich besteht. Aber obwohl unabhängig von der Selbigkeit dieses Stoffes, ist es abhängig von seinem „Wechsel", vom andauernden und ausreichenden Fortgang desselben, und in dieser Hinsicht besteht keine Freiheit. So ist die Ausübung der Freiheit, deren sich das Lebewesen erfreut, eher eine strenge *Notwendigkeit.* Diese Notwendigkeit nennen wir „Bedürfnis", das seinen Platz nur dort hat, wo Existenz ungesichert und ihre eigene ständige Aufgabe ist.

Mit dem Begriff „Bedürfnis" sind wir auf eine Eigenschaft des Organischen gestoßen, die einzig dem Leben zukommt und der ganzen übrigen Wirklichkeit unbekannt ist. Das Atom genügt sich selbst und würde fortdauern, auch wenn die ganze Welt drumherum vernichtet wäre. Im Gegensatz dazu gehört Nicht-Autarkie zum Wesen des Organismus. Seine Macht, die Welt zu benutzen, dieses einzigartige Vorrecht des Lebens, hat ihre genaue Kehrseite in dem Zwang, sie benutzen zu müssen, bei Strafe des Seinsverlustes. Die hier waltende Abhängigkeit ist der Preis, den die Ursubstanz auf sich nahm, als sie sich aus der bloß trägen Beharrung auf die Laufbahn organischer – d. h. selbst-konstituierender – Identität wagte. So geht Bedürfnis von Anbeginn damit einher und kennzeichnet die auf solche Weise gewonnene Existenz als ein Schweben zwischen Sein und Nichtsein. Das „nicht" liegt stets auf der Lauer und muß immer von neuem abgewehrt werden. Mit anderen Worten: Leben trägt den Tod, seine Negation, in sich selbst.

Wenn es aber wahr ist, daß mit stoffwechselnder Existenz das Nichtsein in der Welt auftrat als eine in der Existenz selbst enthaltene Alternative, dann ist es ebenso wahr, daß damit Sein zum ersten Mal einen emphatischen Sinn gewann: In seiner Binnenlogik qualifiziert durch die Drohung seiner Negation muß sich dieses Sein bejahen, und bejahte Existenz heißt Existenz als Interesse. Sein ist zu einer Aufgabe geworden statt eines gegebenen Zustandes, zu einer Möglichkeit, die immer aufs neue zu verwirklichen ist, im Widerstreit mit seinem immer präsenten Gegenteil, dem Nichtsein, das es am Ende doch unentrinnbar verschlingen wird.

Mit dem Fingerzeig auf Unentrinnbarkeit sind wir unserem Gedankengang vorausgeeilt. Soweit bisher entwickelt, erlaubt er uns, die innere Dialektik des Lebens etwa wie folgt zusammenzufassen. Die Rede ist von der lebendigen Form: Sich selbst überantwortet und ganz auf die eigene Leistung gestellt, für ihre Vollbringung aber auf Bedingungen angewiesen, deren sie nicht mächtig ist und die sich versagen können; abhängig daher von Gunst und Ungunst äußerer Realität; ausgesetzt der Welt, von der sie sich abgesetzt hat und mittels derer sie sich doch behaupten muß; aus der Identität mit dem Stoffe herausgetreten, doch seiner bedürftig; frei, aber abhängig; vereinzelt, aber in notwendigem Kontakt; Kontakt suchend, aber durch ihn zerstörbar; nicht weniger bedroht andererseits durch seine Entbehrung: gefährdet also nach beiden Seiten, von Übermacht und Sprödigkeit der Welt, und auf dem schmalen Grate dazwischen stehend; in ihrem Prozeß, der nicht aussetzen darf, störbar; in ihrer Zeitlichkeit jeden Augenblick endbar – so führt die lebendige Form ihr vermessenes Sondersein in der Materie – paradox, labil, unsicher, endlich, und tief verschwistert dem Tode. Die Todesangst, mit der das Abenteuer dieser Existenz beladen ist, stellt das ursprüngliche Wagnis der Freiheit, das die Substanz im Organischwerden unternahm, in grelles Licht.

Aber: War das der Mühe wert? dürfen wir an diesem Punkt wohl fragen. Wozu die ganze Mühe? Warum überhaupt erst das sichere Ufer selbstgenügsamer Permanenz verlassen, für die aufgestörten Wasser der Sterblichkeit? Warum überhaupt das angstvolle Glücksspiel der Selbsterhaltung wagen? Mit dem nachträglichen Wissen von Jahrmilliarden hinter uns und dem gegenwärtigen Zeugnis unsererer Innerlichkeit, welche doch gewiß zum Beweismaterial gehört, sind wir nicht ohne Anhaltspunkte für eine spekulative Vermutung. Wagen wir sie!

Der fundamentale Ansatzpunkt ist, daß das Leben „Ja!" zu sich selber sagt. Indem es an sich hängt, erklärt es, daß es sich werthält. Aber man hängt nur an dem, was einem auch genommen werden kann. Dem Organismus, der das Sein nur zum Lehen hat und nicht anders, kann es genommen werden und wird es auch, wenn er es sich nicht in jedem Augenblick neu zueigen macht. Der fortgesetzte Stoffwechsel ist solch eine Neuaneignung, die immer wieder den Wert des Seins behauptet gegen seinen Rückfall ins Nichts. In der Tat, „Ja" sagen scheint die Mitanwesenheit der Alternative zu erfordern, zu der „Nein" gesagt wird. Das Leben hat sie im Stachel des Todes, der ständig auf es wartet, den es stets von neuem abwehren muß, und gerade die Herausforderung des „Nein" erweckt und verstärkt das „Ja". Dürfen wir dann vielleicht sagen, daß Sterblichkeit das enge Tor ist, durch welches allein *Wert* – der Adressat eines „Ja" – in das ansonsten indifferente Universum eintrat? Daß derselbe Spalt in der massiven Gleichgültigkeit der Materie, der „Wert" einen Einlaß gab, auch die Furcht seines Verlustes einlassen mußte? Wir werden bald etwas zu sagen haben über die Art des Wertes, der zu diesem Preis erkauft wurde. Davor aber erlauben Sie mir noch einen weiteren Schritt in diese Spekulation jenseits der Beweisbarkeit. Ist die Vermutung zu kühn, daß in der, kosmisch gesehen, äußerst seltenen Gelegenheit zu organischer Existenz, als sie endlich auf diesem Planeten durch glückliche Umstände angeboten wurde, das geheime Wesen des Seins, eingesperrt in die Materie, die lange ersehnte Chance ergriff, sich selbst zu bejahen und in ihrer Verfolgung sich mehr und mehr der Bejahung wert zu machen? Die Tatsache und der Verlauf der Evolution deuten in diese Richtung. Dann wären Organismen die Art und Weise, in der das universale Sein „Ja!" zu sich selber sagt. Wir haben gesehen, daß es dies nur tun kann, indem es gleichzeitig das Risiko des Nichtseins eingeht, mit dessen Möglichkeit es von nun an gepaart ist. Nur in der Konfrontation mit dem immer möglichen Nicht-Sein konnte das Sein dazu kommen, sich selbst zu fühlen, sich zu bejahen, sich zum eigenen Zweck zu machen. Durch negiertes Nicht-Sein verwandelt sich Sein in eine ständige Wahl seiner selbst. So ist es nur ein scheinbares Paradox, daß es der Tod sein soll und seine Hinhaltung durch Akte der Selbsterhaltung, was der Selbstbejahung des Seins das Siegel aufdrückt.

Wenn dies die Last ist, die dem Leben von Anfang an auferlegt wurde, worin besteht dann ihr Lohn? Was *ist* der Wert, für den mit der Münze der Sterblichkeit gezahlt wird? *Was* gab es zu bejahen in dem, was dabei herauskam? Wir haben darauf angespielt, als wir sagten, daß im Organismus das Sein dazukam, sich selbst zu „fühlen". Fühlen ist die primäre Bedingung dafür, daß etwas „der Mühe wert" sein kann. Das kann ein Etwas nur als Datum für ein Fühlen und als Fühlen eben dieses Datum. Die bloße Anwesenheit eines Fühlens, was immer sein Was oder Wie sei, ist seiner totalen Abwesenheit unendlich überlegen. Daher ist die Fähigkeit zu fühlen, wie sie in Organismen anhub, der Ur-Wert aller Werte. Mit seinem Auftreten in der organischen Evolution erlangte die Wirklichkeit eine Dimension, derer sie in der Form purer Materie entbehrte und die auch danach auf ihren engen Standplatz in biologischen Gebilden beschränkt bleibt: die Dimension subjektiver Innerlichkeit. Vielleicht angestrebt seit der Schöpfung, fand sie ihre schließliche Wiege in der Ankunft des stoffwechselnden Lebens. Wo genau in dessen Fortschreiten zu höheren Formen diese geheimnisvolle Dimension sich tatsächlich auftat, das können wir nicht wissen. Ich selber neige dazu, ihren infinitesimalen Anfang in den frühesten sich selbst erhaltenden und fortpflanzenden Zellen zu vermuten – eine keimende Innerlichkeit, der leiseste Schimmer diffuser Subjektivität, lange bevor sie sich in Gehirnen als ihren spezialisierten Organen konzentrierte. Das sei wie es mag. Irgendwo im Aufstieg der Evolution, spätestens mit dem Zwillingsauftreten von Wahrnehmung und Beweglichkeit bei Tieren, brach diese unsichtbare innere Dimension hervor und erblühte zu immer bewußterem, subjektiven Leben: Innerlichkeit, die nach außen tritt im Verhalten und sich mitteilt in gegenseitiger Verständigung.

Der Gewinn ist zweischneidig wie jeder Charakterzug des Lebens. Fühlen legt das Subjekt bloß für Schmerz so sehr wie für Genuß, sein Schärfegrad der gleiche nach beiden Seiten; Lust hat ihr Gegenstück in Qual, Verlangen in Furcht; Zweck wird erreicht oder vereitelt, und die Fähigkeit, sich am einen zu erfreuen, ist dieselbe wie die, am anderen zu leiden. Kurz: Die Gabe der Subjektivität verschärft nur die Ja-Nein-Polarität alles Lebendigen und jede Seite nährt sich an der Stärke der anderen. Ist dann diese Gabe, wenn man ein Fazit zu ziehen versucht, immer noch ein Gewinn, der die bittere Bürde der Sterblichkeit rechtfertigt, an die das Geschenk geknüpft ist – und die zu tragen es sogar noch erschwert? Das ist eine Frage von der Art, die nicht ohne ein Element persönlicher Entscheidung beantwortet werden kann. Als Teil meines Plädoyers für ein „Ja!" erlauben Sie mir zwei Bemerkungen:

Die erste bezieht sich auf das Verhältnis von Mitteln und Zwecken in der Ausstattung eines Organismus für sein Leben. Biologen pflegen uns zu sagen (und zwar meiner Meinung nach mit ausgezeichneten Gründen), daß dieses oder jenes Organ oder Verhaltensmuster „selektiert" wurde aus den Zufallsmutationen heraus wegen des *Überlebens*-vorteils, mit dem es seine Besitzer versah. Dementsprechend muß die Evolution des Bewußtseins dessen Nützlichkeit im Kampf ums Dasein verraten. Überleben als solches wäre der Zweck, Bewußtsein ein zusätzliches und der Zunahme fähiges Mittel hierfür. Aber das würde bedeuten, daß Bewußtsein eine kausale Macht über Verhalten besäße, und eine solche Macht kann – gemäß dem Kanon der Naturwissenschaften – nur den physikalischen Vorgängen im Gehirn zugesprochen werden, nicht den subjektiven Phänomenen, welche diese begleiten; und diese physikalischen Vorgänge ihrerseits müßten vollständig als Konsequenz vorheriger physikalischer Vorgänge oder Zustände erklärbar sein. Ursachen müssen, durch die ganze Reihe hindurch, so objektiv sein wie die Wirkungen – das dekretiert ein materialistisches Axiom. Nach Kausalkriterien würde demnach ein nicht-bewußter Robotmechanismus mit gehirngleichem Verhaltensausstoß es genausogut getan haben und hätte für die natürliche Auslese genügt. Will sagen: Die Evolutionsmechanik, so wie sie von ihren Befürwortern vertreten wird, erklärt vielleicht die Evolution des Gehirns, nicht aber die des Bewußtseins. Der Natur wird damit die Dreingabe einer Überflüssigkeit nachgesagt, die Gratiszugabe des Bewußtseins, das jetzt (per Naturwissenschaft) sich selbst als nutzlos entlarvt und darüber hinaus noch als täuschend in seiner kausalen Prätention.

Es gibt hier nur einen Ausweg aus der Absurdität, und der besteht darin, dem Selbstzeugnis unserer subjektiven Innerlichkeit zu trauen, nämlich, daß diese (in gewissem Ausmaß) kausal wirksam ist für unser Verhalten, daher tatsächlich in Frage kam für die natürliche Auslese als weiteres (immer wirksamer sich bewährendes) *Mittel* des Überlebens. Aber mit demselben Akt des Vertrauens haben wir auch dem immanenten Anspruch des Bewußtseins beigepflichtet, daß es über alle instrumentelle Tauglichkeit hinaus um seiner selbst willen und als Zweck an sich selbst existiert. Es gibt hier eine Lektion über das allgemeine Verhältnis von Mitteln und Zwecken bei Organismen zu lernen.

Das Überleben zu sichern ist in der Tat ein Zweck der organischen Ausstattung eines Lebewesens; aber wenn wir fragen „*wessen* Überleben?", dann muß oft die Ausstattung selber unter die Güter an sich gezählt werden, die zu erhalten sie behilflich ist. Fähigkeiten aus dem Bereich des Seelischen sprechen hier die deutlichste Sprache.

Solche „Mittel" zum Überleben wie Sinneswahrnehmung und Gefühle, Verstand und Wille, Befehlsgewalt über die Glieder und Wahl zwischen Zielen, dürfen nie nur als Mittel zum Zweck, sondern müssen immer auch als Qualitäten des zu erhaltenden Lebens beurteilt werden und darum als Aspekte des Zweckes selbst. Es liegt in der subtilen Logik des Lebens, daß es Mittel benutzt, die den Zweck modifizieren und selber Teil von ihm werden. Das fühlende Lebewesen ist darauf aus, sich als fühlendes, nicht bloß als stoffwechselndes Geschöpf zu erhalten, das heißt, es strebt die Aktivität des Fühlens als solche fortzusetzen; das wahrnehmende Lebewesen ist darauf aus, sich als wahrnehmendes Geschöpf zu erhalten ... und so weiter. Selbst der Kränkeste unter uns, wenn er überhaupt noch leben will, will dies denkend und fühlend, nicht bloß verdauend. Ohne diese subjektiven Vermögen, die in der Tierwelt auftauchen, gäbe es viel weniger zu erhalten, und dieses „weniger" des zu Erhaltenden ist zugleich das „weniger" dessen, wodurch es erhalten wird. Die selbstwertige Erfahrung der betätigten Mittel macht die Erhaltung, der sie dienen, mehr der Mühe wert. Was immer die wechselnden Inhalte, was immer die erprobte Nützlichkeit: Bewußtheit als solche proklamiert ihren eigenen höchsten Wert.

Aber: Müssen wir zustimmen? Diese Frage führt zu meiner zweiten Bemerkung. Was wäre, wenn die Summe der Leiden im Lebensbereich die Summe der Freuden immer überstiege? Wenn, insbesondere in der Menschenwelt, die Summe des Elends soviel größer wäre als die des Glücks, wie die Kunde der Jahrtausende nahezulegen scheint? Ich bin geneigt, in diesem Punkte dem Urteil der Pessimisten beizupflichten. Es ist nur allzu wahrscheinlich, daß die Bilanz, wenn wir sie wirklich ziehen könnten, traurig aussehen würde. Aber wäre das ein gültiger Grund, den Wert von Bewußtheit zu verneinen und zu sagen, es wäre besser, wenn es nie in die Welt gekommen wäre? Hier sollte man auf die Stimme ihrer Opfer hören, die Stimme jener, die am wenigsten bestochen sind durch genossene Freuden. Das Votum der Glücklichen kann man beiseite lassen, aber das der Leidenden, Unglücklichen zählt doppelt an Gewicht und Gültigkeit. Und da finden wir, daß fast kein Ausmaß des Elends das „Ja!" zu empfindender Selbstheit verstummen läßt. Selbst das größte Leiden klammert sich noch daran, selten wird der Weg des Selbstmords eingeschlagen, nie wird ein „Überleben" ohne Empfinden gewünscht. Gerade die Leidensgeschichte der Menschheit lehrt uns, daß die Parteinahme der Innerlichkeit für sich selbst unbesieglich der Aufrechnung von Schmerzen und Freuden widersteht und unsere Urteilsversuche nach diesem Maßstab von sich weist.

Wichtiger noch: Etwas in uns protestiert dagegen, ein metaphysisches Urteil auf hedonistische Gründe zu bauen. Die Anwesenheit überhaupt von irgendeinem Sich-lohnen im Universum – und wir haben gesehen, daß diese an die Existenz von Fühlen geknüpft ist – wiegt unermeßlich jeden Zoll an Leiden auf, den sie dafür erhebt. Da es letzten Endes die Sterblichkeit ist, die diesen Zoll erhebt, aber sie zugleich die Bedingung dafür ist, daß solche existieren, die ihn bezahlen können, und Existenz dieser Art der einzige Sitz von Sinn in der Welt ist, so ist die Last der Sterblichkeit, die auf uns allen liegt, schwer und sinnvoll zugleich.

Bis zu diesem Punkt haben wir Sterblichkeit als die *Möglichkeit* des allezeit in allem Leben lauernden Todes begriffen, der in den Akten der Selbsterhaltung ständig Paroli zu bieten ist. Die letztendliche *Gewißheit* des Todes, die angeborene Zeitgrenze individueller Lebensspannen, ist eine andere Sache, und das ist der Sinn von „Sterblichkeit", an den wir meistens denken, wenn wir von unserer eigenen sprechen. Wir sprechen dann vom Tod als dem Endpunkt auf der langen Straße des *Alterns*. Dieses Wort ist in unseren Überlegungen bisher nicht vorgekommen; und in der Tat, so vertraut und scheinbar selbstverständlich uns das Phänomen ist, ist Altern – interner organischer Verschleiß durch den Lebensprozeß selber – nicht ein universales Charakteristikum des Lebens, nicht einmal bei ziemlich komplexen Organismen. Man glaubt kaum, wie viele und verschiedene Arten nicht altern, etwa bei Knochenfischen, See-Anemonen, zweischaligen Mollusken. „Verschleiß" findet dort nur durch äußere Todesursachen statt, die aber ausreichen, im Widerspiel mit der Geburtenrate die Populationsziffern auszubalancieren, und im Ergebnis sich zu individueller Todesgewißheit in einem artentypischen Zeitrahmen auswirken. Doch Altern in arttypischem Tempo, das mit Sterben endet, ist die Regel in den höheren biologischen Ordnungen (ausnahmslos z. B. bei warmblütigen Tieren), und es muß Anpassungsvorteile besitzen, sonst hätte die Evolution es nicht aufkommen lassen. Worin diese Vorteile bestehen, darüber spekulieren die Biologen. Im Prinzip können sie entweder direkt in der Eigenschaft selber liegen oder in anderen Eigenschaften, mit denen das Altern genetisch verknüpft ist als ihr notwendiger Preis. Wir wollen uns in diese Debatte nicht einmischen, sondern lieber ein Wort zum allgemeinen evolutionären Aspekt von Tod und Sterben in seiner unbarmherzigen Tatsächlichkeit sagen, gleichviel ob diese von äußerer oder innerer Notwendigkeit stammt. Der Begriff „Evolution" selber enthüllt bereits die schöpferische Rolle individueller Endlichkeit, welche verfügt, daß alles, was lebt, auch sterben *muß*. Denn was sonst ist die natürliche Auslese mit ihrer Überlebensprämie, dies Haupttriebwerk der Evolution, als die Benutzung des Todes für die Beförderung von Neuheit, für die Begünstigung von Verschiedenheit und für die Aussiebung höherer Lebensformen mit dem Erblühen der Subjektivität? Wir sahen, daß hierbei eine Mischung am Werke ist aus Tötung durch äußere Ursachen (meist das gnadenlose Fressen und Gefressenwerden von Lebendigem untereinander) und aus dem organisch programmierten Sterben von Elterngenerationen, die ihrem Nachwuchs Platz machen. Mit Ankunft und Aufstieg des Menschen wird die zweite Art von Sterblichkeit, die mitgeborene Gezähltheit unserer Tage, immer wichtiger in Häufigkeit und Bedeutsamkeit, und von hier ab wird sich unsere Betrachtung auf den menschlichen Bereich allein beschränken und erörtern, in welchem Sinne Sterblichkeit ein Segen spezifisch für unsere Art sein mag.

Ein reifes, hohes Alter zu erreichen und am bloßen Verschleiß des Körpers zu sterben ist, als verbreitetes Phänomen, weitgehend ein gesellschaftliches Kunstprodukt. Im Naturzustand, so Hobbes, ist das menschliche Leben roh, widerwärtig und kurz. Das staatliche Gemeinwesen ist nach ihm vor allem zum Schutz gegen gewaltsamen – und das heißt vorzeitigen – Tod gegründet worden. Das ist nun gewiß eine zu enge Ansicht von den Motiven zur Zivilisation, diesem umfassenden Kunstwerk menschlicher Intelligenz, aber eine ihrer Wirkungen ist unbezweifelbar die fortschreitende Zähmung äußerer Todesursachen für die Menschen. Sie hat freilich auch die Kräfte ihrer wechselseitigen Vernichtung gewaltig gesteigert. Aber das Reinergebnis ist doch, wenigstens in technisch fortgeschrittenen Gesellschaften, daß immer mehr Menschen die natürliche Lebensgrenze erreichen.

Die wissenschaftliche Medizin hat großen Anteil an diesem Ergebnis, und sie ist dabei, zu versuchen, diese Grenze selber zurückzudrängen. Die theoretische Aussicht darauf scheint jedenfalls nicht mehr verschlossen. Das verlockt dazu, die weitere Verfolgung unserer Themas an die Frage zu knüpfen, ob es richtig ist, nicht nur den vorzeitigen, sondern den Tod überhaupt zu bekämpfen, und das heißt: ob beliebige Lebensverlängerung ein legitimes Ziel der Medizin ist. Wir wollen dies auf zwei Ebenen diskutieren: derjenigen des Gemeinwohls der Menschheit und derjenigen des individuellen Eigenwohls.

Das Allgemeinwohl der Menschheit ist engstens verknüpft mit der Zivilisation, und diese mit all ihren Stärken und Schwächen würde weder entstanden sein noch in Bewegung bleiben ohne die immer wiederholte Ablösung von Generationen durch Generationen. An dieser Stelle läßt es sich nun nicht länger hinausschieben, die Betrachtung des Todes zu ergänzen durch diejenige der Geburt, seines wesentlichen Gegenstücks, dem wir noch keine Aufmerksamkeit geschenkt haben. Natürlich war es stillschweigend in die Betrachtung individueller Sterblichkeit als Vorbedingung biologischer Evolution eingeschlossen. In der unvergleichlich schnelleren, nicht-biologischen Art der Evolution, die sich innerhalb der biologischen Identität der menschlichen Art abspielt durch die Generationen übergreifende Weitergabe und Ansammlung erlernten Wissens und Könnens, gewinnt das Zusammenspiel von Tod und Geburt eine ganz neue und vertiefte Relevanz. „Gebürtigkeit" („natality", um eine Begriffsprägung meiner lang verschiedenen Freundin Hannah Arendt zu verwenden) ist ein ebenso wesentliches Attribut der *conditio humana* wie es die Sterblichkeit ist. Sie benennt die Tatsache, daß wir alle geboren wurden, und das bedeutet, daß jeder von uns irgendwann anfing, hier zu sein, als andere schon lange da waren, und das stellt sicher, daß es immer solche geben wird, die die Welt zum ersten Male sehen, Dinge mit neuen Augen anschauen, staunen, wo andere durch Gewohnheit abgestumpft sind, starten, wo andere angekommen sind. Jugend mit all ihrer Tolpatschigkeit und Torheit, ihrem Eifer und ihrem Fragen ist die ewige Hoffnung der Menschheit. Ohne ihre immerwährende Ankunft würde die Quelle von Neuheut versiegen, denn die Alt- und Älterwerdenden haben ihre Antworten gefunden und bewegen sich auf eingefahrener Bahn. Das immer neue Anfangen, das nur um den Preis immer wiederholten Endens zu haben ist, ist der Schutz der Menschheit gegen das Versinken in Langeweile und Routine, ihre Chance, die Spontaneität des Lebens beizubehalten. Ein weiterer Gewinn der „Gebürtigkeit“ ist, daß jeder der Neuankömmlinge verschieden und einmalig ist. Es liegt in der Natur geschlechtlicher Fortpflanzung, daß keiner der durch sie Erzeugten genetisch die Wiederholung eines Vorgängers ist oder selber eine Wiederholung erfahren wird. (Das ist einer der Gründe, warum Menschen niemals gentechnisch „kloniert“ werden dürfen.)

Nun ist es offenkundig, daß ebenso, wie die Sterblichkeit durch Gebürtigkeit kompensiert wird, die Gebürtigkeit ihren Spielraum durch die Sterblichkeit erhält. Das Sterben der Alten schafft Platz für die Jungen. Diese Regel wird um so strenger, je mehr unsere Anzahl die Grenzen der natürlichen Umwelttoleranz bereits erreicht oder gar überschritten hat. Das Gespenst der Überbevölkerung wirft sowieso seinen Schatten über den Zutritt neuen Lebens; und der Anteil von Jugend muß schrumpfen in einer Bevölkerung, die gezwungen ist, statisch zu werden, aber zugleich ihren Altersdurchschnitt anhebt durch den erfolgreichen Kampf gegen vorzeitigen Tod. Sollten wir bei dieser Lage wirklich versuchen, das Leben weiter zu verlängern, indem wir an der natürlich gestellten, biologischen Uhr unserer Sterblichkeit herumbasteln, sie überlisten – und so den Raum für Jugend in unserer alternden Gesellschaft noch mehr verengen? Ich glaube, das Gemeinwohl der Menschheit gebietet uns die Antwort „Nein!“. Die Frage war ziemlich akademisch, da keine ernsthafte Chance in Sicht ist, die bestehende Barriere zu durchbrechen. Aber in unserer technologischen Trunkenheit haben wir immerhin davon zu träumn begonnen. Der wirkliche Gegenstand in meiner Überlegung war der Zusammenhang von Sterblichkeit und Kreativität in der menschlichen Geschichte. Wer immer also sich an der kulturellen Ernte aller Zeitalter in irgendeiner ihrer vielen Facetten erfreut und nicht ohne sie sein möchte, und ganz gewiß der Lobpreiser und Fürsprecher des Fortschritts, sollte in der Sterblichkeit einen Segen sehen und nicht einen Fluch.

Nun sind aber das Wohl der Menschheit und das des einzelnen nicht notwendig identisch, und manch einer möchte wohl sagen: Zugegeben, daß Sterblichkeit gut für die Menschheit als ganze ist, und auch zugegeben, daß ich dankbar ihren Ertrag annehme, für den andere bezahlt haben – was mich selber anlangt, so wünsche ich gleichwohl brennend, daß ich von dieser Regel ausgenommen sein möge und unbegrenzt fortfahre, ihre Früchte zu genießen, vergangene, gegenwärtige und zukünftige. Natürlich (so stellen wir uns ihn hinzufügend vor) müßte das eine Ausnahme bleiben, aber warum nicht ein paar ausgewählte Gleichbegünstigte als Gefährten in der Unsterblichkeit dazuhaben? Für „unbegrenzt" kann man auch „zwei- oder dreimal das normale Maximum" setzen, und dementsprechend „Unsterblichkeit" abändern. Würde dieser Wunsch wenigstens die Probe vorgestellter Erfüllung bestehen? Mir ist ein Versuch bekannt, diese Frage anzugehen: Jonathan Swifts schreckliche Beschreibung der „Struldbrugs" in „Gullivers Reisen", jener „Unsterblichen", welche „manchmal, wenn auch sehr selten", im Königreich Luggnagg geboren werden. Als Gulliver zum ersten Mal von ihnen hört, ist er entzückt vom Gedanken an ihr Glück und das einer Gesellschaft, welche solche Quellen der Erfahrung und Weisheit besitzt. Aber er muß hören, daß ihr Los erbärmlich ist, allgemein bedauert und verabscheut; ihr nicht endenwollendes Leben wird ihnen und den Sterblichen um sie herum zu immer wertloserer Last; sogar die Gesellschaft ihrer eigenen Artgenossen wird unerträglich, so daß z. B. Ehen bei einem bestimmten Alter geschieden werden, „weil das Gesetz dafür hält ..., daß diejenigen, die ohne eigene Schuld zu dauerndem Verbleib in der Welt verdammt sind, nicht ihr Elend verdoppelt haben sollen durch die Last eines Weibes" – oder eines Mannes, füge ich eilends hinzu. Und so weiter – es lohnt sich, Gullivers lebhafte Beschreibung zu lesen. Für den Zweck unserer Frage hat Swifts Phantasie einen Haken: Seinen Unsterblichen ist das Sterben versagt, nicht aber Altersschwäche und Senilität erspart – und damit ist natürlich der Ausgang seines Gedankenexperiments stark vorentschieden. Unsere Prüfung einer gedachten Erfüllung muß annehmen, daß diese nicht das Geschenk eines unerklärlichen Zufalls ist, sondern der wissenschaftlichen Kontrolle über die natürlichen Todesursachen und daher schon über die Altersprozesse entspringt, die dazu führen, so daß ein derart verlängertes Leben auch die Körperkräfte beibehält: Wäre *dann* die indefinite Verlängerung für die Subjekte selber erstrebenswert? Laßt uns verzichten auf solche Einwände wie den Hinweis auf das Ressentiment der Vielen gegen die Ausnahme für die Wenigen, wie immer sie erlangt sein möge, oder auf das Unedle schon des Wunsches danach, den Bruch der Solidarität mit dem gemeinsamen sterblichen Los. Urteilen wir nach rein egoistischen Gründen. Eine von Gullivers Beschreibungen gibt uns einen wertvollen Fingerzeig. „Sie erinnern sich an nichts als an das, was sie in ihrer Jugend und ihren mittleren Jahren gelernt und beobachtet haben". Das rührt an einen Punkt, der von seniler Altersschwäche unabhängig ist: Wir sind endliche Wesen, und selbst wenn unsere Vitalfunktionen unbeeinträchtigt weiterliefen, so gibt es doch Kapazitätsgrenzen unseres Gehirns für das, was es speichern und dem noch hinzufügen kann. Es ist die geistige Seite unserer Existenz, die früher oder später Halt gebieten muß, auch wenn die Hexenmeister der Biotechnologie eines Tages die Tricks entdeckt haben sollten, die Leibesmaschine unbegrenzt weiterlaufen zu lassen. Hohes Alter bedeutet beim Menschen eine lange Vergangenheit, die der Geist in seine Gegenwart mit einbegreifen muß als das Substrat seiner persönlichen Identität. Die Vergangenheit in uns wächst allezeit, mit ihrer Last von Wissen und Meinungen und Gefühlen und Entscheidungen und erworbenem Können und angenommenen Gewohnheiten und, natürlich, von Dingen über Dingen, die entweder erinnert oder, selbst wenn vergessen, doch irgendwie verzeichnet sind. Der Platz für all das ist finit und die genannten Hexenmeister müßten auch periodisch die alten Inhalte von Bewußtsein und Gedächtnis löschen können (wie bei Computern), um für neue Raum zu schaffen. Dies sind etwas ausschweifende Phantasien; wir bedienen uns ihrer nur, um die Bewußtseinsseite bei der Frage nach der Sterblichkeit und dem individuellen Wohl ins Licht zu stellen. Die schlichte Wahrheit unserer Endlichkeit ist die, daß uns endloses Fortexistieren (durch welche Mittel auch immer) nur möglich wäre um den Preis, entweder die Vergangenheit und damit unsere wahre Identität zu verlieren, oder nur in der Vergangenheit und damit ohne wirkliche Gegenwart zu leben. Ernsthaft können wir weder das eine noch das andere wollen und daher auch nicht ein physisches Fortleben um diesen Preis. Es würde uns in einer Welt gestrandet lassen, die wir nicht einmal als Zuschauer mehr verstünden – wandelnde Anachronismen, die sich selbst überlebt haben. Es ist eine sich ändernde Welt infolge der Neuankömmlinge, die fortwährend eintreffen und uns hinter sich lassen. Mit ihnen Schritt halten zu wollen ist zu unrühmlichem Scheitern verurteilt, um so mehr, als der „Schritt" sich derartig beschleunigt hat. Wenn wir älter werden, erhalten wir unsere Warnungen, unabhängig von unserem physischen Zustand. Um ein einziges Mal mich selbst als Beispiel zu nehmen: Es hält sich bis in mein Alter, nur wenig gedämpft, eine angeborene Sensibilität für visuelle und poetische Kunst durch; nach wie vor bewegen mich die Werke, die ich zu lieben gelernt habe und mit denen ich alt geworden bin. Aber die Kunst unserer Zeit ist mir fremd, ich verstehe ihre Sprache nicht, und in dieser Hinsicht fühle ich mich schon als Fremdling in der Welt. Die Aussicht, endlos immer mehr und in jeder Hinsicht ein solcher zu werden wäre erschreckend, und die Gewißheit, die dies ausschließt, ist beruhigend. So brauchen wir also nicht die Horror-Fiktion der jammervollen Struldbrugs, uns den Wunsch nach irdischer Unsterblichkeit zurückweisen zu lassen: Nicht einmal die Jungbrunnen, die uns die Biotechnologie vielleicht eines Tages anzubieten vermag, um die physischen Strafen für sie zu umgehen, können das Ziel rechtfertigen, der Natur mehr abzuzwingen, als sie unserer Spezies ursprünglich für die Länge unserer Tage zugedacht hat. An diesem Punkt also fallen Privatwohl und öffentliches Wohl zusammen. Und damit beschließe ich mein Plädoyer für die „Sterblichkeit als Segen".

Es sei gesagt, daß diese Seite der Sterblichkeit, die nur im Denken erkannt, doch in keiner Erfahrung gefühlt wird, nichts von der Last hinwegnimmt, die allem Fleisch durch die immergegenwärtige Möglichkeit des Todes auferlegt ist. Betont sei auch, daß das, was wir hier über einen „Segen" für die Einzelperson gesagt haben, nur auf ein vollständiges Leben, satt an Jahren, zutrifft. Diese Voraussetzung ist weit davon entfernt, als Regel erfüllt zu sein, und in allzu vielen Gesellschaften mit niedriger Lebenserwartung ist sie die seltene Ausnahme. Es ist eine Pflicht der Zivilisation, vorzeitigen Tod unter Menschen weltweit und in allen seinen Ursachen zu bekämpfen – Hunger, Krankheit, Krieg und so fort. Was unsere Sterblichkeit als solche angeht, so kann unser Verstand keinen Streit darüber mit der Schöpfung haben, es sei denn, er verneint das Leben selbst. Was jeden von uns betrifft, so könnte das Wissen, daß wir hier nur kurz weilen und daß unserer zu erwartenden Zeit eine unverhandelbare Grenze gesetzt ist, sogar nötig sein als Antrieb dafür, unsere Tage zu zählen und sie so zu leben, daß sie durch sich selber zählen.

Amsterdam, 19. 3. 1991

Übersetzt aus dem Englischen von Reinhard Löw

Ernst Jünger

Im Interim

Notizen zur „Schere"

Auch nach der Jahrtausendwende wird sich die Entfernung des Menschen aus der Geschichte fortsetzen. Die großen Symbole „Krone und Schwert" verlieren weiterhin an Bedeutung; das Szepter verwandelt sich. Die historischen Grenzen werden sich verwischen; der Krieg bleibt geächtet, Machtentfaltung und Bedrohung werden planetarisch und universal.

*

Das nächste Jahrhundert gehört den Titanen; die Götter verlieren weiter an Ansehen. Da sie wiederkehren werden, wie sie es immer getan haben, wird das 21. Jahrhundert, kultisch betrachtet, ein Zwischenglied, also ein „Interim" sein. „Dieu se retire."

Daß der Islam eine Ausnahme zu machen scheint, darf nicht trügen; es liegt nicht daran, daß er der Zeit überlegen, sondern daran, daß er – titanisch gesehen – zeitgemäß ist.

*

Titanen kommen und gehen als Naturgewalten; sie werden gestalthaft, auch durch Tiere und Menschen, repräsentiert.

Hölderlin sagt ihre Ankunft in „Brot und Wein" voraus. Er limitiert auch ihre Herrschaft, indem er sie als Interim erklärt. Er meint, daß es in „dürftiger", also gottferner, Zeit für den Dichter „besser zu schlafen" sei. Dabei schließt er nicht aus, daß inzwischen Gewaltiges, wenngleich Gewaltmäßiges, geschieht. Es wachsen „Helden in eherner Wiege" heran, die aber nur „ähnlich" den Himmlischen sind.

Die letzte Zuflucht – Schlaf, Rausch und Vergessen – findet der Dichter bei Dionysos. In der Hinsicht geht Hölderlin mit Nietzsche konform.

*

Von Schopenhauer wird die Welt als Spielfeld des blinden Willens betrachtet; sie ist titanisch – zwar ewigem Wechsel unterworfen, doch vergänglicher Natur.

„Denn alles, was entsteht,
Ist wert, daß es zugrunde geht."

Die Frage, wieso denn trotz der Blindheit des Willens herrliche Bildungen entstehen, hat Darwin beantwortet. „Dann wohl auch eine Tadsch Mahal durch eine Menge zufälliger Steinwürfe?" wurde ihm als Gegenfrage gestellt.

Schopenhauer, der übrigens Darwins Theorie ablehnte, sucht den eigentlichen Sinn der Humanität in der Anschauung, also im Nichthandeln. Die zeitlose Erkenntnis bringt Kulte und Ideen, vor allem Kunstwerke hervor. Er glaubt, daß einst ein „geläuterter Buddhaismus" über Europa kommen könne: „Also eine Volksmetaphysik, Religion muß es seyn."

Ruskin: „Die endgültige Aufgabe der Kunst ist die Darstellung des göttlichen Wirkens in der Natur." Annäherung also.

*

Während Hölderlin dem Interim mit Bangen entgegensieht und Schopenhauer dem Titanismus skeptisch und pessimistisch begegnet, fühlt Nietzsche sich in ihm zuhaus. In seinem Schicksalsjahr 1888 notiert er, daß er das 21. Jahrhundert als seine geistige Heimat erkennt. Dieser sich steigernden Betonung des Willens korresponiert die sprunghafte Entwicklung der Energie innerhalb der technischen Welt.

*

Bezeichnend für Nietzsches Bejahung des Willens ist sein Verhältnis zur Zeit. Während Kant die Zeit zu den Formen der Anschauung zählt, ist sie für Nietzsche von unbedingter Realität. Diese Position erreicht ihren äußersten Punkt in der Lehre von der Ewigen Wiederkehr.

Diese Lehre wird meist insofern mißverstanden, als sie nicht eine Frucht der Erkenntnis, sondern ein Bekenntnis ist.

*

Oswald Spengler betont den besonderen Wert, den der Abendländer der Zeit zubilligt. Dem folgten spezifische Formen der Zeitmessung. Seit der Gotik gehören neben dem Kreuz die Uhren zur Ausstattung der Kirchtürme. Ihr Klang übertönt und beschattet das Land.

Diese Entwicklung hat um das Jahr Tausend herum mit der Erfindung der Räderuhr begonnen, welche die Elementar-Uhren ablöste. Unser Jahrhundert läßt sich unter anderem als ein Zeitalter der Uhren kennzeichnen: ihre Präzision und Laufdauer nähern sich der Vollkommenheit. Dazu kommt, daß ihr Rhythmus nicht nur das Kleinste und Größte vom Atom bis zum Universum ausmißt, sondern auch, etwa im Motor, die alltägliche Bewegung bestimmt.

Die Quarzuhr ist die Rückkehr der Elementar-Uhren auf geistiger Ebene. Die Erde häutet sich.

*

Der Untergang der „Titanic", ihr Scheitern am Eisberg, ist ein prophetisches Zeichen, wie es deren sonst nur im Mythos gibt. Unter anderem ist daraus zu schließen, daß es sich beim Fortschritt in der Tat um ein Interim handelt – um eine Erscheinung, die Anfang und Ende hat. Daß die Bäume nicht in den Himmel wachsen, hat man freilich schon immer gewußt.

Nun stellt sich die Frage, wie die Erde dann aussehen wird – oder nach dem „was sie will". Apokalyptische Visionen scheinen sich am Ende jedes Jahrtausends zu wiederholen – heut sind sie, der Weltstimmung entsprechend, vorwiegend technischer Natur.

Demgegenüber sagen die Astrologen eine ungemeine Vergeistigung voraus. Damit harmoniert die christliche Erwartung eines Zeitalters des Heiligen Geistes, das als drittes jenen des Vaters und des Sohnes folgt.

*

Wird das Interium als unverhüllte, also auch gestalthafte, Heraufkunft der Titanen betrachtet, so muß mit ihm vor allem eine Veränderung der Erde verknüpft sein, wie sie sich bereits, und nicht zuletzt durch Katastrophen, ankündet. Wahrscheinlich wird dabei die Mitwirkung und das Verschulden des Menschen überschätzt. Ex negativo ist das schon daraus zu schließen, daß er sich letzthin als ohnmächtig erweist – falls er nicht sogar noch Öl ins Feuer gießt.

*

Auch wo die Naturgewalten sich untereinander abgleichen, geschieht es nicht ohne Rangordnung. Herkulische, kentaurische und prometheische Gestalten beginnen sich abzuzeichnen – als deren erste die des Arbeiters. Die Technik ist seine Uniform. Als Weltsprache befreit sie die Triarier vom Rechnen und vom Alphabet, vielleicht vom Schulzwang überhaupt.

Nicht zu vergessen sind die Giganten und Chimären; sie treten dort auf, wo die Forschung, wie in der Kern- und der Gentechnik, ihre Grenzen berührt und sie zu überschreiten beginnt.

*

Die wachsende Vergeistigung ist zwar hochgefährlich, doch auch imstande, der Vernichtung Paroli zu bieten – zum Beispiel dem Krieg, indem sie ihn zu einem Austausch von Formeln reduziert. Der Unterlegene gibt auf wie bei einer Schachpartie. Falls er den Spieltisch umwirft, wird ihm das Schicksal der Giganten zuteil.

*

Auch der Weltstaat wird die Gewalt nicht abschaffen, da sie zur Schöpfung gehört. Der Krieg verwandelt sich in Polizei-Aktionen kleineren und größeren Umfanges. Da die Kernwaffen monopolisiert sind, haben Aufstände keine Aussicht, doch der Terror wird zunehmen.

*

Der Fortschritt der Technik kann auch in Magie münden. Der Umsatz von Gedanken in Aktion beginnt sich auf manchen Gebieten anzubahnen, besonders im Verkehr. Schon ein Telephongespräch ist so einfach nicht, wie es scheint. Lichtschranken, Transplantate, Chimären, Erscheinung von Toten auf dem Bildschirm und so fort.

*

Es mehren sich Biotope, auf denen man, um zu agieren, kaum noch die Hand zu rühren braucht. Ein solcher Zustand entfernt aus der Geschichte schon deshalb, weil er behagt. Nietzsche hat ihn im „Letzten Menschen" vorausgesehen, und Huxley hat ihn detailliert. Das Interim verflacht. Damit verbindet sich Fellachisierung – ein Dasein ohne historisches Bewußtsein und höheren Anspruch – man lebt für den Tag.

Die Eliten werden kleiner und mächtiger, denn auch sie erreichen die Grenze, an der sich der Gedanke transformiert.

*

Titanen leben und wirken in der Zeit. Ihre Macht bestätigt sich in der Ewigen Wiederkehr. Diese Ewigkeit ist nicht das Ende der Zeit und der Zeiten, sondern deren endlose Ausdehnung. Ein Schnitt, und ihr Ende ist erreicht.

Die Titanen bedürfen keiner Gebete; ihnen wird durch Arbeit gedient. Sie werden hoch geachtet, obwohl ihr Name sich hinter ihrem Wirken verbirgt. So sagt man heute nicht mehr Uranos, sondern Uran. Auch Pluton, obwohl erdmächtig, zählt nicht zum Olymp.

*

Die Götter sind nicht ewig, sondern zeitlos – insofern erfüllen die an sie gerichteten Gebete nicht die irdische Hoffnung, wohl aber werden sie über jede Hoffnung hinaus erfüllt.

Die Ankunft von Göttern läßt sich ahnen – doch weder berechnen, noch voraussagen. Aber sie müssen erscheinen, denn ohne Götter keine Kultur. Auf Erscheinungen richten sich vor den großen Wenden sowohl naive wie begründete Erwartungen.

Eine Erscheinung kann noch tausend Jahr und länger im Abglanz wärmen und als Echo antworten, doch wird sie mit der Zeit schwächer, und damit ermattet die Theologie. Jede Predigt wird zur mehr oder minder gelungenen Grabrede. Daher wirkt sie an den Gräbern am stärksten noch.

*

Im Interim sind Götter selbst in der Dichtung unzeitgemäß; am besten wird ihr Name neutralisiert. Dem entspricht, daß Göttliches, um in hoher Vergeistigung zu erscheinen, weder der Maske von Tieren noch von Menschen bedarf. Freilich bedingen neue Mutationen auch einen neuen Erkenntnisstand. Daran wird es nicht mangeln, denn die Schere schneidet am schärfsten, wenn sie sich zu schließen beginnt.

Wolfgang-Andreas Schultz

Die Postmoderne und das Ganze

Zur Kritik des Pluralismus-Konzepts

I

In jüngster Zeit ist der Begriff des „Ganzen" arg in Mißkredit geraten, zumal im Umkreis der Philosophen, die als Vertreter „postmodernen" Denkens gelten, am deutlichsten wohl bei dem französischen Philosophen Jean-François Lyotard: „Krieg dem Ganzen, zeugen wir für das Nicht-Darstellbare, aktivieren wir die Widerstreite, retten wir die Ehre des Namens." So schließt er seinen Aufsatz „Beantwortung der Frage: Was ist postmodern?".[1] Dahinter steht die Erfahrung, daß der Begriff des Ganzen leider nur zu oft mißbraucht wurde zur Legitimation von partikularen Interessen, die sich als Interesse des Ganzen ausgaben und andere, gleichermaßen legitime partikulare Interessen unterdrückten. Wolfgang Welsch drückt das in seinem Buch „Unsere postmoderne Moderne" so aus: „Zu ‚erfüllter' Totalität kann man nicht anders als durch Totalisierung eines Partikularen gelangen, und das heißt zugleich: durch massive Elimination anderer Optionen, durch eklatanten Ausschluß. Das Ganze wird nur erreichbar, indem man gegen seine Logik, gegen seine Dialektik, gegen seinen Ausgriff verstößt. Terror ist der einzig effiziente Weg zum Ganzen. Und der Weg vom strukturellen zum faktischen Terror ist kurz."[2] Im Begriff des „Pluralismus", im Nebeneinander verschiedenster und gegensätzlichster Positionen sieht Welsch die Signatur der Postmoderne in Reaktion auf die von Totalitätsansprüchen geprägte Moderne. „Die Postmoderne beginnt da, wo das Ganze aufhört."[3] Im Pluralismus sieht er ein genuin demokratisches Konzept: „Was in den Augen vieler an der Postmoderne prekär und beunruhigend ist, daß nämlich zwischen den heterogenen Ansprüchen keine rechtlich begründete Entscheidung mehr getroffen werden kann, dieses irritierende Moment eines radikalen Pluralismus ist in der Demokratie prinzipiell akzeptiert und institutionalisiert."[4]

Nun ist es Welsch natürlich nicht verborgen geblieben, daß gerade bei der

Übertragung des Pluralismus-Konzepts auf den Bereich der Kunst Gefahren lauern: die der Beliebigkeit, des beziehungslosen Nebeneinander, des oberflächlichen Eklektizismus. „Potpurri und Disneyland sind die naheliegenden Verfehlungen der angestrebten Vielfältigkeit."[5] Um eine Beziehung zwischen den verschiedenen „Sprachen" eines postmodernen Kunstwerks herstellen zu können, um die heterogenen Materialien, die verschiedenen historischen Schichten eines Werkes miteinander in Verbindung zu bringen, muß er den Begriff des „Ganzen" in irgendeiner Form doch wieder ins Spiel bringen. Zentral werden dabei vor allem Begriffe wie „Übergang", „Austauschprozeß" und „Dialog": „Übergängigkeit ist zum Ideal geworden".[6] Von seiner Konzeption „transversaler Vernunft" sagt er: „Sie stellt eine Einheitsform dar, die nicht bloß formale Gemeinsamkeiten zwischen Lebensformen verständlich, sondern auch eine materiale Kooperation ihrer möglich macht und die das so tut, daß sie dabei nicht wieder stillschweigend eine Totalisierung einführt und der konventionellen Dialektik von Einheit – der Sistierung des Vielen, um dessen Produktivität es doch ginge – erliegt."[7]

Welsch gibt nur aus dem Bereich der Architektur Beispiele für gelungene künstlerische Pluralismus-Konzeptionen. Um ästhetische Positionen aber wirklich auf den Prüfstand zu stellen, gerade auch, um zu prüfen, ob diese Art, den Begriff des Ganzen wieder einzuführen und ihn zugleich doch zu negieren, für die Ästhetik fruchtbar ist, dürfte es sich lohnen, das Problem einmal von einer anderen Kunst her aufzurollen. Bei den folgenden Überlegungen gehe ich von der Musik aus, die als zumeist gegenstands- und (im Sinne der Architektur) funktionslose Zeitkunst bestimmt geeignet ist, mögliche andere Aspekte und Kritikpunkte sichtbar zu machen.

II

Welsch hat von postmoderner Kunst eine recht präzise Vorstellung, so präzise offenbar, daß gelegentlich das Wort „verbindlich"[8] fällt und sich bisweilen der Verdacht einschleicht, ob da nicht doch wieder eine ästhetische Norm gesetzt wird, nur daß diese Norm jetzt eben „Pluralismus" heißt. Sein Grundgedanke ist, daß die Postmoderne entfaltet, was in der Moderne bereits angelegt ist („Die Postmoderne als exoterische Alltagsform der einst esoterischen Moderne" ist ein Abschnitt überschrieben).[9] In diesem Sinne wird die Moderne charakterisiert als „eine gigantische Dekomposition des alten, ganzheitlichen Wesens der Kunst und eine glänzende Bearbeitung und Reindarstellung der

Momente des solcherart fraktionierten artistischen Feldes."[10] Zentraler Begriff wird der von Umberto Eco schon 1962 eingeführte der „Diskontinuität";[11] Welsch spricht von „der Vorbildfunktion moderner ästhetischer Techniken – der Montage und der Collage – für postmoderne Lebensformen".[12] Es leuchtet ein, daß eine solche Ästhetik der Brüche den Boden dafür bereitet, auch Elementen verschiedenster Traditionen wieder Eingang in die zeitgenössische Kunst zu verschaffen. Natürlich werden sie entweder als Zitate aus ihrem ursprünglichen ganzheitlichen Zusammenhang herausgebrochen, oder aber, im Falle, daß es Neuerfindungen in einer älteren Sprache sind (Stilzitate), muß verhindert werden, daß die ältere Sprache sich als stimmiges Ganzes wiederherstellt; immer also müssen Schnitte, Brüche usw. die wachsenden Zusammenhänge zerschneiden und das Kunstwerk für ganz andere Materialien offenhalten. In diesem Sinne beerbt in der Tat die postmoderne die moderne Kunst und verbreitet deren Gestaltungsweise über alle Bereiche der Gesellschaft. „Bedeutsamer noch als die künstlerische Fortsetzung ist freilich die lebensweltliche Übersetzung. Aus den avantgarde-ästhetischen Paukenschlägen sind Rhythmen des Alltags geworden. Fragmentierung, Szenenwechsel, Kombination des Diversen, Geschmack an Irritation sind heute allgemein, von der Medienkultur über die Werbung bis zu Privatleben."[13] Die Erfüllung der Moderne im Video-Clip?

Dieses Bild einer postmodernen Kunst und Lebenswelt erscheint merkwürdig alternativlos. Welsch weiß zwar um die Tradition der Gegenströmungen gegen die Neuzeit und die Moderne, gesteht ihnen durchaus auch eine gewisse Berechtigung zu, versucht dann aber, sie auf recht billige Art einzugemeinden, indem er schreibt: „Die Postmoderne erkennt in ihnen die Phase, in der das, was sie will – Pluralität –, scheitert, weil die Gegenmotive selbst noch dem neuzeitlichen Geist der Ausschließlichkeit anhängen, anstatt schon den postmodernen der Pluralität zu vertreten."[14] Im Übrigen scheint ihm alles, was im Verdacht steht, „prämodern" zu sein, verdächtig. Ironisch und etwas verächtlich spricht er von den Beschwerdeführern, „die ihre Heimstatt im 18., allenfalls im 19. Jahrhundert haben." „Die Opponenten (gegen die Moderne des 20. Jahrhunderts) kennen entweder diese Moderne nicht oder – was wahrscheinlicher ist – sie mögen sie nicht oder wollen sie jedenfalls nicht wahrhaben, sondern möglichst schnell – und eventuell gerade via Postmoderne – hinter sich bringen."[15]

Hier lohnt es sich, kurz innezuhalten. Es muß doch wohl erlaubt sein, die Moderne nicht zu mögen! Gerade wenn diese durch die Ästhetik der Brüche, den Kult des Unorganischen definiert wird. Ist Welsch sich darüber klar, welches Potential an Zerstörerischem diese Ästhetik enthält? Ist eine Position, die gerade nicht den Bruch will, sondern die organische Entfaltung, ästhetisch nicht legitim? Sollen die, die glauben, daß es für die Menschheit überlebenswichtig ist, wieder organisch (also in Zusammenhängen und Entwicklungen) denken, sehen und hören zu lernen, in der Kunst keine legitime Sprache finden dürfen? Deutlich wird diese Blickverengung an einem Beispiel, das Welsch aus der Musik gibt: „Schönberg und Strawinsky sind, obwohl beide erklärtermaßen modern, offenkundige Antipoden."[16] Das ist richtig, aber was ist mit Richard Strauß, Hans Pfitzner, Ermanno Wolf-Ferrari? Der Riß im 20. Jahrhundert geht hindurch zwischen denen, die „modern" sind, und denen, die diese „Moderne" ablehnen, weil sie ein Gespür für den Preis der Moderne haben, für die Verluste, mit denen sie erkauft ist, – und diese Ablehnung kann sich durchaus auch auf die „pluralistische Postmoderne" übertragen, sofern diese die Tendenzen der Moderne weiterdenkt. Zustimmend schreibt Welsch: ... Lyotard wies der Postmoderne gar ausdrücklich die Aufgabe zu, ‚das Werk der Avantgarde-Bewegungen fortzuführen'".[17] Vielleicht sagt mancher dazu: Nur bitte das nicht!

Aber zurück zum Pluralismus. Wir werden vielleicht klarer sehen, wenn wir uns verdeutlichen, daß der Begriff „Pluralismus" zwei Ebenen hat, die Welsch immer durcheinanderbringt:

Die eine Ebene ist die gesellschaftliche, die das Neben-, Mit- und Gegeneinander unterschiedlichster Positionen beschreibt. Ich nenne sie die formale Ebene. Dieser Pluralismus, der sehr viel auch mit Toleranz zu tun hat, gilt natürlich auch im Bereich der Kunst, wo ein Nebeneinander verschiedenster Positionen selbstverständlich ist, seien sie nun modern, postmodern, prämodern oder wie auch immer zu nennen.

Die andere Ebene ist die stilistische Ebene, ein Pluralismus in dem Sinne, wie Welsch ihn im Weiterdenken der Moderne und ihrer Tendenzen zu Bruch und Collage beschreibt. Man könnte sie die inhaltliche Ebene nennen.

Der entscheidende Punkt ist der, daß aus der Anerkennung des Pluralismus auf der formalen Ebene, die selbstverständlich sein sollte, nicht die des Pluralismus auf der inhaltlichen Ebene folgt. Welsch suggeriert aber genau das. Tatsächlich haben diese Dinge allenfalls peripher miteinander zu tun. Der inhaltliche Pluralismus in Welschs Sinne ist nur eine der Möglichkeiten, auf die Moderne und ihre Probleme zu reagieren, niemals die einzige und schon gar nicht die einzig legitime. In der Musik gibt es heute neben pluralistischen Strömungen (einer der ersten war B. A. Zimmermann, der wichtigste Vertreter heute ist wohl Alfred Schnittke) auch die Minimal-Music (Steve Reich, Philip Glass,

John Adams, die weder prämodern noch pluralistisch sind), oder Komponisten wie Penderecki, die wieder an die Tradition der Spätromantik anknüpfen. Durch die Suggestion einer zwangsläufigen Folge der inhaltlich pluralistischen Position aus der Anerkennung der formalen tut Welsch genau das, was er seinen holistischen Gegnern vorwirft: er vereinheitlicht und grenzt aus, macht eine partikulare Reaktion auf die Moderne verbindlich. Ich möchte mich aber nicht seiner Sichtweise anschließen, das mit Unterdrückung und Terror in Verbindung zu bringen.

III

Auch bei Welsch findet sich gelegentlich die Formel von der „Gleichzeitigkeit des Ungleichzeitigen"[18] für die Postmoderne, aber eingelöst werden kann dieser Gedanke offenbar nur in der Form, daß fragmentierte traditionelle Sprachelemente neben modernen in ein pluralistisches Kunstwerk eingehen. An die Tradition in der Art anzuknüpfen, daß ein Werk als organisches Ganzes gestaltet wird (angenommen, es lassen sich so auch „moderne" Ausdrucksformen integrieren), wird als „prämodern" abgelehnt. Durch die Verengung des Blicks auf die pluralistischen Strömungen, die – neben anderen – auf die Moderne antworten, macht er sich die Auseinandersetzung um die Moderne leicht, – die wirkliche Schärfe dieser Auseinandersetzung hat er offenbar nicht wahrgenommen, oder will sie nicht wahrnehmen.

Gelegentlich fällt der Begriff „prämodern". Wenn er mehr sein soll als ein Schimpfwort wie früher „restaurativ" oder „reaktionär", lohnte es sich, über ihn nachzudenken. Dabei müssen wir im Auge behalten, daß jede Philosophie und jede Kunst ihre Basis letztlich in Erfahrungen besitzen, die der Philosoph bzw. der Künstler mit sich, mit anderen Menschen, mit der Gesellschaft macht. Dies, daß auch Philosophie Ausdruck von Erfahrungen ist, wird gern ausgeblendet, im Diskurs selten thematisiert (man möchte dem Anderen keinesfalls zu nahe treten); möglich, daß er oft gar nicht wahrgenommen oder einfach verdrängt wird.

In der ersten Hälfte unseres Jahrhunderts haben die Menschen viele entscheidend neue Erfahrungen gemacht (oder machen müssen), die natürlich auch künstlerisch gestaltet wurden, – sie machen den Kern der Moderne aus, sie sind es, die sich teilweise in Dekomposition und Diskontinuität äußern, zur Ästhetik der Brüche führen, – aber nicht unbedingt führen müssen. Die Konzentration auf diese eher sekundären Phänomene verstellt den Blick für die dahinterstehenden Erfahrungen, die sich eben auch anders äußern können. Gerade die für die weitere Entwicklung so bedeutsame Musik Weberns hat mit Montage und Collage nichts, mit Brüchen kaum etwas zu tun, sondern reagiert auf diese neuen Erfahrungen mit einer extrem konzentrierten, ins Lyrische zurückgenommen, hochexpressiven Musik und dem Versuch, im neuen Tonmaterial eine reine musikalische Sprache ohne alle Gewaltsamkeit zu finden. Aber auch in der Musik des expressionistischen Schönbergs spielen Collagen keine Rolle. Anders dagegen Strawinsky. Beide, Schönberg und Strawinsky, reagieren verschieden auf die neuen Erfahrungen. Und Richard Strauss, reagiert er nicht auch auf die neuen Erfahrungen? In „Elektra" gewiß, aber auch, wenngleich in anderer Weise, in der „Ariadne" oder in der „Frau ohne Schatten". Einmal unterstellt, daß es so etwas wie Erfahrungen gibt, die eine Epoche, ein Jahrhundert prägen, so werden diese Erfahrungen doch durch die jeweils individuelle Psyche ganz unterschiedlich gebrochen; gibt es doch viele verschiedene Arten, sie zu verarbeiten, auf sie zu reagieren.

Die wohl unangenehmste Art, wie Vertreter der Moderne mit ihrer Ästhetik Druck ausgeübt haben, geschah durch die Vorstellung, es gäbe so etwas wie verbindliche Erfahrungen, von denen die Kunst auszugehen habe; – dabei resultiert diese scheinbare Verbindlichkeit nur aus der Verabsolutierung einer bestimmten Art, mit den neuen Erfahrungen umzugehen. So sind Adornos Postulate, wie zu komponieren sei, welches der aktuelle Materialstand sei usw. doch letztlich Postulate, von welchen Erfahrungen man ausgehen und wie man mit ihnen umzugehen habe. Komponisten, die von anderen Erfahrungen ausgehen, oder anders auf sie reagieren, geraten dann schnell ins Abseits, oder sie erliegen der Gefahr, sich anzupassen und die Moderne als Mode zu übernehmen, ohne daß ihre Musik noch von Ausdrucksimpulsen getragen würde. Durch die Erklärung, bestimmte Verfahrensweisen (seien es nun Collage, oder Zwölftontechnik, oder andere) wären verbindlich, bevormunden die Ästhetiker der Moderne die Menschen im Hinblick auf ihre eigenen Erfahrungen, sprechen anderen Erfahrungen als den ihren die Legitimität ab.

Es ist eine Frage des Geschichtsbildes, ob man von verbindlichen Erfahrungen sprechen kann, denn das würde bedeuten, daß andere, diesen widersprechende Erfahrungen nie mehr gemacht werden können, daß also auch bestimmte Erfahrungen geschichtlich überholt sind. In diesem Sinne huldigt auch Welsch einer in der gegenwärtigen ästhetischen Diskussion kaum jemals befragten Unilinearität der Geschichtsvorstellung: „seit Baudelaire" oder „seit Nietzsche"[19] sind Formulierungen, die Verbindlichkeit und Unumkehrbarkeit von Erfahrungsprozessen suggerieren. Aber man wird doch fragen müssen: welche persönlichen und gesellschaftlichen Umstände mögen zu solchen Erfahrungen geführt haben? Sollte es nie mehr möglich sein, andere Erfahrungen zu machen? Welche persönlichen und gesellschaftlichen Umstände müßten gegeben sein, um wieder Erfahrungen von – sagen wir ruhig – Harmonie und Schönheit zu machen? Oder von Versöhnung und Ganzheit? Könnten solche Umstände vielleicht wieder eintreten? Wäre es nicht sogar zu wünschen, daß sie wieder einträten?

Wenn man die Vorstellung von der Unumkehrbarkeit von Erfahrungsprozessen nicht teilt, stellt sich das Problem des „Prämodernen" in einem ganz anderen Licht dar. Der Erfahrungsschatz der Menschen und dessen künstlerische Gestaltung werden ja doch reicher, durch die Moderne treten neue Erfahrungen hinzu, die doch aber nicht im Bewußtsein gestaltet werden, schon vorher von anderen gemachte Erfahrungen (die lebendig bleiben und auch weiterhin gemacht werden können) auf Dauer zu verdrängen. Leider gingen aber in der Moderne viele Künstler den Weg, den bereits vorhandenen Fundus an Erfahrungen an die weiterlebende Musik der früheren Jahrhunderte gleichsam zu delegieren und aus der eigenen Sprache immer stärker auszugrenzen. Solche Erfahrungen leben dann nur in den sogenannten „konservativen" Strömungen weiter (die nun allerdings ihrerseits oft die Erfahrungen der Moderne ausgegrenzt haben), und – entstellt – in der Trivialmusik. So sind die „fortschrittliche" Moderne und die „konservativ-restaurativen" Strömungen eigentümlich komplementär aufeinander bezogen. Aufgabe wäre es, die jeweils abgespaltenen Erfahrungen und Ausdrucksbereiche in die eigene Sprache zu integrieren. Als Postulat könnte man formelhaft sagen: Postmoderne = Moderne + Prämoderne.

Bedeutende Kunst zeichnet sich immer durch einen großen Reichtum an Erfahrungen aus, schon von daher gesehen wäre die Intergration von Ausdrucksformen, die auf unterschiedlichen Erfahrungen beruhen, eine sinnvolle Aufgabe. Man darf aber nicht vergessen, daß es um Erfahrungen geht, nicht um Techniken. So stellt etwa die Zwölftontechnik nicht den Ausdruck einer neuen Erfahrung dar, sondern ist nur die konstruktive Absicherung einer Sprache, die den Erfahrungen des Expressionismus zum Ausdruck verhalf (der sog. freien Atonalität). Insofern braucht der, der eine solche Integration anstrebt, nicht jeden Unfug der letzten Jahrzehnte (zumal den Serialismus und die Aleatorik) mitgemacht zu haben und in seinen Werken zu berücksichtigen, andererseits kann ich mir keinen Komponisten heute vorstellen, der nicht die freie Atonalität, die Sprache des Expressionismus, satztechnisch beherrscht (das heißt zugleich: sich den Erfahrungen der Moderne nicht geöffnet hat), – aber da mag ich mich auch täuschen.

Wenn jetzt nach der Moderne die Wiedergewinnung ausgegrenzter, verdrängter oder verloren geglaubter Erfahrungen einsetzt, der Versuch, die durch die Moderne entstandenen Verlust auszugleichen, die durch sie geschlagenen Wunden zu heilen durch Reintegration sog. „prämoderner" Erfahrungen, dann beginnt auch die Formel von der „Gleichzeitigkeit des Ungleichzeitigen" fragwürdig zu werden: auch das „Ungleichzeitige" ist „jetzt", nichts ist „ungleichzeitig", es gibt nur eine Fülle von Erfahrungen, die von Glück und Todesangst, von der Wärme des Nahseins und der Kälte des Ausgesetztseins, von Harmonie und tödlichen Rissen. Die Moderne hat wesentliche Erfahrungen zur Sprache verholfen, aber es sind nicht die einzigen Erfahrungen, die ein Mensch heute machen kann. Je reicher an Erfahrungen, desto reicher ist ein Kunstwerk in jeder Hinsicht. Von nichts anderem träumt eine Kunst nach der Moderne, die sich vielleicht besser nicht „postmodern" nennen sollte: dieser Begriff ist für Phänomene vergeben, die mit dem hier skizzierten Ideal einer Kunst jenseits der Moderne selten etwas zu tun haben.

IV

Über den Gedanken der Integration verschiedenster und gegensätzlicher Erfahrungsbereiche kehren wir zu unserem Ausgangspunkt zurück: dem Begriff des „Ganzen". Ich würde aber jetzt lieber von „Ganzheit" sprechen, weil das dem Sprachgebrauch der Psychologie C. G. Jungs entspricht: „Als Ganzheit ist das Selbst per definitionem immer eine complexio oppositorum, ...",[20] und genau dies ist gemeint mit der Integration verschiedener Ausdrucksformen zu einer Ganzheit. Es leuchtet ein, daß die Einwände von Lyotard und Welsch gegen den Begriff des Ganzen hier gar nicht greifen, denn wo Unterdrückung herrscht, gibt es – per definitionem – keine Ganzheit, da gibt es einen „Schatten", den zu integrieren die Aufgabe wäre. Als „complexio oppositorum" enthält der Begriff „Ganzheit" natürlicherweise gewisse „pluralistische" Elemente, – von daher gesehen ist es unverständlich, weshalb der Ganzheits-Begriff Jungs in der Postmoderne-Diskussion bislang keine Rolle gespielt hat, wie denn auch bei Welsch das Fehlen einer psychologischen Tiefendimension für eine gewisse Oberflächlichkeit der Betrachtung verantwortlich ist.

Jung zufolge ist das Streben nach Ganzheit nichts, worüber der Mensch bewußt verfügen könnte: „Was immer das Ganze des Menschen, das Selbst, an sich bedeuten mag, so ist es empirisch ein vom Unbewußten spontan hervorgebrachtes Bild des Lebenszieles, jenseits der Wünsche und Befürchtungen des Bewußtseins. Es stellt das Ziel des ganzen Menschen dar, nämlich das Wirklichwerden seiner Ganzheit und Individualität mit oder gegen seinen Willen. Die Dynamis dieses Prozesses ist der Instinkt, der dafür sorgt, daß alles, was in ein individuelles Leben hineingehört, auch hineinkommt, ob das Subjekt dazu ja sagt oder nicht, oder ob ihm bewußt wird, was geschieht, oder nicht".[21] Dieser Gedanke läßt sich unschwer auf die Kunst übertragen, unmittelbar einleuchtend im Hinblick auf den einzelnen Künstler und die Entwicklung seines Lebenswerks. Genau deshalb sind ja oft die Spätwerke von einer bemerkenswerten Vielfalt an Ausdrucksformen (und damit auch an historischen Bezügen) geprägt, man denke an Mozart und seine „Zauberflöte" mit ihrer Synthese von Seria- und Buffo-Stil, von klassischem Lyrismus und barocker Kontrapunktik, oder an seine „Jupiter-Symphonie" mit ihrer Vereinigung von Sonate und Fuge im Finale; oder man denke an Beethoven und seine späten Streichquartette. Aber auch im Hinblick auf das, was in einer Epoche an Erfahrungen präsent ist, gilt die Aufgabe der Integration, der Herstellung der Ganzheit. Je mehr Erfahrungsbereiche ein Künstler in sein Werk hineinläßt, desto größer seine Kunst. Das widerspricht freilich der Tendenz zur Spezialisierung und Ausgrenzung bei den Avantgarde-Bewegungen. So wichtig Avantgarden bei der künstlerischen Gestaltung neuer Erfahrungsbereiche auch sind: ein Künstler, der nur Avantgardist ist, wird nie ein großer sein können.

In diese künstlerische Ganzheit gehen naturgemäß auch Erfahrungen ein, die nicht spezifisch „modern" sind, die schon vor der Moderne gestaltet waren, also einen historischen Bezug herstellen. Aber genau das ist auch die Situation in der Seele eines jeden Einzelnen. Jung geht soweit, zu behaupten: „Die wahre Geschichte des Geistes ist nicht in gelehrten Büchern aufbewahrt, sondern in dem lebenden, seelischen Organismus jedes Einzelnen."[22] Insofern kann nur eine Kunst der ganzen seelischen Vielfalt zum Ausdruck verhelfen, der es gelingt, ältere Schichten („prämoderne") und neuere („moderne") in einer Sprache zu vereinigen. Wohlgemerkt: es geht hier um die seelische Bilderwelt mit ihrer historischen Tiefendimension, nicht um die Montage von Traditions-Fragmenten; um eine Kunst, in der sich diese Bilderwelt aus dem Inneren nach außen entfaltet, und nicht um den verfügenden Rückgriff auf fremd gewordene Traditionen.

V.

Im Lichte dieser Überlegungen wird auch der Begriff der „Doppelkodierung" bzw. „Mehrfachkodierung", den Charles Jencks in die Postmoderne-Diskussion eingeführt hat, problematisch. „Die Postmoderne versucht, den Anspruch des Elitären zu überwinden, nicht durch Aufgabe desselben, sondern durch Erweiterung der Sprache der Architektur in verschiedene Richtungen – zum Bodenständigen, zur Überlieferung und zum kommerziellen Jargon der Straße. Daher die Doppelkodierung, die Architektur, welche die Elite und den Mann auf der Straße anspricht."[23] Ganz offenkundig ist das auf den Rezipienten hin gedacht. Vom Produzenten her gedacht führt das zu einer kühl kalkulierten Mischung der Sprachen, um die einzelnen Rezipienten-Gruppen zufrieden zu stellen. Folgerichtig kann sich Jencks den Zusammenhang auch nur als ein „rhetorisches Ganzes"[24] vorstellen, das nicht viel gemein hat mit dem hier entfalteten Gedanken einer substanziellen Ganzheit.

Diese kann aber nur erreicht werden, wenn Kunst Ausdruck ist, substanzieller, undistanzierter Ausdruck statt einer auf Wirkung hin kalkulierten Stilmischung. Und wenn sich durch eine Vielfalt von Ausdrucksformen eine gewisse „Pluralität" ergibt, sich verschiedene historische Bezüge herstellen, dann verweist diese „Pluralität" aber immer auf die Einheit des sich ausdrückenden Subjekts, d. h. sie erscheint als innere Ausdifferenzierung eines persönlichen Stils. Es ist die Innenwelt jeweils *eines* Künstlers, die „Pluralität" der Ausdrucksformen und der historischen Bezüge muß von jeweils *einem* Menschen erfahren und gestaltet sein. Wir sagten, von der Genese her betrachtet: innere Ausdifferenzierung eines persönlichen Stils; vom Ergebnis her betrachtet erscheint derselbe Sachverhalt als Integration verschiedener Ausdrucksformen durch einen persönlichen Stil. Der aber wäre so etwas wie eine „Metasprache", ohne die Welsch auszukommen glaubt. Er schreibt, bezogen auf die Mehrsprachigkeit des postmodernen Kunstwerks: „Die Sprachen kommunizieren – ohne einer Metasprache zu bedürfen oder eine solche zu konstituieren".[25] Der Verzicht auf eine „Metasprache", auf individuelle Durchbildung der Elemente verschiedener Sprachen, bedeutet Verzicht auf einen persönlichen Stil. Der aber ist nicht nur notwendig, sondern ergibt sich zwangsläufig, wenn die verschiedenen Sprachen aus jeweils einer Innenwelt hervorgehen, wenn sie auf eine individuelle Ganzheit verweisen. Bereits 1961 hat Ernest Ansermet genau dies für die zeitgenössische Musik gefordert, „daß nun, da alle stilistischen Möglichkeiten zutage gefördert sind, der Komponist sich auch frei ihrer bedienen kann, ohne sich über die ganze Länge eines Musikstücks an einem bestimmten Stil binden zu müssen, vorausgesetzt, daß sie in einen einheitlichen sprachlichen Gesamtausdruck eingeschmolzen werden. Jedoch verlangt eine derartige Integration verschiedener Stile in einen persönlichen Stil eine Persönlichkeit und ein Genie des Ausdrucks."[26]

Gerade das Problem der Identitätsfindung ist bei Welsch völlig ausgeklammert. Welche Rolle spielt denn individuelle Identität in einem solchen Konzept des Pluralismus? Wie kann man eine eigene Position finden, sie mit Überzeugung vertreten, – oder ist es eine pluralistische Tugend, die Position je nach Bedarf zu wechseln? Damit Pluralismus sich substanziell realisieren kann, muß es Menschen geben, die ihre Position engagiert vertreten, im Glauben, damit Recht zu haben, aber auch im Bewußtsein, sich irren zu können. Sie müssen tolerant sein. Auf der gesellschaftlichen Ebene ist Pluralismus sozusagen eine inhaltslose „Metaposition", die den Rahmen beschreibt, innerhalb dessen substanzielle inhaltliche Positionen auftreten und miteinander konkurrieren. Zur Identitätsfindung trägt er nichts bei. Als künstlerische Position lebt ein Pluralismus der von Welsch beschriebenen Art von der künstlerischen Substanz, davon, daß vor oder neben ihm substanzielle Positionen von unverwechselbarer Identität gefunden wurden, auf die er sich beziehen kann. Das gilt jedenfalls, solange er nicht seinerseits in der Art, wie er unterschiedliche Positionen zusammenführt (oder besser: in der Art, wie die Individualität sich innerlich ausdifferenziert auf Berührungspunkte mit einer Vielzahl anderer Positionen zu) eine eigene Identität findet. Das freilich ist äußerst schwierig, solange man versucht, fertige historische Materialien zu benutzen. So fügt denn auch B. A. Zimmermann, der in der Musik schon sehr früh ein Pluralismus-Konzept propagiert hat, in einen Stil, der aber durchaus persönliche Züge trägt und in dem Zimmermann seine Identität weiß, Zitate aus zahlreichen Epochen der Musikgeschichte ein. Zitate sind bestimmt der pluralistischen Weisheit letzter Schluß nicht, aber je tiefer die Mehrsprachigkeit, die Stilmischung in das eigentliche Gewebe der Komposition eindringt, desto mehr verflüchtigt sich die Identität des Komponisten, desto weniger wird seine Individualität, wird seine Persönlichkeit spürbar. Dieser Gefahr des Identitätsverlustes scheint mir Alfred Schnittke öfter zu erliegen. Von einer gesicherten Identität aus die eigene Sprache durch Berührung mit anderen, auch historisch früheren Sprache zu bereichern, scheint mir der bessere Weg zu sein, eher zur individuellen Ganzheit zu führen.

Dabei sind Individualität und Ganzheit nur scheinbar ein Widerspruch. Über C. G. Jungs therapeutisches Verfahren schreibt Murray Stein: „In der Therapie wird der Patient geheilt und ganz gemacht, indem er alles, was aus dem Unbewußten aufsteigt, integriert, so daß die sich daraus ergebende Ganzheit auf dieses spezifische Leben zugeschnitten ist. Sie wird nicht durch ein äußeres Ideal bestimmt, das festlegt, wie oder was der Patient sein sollte."[27] Stein beschreibt, wie Jung diesen Gedanken auf das Verhältnis des Menschen zur Religion überträgt. „In gewisser Hinsicht wäre jeder Mensch für die Entdekkung seines eigenen heiligen Universums selbst verantwortlich".[28] Ich bin überzeugt, daß dies auch für die Kunst gilt: die individuelle Ganzheit als Ziel einer künstlerischen Entfaltung. Aber das bedeutet auch: nicht Montage und Collage, sondern individuelle Aneignung und Durcharbeitung der Materialien, also: den persönlichen Stil.

VI

Der Weg zur eigenen Ganzheit bedeutet auch: die Versöhnung des Menschen mit sich selbst. Aber davon will Welsch nichts wissen. Er bezieht sich auf Daniel Bell, wenn er schreibt: „Jeder von uns, sagt er, hat vielfache Neigungen und Identitäten und folgt ganz unterschiedlichen Interessen und Werten; und zwischen diesen sind Konflikte unvermeidlich und ist eine Versöhnung unmöglich".[29] Der Riß und der „Widerstreit" gehen durch die Menschen selbst hindurch. Wie sie damit leben können und ob sie damit glücklich sind, danach wird vorsichtshalber nicht gefragt. „Wer verlorener Einheit nachtrauert, trauert einem – wie immer auch sublimen – Zwang nach".[30] Aber eben das ist nicht wahr, wenn wir an Jungs Begriff der Ganzheit denken. Die Alternative zwischen Unterdrückung von Teilen des Selbst einerseits und Selbst- und Identitätsverlust andererseits ist glücklicherweise keine. Die Ästhetik der Brüche, der Diskontinuität, der Collage wäre in der Tat der einzig angemessene Ausdruck unserer Zeit, wenn das die Alternative wäre, wenn es keinen dritten Weg gäbe. „Die Postmoderne hingegen operiert ... nicht mehr im Horizont und nicht mehr mit den Mitteln der Versöhnung".[31] Hinter einer solchen Position lauert der Zynismus.

Politisch verantwortlich handeln kann nur der, der in gesicherter Identität zu seinen Überzeugungen stehen, für sie eintreten kann, der es aber andererseits auch nicht nötig hat, nicht akzeptierte Teile seiner selbst auf andere zu projizieren und in diesen zu bekämpfen. So sind Ganzheits- und Harmonie-Erfahrungen nicht trotz Auschwitz, sondern gerade wegen Auschwitz heute wichtiger denn je. Jedem ist der Weg zur eigenen Ganzheit aufgegeben, – es wäre schön, wenn auch die Kunst der Gegenwart die Menschen auf diesem Wege begleiten könnte.

Anmerkungen

[1] Jean-François Lyotard: Beantwortung der Frage: Wer ist postmodern?, in: Wege aus der Moderne, Schlüsseltexte der Postmoderne-Diskussion, hrsg. von Wolfgang Welsch, Weinheim 1988, S. 203
[2] Wolfgang Welsch, Unsere postmoderne Moderne, 2. Aufl., Weinheim 1988 (im Folgenden zitiert als „Welsch"), S. 62
[3] Welsch, S. 39
[4] Wege aus der Moderne, a.a.O., S. 39
[5] Welsch, S. 23
[6] Welsch, S. 317, vergl. auch S. 126
[7] Welsch, S. 312f.
[8] Welsch, S. 121
[9] Welsch, S. 202
[10] Welsch, S. 193
[11] dazu: Welsch, S. 195
[12] Welsch, S. 198
[13] Welsch, S. 194
[14] Welsch, S. 85
[15] Welsch, S. 200
[16] Welsch, S. 49
[17] Welsch, S. 194. Mit gutem Grund bezeichnet Charles Jencks übrigens die Position von Lyotard als „spätmodern" anstatt „postmodern", dazu: Charles Jencks, Post-Modern und Spät-Modern, einige grundlegende Definitionen, in: Moderne oder Postmoderne? Hrsg. von Peter Koslowski, Robert Spaemann und Reinhard Löw, Weinheim 1986, S. 205–235
[18] Welsch, S. 83
[19] Welsch, S. 65
[20] C. G. Jung, Antwort auf Hiob, Studienausgabe, Olten 1973, S. 93
[21] Jung, a.a.O., S. 111
[22] Jung, Psychologie und Religion, Studienausgabe, Olten 1971, S. 47
[23] Charles Jencks, Die Sprache der postmodernen Architektur, in: Wege aus der Moderne, a.a.O., S. 88
[24] Jencks, a.a.O., S. 94
[25] Welsch, S. 120
[26] Ernest Ansermet, Grundlagen der Musik im menschlichen Bewußtsein, Neuausgabe München-Zürich 1985, S. 623f.
[27] Murray Stein, Leiden an Gott Vater, C. G. Jungs Therapiekonzept für das Christentum, Stuttgart 1988, S. 269
[28] Stein, a.a.O., S. 270
[29] Welsch, S. 30
[30] Welsch, S. 40
[31] Welsch, S. 117

Godela Unseld

„Für oder gegen Technik?"

Die Streitfrage um unsere Zukunft

Zur aktuellen Lage unserer Kultur

Wir leben in einer Zeit, in der die Grundlagen unserer Kultur mehr und mehr fragwürdig werden. Und weil das für den Bereich der Wissenschaft ebenso zutrifft wie für den der Produktion, wie für das subjektive Lebensgefühl, reicht dieser Zweifel nicht nur tief, sondern ist umfassend: In Frage gestellt ist die ganze Art und Weise unseres Denkens, unseres Tuns und unseres subjektiven In-der-Welt-seins.

Im Bereich der Wissenschaft hat die Quantenphysik gezeigt, daß die Grundannahmen, die der wissenschaftlichen Erkenntnismethode den Zugang zur objektiven Wahrheit und vollständigen Erkenntnis der Welt zusichern – die Kontext-Unabhängigkeit zwischen einem Teil und dem Ganzen der Welt, zwischen Beobachter und Beobachtetem, zwischen Subjekt und Objekt –, in der Welt nachweisbar nicht gültig sind. Dort, wo der Näherungscharakter aller wissenschaftlichen Gesetzmäßigkeiten durch eine genaueste Kenntnis der kleinsten Teilchen der Materie aufgehoben werden sollte, erweist sich Kontext-Unabhängigkeit als eine Projektion, die als notwendige Bedingung wissenschaftlicher Erkenntnis zugleich deren prinzipielle Beschränktheit festschreibt.

Aber als wäre nichts gewesen, hält das Unternehmen Wissenschaft am Anspruch der objektiven und vollständigen Erkennbarkeit der Welt fest, und was die Wissenschaft sagt, das hat in unserer Kultur weiterhin die Autorität, im Namen der objektiven Gültigkeit andere Interpretationen zu annullieren. Wenn wir die Grundüberzeugung wissenschaftlichen Erkennens, es ginge ihm um die Wahrheit und um nichts als die Wahrheit, ernst nehmen, dann macht dieses Verhalten keinen Sinn.

Im Bereich der Produktion zwingt uns die Verknüpfung von zunehmender Macht der Technik und zunehmenden technischen und ökologischen Katastrophen die Einsicht ab, daß nicht nur die Fähigkeit, sondern auch die reale Macht wissenschaftlicher Erkenntnis eine prinzipiell begrenzte ist. Weil wissenschaftliche Gesetzmäßigkeiten immer nur wahr sind, insofern Eigenschaften der Welt abstrahierend idealisiert und Kontextbedingungen idealerweise vernachlässigt werden können, werden unsere technischen Prozesse, die nach diesem Muster konstruiert sind, notwendig „unwahr", sobald sie real werden: Als Teil der echten (und nicht der gedachten) Welt können sie nicht anders, als in Interaktion mit „dem Rest der Welt" zu stehen, und eben diese Interaktion „von allem mit allem" entzieht sich prinzipiell wissenschaftlicher Erkenntnis. Konsequenterweise läßt sich jedes Versagen und jede „Neben"-Wirkung technischer Systeme beschreiben als Folge dieser prinzipiell nicht vollständig erkennbaren und damit nicht beherrschbaren Interaktion zwischen berechenbaren und nicht berechenbaren Systemen – von der einfachen Verschleißwirkung in einem Föhnmotor angefangen bis hin zum GAU und zum Zusammenbruch ökologischer Ordnungen[1]. Und es liegt auf der Hand, daß diese prinzipiell nicht beherrschbaren Interaktionen um so mächtigere und für unser Leben bedeutsamere Prozesse auslösen können, je mächtiger der technische Prozeß selbst ist, der so mit dem Wirkungsgefüge der Welt zusammenwirkt: Die Macht technischer Systeme ist selbst die Ursache des Zusammenbruchs technischer Macht, und eben jene Mittel, durch deren Aufbau wir unser Leben sichern und verbessern wollen, werden so jene Mittel, die mit zunehmendem Erfolg zunehmend unser Leben bedrohen. Zu dieser inhärenten Beschränkung kommt die externe hinzu, daß unser Produktionssystem keine ökologisch ausgeglichene Bilanz aufweist. Da es immer mehr nimmt, als erneuerbar ist, und immer mehr abgibt, als in den bestehenden Strukturen reassimiliert werden kann, kann es – auch als stationäres – das Überleben der von ihm abhängigen Menschen auf Dauer mit Sicherheit nicht sichern.

Aber als wäre dem allem nicht so, wie es ist, ist die erfolgreichste Politik auf der Erde eben die der bedenkenlosen Durchsetzung des „technischen Fortschritts"; so erfolgreich sogar, daß der meistgebrauchte Satz in diesem Zusammenhang der ist, „daß man den technischen Fortschritt nicht aufhalten kann". Wenn wir die Grundüberzeugung unserer Kultur, Technik sei nichts, aber auch nichts anderes als ein Mittel zur Lebenssicherung ernst nehmen, dann macht dieses Verhalten keinen Sinn.

Und eben diese Überzeugung, daß das alles irgendwie überhaupt keinen Sinn macht, ist die *eine* grundlegende Motivation, die den verschiedenen Protestbewegungen und alternativen „scenes", wie sie seit dem 2. Weltkrieg entstanden und vergangen sind, gemeinsam ist. Als Resumé der Erfahrung, wie es sich anfühlt, in unserer Kultur zu leben, ist diese Überzeugung natürlich sehr viel vager, aber auch sehr viel umfassender als die zwei oben genannten, rational beschreibbaren Widersprüche. Was hier so deutlich fühlbar (und schwer entzifferbar) als „falsch“ verurteilt wird an unserer Kultur, das ist nicht nur dies oder das oder die Inadäquatheit von Mitteln und Zielen, sondern das ist die ganze Art und Weise, wie wir in der Welt sind, das sind die Personen selbst mit ihren Idealen und Wünschen.

Die These

Wenn so eines zum anderen gefügt wird, dann scheint unsere Kultur tatsächlich, rational und emotional, durch und durch keinen Sinn zu machen. Aber das ist historisch gesehen absurd. Denn wenn es eine Sache gibt, auf die sich die Ethnologen einigen konnten, dann ist es die Erfahrung, daß jede Kultur, wie seltsam, sinnlos und irrational sie auch zunächst erscheinen mag, eine intentionale kohärente Ordnung bildet. Die wahrgenommene Sinnlosigkeit in einer Kultur ist immer eine Folge der mitgebrachten Erwartungshaltung dessen, was Sinn und Ordnung ausmachen soll. Blicken wir in dieser Haltung, daß „alles möglich ist“, auf unsere Kultur und suchen nach *irgendeiner* Ordnung, die zu den Fakten paßt, ist ein sinnstiftendes Muster leicht auszumachen:

Es reicht aus, zu vertauschen, was Ziel und was Mittel ist, um die Rationalität und Kohärenz des Ganzen zu herzustellen.

Wenn nicht Wahrheit das oberste Ziel wissenschaftlicher Erkenntnis ist, sondern die Wahrnehmung und das Erleben einer Welt, in der Subjekt und Objekt absolut getrennte Einheiten sind, und das Wissen vom anderen, das man innerhalb dieser Wirklichkeitskonstruktion gewinnen kann, dann ist es durchgehend rational, die erkenntnistheoretischen Konsequenzen der Quantentheorie zu ignorieren.

Denn das ideale Mittel, um eine solche absolute Trennung von Ich und Du zu etablieren, ist die Identifikation mit der traditionellen wissenschaftlichen Wirlichkeitskonstruktion, und das ideale Medium, um diese absolute Distanz zu erleben, ist die Interaktion mit dem anderen, wie sie von der wissenschaftlichen Methode vorgegeben wird – das Experiment. Hier wird das Verhältnis zum anderen ausschließlich von dem Ziel und der Macht des Einen bestimmt, das andere nach seinem Willen zu manipulieren, und ein Existenzrecht hat das andere nur, insofern es tatsächlich zu jenem Objekt gemacht werden kann, das über allgemeine Regeln erklärbar und damit beherrschbar wird. Intelligenz ist die Fähigkeit, diese „Naturgesetze" zu entdecken, und Subjektivität gewinnt man in dem Maße, in dem man sich mit dieser Intelligenz identifiziert, und es einem gelingt, der kontrollierende Teil dieser Beziehung zu werden, während die Teile des menschlichen Selbst, die ihrerseits durch anderes beeinflußt werden können – der eigene Körper und seine Gefühle – der Objektseite, dem „vormenschlichen evolutionärem Erbe" zugeschlagen werden.

Und um diese Identifikation von Subjektivität und Kontrolle über anderes auch im Alltag für alle lebbar und erlebbar zu machen, gibt es wiederum kein besseres Mittel als den konsequenten Ausbau technischer Macht. Denn in jeder funktionierenden Maschine ist das Ziel einer absoluten Kontrolle über anderes schon erreicht; hier arbeiten die „Kräfte der Natur" nur noch gemäß dem menschlichen Willen; und um sich diese absolute Macht der Kontrolle anzueignen, braucht man nicht einmal das Wissen zu haben, das zur Konstruktion der Maschine notwendig ist, diese Macht kann man sich in einer technischen Zivilisation einfach kaufen.

Wenn der Aufbau technischer Macht in diesem Sinne also zuvörderst nicht ein Mittel zur Lebenssicherung ist, sondern ein erstrebenswertes Ziel an sich darstellt, das für unsere kulturspezifische Subjektkonstitution zentral ist, dann macht es einen existentiellen und einen rationalen Sinn, an diesem Aufbau unter allen Umständen festzuhalten.

Denn unsere Identität als Subjekt beziehen wir nicht aus unserer bloß materiellen Existenz, sie wächst uns zu aufgrund unserer Identifikation mit einem bestimmten Selbst- und Weltbild. Und während die Vernichtung unserer materiellen Existenz durch den weiteren Aufbau technischer Macht eine bloß zukünftige Wahrscheinlichkeit ist, ist die Vernichtung unserer Existenz als Subjekt durch den Verzicht auf technische Herrschaft über die Welt innerhalb dieser Subjektkonstitution unmittelbare Gewissheit.

Weil es aber für diese kulturspezifische Subjektivität so essentiell ist, sich selbst als unangreifbar und unberührbar vom anderen zu erleben und jede Bindung zum anderen zu leugnen, kann diese Identifikation mit einer bestimmten Form der Wirklichkeitskonstruktion und die existentielle Abhängigkeit des Subjekts von bestimmten Verhaltensstrukturen nicht offen als sinnstiftendes Ziel gelebt und ausgesprochen werden, sondern das eigentlich subjektive Ziel muß dargestellt werden als ein Verhalten, das wahr und richtig ist unabhängig von jedem subjektivem „Fühlen". Und was wäre da besser geeignet als das Konzept einer reinen Zweck-Mittel-Rationalität und einer Wahrheit, die objektiv, an und für sich, und nicht subjektiv, für mich, gültig ist?

Wenn so eines zum anderen gefügt wird, dann macht unsere Kultur wieder Sinn. Bloß, das Gegenteil trifft genauso zu, daß es nämlich genau dieser konstitutive Sinn ist, der keinen Sinn macht, daß das, was „falsch“ ist, nicht nur dies oder das oder die Inadäquatheit von Mitteln und Zielen ist, sondern die ganze Art und Weise, wie wir in der Welt sind, und daß diese eben sich exemplarisch in der Art und Weise konzentriert, wie Menschen hier in dieser Kultur sind. Und was wann für wen zutrifft, das hängt wiederum davon ab, was für Personen wir jeweils selbst sind. Immer dann, wenn – aus Gründen die hier nicht diskutiert werden sollen – die Identifikation mit dem kulturspezifischen Welt- und Selbstbild nicht gelungen ist, dann existiert jene Entität nicht, die allein dem Ganzen Sinn und Rationalität geben kann – ein spezifisches Erleben der Kultur durch den Menschen –, und an ihre Stelle tritt ein Erleben eben dieser Kultur durch den Menschen, in der das gleiche Verhalten, das dort als sinnvolles und konstruktives evident ist, eindeutig als sinnloses und zerstörerisches erfahren wird.

Der theoretische Hintergrund

Nichts würde in diesem Zusammenhang mehr in die Irre führen, als eine Identifikation von Sinngebung mit Ideologie. Denn implizit setzt der Begriff „Ideologie“ voraus, daß es so etwas wie eine ein-eindeutige objektive Realität gibt, und Ideologie, das ist die Interpretation, die diese eindeutige Realität falsch darstellt und zu einer verzerrten Wahrnehmung derselben führt. Aber eine der wesentlichsten Lehren aus der Quantentheorie ist eben die, daß es auf der einen Seite so etwas wie eine eindeutige objektive Realität gar nicht gibt, daß aber auf der anderen Seite jene verschiedenen Wirklichkeiten, die uns durch verschiedene Methoden der Beobachtung zugänglich werden, tatsächlich jede für sich real sind. Auf dieser Ebene von einer „Verzerrung der Wirklichkeit“ durch die Wahrnehmung zu sprechen, ist genauso bedeutungslos, wie die Vorstellung „einer Wirklichkeit“ ohne Verzerrung durch die Wahrnehmung, weil hier Wahrnehmungsweise und Wirklichkeit die Pole einer kohärenten, sich selbst begründenden Ordnung sind.

Im Konstruktivismus ist diese enge wissenschaftliche Einsicht in eine philosophische Erkenntnistheorie übersetzt worden: Es gibt so viele verschiedene Wirklichkeiten, wie es verschiedene lebende Wesen mit verschiedenen Arten, die Welt wahrzunehmen, gibt. Aber nur für nichtmenschliche Wesen wird die je spezifische Organisation der Wahrnehmung durch das genetische Erbe determiniert. Der Mensch hat in dieser Beziehung wesentlich mehr Freiheitsgrade, das genetische Erbe und „der Zustand der Welt" sind für ihn nur Randbedingungen, innerhalb derer die soziale Welt für die konkrete Entwicklung von Subjektkonstitution und Wirklichkeitskonstruktion verantwortlich zeichnet.

In der Sozio-Ethnologie finden diese abstrakten philosophischen Konzeptionen eine historische Konkretisierung. Kulturen, die zu der unseren radikal verschieden sind, werden dort als radikal differente Wirlichkeitskonstruktionen verstanden, deren Grundzüge sich vor allem im Modus des Denkens und Erkennens und im Modus der Praxis manifestieren; es sind Wirklichkeitskonstruktionen, die durch ihre Differenz sogar so scheinbar a-historisch „biologische" Konzepte wie drei-dimensionale Raumwahrnehmung und ein-dimensionalen, nicht reversiblen Zeitfluß als soziale Konstruktionen enthüllen, und die zudem häufig nicht auf unserer radikalen Subjekt-Objekt-Dichotomie aufbauen, sondern von einem Erleben der Welt ausgehen, in dem die Grenzen zwischen Ich und Du, Subjekt und Objekt reversibel, weil durch die Erfahrung einer fundamentalen Identität transzendierbar sind.

Der Transpersonalen Psychologie schließlich gebührt das Verdienst, daß sie auf die Relevanz dieser Konzeptionen für den einzelnen Menschen im hier und jetzt insistiert: Differente Bewußtseinszustände ergeben – so ihre zentrale These – differente Modi der Wirklichkeitserfahrung, die kultureller *und* individueller Beeinflussung unterliegen. Wenn sowohl für primitive Kulturen wie für unsere heutige wissenschaftlich-technische Kultur gültig ist, daß die kulturtypische Subjektkonstitution in hohem Maße abhängig ist vom je sozial dominanten Modus der Wirklichkeitserfahrung, so hat gleichwohl jede/r Einzelne das Potential in sich, mehr (und anderes) zu werden als dieses Vorgegebene.

All diese Interpretationen sind in gewisser Weise bloße Varianten des gleichen Grundgedankens, aber weil sie existentiell verschiedene Interpretationsebenen betreffen, ergeben sich für unsere Existenz jeweils fundamental differente Konsequenten.

Während der Wissenschaftler sich als eine Person erlebt, deren Identität von den differenten Beobachtungsmethoden und den entsprechend differenten Wahrnehmungsrealitäten nicht berührt und verändert wird, impliziert das Leben in einem bestimmten Wahrnehmungsmodus die Identifizierung mit diesem, er wird für uns nur existent, insofern wir selbst zu der Person werden, die die Welt auf jene spezifische Weise erfährt. Das Ergebnis eines bestimmten Wahrnehmungsmodus ist hier also nicht nur eine spezifische Form der Realität, sondern immer auch eine spezifisch veränderte Form der Subjektkonstitution – Wirlichkeit und Selbst sind die beiden Pole einer kohärenten, sich selbst begründenden Ordnung. Wenn wir hier, wo wir als Subjekt in einer Wirklichkeitskonstruktion leben, diese verändern wollen, so geht das nur, wenn wir auch ein anderer Mensch werden als zuvor und akzeptieren, daß wir nachher nicht mehr die Person sind, die wir zuvor waren. Und weil Menschen nicht nur einfach isolierte Individuen sind, sondern Menschen erst werden als Teil einer sozialen Gemeinschaft und deren tradierter Ordnung, kann dieses andere Selbst zu seiner vollen Verwirklichung nur finden als Teil einer Gesellschaft, die ihre Art zu leben entsprechend verändert hat. Aber in diesem Sinne fundamental verändern kann sich eine Gesellschaft nicht, ohne die *ganze* Art und Weise zu verändern, wie in ihr gedacht und getan wird, wie in ihr diese Tätigkeiten organisiert werden und wie diese soziale Existenz zum Ausdruck gebracht wird. Und im Gegensatz zum Philosophen, dessen Handlungen primär geistiger Natur sind, finden die Handlungen einer Gesellschaft – und vor allem die unserer Gesellschaft – primär im Materiellen statt; nicht des „Gedankens flüchtige Spur“ zieht hier vorüber, sondern hier stehen Gebrauchsgegenstände, Maschinen, Gebäude und geformte Landschaften, kodierte materielle Zeichen und formalisierte materielle Prozesse vor uns: Gesellschaftliche Handlungen schaffen eine sekundäre, im Modus der kulturellen Ordnung geformte Realität, auf deren Existenz das Leben der Beteiligten gegründet ist. All dieses aufzulösen und zu verändern, während zugleich „das Leben weitergehen muß“ und Nahrung und Schutz für Körper und Seele gebraucht werden, das ist eine Aufgabe, bei der es gut möglich ist, daß sie das Menschenmögliche überschreitet.

Andererseits ist es ebensogut möglich, daß das Überleben der Menschheit davon abhängt, daß sie eben dieses Menschenunmögliche vollbringt. Denn in der Aussage, daß das genetische Erbe und der Zustand der Welt jene Randbedingungen darstellen, die dem Potential menschlicher Wirklichkeitskonstruktion von außen vorgegeben sind, ist nichts enthalten, was garantierte, daß alle geschaffenen menschlichen Ordnungen notwendig in Übereinstimmung mit diesen Randbedingungen stehen werden. Der beste Beweis für diese negative Freiheit ist unsere eigene Kultur, in der zumindest eine Randbedingung ganz gravierend verletzt wird – die Ordnung des Ökosystems Erde –, und die aus eben diesem Grund nur kurzfristig in diesem evolutionären System sich behaupten kann, bevor sie durch ihr inkompatibles Verhalten ihre Urheber (und damit sich selbst) vernichtet. Die Freiheit, die menschlichen Weltbilder gegeben ist, daß sie eben nicht vom genetischen Erbe positiv determiniert werden, und die Gefahr, daß sie Randbedingungen verletzen und deswegen zur Selbstzerstörung verurteilt sind, sind zwei Seiten ein- und -derselben Sache. Menschliche Wirklichkeiten, menschliche Weltbilder, menschliche Kulturen entstehen durch eine solche existenz-konstituierende Identifikation der Beteiligten mit einer spezifischen subjektiven und objektiven, privaten und sozialen Existenzform, von der nie ausgeschlossen werden kann, daß sie nicht zum Untergang aller Beteiligten führt; und doch machte es hier ebensowenig Sinn, von einer menschlichen Existenz *ohne* solch eine Identifikation mit dem, was Wirklichkeit für den Menschen und was Mensch-Sein für uns selbst erst ausmacht, zu sprechen, wie es in der Quantentheorie Sinn machte, von einer Realität *ohne* die „Verzerrung" durch die Beobachtungsmethode zu sprechen.

Die Diagnose: Eine existentielle Krise unserer kulturellen Ordnung

Innerhalb dieser philosophischen, ethnologischen, soziologischen und psychologischen Interpretationen wird die subjektive Bedeutung des Konzepts einer objektiven Wissenschaft und die subjektive Bedeutung des objektiven Potentials technischer Macht zu jenem entscheidenden Faktor, der die konkrete Entwicklungsrichtung unserer Gesellschaft bestimmt: Wenn die wissenschaftliche Erkenntnismethode einen Möglichkeitsraum dessen eröffnet, was gedacht und getan werden kann, so ist es die subjektkonstituierende Identifikation mit dieser Art, in der Welt zu sein, die bestimmt, was wir uns davon tatsächlich ausdenken und was wir davon tatsächlich verwirklichen. Nur in Gedanken, aber nicht im Leben läßt sich die wissenschaftliche Erkenntnismethode und die Identifikation mit dieser Art von Wissen, läßt sich ihre Verheißung der manipulativen Macht und die subjektkonstituierende Identifikation mit dieser Macht voneinander trennen, denn im Leben ist die Erschaffung, Gewichtung und Entwicklung dieser Art von Wissen und seines Gebrauchs nur existent als das Resultat einer solchen subjekt-konstituierenden Identifizierung – das gilt vor allem und zuvörderst auch dann, wenn wissenschaftliches Wissen als subjektunabhängig und die Entwicklung technischer Macht als rein rationales Mittel projiziert wird.

Aber wenn diese subjektive Identifikation mit der Ordnung einer Kultur ein entscheidender Faktor ist, dann ist die wachsende Dis-Identifikation von der Ordnung einer Kultur genausogut entscheidend: der wachsende Zweifel an den Grundlagen unseres Weltbildes und seine extreme Form, die Erfahrung unserer Kultur als einer durch und durch sinnlosen und fremden.

Allein für sich betrachtet ist dieses Gefühl der absoluten Fremdheit gegenüber dem anderen in der Menschheitsgeschichte zunächst freilich nichts Ungewöhnliches. Als wir in unserem weltweiten Eroberungszug auf alternative Kulturen im wahren Sinn des Wortes stießen, erschienen diese Leute den unseren z. B. so fremd, daß sie sich deren Verhalten nicht anders erklären konnten als durch die Annahme, diese verkörperten Restbestände phylogenetischer Entwicklungsstufen der Menschheit, die gegenüber der unseren adäquat allein durch das Wort „primitiv“ zu beschreiben wären. Ungewöhnlich ist erst, daß dieses Gefühl der absoluten Fremdheit nicht gegenüber den Mitgliedern einer fremden, sondern gegenüber den Mitgliedern der eigenen Kultur empfunden wird. Als solches kommt in ihm nicht ein Konflikt zwischen zwei verschiedenen Kulturen zum Ausdruck, und kein Konflikt zwischen zwei verschiedenen Gruppen innerhalb derselben Kultur, sondern hier manifestiert sich innerhalb einer Kultur ein potentiell kulturtranszendierender Konflikt, der in dieser Eigenschaft logischerweise auch jede kulturspezifische Gruppenmitgliedschaft transzendiert.

Eine Kultur aber, der es solchermaßen nicht mehr gelingt, die Identifikation mit den Grundzügen des kulturspezifischen Selbst von Generation zu Generation sicherzustellen, und die statt dessen die Lebenserfahrung der Entfremdung fördert, befindet sich in einer existentiellen subjektiven Krise ihrer konstitutiven Ordnung. Wird zu dieser Diagnose jene andere hinzugefügt, die uns grundsätzliche Probleme mit der Gültigkeit wissenschaftlichen Erkennens und technischer Macht attestiert, so liegt der Schluß nahe:

Unsere Kultur befindet sich in einer existentiellen subjektiven und existentiellen objektiven Krise ihrer Ordnung.

Und das ist natürlich ein Zustand, in dem keine Kultur und in dem keine Gesellschaft, die diese Kultur verkörpert, längere Zeit leben und überleben kann. So oder so muß irgendetwas geschehen, und wenn es nicht aus der Notwendigkeit heraus geschieht, unsere materielle Existenz wieder zu sichern, so aus der Notwendigkeit heraus, daß ein Leben in einer Welt ohne Sinn und Ordnung für Menschen nicht möglich ist. Die Frage ist nur:

Welche Wege führen aus der existentiellen Krise unserer Kultur?

In Anbetracht der zunehmend selbstzerstörerischen Folgen unserer Produktionsweise wäre es offensichtlich das Vernünftigste, wenn wir Technik und Technikentwicklung als Hauptvariable behandeln würden. Auf diese Weise könnte sich unsere Kultur ab sofort ganz der Aufgabe widmen, Produktion und Reproduktion so zu restrukturieren, daß die begrenzte Gültigkeit von technischen Prozessen nicht mehr zu gefährlichen „Neben"-Wirkungen und „Rest"-Risiken führt, und daß insgesamt unsere Volkswirtschaft ein gleichgewichtiger Kreislauf wird, der nicht *mehr* nimmt, als erneubar, und nicht *mehr* abgibt, als reassimilierbar ist.

Aber wenn wir diese Aufgabe ernst nehmen, dann impliziert sie die kontrollierte Regression zu einer Art post-wissenschaftlicher handwerklicher Produktionsform und zu einer Volkswirtschaft, die in kleine, unabhängige, lokale Einheiten organisiert ist. Denn nur dann wird die prinzipielle Unkontrollierbarkeit der Interaktion zwischen technischen und nicht-berechenbaren Systemen durch die Trivialität dieser Interaktion wettgemacht, wenn das technische System *weder* eng gekoppelt, *noch* komplex, *noch* eines mit großer Wirkungsreichweite ist. Und keine Volkswirtschaft mit dem Ziel eines ökologisch gleichgewichtigen Kreislaufs kann sich eine internationale Arbeitsteilung leisten, die ein funktionierendes internationales Transportsystem voraussetzt, und damit ein gerüttelt' Maß an Energieverschwendung, Umweltverschmutzung und Umweltzerstörung zur Folge hat. Und zu diesem käme noch die Aufgabe dazu, über die Generationen hinweg die Menschheitsgröße zu vermindern. Denn gegenwärtig ist es zwar vor allem, aber nicht nur unsere Art zu leben, sondern auch unsere schiere Anzahl, die inkompatibel mit dem ökologischen Gleichgewicht einer lebenden Erde ist.

Werden diese Konsequenzen bedacht, so erscheint das, was zunächst offensichtlich vernünftig war, immer mehr ganz offensichtlich ein irrationales Unterfangen zu sein. Solch eine Politik ist nicht mehrheitsfähig, was – weniger formalpolitisch ausgedrückt – bedeutet: da müßten die Menschen schon andere sein, als sie sind, um dieses realisierbar zu machen. Und nun *die Menschen* anstelle der Politik und ihrer Ziele zu ändern, das also ist nicht nur ein völlig un-sinniges Ansinnen, sondern in diesem Un-Sinn auch noch ein gefährliches dazu in einer Krisensituation wie der unsrigen, zu deren Management wir dringend real-politisch durchsetzungsfähige Handlungsstrategien brauchen. Jedenfalls ist das die weltweit akzeptierte offizielle Meinung der Leute, die die Macht haben, und um an die Macht zu kommen, muß eine/r zum wenigsten dieser Meinung sein, und in dieser Meinung liegt mehr und andere Wahrheit, als die Leute meinen. Denn worauf all die strukturellen Änderungen unserer Produktionsweise subjektiv hinauslaufen, das ist der fast vollständige Verzicht auf die Anwendung technischer Macht. Und das ist tatsächlich ein Ansinnen, das wider den konstitutiven Sinn unserer Kultur steht, und das den konstitutiven Kern unserer Existenz als Subjekt in dieser Kultur unmittelbar bedroht.

Aber wenn der Verzicht auf technische Macht für uns unmöglich ist, wenn das, was man gewöhnlicherweise „den technischen Fortschritt“ nennt, sein muß, dann folgt daraus, daß die Probleme, die zur existentiellen objektiven Krise unserer kulturellen Ordnung führen, nicht innerhalb dieser unserer kulturellen Ordnung gelöst werden können. Oder, andersherum gesagt: Dann können wir die objektive Krise unserer Existenz nicht überwinden, ohne zuerst den konstitutiven Modus unserer subjektiven Existenz zu verändern.

Lösung I: Ein Weg aus unserer Kultur heraus

„Daß aber die Menschen anders sein müßten, als sie sind“, das ist genau das, worum es in der existentiellen subjektiven Krise unserer kulturellen Ordnung geht: Hier haben sich die Personen schon so sehr geändert, daß ein Leben, das auf der Identifizierung mit dem Weltbild unserer Kultur aufbaut, von ihnen als etwas völlig Fremdes erfahren wird. Freilich ist es richtig, daß diese Veränderung zunächst nur die negativen Aspekte eines Vorgangs umfaßt, der als „Paradigma-Wechsel in der Subjektkonstitution“ bezeichnet werden kann, und richtig ist auch, daß die Entfremdung von den alten Formen des Mensch-Seins nur eine notwendige, aber keine hinreichende Bedingung für diesen Wechsel ist. Was fehlt, das sind die positiven Seiten dieser Veränderung: Die Identifikation mit einem neuen Weltbild und die Erschaffung dieser neuen Art, von der Welt zu wissen, sie wahrzunehmen und sich in ihr zu verhalten. Aber daß das fehlt kann angesichts der unüberblickbar weitreichenden und persönlich nahegehenden Dimensionen dieser Aufgabe nicht Wunder nehmen, und ebenfalls verständlich wird in diesem Verständnis, wieso die verschiedenen Protestbewegungen bisher notwendig alle politisch erfolglos waren.

Auf der anderen Seite ist das Scheitern der einen Bewegung immer nur der Anfang einer anderen gewesen, und so waren sie trotz aller Differenzen in einem gemeinsam erfolgreich: Ihnen ist es zu verdanken, daß ein Teil der gesellschaftlichen Energien kontinuierlich dafür eingesetzt wird, alternative Lebens- und Denkweisen wieder zu entdecken und zu erforschen, Lebensweisen, die nicht auf der Trennung, sondern auf einer zugrundeliegenden Einheit von Subjekt und Objekt, von Mensch und Natur aufbauen, und deren Ziel es ist, menschliche Nischen zu schaffen, die in Übereinstimmung mit der Randbedingung „Ökosystem“ Erde stehen.

Nüchtern betrachtet ist das, was hier geschieht – das Ausprobieren der verschiedensten Weltbilder, in denen Subjekt-Sein und Selbst-Erfüllung nicht auf der Entwicklung technischer Macht basieren, sondern Mensch-Sein an anderen Vorbildern gemessen und entwickelt wird, die Suche nach allen nur möglichen Arten, die Welt anders zu erfahren und anders von ihr zu wissen, als das innerhalb der Subjekt-Objekt-Trennung vorgegeben ist –, genau das, was hätte geschehen müssen, wenn eine Gemeinschaft sich in klar bewußter Absicht daran machen wollte, ein neues Weltbild für sich und ihre Zukunft zu erschaffen: eben nicht das Erst-Beste zu nehmen und bei ihm stehen zu bleiben, sondern sich so gut und ausführlich wie möglich kundig zu machen.

Die traditionellen Kritierien von politischem Erfolg sind hier offensichtlich nicht anwendbar, was dort als Fehlschlag gilt, ist hier die Voraussetzung für sinnvolles Handeln. Das heißt nun freilich nicht, daß jeder dieser Versuche für sich genommen sinnvoll und bedacht war, ganz im Gegenteil. Weil wir andere Arten, die Welt zu erfahren, nicht erforschen können, ohne uns mit ihnen zu identifizieren, und weil für unsere Gesellschaft eine gefestigte Tradition der Ignoranz in Bezug auf die möglichen Wahrheiten anderer Erkenntnisweisen als die wissenschaftliche typisch ist, war zunächst gar nichts anderes zu erwarten, als ein Durcheinander naiver Begeisterung und vorschneller Enttäuschung. Sinnvoll wird die Bewegung eben deswegen, weil kein politischer Erfolg sie in einer dieser Schwärmereien festhält, und weil sie den Mut hat, immer neue einzugehen – und die Intelligenz, aus dem Weg zu lernen.

Vom Standpunkt des Weltbildes unserer Kultur aus betrachtet freilich ist dieses Bedürfnis, alternative Lebensweisen zu finden, mit seiner anti-technologischen und anti-wissenschaftlichen Zielrichtung nicht Teil der Lösung, sondern Teil der Ursache unserer kulturellen Krise. Weil wir uns hier langsam wieder den Reichtum jenes Wissens aneignen, das außerhalb von Technik und Wissenschaft erarbeitet wurde, gewinnt für uns ein Leben ohne Technik und Wissenschaft zum ersten Mal wieder konkret vorstellbare Gestalt – und nicht selten eine anziehende dazu. Und in dem Maße, in dem das der Fall ist, verliert der Verzicht auf technische Macht seine subjektiv bedrohliche Natur, während gleichzeitig die Bedrohung unserer materiellen Existenz durch den Gebrauch an technischer Macht stärker ins Gewicht fällt. Denn wenn Menschen auch durchaus willens sind, ihr Leben für existentiell Wichtiges zu riskieren, so wird solch ein Risiko doch um so deutlicher als unzumutbar empfunden, je mehr die Sache, um die es geht, für das Leben an Wichtigkeit verliert. Und je mehr so die negativen Aspekte technischer Macht stärker ins Gewicht fallen und gegenüber den befriedigenden Aspekten überwiegen, desto eher werden Menschen dazu neigen, ihre Selbsterfüllung nicht in der Entwicklung von Technologie, sondern in der Entwicklung eines Lebens ohne Technologie zu suchen; und um so erfolgreicher die Menschen in diesem Bemühen sind, um so mehr verliert der Verzicht auf technische Macht seine subjektiv bedrohliche Natur. Und je mehr das der Fall ist, um so stärker werden die negativen Aspekte von Technik ins Gewicht fallen und gegenüber den befriedigenden Aspekten überwiegen, und so wieder jene Neigung stärken, die Selbsterfüllung in der Entwicklung eines Lebens ohne Technologie zu suchen; und um so erfolgreicher die Menschen in diesem Bemühen sind ...

Kurz gesagt: Was hier entsteht, das ist der Anfang einer sich selbst erschaffenden, sich selbst stabilisierenden, unsere Kultur transzendierenden Lebensordnung. Hier haben wir einen Weg, der aus der aktuellen Krise unserer Kultur führt, wenn er auch zugleich einer ist, der mit der Krise auch unsere kulturelle Ordnung insgesamt hinter sich läßt.

Lösung II: Ein Weg in die Eskalation von Technik-Akzeptanz hinein

Freilich funktioniert diese Logik der relationalen Gewichtung von Risiko und Bedrohung auch in der umgekehrten Richtung. Wenn wir nicht mit der Entfremdung von, sondern mit der Identifikation mit unserer kulturspezifischen Bedeutung von Wissenschaft und Technik anfangen, dann stellt sich die Frage nach einem Ausweg aus unserer aktuellen Krise so:

Gegeben ist der Umstand, daß wir die objektive Krise unserer Ordnung nicht in unserer Ordnung lösen können, daß technische Machtentwicklung sein muß. Wie können wir dann die zunehmende Unkontrollierbarkeit unserer komplexen technischen Systeme und ihre gefährlichen „Neben“-Wirkungen in unsere kulturelle Ordnung integrieren?

Wir können es, indem wir noch mehr Technik entwickeln, deren Funktion es ist, den negativen Wirkungen der bestehenden Technologie entgegenzuwirken, indem wir sogar das ökologische System „Erde“ selbst als Teil des technischen Wirkungszusammenhangs begreifen, der entsprechend unseren Zielen kontrolliert und manipuliert werden muß, indem wir eine solchermaßen anvisierte globale Technikentwicklung mit ihrer Risikoerzeugung und -steuerung zu einem erklärten Ziel unserer Politik machen – kurz, indem wir versuchen, das auf kontrolliertem Wege zu erzeugen, was bisher das Produkt „des freien Spiels marktwirtschaftlicher Kräfte“ war.

Aber auch eine kontrollierte Risikoerzeugung hört nicht auf, Risiken zu vermehren; nicht die meßtechnisch überwachte Erzeugung der Umweltverschmutzung, sondern der Verzicht auf umweltverschmutzende Produktion stoppt die Umweltverschmutzung, nicht der Bau von Kernkraftwerken nach Maßgabe einer genau errechenbaren Wahrscheinlichkeit eines GAUs, sondern nur der Verzicht auf solche mit einem „Rest"-Risiko behafteten Produktionen eliminiert das Risiko. Und überdies ist dieses ganze Unternehmen der „kontrollierten Risikoerzeugung" ein Widerspruch in sich. Denn gerade die ernsthaftesten Schwierigkeiten, die wir zunehmend mit und aufgrund der Technik haben, haben wir nicht aufgrund von Prozessen, die wir hätten vorausberechnen können, wenn wir nur gewollt hätten. Sondern diese Schwierigkeiten entstehen dort, wo das technische System mit dem System Erde in Wechselwirkungen tritt, die zugleich unabwendbar und prinzipiell durch Wissenschaft nicht vollständig erkennbar sind. Und was wir nicht vollständig erkennen können, das kann man nicht vollständig kontrollieren, und ein *zusammenhängendes* System, das wir nicht *vollständig* kontrollieren können, können wir de facto *überhaupt nicht* kontrollieren.

Was wiederum dazu führt, daß das Kernproblem, das wir innerhalb unserer Ordnung lösen müssen, so lautet:

Wie können wir die zunehmenden unkontrollierbaren Risiken technologischer Entwicklung und ihren immer häufiger werdenden Schadeneintrittsfall so integrieren, daß sie zu einem normalen Element im alltäglichen Leben werden? Wie können wir die Leute dazu bringen, daß sie diese selbst-zerstörerische Komponente unserer kulturellen Entwicklung als Voraussetzung von Entwicklung überhaupt akzeptieren, anstatt sie zum Anlaß zu nehmen, den Sinn kultureller Entwicklung *dieser* Art überhaupt zu hinterfragen?

Das können wir, indem wir die Identifikation mit technischer Macht als einem subjektiven Lebenssinn an sich so verstärken, daß die subjektive Bedrohung durch einen Verzicht auf technische Macht immer mehr ins Gewicht fällt, als die jeweilige Bedrohung unserer materiellen Existenz durch den Einsatz dieser technischen Macht. Und um so stärker diese positiven Aspekte der Selbstverwirklichung durch technische Macht sind, um so eher werden sie deren negative Aspekte kompensieren können, und um so wahrscheinlicher ist es, daß Menschen ihre Selbstverwirklichung nicht außerhalb, sondern innerhalb der technischen Machtentwicklung suchen werden; und je erfolgreicher sie in diesem Bemühen sein werden, desto größer werden die positiven Aspekte der Selbstverwirklichung durch die Entwickung technische Macht sein – bloß, in diesem Fall wachsen nicht nur die positiven, sondern parallel dazu auch die negativen Aspekte von Technik, wächst die Bedrohung unserer materiellen Existenz durch eben diese derart immer schneller wachsende technische Macht. So daß wir im Endeffekt wieder das gleiche Problem haben, das wir am

Anfang lösen wollten, nur diesmal in erheblich radikalisierten Dimensionen. Aber auch hier werden wir die Risiken technischer Macht nicht innerhalb unserer kulturellen Ordnung eliminieren können, so daß wir sie auch hier wieder als Teil des Alltags werden integrieren müssen, indem wir die Identifikation mit technischer Macht als einem Lebenssinn an sich so verstärken, daß ...

Auch hier haben wir also eine sich selbst begründende, kohärente Ordnung, obwohl diese nur eine sich selbst stabilisierende ist, insofern sie sich in einem Zyklus der ständigen Intensivierung und Radikalisierung befindet. Technik-Akzeptanz ist als Politik erfolgreich, insofern es gelingt, das Ausmaß der subjektiven Identifikation mit technischer Macht immer ein Stück größer zu halten als das Ausmaß der Furcht vor den wachsenden Risiken technischer Macht, solange bis am Ende die Intensität dieser Identifikation jede Furcht vor etwas anderem auslöscht, selbst die vor der eigenen, und sogar die vor der Vernichtung der ganzen Menschheit. Wenn das machbar ist, wenn der Appell an eine intensivierte Re-Identifikation mit unserem Weltbild immer wieder attraktiv genug gemacht werden kann, dann haben wir hier den anderen Weg, der aus der aktuellen Krise unserer Kultur führt, wenngleich dieser nun einer ist, der mit der Krise unserer Kultur zugleich die Menschheit insgesamt abschaffen mag.

Konsequenzen der Lösung II: Die Menschheit ganz abschaffen

Zugegeben, das klingt wie aus einem Gruselfilm, aber ganz so ungewöhnlich und abartig, wie diese Vorstellung auf den ersten Blick erscheinen mag, ist sie keineswegs.

Es schlägt in der Menschheitsgeschichte z. B. nicht aus der Art und geschicht ein um's andere mal, daß man die eigene Vernichtung, die Vernichtung der eigenen Frauen und Kinder und auch das ganz große Morden von ganz vielen billigend in Kauf nimmt und aktiv als Ehrensache vorantreibt, weil es um wichtigere Dinge geht – ob das nun die Macht und der Ruhm der eigenen Religion, der eigenen Nation oder der eigenen politischen Struktur sein soll. Und bei uns, in unserer Kultur, ist es inzwischen zu einer ganz gewöhnlichen Sache geworden, um der Technik willen menschliches Leben zu riskieren und zu opfern: Ehe wir auf Autos verzichten und Fortbewegung anders organisieren, nehmen wir lieber die vielen Toten und Verletzten in Kauf, die der Straßenverkehr „so mit sich bringt“; ehe wir das Risiko eines industriellen Rückschritts eingehen, akzeptieren wir lieber eine erhöhte Krankheits- und Sterblichkeitsrate aufgrund von Luft-, Wasser- und Bodenverschmutzung; und es erscheint uns weniger schrecklich, den Tod von Millionen und möglicherweise das darauffolgende Elend der ganzen Menschheit zu riskieren, als unseren Energieverbrauch einzuschränken und auf Atomkraftwerke zu verzichten. Und was die Ermordung ganzer Arten „im Namen des technischen Fortschritts" betrifft, so ist das inzwischen für uns zu so einer alltäglichen Sache geworden, daß wir das heutzutage wort-wörtlich jeden Tag einmal tun. Wobei wir auch hier nie so ganz strikt zwischen Menschen und Nicht-Menschlichem unterschieden haben, weil der Fortschritt der Zivilisation schließlich nicht aufgehalten werden darf dadurch, daß wir es nicht wagen, Völkermord an nichtweißen Rassen und Stämmen zu begehen.

Alle wesentlichen Elemente, die es braucht, um eine Eskalation von Technik-Akzeptanz bis ins Extreme der Selbstvernichtung gesellschaftlich möglich zu machen, haben wir schon als Einzelne durchexerziert und etabliert, was fehlt, das ist nur die helfende Hand, die jetzt das Vorhandene zusammenfügt. Und wenn wir uns genauer umsehen in unserer Kultur, dort, wo der technische Fortschritt gemacht wird – in den hochwissenschaftlichen Technologientwicklungszentren –, dann stellt sich heraus, daß wir auf Hilfe nicht länger warten müssen. Vor allem unter den Anhängern der Künstlichen Intelligenz und der Systemtheorie ist die Vorstellung einer „Evolution des Lebens" populär, die die Menschheit als Gattung „transzendiert", weil Menschen als veraltetes Trägermodell der „kosmischen Bewußtheit" in dieser höheren Entwicklungsstufe obsolet werden[2]. Und es gibt Wissenschaftler[3], die fest davon überzeugt sind, daß diese höhere Entwicklungstufe im Konzept der „intelligenten Maschine" schon präsent ist und als „Überwindung der biologischen durch die technologische Lebensform" siegen wird, während es die Aufgabe des Menschen ist, diesem kosmischen Schöpfungsplan durch seine Arbeit zum Durchbruch zu verhelfen – die Vernichtung nicht nur der Menschheit, sondern jeglicher biologischer Lebensform durch den Aufbau von Technologie wird hier als die höchste Form der Selbstverwirklichung des Menschen erlebt und glorifiziert.

Vielen wird diese Art von Lebens-Sinn noch als schierer zerstörerischer Irr-Sinn erscheinen, der für uns und für die tatsächliche Entwicklung unserer Kultur ohne Bedeutung ist. Aber wenn wir aufhören, unsere Kultur von unserem kulturspezifisch menschlichen Standpunkt aus wahrzunehmen, und anfangen, unser Tun von irgendeinem beliebigen nicht-menschlichem Erleben der Welt aus wahrzunehmen, dann ist es genau dieser schiere destruktive Irr-Sinn, der die Rationalität unserer Kultur unmittelbar und von Anfang an kennzeichnet. Neu an der extremen Identifikation mit Technik ist in dieser Sichtweise nur, daß hier jetzt die destruktive Logik unserer Rationalität auf ihren Urheber selbst – den Menschen – angewandt und daß explizit ausgesprochen wird, was vorher bloß getan aber nicht reflektiert wurde. Denn was wir als die wachsende Macht erleben, Dinge, lebende Wesen und Ökosysteme nach unserem Willen manipulieren zu können, als die Erfüllung unseres schöpferischen Strebens, „die Erde zu kultivieren“, das stellt sich jenen anderen dar als ein Eroberungsfeldzug, der ein Leben in Freiheit und Selbstbestimmung Zug um Zug vernichtet. Und was wir als den Fortschritt von primitiven Stämmen hin zur industriellen Zivilisation feiern, das ist für jene ein Weg, der Schritt für Schritt in Tod und Untergang führt. In der Wahrnehmung nicht-menschlicher Wesen ist die Vernichtung der Gattung Mensch im Namen des technischen Fortschritts nur der letzte, logisch-schlüssige Schritt, der die Entwicklung unserer Kultur vollendet.

Dieses negative Urteil läßt sich in positive Forderungen an die Struktur einer alternativen Kultur übersetzen:

Soll hier in Ordnung gebracht werden, was bisher jenen anderen Lebensordnungen zuwider lief, so reicht es nicht aus, wenn auf die extreme Entwicklung technischer Macht verzichtet wird, und es reicht nicht aus, wenn wir wirtschaftliche Entwicklung auf jenen Pfad einschränken, in dem ein ausgeglichener ökologischer Kreislauf möglich ist, sondern wir stünden vor der Aufgabe, eine menschliche Lebensordnung zu erschaffen, die die selbstbestimmte Entwicklung jener anderen, nicht-menschlichen Lebensordnungen *ergänzt*, anstatt zu ihnen in Konkurrenz zu stehen.

Konsequenzen der Lösung 1: Ganz andere Menschen werden als zuvor

Nun hätten ja all diese Forderungen aus nicht-menschlicher Sicht allerhöchstens die Macht, in ethische und moralische Ideale des Menschen einzugehen, und wären als solche – wie die Erfahrung leider zeigt – für die tatsächliche Entwicklung unserer Kultur von nur marginaler Relevanz, wäre da nicht der eine Umstand, daß die Fähigkeit, „die Welt aus den Augen des anderen zu sehen“, eine ist, die uns Menschen als Gattung auszeichnet und unser Mensch-Sein nachhaltig beeinflußt, und käme zu diesem einen Umstand nicht jener andere hinzu, daß die Methode, mit der dieser Standpunkt-Wechsel vollzogen wird – die geistig-seelische Identifikation mit dem anderen – jene ist, die für alle nicht-wissenschaftlichen Erkenntnismethoden die Grundlage jeglichen Erkennens bildet.

Das zu werden, was erkannt werden soll, das ist jene zentrale Aussage buddhistischer Erkenntnistheorien und animistischer Erkenntnismethoden denen zufolge jene Wissensbeschränkung transzendierbar ist, wie sie sonst für ein Erleben und ein Erkennen der Welt innerhalb einer festen Subjekt-Objekt-Trennung notwendig mit gesetzt wird. Wobei der beträchtliche Unterschied in den Resultaten sich vor allem daraus erklärt, daß innerhalb der buddhistischen Tradition der Weg zum Wissen vornehmlich als eine Methode der individuellen Befreiung aus sozialen reproduktiven Strukturen überhaupt entwickelt wurde, wohingegen sogenannte primitive Gesellschaften sich auf eine Entwicklung dieser Erkenntnismethode konzentrierten, in der sie zur konstitutiven Richtschnur der kulturellen Wirklichkeitskonstruktion und Selbstverwirklichung wurde.

Hier definiert sich Mensch-Sein nicht über jenes Beharren auf der Trennung von Mensch und allem anderen, sondern das menschliche Selbst findet seine Erfüllung darin, daß wir Menschen die einzigen unter allen Lebewesen sind, die nicht innerhalb der Grenzen der eigenen Identität gefangen sind, sondern diese überschreiten können durch die Erfahrung, daß Subjekt und Objekt, ich selbst und das andere in einem fundamentalen Sinne identisch sind. Innerhalb dieser Wirklichkeitskonstruktion wird ein Mensch nicht zum Subjekt dadurch, daß „man alles andere kontrolliert", sondern Subjektivität wächst einem zu in dem Maße, in dem es uns gelingt, dieses inhärente Potential, „nicht nur das eigene Selbst sein zu können", zu verwirklichen. Und weil so das andere sich nicht darstellt primär als fremdes Objekt, sondern eher als potentieller Teil des eigenen Selbst, liegt Selbst-Verwirklichung nicht in der zunehmenden Macht über dieses fremde andere, sondern in dem Bemühen um Verständnis und Verständigung zwischen all diesen „Teilen eines Ganzen" – seien diese nun menschlicher und nicht-menschlicher Natur –, und einer Entwicklung „des Ganzen", in dem Unabhängigkeit und Verbundenheit, Individualität und Gemeinsamkeit Teile einer Ordnung sind. Was wiederum zur Folge hat, daß dann, wenn Menschen sich in dieser Form der Selbstverwirklichung wiederfinden, die Behandlung des anderen als bloßes Objekt, das beliebig manipuliert und zerstört werden kann, als zerstörerische Gewalt erfahren wird, die sich direkt gegen einen selbst, gegen die eigene Identität richtet.

Konsequenterweise ist die Wahrnehmung unserer kulturellen Entwicklungslogik als einer primär zerstörerischen keine, die auf nicht-menschliche Standpunkte beschränkt ist, sondern sie ist eine zutiefst menschliche Sichtweise der Dinge, die von einer bunten Vielzahl sogenannter „primitiver" Kulturen geteilt und von denen Mitgliedern formuliert worden ist. Und ebenso folgerichtig ist, wenn innerhalb unserer Kultur in der sogenannten „alternativen Scene“ eben diese nicht-menschliche menschliche Wahrnehmung unserer Kultur zunehmend wieder erlebt und zum Ausdruck gebracht wird. Daß Bäume und Tiere im Sinne des bürgerlichen Rechts vertretungswürdige Parteien vor Gericht sein sollen, daß der Aufruf „Befreit ...!“ Tiere ebenso einschließt wie Flüsse und Sümpfe, daß Wildnis eine Lebensform ist, der das gleiche Existenzrecht zukommt wie dem Menschen, all das sind Beispiele einer Bewegung, die der norwegische Philosoph Arne Naes „deep ecology movement“ genannt hat; ein Paradigma-Wechsel in der Subjektkonstitution, durch den unsere kulturelle Unterscheidung zwischen Egoismus und Altruismus, zwischen Mensch und Natur, Subjekt und Objekt transzendiert wird und der Forderungen nach tiefgreifenden Änderungen in unserem kulturellen Handlungsmuster nach sich zieht.

Die Erschaffung der einen Welt ist die Zerstörung der anderen Welt

Wer von hier aus zurückblickt, von der „deep ecology Bewegung“ hin zur „Künstlichen Intelligenz als nächste Stufe der Evolution“ und sich dann dort wiederfindet, wo wir jetzt sind, in einer existentiellen Krise unserer Kultur, die/der mag wohl dem Gefühl der Unwirklichkeit alles Wirklichen verfallen. Denn es ist fast, als ob die Leute nicht länger mehr in ein- und derselben Welt leben, und obwohl sie doch offensichtlich das gleiche sehen müssen, das ich und du auch sehen, also unsere Welt, so wie sie jetzt ist, scheint für sie jeweils die Wirklichkeit etwas ganz anderes zu sein.

Und so seltsam es sich auch anhören mag – genau das ist es, was geschieht. Denn wenn die These ernst genommen wird, daß es sinnlos ist, von einer Realität *an sich* zu sprechen, die unabhängig von einer bestimmten Wahrnehmungsweise der Welt existiert und unabhängig von einem Selbst, das sich eben durch die Identifikation mit dieser Wahrnehmungsweise konstituiert, dann wird durch eine Veränderung in der Intensität dieser Identifikation und vor allem durch einen Paradigma-Wechsel in der Subjektkonstitution nicht nur das Selbst, das Subjekt, sondern auch „die“ Realität verändert. Und eine solche Veränderung hat offensichtlich stattgefunden. Es begann mit der existentiellen subjektiven und objektiven Krise unserer Kultur und der Suche nach einem Weg aus dieser Krise heraus, führte dann auf der einen Seite in eine wachsende Entfremdung vom Weltbild unserer Kultur und auf der anderen Seite in eine immer intensiver werdende Identifikation mit dem Weltbild unserer Kultur hinein, und wurde schließlich definitiv zu etwas völlig Getrenntem, als jede Gruppe für sich begann, ihr Leben mehr und mehr auf dieser neu gefundenen Identifikation zu gründen und die Implikationen dieses jeweils gültigen Weges aus der Krise zu erforschen. Und obwohl die extreme Form der Technik-Akzeptanz nichts anderes tut, als die grundlegende Entwicklungslogik unserer Kultur zu Ende zu führen, mag sie jenen, die ihr Selbst noch in den gemäßigteren Formen unseres Weltbildes wiederfinden, zu Recht so fremd- und abartig erscheinen, wie ein F 19 stealth-fighter zur Zeit der Zeppeline erschienen wäre. Von den anderen, die sich ganz im Ernst mit Bäumen und Flüssen identifizieren, gar nicht zu reden!

So, wie es jetzt steht, haben wir nicht eine, verbindende, sondern zumindest zwei, völlig verschiedene, getrennte Wirklichkeitskonstruktionen, und das auch nur, wenn wir die heftig umstrittenen Ausprägungen innerhalb der Gruppen großzügig übersehen. Und nicht die Ordnung einer Gesellschaft, sondern die Ordnung der Welt, so wie sie durch unsere Kultur geschaffen worden ist, geht in dieser Differenz zweier *möglicher* Ordnungen unter.

Im Gegensatz zu dieser Vielzahl an möglichen Welten beziehen sich deren mögliche Ordnungen jedoch nach wie vor auf *eine* gesellschaftliche Nische, deren sekundäre Realität den Modus unserer Kultur verwirklicht und von deren Reproduktion das Leben aller Beteiligten abhängt. Und obwohl unsere Kultur jene einzige Qualität verloren hat, die die Dominanz eines Weltbildes unter den Menschen rechtfertigen kann – eine Identifikation aller Mitglieder dieser Kultur mit deren Weltbild aus freien Stücken und aus ganzem Herzen – kommt ihr allein aufgrund dieser Übermacht ihrer materiellen Existenz weiterhin die Macht zu, menschliches und nicht-menschliches Leben zu beherrschen. Und dies immer drastischer und immer ausschließlicher, insofern unsere materielle Ordnung keine statische, sondern eine dynamische ist, die nur existiert insofern sie wächst, und so in einem ganz gegenständlich-handgreiflichem Sinn auf der Welt immer weniger Überlebensraum für nicht-kompatible Lebensformen übrigläßt – seien diese nun menschlicher oder nicht-menschlicher Art. Was diesen Herrschaftsalltag jedoch endgültig als Extremsituation etabliert, das ist der Umstand, daß auf der einen Seite die Identifikation mit „deep ecology“ solch eine inkompatible Ordnung darstellt und einfordern muß, während auf der anderen Seite die intensivierte Identifikation mit unserer kulturellen Ordnung ihre Selbstverwirklichung in eben diesem immer intensiveren und extensiveren Ausbau der materiellen Macht „Technik“ findet.

Beides zugleich zu tun ist aber schlicht unmöglich: den anderen als Objekt zu behandeln, das nach Lust und Möglichkeit manipuliert werden kann, *und* den anderen als ein Wesen wie du und ich zu behandeln, das das gleiche Recht auf ein Leben in Selbstbestimmung hat wie wir; eine Entwicklung voranzutreiben, die auf die Vernichtung alles Biologischen zugunsten der neuen technologischen „Lebensform“ zielt, und eine Entwicklung mit allen Kräften zu unterstützen, in der Raum für das selbstbestimmte Leben jeder bisher entstandenen Lebensform sein soll. Wenn die begriffliche Konstruktion beider Weltbilder es rechtfertigt, sie als komplementäre zu definieren, so ist für ihre Verwirklichung im individuellen und sozialen Leben eine andere Beschreibung angebracht: Weil hier die Entwicklung des einen notwendig die Grundlagen zerstört, auf denen die Entwicklung des anderen aufbaut, stehen sie hier im Leben in einem tödlichen Widerspruch zueinander.

Und weil es so die materielle Existenz des anderen ist, die die eigene verhindert, ist das, um was hier hauptsächlich gestritten wird, nicht ein bestimmtes politisches System von gesellschaftlicher Herrschaftsverteilung[4], sondern etwas, das bisher als politisch neutrale Basis angesehen wurde: die Art und Weise, wie wir unser materielles Leben reproduzieren – Technik.

„Für oder gegen Technik?“, das ist auf jeder Stufe des Konflikts die zentrale Frage, um die es geht; ganz gleich, ob das, was so in Frage steht, nur das spezifische Un-Gleichgewicht zwischen der Intensität von Technik-Akzeptanz und der Expansionsdynamik technischer Risikoproduktion ist, oder ob es unsere ganze Kultur mit ihrer Wirklichkeitskonstruktion und Subjektkonstitution ist, die solchermaßen hinterfragt wird. Und es ist darüberhinaus ein Konflikt, in dem es keine neutrale Position gibt. Denn selbst wenn eine/r nichts anderes will, als so weiterleben wie zuvor, ist das eine Handlung, die Partei ergreift, weil eben exakt diese unsere bestehende Lebensweise in ihrer materiellen Dominanz der zentrale Akt von Herrschaft ist, der die Möglichkeit zu jener alternativen Lebensweise vernichtet.

Eine der einfachsten Schlußfolgerungen aus dieser spezifischen Form von Herrschaft ist nun die, daß die Verwirklichungschancen beider möglicher Welten in keinem vergleichbaren Verhältnis zueinander stehen. Wo auf der einen Seite rückgängig gemacht werden muß, was als sekundäre Realität unserer Kultur inzwischen weltweit dominiert *und zugleich* die materielle Lebensbasis aufrechterhalten werden *und zugleich* ein neues Weltbild erschaffen werden muß, da reicht es auf der anderen Seite im Grunde genommen aus, so weiterzumachen wie zuvor. Und wird dazu noch bedacht, daß dieses „weitermachen wie zuvor“ immer die Expansion technischer Macht und damit die Erhöhung der Wahrscheinlichkeit einer globalen ökologischen Katastrophe beinhaltet, so ist es beim gegenwärtigen Wissensstand am allerwahrscheinlichsten, daß eh schon alles zu spät ist:

– daß wir heute unsere Zukunft in einem relevanten Sinn nicht mehr gestalten können, weil das zukünftige Ende unserer Geschichte schon durch jene Prozesse determiniert ist, die wir durch unsere vergangenen Handlungen in Gang gesetzt haben. Und unsere Übermacht in der materiellen Wirklichkeit heute ist dann nichts anderes als der Beweis für die schon gestern entschiedene zukünftige Un-Wirklichkeit menschlicher Wirklichkeiten insgesamt.

Sinn, Wahrheit und was sonst noch so wichtig ist für eine „no-future"-Generation

Nun ist es bei uns so, daß diese Diskussion üblicherweise mit dem Einwurf abgewendet wird, das möge ja wohl so sein, aber an so etwas auch nur zu denken, bringe nichts und wenn überhaupt nur Negatives: mit diesem Ende der Menschheit vor Augen verliere menschliches Leben notwendig jeden Sinn und würde unerträglich.

Ich halte diese Überzeugung aus hauptsächlich drei Gründen für falsch:

1. wird hier implizit davon ausgegangen, daß mit unserem Leben im Grunde genommen alles in Ordnung ist, und nur dann, wenn wir nicht anders können, als jene Unglücksbotschaft wahrzunehmen und als wahr anzuerkennen, bricht unsere heile Welt zusammen und verliert das Leben seinen Sinn. Und diese Überzeugung wiederum impliziert, daß eine Kultur, die im großen zunehmend zerstörerisch und selbstzerstörerisch handelt, ein Alltagsleben haben kann, in dem dieser destruktive Irr-Sinn sich in keiner Weise wiederfindet. Und das wiederum ist schlichtweg unmöglich: Die über Generationen hinweg regenerierte Lebensordnung einer Kultur und die je individuelle Lebenserfahrung in dieser Kultur sind zwei Strukturen *einer kohärenten* Ordnung, und was für diese Ordnung konstitutiv ist, das ist konstitutiv für jede ihrer einzelnen Manifestationen.

Im Endeffekt ist es genau diese soziale Norm des „Normalverhaltens" – eine Haltung, die sich die Wahrnehmung der manifesten destruktiven Züge unseres Alltagslebens verbietet, und ihre Erfahrung unkenntlich machen will durch einen sprachlichen Bezug auf diese Realität, in dem immer so getan wird, *als ob* alles in Ordnung wäre –, die die Lebenserfahrung in unserer Kultur vollends zu einer macht, in der Sinn in keiner Form mehr auffindbar ist. Hier wird im Alltag die schizophrene Situation geschaffen, daß in der *Erfahrung* der Realität ihre destruktiven Züge manifest überwiegen, während in der *Reflexion* auf diese Realität, in den Worten, die diese Realität beschreiben, die Welt ganz anders, nämlich heil aussieht.

Von jenen, die in *dieser* Wirklichkeit aufgewachsen sind, wird die Aussage, daß unsere Kultur mit großer Wahrscheinlichkeit sich selbst und die Menschheit vernichtet, nicht als Schock erfahren und nicht als eine Aussage, die Sinn unmöglich macht. Ganz im Gegenteil ist sie die Basis, von der aus allein sich in diesem Leben „Sinn und Bedeutung“ – die Übereinstimmung zwischen bewußter Reflexion und Erfahrung – herstellen und finden läßt. Und konsequenterweise macht diese *Aussage* das Leben nicht unerträglich, sondern ist der Anfang davon, daß *dieses Leben* in Sinn und Würde tragbar wird.

2. wird in der Überzeugung, daß ohne eine faire Chance auf Erfolg, Leben und Handeln ihren Sinn verlieren würden, fälschlicherweise Erfolg mit Sinn identifiziert; ein Irrtum, der freilich ganz im Sinne unserer Kultur ist: Hier gilt nur, was Erfolg und Macht hat, das andere ist eine „Fehlentwicklung“ der Evolution. Aber verliert die Handlung, einen ertrinkenden Menschen zu retten, deswegen ihren Sinn, weil sie keinen Erfolg hatte? Richtig ist, daß es Grund zur Trauer gibt, aber die Handlung selbst bleibt deswegen trotzdem eine sinnvolle, und vor allem und zuvörderst macht sie Sinn in Bezug auf mich selbst:

Selbst wenn es im „Lauf der Welt“ keinen Unterschied ausmacht, ob ich etwas tue oder nicht, für mich macht es auf jeden Fall immer einen Unterschied ums Ganze aus, ob ich eine Person bin, die nicht einmal versucht, ein ertrinkendes Leben zu retten, oder ob ich eine bin, die es zum wenigsten versucht. Und selbst wenn es absolut sicher wäre, daß wir „die Welt“, daß wir den von unserer Kultur in Gang gesetzten Wirkungszusammenhang hin zur Vernichtung nicht ändern können, so bleibt uns doch immer die Macht, uns selbst als Personen und damit zum wenigsten *diesen Teil der Welt, diesen Teil unserer Kultur* ändern zu können. Nur dann, wenn wir auf diese Macht verzichten und diese Verantwortung nicht übernehmen, sind wir tatsächlich so ohnmächtig und so bedeutungslos, wie es die herrschende Realität gerne haben wollte, daß wir es seien, damit sie völlig über uns herrschen kann.

3. manifestiert sich in der Angst, das Leben würde für uns unerträglich werden, müßten wir die Wahrheit jener Aussage anerkennen, nach der die Menschheit sich mit großer Wahrscheinlichkeit selbst zerstört, eine grobe Fehleinschätung dessen, was Wahrheit für das menschliche Leben bedeutet: Keine wahre Aussage kann die Möglichkeit zu einem sinnvollen Leben zerstören,

weil ein sinnvolles Leben nur möglich ist in der Verpflichtung auf Wahrhaftigkeit hin.

In diesem Sinne ist jene Namensgebung erfolgt, in der ein Teil der Generation, die *nach* dem zweiten Weltkrieg und *nach* Ausschwitz und *vor* den großen ökologischen Katastrophen geboren wurde, sich selbst als „no-future-generation" definierte, und innerhalb dieser Selbst-Verwirklichung ist die Anstrengung, *zu verstehen,* essentiell:

In ihr hat unsere *alternative* Geschichte ihren Ursprung und aus diesem Bemühen heraus wird sie immer wieder als jener Sinn weitergelebt und weitererzählt werden, den wir fähig sind, in unserem gemeinsamen Leben mit dieser lebenden Erde zu erschaffen, solange wir noch Teil von ihr sind.

Anmerkungen

[1] In der ökologischen Katastrophe setzt die Interaktion mit „dem Rest der Welt" mehr Wirkungen in Gang als beabsichtigt– eben nicht nur technische, sondern auch jede Menge anderer; in der technischen Katastrophe induziert diese Interaktion Wirkungen im technischen Prozeß selbst, die die Funktion dieses Prozesses drastisch ändern; in den Katastrophen „aufgrund menschlichen Versagens" ist eben die für das Funktionieren der Technik unabdingbare Interaktion zwischen Technik und nicht berechenbarem „System Mensch" die nicht beherrschbare Ursache der Disfunktion.

[2] S. z. B. Douglas Hofstadter, Edward Fredkin, Pamela McCorduck, Erich Jantsch ...

[3] – und Wissenschaftsverlage, die deren Bücher international verlegen –, s. hier besonders das Buch von Hans Moravec.

[4] Es unterstützt diese These nachhaltig, daß inzwischen der gesellschaftliche Konflikt um Kapitalismus oder Kommunismus zusammengebrochen ist: Weil in beiden Gesellschaftsformen Technikentwicklung kulturell zentral ist und der Kapitalismus das eben besser kann als der Kommunismus, der sich dabei immer noch von anderen sozialen Dingen behindern lassen muß, ist eben der Kapitalismus doch der bessere „-ismus" zur Entwicklung des (technischen) Kapitals.

Wolfgang Sachs

Natur als System

Vorläufiges zur Kritik der Ökologie

Als ich beim traditionellen Friedensmarsch von Perugia nach Assisi auf der letzten Etappe langsam den Hügel zur Basilika hinaufstieg, etwa auf der Höhe von San Damiano, fiel mir ein, daß ein anständiger Vortrag über Ökologie natürlich mit dem heiligen Franziskus beginnen müsse. Beileibe jedoch nicht, um ihn als Kronzeugen christlicher Naturliebe vorzuführen, sondern weil Franziskus und die Franziskaner für mich ein herausragendes Beispiel für das Doppelgesicht von Protestbewegungen darstellen. Franziskus steht für den ersten großen Protest gegen die aufkeimende kommerzielle Gesellschaft; sein Ausstieg aus dem Geschäft des Vaters, seine Entscheidung zum Verzicht auf Akkumulation, seine Hoffnung auf eine dissidente Elite, können als ein Anlauf gelesen werden, eine andere gesellschaftliche Logik zur Geltung zu bringen. War er damit erfolgreich? Oder ist er einfach gescheitert?

Ich glaube, beides trifft zu. Auf der einen Seite war seine Wirkung spektakulär: seine Bewegung hat binnen kurzem der ganzen christlichen Welt einen enormen Innovationsschub gebracht, er hat alle großen Kampagnen zugunsten der Kleinen und Armen dieser Welt in den folgenden Jahrhunderten inspiriert, und noch heute sind die Franziskaner der Theologie der Befreiung das schlechte Gewissen der Kirche. Auf der anderen Seite jedoch machte sein Protest diejenigen Mächte stärker, gegen die er angetreten war: seine Bewegung wurde als Orden kooptiert, seine Armutspredigt öffnete den Weg zu einer Frömmigkeitspastoral für das städtische Bürgertum, und die Dissidenten fanden sich als Herolde kirchlicher Macht bei der Mission Lateinamerikas wieder. Sieg und Niederlage, der Rückblick zeigt es, verschränken sich; Franziskus illustriert die Nähe von Triumph und Tragik im Schicksal sozialer Bewegungen.

Heute, in unseren Tagen, zeigt die Ökologiebewegung ein ähnliches Doppelgesicht. Einerseits hat sie tiefsitzende Selbstverständlichkeiten des Industriezeitalters umgestürzt, vormals unbekannte Konfliktschauplätze eröffnet und neue Sensibilitäten hervorgebracht. Andererseits setzen auch die gegenwärtigen Mächte auf Beweglichkeit und Reform: die Industrie erkennt in Umweltbewußtsein eine Veränderung der Nachfrage, die Politik erschließt neue Felder der Intervention, und die Wissenschaft übersetzt Krisenangst in Forschungs- und Finanzierungsbedarf. Die Bedeutung von „Ökologie“ ist dabei, sich langsam umzufärben; Worte, die einst als Protest von unten der Elite entgegengehalten wurden, kommen immer öfter aus den Höhen der Macht auf die Bürger hernieder. Die Ökologie befindet sich heute – in Teilen, versteht sich – im Übergang vom Oppositions- zum Herrschaftswissen. Diesen Umbruch möchte ich auf epistemologischer Ebene nachvollziehen, indem ich den Wandel der Begriffe „Ökologie“ und „Ökosystem“ von Kategorien der Opposition zu Kategorien der Herrschaft untersuche.

Unter dem Banner der „Ökologie“ kommt recht Gegensätzliches daher: Bauplatzbesetzung und Computersimulation, politische Aktion und auch eine akademische Disziplin. Die Ökologie als Zeitgeistbegriff wurde aus einer Liaison von Protest und Wissenschaft geboren. Auf der einen Seite agiert die Oppositionsbewegung gegen Technik und wissenschaftliche Rationalität, auf der anderen Seite bezieht sie ihre Leitbegriffe eben dort her, von einer wissenschaftlichen Disziplin. Wir haben in der Ökologiebewegung eine modernitätskritische Bewegung vor uns, die sich nicht, wie so manche ihrer Vorgänger, auf Dogma, Ästhetik oder das Mittelalter beruft, sondern auf die Leitinstanz der Moderne, auf die Wissenschaft selbst. Daher ist der Schlüssel für den Wandel des Protest – in Herrschaftswissen in der Ambivalenz, ja Widersprüchlichkeit der Leitkonzepte zu suchen. Ich möchte versuchen, aus der Wissenschaftsgeschichte der Ökologie zu erschließen, warum sowohl modernitätskritischer Protest wie erweiterte Naturbeherrschung aus ihnen Honig saugen können.

Die romantische Aufladung der Ökologie

Hören wir zum Beispiel den Dorfschullehrer Friedrich Junge, der den ökologischen Blick auf die Natur 1885 in einem Handbuch für den Schulunterricht popularisierte. Er führte seine Schüler (und die Leser) an einen Dorfteich, zeigte ihnen die Wassermulde und den Sand, machte sie auf die Weiden, Erlen, das Schilf, die Seerosen und die Algen aufmerksam, und erläuterte ihnen die Eigenarten der Wasserläufer, Blutegel, Frösche, Stichlinge, Enten, Störche und Schwalben. Und darauf kam es ihm an: „Betrachten wir den Teich als Ganzes. Wie das Tier aus einzelnen Organen besteht, die in ihrer Gesamtheit das ganze

Wesen darstellen, wie in ähnlicher Weise die Pflanze in einzelne Organe gegliedert ist: so hat auch der Teich seine Glieder. Diese sind die Tiere, die Pflanzen und das Unorganisierte ... So ist das höhere Wesen in seiner Existenz wesentlich abhängig von dem niedern, das ihm dienen muß, ja das höchste Wesen des Dorfteichs, das Tier, hängt schließlich von den unorganisierten Stoffen ab, die den Pflanzen ihr Dasein ermöglichen; denn diese sind die Apparate, die den unorganischen Stoff in organischen verwandeln, von dem die Tiere leben ... Insofern bilden alle eine Einheit." Der Titel seines Buches, „Der Dorfteich als Lebensgemeinschaft", verkündet programmatisch jene Gestalt der Wahrnehmung, welcher Junge zum Durchbruch verhelfen will: die Natur, die vielfältige und unübersichtliche, sie setzt sich aus integrierten Ganzheiten zusammen. Schnell zu sehen, daß einer solchen Wahrnehmung eine für die romantische Tradition typische Denkfigur zugrundeliegt, die aus zwei Axiomen hervorgeht: „Ort schafft Gemeinschaft" und „Gemeinschaft trägt die Individuen".

Während die klassische Naturwissenschaft Newton'scher Prägung die Homogenität des Raumes postulierte, in dem Orte nur als Schnittpunkte geometrischer Linien definiert wurden, bestand romantisches Denken darauf, daß Orten eine spezifische Qualität und je eigene Dichte aufweisen. Im Konzept der „Landschaft" etwa, welches an der Wiege einer anderen romantisch inspirierten Wissenschaft, der Geographie, stand, verdichtete sich die Vorstellung von qualitativ gegliedertem Raum. Alexander von Humboldt, worüber er auch berichtete, von seiner Fahrt den Orinoco hinauf oder von seiner Besteigung des Chimborazo, sah überall die Natur nach Vegetationsgruppen gegliedert, deren Charakteristik sich der Qualität eines Ortes verdankten. Seine Pflanzengeographie hat die Wahrnehmung revolutioniert: die Ordnung der Natur enthüllt sich nicht mehr in einer teleologisch gerichteten Taxonomie der Arten, sondern in einer Darstellung der Verteilung der Pflanzen auf dem Erdenrund. Er sieht Pflanzen nicht als ortsneutral klassifizierbare Arten, sondern als Einwohner von Regionen. Und es ist die (klimatische) Eigenart des Ortes, welches den Pflanzengemeinschaften ihre jeweilige Identität verleiht.

Auch das Axiom „Gemeinschaft trägt Individuen" stellt eine polemische Antwort auf den Wirklichkeitsentwurf der klassischen Naturwissenschaft dar. Deren Neigung gegenüber, die Komplexität der Natur auf kleinste Einheiten zu reduzieren, die durch externe Kräfte, wie beim Billardspiel, in Bewegung gehalten werden, unterstreicht die romantische Tradition den Vorrang des Ganzen vor den Teilen. Folglich verstanden die frühen Ökologen die Pflanzen-Ensembles als „Gesellschaften", welche durch Beziehungen der Über- und Unterordnung, der gegenseitigen Hilfe und des Wettbewerbs zu Ganzheiten zusammengeschlossen waren. Beeindruckt von den tief gestaffelten Abhängigkeiten zwischen Arten begannen sie sich zu fragen, wie real diese Ganzheiten seien. Ist so eine Gruppierung nur die Summe individueller Lebewesen oder stellt es eine Einheit höherer Ordnung dar? Von Möbius (dem Lehrer von Junge) bis Clements, in der für die wissenschaftliche Ökologie konstitutiven Periode zwischen 1880 und 1920, wurde die Frage im allgemeinen zugunsten der holistischen Alternative entschieden. Der Organismus diente als Hintergrundmetapher, um sowohl die innere Konstitution der Lebensgemeinschaften wie ihre Reproduktion in der Zeit theoretisch zu reflektieren. Damit ließ sich in kohärenter Weise ein Gegenstandsbereich – das Studium der Lebensgemeinschaften – abgrenzen und die Ökologie konnte sich im Jahrzehnt nach der Jahrhundertwende als eigenständige Wissenschaft mit allen Insignien wie Lehrstühlen, Fachverbänden und Zeitschriften konstituieren.

Die mechanistische Entladung der Ökologie

Gerade in ihrem Bestreben, als Wissenschaft ernstgenommen zu werden, unterlag die Ökologie allerdings dem Normalisierungssog der Naturwissenschaften. Als Zuchtmeister, welcher der Ökologie ihre organizistischen Flausen austreiben wollte, stach Arthur Tansley hervor, ein Botanist aus Oxford. In scharfer Wendung gegen Clements forderte er, die Ökologie vom Obskurantismus romantischer Metaphern wie „Organismus“ und „Gemeinschaft“ zu befreien. Die Idee organischer Ganzheit war für ihn nicht viel mehr als die Frucht einer übersteigerten Einbildungskraft, die in der Wissenschaft nichts zu suchen hätte. Es kam ihm daher darauf an, für die Ökologie ein Realitätsmodell zu etablieren, das vor dem Kanon der Wissenschaft Bestand haben würde. Eine neue Wahrnehmung aber braucht eine neue Kategorie; Tansley kreierte 1936 den Begriff „Öko-System“, um diesen Reinigungsakt konzeptuell festzuschreiben.

Unter dem Signum dieses Begriffes änderte sich der Blick auf die Gruppierungen der Pflanzen- und Tierwelt erheblich. Erstens wich damit die synthetische Sichtweise dem analytischen Zugriff; es galt, die Gesamtheit der Erscheinungen zu zergliedern, um zu den kleinsten grundlegenden Elementen des Naturgeschehens vorzudringen. Zweitens, das Ganze wurde als zirkulärer Fluß von Elementen wie Nährstoffe, chemische Substanzen und vor allem Energie, begriffen; Qualitäten wie Lage, Physiognomik, Sozialität einer Gruppierung verblaßten demgegenüber. Drittens drückte sich die Ökologie nun durch quantitative Größen aus, die durch Messungen zu ermitteln und deren Beziehungen untereinander als kausale Verhältnisse zu interpretieren sind; alle Spuen einer teleologischen Erklärung waren damit getilgt. Und schließlich konstituierte der Kreislauf der Elemente eine Realitätsebene, die der belebten wie der unbelebten Welt gemeinsam ist; der romantisch getönte Nachdruck auf den besonderen Charakter des Lebendigen verlor seine Grundlage.

Tansley's Austreibung des romantischen Erbes machte den Weg frei für die Umbildung der Ökologie zur Ökosystemforschung. Im Zeichen des Systembegriffs wurde zwar der Anspruch auf ganzheitliches Verständnis beibehalten, doch mechanistisch reinterpretiert. Auch Ökosystemforscher sehen die Natur als in Einheiten gegliedert, denen eine gewisse Eigenständigkeit zukommt; aber sie erkennen in ihnen „Systeme" und keine „Lebensgemeinschaften" mehr. Das Ganze ist immer noch mehr als die Summe seiner Teile, doch diese unhintergehbare Interdependenz wird für sie nicht mehr durch „Kooperation", sondern durch „Rückkopplung" konstituiert. Ja sogar einen Telos, ein Ziel, schreiben sie diesen Einheiten zu, lassen jedoch die Vorstellung der Reifung auf eine „climax" hin fallen und begnügen sich damit, ein Streben nach „Gleichgewicht" gegenüber Störungen von außen zu postulieren.

Es war freilich weniger eine neue „Entdeckung", welche den Vorrang des Systemdenkens in der Ökologie befestigte, sondern ein Wechsel in den erkenntnisleitenden Kategorien. Schließlich sind Theorien in der Wissenschaft nichts weiter als systematisch ausgebaute und überprüfte Intuitionen. Diese Intuitionen über den Charakter der Zusammenhänge in einem bestimmten Wirklichkeitsbereich entspringen ihrerseits oft aus der Überzeugungskraft von Metaphern. Weil sie Bedeutung von einem bekannten Erfahrungsbereich in einen unbekannten tragen, entfalten Metaphern die ganze heuristische Kraft des Vergleichs; die plötzlichen Analogien, sie purzeln und treiben zu frischen Annahmen und Deutungen. Jene Wurzelmetapher freilich, aus der eine Theorie hervorgegangen ist, kann mit der Zeit unkenntlich werden, da sie in der ausgewachsenen Gestalt der Theorie aufgeht, doch prägen sich ihre – außerwissenschaftliche – Herkunft und Faszinationskraft dem Denkstil der Wissenschaft auf.

Im Übergang von einer Ökologie der Lebensgemeinschaften zu einer Ökologie der Ökosysteme vollzieht sich ein Wechsel in der theoriestiftenden Metapher: der Organismus wird als Vergleichsbild von der Maschine abgelöst. Allerdings von einer Maschine besonderer Art, wie es eben dem reifen Stadium der Industriegesellschaft entsprach. nämlich der Energiemaschine mit Regelungsautomatik. Die beiden Aspekte dieser Maschinenmetapher, Regelungstechnik und Energieumwandlung, haben je einer Version der Ökosystemtheorie die innere Form gegeben.

Denken wir, um den regelungstechnischen Aspekt zu illustrieren, an einen Thermostat. Ein Thermostat ist bekanntlich ein Regler, der kontinuierlich einen Ist-Wert an Temperatur mißt, mit dem Sollwert, auf den er eingestellt ist, vergleicht und die Leistung der Wärmemaschine entsprechend hinauf- oder herunterfährt. Die Fähigkeit zur Selbststeuerung ist die Pointe eines solchen Designs; denn die Maschine ist damit in der Lage, ihr Leistungsniveau den sich verändernden Umweltbedingungen anzupassen. Genau diese Eigenschaft hatte W. Cannon in den 20er Jahren, zurückgehend auf den Vater der modernen Physiologie, Claude Bernard, dazu veranlaßt, den Metabolismus eines Organismus nach dem Vorbild der thermischen Regulation zu verstehen; die wundersame Fähigkeit eines Organismus etwa, seine Körpertemperatur allen äußeren Widrigkeiten zum Trotz stabil zu halten, erschien damit in neuem Licht. Ein solches Organismusverständnis holte die Ökologie in den 40er und 50er Jahren ein; mit G. Hutchinson und seinem Schüler H. Odum werden Gemeinschaften von Pflanzen und Tiere als selbstregulierende Systeme interpretiert, welche sich bei widrigen Einwirkungen von außen durch Mechanismen der Selbsterhaltung stabilisieren. Der Erforschung der Regelungsmechanismen lag das Interesse zugrunde, die Reaktion von Ökosystemen auf Umweltstörungen voraussagen zu können.

Die zweite, die bio-ökonomische Version der Ökosystemtheorie bezieht ihre Plausibilität aus dem thermodynamischen Aspekt der Maschinenmetapher. Wie eine Maschine fossilen Brennstoff in Wärme und diese wiederum in kinetische Energie umsetzt, werden dort Gemeinschaften von Pflanzen und Tiere als Energieumwandlungssysteme betrachtet, die Sonnenenergie entlang vielgliedriger Nahrungsketten in chemische, thermische oder kinetische Energie transformieren. Einer solchen Sichtweise kommt es darauf an, das Verhältnis zwischen Energie-Input und Energie-Output in den Blick zu bekommen, um Aussagen über die Effizienz der Energieumwandlung zu machen. In Junge's Dorfteich zum Beispiel wird das Sonnenlicht von der Mikroflora am Seegrund, dem Plankton und den Seepflanzen eingefangen und als pflanzliche Nahrung an Frösche oder Fische und darüberhinaus aus als fleischliche Nahrung an Störche oder Fischreiher weitergegeben. An jeder Station dieser Kette bleibt jedoch ein großer Teil der Eingangsenergie auf der Strecke; nur ein Bruchteil wird genutzt und auch Wachstum, Selbsterhalt und Aktivität der Organismen selbst fordern ihren Tribut. Dieses Verhältnis von Sonnen-Input und Biomasse-Output ist variabel; nach H. Odum's „maximum power principle" tendieren Ökosysteme im Laufe ihrer Evolution zu einer unter gegebenen Umweltbedingungen optimalen Nutzung der Sonnenenergie. In der thermodynamischen Version der Ökosystemtheorie gilt die Aufmerksamkeit nicht der Fähigkeit eines Systems, Störungen abzufangen, sondern seiner Fähigkeit, Entropie zu minimieren.

Ökosystem als metaphysische Kategorie

Es war im Laufe der 60er Jahre, zunächst besonders in den USA, daß die Idee der Ökologie über die Fachgrenzen hinausdrang, die naturwissenschaftlichen Fakultäten verließ und schließlich sogar ins Bewußtsein von Herrn Jedermann einzog. Ein wissenschaftliches Konzept wuchs sich zu den Dimensionen einer Weltanschauung aus. Ein Fachbegriff wurde zur Standarte einer sozialen Bewegung. Was begründete die Resonanz zwischen Wissenschaft und Protestbewegung? Welche historische Erfahrung fand da eine Heimstatt in der Welt der Fachbegriffe?

Was immer die verschiedenen Gesichter der Ökologiebewegung waren, eine Grundmelodie durchzog doch alle ihre Manifestationen: dem Ganzen Vorrang vor der Perfektionierung der Teile zu geben. Ob der Streit um Atomkraft, industrielle Landwirtschaft oder die Chlorchemie ging, die Anklage richtete sich immer gegen eine einseitige Leistungssteigerung, die sich nicht um die Kosten scherte, die sie der Natur oder der Gesellschaft aufbürdete. Überall wurden Nebenfolgen entdeckt und allenthalben wurde die Verantwortung für den Zusammenhang eingeklagt. Weil das Erfolgsgeheimnis moderner Institutionen gerade darauf beruht, daß sie mit aller Effizienz ein spezifisches Ziel verfolgen, zeigen sie sich strukturell gegenüber Nebenfolgen indifferent. Gegen diesen Strukturdefekt der Moderne richtete sich der Protest; sein Kern lag daher darin, die Rücksicht auf das Ganze einzufordern. Kein Wunder, daß in der Ökologie Protest und Wissenschaft zueinanderfanden. War nicht die Ökologie immer mit anti-reduktionistischem Anspruch aufgetreten? Machte sie nicht seit langem die Erforschung der Wechselwirkungen zu ihrem Programm?

Der Wunsch, zusammenzufügen, was getrennt ist, zu heilen, was auseinandergerissen ist, diese Sehnsucht nach Ganzheit fand in der Ökologie eine überzeugende Sprache, weil sich hier eine Naturwissenschaft anbot, die selbst tief vom romantischen Erbe geprägt war. Die Wissenschaft der Ökologie wurde zur Projektionswand für modernitätskritischen Protest werden, weil sie selbst aus einer solchen Tradition hervorgegangen war. So konnte sich der Protest mit der Wissenschaft verbinden. In diesem hybriden Charakter der Ökologie liegt, darauf hat L. Trepl hingewiesen, der Schlüssel für den geschichtlichen Erfolg der Bewegung. Es gelang ihr das Kunststück, Modernitätskritik im Namen der Letztinstanz der Moderne selbst, nämlich der Wissenschaft, zu führen.

Die Brücke, welche den Kreis der Fachbiologen mit der weiteren Gesellschaft verband, schlug der Begriff des Ökosystems. A. Tansley, in seinem Versuchsgarten in Oxford, hat sich den rasanten Aufstieg seines Begriffs zur Zeitgeistformel sicher nicht träumen lassen; es ist kaum zuviel behauptet, daß der Begriff zu einer Grundkategorie des herrschenden Weltbilds am Ausgang dieses Jahrhunderts werden dürfte. Genauer besehen, ist das gar nicht so überraschend, denn das Konzept ist bestens für diese Rolle ausgerüstet. Es kann eine fast universale Reichweite zur Geltung bringen, da es nicht nur Pflanzen und Tiere umfaßt – das tat auch schon der Begriff „Lebensgemeinschaft" –, sondern auch auf der einen Seite die unbelebte Natur und auf der anderen Seite den Menschen miteinschließen kann. Darüberhinaus ist es in seiner Tiefenschärfe frei verstellbar und daher für jeden Größenmaßstab anwendbar: Ökosysteme werden in allen Größen angeboten, sie stecken ineinander wie russische Puppen, von der Zelle bis zum Planeten, von der mikroskopischen Ebene hinauf zur makroskopischen des Satellitenauges. Ökosysteme sind nichts weniger als omnipräsent; sie bieten sich als Universalschlüssel zum Verständnis von Ordnung in der natürlichen Welt an.

Ja mehr noch, sie werden nicht nur zu einem Symbol für Ordnung, sondern geradezu zu einem Symbol für Leben. Als Ökosysteme erscheinen schließlich jene verflochtenen Prozesse wechselseitigen Austausches, von denen die Weiterexistenz einer Gruppierung von Lebewesen abhängt. Allzu massive Störungen, so sagt zumindest das ökologische Weltbild, drohen die lebenserhaltenden Gewebe zu zerreißen. So bietet sich der Begriff geradezu an, mit allerlei vagabundierenden Ängsten aufgeladen zu werden; stabile Ökosysteme werden zur Definition für eine heile Welt. Mit einer unmerklichen Verkürzung von Leben auf Überleben, werden florierende Ökosysteme als der Inbegriff des Lebens betrachtet; jene Ehrfurcht und jene Hoffnung, die seit alters von allen Botschaften des „Lebens" hervorgerufen werden, machen sich nun häufig am Begriff Ökosystem fest. Wahrlich eine beeindruckende Karriere: ein technischer Begriff ist zur metaphysischen Kategorie explodiert! Man denke nur an die sogenannte Gaia-Hypothese: eine wissenschaftliche Theorie, die besagt, daß auf planetarischer Ebene die Biosphäre in ihrer Gesamtheit eben jene physikalisch-chemische Komposition der Atmosphäre und der Meere reguliert, welche die Bedingungen ihrer Existenz sind, präsentiert sich als eine Theo-Logie Gaias, der Göttin der Erde aus der griechischen Mythologie. Gaia fordert Ehrfurcht, die der New-Age-Philosophie nahe Ökobewegung variiert dieses Thema wie ein Mantra: diese Kreuzung aus Kybernetik und Mystizismus ist nur denkbar dank der metaphysischen Aufladung der Ökosystem-Idee. Doch auch abgesehen von diesem Beispiel: für viele Umweltfreunde scheinen sich in einem Ökosystem gleichzeitig das Wahre, das Schöne und das Gute, die klassischen Dimensionen der Seinsordnung, zu offenbaren; es ist wahr, weil wissenschaftlich erwiesen, schön, weil in Harmonie und Proportion, und schließlich gut, weil es alle Existenz trägt.

Ökosystem als Management-Kategorie

Fundamentalisten hin, Realisten her, es ist überhaupt keine Frage, daß die Ökobewegungen der 70er und 80er Jahre die Wahrnehmung von Politik und ihrer Prioritäten von der kommunalen über die nationale bis zur internationalen Bühne verändert haben. Obwohl Umweltpolitik oftmals noch keineswegs im Zentrum der Dinge steht, zeichnet sich ab, daß mit der Umweltkrise eine neue Staatsaufgabe heranwächst, vergleichbar nur den Staatsgründen Frieden, Recht und Wohlfahrt. Während bislang der Staat sich auf das Verhältnis zwischen den Bürgern oder jenes zu anderen Ländern bezieht, wird nun das Verhältnis der Gesellschaft zur Natur zu einer weiteren Arena der Staatstätigkeit. Neben den Rechtsstaat und den Wohlfahrtsstaat tritt der Überlebensstaat. Er eröffnet sich eine neue Domäne für die Politik, eine eigene Klasse von Konflikten setzt sich fest, neue Diskurse nehmen Gestalt an, ein Korpus von Rechtsnormen wird entwickelt, und Administrationen, Agenturen und Kommissionen geschaffen, die das neue Feld für Interventionen im Visier behalten.

Im Zentrum der Aufmerksamkeit stehen die beiden Großdefekte der Industriegesellschaft, welche die Umweltkrise ausmachen: die Natur, sie muß auf der einen Seite als Bergwerk und auf der anderen Seite als Müllhalde herhalten. Als Bergwerk werden aus ihr die Stoffe abgebaut, welche den Produktions- und Konsumkreislauf speisen: Öl, Kohle und Uran, Kupfer, Nickel und Bauxit, Wasser, Holz und Humus. Als Müllhalde muß sie den Abfall absorbieren, den der Produktions- und Konsumkreislauf ausscheidet: Treibhausgase, Stickoxide und Plutonium, Bleche, Glas und Plastik, Pestizide, Schwermetalle und auch Lärm. Diesen doppelten Verschleiß der Natur abzubremsen und in weniger selbstmörderische Bahnen zu lenken, ohne allerdings die Leistungskraft des Industriesystems zurückzunehmen, wird die prinzipielle Aufgabe der Institutionen des Überlebensstaats sein. Insofern als die Erwartungen an industrielle Leistung wie Warendurchsatz, Geschwindigkeit, Komfort oder kompetitive Schlagkraft nicht in Frage gestellt werden, müssen sich die Anstrengungen darauf konzentrieren, wenigstens die Mittel für die alten Ziele zu optimieren.

Auch für diese Problemstellung erweist sich die Ökologie fruchtbar, dank der Wende, die sie mit Tansley genommen hat. Auf Grundlage der Maschinenmetapher reformuliert, legt die Ökologie einen Typ von Wissen vor, der auf das Interesse an technischer Verfügung antwortet. Waren es doch zwei Grundprobleme der Ingenieurskunst, welche der, von romantischen Resten gereinigten, Theorie ihren Zuschnitt gaben: die Steuerung der Effizienz wie der Belastbarkeit einer Maschine. Dem Wissen über Naturbeherrschung waren mit den beiden Versionen der Ökosystemtheorie genau jene Kapitel angefügt, auf die eine Optimierung der Mittel der Naturausbeute aufbauen konnte. Das Konzept des Ökosystems liefert die epistemologische Grundlage für öko-kratische Intervention. Damit enthüllt sich die andere Seite der Liaison von Protest und Wissenschaft: jene Konzepte, die den modernitätskritischen Protest trugen, enthielten auch das Potential zur Modernisierung der Naturbeherrschung beizutragen. Im hybriden Charakter der Ökologiebewegung ist nicht nur der Schlüssel für ihren Erfolg, sondern auch für ihr Scheitern zu suchen.

Um mit der Gefräßigkeit der Industriegesellschaft umzugehen, dafür stellt die bioökonomische Version der Ökosystemtheorie das begriffliche Rüstzeug bereit. Die Lebensgemeinschaften in der Natur, sie waren da als Energieumwandlungssysteme in den Blick gekommen, die danach streben, die Energie der Sonne entlang der verschiedenen Stationen in der Verbrauchskette optimal zu nutzen. Das Modell, so war das Erkenntnisinteresse, sollte Aufschluß über die Zusammenhänge – in einem Teich oder auf einem Weizenfeld – geben, welche die Relation zwischen Energie-Input und Energie-Output bestimmen. Eine ganz analoge Frage regiert die Bemühungen, dem Bergwerk Natur weniger Biomasse, Energie und Materialien zu entnehmen, ohne aber an Leistung einbüßen zu müssen. Es kommt hier darauf an, bei gleichbleibendem Output, quer durch alle Umwandlungen im System, den Input zu minimieren. Effizienz im Ressourcenverbrauch, so lautet die Formel, mit der eine Phase wirtschaftlichen Wachstums eingeleitet wird, die zusätzliche Produktivität nicht durch mehr Input, sondern durch mehr Rationalisierung bereitstellt. Vorbei sind da die Zeiten, daß Ingenieure und Experten es darauf anlegten, einfach die Produktionsziffern nach oben zu treiben, sondern sie setzen jetzt ihren Stolz darein, mit einem Minimum an Input einen optimalen und nicht mehr einen maximalen Ertrag zu erzielen. Für diesen Übergang von einer energie-zentrierten zu einer entropie-zentrierten Gesellschaft muß der Ressourcenverbrauch in seiner ganzen Breite und in der Tiefe der Umwandlungsketten durchleuchtet und reguliert werden; für die entsprechende Epistemologie dient die thermodynamisch effiziente Maschine als Metapher. Energiepolitik, Ressourcenbewirtschaftung und Recycling liefern zahlreiche Beispiele.

Auch um die vielfältigen Ausscheidungen der Industriegesellschaft unter Kontrolle zu bringen, bietet sich das Realitätsmodell der Ökosystemtheorie an. Für ihre bio-regulative Version, man erinnere sich, stand die selbstregulierte Maschine als Metapher Pate. Lebensgemeinschaften waren in diesem Modell vermittels Rückkopplungsmechanismen so organisiert, daß Störungen von außen, innerhalb gewisser Grenzen, aufgefangen werden konnten. Eingeprägt ist diesem Ansatz das Interesse, durch genauere Kenntnis der selbstregulierenden Prozesse den Toleranzspielraum für Belastungen zu ermessen. Offensichtlich ist damit genau das Problem markiert, mit dem eine Politik zu kämpfen hat, welche den Ausstoß an Abraum steuern will, der auf die Müllhalde Natur niedergeht. Unter den Bedingungen einer Wachstumsökonomie kommt es allerdings darauf an, stromlinienförmig in den Wirtschaftsprozeß einzugreifen und ihn so auszusteuern, daß gerade soviel Abfall ausgebracht wird, wie die Natur ohne gefährliche Rückwirkungen für das Produktions- und Konsumsystem vertragen kann. Weit davon entfernt, Belastungen einfach zu vermeiden, gilt es statt dessen, die Belastung der Natur zu optimieren, d. h. die Grenzen ihrer Stabilität zu ermitteln und dementsprechend die effizientesten Minderungsstrategien zu wählen. Naturprozesse sind da mit Hilfe von Computern zu modellieren, Grenzwerte von kritischen Einflußgrößen festzulegen und sowohl der Zustand der Natur wie Umfang und Art des ausgeschiedenen Abfalls unter beständiger Beobachtung zu halten. Seit den 50er Jahren, als es entwickelt wurde, um die Folgen möglicher radioaktiver Strahlungen bei Nuklearunfällen und -explosionen abzuschätzen, ist das bioregulative Modell darauf geeicht, Voraussagen über die Folgen menschlicher Einwirkungen zu treffen. Es gibt die Logik ab, auf deren Basis etwa der lautstarke Streit über Gründe, Wirkungsverläufe und Schwellenwerte in Sachen saurer Regen oder Treibhausgase geführt wird. Und es schafft die kognitive Voraussetzung für ein öko-kratisches Management, die Dinge nicht aus dem Ruder laufen zu lassen.

Das Problem mit dem System

Das ökosystemische Denken ist dabei, sich im zeitgenössischen Bewußtsein heimisch zu machen. Über unterschiedliche tagespolitische Positionen hinweg schafft es ein Wahrnehmungsmilieu, das die Art und Weise prägt, wie wir die Natur sehen, über sie sprechen und schließlich an ihr handeln. In ihm drückt sich die epochenspezifische Vorstellung von der Natur aus. Allerdings hat der Aufstieg des Ökosystemdenkens vom Protestwissen zum herrschenden Wissen seinen Preis: das Konzept wurde gereinigt, gewisse Bedeutungsgehalte wurden ausgeschieden und bestimmte Ansprüche blieben auf der Strecke. Welche Folgen hat, epistemologisch gesehen, die Austreibung der romantischen Geister aus der Ökologie? Gerät engagiertes Denken auf eine schiefe Bahn, wenn es ein ökosystemisches Naturbild kultiviert? Ich möchte vier toxische Annahmen skizzieren, die im Ökosystemdenken verborgen liegen und politisch-ethisches Engagement schwächen könnten.

1. Das Wesen der Natur ist für die Sinne unzugänglich

Vor dem Hintergrund der Umweltkrise hatte sich eine erneute, manchmal enthusiastische Aufmerksamkeit für alles verbreitet, was da so in der Natur kreucht und fleucht: für Dotterblumen und Eichen, für Frösche und Fischreiher, für Regenwälder und Eiswüsten, mitsamt ihren Geheimnissen, Dramen, Überraschungen und schier unendlichen Verwicklungen. Das scheint vorbei. Mit dem Aufstieg des ökosystemischen Denkens findet man sich statt dessen mit Meßreihen, Koeffizienten, Graphiken und Flußdiagrammen umgeben. Die Natur tritt uns als Tummelplatz von CO_2, NOX, kcal und CFC's entgegen. Konkrete Lebensgemeinschaften an einem konkreten Ort tauchen wenig mehr in der öffentlichen Vorstellung auf; die Natur ist zu einem Gespinst von Kreisläufen geworden, artenlos und ortlos. Damit wird eine Erblast der klassischen naturwissenschaftlichen Wirklichkeitsvorstellung weitergetragen: das Wesen der Natur hat wenig mit dem zu tun, was man sehen, hören oder fühlen kann; die relevante Wirklichkeit verbirgt sich weit hinter unseren Sinnen. Verbannt bleiben damit aus der öffentlichen Verständigung andere Wahrnehmungsformen, etwa die, daß die Natur lebendig ist, oder die, daß sie zu uns spricht, oder die, daß sie in einem Verwandtschaftsverhältnis zu uns steht.

2. Die Lebewesen haben kein Eigenrecht

Genau besehen spielt im Modell des Regelkreises wie auch im Modell der Energieumwandlung das individuelle Lebewesen keine Rolle, ja nicht einmal notwendigerweise die Species. Das einzelne besondere Geschöpf bleibt außerhalb der Logik des Ökosystemdenkens. Vielmehr erscheint dort die Natur mit Funktionsträgern bevölkert: Individuen sind bedeutsam, insofern sie an selbstregulierenden Prozessen oder als Teil einer Nahrungskette mitwirken. Ihr Wert liegt darin, eine Funktion zu erfüllen. Das ergibt sich unabweislich aus der Logik des Systemdenkens; denn es erschließt eine Welt von Relationen und keine Welt von Individuen. Folglich sind die einzelnen Lebewesen substituierbar, um so mehr als die meisten systemisch relevanten Prozesse auf subindividueller Ebene ablaufen. Schwierig sich vorzustellen, wie eine solche Perspektive die Schutzwürdigkeit von bestimmten Arten oder gar die Dignität einzelner Geschöpfe begründen kann.

3. Die Natur ist unter präventiver Beobachtung zu halten

Historisch gesehen war die Entseelung der Natur die kognitive Voraussetzung für ihre unbegrenzte Manipulierbarkeit. In Weltbildern, die der Natur die Rolle eines Subjekts zubilligen, ist ihrer Manipulation eine Grenze gesetzt, da sonst, wie in einem Verhältnis zwischen Personen, in der einen oder anderen Weise unerfreuliche Antworten zu gewärtigen sind. Erst mit dem Absterben der Natur als lebendigem Subjekt in der frühen Neuzeit war die Bahn für jene Praxis bereitet, die Descartes im Diktum vom Menschen als Herrn und Besitzer der Natur zusammenfaßte; was tot ist, schlägt schließlich nicht zurück. Der Metaphernwechsel vom Organismus zur selbstregulierten Maschine in der Geschichte der Ökosystemtheorie liegt auch auf der Linie, kognitiv den Raum der technischen Verfügbarkeit zu erweitern, allerdings auf einer neuen Stufe: während es bisher in der Naturbeherrschung darum ging, zuverlässig die erstrebten Wirkungen zu erzielen, handelt es sich jetzt darum, dabei ungewollte Nebenwirkungen zu vermeiden. Nachdem die Natur schon seit langem in den Dienst genommen ist, kommt es jetzt darauf an, sozusagen ihrer Rache vorzubeugen. Systemdenken zielt auf Kontrolle zweiter Ordnung, auf die Kontrolle der Kontrolle ab. Es ist die Epistemologie für eine präventive Beobachtung und Kontrolle der Naturausbeutung.

4. Zwischen Natur und Artefakt besteht kein grundsätzlicher Unterschied

Die Geschichte der Ökosystemtheorie kann als die Geschichte einer sukzessiven konzeptuellen Landnahme gelesen werden. Über lange Perioden europäischen Denkens hinweg wurden klare Unterscheidungen zwischen dem Reich der Mineralien, dem der Pflanzen, dem der Tiere, dem der Menschen und der Welt der Artefakte getroffen. Es wurden die Grenzen hin- und hergeschoben, aber die Existenz der Grenzen selbst stand meist außer Frage. Anders die Ökologie. Sie konzentrierte sich zuerst auf Pflanzengesellschaften, bezog in der Folgezeit, unter dem Stichwort „Lebensgemeinschaft", die Tiere mit ein, um dann mit Tansley's „Ökosystem" auch die unbelebte Natur und mit der Humanökologie den Menschen zu umgreifen, während mit der Maschinenmetapher der Kreis zu den Artefakten hin geschlossen wurde. Für systemisches Denken sind alle ontologischen Differenzen eingeebnet; die Natur unterscheidet sich nicht grundsätzlich von Artefakten und der Mensch nicht grundsätzlich von der Natur. Begrifflich integriert sind die Bereiche durch die Strategie der metaphorischen Mechanisierung: allenthalben ist die kybernetische Rückkopplungsschleife die maßgebliche Realität.

Es liegt in der Konsequenz des Systemdenkens, daß die Bilder, die sich die Menschen von sich und der Welt machen, zunehmend von technischen Metaphern durchzogen werden. Damit hat die Natur vollends ihre mythenbildende Kraft an die Technik abgetreten. Die Imagination wird technomorph. Die Mythen von „Natur" und „Leben" haben jedoch für Jahrhunderte als Widerlager gedient, um dem Eroberungsdruck der Technik gegenzuhalten. Je mehr die Maschinenmetapher das Bewußtsein besetzt, desto schwieriger wird es, der Technik in den Arm zu fallen, – denn aus welchen Mythen sollte der Protest sich dann nähren? Die Ökologiebewegung hätte damit geradezu das Gegenteil dessen erreicht, was sie gewollt hat: nämlich technisches Denken auf die Höhe der Zeit zu bringen.

Literatur

P. Acot, *Histoire de l'ecologie,* Paris: Presse Universitaire de France, 1988

S. J. Cross – W. R. Albury, „Walter B. Cannon, L. J. Henderson, and the Organic Analogy, *Osiris,* 2nd series, 1987, 3, pp. 165–192

Ch. Kwa, „Representations of Nature Mediating Between Ecology and Science Policy: The Case of the International Biological Programme", *Social Studies of Science,* vol. 17, 1987, pp. 413–442

R. Lilienfeld, *The Rise of Systems Theory*, New York: Wiley, 1978
B. Patten – E. P. Odum, „The Cybernetic Nature of Ecosystems", *American Naturalist*, vol. 118, 1981, pp. 886–895
P. Taylor, „Technocratic Optimism, H. T. Odum, and the Partial Transformation of Ecological Metaphor after World War II", *Journal of the History of Biology*, vol. 21, 1988, pp. 213–244
L. Trepl, *Geschichte der Ökologie*, Frankfurt: Athenäum, 1987
D. Worster, *Nature's Economy, A History of Ecological Ideas*, San Francisco: Sierra Club, 1977.

Stefan Büttner

Totalitäre Denkstrukturen in den Konzepten der Medizin

1. Von der Notwendigkeit einer philosophischen Reflexion medizinischer Grundbegriffe

Was meinen wir, wenn wir von der Gesundheit eines Menschen sprechen? Ist Gesundheit Schmerz- und Befundfreiheit oder umfaßt Gesundheit auch die Fähigkeit zur Schmerzverarbeitung und Krankheitsüberwindung? Wechseln die Zustände der Gesundheit und der Krankheit einander nur ab oder ist die Krankheit eine, wenn auch pathologische „Realisierung" und „Darstellung" der Gesundheit – ein „Zeichen" der Gesundheit? In welchem Verhältnis stehen beide Zustände? Welcher Begriff und welches Konzept der Gesundheit bestimmt unser System der Medizin und unser individuelles Verhalten und welchen Organismus- und Leibbegriff[1] können wir dem momentan herrschenden System der Medizin entnehmen?

Die folgenden wissenschaftsanalytisch-philosophischen Reflexionen wollen in der Durchdringung und Beantwortung dieser Fragen einen Beitrag zur theoretischen Medizin leisten. Denn Krankheiten lassen sich nicht einfach zur Kenntnis nehmen; sie sind nicht an sich vorhanden, so daß sie am Organismus nur abzulesen wären. Gegenüber dieser vereinfachenden Vorstellung ist die wissenschaftstheoretische Erkenntnis einzuwenden, daß alle Veränderungen des Leibes und der Psyche nur innerhalb eines medizinischen Systems, wie rudimentär es auch sein mag, zu Krankheitssymptomen werden. Die Frage, was Kranksein heißt, wird durch die jeweils dominierenden Begriffe des Leibes und der Psyche mitbestimmt, deren Definition ihrerseits wieder von innerwissenschaftlichen, aber auch von gesellschaftlichen Begriffssystemen abhängig ist. Für den Fall psychischer Krankheiten, die hier nicht im Mittelpunkt der Betrachtung stehen werden, ist dieser Sachverhalt besonders augenfällig. So kann die Diagnose „Schizophrenie" fast ausschließlich von der Klinikumgebung des (vermeintlichen) Patienten provoziert sein, wie Feldforschungen gezeigt haben.[2] Ein solcher Befund sollte Indiz und Warnung zugleich sein.

Einerseits ist jede Diagnosenstellung in ein komplexes Begriffssystem eingebettet. So sind es z. B. theoretische Fragen, nicht aber empirisch konstatierbare Fakten, ob rein somatische Krankheiten anzusetzen sind oder ob es psychogene Krankheiten gibt und in welchem Verhältnis Leib und Psyche stehen. Antworten auf solche Fragen enthalten alle therapeutischen Konzepte, auch wenn sie diese nicht ausdrücklich formulieren. Andererseits birgt die bewußtlose, unreflektierte Anwendung diagnostischer Schemata die Gefahr in sich, die Wirklichkeit der Krankheitsbilder erst zu konstruieren, die sie doch bezeichnen wollen. (Diese Problematik ist allerdings für die psychologisch-psychiatrische Diagnostik erheblich virulenter als für die medizinische, wiewohl sie auch dort eine Rolle spielt.)

Daraus ergibt sich für die theoretische Medizin eine doppelte Aufgabenstellung: Sie beinhaltet einmal die Formulierung und Analyse der Grundbegriffe der verschiedenen medizinischen Konzepte und hat auf der anderen Seite die Konsequenzen dieser Konzepte für die Therapie aufzuzeigen.[3] Die therapeutischen Konsequenzen sollen in der folgenden Untersuchung in der Konzentration auf die formal-strukturellen Aspekte des Begriffspaares Gesundheit – Krankheit dargestellt werden, die den begrifflichen Rahmen für die material-inhaltlichen Aspekte bilden. Dabei fallen unter die inhaltlich-materialen Aspekte alle diejenigen Definitionen der Gesundheit und Krankheit, die Krankheit im Hinblick auf ein bestimmtes System der Medizin wie z. B. die Solidarpathologie oder das Streßkonzept als Zellstörung oder als Distreß bestimmen, während der formale Gesundheitsbegriff das Verhältnis Gesundheit – Krankheit im allgemeinen charakterisiert.[4] Im Sinne Rothschuhs[5] sind im folgenden also weder die Krankheitsbegriffe noch die Krankheitsvorstellungen Thema, sondern ein Aspekt des Krankheitskonzepts, der eng mit dem jeweiligen System der Medizin verzahnt ist.

Dabei lassen sich hinsichtlich des (formalen) Verhältnisses Gesundheit – Krankheit zwei idealtypische Auffassungen rekonstruieren.[6] Im Fall der im folgenden als „abstrakt“ bezeichneten Krankheitsauffassung erscheint die Krankheit als ein bloß zu überwindendes Ereignis für den Leib und die Psyche des Menschen und als das (abstrakt) Andere der Gesundheit, während im Fall des „integrativen“ Krankheitskonzepts die Möglichkeit der Krankheit als zur Verfassung des Leibes und der Psyche gehörig verstanden wird. Diese Idealtypen, die die Therapie strukturieren und leiten, sind nicht nur der innerwissenschaftlichen, sondern auch der wissenschaftsanalytisch-philosophischen Kritik zu unterziehen, da es sich dabei um nicht-empirische Abschlußbegriffe des Systems der Medizin handelt.[7]

Analyse und Kritik ist im Fall medizinisch-therapeutischer Grundbegriffe von besonderer Wichtigkeit, da die Wertschätzung, die wir für unsere Gesundheit hegen, dem System Medizin und seinen Repräsentanten zu einem ‚überproportionalen' Einfluß in Gesellschaft und Staat verholfen hat. So ist es keinem anderen berufsständischen System in gleicher Weise gelungen, Forschung, Ausbildung und Anwendung derart zu konzentrieren, daß die Kontrolle des medizinischen Systems durch das System selbst erfolgt.[8] Ihrer Stellung nach sind die Ärzte dabei Subjekte eines Verfahrens, bei dem der Patient, trotz teilweise realisierter Aufklärung, weitgehend Objekt und Gegenstand des Verfahrens bleibt. Diese Asymmetrie verleiht dem ärztlichen Berufsstand Macht und fordert zugleich die kritische Reflexion der konzeptionellen Grundlagen dieser Macht.

Erschwert werden die Aufklärungsbemühungen im Bereich der Medizin durch den Umstand, daß von der Tätigkeit des Arztes eine suggestive Wirkung ausgeht, die der wissenschaftsanalytischen Reflexion therapeutischer Konzepte nicht förderlich ist. Ärzte sind – als „Herrscher über Leben und Tod" – Fokus unserer Wünsche und gewinnen so einen Nimbus, der den aller anderen Berufsstände übertrifft. Als Kristallisationspunkt von Utopien wie dem Wunsch nach einem leidensfreien Leben und der Sehnsucht nach Unsterblichkeit werden die meisten ärztlichen und gesundheitspolitischen Maßnahmen mit Zustimmung aufgenommen und mit (mindestens heimlicher) Euphorie begleitet. Enorme finanzielle Mittel werden für medizinische Forschungsprogramme bereitgestellt, ohne daß deren Sinn und Effektivität immer einer angemessen-kritischen Prüfung unterzogen würden.

Im Hintergrund solcher Hochschätzung steht der Traum vom allmächtigen Heiler, der von den Ärzten erzeugt und gepflegt, wie zugleich von den Patienten gefordert und erwartet wird, auch wenn angesichts der sichtbar werdenden negativen Auswirkungen der Medizin die Rolle des Arztes vom „Halbgott in Weiß" ins technokratisch Nüchterne sich gewandelt hat. Das System Medizin und sein technokratischer Charakter hat sich dadurch aber nicht verändert, sondern ist nur allumfassender und hinsichtlich seiner Klientel sozial homogener geworden. (Angesichts der steigenden Kosten im Gesundheitswesen ist jedoch eine erneute Differenzierung der Behandlungsleistung nach Unterschieden der „Marktkapazität"[9] zu erwarten.)[10]

Von solchen Hoffnungen besetzt, ist das Gesundheitswesen zugleich ein wichtiger Wirtschaftsfaktor und unterliegt dadurch den Gesetzen des Marktes, die den Zielen der Medizin und ihrem Heilungsauftrag konträr sein können und in vielen Fällen bereits sind. Am Beispiel des Arzneimittelmarktes wird dies deutlich: Während die Ärzte gemäß den Prinzipien der Gesundheitserhaltung und Heilung daran interessiert sein sollten, Diätetik und Vorsorge zu fördern oder im Fall der Krankheit wenige Medikamente zu verschreiben, anstatt Polypragmasie zu betreiben, ist die pharmazeutische Industrie gemäß dem Marktprinzip der Gewinnmaximierung an einem massenweisen Absatz ihrer Produkte interessiert.[11]

Da der Mechanismus des Marktes auf dem Prinzip der „schlechten Unendlichkeit" (Hegel) beruht, das keine der Sache immanente Grenze kennt, wird durch jedes Angebot ein neuer Markt eröffnet, was sich im Augenblick anhand der Einführung der Technik der In-vitro-Fertilisation besonders gut beobachten läßt.[12] So entsteht durch neue technische Erfindungen und Verhältnisse ein Anwendungsdruck auf die Diagnostik (und die Therapie). Neue diagnostische Apparaturen werden angeschafft, die sich amortisieren müssen.[13] Ausnahmeuntersuchungen werden im Gefolge der technischen Innovation und des Amortisationszwangs zu Routineuntersuchungen, bis am Ende alle Patienten auf Verdacht „allen" diagnostischen Verfahren unterworfen werden. Es sei denn die ökonomische Begrenztheit oder die (pragmatisch richtige) Inkonsequenz des Arztes setzt der Diagnostik (allerdings äußerliche) Grenzen.

Die Marktmechanismen führen damit zu einer immer stärkeren Intervention des medizinischen Systems in das Leben des Menschen.[14] Eine stetig umfangreicher werdende und eingreifendere Diagnostik wird betrieben, immer neue und immer mehr Medikamente werden verschrieben. Am Ende der Entwicklung steht die Kontraproduktivität des Systems Medizin, die mit dem Stichwort der iatrogenen Leiden hier nur angedeutet sei. Wenn z. B. ein nicht unerheblicher Prozentsatz an Leberleiden durch Medikamente induziert wird, dann widerspricht diese Form der Arzneitherapie dem Prinzip Heilung; Medizin wird zur pharmakologischen Iatrogenesis. Eine solche Expansion des Systems Medizin und die daraus resultierende Kontraproduktivität läßt Illich darum zu Recht von einer „Medikalisierung des Lebens" sprechen.[15]

Die Medikalisierung des Lebens hat ihren Grund in einem reduktionistischen Begriff des Leibes. Die Vorstellung einer technisch schwierigen, aber theoretisch als beliebig vorgestellten Manipulierbarkeit des Menschen bildet den Kontext dieser Praxis. Denn nur wenn die einzelnen Teile des Leibes als voneinander abtrennbar gedacht werden, werden isolierende Maßnahmen möglich. Geht man dagegen bei der Therapie von einem Begriff des Leibes als einer Einheit aus, dann werden unterstützende Maßnahmen im Vordergrund stehen, die den Körper zur Selbstheilung anregen sollen; eine isolierende Methodik verbietet sich aufgrund des „ganzheitliche Menschenbildes" schon aus theoretischen Gründen. Aus den differenten Konzeptionen des Leibes folgen also unterschiedliche Behandlungsformen.

Der Zusammenhang zwischen dem jeweils herrschenden Begriff des Leibes und der therapeutischen Praxis soll im folgenden in einer Sequenz von Gedankenschritten entfaltet werden. Dabei wird auf die strukturelle und faktische Nähe zwischen sogenannten totalen Medizinkonzeptionen und politisch totalitären Systemen wie dem Nationalsozialismus und dem Stalinismus hinzuweisen sein, die Ärzte und Psychiater zu Tätern allerersten Ranges gemacht hat.[17] Die Epilepsiediagnose und die Gentechnologie seien als Beispiele dafür gewählt, in welchem Umfang medizintheoretische Begriffe vermittelt durch die therapeutische Praxis in unser Leben eingreifen und entscheidend mitprägen, welcher Begriff vom Menschen in unserer Gesellschaft und vor allem in unserer Rechtsprechung einflußreich und maßgebend ist.

Bei dieser Reflexion medizinischer Grundbegriffe und ihren therapeutischen und gesellschaftlichen Auswirkungen sollen Mechanismen verdeutlicht werden, die nicht (in erster Linie) dem einzelnen Arzt als individuelle Verfehlungen zur Last gelegt werden können. Es handelt sich vielmehr um Tendenzen und Charakteristika des Systems Medizin, die, aus der Extrapolation schon wirklicher Phänomene gewonnen, vielleicht die Realität der künftigen Medizin bilden werden. Innerhalb dieser Strukturen ist der Arzt ein abhängiger Akteur, der die konzeptuellen Voraussetzungen seines eigenen Systems zumeist nicht vollständig übersieht. Nur durch die Einsicht jedoch in die konzeptuellen Bedingungen des momentan dominierenden Systems der Medizin könnten Veränderungen des Systems vorgenommen und dadurch dessen totalitäre Konsequenzen vermieden werden.

1.1 Die gesellschaftlich-sozialen und die rechtlich-politischen Auswirkungen medizinischer Grundsätze

Die Medizin ist eine praktische Wissenschaft, für die die Therapie konstitutiv ist.[17] Bei der Diagnose werden technische Imperative der folgenden Art formuliert: Wenn eine bestimmte Symptomatik vorliegt (Indikation) und wenn der Patient geheilt werden soll, dann sind jeweils genau definierte therapeutische Maßnahmen einzuleiten. Bei der Diagnosenstellung ist die Medizin also mit ihren jeweiligen Grundbegriffen zusammengeschlossen, da die Begriffe Gesundheit und Krankheit als inhaltlich bestimmte Ziele in die Therapie eingehen. Für die Beurteilung der therapeutischen Maßnahmen und deren Wirksamkeit werden sie vorausgesetzt.

Aus diesem Grund werden bei jeder Diagnose Wertungen vorgenommen, da

Begriffe wie Gesundheit und Krankheit soziale und gesellschaftliche Hochschätzung oder Mißachtung und Isolierung nach sich ziehen. Die Diagnose kann damit zugleich ein Urteil über den weiteren Lebensweg des Kranken sein, da aufgrund einiger Merkmale des Menschen, die in der Diagnose zu einem Krankheitsbild zusammengefaßt werden, eine qualitative Differenz, wie es diejenige von Gesundheit und Krankheit ist, behauptet wird.

Für die Medizin entsteht daraus die Gefahr, daß durch die Ansetzung bestimmter diagnostischer Schemata im Verbund mit den entsprechenden therapeutischen Maßnahmen die möglichen Faktoren, die einen Krankheitsverlauf bedingen und die relativ zum individuellen Menschen zu sehen sind, in absolute Bestimmungen verwandelt werden. Was nur ein Faktor im Krankheitsgeschehen ist, wird als Ursache schlechthin aufgefaßt; aufgrund dieser Absolutsetzung beinhaltet dies nachteilige gesellschaftliche Folgen. Zur Illustration sei als historisch-vergangenes, aber geltungstheoretisch-aktuelles Beispiel die gesundheitspolitisch folgenreiche Epilepsiediagnose während des nationalsozialistischen Systems gewählt.

Die damals akzeptierten alternativen Ursachen der Epilepsie lauteten: Erblichkeit oder Umwelteinfluß; die durch diese Ursachen entstandenen Krankheiten wurden dann als genuine oder symptomatische Epilepsie diagnostiziert. Das medizinische Denken bewegte sich strikt in dieser Alternative, so daß bei der Diagnose Erblichkeit der Epilepsie als „Therapie“ nur Sterilisation oder Eheverbot in Frage kam. Da in vielen Fällen keine anatomisch-physiologischen Veränderungen beim Epileptiker festgestellt werden konnten, mündete die zum Dogma erhobene Alternative in die Diagnose „erbliche Epilepsie“ mit den entsprechenden Konsequenzen.[18]
Grund dieser Alternative ist die wissenschaftstheoretische Vorentscheidung, daß für die Epilepsie nur jeweils ein Faktor als Ursache in Frage kommen kann; die Monokausalität galt als gesichert. Vor diesem Hintergrund wurden die Ergebnisse der Zwillingsforschung einseitig interpretiert. Konkordantes Auftreten von Epilepsie bei Zwillingen wurde als Beweis für deren Erblichkeit angesehen; die diskordanten Fälle fanden keine Beachtung.

So fanden die Menschen verachtenden und vernichtenden Vorstellungen der Ärzteschaft ihre Fundierung in der These, daß Krankheiten entweder erblich oder durch Umwelteinflüsse bedingt seien. Verbunden mit der Überzeugung, daß solche Krankheiten und damit die Kranken vom „Volkskörper“ zu separieren seien, bereitete diese Denkweise dem Euthanasieprogramm den Boden. Die Logik, die hinter diesen Vorstellungen steht, ist dadurch charakterisiert, daß sie von der Totalbestimmtheit des Organismus durch ein Merkmal ausgeht. Diese Festlegung des Menschen und seiner Krankheit auf eine krankhafte Eigenschaft, beinhaltet die Mißachtung des kranken Menschen als des Ausdrucks- und Realisationsorts der Krankheit. Er wird vielmehr auf seine krankhafte Eigenschaft reduziert.

Daran wird schlaglichtartig deutlich, in welcher Weise und in welchem Maß Forschungsprogramme und damit die aus ihnen resultierenden und auf ihnen beruhenden therapeutischen Folgerungen von den jeweiligen Konzepten abhängen. Wenn man sich anhand dieses Beispiels der theoretischen Strukturierung der Forschung und der Therapie vergegenwärtigt, daß das Bundesgesundheitsamt erklärt, alle Arzneien müßten nach dem Prinzip der in den heutigen Wissenschaften gültigen Kausalverknüpfung getestet werden, dann ist die Frage nach der Struktur des Organismus bzw. des Leibes keine nebensächliche mehr, da sie das Prinzip des Arzneimittelsystems definiert. Der Leibbegriff bestimmt den Kontext für die Standards der Arzneimittelprüfungen; verändert sich dieser Kontext, verändern sich auch die Einschätzungen der Arzneimittelwirkungen und -wirksamkeiten.[19]

2. *Gesundheit und Krankheit als Grundkonzepte der Medizin*

Um die beiden möglichen, hier zu rekonstruierenden idealtypischen Auffassungen des Organismus bzw. des Leibes im medizintheoretischen Kontext zu verorten, seien zuerst die von der Theorie der Medizin vorgetragenen Problemfelder aufgenommen und dargestellt. Die Medizintheorie reflektiert u. a. auf die Fragen, welche Kriterien die Gesundheit definieren, in welchem Verhältnis Gesundheit und Krankheit zueinander stehen und welche psychischen und sozialen Bestimmungen im Gesundheitsbegriff involviert sind. Dabei soll die Problematik einer inhaltlich-bestimmten Definition der Gesundheit nur angedeutet werden, da im folgenden allein die formale und d. h. strukturelle Bestimmung des Verhältnisses Gesundheit – Krankheit von Interesse ist.

Wie sich in der Diskussion um eine inhaltlich-materiale Bestimmung des Gesundheitsbegriffs gezeigt hat, kann Gesundheit nicht als Durchschnittswert des Normalzustandes der Bevölkerung definiert werden. Unterschiedlichste physiologische Zustände können bei verschiedenen Individuen als gesund gelten. Man betrachte nur das Phänomen des Pulsschlags, der individuell variierend zwischen 40 und 70 Schlägen pro Minute als Normalzustand des Erwachsenen anzusehen ist. Für jeden Menschen gibt es also einen individuellen Normalzustand, der über einen längeren Zeitraum betrachtet allerdings relativ genau in Beziehung auf dieses Individuum angebbar ist. Eine nähere inhaltliche Bestimmung des Normalzustandes, die wiederum abhängig vom gesellschaftlichen Umfeld und dessen Normensystem ist, soll hier nicht vorgenommen werden.

Auch die einzelnen Krankheitsvorstellungen und die verschiedenen Systeme der Medizin sind hier nicht von Interesse, da die Unterscheidung integrative – abstrakte Gesundheitskonzeption die medizinischen Konzepte übergreift. Es wäre jedoch reizvoll, die verschiedenen medizinischen Systeme, wie die z. B. das Streßkonzept, die Homöopathie oder die psychoanalytische Theorie daraufhin zu untersuchen, welchen der beiden möglichen Krankheitsauffassungen sie in Gebrauch haben.

Für jedes System der Medizin ist die „formale" Frage nach dem Status der Krankheit grundlegend, da dadurch das Verhältnis von Gesundheit, Krankheit und Heilung (= Aufhebung der Krankheit) bestimmt wird. Setzt man dabei Heilung und Krankheit in ein äußerliches, gleichgültiges Verhältnis, dann beinhaltet dies eine andere Auffassung des sogenannten Regenerationsvermögens, als wenn die Heilung als eine durch die Krankheit mitbestimmte Aufhebung der Krankheit gedacht wird. Zwei gegensätzliche Positionen lassen sich also zum Problem der „Selbstheilungskräfte" oder des „Regenerationsvermögens" unterscheiden. Zur Orientierung und zur Einordnung in den medizinischen Kontext sei hier die von Kienle vorgetragene Übersicht übernommen.

Erste Position: Der Organismus wird als „Bündel" mechanisch-chemischer Prozesse verstanden, für den die Krankheit akzidentiell ist. Der dabei zugrundeliegende Organismusbegriff ist – so Kienle – „nominalistisch", da die Gestalt und Gestaltung des Organismus nicht als konstitutiv für den Organismus berücksichtigt wird. Einheit wird als dem Organismus äußerlich betrachtet. Setzt man einen solchen aggregativen Begriff des Organismus an, dann ist es unmöglich, Krankheit anders als durch Veränderung von Parametern zu charakterisieren.[20]

Zweite Position: Der Organismus als Gestalt ist ein System, in dem kein Organ des Systems als Ursache oder als Zentrum isoliert werden kann. Die Gestalt als Gesamtheit gedacht übergreift die einzelnen Organe. Nur ein solcher Organismusbegriff kann – so Kienles Intention, die von ihm selbst nur angedeutet wird – das Phänomen der Selbstheilung verständlich machen.

Der Unterschied zwischen Gesundheit und Krankheit ist – so die zweite Position – als ein „qualitativer" zu begreifen, da der kranke Organismus eine eigene, wenn auch in seinen Funktionen eingeschränkte Gestalt ausbildet. Es verändern sich nicht nur einige Parameter, sondern der gesamte Organismus führt ein „biologisch anderes Leben".[21] Denn selbst wenn, wie im Fall eines Ekzems, die Krankheitsreize eliminiert sind, hat sich das Ekzem als eigene Gestalt ausgebildet und verschwindet nicht mit der Entfernung der (vormaligen) Reize. Solche Phänomene erweisen die Krankheit als einen verselbständigten Prozeß, der dann als verselbständigter Prozeß den Prozeß der Heilung in Gang setzt.[22] (Dieser zweite Typus entspricht der Kienleschen Intention nach dem, was im folgenden als integrativer Leibbegriff eingeführt wird.)

Diese zweite Position wirft jedoch das Problem auf, wie der Organismus bzw. der Leib einen selbständigen Prozeß an sich haben kann, ohne seine Identität und seine Funktionstüchtigkeit insgesamt zu verlieren. Solche Überlegungen führen zu folgenden Fragen: Wie muß ein Gebilde gedacht werden, damit es ein ihn Bedrohendes wie die Krankheit integrieren kann? Wie ist der Organismus strukturiert, um der Krankheit und der Genesung fähig zu sein?

Zur Beantwortung dieser Fragen ziehe ich das Denkinstrumentarium der Kantischen und Hegelschen Philosophie heran. Thetisch läßt sich mit Hilfe von deren Begrifflichkeit der Organismus auf folgende Weise charakterisieren: Der Organismus ist dadurch gekennzeichnet, daß seine Subsysteme, seine Organe und Glieder, einander wechselseitig Mittel und Zweck sind (Kant). Dadurch wird jedes Organ mediatisiert und mit jedem anderen Organ vermittelt.[23] Die Organe als Glieder des Organismus repräsentieren in ihrer besonderen Funktion den Gesamtorganismus, wobei jede Gliederung des Organismus in ihrer Gegliedertheit zugleich in die Identität des Organismus aufgehoben ist (Hegel).

Der von der Medizintheorie geforderte, dem Phänomen angemessene Organismusbegriff begreift den Organismus als eine Gestalt, die in ihrer Kommunikation mit der Umwelt einen Zwiespalt und Widerstreit an sich hat, da der Organismus sich auf die Auseinandersetzung mit Nicht-Organischem und d. h. Fremdem einlassen muß. Diese Struktur des Organismus, gegen sich selbst äußerlich zu sein und damit das „Andere" an sich zu haben, ist der wahre Begriff des Lebendigen. Dadurch ist der Organismus als gesunder in sich different; eine Differenz, die sich in der Krankheit zu einer den Organismus einschränkenden Differenz verschärft.

Damit wird auch die Struktur des Selbstheilungsvermögens in präziser Weise explizierbar: Dem Gedanken der Selbstheilung liegt die Struktur zu Grunde, daß in allen Subsystemen des Organismus die Einheit des Organismus in besonderer Funktion präsent ist. Durch diese Präsenz ist in jeder Funktionsstörung die Gesamtheit des Organismus präsent, so daß die Funktionsstörung nur vor dem „Hintergrund" des intakten Systems zur Störung wird.

In der Störung ist auf negative Weise die Gesundheit angezeigt. Ein solcher Organismusbegriff erlaubt es, die Krankheitsmöglichkeit als Moment der Gesundheit zu denken. Denn jedes Organ, jede Bestimmtheit des Organismus enthält die Möglichkeit aus dem Gesamtverband „auszuscheren", da es als Organ bereits eine Differenz im Organismus verwirklicht.

Versteht man die Differenzierung als notwendiges Moment des Organismus und des Leibes, dann ist die (möglicherweise) eintretende Krankheit ein der Struktur des Leibes inhärentes Geschehen. Gesundheit wird damit als die permanente Aufhebung möglichen Krankseins verstanden; die Möglichkeit der Krankheit ist ein Moment der Gesundheit. Der integrative Krankheitstypus ist gewonnen.[24]

Faßt man im Gegensatz dazu die Differenzierung des Organismus und des Leibes in sich und die Auseinandersetzung mit seiner Umwelt als ein dem Organismus äußerliches Geschehen auf, dann kann die Krankheit auch nur als äußerliches Ereignis für den Organismus aufgefaßt werden. Dies charakterisiert den abstrakten Krankheitstypus.

Um nicht den Verdacht aufkommen zu lassen, aufgrund des integrativen Krankheitstypus würde das Leiden verherrlicht und als Ideal propagiert, ist zu betonen, daß durch diese Begrifflichkeit nicht Krankheit und Schmerz als Krankheit und Schmerz affimiert und gefordert werden. Es geht im Gegenteil darum, die Möglichkeit von Krankheit und Schmerz als wesentliche Bestimmungen des Menschen zu begreifen und auf diese Weise einen Begriff der Gesundheit zu etablieren, der die Krankheit als Versuch der Heilung verstehen kann. Und nur ein solcher Gesundheitsbegriff wird zu einem System der Medizin führen, das Gesundheit nicht zur höchsten Norm und damit nicht zum Zwang macht. In der Konsequenz dieses Ansatzes liegt die Maxime, daß der Kranke im Fall seines Krankseins ein Leben mit der Krankheit, aber nicht für die Krankheit führen können soll, wie Schipperges treffend formuliert hat.

2.1. Der abstrakte Krankheitsbegriff

Die Abstraktion von der am gesunden Organismus präsenten Möglichkeit der Krankheit führt zu einer Auffassung der Gesundheit, die durch die Abwesenheit von Krankheitsmöglichkeiten charakterisiert werden kann. Der ideale Organismus ist in dieser Konzeption als krankheitsloser gedacht, da die Krankheit als ein ihm wesentlich Fremdes aufgefaßt wird.

Aufgrund dieser Einschätzung werden die Symptome nicht mehr als Ausdruck einer qualitativ anderen Verfassung des Organismus begriffen, sondern als akzidentielle Beeinträchtigungen eines ansonsten gesunden Organismus. Das Kranksein wird nicht mehr als eigene, wenn auch eingeschränkte und fixierte Lebenstätigkeit verstanden, sondern als ein bloß anderer Zustand, der durch die quantitative Verschiebung einiger Parameter wie Körpertemperatur, Pulsschlag, Blutdruck oder Erythrozytenkonzentration gekennzeichnet ist. Der Krankheit wird ihre eigene Gestaltung abgesprochen.

Innerhalb dieses Idealtypus der Krankheit wird das Verhältnis der Krankheitssymptome zum Organismus als äußerlich aufgefaßt. Sie betreffen – bildlich gesprochen – nur die Oberfläche des Organismus. Die Auffassung, daß die Symptome dem Organismus äußerlich sind, beinhaltet die Folgerung, daß ihr Nichtvorhandensein ebenso äußerlich ist. Man kann also, so die medizintechnische Prophezeiung, in der Zukunft alle Ursachen der Krankheit, und damit das Kranksein selbst beseitigen. Ziel wäre der krankheitslose Mensch.

Um dieses Ziel zu erreichen, müßten auf Dauer alle Krankheitsdispositionen beseitigt werden. Das wäre aber nur durch Eliminierung des als Ort der jeweiligen Disposition erkannten organischen Substrats zu erreichen. Dadurch würde der Organismus zurechtgestutzt, ohne daß die Wirkungen möglicher Eingriffe in irgendeiner Weise absehbar wären. Denn wenn der Leib nur als Träger von Krankheitsdispositionen verstanden wird, dann wird er zu einer Ansammlung von Dispositionen, die beliebig scheinen. Die Utopie des krankheitslosen Menschen führte mit dieser Vorgehensweise am Ende dazu, den Organismus selbst zu beseitigen.

Ihrer Struktur nach dieselbe aggregative Denkweise zeigt sich bei der Diskussion um die Festsetzung des Todeszeitpunkts, bei der Debatte um den sogenannten Hirntod. Dabei reduziert man den Leib auf die äußerlich beliebige Seite des Bewußtseins und des Selbstbewußtseins, ohne zu begreifen, daß der Leib als eigene spezifische Einheit und als Realisationsort der Freiheit gefaßt werden muß. Aus diesem Grund ist die in der Hirntod-Definition angesetzte Dualität von Gehirn und Körper reduktionistisch; auch sie zeitigt totalitäre Konsequenzen, wenn sie zum Ausgangspunkt der Therapie gemacht und zur Bestimmung des Patienten angewandt wird.[25]

Von der Postion des integrativen Krankheitsbegriffs aus konstituiert sich der Organismus gerade in der Überwindung möglicher Krankheit; ohne die Überwindungsleistung existiert er nicht. Wenn diese Struktur, die nur durch die permanente Aufhebung und Setzung der sie differenzierenden Funktionen Bestand hat, beseitigt wird, dann wird der Organismus selbst beseitigt. Wird Gesundheit zur absoluten Therapiedefinition, dann ist die Eliminierung der

Kranken selbst nur noch ein Schritt. Das ist der Punkt, an dem Töten und Heilen ununterscheidbar werden, wie die Handlungsweise der „Ärzte im Dritten Reich" gezeigt hat.

2.2. Das integrative Krankheitskonzept

In der integrativen Krankheitskonzeption wird der Organismus bzw. der Leib als Einheit von Normalität und Krankheitsmöglichkeit gedacht, so daß das Krankwerden ein am Organismus ständig präsentes Moment zur Darstellung bringt. Der Organismus hat die Möglichkeit der Krankheit so an sich, daß er sich nur in ihrer Überwindung etabliert. Nur wer krank werden kann, ist gesund. „Bei guter Gesundheit sein heißt: krank werden können und doch davon genesen; es ist ein biologischer Luxus."[26] So verstanden bleibt die Krankheit dem Organismus nicht äußerlich, sondern stellt in seiner Umgestaltung dessen Differenzierung gegen ihn selbst dar. Aus diesem Grund kann das Krankheitsgeschehen weder als Eigenschaft gedacht werden, die dem Leib als zusätzliches Merkmal hinzugefügt wird, noch als Mangel, als ob ihm nur eine bestimmte Eigenschaft fehlen würde.

Wenn der Leib (bzw. die Psyche) an sich oder der Möglichkeit nach krank ist, dann kann Gesundheit nur als überwundene und aufgehobene Krankheitsmöglichkeit verstanden werden. Setzt man eine solche Einsicht im Denken und Handeln um, dann wird eine eingetretene Krankheit nicht mehr nur als unerwünschter Störfall des Körpers interpretiert werden, den es so rasch wie möglich zu beseitigen gilt, sondern sie wird als Ausdruck und Verwirklichung einer Möglichkeit des Organismus begreifbar, die als Indikator für die Verfassung des Menschen zu verstehen und zu beachten ist.[27] Das Verständnis, daß die mögliche Krankheit Moment des gesunden Menschen und damit jeder Mensch potentiell krank ist, könnte auch zu einer veränderten gesellschaftlichen Einschätzung der Krankheit führen. Die Solidarität mit den Kranken könnte wachsen. Schlagworte wie „Krankheit als Chance" wären durch das integrative Krankheitskonzept erst angemessen begriffen.

Die Krankheit kann – so lassen sich mit Hilfe der Hegelschen Terminologie die beiden Krankheitsauffassungen zusammenfassen – nicht als abstrakte und äußerliche Negation der Gesundheit gedacht werden, sondern nur als bestimmte Negation. Das bedeutet: Krankheit ist eine den Organismus beeinträchtigende Umgestaltung des Organismus, die zugleich von dessen Funktionstüchtigkeit abhängig ist. Sie kann nur entstehen, wenn der Organismus als ein Gebilde verstanden wird, das mit seiner Differenzierung in die verschiedenen Organe und Funktionen zugleich die mögliche Fixierung und Verfestigung dieser Funktionen an sich hat. Die Möglichkeit zur Krankheit ist Moment des Organismus.

Damit ist ein Begriff der Krankheit gewonnen, der diese zugleich als Beeinträchtigung der organischen Leistung und des Wohlbefindens und strukturell als „Steigerung“ der Gesundheit begreifbar werden läßt. Die Krankheit verhält sich nämlich weder als bloße Negation der Gesundheit, denn dann wäre der Zusammenhang zwischen Gesundheit und Krankheit und die strukturelle Abhängigkeit der Krankheit von der Gesundheit nicht adäquat erfaßt, noch ist die Krankheit nur als Mangel zu denken, da sie in diesem Fall nur als Minderung der Gesundheit aufgefaßt wäre. Ihre eigene Gestaltung, aufgrund derer sie strukturell komplexer ist als die Gesundheit, würde nicht berücksichtigt. Krankheit ist als Beeinträchtigung des Leibes zugleich ihrem Begriff nach eine „Bereicherung“ des Leibes, da er als funktionstüchtiger Organismus, der die Voraussetzung der Krankheit ist, zugleich mit der Krankheit eine weitere Bestimmung an sich austrägt, die über die Bestimmungen des gesunden Organismus hinausgeht. Damit wird auch der Gedanke des Medizintheoretikers Canguilhem, daß der kranke Mensch ein qualitativ-anderes Leben führe als der gesunde, auf seinen adäquaten Begriff gebracht.

Die beiden Krankheitskonzepte, das abstrakte und das integrative, wurden hier scharf kontrastiert, ohne daß dabei der Umstand ausgeblendet wurde, daß sich in der therapeutischen Praxis Mischformen beider Konzepte finden. So kann eine Medizinkonzeption über ein dem Wortlaut nach adäquates Krankheitskonzept verfügen, ohne doch daraus die entsprechenden therapeutischen Konsequenzen zu ziehen. Umgekehrt kann eine angemessene Therapieform unzureichende Grundsätze in Gebrauch haben. Die genannten Begriffe strukturieren die Therapie, ohne sie definitiv zu bestimmen: dies gilt es auch für die folgenden Überlegungen festzuhalten.

3. Totale Therapie und politischer Totalitarismus – strukturelle Gemeinsamkeiten

Diejenige Denkweise, die das Krankwerden als ein dem Organismus äußerliches Geschehen und Kranksein als feindlichen Zustand auffaßt, führt in radikalisierter Konsequenz zum Konzept einer vollständigen Eliminierung der Krankheit. Die hier sogenannte totale Medizin hat sich als Therapieziel die gänzliche und endgültige Überwindung der Krankheiten gesetzt. Um die Vision der totalen Medizin begrifflich schärfer zu fassen, sei auf eine Kategorie aus dem Bereich der Politik- und Geschichtswissenschaft zurückgegriffen, auf die Kategorie des totalitären Denkens, so wie sie von Hannah Arendt durchgängig bestimmt wurde.[28]

Der politische Totalitarismus ist dadurch gekennzeichnet, daß er diejenigen Menschen, die nicht zur Klasse der durch die jeweilige „Ideologie“ definierten und dadurch herausgehobenen Individuen gehören, als „Andere“ stigmatisiert, bekämpft und letztlich eliminiert. Die totalitäre Definition zeichnet damit eine Klasse von Menschen vor allen anderen aus und definiert zugleich die ausgeschlossenen Menschen als Feinde. Eine Teilmenge von Menschen wird als Totaldefinition des Menschen ausgegeben; die Unterscheidung in Herrenmenschen und Untermenschen ist damit gewonnen, die dann je nach ideologischem Hintergrund als die Unterscheidung von Arier und Nicht-Arier, Proletarier und Klassenfeind faktisch spezifiziert wird. Wobei diese Spezifikation innerhalb des totalitären Systems eigentlich gleichgültig ist. Es kommt nur auf die Ausgrenzung einer Klasse von Menschen an, was zugleich deren Todesurteil bedeutet. Eine Tatsache, die sich daran ablesen läßt, daß Stalin während der letzten Jahren seiner Herrschaft das Konzept der jüdischen Weltverschwörung als Begründung des Terrors einführte; Stalin adoptierte auf diese Weise die Weltanschauung seines ideologischen Gegners Hitler, was die Gleich-Gültigkeit der ideologischen Konzepte zeigt.[29]

Das totalitäre Denken gelangt zu seinen Definitionen und Klassenbildungen, indem es empirische Verallgemeinerungen vornimmt, für die es zugleich einen universellen und d. h. nicht-empirischen Geltungsanspruch erhebt. Daraus ergibt sich die Willkürlichkeit der totalitären Definition, denn keine empirische Verallgemeinerung kann einen universellen Geltungsanspruch erheben. Zugleich wird das ausgeschlossene Andere als abstraktes und d. h. als an sich äußerliches Anderes aufgefaßt und damit als Nichtseinsollendes bestimmt.[30] Damit wird die theoretische Definition zur praktischen Handlungsanweisung.

Am Beispiel der Behandlung des Problems der Arbeitslosigkeit im bolschewistischen Rußland wird dies deutlich. Da es nach offizieller Propaganda keine Arbeitslosigkeit im Sozialismus mehr geben konnte, wurde nicht die auch weiterhin real existierende Arbeitslosigkeit einfach geleugnet; es wurde vielmehr die Arbeitslosenunterstützung abgeschafft. „Die Lüge wurde Wahrheit: Es gab keine Arbeitslosen mehr in Rußland, nur noch Bettler und asoziale Elemente“.[31] Das totalitäre System muß das Vorhandensein eines systemimmanenten Anderen leugnen, da es Abweichendes eigentlich nicht geben darf. Existieren Arbeitslose entgegen der systemimmanenten Definition dennoch, dann kann ihre reale Existenz nur durch Ausstoß korrigiert werden. Aus diesem Grund kann in totalitären Systemen „der Andere“ letztlich nur als Objekt der Liquidation in Betracht kommen; da er eigentlich nicht-existent ist, kann sein Dasein nur durch physische Ausrottung beantwortet werden.

Überträgt man diese Strukturen auf das System der Medizin, dann zeigt sich derselbe totalitäre Mechanismus. Wird der reduktionistische Krankheitsbegriff als universaler Begriff mit dem Anspruch auf universale Geltung zum Grundsatz der Therapie gemacht, dann ist die Medizin zur totalen Medizin geworden. Die Folge ist, daß der ideal-gesunde Mensch zum Ziel der Therapie gemacht wird. Im Kontext totalitärer politischer Vorstellungen wird die Medizin dann zum Heilsprogramm für die Welt, da durch die Elimination der Krankheit eine Identität hergestellt werden soll, die zugleich die Vernichtung alles Abweichenden verheißt.[32]

Die aufgewiesenen strukturellen Analogien zwischen dem politischen Totalitarismus und dem Konzept der totalen Medizin besagen nicht, daß die Medizin an und für sich totalitär sei. Sie weisen vielmehr darauf hin, daß die Medizin in Verbindung mit einem totalitären System ihre totalitären Tendenzen entfalten wird. Immerhin sind solche Tendenzen in Teilbereichen der Gesellschaft vorhanden; bei der Forschung mit Tieren oder im Fall der Gentechnologie werden sie sichtbar.

4. Der abstrakte Krankheitsbegriff und das Ideal der Gentechnologie

Die Utopie des krankheitslosen Menschen könnte zu dem Versuch führen, auch alle sogenannten Krankheitsdispositionen beseitigen zu wollen. Da der Leib (und die Psyche) aber insgesamt „Dispositionen“ zur Krankheit sind, endet diese Denkweise mit der Eliminerung des Leibes. Pränatale Diagnostik und in Zukunft vielleicht die Genchirurgie gehen diesen Weg, dessen Prinzip der abstrakte Krankheitsbegriff ist.

Die pränatale Diagnostik hat es sich zum Ziel gesetzt, die genetisch bedingen Krankheitsursachen und Krankheitsdispositionen zu beseitigen. Dabei herrscht die Meinung, daß durch die Rückführung einer bestimmten Krankheit auf ihren genetischen Defekt die Ursache der Krankheit gefaßt werden könnte, die dann durch Manipulation des die Krankheit induzierenden Genabschnitts zum Verschwinden zu bringen sei. Ziel wäre der von Krankheitsdispositionen befreite Genpool.

Die pränatale Diagnostik fußt auf der Theorie der Genetik, bei der der Organismus als durch seine DNA-Sequenz strukturiertes und seine DNA-Sequenz reproduzierendes Gebilde definiert wird. Geht man von einem solchen Verständnis des Organismus als Informationsträger aus, dann liegt die Vorstellung nahe, daß man fehlerhafte Information ändern oder durch andere Information ersetzen könne, ohne daß andere Teile des Organismus außer der fehlerhaften und d. h. krankmachenden DNA-Sequenz und der von ihr ausgehenden Wirkungen tangiert wären.[33] Dabei wird nicht beachtet, daß die sogenannte genetische Information im mechanisch-kohärenten Organismus vermittelt ist. Jede Änderung kann prinzipiell Rückwirkungen auf den gesamten Organismus haben, die grundsätzlich nicht absehbar sind. Ihre phänotypische Unsichtbarkeit ist kein Gegenargument.

Gegen diese Form des genetischen Reduktionismus gibt es bereits innerhalb der Theorieentwürfe der Biologie eine Reihe fundamentaler Einwände. Die DNA-Sequenz, die selbst eine mechanisch-kohärente Konstruktion ist, kann nicht aus dem organismischen Gefüge herausgelöst und als dessen „Blaupause" begriffen werden. Von einem anderen biologischen Forschungsprogramm als dem der Genetik aus betrachtet ist bereits dann ein unzulänglicher Organismusbegriff etabliert, wenn der genetische Code als das Wesen des Leibes verstanden wird. Denn damit ist eine lineare Abhängigkeit innerhalb des Organismus und zwischen seinen Subsystemen behauptet, die seiner Gefügegesetzlichkeit und „bionomen" Struktur nicht gerecht wird (Rothschuh).

Die Vision der Gentechnologie reicht noch weiter.[34] Das entscheidend Neue, das durch die Gentechnologie in die Welt kommt, ist der Umstand, daß nicht mehr der Krankheitsfeind „außerhalb" des Organismus bekämpft wird, sondern daß der Ort des Kampfes gegen die Krankheit der Organismus selbst ist,[35] der dadurch zugleich – aufgrund der Wechselwirkungen im Organismus und seiner Gefügegesetzlichkeit – in prinzipiell undurchschaubarer Weise verändert wird. Nach jeder Veränderung aber bleibt Raum für weitere Veränderungen. Die literarische Fiktion aus Lems Sterntagebüchern von der unbegrenzten Veränderbarkeit des Körpers könnte Wirklichkeit werden, ebenso wie die am Ende bleibende Ratlosigkeit: „Die Erleichterung ... währte nicht lange, denn die bedrückende Frage, was weiter mit dem Körper geschehen sollte, stellte sich immer wieder."[36]

Entscheidend ist, daß dabei ein von Medizinern beschlossenes, vorgeblich durch Wissenschaftlichkeit definiertes Genom zum Kriterium für Leben und Tod und zum Ziel der gentechnischen Veränderung gemacht wird. Da aber das Ziel qua Phänotyp erst bekannt ist, wenn die gentechnische Veränderung bereits stattgefunden hat, produziert die Medizin in einen undurchschaubaren Raum hinein. Wie der sogenannte Phänotyp nach der genetischen Veränderung aussehen wird, wird im Dunkel der ungestellten Frage belassen. Das als medizinisches Ideal propagierte Genom ist aufgrund der Individualität des Organismus prinzipiell als ein immer nur ausschnittweise bekannter „Phänotyp" realisiert, so daß das Ideal der therapeutischen Praxis hypothetisch bleibt. Darüber hinaus beruht ein solches Ideal auf zeitbedingten Vorentscheidungen, so daß die Potentialität des Lebendigen zugunsten heutiger und damit immer auch willkürlicher Definitionen eingeschränkt wird. Macht man ein prinzipiell hypothetisches und damit reduktionistisches Ideal zum Maßstab der gentechnologischen Manipulation, dann wird die Therapie totalitär. Der kategoriale Reduktionismus wird (notwendigerweise) auch zu einem lebensweltlichen Reduktionismus werden.

Dieser strukturelle Zusammenhang und seine schon realen und seine möglichen gesellschaftlichen Folgen ist von Beck aufs genaueste analysiert und plausibel prognostiziert worden; dessen Analyse fügt sich genau in den hier aufgewiesenen Rahmen ein.[37] Mit der Charakterisierung des Ideals der Gentechnologie als Konsequenz des abstrakten Krankheitsbegriffs stehen die Denkmittel zur Verfügung, um alle weiteren Implikationen dieser Technologie aus einem Prinzip zu verstehen.

Vergleicht man die angegebenen Bestimmungen, die die Gentechnologie beherrschen, mit den von H. Arendt aufgewiesenen Strukturen, die in totalitären Systemen das Verhältnis „Führer" – „Masse" kennzeichnen, dann finden sich folgende Charakteristika wieder: Bestimmtheit durch ein Prinzip, Homogenisierung des Materials, Formlosigkeit der zu behandelnden Gegenstände. Einige Stichpunkte mögen zur Verdeutlichung genügen.

Da dem Leib (und damit dem Realisationsort des Menschen) keine (biologische) Eigenständigkeit gegenüber der genetischen Information zuerkannt wird, begreift man dessen Kohärenz nicht. Alle seine Merkmale werden vielmehr nur unter der Perspektive der jeweiligen gentechnologischen Informationsveränderung betrachtet. So erscheint das Genom als formierbares Material, mit dem man nach Art der Natur verfährt. So ist es auch kein Zufall, daß ein Medizinkonzept, das das Genom als Material und als formbaren Kunst-Stoff[38] betrachtet, den Tierversuch als unentbehrlich behauptet. So wie der Mensch Material geworden ist, so sind es in dieser Konzeption auch die Tiere.

Es wäre ein Mißverständnis, die vorgetragenen Überlegungen als medizinfeindlich einzustufen. Die Kritik an der Gentechnologie und dem ihr inhärenten Krankheitsbegriff übersieht nicht den Umstand, daß durch gentechnologische Verfahren in einzelnen Fällen Resultate erzielt werden, die Leiden lindern oder das Leben der Menschen erleichtern. Dieser Tatbestand verändert jedoch nicht das Prinzip dieser Therapieform, das alles bestimmt: Die Nichtanerkennung des Differenten und Abweichenden qua Krankheit und die sich daraus herleitende Maxime, das Nichtidentische zu eliminieren, charakterisiert eine Denkungs- und Handlungsstruktur, die dem Konzept der totalen Medizin und politisch totalitären Systemen gemeinsam ist. Totalitäre Systeme werden in einer von der Vision der totalen Therapie faszinierten Medizin auch künftig ihren Resonanzboden finden, wie die Funktionalisierung der Ärzte und des medizinischen Systems für den Nationalsozialismus deutlich gemacht hat.

5. Die Verstaatlichung der Gesundheit und die Individualisierung des Leidens

Der totalitären Gefährdung ist die Medizin nur dann ausgesetzt, wenn der abstrakte Krankheitsbegriff als Gegensatz zum integrativen Krankheitsbegriff aufgefaßt wird, ohne zu begreifen, daß der abstrakte Begriff der Krankheit nur ein Moment des integrativen Begriffs der Krankheit ausmacht. Und nur als Moment des integrativen Krankheitsbegriffs hat er sein partielles Recht. Denn er trägt dem Umstand Rechnung, daß der Organismus nach seiner physikalischen und chemischen Seite hin manipulierbar ist; er steht physikalischen und chemischen Veränderungen offen, ohne daß er dadurch mit einer physikalischen oder chemischen Terminologie schon adäquat zu erklären wäre.

In der Medizin als einer auf Gesundheit und Restitution angelegten Wissenschaft liegt aufgrund des abstrakten Krankheitskonzepts immer die Möglichkeit zur Reduktion und Isolation. Daraus ergeben sich Konsequenzen für die Behandlungsweise und die Gesundheitspolitik, die noch kurz angedeutet werden sollen, da die abstrakte Auffassung der Krankheit das Verhältnis Arzt – Patient momentan durchgreifend bestimmt. Erstens, die darauf beruhende Methode führt zu einer Entindividualisierung des Krankseins; zweitens, alle Krankheiten werden, scheinbar im Widerspruch zur erstgenannten Konsequenz, privatisiert; drittens, man favorisiert in jedem Fall die abstrakt-manipulative Lösung anstatt die Situation des kranken Menschen zu verändern.

Ad 1) Durch einen totalen Therapiebegriff werden alle Störungen des Wohlbefindens und der Gesundheit zu einer Angelegenheit des öffentlichen Gesundheitswesens und der medizinischen Versorgung. Vorsorge und individuell gesundheitsfördernde Lebensführung werden – über verbale Erklärungen hinaus – nicht ins Zentrum des ärztlichen Handelns gestellt, da sie unter dem Paradigma des intervenierenden Therapieansatzes keinen systematischen Ort haben.

Ad 2) Durch den isolierenden Therapieansatz wird der Blickwinkel des Arztes auf den Organismus eingeengt: dessen Verhältnis und Integration in die natürliche und soziale Welt tritt in den Hintergrund des Interesses. Dadurch erfolgt zugleich, scheinbar im Widerspruch zur genannten Entprivatisierung des Kranksein, aber in Wahrheit in Fortführung des interventionalistischen Paradigmas, eine Privatisierung der durch Umweltgifte induzierten Krankheiten. Denn es werden durch die am „körperlichen Substrat" orientierten Therapieformen die aufgrund der Umweltvergiftung möglicherweise entstandenen Krankheiten dem Individuum und seinem individuellen Fehlverhalten zugerechnet. So wird das (zweifelsfrei gesundheitsschädliche) Rauchverhalten attackiert, während die ebenfalls gesundheitsgefährdende Luftverschmutzung als quasi natürlicher Vorgang behandelt und damit „entschuldet" wird.[39]

Ad 3) Das manipulative Paradigma hat totalitäre Züge, insofern es zur Verdrängung aller andern Lösungsmöglichkeiten führt oder doch führen kann. Im Fall der In-vitro-Fertilisation tritt dies deutlich zutage. Anstelle einer Änderung der Lebensgewohnheiten und der Verhaltensweisen der Partner, die u. U. auch Ursache für die Kinderlosigkeit sein können, wird nur noch die technische Lösung in Betracht gezogen: nicht eine der Beziehung immanente Veränderung und Bewußtseinsentwicklung wird erwogen, sondern ein der Beziehung äußerlicher Akt tritt an deren Stelle. Die Reproduktionsmedizin läßt dabei das Begriffssystem der Partner intakt und ändert nur die Mittel der Reproduktion: der adäquatere Weg aber wäre durch eine Transformation des Beziehungskontextes zu einer (mit oder ohne Kindern) gelingenden Partnerschaft zu kommen. Soziale Problemlösungen können niemals durch technische Lösungen ersetzt werden.

Darüber hinaus lassen sich bei der In-vitro-Fertilisation an den beteiligten Personen Verhaltensweisen feststellen, die den totalen Charakter auch dieser Technik im Hinblick auf einen weiteren, „psychologischen" Aspekt aufzeigen. So findet sowohl in der Person des Arztes als auch in der Person der Patientin eine Spaltung statt. Die – gewöhnlich emotional stark besetzte – Zeugung wird von den Beteiligten im Zusammenhang mit der In-vitro-Fertilisation unter Leugnung ihrer Emotionen völlig sachlich behandelt. Der Akt wird vollständig objektiviert; Arzt und Patientin verdrängen ihre Gefühle.[40] Objektivierung und Leugnung eines an sich subjektiven Aktes führt zu einer Doppelung der Personen, wie sie für alle kategorial inadäquaten Verhaltensweisen typisch zu sein scheint. Das Subjekt tötet sich selbst ab, um die Künstlichkeit und Inadäquatheit seines Handelns ertragen zu können; eine Reaktionsweise, die fatal an Ärztepsychograme des Dritten Reiches erinnert.

Da die vorgeführte totale Gesundheits- und Krankheitskonzeption durch eine Abstraktion aus dem integrativen Krankheitskonzept gewonnen ist, ist die Gefährdung, die durch diese Abstraktion sich ergibt, latent in jedem System der Medizin enthalten. Die Möglichkeit der totalen Therapie läßt sich also nicht von der Praxis der Medizin abtrennen. Die Arbeit der Aufklärung ist aus diesem Grund eine permanente. Das bedeutet auch, daß die abstrakte Krankheitskonzeption nicht als Verhängnis und Schicksal hinzunehmen und zu akzeptieren, sondern durch das integrative Krankheitsverständnis mit den daraus sich ergebenden radikalen Konsequenzen für unser System der Medizin aufzuheben wäre.

Anmerkungen

[1] Der Organismus des Menschen wird als Leib bezeichnet, um ihn vom Organismus der Tiere abzuheben. Dies ist notwendig, da der menschliche „Organismus" – anders als der Tiere- in Relation zur Psyche, zum Bewußtsein und zum Selbstbewußtsein steht. Auf diese Problematik kann hier nicht eingegangen werden. Vgl. aber Schmitz, H.: System der Philosophie, Bd. 2. Der Leib. Bonn 1981.

[2] Vgl. Rosenhan, D. L.: Gesund in kranker Umgebung. In: Die erfundene Wirklichkeit. (Hrsg. von P. Watzlawick). München – Zürich 1985, 134: „Es ist offenkundig, daß man in psychiatrischen Kliniken Gesunde nicht von Geisteskranken unterscheiden kann. Der Anstalt selbst erschafft eine besondere Wirklichkeit, in der die Bedeutung von Verhaltensweisen leicht falsch verstanden wird."

[3] Vgl. Uexküll, Th. v. / Wesiack, W.: Theorie der Humanmedizin. Grundlagen ärztlichen Denkens und Handelns. München – Wien – Baltimore 1988, 630: In Reflexion auf die Ärzte im Dritten Reich heißt es dort: „Sie zeigen wie die Reduktion des Menschenbildes auf die mechanischen Zusammenhänge mit der Person des Patienten auch die Persönlichkeit des Arztes entwerten."

[4] Vgl. dazu Rothschuh, K.: Der Krankheitsbegriff (Was ist Krankheit?). In: Was ist Krankheit. Erscheinung, Erklärung, Sinngebung. Hrsg. von K. Rothschuh. Darmstadt 1975.

[5] Im Anschluß an Rothschuh seien die folgenden terminologischen Unterscheidungen eingeführt: Der Krankheitsbegriff gibt Kriterien für das Kranksein an; die Krankheitsvorstellung benennt den Anlaß und den Schauplatz der Krankheit; das Krankheitskonzept oder -modell ordnet diese Überlegungen in ein System ein. Vgl. dazu Rothschuh, K.: Konzepte der Medizin in Vergangenheit und Gegenwart. Stuttgart 1978.

[6] Vgl. zum Begriff des Idealtypus Max Weber: Die „Objektivität" sozialwissenschaftli-

cher und sozialpolitischer Erkenntnis. In: Ders.: Gesammelte Aufsätze zur Wissenschaftslehre. (Hrsg. von J. Winckelmann) Tübingen 1988.

[7] Auf deren wissenschaftstheoretischen Status kann hier nicht eingegangen werden; vgl. dazu aber das Kantische Diktum: „Aus der Erfahrung abstrahirte allgemeine Grundsätze (der Heilkunde) ist ein Widerspruch mit sich selbst." (AA XXI, 411)

[8] Vgl. Beck, U.: Risikogesellschaft. Auf dem Weg in eine andere Moderne. Frankfurt 1986, 339: „Allein die Medizin besitzt in Gestalt der Klinik ein organisatorisches Arrangement, in dem die Entwicklung und Umsetzung von Forschungsergebnissen am Patienten in professioneller Regie und nach eigenen Maßstäben und Kategorien unter Abschirmung von Außenfragen und Außenkontrollen in direkter Selbstverfügung betrieben und perfektioniert werden können."

Vgl. auch Spree, R.: Medikalisierung der Bevölkerung, ärztliche Professionalisierung und sozialstruktureller Wandel. In: Ders.: Soziale Ungleichheit vor Krankheit und Tod. Zur Sozialgeschichte des Gesundheitsbereichs im Deutschen Kaiserreich. Göttingen 1981.

[9] Vgl. Spree, a.a.O.

[10] Vgl. dazu auch Krämer, W.: Fortschrittsfalle Medizin. In: Der Spiegel. Nr. 11–13; 1989.

[11] Vgl. dazu auch Wollschläger, H. L.: „Tiere sehen dich an" oder Das Potential Mengele. Zürich 1990, 86ff.

[12] Vgl. Beck-Gernsheim, E.: Ganz normale Familien? Neue Familienstrukturen und neue Interessenkonflikte durch Fortpflanzungstechnologien. In: Lutz, B. (Hg.) Technik und sozialer Wandel Verhandlungen des 23. Soziologentages in Hamburg 1986, Frankfurt/M. 1987, 287: „Neue biomedizinische Hilfen werden zunächst eingeführt, um bei einem eng definierten Katalog eindeutiger ‚Problemfälle' Leiden abzuwenden oder zu mildern. Dann setzt eine Übergangs- und Gewöhnungsphase ein, in deren Verlauf der Anwendungsbereich immer weiter ausgedehnt wird. Das Endstadium ist absehbar: Alle Frauen und Männer werden als potentielle Klienten definiert – jetzt freilich nicht mehr, um direkte Gesundheitsschäden abzuwenden, sondern wegen der ‚Effektivitätsvorzüge' des technischen Zugriffs über die Zufälle, die Unberechenbarkeiten und Störanfälligkeiten der Natur."

[13] Vgl. dazu Praetorius, F.: Ärztliche Diagnose: Bilder machen oder Gedanken. In: Merkur. Deutsche Zeitschrift für europäisches Denken. Heft 3, 44. Jahrgang März 1990, 206–217.

[14] Praetorius, F.: Ärztliche Diagnose: Bilder machen oder Gedanken. In: Merkur. Deutsche Zeitschrift für europäisches Denken. Heft 3, 44. Jahrgang März 1990, 217: Solche wirtschaftlichenEinflüsse „fördern in der wissenschftlichen wie praktischen Medizin „einfache" (lineare) Modelle, z. B. „die" Tablette gegen erhöhtes Blutfett anstelle komplexerer Modelle der Risikokontrolle: Interessenten bevorzugen Monokausalität (das heißt Superspezialisten): von mehr Komplexität durch fachliche Einheit werden sie eher behindert."

[15] Illich, I.: Die Nemesis der Medizin. Reinbek 1977.

[16] Vgl. Lifton, R. J.: Ärzte im Dritten Reich. Stuttgart 1988. Mitscherlich, A. / Mielke, F.: Medizin ohne Menschlichkeit. Dokumente des Nürnberger Ärzteprozesses. Frankfurt/M. 1989 (Nachdruck der Ausgabe von 1960).

[17] Vgl. Wieland, W.: Diagnose. Überlegungen zur Medizintheorie, Berlin – New York 1975.

[18] Vgl. dazu Kienle, G.: Arzneimittelsicherheit und Gesellschaft. Eine kritische Untersuchung. Stuttgart – New York 1974.

[19] Kienle, G.: Arzneimittelsicherheit und Gesellschaft. Eine kritische Untersuchung. Stuttgart – New York 1974, S. 198: „In diesem Ideal ist auch die Anschauung enthalten, daß der menschliche Organismus (...) von Natur aus gesund und funktionsfähig sei, und daß Erkrankungen im Prinzip immer Folgen faßbarer Störungen seien."

[21] Canguilhem, G.: Das Normale und das Pathologische. München 1974.

[22] Kienle, G.: Arzneimittelsicherheit und Gesellschaft. Eine kritische Untersuchung. Stuttgart – New York 1974, S. 275.

[23] Vgl. dazu auch von philosophischer Seite Plessner, H.: Die Stufen des Organischen und der Mensch. Berlin 1965. Von naturwissenschaftlicher Seite Gutmann, W.: Organismus und Konstruktion. Teil I–III. In: Natur und Museum. Bericht der Senckenbergschen Naturforschenden Gesellschaft, Bd. 117 & 118, 1987/88:

[24] Die präzise und ausdrücklichere Unterscheidung dieser beiden Krankheitsbegriffe hat der Vf. in seiner Dissertation über Hegels Naturphilosophie zu geben versucht, die demnächst erscheinen wird.

[25] Vgl. Jonas, H.: Gehirntod und menschliche Organbank: Zur pragmatischen Umdefinierung des Todes. In: Ders.: Technik, Medizin, Ethik. Zur Praxis des Prinzips Verantwortung. Frankfurt/M. 1987.

Vgl. dazu auch M. Kurthen, D. Linke und D. Moskopp: Teilhirntod und Ethik. In: Ethik in der Medizin, Bd. 1, Heft 3, 1989, 134–142. Der subtilen Argumentation der letztgenannten Autoren kann nicht zugestimmt werden, da sie durch die zweifelsohne bestehende Problematik bei der Frage nach dem „Subjekt des Todes" de facto eine Reduktion des Menschen auf einen „Punkt" (durch immer weitergehende Spezifikation der Todeskriterien) betreiben.

Es ist darum auch – so ist gegen den Vorwurf der Autoren zu sagen – kein biologistisches Mißverständnis, wenn der Leib als der Ort des Todes betrachtet wird. Dann auch wenn sich in theoretischer Perspektive eine Reihe sehr plausibler Distinktionen angeben lassen, so muß doch in praktischer Perspektive, und die Medizin ist eine praktische Wissenschaft, die Einheit des Gehirns und des Leibes anerkannt werden. Der Andere ist mir qua Leib gegeben. (Vgl. dazu Kant: Metaphysik der Sitten, Rechtslehre § 25)

[26] Canguilhem, G.; Das Normale und das Pathologische. München 1974, S. 134.

[27] Vgl. Jaspers, K.: Allgemeine Psychopathologie. Neunte, unveränderte Auflage. Berlin – Heidelberg – New York 1973, 654: „Das Kranksein ist Weg nicht nur der Ausnahmen des Lebens, welche ausscheiden, sondern es gehört zum Leben selber als Moment seines Aufstieges, als überwindbare Gefahr."

[28] Arendt, H.: Elemente und Ursprünge totaler Herrschaft. 3. Bde. Frankfurt/M. – Berlin – Wien 1975.

[29] Arendt, H.: Elemente und Ursprünge totaler Herrschaft. 3 Bd. Frankfurt/M. – Berlin – Wien 1975, Bd. 3, 28.

[30] Vgl. zu dieser Denkweise Orwells Roman „1984", wo es heißt: „Sie sind ein Fleck, der ausgemerzt werden muß. (...) Es ist für uns unerträglich, daß irgendwo in der Welt

ein irrgläubiger Gedanke existieren soll, mag er auch noch so geheim und machtlos sein."

[31]Arendt, H.: Elemente und Ursprünge totaler Herrschaft. 3. Bde. Frankfurt/M. – Berlin – Wien 1975, Bd. 3, 81.

[32] Vgl. dazu die Ausführung des NS-Ärzteführers Gütt: „So wünschen wir uns sehnlichst, daß die Zeit bald kommen möge, wo es keine Geisteskranken und Schwachsinnigen mehr in der Welt gibt, weder in Anstalten noch draußen, und es müßte herrlich sein, in einer solchen Welt zu leben, in der dann sicherlich auch alles andere vollkommen wäre." (zit. nach Bastian, T.: Arzt, Helfer, Mörder. Eine Studie über die Bedingungen medizinischer Verbrechen. Paderborn 1982, 61)

[33] Vgl. dazu Chargaff, E.: Wenig Lärm um Viel. Bemerkungen zur genetischen Bastelsucht. In: Scheidewege Heft 3/1979.

[34] Vgl. dazu auch die jüngst erschienene Aufsatzsammlung: Der codierte Leib. Von der Zukunft der genetischen Vergangenheit. (Hrsg. von Schuller, A. und Heim, N.) Zürich – München 1989.

[35] Beck, U.: Gegengifte. Die organisierte Unverantwortlichkeit Frankfurt/M. 1988, 49: „Die Humangenetik hat es mit Substraten zu tun, die ihrer Qualität nach den direkten Durchgriff auf Subjektivität ermöglichen."

[36] Lem, St.: Sterntagebücher. Frankfurt/M. 1978, 242.

[37] Beck, u.: Gegengifte. Die organisierte Unverantwortlichkeit. Frankfurt/M. 1988.

[38] Vgl. dazu van den Daele, W.: Politische Steuerung, faule Kompromisse, Zivilisationskritik. Zu den Funktionen der Enquetekommission „Gentechnologie" des deutschen Bundestages. In: Forum Wissenschaft, Heft 1, 1987, 42.

[39] Vgl. Beck, U.: Risikogesellschaft. Auf dem Weg in eine andere Moderne, Frankfurt 1986.

[40] Vgl. dazu Petersen, P.: Künstliche Befruchtung und Nekrophilie. In: Ders.: Retortenbefruchtung und Verantwortung. Anthropologische, ethische und medizinische Aspekte neuer Fruchtbarkeitstechnologien. Frankfurt/M. 1988, 73–78.

Robert Spaemann

Mensch und Natur

Zur Eröffnung des Museums „Mensch und Natur“ in München

Museen belehren uns nicht nur über das, was in ihnen gezeigt wird. Sie sind immer auch ein Spiegel derer, die da etwas zeigen und derer, die sich etwas zeigen lassen. Sie sind ein Spiegel ihrer Epoche. Naturkundliche Museen entstammen in der Regel der zweiten Hälfte des 19. Jahrhunderts. Sie hießen meistens Naturhistorische oder Naturgeschichtliche Museen. Naturgeschichte hatte zunächst nichts mit Evolutionstheorie zu tun. Es war vielmehr im Unterschied zu den Naturwissenschaften, zur Physik und Chemie, das, was man nur zeigen oder erzählen kann: die Kunde von dem, was es in der Natur gibt. In früheren Jahrhunderten zeigte man in fürstlichen Sammlungen nur sogenannte Merkwürdigkeiten, Kuriositäten, Tiere mit zwei Köpfen, seltene oder exotische Wesen. Im übrigen war Natur, im Unterschied zur Kunst, das, was man nicht eigens zeigt, sondern was unser Leben selbstverständlich umgibt. Naturkundemuseen sind ebenso wie Volkskundemuseen schon Symptome einer Entfremdung. Der Titel „Mensch und Natur“ gehört dem Ende des 20. Jahrhunderts an. Er *reflektiert* bereits diese Entfremdung und versucht ihr entgegenzuwirken, indem er ausdrücklich auf eine Zusammengehörigkeit hinweist. Wäre sie nicht gestört, müßte sie uns nicht in einem Museum in Erinnerung gerufen werden.

Von welcher Art ist diese Zusammengehörigkeit? Was meinen wir überhaupt, wenn wir „Natur“ sagen? Nicht alle Zeiten und nicht alle Kulturen verfügten über diesen oder einen äquivalenten Begriff. Die Bibel spricht von Schöpfung, vom Menschen und seinen „Mitgeschöpfen“, Sonne, Mond und Sterne, Vögel, Fische, Tiere des Feldes, Bäume und Pflanzen. Der Mensch ist als Herr und Hüter über sie gesetzt. Sie dienen ihm zur Nahrung. Aber sie sind doch immer zugleich Mitgeschöpfe. Sie werden im Psalm zum Lob ihres Schöpfers aufgerufen. Wodurch loben Eis und Schnee, Feuer und Wasser, Fische und Vögel Gott? Dadurch, daß sie sind, was sie sind. Das Werk lobt den Meister. Der Mensch aber ist nach diesem Verständnis der Priester, der dem

Lob seiner Mitgeschöpfe die Sprache verleiht. In diesem Sinn heißt es noch bei Eichendorff:

> „Den stummen Willen aller Wesen,
> im Irdischen des Herren Spur,
> soll er durch Liebeskraft erlösen,
> der schöne Liebling der Natur".

Hier taucht allerdings das Wort „Natur" auf. Es ist nicht biblischen, sondern griechischen Ursprungs. *Natura* ist dann das lateinische Synonym für *physis*. Was ist Physis – Natur? Zunächst dient das Wort „Natur", vor allem das zugehörige Adjektiv „natürlich", zur Unterscheidung. Das tut es noch bei uns. Wir unterscheiden die natürlichen Blumen von künstlichen, natürliches Benehmen von affektiertem, und wir sagen, jemand sei eines natürlichen Todes gestorben, wenn wir meinen, er sei nicht ermordet oder Opfer eines Unfalls geworden. Das Natürliche ist das, was nicht von Menschen gemacht oder verursacht, sondern, wie wir sagen, „von selbst" so ist, wie es ist. In diesem Sinne ist der Mensch auch ein natürliches Wesen. Ein künstlicher Mensch wäre ein von Menschen *gemachter*, nicht ein von Menschen gezeugter Mensch. „Gezeugt, nicht gemacht" heißt es im Nicäischen Glaubensbekenntnis vom Sohn Gottes. Die Retortenproduktion von Menschen täuscht darüber hinweg, daß auch Menschen nicht gemacht werden. Übrigens auch Pflanzen und Tiere nicht. Wir können sie nur verändern. Das Wort „Tierproduktion" stammt aus dem Wörterbuch des Unmenschen.

Natur als Substantiv, das meint bei den Alten nicht die Welt außerhalb der Stadt, sondern es meint das, was auch in der Stadt vorausgesetzt ist, nämlich daß jedes von uns gemachte Ding ein nicht von uns gemachtes voraussetzt, das so etwas wie ein inneres Prinzip des Verhaltens besitzt. Wasser dehnt sich bei Hitze aus und steigt nach oben, Vögel singen und fliegen, Hasen laufen vor Gefahren weg, Tiger greifen an. „Das ist ihre Natur", so sagen noch wir. Und nun war es die bedeutende Einsicht der Griechen, daß alle menschliche Kultur und Kunst Natur voraussetzt. Kultur, das heißt ursprünglich Ackerbau, also Veredelung, Nutzbarmachung der Natur, nicht ihre Verdrängung. Ein Auto bewegt sich nicht, wie die Antilope, aufgrund eigenen Antriebs, sondern aufgrund der Natur des Erdöls, sich bei Verbrennung auf bestimmte Weise zu verhalten. Wir feiern Hochzeiten, Kindstaufen und Beerdigungen mit gemeinsamem Essen und Trinken. Essen und Trinken sind kulturelle Ereignisse, zuvor aber natürliche Funktionen. Kulturelle Ereignisse sind sie nur so lange, wie ihre natürliche Funktion nicht systematisch ausgeschaltet wird. Wenn die Römer sich in Vomitorien erbrachen, um ihre Freßgelage länger fortsetzen zu können, empfinden wir das als Perversion. Kultur ist nicht Emanzipation von der Natur, sondern deren Hegung, Pflege und Überführung in neue menschliche Sinnzusammenhänge.

Gerade aber dieser Gedanke geht in der Neuzeit zunächst verloren. Es gibt, so heißt es nun, ein solches inneres Prinzip spezifischer Bewegungsformen von Dingen, genannt: „Natur", nicht. Von so etwas reden ist Aberglaube. Natur, das hieß bis dahin: meine und deine Natur, Natur des Eisens, Natur des Ahorns und Natur der Kröte. Nun, im 18. Jahrhundert, spricht man nur noch von der Natur als dem großen Ganzen, in dem wir leben. „Je suis le grand tout", ich bin das große Ganze, läßt Voltaire die Natur sagen. In Wirklichkeit aber wird diese Natur nun als große Maschine betrachtet, erst mit einem göttlichen Weltingenieur, später ohne ihn. Der Mensch als körperliches Wesen gehört mit zu dieser Maschine, der Geist aber steht über ihr, und seine Kunst besteht darin, die Natur seinen Zwecken dienstbar zu machen. Neu ist dabei nicht der Gedanke, der Mensch sei Herr der Natur, neu ist das Verständnis von Herrschaft. Das ältere Herrschaftsverständnis sah den Menschen als höchstes Naturwesen an der Spitze einer Pyramide von Zwecken. Das neue Verständnis versteht Herrschaft despotisch: als progressive Unterwerfung der Natur. Es ist das Zeitalter des Absolutismus. Den untergeordneten Wesen wird jedes Selbstsein abgesprochen. Sie werden auf den Status bloßer Objekte für die einzigen Zwecke reduziert, die übrigen bleiben, menschliche Zwecke.

Glühendes Blei pumpten Cartesianer in die Venen lebender Tiere. Ihr Geschrei wurde als mechanische Reaktion gedeutet, wie das Quietschen einer Maschine. Alles andere sei Anthropomorphismus. Von nun an gilt es als Vorwurf gegen jede nichtwissenschaftliche Weltbetrachtung, sie sei anthropomorph. Anthropomorphismus steht der Anthropozentrik im Weg. Wo der Mensch sich alles zum Objekt machen will, muß er systematisch darüber hinwegsehen, daß die Objekte ihm selbst in gewisser Hinsicht ähnlich sind. Die Beseitigung des Anthropomorphismus ist Aufgabe der Wissenschaft. Sie ist nicht mehr Kontemplation, Betrachtung dessen was ist und als solche höchste Form menschlicher Praxis, sondern sie tritt nun in den *Dienst* der Praxis, sie wird das Instrument progressiver Naturbeherrschung. Die Etablierung dieser Herrschaft wird als Kampf verstanden. Emanzipation als Kampf gegen die Natur ist bei Marx der wesentliche Inhalt kollektiver menschlicher Tätigkeit. Triumph und Elend dieses Programms – wir sind Zeugen von beidem, Nutznießer und Leidtragende. Wir sind inzwischen imstande, Bilanz zu ziehen.

Und diese Bilanz ist ambivalent. Der industrialisierte Teil der Welt hat seinen Wohlstand in einem Ausmaß gesteigert, das in den Millionen Jahren der

Menschheitsgeschichte völlig exzeptionell ist. Die Lebenserwartung übertrifft weit das Maß, das für den Menschen biologisch vorgesehen ist, wie wir am Schicksal unserer Zähne sehen können. Die Kindersterblichkeit ist dramatisch reduziert, Hunger beseitigt, schwere körperliche Arbeit fast verschwunden, Operationen schmerzlos, die ganze Welt dem Reisenden zugänglich, und fast jeder ist zeitweise Reisender. Dem gegenüber steht die Tatsache der zunehmenden Verelendung des größeren Teiles der Welt. Und dem gegenüber stehen die bekannten Zeitbomben – vom Ozonloch über den Treibhauseffekt, das Wachsen der Wüsten, das bedrohte Grundwasser, die verseuchten Meere und die mit der Atomspaltung verbundenen tödlichen Gefahren. Dazu die Tatsache, daß bei Fortsetzung der gegenwärtigen Trends in wenigen Jahrzehnten ein Viertel der heute bestehenden natürlichen Arten des Lebens ausgerottet sein werden.

Natur, das was einmal die übermächtige Mutter, die alles, was der Mensch tut, wieder ins Gleiche bringt. Alles menschliche Handeln war in vorneuzeitlichen Epochen wie das Werfen eines Steins ins Wasser. Die Kreise, die das Wasser zieht, werden in Kürze von der Stille des Wasserspiegels absorbiert und verebben. Daß das Jagdwild ausgerottet werden kann, war wohl Jägerkulturen fast immer bewußt. Aber generell lag der Gedanke einer Verantwortung für die Schöpfung dem Menschen doch fern. Ihre Spendenfreudigkeit schien unerschöpflich und ihre Fähigkeit, menschliche Ausscheidungen zu absorbieren, ebenfalls. Sie absorbiert ja auch die Ausscheidungen aller anderen natürlichen Wesen. Der neuzeitliche Gedanke der Naturbeherrschung meinte, die Übermacht der Natur überwinden zu können, sofern sie dem Menschen feindlich oder gegen ihn gleichgültig ist. Sie glaubte, Natur ganz in den Dienst des Menschen stellen zu können. Aber eigentümlicherweise setzte man diese Übermacht insgeheim voraus. Man bezweifelte nicht die Macht der Natur im Sinne der Unerschöpflichkeit als Reservoir und im Sinne der Fähigkeit, die Nebenfolgen menschlichen Handelns zu neutralisieren. So ergab sich die paradoxe Situation: Die scheinbare Übermacht der Natur war es, die eine beliebige Steigerung der Macht des Menschen zu erlauben schien. Die nun offenkundig werdende Schwäche der Natur ist es, die auch der Macht des Menschen Grenzen setzt. Mit dem „der Papa wirds schon richten“ ist es vorbei, wenn Sohn oder Tochter großjährig werden und mehr anrichten können, als der Papa wieder richten kann. Wenn aber der Papa nicht mehr alles richten kann, muß man vorsichtig werden.

In dieser gänzlich neuartigen Situation muß das Naturverhältnis des Menschen abermals sich ändern. Dies wissen inzwischen fast alle, und daß gewisse

Maßnahmen sehr rasch ergriffen werden müssen, um das Schlimmste zu verhüten, wissen wir auch. Der Wettlauf mit der Zeit ist dramatisch. Ich will nicht hierüber sprechen, sondern die Frage nach dem neuen Verhältnis von Mensch und Natur aufwerfen, das sich abzuzeichnen beginnt.

Dieses Verhältnis ist nicht eindeutig. Unter dem Stichwort „Ökologie" verbergen sich tatsächlich zwei Richtungen, die in ihrer Entgegensetzung die wirkliche Aufgabe, die vor uns liegt, verfehlen. Die eine Richtung ist die zur Zeit herrschende. Die andere präsentiert sich irrigerweise als Alternative. Die herrschende setzt das scientistische Naturverhältnis fort und versucht, die Nebenwirkungen der menschlichen Naturbeherrschung dadurch in den Griff zu bekommen, daß sie die Planung globaler anlegt und die bisher vernachlässigten ökologischen Faktoren zusätzlich miteinbezieht. Der Mensch steht weiterhin dem Rest der Welt gegenüber. Genauer gesagt, nicht der Mensch, sondern ein abstraktes Subjekt, genannt „die Wissenschaft", übernimmt die Verwaltung des Planeten und gestaltet die Welt nach einem Design, dessen Entwurf interdisziplinär erarbeitet wird und die Vernetzung aller lebensrelevanten Prozesse berücksichtigt. Die Welt wird eine große Stadt mit eingeplanten und gehegten Naturparks. Erhaltung ebenso wie Opferung natürlicher Arten werden in die Planung mit einbezogen. Die Abwägung erfolgt unter Berücksichtigung und Abwägung ökonomischer, ökologischer und ästhetischer Gesichtspunkte. Als letztes wird auch die Naturwüchsigkeit der menschlichen Fortpflanzung überwunden und die Evolution des Menschen bzw. seines Nachfolgers aufgrund der Möglichkeiten der Gentechnologie rational gesteuert. So wird der Mensch endgültig Herr seiner eigenen Geschichte.

Diese Vision ist in ihrer marxistischen Variante gescheitert. Sie ist gescheitert nicht nur aufgrund der primitiven, ideologisch verzerrten, also unwissenschaftlichen Instrumentarien der Fortschrittssteuerung, sondern auch aufgrund einer fundamental irrigen Voraussetzung, was die Zukunftsvision selbst betrifft. Es ist die Voraussetzung der Unerschöpflichkeit der natürlichen Ressourcen. Der katastrophale Zustand der Umwelt, den der Sozialismus hinterlassen hat, hängt mit dieser Einstellung zusammen. Die langfristige Perspektive hieß Kommunismus als Überflußgesellschaft, als Gesellschaft, in der das Verteilungsproblem gelöst ist, weil jeder nach seinen durch ihn selbst interpretierten Bedürfnissen nehmen kann, was ihm beliebt. Dieser anarchistische Kern der marxistischen Zukunftsvision bedeutet, daß Marx wirklich tot ist. Nicht Marx, sondern August Comte ist der Theoretiker der brave new world, der total verwalteten Welt, von der manche hoffen, es sei die Welt von morgen.

Aber auch diese anthropozentrische und scientistische Vision ist hybrid. Sie verkennt die immanenten Grenzen von Totalplanungen. Alle menschlichen Planungen erzeugen Planungsnebenfolgen. Je umfassender die Eingriffe, um so größer die Nebenfolgen. Der Versuch, Planung so total zu gestalten, daß alle bisher bekannten Folgen in das Planungskonzept miteinbezogen werden, kann nur dazu führen, daß die nichtvorausgesehenen Nebenfolgen immer dramatischer und unkalkulierbarer werden. Jedes System definiert sich mit Bezug auf eine Umwelt. Die Welt als ganze können wir nicht als System verstehen, weil dieses System gar keine Umwelt hätte. Alle Umwelt wäre in das System selbst integriert. Das hebt den Begriff des Systems auf. Diesen Wettlauf zur Emanzipation von der Endlichkeit kann der Mensch nicht gewinnen. Wenn wir das exponentielle Artensterben akzeptieren und Plandaten festsetzen für den Rest, der erhalten bleiben soll, so wird die Natur sich um diese Plandaten nicht kümmern. Wir hinterlassen in jedem Falle unseren Nachkommen weniger, als wir beabsichtigten. Die Frage ist, ob wir wirklich von Generation zu Generation den Reichtum des natürlichen Erbes dieses Planeten in einem status quo minus weitergeben wollen. Sittlich ist es nur verantwortbar, wenn wir von den Zinsen des Kapitals leben, das uns anvertraut wurde. Wir können im übrigen gar nicht wissen, welche Bedeutungen für kommende Generationen Dinge, Rohstoffe und natürliche Arten haben werden, die wir jetzt leicht bereit sind zu opfern oder bloß zu verbrennen, weil unsere Phantasie nicht weiter reicht.

Und was die Steuerung der Evolution betrifft, so gilt das gleiche: Wir verfügen über keinerlei Kriterien für eine solche Steuerung. Wir wissen, wie die Nutzpflanzen oder die Haustiere sein sollen, die wir brauchen. Aber wie sollen Menschen sein? „Vollkommen wie Euer Vater im Himmel", heißt es im Evangelium. Aber das gibt kein Züchtungsprogramm. Sollen die künftigen Menschen Produkte der Idealvorstellungen der Eierköpfe sein, die an den Genen herumbasteln? Wissen denn wir, ob ein höherer Intelligenzquotient Wesen der Zukunft besser oder glücklicher macht? Daß die Natur die Erbstruktur ohnehin modifiziert, ist ein schlechtes Argument. Die Natur tötet auch Menschen durch Überschwemmungskatastrophen und Vulkanausbrüche. Ist es deshalb gerechtfertigt, wenn wir selbst Menschen ertränken oder verbrennen?

Die anthropozentrische, scientistische Option für eine Lösung der Probleme, die durch menschliche Naturbeherrschung entstanden sind, besteht in einer Steigerung und Perfektionierung derm Naturbeherrschung. Dieser Lösung steht gegenüber ein romantischer Fundamentalismus, der Versuch, eine zweitausendjährige Entwicklung europäischen Bewußtseins als patriarchalischen Chauvinismus, als anthropozentrische Verirrung zu denunzieren und ein „Zurück der Natur“ zu fordern, wie man es Rousseau fälschlich in den Mund legt. Der Mensch soll sich nach dieser Auffassung wieder als ein Stück Natur unter anderen natürlichen Wesen begreifen, dem Gedanken der Naturbeherrschung ebenso entsagen wie den repressiven Ideen von Selbstbeherrschung und gesellschaftlicher Disziplin. Jeder soll seine verschüttete Natur wiederentdecken und dem Gedanken absagen, er sei etwas Besseres als die Tiere. Nur so werde er aufhören, Verwüster der Erde zu sein. Voltaire hat diesen Gedanken schon mit den Worten kommentiert, er könne sich schwer darein schicken, wieder auf allen Vieren zu gehen und Gras zu fressen. Der Gedanke enthält tatsächlich ebenfalls einen fundamentalen Irrtum. Es sind nämlich gerade die anthropozentrischen Verwüster der Erde, die sich naturwüchsig, also wie Tiere verhalten. Jedes Tier ist nämlich für sich selbst Mitte des Universums. Alles andere ist für es nur bloße Umwelt. Für die Katze ist die Maus Beute und nichts anderes. Daß die Maus selbst eine Mitte des Lebens ist mit einer ihr eigenen Umwelt, das ist für die Katze gar nicht da. Nur der Mensch ist es, der den Tieren Namen gibt. Nur der Mensch ist imstande, sich selbst so zurückzunehmen, daß er das Selbstsein außermenschlichen Lebewesen annehmen kann.

Nur der Mensch kann die Anthropozentrik überwinden, und gerade darin liegt seine Würde. Eben deshalb ist er der Herr der Natur. Gerade weil er nicht in der Mitte der Natur steht, kann er an ihrer Spitze stehen. Als vernünftiges Wesen hat er tatsächlich nur die Wahl: Verwüster oder Hüter der Schöpfung zu sein. Tierische Unschuld ist ihm nicht möglich. Wenn er sich nicht bewußt als Hüter versteht, wird er unvermeidlich Verwüster. Als Vernunftwesen ist der Mensch das Wesen der Vorsorge. Das Wesen, das durch den Hunger von morgen schon hungrig wird, wie Thomas Hobbes gesagt hat. Deshalb ist der Mensch unersättlich. Solange wir uns, wie es die Natur tut, von Minimum-Maximum-Prinzipien leiten lassen, also z. B. dem Prinzip: maximaler Ertrag auf geringstmöglicher Fläche und bei geringstmöglichem menschlichen Arbeitseinsatz – solange verwüsten wir die Erde. Die Natur arbeitet tatsächlich so. Natürliche Wesen nehmen auf natürliche Wesen anderer Art keine Rücksicht. Aber dadurch zerstören sie sich in der Regel nicht selbst. Ihre Instinktorganisation fügt sie in einen Lebenszusammenhang, den sie selbst nicht zu reflektieren brauchen. Für ein solches Verhalten sind wir als Vernunftwesen zu mächtig. Unsere Begierden sind fast beliebig steigerbar. Und unsere Fähigkeit sie zu befriedigen ebenfalls. Macht aber bedeutet Verantwortung. Vernunft eröffnet uns als höchste Möglichkeit, uns selbst ein Maß zu setzen, das nicht das des Maximums oder Minimums, sondern des Optimums ist. In den Jahrhunderttausenden menschlicher Ohnmacht konnte das Maximum praktisch als Optimum betrachtet werden. Es konnte als Regel für den Arzt gelten, menschliches Leben so lange zu verlängern, wie es möglich ist. Aber was ist, wenn das Mögliche sich ins Unbegrenzte ausweitet? Uns Maß zu setzen ist heute von uns gefordert, wenn das Thema „Mensch und Natur“ mehr als ein Museumsthema sein, wenn es in der Realität Zukunft haben soll. Nur dann hat ein solches Museum seinen Zweck erfüllt. Aber nur dann wird es auch weiterhin Museen und Museumsbesucher geben.

Friedrich Ratzel

Das Sichhineindenken und Sicheinfühlen in die Natur

Assoziationen

Jeder Eindruck, den wir von den Dingen in der Natur empfangen, ist verbunden mit einer Menge von Erinnerungen an gleiche oder verwandte Dinge, die wir gesehen, gehört, gefühlt, von denen wir gelesen oder vernommen haben. Wie eine geistige Atmosphäre umweben diese Erinnerungen das Ding. Fechner hat diese Summe von Erinnerungen, die sich zu der körperlich gegenwärtigen Form und Farbe eines Körpers hinzufügen, als die *geistige Farbe* bezeichnet. Geistige Atmosphäre wäre wohl besser, weil neutraler. In der Tat umgeben die Erinnerungen den Gegenstand wie mit einer Luft, in der sich dessen eigene Gestalt und Farbe brechen; ist sie auch eine Mischung aus vielen Elementen, so erscheint doch durch sie der Gegenstand selbst in einem neuen Lichte, das einen einheitlichen, gefühlsmäßigen Eindruck in uns hervorbringt. Je nach den „Erinnerungsingredienzen“, die in ihn eingehen, weicht dieser Eindruck mehr oder weniger von dem ursprünglichen ab. Aber es ist uns wohl nur selten möglich, den ursprünglichen Eindruck von dieser Hülle ganz zu befreien, und noch schwerer ist sicherlich die Trennung ihrer Bestandteile. Ist nicht der Schwan von seinem Wasserspiegel, die Lerche von der blauen Luft, die Kornblume vom gelblichgrünen Kornfeld fast untrennbar? Und wenn wir daher sagen sollen, was uns an einem Gegenstand gefällt, so mischt sich in unsere Aussage zu dem Gefallen an dem Gegenstand selbst so vieles, was den Erinnerungen angehört, die er in uns wachruft. Welcher Deutsche kann in der weiten Welt ein Mühlrad in grasigem Grunde gehen hören, ohne an Wilhelm Müllers Müllerlieder zu denken? Und welcher Engländer kann sich die schottische und nordenglische Landschaft ohne die Dichtungen und Dichter denken, die sie uns erst poetisch gemacht haben, von Ossian bis Scott und Wordsworth?

Das wird in der Regel keine so bestimmte Erinnerung sein wie die, durch welche uns irgend ein Ort, an den ein äußeres oder inneres Erlebnis sich knüpft, teuer wird. Solche bestimmte Erlebnisse stören vielmehr das Naturgefühl ebenso wie allzubestimmte geistige Verbindungen. Aber unsere Erinnerung ist so gefüllt mit Eindrücken von früher Geschehenem, daß in der sichtbaren Welt überhaupt kein ästhetischer Eindruck ohne die Wiederbelebung älterer zustande kommt. Das brauchen nicht eigene Eindrücke zu sein, es können von anderen übernommene dieselbe Wirkung üben. Besonders die Literatur ist für jeden von uns eine Quelle von Eindrücken, die im Anblick der Natur wieder erweckt werden, und es besteht sogar in einer viellesenden Zeit die Gefahr, daß die literarischen Eindrücke der Frische und Echtheit der natürlichen gefährlich werden.

Auch ohne Erinnern beeinflußt tätiges oder leidendes *Mitfühlen* unser Verhältnis zu einer Landschaft. Der unentwurzelbare Baum erinnert uns an den Menschen, der fest auf seinem Boden steht, das kühne dunkle Hineinragen und Abschneiden der Eiche in die Luft hat etwas Heldenhaftes, der vom Blitz hingestreckte Stamm ist ein Erschlagener, die Wolken ziehen bestimmten Zielen entgegen, nach denen sie unsere Hoffnungen mitnehmen oder unsere Botschaft tragen, die Erde erwacht im Frühling und stirbt im Herbst, die Quelle murmelt. Dort, wo in der Gebirgswand ein tieferer Einschnitt ist, sehen wir im Geist die Züge der Wanderer und der Waren, der Pilger und der Heere, sehen Tore zu Glück und Unheil offen, unter allen Umständen Tore der Hoffnung. Gäbe es in der Einförmigkeit des Tieflandes und des Hügellandes so viele Stellen, die uns vor anderen ansprechen, wenn wir nicht in sie Idyllen hineinlegten, die wir unter einer Baumgruppe im Schatten eines Kirchendaches vermuten: halb Erinnerung, halb Mit- oder Vorfühlen? Auf einer Wiese, die nichts besonderes für sich hat, trifft das Erwachen des Frühlings zusammen mit dem Erwachen in uns selbst der Lust an freier Luft, an Sonne, Grün und Blumen; das Erwachen der Natur an sich ist schön, es kommt uns aber noch schöner vor, weil wir miterwachen. Deshalb freuen uns auch im Frühling Dinge, die an sich uns kaum gefallen würden, wie das Quaken der Frösche, oder die wir kaum beachten würden, wie die kleine braune Knospe, die erst aufbrechen wird, oder die bescheidenste erste Blüte.

In dem Ausdruck „ein gefälliges, freundliches Tal" ist eine sehr naheliegende praktische Erwägung: Ein solches Tal ist gewöhnlich breit, fruchtbar, wohl angebaut, es erscheint uns freundlich und gefällig, weil es der Arbeit des Menschen entgegenkommt und sie mit Früchten lohnt. So erschien Nansen aber auch im Gedanken an die Rentiere, die es nähren konnte, sogar das Innere des gletscherumflossenen Ameralikfjordes lieblich mit seinen langgestreckten braunen Weideplätzen. Der Schatten des Baumes, vielleicht auch seine Früchte, das kühle Wasser der Quelle, das schwellende Moospolster spielen in unser Naturgefühl hinein. War doch die Bevorzugung der Ebenen vor der Zeit Albrecht von Hallers und Rousseaus eingestandenermaßen utilitarisch begründet. Eine höhere Empfindung ist die für *Lebensfülle* und *Lebensarmut.* Wenn Prschewalski den Eindruck der wüstenhaft einförmigen Gobi schwer, erdrükkend nennt und von der Totenruhe der Steppe spricht, so ist nicht bloß die Weite und Einförmigkeit, sondern auch die Lebensarmut und Unfruchtbarkeit gemeint. Eine andere Form des Ausdrucks für dieselbe Eigenschaft liegt in den Worten: demütig, stumm, uralt liegt die Heide.

Es ist allso nicht ein bloßes Hineinlegen von Gedanken an Leben, Vergehen, Werden usw., sondern ein wirkliches *Mitleben* und *Mitfühlen,* auch ein *Mitleiden.* Örsted nennt einmal den Wasserfall „eine Tropfenwelt" und charakterisiert ihn als ein Wesen von eigentümlichem Charakter, das die Einbildungskraft mit Vorstellungen von einem gewaltigen, obgleich willenlosen Kämpfen erfüllt. Aber den Willen und dessen Siegen oder Unterliegen bringen wir doch selbst hinzu. Wie kam's, daß Nachtigal selbst die Wüste herrlich fand, als er, aus Tibesti entflohen, sich als freier Mann in ihr fühlte? Die erkämpfte Freiheit vergoldete sie ihm: Ein weites, natürliches Wasserreservoir versah uns mit dem herrlichsten Getränk, die Felsen lieferten uns die geeigneten Mahlsteine, der Sand war weich und der Schatten köstlich. Nichts in der Welt liegt ja so weit auseinander, daß es nicht durch Punkte der Gemeinsamkeit verbunden werden könnte. Die Welt ist doch immer nur Eine. Diese Welt hat ihre Morgenröte und ihre Abenddämmerung und so ist auch das Wort Götterdämmerung gemeint. Und so hat das Leben des einzelnen seinen Morgen und seinen Abend, aus der Nacht steigt jener empor und dieser sinkt in dieselbe Nach hinab; und so sind wir von Nacht umgeben.

Gaudry erzählt in seinem *Essai de Paléontologie philosophique* (1896), wie ihn sogar der bläuliche Morgenduft, der die Umrisse ferner Berge nur durchscheinen läßt, manchmal an den morgendlichen Charakter seiner Wissenschaft erinnert habe.

Anders ist es mit ruhenden Gegenständen, deren Umrisse auf- und absteigende Linien zeigen. Volkelt sagt: Die gegen den Himmel sich abhebenden Linien einer Gebirgskette fordern besonders eindringlich zu phantasiemäßiger Auflösung in Bewegung auf. In den Linien selber scheint es zu klettern, herabzustürzen, sich leise zu senken, sich schwerfällig zu erheben, sich zu spalten und zu zerreißen, sich aufzubauen, zu türmen u. dgl. Der beliebte Vergleich der Gebirgsansichten mit erstarrten Wellen scheint aus demselben Eindruck zu entspringen, doch ist allerdings dabei immer auf die Starrheit Gewicht gelegt. Das oft nachgesprochene Ebelsche Bild „Ruine des Alpengebirges" zeichnet nur das ruhende Profil. Dagegen sagt Volkelt von einer wellenförmigen Hügelreihe, sie lasse ihn in der Einbildung ein wohliges Auf- und Niederschweben genießen, er mache gleichsam eine Wellenbewegung mit. Wenn ich mich nun selbst frage, so tritt in der Betrachtung jedes Hochgebirgsbildes, besonders aber beim Rundblick von beherrschender Höhe, das feste Gegründetsein der Berge, die Masse des Fundamentes und die Breite des Hingelagertseins allerdings so stark hervor, daß mir die Gipfel und Abhänge nur wie Krönungen eines gewaltigen, fest in sich ruhenden Baues erscheinen, deren Profil nicht die Macht hat, mein Gemüt zu bewegen. Ich kann einer Gebirgszeichnung gegenüber den Eindruck haben, daß die Linien voll Stärke, voll Empfindung schwingen. Aber der Natur gegenüber sehe ich zuerst Körper, Licht, Schatten, dann vielleicht Flächen, und ganz selten nur achte ich auf die Linien der Profile.

Um mir selbst Rechenschaft über die Gestalt der äußersten *Umrisse* der Dinge in einer Landschaft zu geben, habe ich Landschaftsphotographien nach den Umrissen der Berge, der Wolken, der Bäume ausgeschnitten, und ich war überrascht, wie ähnlich einander diese Umrisse sind, wenn man sie einfach als Silhouetten betrachtet, und wie wenig fähig, bestimmte Eindrücke hervorzubringen. Vom Bodenrelief befreit, haben sie ungemein wenig Individuelles, sind nur ein Wallen und Wogen. Kann man Pinien an einem Berghang besser schildern, als indem man sagt: wie dunkle Wolken ziehen sie an ihm hin?

Und bei den Wellen des Hügellandes frage ich mich, ob nicht der Grund meines Wohlgefallens die Variation des einfachen Themas in Verbindung mit der Fülle der Gegenstände sei? Auch empfinde ich immer im Anblick mäßiger Berge, die um den Horizont stehen, im Vergleich mit der Ebene, etwas *Befreundetes,* sie scheinen mir verwandt mit den Bäumen, die gegen die Luft abschneiden und mit allem, was emporstrebt eben selbst dazu! Ähnliche Empfindungen scheint Taine aussprechen zu wollen, wenn er von den Apenninen, von der Campagna gesehen, sagt: Sie sind weder zu nahe, noch zu hoch, sie erdrücken nicht wie die Pyrenäen, und sind nicht traurig wie die Sevennen. Ihre Linien haben etwas vollkommen Mildes und zugleich Edles. Wohl aber finde ich den flachen Bogen eines Flußlaufes nicht nur schön an sich, sondern empfinde außerdem Verwandtschaft zwischen dieser sanft geschwungenen Linie und sanften Bewegungen des Gemütes. Was wir in uns selbst als *Leben* empfinden, wendet sich eben allem zu, was Leben hat. Ein tiefes Mitfühlen mit allem Leben der Erde blüht aus diesem unbewußten Verwandtschaftsgefühl auf.

Stärker noch wird diese Empfindung bei manchen *Werken des Menschen.* Gehört nicht eine Bogenbrücke, wie sie sich von dem Ufer aufhebt, vom Wasserspiegel sich wölbend wegstrebt und sich wieder zu ihm hinabsenkt, zum anmutig Sprechendsten, was in einer Landschaft stehen kann? Wir bewundern immer auch zugleich ihre Leichtigkeit, in der, beim Vergleich mit dem lastenden Material, etwas Befreiendes liegt. Nicht umsonst haben die Japaner sie so oft gezeichnet. Das *Getreidefeld,* schön an sich, ist mit den Erinnerungen an Pflügen, Säen und Ernten, an die Hoffnungen und Befürchtungen verbunden, die die Gewinnung des täglichen Brotes umgeben. Ein Schein von der Heiligkeit des Brotes fällt auf seine Ähren. Sein Blühen und sein Reifen versinnlichen uns die Jugend und das Alter. Die Poesie des Getreidefeldes ist daher voll innig mitlebendem und mitleidendem Naturgefühl. Die natürliche Schönheit des Getreidefeldes kommt auch reichbewachsenen Steppen zu, wo die Weite der Flächen sie fast ins Erhabene steigert. Daher finden wir die Poesie der Getreidefelder vor allem bei den Steppensängern. Mickiewicz hat ihr wohl am frühesten starken Ausdruck verliehen, besonders dem regungslosen Stehen, „aufblickend mit gesträubten Halmen zum Himmelszelt" eines Getreidefeldes in der Mittagshitze oder in der Stille, die einem Sturm vorhergeht. Adalbert Stifter hat dieser Poesie oft gedacht. Wie das junge Getreide im Morgentau steht und schimmert, das blühende duftet und das hochgewachsene sich dir wogend ans Herz legt, hat er auf deutsch zuerst gesagt. Das Gelb eines Getreidefeldes ist freilich fahl im Vergleich mit anderen Farben, aber es ist altes Gold darin; es ist eine edle Farbe der Reife und damit eine verheißungsvolle zugleich.

Wir haben schon auf die Verwandtschaft des Tales und des Weges im Bilde hingewiesen, die uns in dasselbe gleichsam hineinziehen. Diese Wirkung des Tales und des Weges sind aber nur besondere Fälle der Regel, daß die *Tiefe* einer Landschaft uns zu einem besonders regen Mitleben anregt. Das fühlen wir schon, wenn horizontale Flächen, seien es Flächen des Meeres, des Sees, der Wüste, der Steppe, die Seele fort- und hinausziehen, einem unbegrenzten Unbekannten zu. Der Weg, das Tal, der Fluß, sogar die Furche des Ackers, konzentrieren dieses Gefühl. Die Tiefe einer Naturszene ist immer eindrucksvoller als die Höhe. Man kann die Güte jedes Landschaftsbildes nach dem Eindruck von Tiefe bemessen, den es macht. Ein Bild, das Tiefe mit solcher Schärfe verbindet, daß wir alles deutlicher als gewöhnlich zu sehen glauben, und über welchem außerdem noch Stimmung liegt, ist sicher, uns zu gefallen, uns zu fesseln. Man denke sich einen Buchenhain als Fläche, was ist er, als ein Wechsel grauer und lichter Vertikalstreifen? Alles Geheimnis hört auf. Das

Feierliche, das in der Tiefe der Baumsäulenhalle liegt, verwandelt sich in das Gewöhnliche, Flache.

Auch bei Bildnissen erhöht das *Herauslösen* und Herauslesen einer Gestalt aus dem Helldunkel den Genuß; denn wir wirken dabei mit. Es ist selbstverständlich, daß wir die Tiefe, die das Wesen und daher das überzeugendste Zeugnis der Körperlichkeit des Bildes ist, vom Landschaftsmaler in erster Reihe verlangen, für den sie auch die erste und größte Schwierigkeit bildet. Aber auch der Naturschilderer muß auf sie bedacht sein. In der Regel macht dieser sie rasch mit dem Hintergrund ab, das genügt aber nicht; denn wir wollen auch von dem wissen, was dazwischen ist, und wollen wenigstens ahnen, wie weit dieser Hintergrund entfernt ist.

Von der Auffassung, als könne man aus dem Schönen die Gründe seiner Wirkung auf unser Gemüt ohne weiteres aussondern, geht *Schopenhauer* aus, wenn er das Schöne und das Interessante einander gegenüberstellt: das Schöne als Wiedergabe der Idee, die nur an unser Erkennen sich richtet, wobei der Wille ganz aus dem Spiel bleibt, und das *Interessante* als ein an unseren Anteil sich wendendes, also auf unseren Willen wirkendes. Sonderbarerweise spricht er der bildenden Kunst das Interessante ab, nur die Dichtkunst soll unser Interesse erwecken durch das größte Maß von Wahrheit, wodurch ihre Werke der Wirklichkeit nahekommen: Sie täuschen uns für den Augenblick und nehmen uns dadurch gefangen. Da nun Wahrheit zur Kunstvollendung gehöre, sei das Interessante in der Dichtkunst nicht vom reinen Schönen zu trennen. Von dem Naturgefühl ist hier nicht die Rede. Wer möchte aber gerade in der Landschaft die reine Schönheit der Idee der Natur streng trennen von dem, was uns zu Herzen spricht, unsere Erinnerungen wehmütig oder wohltuend berührt? Wenn man schon in der Dichtkunst das Interessante nicht aus dem Schönen mehr herauszulösen vermag, weil beide sich in der Wirkung vereinigen, so ist in der „Stimmung“ der Landschaft vollends keine Möglichkeit der Trennung beider Empfindungen mehr möglich. Was ist denn die Stimmung in einem Corotschen oder Wilroiderschen Waldinneren anders als die Wiederbelebung einer Erinnerung, die vielleicht tief in unserer Seele geschlafen hatte? Es wird ja in der Regel keine bestimmte Erinnerung sein. Aber diesen kleinen Wasserspiegel mit dem Reflex eines Stückchens Abendhimmel unter den dunklen Baumkronen zeigt mir dieses Bild nicht zum erstenmal; indem ich das Bild betrachte, erfaßt mich eine Stimmung, es gleitet über meine Seele wie ein Schatten einer alten Erfahrung. Ich könnte sie freilich nicht genau mehr bezeichnen; manchmal gelingt es aber doch. Als Knabe botanisierte ich in einem feuchten Walde am alten Rhein bei Knielingen. Plötzlich stand ich an einem Tümpel, der voll Seerosen war, zwischen deren schönen glänzenden Blättern sich die seltsamen Säulchen der *Hippuris* dicht heraufdrängten; und dazu noch lagen auf dem kleinen Bach, durch den das Seelein abfloß, die merkwürdigen Schwimmblätter der *Trapa natans.* Schöne Dinge, für den Knaben, Schätze, die ihn erbeben machten! Nie kann ich seitdem auf einem Landschaftsbild einen Tümpel mit Seerosen erblicken, ohne daß die Empfindung des Schatzfindens wieder lebendig wird, wie in jener Stunde. Und wem, der Erfahrungen von einsamem Streifen durch Wald und Feld hat, erweckt nicht Novalis' Schilderung der blauen Blume die Erinnerung an den Eindruck, den eine noch nicht gesehene Lilie oder Orchidee machte, die er auf einer stillen Waldwiese zum erstenmal stehen sah? Wen ein Edelstein oder ein Goldkorn aus dem Schutt anstrahlt, der kann nicht beglückter sein als der Pflanzenfreund, der zum erstenmal die größte unserer Orchideen, den geheimnisvoll braungolddunklen Frauenschuh, Cypripedium, in solcher Umgebung erblickt. Er ist beschenkt, bereichert. Jedes der Natur vertraute Gemüt ist voll solcher persönlicher Erinnerungen. Vielleicht liegt es daran, daß er zufällig sehr wenig davon hatte, wenn Schopenhauer dieses „Interessante“ so einseitig in der Dichtkunst suchte. Denn Schopenhauer war ein Stubenhocker, seine Naturbefreundung war so schwach wie seine eigene Naturerfahrung, und was er vom Naturgenuß sagt, ist so trocken wie Blumenblätter, die lange zwischen den Seiten eines alten Buches gelegen haben. Goethe hatte ein ganz anderes Verhältnis für die Natur. Der vergleicht den Nachhall großer Gegenstände der Natur in dem, der das Glück gehabt hat, sie zu sehen, mit dem Eindrucke, den die Menschen von großen ungewöhnlichen Handlungen mit sich nehmen, deren Zeuge sie einmal gewesen sind; beide vermögen dem ganzen Wesen eines Menschen „einen durchziehenden guten Geschmack zu geben“.

Ein dauerndes Zusammenleben mit bestimmten Naturgegenständen bringt den höchsten Grad des Einfühlens, den wir *Einleben* nennen. Da umschlingen Erinnerungen die Natur so dicht, und es leben in den Seelen der Menschen so feste Eindrücke, daß ein Hinüber und Herüber von Wachsen und Entwickeln zwischen der Natur und den Seelen eintritt, und diese Natur ein Teil unserer eigenen Existenz wird. „Indem nun die Pflanzen immer mehr Wurzel schlugen und Zweige trieben, fühlte sich auch Ottilie immer mehr an diese Räume gefesselt.“ (Wahlverwandschaften.) Die Worte „Meine Heimat“ und „Heimatsgefühl“ bezeichnen dieses Verhältnis. Bei kleineren Völkern wird dies Gefühl geschichtlich und schafft große Wirkungen. Man denke sich die Juden auf ihrem syrischen Fleck Erde, wo so mancher Hügel, Fels oder Baum von der Geschichte der Vorfahren erzählte. Das Land, wo dieses Volk an manchen Zeichen der äußeren Natur das Walten seines Gottes erkannt hatte, war nicht bloß vermenschlicht bis auf den letzten Stein, sondern vergöttlicht. Denken wir an Holland, wo der Boden selbst eine Geschichte hat, die mit der seines Volkes an Bewegtheit wetteifert, und beide aufs engste verschlungen und miteinander endlich noch künstlerisch verklärt sind.

Es sind wesentlich diese Beziehungen, die den *landschaftlichen Geschmack* in verschiedenen Zeiten so verschieden gestaltet haben; denn jede Zeit legte ihre Empfindungen in die Natur. Wer möchte heute Graburnen in jeder Ecke eines Parkes, wer von künstlichen Ruinen die Beggipfel gekrönt sehen? Welchen Landschafter drängte es heute, seltene Prachtexemplare von Platanen oder Steineichen in heroische Landschaften zu stellen? Auch die Begeisterung für wirkliche Ruinen ist mit der ganzen romantischen Stimmung zusammengeschwunden. Dahin gehört auch der idyllische Charakter des Naturgefühls der Alten und der Schäferdichter der Renaissance. Eines Tages, wenn man z. B. mühelose Fernblicke von Luftschiffen aus genießt, wird man vielleicht dazu auch die jetzt noch so einseitige Vorliebe für das Hochgebirge rechnen, die die Landschaftsmalerei schon aufgegeben hat.

Bleiben werden natürlich immer jene Verbindungen, welche die großen und notwendigen Züge alles Lebens und alles Geschehens miteinander in Verbindung setzen. So wie der Vergleich des Blutkreislaufsystems des Menschen mit einem vielverzweigten Baume in der Übereinstimmung des organischen Wachstumes beider liegt, so liegt der Gedanke an unser eigenes Altern und Sterben angesichts der fallenden Blätter in jedem Herbst uns so nahe, wie es einst dem Homer lag. Er kann nicht veralten und wird künftigen Geschlechtern stets ebenso nahe liegen wie den heutigen.

Die Auffassung der Natur *nach den Formen des menschlichen Lebens* und den Anschauungen der Menschen ist überhaupt nicht einem oder dem anderen Volke eigen, sondern gehört auf einer tieferen Stufe der Entwicklung allen Völkern. Seit Herder diese „subjektive Naturauffassung" als die Art der hebräischen Dichtung gekennzeichnet hat, ist sie in der Poesie und Mythologie aller Völker erkannt worden, die noch nicht bis zur weltlichen Poesie und Wissenschaft durchgedrungen sind. Bei Habakuk sind die Wellen die Hände des Meeres, bei Hiob ist die Welt ein Haus mit Grundstein und die Wolken sind die Windeln des Meeres; aber die ganze Erde als Mutter, den Himmel als Vater der Schöpfung sich vorzustellen, ist den Polynesiern ebenso geläufig wie den Altamerikanern, und die Schöpfung des Menschen aus einem Erdenkloß ist ein Sproß dieses Mythus, wie das Maoribild der Sonne, die der säugenden Mutter Erde am Busen liegt. „Mutter Erde" war den Peruanern ebenso geläufig, wie unserer eigenen Sprache, aber sie war allerdings zugleich auch „die Frau, die alle Dinge begräbt."

Der *geschichtliche Hauch,* der überall dort die Natur umwittert, wo der Mensch gewesen ist und gewirkt hat, oder den wir wenigstens zu fühlen glauben, schwankt natürlich mit der Auffassung, die wir von der Geschichte uns bilden. Wir können nicht mit dem Araber empfinden, der in den Wüstenklippen ein Medîna el kafirîn, eine Stadt der Ungläubigen, sieht; der Geisterhauch und der geistige Hauch, der für ihn darüber schwebt, bewegt uns nicht. Wir können aber mit ihm die erhabenen Gefühle teilen, die seine heiligen Stätten ihm einflößen, wenn wir sie auch nicht so stark empfinden wie in Jerusalem. Und so mit jedem Volke. Das Malerische hat jederzeit etwas Geschichtliches. Es ist aus der Regelmäßigkeit und Frische heraus unregelmäßig und alt geworden, und darin liegt eben sein Malerisches. *Es hatte was erlebt.* Es ist aber ganz verkehrt, das Malerische nur im Zerfall zu suchen, so wie z. B. Lotze sagt: Malerisch ist nicht der symmetrische Kristall, die regelmäßig gewachsene Pflanze. Eine Kristalldruse sollte nicht malerisch sein, in der ein so reiches und kräftiges Werden sich äußert? Warum soll überhaupt nur das Vorgehen und nicht auch das Werden Malerisches bewirken, wo doch Werden und Vergehen wie Licht und Schatten zusammengehen? Das „Wechselverständnis", wie Lotze den Zug von Gemeinsamkeit in den Produkten einer Handlung, eines Ereignisses bezeichnet, kann auch in den gemeinsamen Entstehungsbedingungen gegeben sein.

Der *Gegensatz der unorganischen Natur* zum Menschen ist zu allen Zeiten empfunden worden. Ihn konnte auch nicht die mythologische Vorstellung überbrücken, daß beide, Starres und Belebtes, aus der Hand desselben Schöpfers hervorgegangen seien; und selbst, wo der Mensch sich als Sohn der Erde dachte, blieb, wie das Meer, die Wolke, ihm fremd. Es ist nur die Steigerung eines Urempfindens, wenn nun für neuere Dichter besonders der Gegensatz des über unsere Leiden und Freuden gleichgültig fortwogenden und wegstürmenden Meeres zum Fühlen und Handeln der Menschen eine unerschöpfliche Quelle von Kontrasten zum Denken und Fühlen der Menschen geworden ist: Die Gezeiten kommen und gehen, die Wellen brechen sich immer in denselben Formen an den gleichen Klippen und vor dieser Bewegung schwindet das menschliche Leben zusammen. Etwas zu häufig angewendet, wie bei Pierre Loti, droht indessen dieser Gegensatz sich zu verbrauchen, sowie die grundverwandte sentimentale Naturauffassung Rousseaus und seiner Nachfolger.

In der sentimentalen Naturauffassung ist es nicht das Weinerliche an sich, die getrübte Seelenstimmung, was uns abstößt, als vielmehr der *Mangel an*

Stärke und Größe. Gerade der Natur gegenüber, die groß und stark ist, wollen wir nicht den Egoismus einer schwachen Seele sich ansaugen, sich breitmachen sehen. Wir sympathisieren auch schwerlich mit einem Reisenden, der sich nichts anderes zum Ziel setzt, als die „schönen Gegenden, die er sich nach den Beschreibungen nicht entzückend genug vorstellen konnte, zu betrachten, sein Herz bei ihrem Anblick zu erwärmen und dadurch seiner Einbildungskraft Stoff zu einer Menge von Bildern zu verschaffen, mit denen er sich einst in den Stunden der Erinnerung in angenehme Träume einwiegen wollte."

Die wissenschaftlichen Assoziationen

Bei dem Naturfreund, der 'wissenschaftlich die Natur anzusehen gelernt hat, sind die wissenschaftlichen Assoziationen die wichtigsten von allen. Nächst dem Glauben sind sie überhaupt die größte und wirkungsvollste Assoziation des Naturgefühls. Sie lassen uns geradezu keinen Gegensatz der Natur erblikken, ohne die Gesetze seiner Erscheinung oder sein Werden und Vergehen oder seine natürlichen Verwandtschaften uns in die Erinnerung zu rufen. Der Naturgenuß wird vergleichend, er vervielfältigt seine Objekte, vertieft sich aber zugleich. Selbst Erinnerungen an die Geschichte der Wissenschaft spielen herein: Die Frösche des Galvani, die Zwischenkieferstudien oder die Urpflanze Goethes verklären Gegenstände, die uns sonst ganz gleichgültig wären. Sie machen, wie die Liebe, selbst die häßlichsten Gegenstände interessant.

Als ich zuerst die brennend roten und gelben Farben eines *nordamerikanischen Herbstwaldes* sah, fand ich sie grell, aber da sie als eine große Naturerscheinung zur selben Zeit alle Wälder vom Oberen See bis zum Golfe in dieselben Farben tauchten, fesselten sie mich so, daß bald alle farbenästhetischen Bedenken schwiegen und ich freute mich ihrer wie eines Sonnenunterganges, bei dem man auch vergißt zu fragen, ob nicht etwas zu viel Rot darin sei. Eine andere, spätere Herbstfärbung ist das schmutzige Schwarz, das unter dem Einflusse der herbstlichen Nässe die gefallenen Blätter annehmen; es ist gewiß nicht so schön wie das gesunde Braun oder Gelb früherer Wochen; aber kann man es nicht als die Vorbereitung zu der befruchtenden Erde ansehen, die daraus im nächsten Frühling Nahrung geben, Blätter, Blüten treiben soll?

In der *Verbindung des scheinbar Zufälligen mit dem Gesetzlichen* liegt eine tiefere Schönheit, zu deren Erkenntnis uns ebenfalls nur die Wissenschaft führt. Ich wandere im Vorfrühling durch eine flache Landschaft, da liegen die *Reste der Schneedecke* in Streifen und Flecken am Bachrand hin, äußerst verschieden an Größe und Gestalt: Wasser zum Wasser gesellt. Der weißliche Himmel ist voll Feuchtigkeit, das Wasser fließt wie träumend unter ihm, hat nichts zu reflektieren, die Erde aber ist bereit, alle diese Feuchtigkeit in sich aufzunehmen und ihre organische Triebkraft damit zu befruchten: Da fehlt nur noch der Ozean, um die Hydrosphäre in ihrer ganzen Vielgestaltigkeit und Bedeutung vor Augen zu führen. Bei der Betrachtung eines *Bergkristalls* ist es die Schärfe seiner Kanten, der Glanz seiner Flächen, die Durchsichtigkeit seiner Masse, die Regelmäßigkeit seines ganzen Aufbaus, die mich erfreuen. Steigert es nun mein Wohlgefallen am Kristall, wenn ich ihn als Erzeugnis allgemein und gesetzmäßig im Raume wirkender Kräfte auffasse? Die erste Wirkung solcher Betrachtung ist wohl, daß ich den Bergkristall nicht mehr für sich allein betrachte, sondern im Vergleich mit vielen anderen Kristallen überhaupt sehe, wodurch eine Fülle von Variationen über das Thema Kristall auftaucht, meine Anschauung bereichernd und mannigfaltiger gestaltend. Ich bin nun in der Lage eines Mannes, dem sein heimisches Gebirge an sich gut genug gefiel, dem aber, seitdem er viele andere durchwandert hat, die Erinnerung an diese alle den gewohnten Anblick noch bereichert, verklärt. Aber außerdem hat mich das Eindringen in das Wesen der Kristallisation Eigenschaften der Kristalle kennen gelehrt, die nicht sinnenfällig sind, die ich mir aber zu dem einfachen Bilde des Bergkristalls hinzudenke; auch sie bereichern meinen früheren Eindruck. Im späteren 18. Jahrhundert kann man in den Naturschilderungen recht gut einen Einfluß der jungen Wissenschaft der Mineralogie bemerken, die den Blick der Naturfreunde für die Farben und Formen alles Gesteinshaften schärfte.

Man kann ein *Gebirge* schön und erhaben finden, ohne zu wissen, wie es geworden ist, ja, ohne nur daran zu denken. Viele Geschlechter von Menschen haben vor uns die Schönheit und Erhabenheit der Gebirge empfunden, die sie einfach als Werke des Schöpfers hinnahmen. Bei der Betrachtung des Gebirges sofort an die Kraft zu denken, die es emporgehoben hat, oder an die Kraft, die zu seiner Besteigung erfordert wird, wie Fechner verlangt, ist Sache weniger und ist jedenfalls nicht die nächstliegende Assoziation.

Es ist aber etwas anderes, wenn mich das wissenschaftliche Forschen über die Natur des Gebirges vor falschen Anschauungen bewahrt, die vielleicht meine Vorstellung von dem fälschen würden, was an dem Gebirge schön und erhaben ist. Die Naturschilderung der Reisenden sind voll von Beispielen dafür, daß man eine Sache erst recht sieht, wenn *man sich über ihre Natur klar ist.* Die bis in die ersten Jahrzehnte des 19. Jahrhunderts üblichen Erklärungen der *Felsenmeere* des Odenwaldes, Fichtelgebirges und anderer Granitgebirge durch gewaltige Erdumwälzungen, denen Goethe selbst entgegengetreten ist, waren für die Naturschilderung direkt schädlich, denn sie brachten ganz unfaßbare fremde Dinge herbei, wie „Urlager", aus denen der Granit herausgeschleudert worden sei, große Fluten, Erdzerreißungen u. dgl., die den Sinn von der einfachen Wirklichkeit ablenkten, die Anschauung trübten.

Otto von Kotzebues Schilderung der Gestade von Kamschatka ist z. B. durch die falsche Anschauung von Gebirgsbildung vollkommen mißlungen. Diese Anschauung hat ihn verhindert, recht zu sehen. Er nennt sie eine Anhäufung dicht zusammengedrängter kegelförmiger, zum Teil sehr hoher, zum Teil niedriger Granitberge, deren eckige und zackige Gestalt auf den ungeheuren Kampf der Elemente deutet, unter welchem die Erde sie aus ihrem Schoße hervorgestoßen hat.

Kamschatka ist aber eine vulkanische Halbinsel voll regelmäßiger Kegelberge. Eschwege schließt aus der Gleichhöhe der Gipfel der Serra die Itacolumi auf „eine gewisse Harmonie" bei ihrer Bildung, statt an ihr Herausgeschnittensein aus einem gleichen hohen Block zu denken, und seine künstliche Erklärung trübt uns das Bild.

Immer wird eine einfache, *ungesuchte Erklärung* der Entstehung einer Landschaft der Schilderung dieser Landschaft am besten dienen. Ich möchte sagen, daß gerade in der harmonischen Einfügung einer Erklärung in die Tatsachen der Natur auch ein Prüfstein ihrer gesunden Einfachheit liegt. Je weniger Fremdes und Gewaltsames eine Erklärung heranzieht, je näher sie bei der Wirklichkeit bleibt, desto besser harmoniert sie mit der Schilderung. Es zeigt sich dann, daß zwar der Grund des Schönen nicht bedingt ist durch die verstandesmäßige Einsicht in seine Gründe, daß aber diese wohl imstande ist, ihn zu reinigen und in günstigem Sinn zu lenken.

Die Schönheit der Pflanzen und Tiere und so vieles, was uns am Menschen gefällt, liegen in dem Aufbau der Organismen aus zahlreichen oder vielmehr unzähligen Elementarkörpern, den *Zellen.* Was hat diese allgemach weit bekannt gewordene Tatsache mit der Naturschilderung zu tun? Auch die Zusammensetzung der einzelnen Zelle hat ihre ästhetische Bedeutung; auf sie möchte ich aber hier nicht eingehen; denn vom inneren Bau der Zellen wissen wir wenig. Dagegen führen vor allem zwei große Ursachen der Schönheit der pflanzlichen Gebilde auf den Zellenbau zurück: das Zierliche und Feine, das Leichte und Schwanke in den Blättern und Blüten und dann die Farbenabschattierungen, die von der Verteilung färbender Stoffe, meist in Körnchenform, von einer Mutterzelle aus oder längs einer Zellenreihe herrühren. Die Zellenlehre hilft mir also zu verstehen, warum gewisse Dinge so schön sind, wie ich sie sehe, und sie gibt mir den Schlüssel zum Verständnis des Unterschiedes der organischen Schönheit von der unorganischen.

Die *großen Zusammenfassungen* haben ihren geistigen Wert für sich. Unabhängig von dem Nutzen, den sie unserer Einsicht gewähren, ist die Erhebung, die unser Geist auf dem Gipfel einer hologäischen Betrachtung erfährt. Es ist etwas von einer Fernsicht darin, bei der es uns weit ums Herz wird. Was wir sehen, ist nicht eine Summe von Einzelheiten, und was wir empfinden, ist nicht um so viel stärker, als die Summe größer ist als das einzelne, sondern der Welt jedes einzelnen ist durch den Zusammenhang gewachsen.

Ganz ins *Geistige*, ins Abstrakte wird das Naturgefühl gehoben, wo es sich auf Begriffe richtet, die nur gedacht, nicht gesehen, gehört oder gefühlt werden können; dieselben behalten immer etwas Fernes, Kaltes. Wenn Kant aus der unermeßlichen Größe des Weltgebäudes von allen Seiten unendliche Mannigfaltigkeit und Schönheit hervorleuchten sieht, die ihn in ein stilles Staunen versetzt, so liegt uns diese ästhetische Bewunderung kaum näher als die wissenschaftliche, daß „so viel Pracht, so viel Größe aus einer einzigen allgemeinen Regel abfließe.“ Beide sind uns Reflexionen, die wir erst anstellen können, wenn wir einen sehr hohen Punkt erreicht haben.

Sibylle Glanzmann

Leben in den Wäldern?

Das Ideal der Vita contemplativa bei Henry David Thoreau

I. Einleitung

Der Ungehorsame, von dem hier die Rede sein soll, wurde am 12. Juli 1817 in Concord als Sohn einer protestantischen Familie geboren und auf den Namen David Henry getauft, einen Namen, den er in einem ersten Akt ‚zivilen Ungehorsams' in Henry David verkehrte, um der Gesellschaft seine Unabhängigkeit zu beweisen. Henry David Thoreau, wie er fortan hieß, blieb ungehorsam sein Leben lang und es ist wohl kein Zufall, daß er durch einen Essay mit dem Titel „Civil Disobedience"[1] berühmt wurde.

Der Ungehorsam Henry David Thoreaus machte sich zunächst durch kleine Eigenwilligkeiten bemerkbar, die eher harmloser Natur waren: in der Schule trug Henry David statt des vorgeschriebenen schwarzen Überrocks einen grünen und war als schüchterner, aber trotziger Einzelgänger bei seinen Klassenkameraden nicht eben beliebt. Mit sechzehn Jahren begann er auf der Harvard Universität ein Griechisch- und Lateinstudium, welches er ziemlich lustlos absolvierte: zwar liebte er die Klassiker und übersetzte sogar das klassische Drama zum Thema ‚ziviler Ungehorsam' – die ‚Antigone' von Sophokles – ins Englische; er konnte sich jedoch weder mit den autoritären Lehrmethoden noch mit seinen Kommilitonen befreunden. Nach dem Studium wurde Thoreau für kurze Zeit Lehrer in Concord. Obwohl hohe Lehrerarbeitslosigkeit herrschte und Thoreau für die Lehrstelle in seinem Heimatort eigentlich hätte dankbar sein müssen, kündigte er seine Stelle freiwillig schon vierzehn Tage, nachdem er sie angetreten hatte, weil er von seinen Vorgesetzten dazu angehalten worden war, bei seinen Schülern die Prügelstrafe anzuwenden. Von nun an war Thoreau auf der Wanderschaft von Stelle zu Stelle: er arbeitete als Privatlehrer, als Journalist, in einer Bleistiftfabrik und als Landvermesser. Nebenbei schrieb er. Die meiste Zeit verbrachte er jedoch als „selbstangestellter Inspektor von Schneestürmen, Regengüssen und Gewittern"[2] in den Wäldern um

Concord. Begreiflicherweise hatten seine schwer arbeitenden Mitbürger wenig Freude an Thoreaus unstetem Lebenswandel, was dieser wiederum nicht verstehen konnte: „Wenn ein Mann täglich einen halben Tag aus Naturliebe durch die Wälder wandert, läuft er Gefahr, ein Taugenichts genannt zu werden; wenn er dort aber den ganzen Tag als Spekulant zubringt, der diese Wälder abholzt und die Erde vorzeitig kahl macht, so wird er als fleißiger Bürger mit Unternehmergeist eingeschätzt."[3] Einer der wenigen, die dem ‚Taugenichts' Verständnis entgegenbrachten, war Ralph Waldo Emerson, der ebenfalls in Concord lebte. Emerson war der Begründer des sogenannten ‚Neuengland Transzendentalismus', einer philosophischen Bewegung, die sich am deutschen Idealismus orientierte und sich gegen Materialismus und Pragmatismus wandte.[4] Zwischen Thoreau und dem vierzehn Jahre älteren Emerson entwickelte sich eine tiefe Freundschaft, obwohl sich Thoreau als äußerst widerspenstiger und unbequemer Freund erwies. Während Emerson ein erfolgreiches bürgerliches Leben führte, gab sich Thoreau keine Mühe, ein nützliches Mitglied der Gesellschaft zu werden: er war und blieb ein radikaler Nonkonformist. Das Leben galt ihm als ein „Experiment", das man ganz alleine durchzuführen hat und bei dem einem auch die besten Freunde nicht behilflich sein können: „Ich habe dreißig Jahre auf diesem Planeten gelebt, hätte aber noch die erste Silbe wertvollen ... Rates von den Älteren zu vernehmen ... Da ist das Leben – ein zum großen Teil von mir noch nicht ausgeführtes Experiment. Was hilft es mir, daß *sie* es ausführten?"[5] Daß Thoreau in jeder Hinsicht auf eigenen Füßen stehen wollte, war wohl der Grund dafür, daß er in der Gesellschaft nie so richtig Fuß fassen konnte. So unbeständig er im zwischenmenschlichen Bereich auch war, so standhaft versuchte er, sich selber treu zu bleiben und seine Überzeugungen in die Tat umzusetzen.

Bevor nun über das Gelingen oder Misslingen von Thoreaus Lebensexperiment geurteilt werden soll, sei vorausgeschickt, daß er dieses Experiment ausdrücklich *nicht* zur Nachahmung empfohlen hat und daß die Hippies und all die andern, die sich den Namen Thoreaus aufs Banner geschrieben hatten, einem Irrtum erlegen sind.[6] Hätten sie Thoreau genau gelesen, hätten sie bemerken müssen, daß er mit naivem Hedonismus nichts gemein hatte, und daß er jeder Massenbewegung, die sich auf ihn berief, mit Mißtrauen begegnet wäre, schrieb er doch: „Ich möchte um keinen Preis, daß irgend jemand meine Lebensweise befolge; denn abgesehen davon, daß ich, ehe er sie ordentlich gelernt hat, schon wieder eine andere für mich gefunden haben kann, wünsche ich auch, ... daß jeder recht sorgfältig trachtete, seinen *eigenen* Weg zu finden ...".[7]

II. Das Ideal der Vita contemplativa bei Thoreau

II.1. Thoreaus Kritik der Vita activa in der entstehenden Industriegesellschaft

Am amerikanischen Unabhängigkeitstag 1845 zog sich Henry David Thoreau in die Einsamkeit zurück. Mitten in den Wäldern um Concord am Walden-See hatte er sich eigenhändig eine kleine Blockhütte gebaut, in welcher er in der Folge zwei Jahre als Einsiedler verbrachte.

Thoreau zog sich aus einer Gesellschaft zurück, die am Anfang der Industrialisierung stand. Amerika befand sich in Aufbruchstimmung und sein grenzenloser Optimismus zog jährlich unzählige Einwanderer an, die in Europa wenig zu verlieren hatten und in der ‚Neuen Welt' vieles zu gewinnen hofften. In diesen Hoffnungen wurden sie bestärkt durch den technischen Fortschritt, der in Amerika zur Verwirklichung der kühnsten Träume der Menschheit zu führen schien. 1822 war in Lowell, in der Nähe von Thoreaus Heimatort, die erste Textilfabrik errichtet worden, und zahlreiche technisch-utopische Romane beflügelten die Phantasie der Amerikaner so sehr, daß sie geneigt waren, an die nahe bevorstehende Ankunft des Paradieses auf Erden zu glauben, in dem die Menschen alle Arbeit den Maschinen überlassen würden.[8]

Thoreau, der dem technischen Fortschritt stets skeptisch gegenüberstand, vermochte den Enthusiasmus seiner Landsleute nicht zu teilen. Er konstatierte nüchtern, daß die Menschen seit Beginn der Industrialisierung so hektisch und rastlos arbeiteten, wie sie es bis anhin noch nie getan hatten und daß sie – statt die Arbeit den Maschinen überlassen zu können – in Gefahr gerieten, selber nur noch wie Maschinen zu funktionieren: „Tatsächlich hat der arbeitende Mensch Tag für Tag keine Muße zu einer wahren Ganzheit; er kann die Zeit nicht aufbringen, die menschlichsten Beziehungen zu den Menschen zu unterhalten; seine Arbeit würde auf dem Markte im Werte sinken, und er hat keine Zeit, etwas anderes zu sein als eine Maschine."[9]

Obwohl die Industrialisierung erst in ihren Anfängen steckte, erkannte Thoreau bereits die drohende Entmenschlichung der Gesellschaft durch die hektische Dynamik der technologischen Entwicklung. Stellvertretend für diese gesamte Entwicklung kritisierte er immer wieder die Eisenbahn, auf welcher „nur wenige fahren, die übrigen aber überfahren"[10] würden. Die zivilisierte Menschheit hatte den ‚Wettlauf mit sich selbst'[11] aufgenommen, und das irdische Paradies rückte in immer weitere Ferne.

Wohl verdienten die meisten Menschen mehr, aber ebenso schnell wie der technische Fortschritt wuchsen auch ihre Bedürfnisse, die nun weit über das Lebensnotwendige hinauszielten. Thoreau diagnostizierte, daß das Zeitalter des Überflusses angebrochen sei, in dem „jeder achtbare Bürger in allem Ernst" der Überzeugung huldige, „daß er, ehe er stirbt, für eine gewisse Anzahl überflüssiger Lackstiefel, Regenschirme und leerer Besuchszimmer für leere Gäste zu sorgen"[12] habe. Wenn jedoch das Resultat all der Arbeit und Mühe schließlich nur der Besitz von überflüssigen Dingen ist, dann – so folgerte Thoreau – möge diese Arbeit recht sein für Menschen, die „dadurch von gröberem Unfug abgehalten werden"[13]. Er für seinen Teil sei der Ansicht, daß es besser sei, das zu verwirklichen, „was die Orientalen Beschaulichkeit und Arbeitsenthaltung nennen."[14]

Thoreau warf der entstehenden Industriegesellschaft also eine Vita ‚hyper'-activa vor, die sich am Ende in Äußerlichkeiten erschöpfte und die Menschen ihrer Menschlichkeit beraubte. Denn gerade das, was den Menschen ausmacht und vom Tier unterscheidet, nämlich die Fähigkeit, sein Handeln kritisch zu reflektieren, sah Thoreau durch die übertriebene Betriebsamkeit der technisierten Welt in immer stärkerem Masse bedroht: „Es wird zu schnell gelebt. Man glaubt, es sei zweifellos notwendig, daß die Nation ... Eis exportiere, daß man durch den Telegraphen sprechen und dreißig Meilen in der Stunde fahren könne ... Ob wir aber wie Paviane oder Menschen leben sollen, ist nicht ganz so sicher."[15]

Als sich Thoreau an den Walden-Teich zurückzog, wollte er nicht ‚zurück zur Natur', sondern zu einer wahren Kultur des Menschen. Er wollte sich in Ruhe und Abgeschiedenheit jener Kunst widmen, die er für die höchste aller Künste hielt, nämlich dem eigenen Leben die Form eines Kunstwerkes zu geben.[16] Es war also nicht selige Naturverträumtheit, sondern der Wunsch, die Kultur der menschlichen Lebenskunst hochzuhalten, was Thoreau zu seinem ‚Leben in den Wäldern' bewog: „Ich zog in den Wald, weil ich den Wunsch hatte, mit Überlegung zu leben, dem eigentlichen, wirklichen Leben näherzutreten, zu sehen, ob ich nicht lernen konnte, was es zu lehren hatte, damit ich nicht, wenn es zum Sterben ginge, einsehen müßte, daß ich nicht gelebt hatte. Ich wollte nicht das leben, was nicht Leben war; das Leben ist so kostbar ...".[17]

II.2. Kontemplation als distanzierte Betrachtungsweise

Thoreau wollte am Waldensee eine Lebensform verwirklichen, welche der Hektik seiner Zeit entgegenstand: er wollte ein kontemplatives Leben führen. Das Ideal der Kontemplation stammt aus der Antike: Platon und Aristoteles priesen die Vita contemplativa als diejenige Lebensform, die den Menschen zur Eudämonie führe. Das Christentum konnte auf das antik-heidnische Lebensmodell der Kontemplation zurückgreifen, ohne dabei in ideologische Schwierigkeiten zu geraten, hatte sich doch Jesus selbst eindeutig auf die Seite der Beschaulichkeit gestellt.[18] Thoreau stand also mit seinem Ideal der Vita contemplativa sowohl in antiker als auch in christlicher Tradition. Sein Rückzug in die Einsamkeit kann denn auch mit dem christlichen Einsiedlertum der Mönche verglichen werden, die in der Abgeschiedenheit die Begegnung mit Gott suchten. Auch wenn Thoreau aus der Kirche ausgetreten war, suchte er in der Abgeschiedenheit dennoch unter anderem den Zugang zu einer ‚ewigen Wahrheit', die er allerdings nicht benennen wollte.

Bei seiner Kontemplation nahm Thoreau zwei grundlegend verschiedene Positionen ein: zum einen versuchte er, zwischen sich und dem Betrachteten eine möglichst große Distanz zu bewahren, während er zum anderen bestrebt war, durch die Kontemplation jegliche Distanz zwischen sich und dem Betrachteten aufzuheben.[19] Bei der ersteren, ‚distanzierten' Betrachtungsweise entsprach der räumlichen Distanz, die Thoreau durch seinen Rückzug an den Walden-See zwischen sich und die Welt gelegt hatte, die innere Distanz, die er als Betrachter sowohl sich selbst als auch der Welt gegenüber einnahm.

Thoreau behielt stets eine gewisse Distanz zum eigenen Erleben, was ihn dazu befähigte, selbst die Tragödien seines Lebens mit stoischer Gelassenheit zu ertragen: „Wie tiefgehend auch mein Erleben ist, so fühle ich die Gegenwart und Kritik eines Teiles von mir, der eigentlich kein Teil von mir, sondern Zuschauer ist, nicht teil an den Erlebnissen, aber Notiz davon nimmt ... Wenn das Stück, vielleicht die Tragödie aus ist, geht der Zuschauer seines Weges."[20] Mit derselben Distanziertheit blickte Thoreau auch auf die Welt und auf seine Mitmenschen. Durch die innere und äußere Entfernung von den Menschen hob Thoreau einerseits seine Beteiligung am Geschehen in der Welt auf. Weil er in seiner Einsiedelei in das Tun und Lassen seiner Mitmenschen nicht mehr involviert war, glaubte er, seine Hände angesichts der vielen Ungerechtigkeiten und ‚Gemeinheiten', die das Leben seiner Mitmenschen bestimmten, in Unschuld waschen zu können. In seinem Tagebuch notierte er: „Das positivste Leben, das die Geschichte kennt, ist seit jeher immer ein ständiger Rückzug aus dem Leben, ein Reinwaschen der eigenen Hände angesichts seiner Gemeinheiten und der Wunsch, damit nichts zu tun zu haben ...".[21]

Nun war es aber andererseits eben die Betrachtung aus der Distanz, die seinen Blick schärfte für die Mißstände und Absurditäten des zivilisierten Alltags. Bezeichnenderweise wählte Thoreau des öfteren den Topos des Blicks aus (kosmischen) Höhen hinunter auf die Welt: in der Höhe öffnet sich der Horizont und gibt die Sicht frei auf die nunmehr unverstellten Tatsachen des menschlichen Lebens.[22] Vielfach verglich Thoreau seine Gedanken mit Vögeln, die ihre Kreise über der Erde ziehen und um den Ausdruck seiner Distanziertheit auf die Spitze zu treiben, versetzte er seine Einsiedelei gar mitten ins Weltall: „Wo ich lebte, das war so weit fort, wie manche von Astronomen nächtlich betrachtete Region ... hinter der Cassiopeia, allem Lärm, aller Störung entrückt ... Wenn es der Mühe wert war, sich in jenen Gegenden der Plejaden ... niederzulassen, dann war ich wirklich dort oder gleich weit entfernt vom Leben, das ich hinter mir gelassen hatte."[23]

Da der Einsiedler Thoreau das zivilisierte Leben, auf das er ‚herabblickte' wirklich hinter sich gelassen hatte, konnte er es auch mit Gelassenheit in Frage stellen. Er übernahm dabei die Rolle des distanzierten Aufklärers, der sich aus der ‚selbstverschuldeten Unmündigkeit' befreit hat und es deshalb wagen kann, derart unerbittlich zu konstatieren, daß die meisten zivilisierten Menschen ihr Leben lang Geld verdienen, um sich „für diese Welt ein Familienhaus und für die andere ein Familiengrab"[24] zu erwerben; daß sie eifrig und unbeirrbar „Schätze sammeln, welche die Motten und der Rost fressen"[25]; und daß sie den ganzen Atlantischen Ozean durchkabeln, nur um dann als erstes durch den Telegraphen zu erfahren, daß „Prinzessin Adelheid den Keuchhusten hat."[26] Auch Ironie kann ein Mittel sein, Distanz zu bewahren, und wenn Thoreau den Blick auf die zivilisierte Welt richtete, wurde er oft zum Satiriker oder zum Zyniker.

Nun hatte sich Thoreau jedoch nicht in die Wälder zurückgezogen, um sich dort mit dem Alltag zu beschäftigen, den er hinter sich gelassen hatte. Das eigentliche Ziel seiner Kontemplation war es nicht, sich den Raum, der den Menschen vom Mitmenschen und der Welt trennt, bewußt zu machen, sondern ihn zu überwinden. Seine Kontemplation sollte letztlich die Trennung zwischen Betrachter und Betrachtetem, zwischen Subjekt und Objekt aufheben. Dies mag erstaunen angesichts der Tatsache, daß Thoreau stets betonte, daß das Individuum vereinzelt in der Welt stehe und daß er weder von „Kirche und Staat", noch von „Poesie, Philosophie und Religion"[27] – also all' den herkömmlichen Verkündern von ‚Wahrheiten' – eine Wahrheit zu vernehmen hoffte, die er hätte akzeptieren können. Aber dennoch konnte die Wahrheit, nach der Thoreau nach eigenen Angaben am allermeisten „schmachtete“[28], nicht im ausschließlichen Rückzug des Individuums auf sich selber gefunden werden, weil Wahrheit das Subjektive transzendieren muß. Thoreau mußte also die Distanz, aus welcher er die Welt betrachtete, überwinden, um der Wahrheit näherzutreten. Er tat dies, ohne dabei von seinem individualistischen Standpunkt abzuweichen. Ganz bei sich selbst zu bleiben und dennoch Einheit mit der Welt zu erfahren – dies war, wie im folgenden gezeigt werden soll, nur auf mystischem Wege möglich.

II.3. Mystische Kontemplation

Wenn das Wesen der Wahrheit darin besteht, daß es das Subjektive transzendiert, dann muß Wahrheit entweder intersubjektiv vermittelt werden können, um als Wahrheit erkannt zu werden – oder Wahrheit wird vom Individuum nicht durch verstandesmäßige Reflexion, sondern durch unmittelbare Intuition ‚eingesehen‘ und kann deshalb mit den Mitteln der Sprache nicht adäquat wiedergegeben werden. Thoreau war sich bewußt, daß die absolute und ewige Wahrheit, der seine Kontemplation galt, jenseits der Grenzen der Vernunft lag und daß ihr deshalb im Grunde nur das Schweigen gerecht werden konnte. Nach Thoreau ist das Individuum durch das Schweigen einerseits ganz auf sich selbst zurückgeworfen und dennoch auf paradoxe Weise seiner Einsamkeit enthoben: „Wie sich die vollkommene Gesellschaft immer mehr der Einsamkeit nähert, so verfällt selbst die beste Rede schließlich ins Schweigen. Das Schweigen ist für alle Menschen vernehmbar, jederzeit und an allen Orten. Es existiert dann, wenn wir innerlich hören.“[29]

Diesem innerlichen Hören des ‚wahren Schweigens‘, das unabhängig von Zeit und Raum Geltung hat, entspricht die mystische Kontemplation[30], die dem Menschen die ‚inneren Augen‘ öffnet, mit denen er die Wahrheit erkennen kann. Thoreau, dessen gesamtes literarisches Werk deutlich mystische Züge trägt, wußte, daß er sein mystisches Erleben nicht in Worte fassen konnte.[31] Er mußte sich darauf beschränken, mit der Sprache das Gemeinte nur anzudeuten. Alle Mystiker, die ihr Schweigen gebrochen haben, taten es im Bewußtsein, daß die Sprache – um es mit den Worten eines fernöstlichen Weisheitslehrers auszudrücken – immer nur der Finger ist, der zum Mond weist, und nie der Mond selber. Im mystischen Kontext bedeutet das zugleich, daß man zwar über den Weg, der zur Wahrheit führt, sprechen kann, nicht aber über sein Ziel. Da jedoch nach mystischem Verständnis der Weg zugleich auch das Ziel ist, ist der Mensch, der die unmittelbare Erfahrung dieses Weges macht, in jedem Augenblick schon an seinem Ziel. Auch Thoreau war davon überzeugt, daß das ‚Ziel' des gesamten menschlichen Lebens in jedem Augenblick enthalten ist und daß auch die Wahrheit in jedem Augenblick eingesehen werden kann: „In der Ewigkeit ist fürwahr etwas Wahres und Erhabenes. Aber alle diese Zeiten, Orte und Gelegenheiten sind hier und jetzt. Gott selbst kulminiert im gegenwärtigen Augenblick und wird nicht göttlicher sein im Verlaufe aller Äonen."[32] Diese Wertschätzung des ‚Hic et nunc' läßt sich sowohl in der christlichen wie in der fernöstlichen Mystik feststellen.[33] Thoreau war der Ansicht, daß das Christentum keineswegs der Höhepunkt göttlicher Offenbarung sei, sondern daß in allen Weltreligionen dieselbe, letztlich unsagbare innere Gotteserfahrung zum Ausdruck komme. Die Mystiker aller Religionen stimmen denn auch darin überein, daß es dem Menschen schon im Diesseits möglich sei, die Einheit mit dem Göttlichen zu erfahren. Der Weg und das Ziel aller mystischen Traditionen besteht in der *unio mystica,* dem Einswerden des menschlichen Bewußtseins mit Gott. Thoreau kann zu jenen Mystikern gezählt werden, die als ‚Naturmystiker' an die erfahrbare Immanenz des Göttlichen in der Natur glauben. Thoreaus mystischer Weg bestand in der Kontemplation der Natur, in welcher er göttliche Eindeutigkeit und ewig gültige Wahrheit zu erkennen glaubte. Die Natur war für Thoreau das, was sich durch keine Fragen in Frage stellen läßt; das göttliche ‚Ich bin, der ich bin' und die Natur waren für ihn identisch: „Nach einer stillen Winternacht wachte ich unter dem Eindruck auf, daß auf eine Frage Antwort von mir verlangt worden sei, welche ich im Schlafe vergebens zu geben versuchte: eine Antwort auf das Was–Wie–Wann oder Wo. Doch da blickte die erwachte Natur, in der alle Geschöpfe leben, durch meine breiten Fenster mit heiterem, befriedigtem Antlitz herein; *sie* hatte keine Frage auf den Lippen. Ich erwachte zu einer beantworteten Frage, zu der Natur und dem Lichte des Tages ... Die Natur stellt keine Fragen und beantwortet keine, welche die Sterblichen ihr stellen."[34] In diesem Zitat kommt zum Ausdruck, daß sich Thoreau der grundsätzlichen Trennung des Menschen von der Natur sehr wohl bewußt war und daß er nicht an ein endgültiges ‚Zurück zur Natur' glaubte: das Trennende besteht im menschlichen Bewußtsein, das Fragen stellt nach dem ‚Was–Wie–Wann oder Wo'. Während der Mensch nach Antworten ringt, sind in der Natur alle Fragen immer schon beantwortet. Die Natur ist bei Thoreau nicht ein Sinnbild der Wahrheit – sie ist die Wahrheit selbst.

Kontemplation der Natur bedeutete für Thoreau deshalb zugleich: Kontemplation der Wahrheit. Es ist bereits festgestellt worden, daß diese Kontemplation nicht mit den äußeren, sondern mit den ‚inneren' Augen geschieht. Kontemplation der Natur kann also nicht in naturwissenschaftlicher Art und Weise erfolgen. Thoreau wandte sich mit Bestimmtheit gegen die „Inhumanität der Naturwissenschaft"[35], die das, was sie erkennen möchte, tötet und seziert. Während jede Betrachtung mit den äußeren Augen die Dinge analysiert, führt die mystische Kontemplation zur Einsicht in die ganze Wahrheit. Mit geschlossenen Augen ist der Mensch im allgemeinen hilflos und verloren – und genau dies ist nach Thoreau die Voraussetzung dafür, jene Wahrheit zu erfahren, die weit über alles Menschliche hinausreicht: „Erst wenn wir uns ganz verirrt oder umgedreht haben – denn der Mensch braucht nur einmal in dieser Welt mit geschlossenen Augen herumgedreht zu werden, um verirrt zu sein – lernen wir die Weite und Fremdartigkeit der Natur schätzen ... Nicht eher, als bis wir verloren sind – mit anderen Worten: bis wir die Welt verloren haben –, fangen wir an, uns selbst zu finden und gewahr zu werden, wo wir sind und wie endlos ausgedehnt unsere Verbindungen sind."[36]

Der Mensch muß sich zuerst ‚verlieren', um ein Teil der Natur zu werden, das heißt: er muß zuerst jenen Teil von sich selber, der ihn von der Natur trennt – nämlich die analysierende Ratio – verlieren, um sich selber in einem größeren Zusammenhang wiederzufinden.[37] Diese Erfahrung der Einheit bleibt auf Augenblicke beschränkt. Jeder Versuch des Menschen, endgültig in die Einheit mit der Natur zurückzukehren, muß scheitern, denn eine solche Rückkehr könnte nur um den Preis der Menschlichkeit errungen werden. Aber in den Momenten, wo es dem Menschen gelingt, sich seines analysierenden Bewußtseins zu entledigen und in eine unio mystica mit der Natur einzugehen, erfährt er, daß ‚alles er selber' ist, daß die letzte Essenz alles Existierenden im Grunde identisch ist. Dies ist das ‚Tat tvam asi'[38] der Mystik – die unsägliche Erfahrung, daß sich der Mensch in allem Seienden selbst erkennen kann, so wie sich Thoreau in folgendem Zitat in den ‚Augen der Erde' wiedererkennt:

„Ein See ist der schönste und ausdrucksvollste Zug einer Landschaft: Er ist das Auge der Erde. Wer hineinblickt, ermißt an ihm die Tiefe seiner eigenen Natur."[39] Die Trennung zwischen Betrachter und Betrachtetem, zwischen Subjekt und Objekt, ist in dieser mystischen Kontemplation aufgehoben: die ‚Augen' von Betrachter und Betrachtetem sind identisch. Thoreau erlebte die unio mystica vor allem auf seinen ausgedehnten Wanderungen durch die einsamen Wälder um Concord. Im Frühling konnte es geschehen, daß er das Gefühl hatte, sich zusammen mit der Erde aus eisiger Winterstarre zu lösen: „Der

Lehm im Hohlweg schmilzt und fließt, in der Sonne glänzend, herab. Ich bin es, der da taut ...“[40]; oder es überkam ihn plötzlich das Gefühl, mit allem Existierenden verwandt und überall in der Natur zu Hause zu sein: „während eines feinen Regens ... kam auf einmal das Gefühl einer so süßen, wohltuenden Geselligkeit in der Natur über mich: im Rauschen des Regens, in jedem Laut und Blick um mein Haus herum ... Ich gewahrte so deutlich das Vorhandensein von etwas mir Verwandtem, ... daß ich dachte, kein Ort könne mir je wieder fremd erscheinen.“[41] Gleich einem neuen Franz von Assisi betrachtete Thoreau die Pflanzen und Tiere als seine Verwandten, als seine ‚Brüder‘ und ‚Schwestern‘, und wenn im Oktober die Wespen sich „zu Tausenden“ in seiner Hütte niederließen, gewährte er ihnen freundlich Unterschlupf, wobei er in seiner Tierliebe seinem mittelalterlichen Vorgänger anscheinend in nichts nachstand: „Sie (die Wespen) belästigten mich nie ernstlich, obgleich sie bei mir im Bett schliefen ...“[42].

Die mystische Kontemplation, die unio mystica mit der Natur, hatte für Thoreau auch praktische Konsequenzen, und er kann als einer der ersten ökologischen Denker des Industriezeitalters bezeichnet werden. Er empörte sich über seine Zeitgenossen, die ganze Wälder abholzten und das Wasser des Walden-Sees, von dem Thoreau meinte, daß es „wenigstens so heilig sein sollte wie das des Ganges“, in Röhren zu ihren Dörfern leiteten, „um ihr Geschirr damit zu spülen.“[43] Bereits in der Mitte des 19. Jahrhunderts konstatierte Thoreau: „Die Natur hat keinen menschlichen Einwohner, der sie schätzte ... Schwätzt vom Himmel – ihr schändet die Erde!“[44] Das waren fürwahr prophetische Worte und ebenso prophetisch waren auch Thoreaus Vorschläge, wie mit der Natur künftig umzugehen sei: statt der Natur stets „nur in seiner Eigenschaft als Räuber“[45] gegenüberzutreten, müsse der Mensch lernen, mit der Natur zu teilen und ihr Opfer zu bringen, so wie auch die Natur dem Menschen Opfer bringe; letztlich könne jeder Sieg über die Natur nur ein Pyrrhussieg sein, weil er dem Menschen die Lebensgrundlagen entziehe.

Mit solchen Ansichten stieß Thoreau zu seiner Zeit auf wenig Gegenliebe. Zu groß war noch die Begeisterung über die neuen Errungenschaften der Technik, mit denen die Natur gebändigt werden konnte, und so blieb Thoreau ein einsamer Prediger in der Wüste. Die Erfahrung, daß er mit seinen ökologischen Überzeugungen auf taube Ohren stieß, mag einer der wichtigsten Gründe dafür gewesen sein, daß Thoreau sich weigerte, an der gesellschaftlichen Vita activa teilzunehmen und seinen Teil zum Funktionieren des menschlichen Zusammenlebens beizutragen.

Im folgenden Exkurs soll nun jedoch gezeigt werden, daß sowohl Platon –

dem Thoreaus Philosophie in mancher Hinsicht verpflichtet ist – als auch Aristoteles dargelegt haben, daß die Vita contemplativa nur auf der Grundlage einer aktiven Beteiligung am Leben der Gemeinschaft denkbar ist.

III. Exkurs: Die Dialektik von Vita contemplativa und Vita activa bei Platon und Aristoteles

Thoreaus Ideal des kontemplativen Lebens hat seine Wurzeln in der griechischen Antike. Auch bei Platon ist es ein kontemplativer Weg, der zur Erkenntnis der höchsten Wahrheit führt. Im Höhlengleichnis schildert Platon die Vita contemplativa als das geistige Ringen des Menschen um Einsicht in die Welt der Ideen. Der Philosoph erkennt, daß er in einer Höhle des Scheins lebt, aus der er sich befreien muß, um zunächst zur Erkenntnis des wahren Seins, der Welt der Ideen, und schließlich zur ‚Schau' der Idee des Guten zu gelangen.[46] Mit der Einsicht in die Idee des Guten fangen bei Platon die Probleme für den Philosophen jedoch erst richtig an. Denn nach Platon ist der Philosoph verpflichtet, nach seiner ‚göttlichen Schau' wieder hinabzusteigen „in die Jammerwelt der Menschen"[47] und dort teilzunehmen „an ihren Mühen und Ehren, an den nichtigen und den gewichtigen."[48] Dieser ‚Abstieg' von der kontemplativen Lebensform in die Vita activa bereitet dem Philosophen jedoch mehr Mühe als der Aufstieg zur Idee des Guten. Er muß feststellen, daß ihn seine Einsicht in die höchste Wahrheit den Menschen entfremdet hat und daß er ein Außenseiter geworden ist, der sich im tätigen Leben vielfach „ungeschickt benimmt und recht lächerlich erscheint."[49] Die Schau der Idee des Guten hat den Philosophen so geblendet, daß er sich im praktischen Leben kaum mehr zurechtfindet und zum Gespött seiner Mitmenschen wird. Dennoch ist es dem Philosophen nach Platon verwehrt, auf einer kontemplativen Lebensform zu beharren und sein Leben ausschließlich dem Denken zu widmen. Denn jeder Mensch hat die Pflicht, zum Wohlergehen der gesamten menschlichen Gemeinschaft beizutragen. Nicht das Glück des einzelnen, sondern dasjenige des Staates ist für Platon ausschlaggebend, und gerade die Philosophen, die eine sehr gute Ausbildung genossen haben, stehen in besonderem Maße in der Schule des Staates. Nach Platon soll ein Philosoph, der sich der politischen Tätigkeit entziehen will, sogar dazu gezwungen werden können, die Regierung zu übernehmen, denn ein Staat „wo die, die dazu berufen sind, am wenigsten nach der Herrschaft trachten, wird notwendig am besten und friedlichsten verwaltet".[50]

Aristoteles hat in der ‚Nikomachischen Ethik' den Gedanken Platons wieder aufgenommen, daß der Weise sich nicht nur einem rein kontemplativen Leben (bios theoretikos) widmen könne, sondern daß er auch am tätigen Leben (bios praktikos) in der menschlichen Gemeinschaft teilnehmen müsse.

Auch bei Artistoteles ist die Kontemplation diejenige Lebensform, die den Menschen der Glückseligkeit (Eudämonie) am nächsten bringt. Im ersten Kapitel der ‚Nikomachischen Ethik' stellt Aristoteles Kriterien und Maßstäbe für den Begriff des Glücks auf, und er kommt dabei zum Schluß, daß der Mensch Glückseligkeit nur in einer Lebensform finden könne, die er allein um ihrer selbst willen anstrebt.[51] Aristoteles stellt nun fest, daß es vier Grundformen der Lebensführung gibt: das Genußleben, das auf Gelderwerb gerichtete Leben, das politische Leben und das kontemplative Leben.

Zwei dieser Lebensformen können nach Aristoteles niemals zur Glückseligkeit führen: das Genußleben deshalb nicht, weil es den Menschen seinen Trieben und Leidenschaften unterwirft, so daß er nicht mehr Herr seiner selbst ist; und auch das Leben, das sich den Gelderwerb zum Ziel setzt, kann den Menschen nicht glücklich machen, denn der Gelderwerb kann nicht nur um seiner selbst willen angestrebt werden, sondern ist immer Mittel zum Zweck.[52]

Es bleiben also nur zwei Lebensformen übrig, die zur Eudämonie führen können: das politische und das kontemplative Leben. Vor die Wahl zwischen diesen beiden Lebensformen gestellt, kann sich der Mensch jedoch nicht eindeutig für die eine oder die andere entscheiden – obwohl die Vita contemplativa den Kriterien, die Aristoteles für den Begriff der Eudämonie aufgestellt hat, in höchstem Maße genügt. Nur die Kontemplation, das absichtslose Forschen nach wahrer Erkenntnis, ist nicht mehr Mittel zum Zweck, sondern Selbstzweck. Nur die Vita contemplativa wird rein um ihrer selbst willen gewählt.[53] Obwohl die Kontemplation also die höchste und erfüllendste der vier Lebensformen darstellt, kann sie jedoch nicht unabhängig von der politischen Lebensform erstrebt werden. Ein Leben, das ausschließlich dem Streben nach Erkenntnis dient, „ist höher als es dem Menschen zukommt. Denn so kann er nicht leben, sofern er Mensch ist, sondern nur sofern er etwas Göttliches in sich hat."[54] Nach Aristoteles ist auch der Weise als Mensch ein soziales Lebewesen, das an die ökonomische und kulturelle Entwicklung der Gesellschaft gebunden ist. Auch die kontemplative Lebensform ist von der Besorgung des schlechthin Lebensnotwendigen abhängig. Um diese Besorgung des Lebensnotwendigen und darüber hinaus um die optimale Form menschlichen Zusammenlebens kümmert sich die politische Lebensform. Obwohl die politische Lebensform im Gegensatz zur Vita contemplativa ihren Zweck nicht in sich selbst trägt und deshalb nicht unmittelbar zur Eudämonie führt, ist sie dennoch für das Bestehen der Gesellschaft so unerläßlich, daß sie als höchste Form menschlichen Handelns bezeichnet werden kann. Im Bereich der Vita activa nimmt also das Tätigsein im Dienst der Polis den höchsten Rang ein. Das Glück, das der Mensch in der politischen Aktivität findet, hat menschliches Maß, während die Kontemplation zu beinahe göttlicher Eudämonie führt. Da der Mensch jedoch nicht nur aus Geist besteht, kann für ihn die reine Kontemplation nicht zu einem dauerhaften Zustand werden. Vollendetes Menschsein steht somit bei Aristoteles stets in der Spannung zwischen der kontemplativen und der politischen Existenzmöglichkeit: „Auch auf der höchsten Stufe seiner Vernünftigkeit, im Vollzug der Theorie, kann der Mensch seine stoffliche Bedingtheit nicht abstreifen. Das Leben in der Freiheit des Geistes bleibt permanent an die Bedingungen der Polis zurückgebunden."[55]

IV. Thoreaus Staatskritik

Aristoteles hat in der Nikomachischen Ethik gezeigt, daß es auch für den Weisen, der sich nicht mit ‚Nichtigkeiten' beschäftigen sollte, eine angemessene Form der Vita activa gibt: den Dienst am Gemeinwesen, den Einsatz in der Politik. Gerade die Tätigkeit für die politische Gemeinschaft war nun aber für Thoreau eine Lebensform, die er aus mehreren Gründen ablehnte. Zum einen war er nicht bereit, von seinem nonkonformistischen und extrem-individualistischen Standpunkt auch nur im geringsten abzuweichen. Die Fremdheit unter den Menschen, die Platon dem Philosophen zuschrieb, war Thoreau in einem besonders hohen Masse zu eigen, und er gab sich keine Mühe, diese Fremdheit zu überwinden. Er blieb ein Sonderling, gebärdete sich radikal apolitisch und stieß seine Mitmenschen mit Sätzen wie dem folgenden vor den Kopf: „Um zu sehen, wie die Welt in die Luft fliegt, würde ich noch nicht mal um die Ecke rennen."[56]

Statt sich gegen den Vorwurf schrankenloser Selbstsucht zu verteidigen, verfaßte Thoreau eine Apologie des Egoismus, die im Grunde eine Anklage der falschen Menschenliebe war: Wenn er seine Mitbürger sagen höre, er sei selbstsüchtig, so gebe er gerne zu, „bisher wenig in philanthropischen Unternehmungen geschwelgt"[57] zu haben; er sei nämlich der Ansicht, daß Philanthropie nichts anderes sei als Eigennutz und daß ein außerordentlich enger Zusammenhang bestehe zwischen der Unfähigkeit, das eigene Leben zu meistern und dem Bedürfnis, die Welt zu verbessern; er glaube, daß das, was den Weltverbesserer so bekümmere, nicht das Elend seiner Mitmenschen sei, sondern sein eigenes Unglück, welches er dadurch zu bewältigen oder zu vergessen hoffe, daß er sich dem Dienst am (noch unglücklicheren) Nächsten widme. Dieser Scheinheiligkeit zog Thoreau das unbequeme Bekenntnis vor, daß er „nie einen schlechteren Menschen gekannt"[58] habe als sich selber. Er stand sich selbst am nächsten und er stand dazu.

Eine politische Betätigung kam also für Thoreau schon deshalb nicht in Frage, weil er sich mit gutem Gewissen als ein ‚egoistisches' und nicht als ein ‚soziales' Lebewesen definierte. Lange Zeit versuchte er zu ignorieren, daß er in einer politischen Gemeinschaft lebte. Die Politik erschien ihm, dem einsamen Philosophen, als eine Beschäftigung für Menschen, welche die Wahrheit nicht lieben, und er schrieb: „Was man Politik nennt, das ist vergleichsweise etwas so Oberflächliches und Unmenschliches, daß ich praktisch niemals bemerkt habe, daß sie mich überhaupt angeht. Wie ich sehe, widmen die Zeitungen einige Spalten speziell der Politik – gratis ...; da ich aber die Literatur liebe und bis zu einem gewissen Grade auch Wahrheit, lese ich diese Spalten nie – für keinen Preis."[59]

Nun mußte jedoch selbst Thoreau die Erfahrung machen, daß er sich den politischen Realitäten auf die Dauer nicht gänzlich entziehen konnte. Die Tatsache, daß in Amerika die Sklaverei immer noch nicht überall abgeschafft war, vermochte Thoreau trotz seiner Verachtung des politischen Geschäfts dazu zu bewegen, einen politischen Standpunkt einzunehmen. Sechs Jahre lang weigerte er sich, seine Wahlsteuern – einen unbedeutend kleinen Betrag von etwa einem Dollar pro Jahr – zu bezahlen, weil er mit seinem Geld nicht einen Staat unterstützen wollte, der sich im Krieg gegen Mexiko befand und der dabei war, seine Sklavereigebiete weiter auszudehnen. Thoreau wäre jedoch wohl nie soweit gegangen, sogar einen politischen Essay zu verfassen, wenn er nicht eines Tages im Jahre 1846 verhaftet worden wäre. Thoreau mußte seiner unbezahlten Steuern wegen ins Gefängnis – allerdings nur für eine Nacht. Aber diese eine Nacht veranlaßte ihn dazu, seine politische Apathie aufzugeben und den Essay ‚Über die Pflicht zum Ungehorsam gegen den Staat' zu schreiben. In diesem Essay legte Thoreau seine Gründe dafür dar, weshalb er dem Staat jegliche Mitarbeit verweigerte.

Für Thoreau, der sich am Naturrecht und an den Menschenrechten orientierte, hatten alle Menschen aller Rassen von Natur aus dasselbe Recht auf Unversehrtheit ihres Lebens und ihrer Freiheit. Eine Regierung, welche diese Menschenrechte verletzte, konnte Thoreau deshalb nicht als die seine akzeptieren: „Wie also soll man sich heutzutage zu dieser amerikanischen Regierung verhalten? Ich antworte, daß man sich nicht ohne Schande mit ihr einlassen kann. Nicht einen Augenblick kann ich eine politische Organisation als *meine* Regierung anerkennen, die zugleich auch die Regierung von *Sklaven* ist."[60] In einem Staat, der die Menschenrechte verletzte, hatte nach Thoreau jeder Bürger nicht nur das Recht, sondern geradezu die moralische Pflicht, der Regierung Widerstand zu leisten. Über die Art und Weise, wie dieser Widerstand vonstatten gehen sollte, hat sich Thoreau widersprüchlich geäußert.

Zum einen trat er für einen gewaltlosen Widerstand ein, der sich auf die Mittel der Steuerverweigerung und der freiwilligen Niederlegung von Staatsämtern beschränkte. Thoreau erkannte die Macht der Gewaltlosigkeit und die verblüffende Wirksamkeit der „Anwendung des Judo-Prinzips in der Politik"[61], welches darin besteht, die Staatsgewalt ins Leere laufen zu lassen, indem man sich ihr gewalt- und wehrlos, aber dennoch ungehorsam und unnachgiebig in den Weg stellt. Kein Mittel war nach Thoreau geeigneter, die Schwächen eines ‚Unrechtsstaates' und einer gewissenlosen Gesellschaft zu entlarven als der gewaltlose Widerstand: „Sicher, ich hätte mich – mit mehr oder weniger Erfolg – gewaltsam widersetzen können, ich hätte ‚Amok' gegen die Gesellschaft laufen können; aber lieber sollte die Gesellschaft *gegen mich* Amok laufen, *sie* war doch die verzweifelte Partei."[62]

Thoreau war sich wohl bewußt, daß auch der gewaltlose Widerstand strafrechtliche Konsequenzen haben kann. Denn politischer Widerstand ist unter Umständen auch dann gesetzwidrig, wenn er gewaltlos geleistet wird. In einem Staat, der gegen Menschenrechte verstößt, war deshalb das Gefängnis für Thoreau der einzig angemessene Platz für einen gerechten Menschen.[63]

Trotz seiner Theorie des gewaltlosen Widerstandes und seiner (zumindest theoretischen) Bereitschaft, für seine Überzeugung ins Gefängnis zu gehen, war Thoreau gewiß kein radikaler Pazifist. In seinem Essay über den ‚zivilen Ungehorsam' befürwortet er sogar die Anwendung von militanter Gewalt, falls die friedlichen Mittel nicht zur Verwirklichung der Menschenrechte führen sollten. Jene, die Thoreau als ‚Vater des gewaltlosen Widerstandes'[64] feierten, verschlossen die Augen vor der Tatsache, daß Thoreau über den Kampf gegen die Sklaverei schrieb: „nehmt ruhig an, daß dabei auch Blut vergossen werden müßte. Wird denn nicht gewissermaßen auch Blut vergossen, wenn das Gewissen verletzt ist?"[65]

Von welchem ‚Gewissen' war hier jedoch die Rede? Thoreau lebte ja nicht in einer Diktatur, sondern in einem Staat, dessen Gesetze auf demokratischem Wege verabschiedet worden waren. Die Mehrheit der Amerikaner konnte die Sklaverei durchaus mit ihrem Gewissen vereinbaren, und da die Haltung von

Sklaven nicht verfassungswidrig war, konnte Thoreau auch ihre Legalität nicht in Zweifel ziehen. Es blieb ihm nur die Möglichkeit, die Legitimität der Sklaverei zu bestreiten. Er tat dies, indem er die Gesetze seines Landes in Widerspruch stellte zu einem ‚höchsten Gesetz', das sich an absoluten, göttlichen Maßstäben orientierte. Für einen Menschen der diesem höchsten Gesetz folgte, waren die Gesetze des Staates nicht in jedem Falle maßgebend: „Derjenige, welcher nach dem höchsten Gesetz lebt, steht in gewissem Sinne über dem Gesetz."

Thoreau hegte nicht den geringsten Zweifel daran, daß das ‚höchste Gesetz' jedem Menschen durch sein Gewissen unmittelbar einsichtig war. Das Gewissen war für ihn die maßgebliche Gerichtsinstanz, welche bei den Differenzen zwischen gesatztem Recht und Gerechtigkeit stets zugunsten der Gerechtigkeit entschied: „Muß der Bürger auch nur einen Augenblick ... sein Gewissen dem Gesetzgeber überlassen? Wozu hat denn dann jeder Mensch ein Gewissen? ... Man sollte nicht den Respekt vor dem Gesetz pflegen, sondern vor der Gerechtigkeit. Nur die einzige Verpflichtung bin ich berechtigt einzugehen, und das ist, jederzeit zu tun, was mir recht erscheint."[66]

Die Problematik einer solchen Argumentation ist offensichtlich: das Gewissen ist keine objektive Instanz und führt die Menschen zu ganz unterschiedlichen Gerechtigkeitsauffassungen. Im Namen der ‚Gerechtigkeit' und des ‚Gewissens' sind oft die unmenschlichsten Verbrechen begangen worden. Thoreau erkannte auch nicht, daß sein Beharren auf einem radikal individualistischen Standpunkt im politischen Zusammenhang sehr fragwürdig war: denn auf eben jenen Individualismus, auf den er sich berief, konnten sich auch jene Bürger berufen, welche die Natur und die rote und schwarze Menschenrasse rücksichtslos ausbeuteten. Es ist seltsam, daß Thoreau nicht auf den Gedanken kam, daß all die gesellschaftlichen Mißstände, die er so scharfsinnig aufzeigte und kritisierte, auch eine Folge der Maxime ‚Ich tue jederzeit nur das, was mir recht erscheint' waren; es ist seltsam, daß er den Egoismus verteidigte, obwohl er dessen Auswirkungen – etwa die Sklaverei oder die Umweltzerstörung – so sehr mißbilligte; und es ist seltsam, daß er an das Gewissen des Individuums glaubte, wo er doch die Gewissenlosigkeit seiner Mitmenschen nicht übersehen konnte.

Aber trotz allen Ungereimtheiten seiner Argumentation ist es Thoreau gelungen, auf eine eminent wichtige Tatsache hinzuweisen: daß nämlich am Anfang jeder gesellschaftlichen Reform eine Revolution des Individuums „gegen die eigene moralische Gleichgültigkeit" stehen muß und daß „der Widerstand gegen staatliches Unrecht ... in ständigem Widerstand gegen die eigene moralische Schwäche verwurzelt" sein sollte.[67] Thoreau war davon überzeugt, daß es ohne bereits reformierte Individuen auch keine reformierte Gesellschaft geben werde, denn, so schrieb er einmal lapidar: „Die Individuen sind es, die die Welt bevölkern."[68]

Thoreau beharrte also auf seinem Individualismus und er war nicht bereit, seine Vita activa dem Dienst am Staat und an der Gesellschaft zu widmen. Im folgenden soll nun gezeigt werden, auf welche Weise Thoreau versucht hat, die Dialektik von Aktivität und Kontemplation zu einer Synthese zusammenzuführen.

V. Autarkie als Synthese von Aktivität und Kontemplation

Die Analyse der theoretischen und praktischen Lebensform bei Aristoteles hat ergeben, daß eine ausschließlich kontemplative Lebensführung nicht möglich ist, sondern daß diese Lebensform auf die Vita activa gegründet sein muß, durch die sich der Mensch die materiellen Lebensgrundlagen erwirbt. Während es für Aristoteles jedoch noch selbstverständlich war, daß viele Arbeiten von Sklaven verrichtet wurden, verurteilte Thoreau den amerikanischen Staat eben darum, weil er die Sklaverei noch nicht abgeschafft hatte. Thoreau konnte also seine Vita contemplativa nicht auf eine aktive Lebensform gründen, die dem politischen Einsatz für eine Gesellschaft gewidmet war, der er unmoralisches Handeln vorwarf. Da Thoreau darüberhinaus nicht gewillt war, von seiner Egozentrik und seinem Individualismus Abstand zu nehmen, mußte er eine Lebensform finden, bei der er auf die Gemeinschaft nicht angewiesen war.

Zum aktiven Leben in der Gemeinschaft gibt es jedoch nur eine erwägenswerte Alternative: die Autarkie, die geistige und materielle Unabhängigkeit von anderen Menschen. Diese Lebensform hat Thoreau denn auch konsequenterweise in die Tat umzusetzen versucht. Wiederum konnte er sich dabei an einem antiken Vorbild orientieren: es war Diogenes von Sinope, der das Ideal der Selbstgenügsamkeit wohl am spektakulärsten verwirklicht hat.

In der Antike war die Frage nach der Möglichkeit menschlicher Autarkie umstritten. Platon ging in seiner Staatslehre davon aus, daß der Mensch für sich alleine nicht zu existieren vermöge. Durch den Zusammenschluß vieler Menschen mit verschiedenen Begabungen und Fähigkeiten entstehe der Staat, dessen Ziel die Autarkie, d. h. die materielle Unabhängigkeit vom Ausland, sei. Auch für Aristoteles war die Autarkie primär Ziel des Staates. In der Nikomachischen Ethik bezeichnet Aristoteles das Streben nach Selbstgenügsamkeit jedoch auch als Ausdruck individueller Weisheit: durch die Kontemplation nähere sich der Weise dem Ideal der Selbstgenügsamkeit, ohne es allerdings je vollkommen erreichen zu können. Absolute Autarkie war für Aristoteles ein Vorzug der Gottheit.[69]

Im Gegensatz zu Platon und Aristoteles war deren Zeitgenosse Diogenes von Sinope der Ansicht, daß der Mensch autark leben könne, wenn er bereit sei, dafür den Preis absoluter Bedürfnislosigkeit und strengster Askese zu bezahlen. Von Diogenes wird berichtet, daß er ohne jeglichen materiellen Besitz in einer Tonne oder Hundehütte hauste und daß er seine einzige Habe – eine Wasserschale – weggeworfen habe, als er ein Kind aus der hohlen Hand trinken sah. Diogenes wandte sich vor allem gegen Habgier und Geltungssucht der Menschen. Aus seiner Bedürfnislosigkeit und Selbstgenügsamkeit erwuchs ihm die Freiheit, die Lebensweise seiner Zeitgenossen mit provokativer Bissigkeit in Frage zu stellen.[70]

Thoreaus geistige Verwandtschaft mit Diogenes ist nicht zu übersehen: auch bei ihm war das Streben nach Autarkie eine Form des Protestes gegen die Gesellschaft; und auch er hat Einsamkeit, Armut und Askese auf sich genommen, um dieser Gesellschaft nichts schuldig zu sein. Thoreaus Geistesverwandtschaft mit Diogenes ging sogar so weit, daß er sich nach einer ähnlich ausgefallenen Behausung umsah: „Früher ... betrachtete ich oft mit Interesse eine sechs Fuß lange und drei Fuß breite Kiste an der Eisenbahn, worin die Arbeiter ihre Werkzeuge zu verschließen pflegten. Ich dachte mir, jeder Mensch ... könne eine solche um einen Dollar kaufen, und, nachdem er ein paar Löcher hineingebohrt hätte, um der Luft Zutritt zu gewähren, bei Nacht und Regen hineinschlüpfen, den Deckel zuhaken und so Freiheit haben in seiner Liebe und frei sein in seiner Seele.“[71]

Thoreau begnügte sich dann jedoch damit, sich in eine kleine Blockhütte zurückzuziehen, die er für 28 Dollar und 12 Cent selber gebaut hatte.[72] Sein Besitz bestand in einem Bett, einem Tisch, einem Pult, drei Holzstühlen sowie einigen Pfannen und Zubern. In ‚Walden‘ gibt Thoreau gewissenhaft Rechenschaft über sein Autarkie-Experiment, das in materieller Hinsicht darin bestand, die Möglichkeit absoluter Selbstversorgung zu beweisen. Thoreau baute Kartoffeln, Korn und Erbsen an, verzichtete weitgehend auf den Verzehr von Fleisch und schlachtete nur ab und zu eines der Murmeltiere, die sein Bohnenfeld verwüsteten.

Thoreau wählte mit der Selbstversorgung eine Form der Vita activa, die überaus hart und beschwerlich war. Die asketische Armut, die er zu ertragen hatte, war jedoch die Voraussetzung für die geistige Freiheit, die er für sich in

Anspruch nahm: seine unerbittliche Staats- und Gesellschaftskritik wäre unglaubhaft gewesen, wenn er von Staat und Gesellschaft materiell abhängig gewesen wäre. Thoreau hat den Zusammenhang von *freiwilliger* Armut und geistiger Freiheit deutlich gemacht und gezeigt, daß der Mensch wählen kann zwischen den versklavenden Annehmlichkeiten des Reichtums und den befreienden Unannehmlichkeiten der Armut. Im Bewußtsein, daß diese Wahl in vielen Fällen über die Kräfte des Menschen geht und daß nicht jedem dieses ‚Talent' zur Bedürfnislosigkeit gegeben ist, das er offensichtlich besaß, hat Thoreau ein großes Lob der Armut gesungen, das gerade heute wieder bedenkenswert ist: „Hege die Armut wie ein Gartenkräutlein ... Gib dir nicht viel Mühe, neue Sachen anzuschaffen, weder Kleider noch Freunde. Wende die alten ... Wir werden oft daran erinnert, daß, wären uns die Schätze eines Krösus gegeben, unsere Bestrebungen doch noch die gleichen, unsere Mittel in allem Wesentlichen dieselben bleiben müßten ... Überflüssiger Reichtum kann nur Überflüssiges kaufen. Die Lebensbedürfnisse der Seele kosten kein Geld."[73]

Die Autarkie war für Thoreau nicht nur diejenige Lebensform, die ihm größtmögliche Freiheit gewährte – sie war auch die Lebensform, bei der er Kontemplation und Aktivität in idealer Weise zusammen realisieren konnte. Um sich selber mit allem Lebennotwendigen zu versorgen, mußte er in der Natur arbeiten, die ja zugleich auch Gegenstand seiner Kontemplation war. Ein großer Teil des Walden-Romans handelt von der Arbeit auf dem Bohnenfeld, welcher Thoreau wohl deshalb so große Bedeutung zumaß, weil sie für ihn eine Synthese von Aktivität und Kontemplation bedeutete. Thoreau verrichtete seine tägliche Arbeit in kontemplativer Weise, wodurch er sie gleichsam zu einem geistigen Erlebnis sublimierte. Die Schilderungen seiner beschaulichen Arbeit auf dem Bohnenfeld gehören denn auch zu den schönsten Stellen von ‚Walden': „Während ich immer wieder neue Erde um die Bohnenreihen häufte, rührte ich die Asche von Völkern auf, von denen keine Chronik erzählt, die vor Urzeiten unter diesem Himmel lebten ... Wenn meine Hacke an einem Stein hell erklang, so brachten Himmel und Wald im Echo die Musik zurück, die zu meiner Arbeit aufspielte, welche letztere somit eine sofortige, unermeßliche Ernte ergab. Es waren keine Bohnen mehr da, die ich hackte, und ich war es nicht mehr, der Bohnen hackte ... Manchmal beobachtete ich ein Paar von Hühnerhabichten, wie es hoch im Himmel seine Kreise zog ... als ob es die Verkörperung meiner eigenen Gedanken wäre"[74]. Solche Arbeit war nicht die bloße Geschäftigkeit, war nicht die entfremdende Aktivität, die Thoreau als eine der negativsten Erscheinungen des Industriezeitalters ansah. Thoreau stand bei seiner Arbeit im Einklang mit der Natur und mit sich selbst, und deshalb war seine Arbeit kreativ, auch wenn ihr äußerlicher Ertrag in Erbsen und Bohnen bestand.

Obwohl es Thoreau am Walden-See offenbar gelungen ist, aktives und kontemplatives Leben miteinander zu verbinden, hat er seine Einsiedelei nach zwei Jahren wieder verlassen und ist zu den Menschen zurückgekehrt. Als Grund für seine Rückkehr gab er an, daß sein Leben in den Wäldern zur Routine geworden sei und Routine müsse der Mensch unter allen Umständen vermeiden. In Tat und Wahrheit mußte Thoreau jedoch einsehen, daß selbst seine überdurchschnittliche Fähigkeit zur Askese an Grenzen stieß, die er nicht überwinden konnte und wahrscheinlich auch nicht wollte: denn Autarkie bedeutet nicht nur eine Einschränkung aller physischen Bedürfnisse auf ein Minimum – sie bedeutet wenn auch nicht gerade ein ‚Zurück zur Natur', so doch sicher ein ‚Weg von der Kultur'.[75] Thoreau war wohl zu sehr Literat und Philosoph, um die Entfernung von der Kultur auf die Dauer ertragen zu können: er war als denkender und schreibender Mensch auf das menschliche Gegenüber angewiesen, dem er sich mitteilen konnte. Die ‚wohltuende Geselligkeit der Natur' konnte ihm die menschliche Kultur nicht ersetzen. Und so hat er sich bei aller Naturverbundenheit doch fremd gefühlt, als er eines Morgens einen „schlanken, ungemein graziösen Falken" beobachtete, der „alleine sich vergnügend" seine Kreise zog: „Er schien keinen Gefährten im Weltall zu haben ... und keines zu bedürfen als des Morgens und des Äthers, mit dem er spielte. Er war nicht einsam, sondern machte die ganze Erde unter sich zur Einsamkeit."[76] Beim Anblick dieses wahrhaft autarken Geschöpfes muß Thoreau gefühlt haben, daß er als Mensch vom Glück einer solch unbedingten Selbstgenügsamkeit für immer ausgeschlossen bleiben würde.

Platons und Aristoteles' These, daß der Mensch auf die Gemeinschaft angewiesen sei und als einzelner nicht autark leben könne, scheint sich an Thoreau schließlich doch bestätigt zu haben. Der Mensch *muß* sich um seiner Kultur willen als soziales und deshalb politisches Lebewesen verstehen, ebenso wie er um seiner Weisheit willen danach streben sollte, sich selber zu genügen. In dieser Dialektik muß er zu bestehen lernen.

Thoreau betrachtete sein Walden-Experiment nicht als gescheitert. Vielleicht war das ‚Leben in den Wäldern' nur ein Traum, der für einige Zeit in Erfüllung ging, aber – so überlegt Thoreau im Schlußkapitel von Walden – von Träumen kann man manchmal mehr lernen als von der ‚Wirklichkeit': „Das wenigstens lernte ich bei meinem Experimente: wenn jemand vertrauensvoll in der Richtung seiner Träume vorwärtsschreitet und danach strebt, das Leben, das er sich einbildete, zu leben, so wird er Erfolge haben, von denen er sich in gewöhnlichen Stunden nichts träumen ließ ... Hast du Luftschlösser gebaut, so braucht deine Arbeit nicht verloren zu sein. Eben dort sollten sie sein. Jetzt lege das Fundament darunter!«[77]

Bibliographie

Primärliteratur

Henry David Thoreau: Walden, oder: Leben in den Wäldern. Zürich 1979 (Sigel: W)
Über die Pflicht zum Ungehorsam gegen den Staat und andere Essays. Zürich 1973 (Sigel: PzU)

Sekundärliteratur

Aristoteles: Nikomachische Ethik. München/Zürich 1967
Bridgman, Richard: Dark Thoreau. University of Nebraska Press 1982
Diogenes Laertius: Leben und Meinungen berühmter Philosophen. Hamburg 1967
Dombrowski, Daniel A.: Thoreau the Platonist. New York 1986
Feldhoff, Heiner: Vom Glück des Ungehorsams. Die Lebensgeschichte des Henry David Thoreau. Weinheim/Basel 1989
Geremek, Bronislav: Geschichte der Armut. München 1988
Goethe, Johann Wolfgang von: Sämtliche Werke, Bd. 13. München 1981
Höffe, Otfried: Ethik und Politik. Frankfurt a. M. 1979
Klumpjan, Helmut und Hans-Dieter: Thoreau. Reinbek b. Hamburg 1986
Lorenz, Konrad: Die acht Todsünden der zivilisierten Menschheit. München 1974
Mann, Thomas: Der Zauberberg. Frankfurt a. M. 1988
Meyer, Michael: Several more lives to live. Thoreau's Political Reputation in America. Westport/London 1977
Nietzsche, Friedrich: Werke in zwei Bänden. Bd. 2. München 1955
Pestalozzi, Karl: Die Entstehung des lyrischen Ich. Studien zum Motiv der Erhebung in der Lyrik. Berlin 1970
Platon: Sämtliche Werke, Bd. 8. Zürich/München 1974
Sattelmeyer, Robert: Thoreau's Reading. Princeton/New Jersey 1988
Schmid, Wilhelm: Von der Kunst, sein Leben zu führen. In: Basler Zeitung Nr. 37, 16. Sept. 1989, p. 6/7
Vickers, Brian (Hrsg.): Arbeit, Muße, Meditation. Betrachtungen zur Vita activa und Vita contemplativa. Zürich 1985

Anmerkungen

[1] Deutsche Ausgabe: „Über die Pflicht zum Ungehorsam gegen den Staat und andere Essays", (PzU), Zürich 1973
[2] W 30
[3] PzU 39
[4] Vgl. Feldhoff 1989, p. 13
[5] W 21/22
[6] Vgl. Meyer 1977, p. 184/185
[7] W 79
[8] Vgl. Klumpjan 1986, p. 58
[9] W 19
[10] W 62
[11] Den ‚Wettlauf mit sich selbst' zählt Konrad Lorenz zu den „acht Todsünden"
[12] W 46
[13] W 78
[14] W 118
[15] W 99
[16] Thoreau war der Ansicht, daß es eine moralische Pflicht des Menschen gegenüber sich selber sei, an seinem Leben zu „malen und zu meisseln", bis es die Form eines Kunstwerkes habe; auch der Alltag könne kunstvoll gestaltet werden: „Auf die Beschaffenheit des Tages selbst einzuwirken, das ist die höchste aller Künste." (W 98) Thoreau schrieb diese Worte am Anfang des Aufbruchs in ein neues Zeitalter, über dessen Ende heute diskutiert wird. Es ist interessant, daß die neuerliche Frage nach der Lebenskunst auch zu einer Initiale der Postmoderne erklärt wird. Michel Foucault hat mit seinem Werk „Die Sorge um sich" (Frankfurt/M. 1986) der Philosophie der Lebenskunst zu neuer Aktualität verholfen und gezeigt, daß der Wille zur Formung seiner selbst im Mittelpunkt einer Ethik der Postmoderne stehen könnte: „Die Vorstellung des bios als Stoff eines Kunstwerks erscheint mir faszinierend. Und ebenso die Vorstellung, daß die Ethik der Existenz eine sehr starke Struktur geben kann, ohne sich auf ein Rechtswesen, ein Autoritätssystem oder eine Disziplinstruktur beziehen zu müssen." (Zit. n. Schmid, BaZ Nr. 37, 16. Sept. 1989, p. 6/7)
[17] W 98
[18] Als Jesus die beiden Schwestern Maria und Martha besuchte, setzte sich Maria zu Füßen Jesu und hörte ihm zu, während Martha emsig umhereilte, um Jesus zu dienen. Auf die Klage Marthas, daß Maria ihr nicht bei der Arbeit helfe, antwortete Jesus: „Martha, du hast viel Sorge und Mühe ... Maria hat das gute Teil erwählet." (Luk. 10,38ff.) Diese Bibelstelle wurde vom einflußreichsten frühchristlichen Theologen, Origenes, als Differenzierung des beschaulichen und tätigen Lebens interpretiert. Maria (Kontemplation) steht in der Bewertung der beiden Lebensformen über Martha (Aktivität). (Vgl. Alois M. Haas, in: Arbeit, Muße, Meditation. Zürich 1985, p. 109f.)
[19] Vgl. II. 3. „Mystische Kontemplation"
[20] W 139
[21] Zit. n. Klumpjan 1986, p. 82
[22] Die Kontemplation in weltentrückten Höhen ist ein häufiges Motiv in Philosophie

und Literatur. Oft finden diese Kontemplationen auf Berggipfeln statt; so beispielsweise die berühmte ‚Gipfel-Kontemplation' von Petrarca, der vom Gipfel des Mont Ventoux aus auf die ‚Landschaft' seines eigenen Lebens hinunterblickt und zu sich selber findet. (Vgl. Pestalozzi 1970, p. 23)
Auch Nietzsches Zarathustra zieht sich ins Gebirge zurück, um sich dort der Kontemplation zu widmen. Der „Wanderer und Bergsteiger" (p. 404) Zarathustra erkennt auf dem Gipfel eines Berges sein Los, das darin besteht, sich selber zu ‚übersteigen'. Auch wenn der Berg des Zarathustra ein „Ölberg" (p. 425) und das Ringen um Selbstüberwindung schmerzhaft ist, blickt Zarathustra dennoch lachend und gelassen auf die Welt hinunter: „ich sehe hinab, weil ich erhoben bin ... Wer auf den höchsten Bergen steigt, der lacht über alle Trauer-Spiele und Trauer-Ernste." (Nietzsche 1955, p. 306)
Thomas Mann schließlich läßt seinen ‚Helden' Hans Castorp für Jahre in den Bann des kontemplativen Lebens auf dem ‚Zauberberg' geraten, einem Ort, „wo man aus der beschaulichen Abgeschiedenheit von fünftausend Fuß auf die Welt und die Kreatur hinabblickte und sich seine Gedanken machte". (Mann 1988, p. 412)

[23] W 95

[24] W 48

[25] W 18

[26] W 62

[27] W 104

[28] W 105

[29] Zit. n. Klumpjan 1986, p. 55

[30] Das Wort ‚mystisch' ist abgeleitet vom griechischen Verb ‚mýein' = die Lippen und Augen schließen

[31] „Die flüchtige Wahrheit unserer Worte sollte immer den Mangel an Übereinstimmung mit dem zurückbleibenden Tatbestand dartun. Ihre Wahrheit wird sofort *übertragen*, das buchstäbliche Denkmal allein bleibt zurück." (W 315)

[32] W 104

[33] Thoreau war vertraut mit der Mystik des Buddhismus und des Hinduismus. Besonders schätzte er die Baghavadgita, die er stets bei sich trug. (Vgl. W. 290)

[34] W 277
Thoreau hat sich eingehend mit Goethe beschäftigt. (Vgl. Sattelmeyer 1988, p. 7, 45, 46, 80). Es ist anzunehmen, daß er das spinozistische ‚deus sive natura' durch Goethes Schriften zur Natur kennengelernt hat. In Zit. W 277 scheint sich Thoreau direkt auf die Stelle in einem Aufsatz Goethes zu beziehen, wo es heißt: die Natur „ist alles ... Alles ist immer da in ihr. Vergangenheit und Zukunft kennt sie nicht. Gegenwart ist ihr Ewigkeit ... Sie ist weise und still. Man reißt ihr keine Erklärung vom Leibe ... Was wahr ist und was falsch ist, alles hat sie gesprochen." (Goethe, München 1982, Bd. 13, p. 47)

[35] Zit. n. Klumpjan 1986, p. 46

[36] W 174

[37] Darin besteht die eigentümliche Dialektik der Mystik: sie beharrt auf dem individuellen Erleben der Transzendenz und wendet sich deshalb gegen Dogmen und gegen jede Verabsolutierung von Glaubenssätzen – und dennoch ist ihre Konsequenz das Aufgehen des Menschen in eine Einheit, in der es keine Individualität mehr gibt.

[38] ‚Tat tvam asi' (Sanskrit) = Das bist du
[39] W 188
[40] Zit. n. Klumpjan 1986, p. 36/37
[41] W 136/137
[42] W 239
[43] W 194
[44] W 201
[45] W 168
[46] An einigen Stellen scheint Thoreau unmittelbar auf das Höhlengleichnis Bezug zu nehmen, und er war sich seiner geistigen Nähe zu Platon wohl bewußt als er schrieb: „Blendwerk und Betrug werden als unerschütterliche Wahrheiten angesehen, während die Wirklichkeit eine Fabel ist. Wenn die Menschen ruhig nur die Wirklichkeit beobachten und sich nicht blenden lassen wollten, würde ihnen das Leben wie eine Erzählung aus ‚Tausendundeine Nacht' erscheinen ... Wenn wir weise und ohne Eile sind, so sehen wir, ... daß kleine Sorgen und kleine Freuden nur Schatten der Wirklichkeit sind." (W 102/103)
(Zu Thoreaus Platon Rezeption: Dombrowsky 1986)
[47] Platon, Politeia 517 d
[48] Ebd. 519 d
[49] Ebd. 517 d
[50] Ebd. 520 c
[51] Nikomachische Ethik I 5, 1097 a30–b1
[52] Ebd. I 3, 1096 a5–7
[53] Ebd. X 7, 1177 b1–3
[54] Ebd. X 7, 1177 b26
[55] Höffe 1979, p. 32
(Meine Ausführungen zu Aristoteles stützen sich weitgehend auf das Kapitel „Zur Dialektik von Polis- und Vernunftnatur" bei Aristoteles von O. Höffe in: Ethik und Politik, Frankfurt a. M. 1979, p. 28 ff.)
[56] PzU 53
[57] W 80
[58] W 85
[59] PzU 20
[60] PzU 11
[61] W 14
[62] W 14
[63] Obwohl Thoreau nur eine einzige Nacht im Gefängnis verbringen mußte, war er offenbar davon überzeugt, deswegen zu den ‚gerechten' Menschen zu gehören. So entbehrt die Anekdote über seine ‚Heldentat' nicht einer gewissen unfreiwilligen Komik: es wird berichtet, daß Thoreau im Gefängnis Besuch bekommen habe von seinem Freund Emerson. Dieser habe ihn vorwurfsvoll gefragt: „Mein Gott, Henry, warum bist *du* denn hier?" Worauf Thoreau, ebenso vorwurfsvoll, geantwortet haben soll: „Und du, Waldo, warum bist *du nicht* hier?"
(Vgl. Klumpjan, p. 103)
[64] Feldhoff 1989, p. 53

65 PzU 21/5 Zit. n. Klumpjan 1986, p. 106
66 PzU 9
67 Klumpjan 1986, p. 114
68 PzU 53
69 Nikomachische Ethik 1177 a25 – 1177 b30
70 Vgl. Diogenes Laertios 1967, p. 304ff.
71 W 40
72 W 58
73 W 318/319 Auch wenn dieses Zitat wiederum an Worte des heiligen Franziskus erinnert, hatte Thoreaus Einstellung dennoch nichts mit dem mittelalterlichen ‚Ethos der Armut' zu tun: Thoreau erwartete den ‚Lohn' für seine Armut nicht im Jenseits, sondern er hob die pragmatischen Vorteile eines Lebens in freiwilliger Armut hervor. Thoreau knüpfte mit seinem weltlichen Armutsideal eher an östliche Weisheitslehren an, die den Wert der Armut ebenfalls in der profanen Befreiung von unnötigen Abhängigkeiten erkennen. (Zum mittelalterlichen ‚Ethos der Armut': Geremek 1988, p. 23ff.)
74 W 161/162
75 Diese Konsequenz der Autarkie hat nach Xenophon schon Sokrates erkannt. Sokrates war der Ansicht, daß der Mensch Autarkie zwar realisieren könne, jedoch nur „um den Preis ... einer Reduktion des Lebensstiles auf das Niveau urtümlicher Kulturlosigkeit." (Platon, Zürich/München 1974, Bd. 8, p. 64)
76 W 308
77 W 314

Barbara von Wulffen

Von Wüstenzeit und Menschenzeit

Vor einiger Zeit habe ich einen unauffälligen zimtbraunen Stein geschenkt bekommen. Er ist buckelig abgerundet mit zwei in einer scharfen Kante aufeinander zugeneigten glatten Seitenflächen. Er liegt gut in der Hand, wie ein Werkstück. Man könnte an die Altsteinzeit denken.

Und tatsächlich, der Stein ist bearbeitet, aber nicht von Menschenhand, sondern von Wind und Sand, und die „Steinzeit", um die es da geht, liegt 200 Millionen Jahre zurück. Man nennt solche Steine „Windkanter". Meiner stammt aus der fränkischen Keuper-Sandsteinformation und ist während damaliger Wüstenjahrtausende abgeschliffen, zugeweht, verschüttet und viel später wieder herausgewittert. Ein Spaziergänger mit geschultem Blick hat ihn in der Maingegend aufgelesen. Die Botschaft, die in seinen Flächen und Kanten aufgezeichnet ist, lautet: Sandwüste. Hier, im heute grünen, feuchten Franken erstreckte sich während des Erdmittelalters mehrfach eine Landschaft ohne Vegetation, in der starke Winde aus wechselnden Richtungen den Sand so scharf vor sich hergetrieben haben, daß harter Stein in dieser Weise abgeschliffen worden ist. Ebensolche Windkanter kann man auch in heutigen Wüsten finden.

Es herrschte also einst auch hier in Deutschland tote, eben wirkliche Stein-Zeit, die kein Wesen „erlebt" hat. Das Muschelkalk-Meer lag bereits Jahrmillionen zurück, das bis zum Main reichende Jurameer, die Tethys, mit Ammoniten und Schwimmsauriern, stand noch ebenso bevor wie warme Braunkohlewälder voller Säugetiere und Vögel, wie Eiszeit-Tundren und wie die heutigen gemäßigten, fruchtbaren Jahrtausende. Meere und Gebirge, Wälder und Steppen haben einander immer wieder abgelöst, ein für unser Erleben unmerklich langsames Kommen und Gehen.

Wüste bedeckte unseren Planeten nicht nur in seiner Frühzeit, sie herrschte auf ihm auch zwischendurch immer wieder in unterschiedlichen Regionen, und sie ist mit Sicherheit auch seine Zukunft – ganz ohne unser Zutun. Man kann darüber erschrecken oder Gelassenheit empfinden. In jedem Falle verweisen die bei solcher Betrachtung aus der Gegenwart hinausprojizierten, in ihrer Ausdehnung nicht wirklich vom Menschengeist faßbaren Riesenzeiträume auf die Bedeutsamkeit unserer eigenen Planetenstunde zurück, von der aus wir selber das gewaltige Zeitpanorama nach beiden Seiten hin öffnen.

Als ich an einem warmen Januartag von Beersheba aus in den südöstlichen Negev kam, erst durch Sand-, dann durch Steinwüste, empfing uns über dem Einbruchskrater Makhtesh Gadol, dem Großen Mörser, ein doppelter Regenbogen. Die schroffen Berge leuchteten im Abendlicht orange und gelb und schwarz mit einem Anflug von Purpur, die ferne östliche Tiefebene von Jordan und Totem Meer war im Abendschatten zu ahnen mit einem Ton, der weniger der Farbe als dem Wortklang nach „fliederfarben“ zu nennen gewesen wäre. Solches Gestein genügt sich selbst; nackt ragt es auf, nicht beschönigt durch lebendiges Wachstum, und es scheint in seiner eigenen Pracht den Regenbogen gleichmütig hinzunehmen. Dieser Regenbogen hält jedoch selbst hier noch sein Versprechen. Steigt man abwärts in eines der Wadis, der Trockentäler, ist gleich wieder ein Anflug von Grün zu erkennen: stachelige Sträucher, ein Kameldornbaum, einzelne Halme im wasserlosen Flußbett; mitten aus Schutt und Sand des Hanges ragen üppige Blätter eines Liliengewächses; der schwarzweiß gemusterte Kappensteinschmätzer flattert auf, Wüstenhühner laufen scheu im sandfarbenen Tarnkleid einen Felsrücken entlang. Hier ist die Wüste also wieder belebt, oder noch belebt, je nach Blickwinkel.

Den Hypothesen der Naturwissenschaften gemäß scheint Wüste – man spricht von ihr, wenn durchschnittlich weniger als 250 mm Regen im Jahr fallen – der wahrscheinlichere, gleichsam der eigentliche Zustand auf Erden zu sein, die Ordnungen des Lebens der unwahrscheinlichere. Aber wußten wir das nicht auch ohne Paläontologie, Geologie, Kosmologie? Daß am Anfang Chaos stand und am irdischen Ende zunächst Katastrophe, Untergang sein wird? Der Satellitenblick auf Nachbarplaneten hat nur bestätigt, was ohnedies erwartet worden war. Allerdings wird die Unterscheidung eines „wahrscheinlicheren“, „eigentlichen“ Charakters der Wüste von einem „unwahrscheinlichen“ Charakter der Lebenssphäre dem zur Fragwürdigkeit, der sich auf Wüstenwanderung begibt. Er begreift, daß eine solche Unterscheidung, die ja der als Lebender eben ganz und gar nicht unwahrscheinliche, sondern höchst augenscheinliche Menschen trifft, eine sinnlose Selbstaufhebung bedeutet. Es ist sehr viel sinnvoller, sich dem bestürzenden, am Ende klärenden Erlebnis der Wüste einfach zu öffnen.

Die chaotische unbelebte Trümmerlandschaft von Stein und Gebirgswüste wirkt auf unser Gemüt bedrohlich, erschreckend, als Unordnung und Tohuwabohu, als „Wüste und Leere" der Vorzeit. Ausgeglühte Hochplateaus, Schutthalden, Kiesflächen bedecken die Sahara zu 80%. Hitze, Kälte und Feuchtigkeit sind sprengend und schälend auch weiterhin am Werk, der Wind arbeitet beharrlich. Die Sahara bietet alle Stufen der Verwitterung von Gebirgen, die bis heute unvorstellbar langsam weiter aufgetürmt werden und zugleich verwittern, teils Urgestein, teils Sedimente, also alter Meeresboden; an vielen Tafelbergen erkennt man gut dessen horizontale Ablagerungsschichten. Achtmal sei die Sahararegion bisher gehoben, abgetragen und als Meeresboden wieder neu abgelagert worden, achtmal sei sie im Wechsel Meer und Land gewesen. Ein imaginärer Betrachter mit zeitraffend erlebendem Blick könnte sie als wogende Wölbung oder als Mulde erkennen, in die je nach Zustand Weltmeere herein- und hinausschwappen.

Die unbelebte Steinwüste mit ihren starken Farben, all diesen Abstufungen vom Rot des oxydierten Eisens bis zum tiefen Schwarz des Mangangesteins, ist schön und furchtbar zugleich. Das viele Eisen, das aus tieferen Schichten immer wieder ans Tageslicht herausgehoben und freigeschält wurde, um ins Rote zu oxydieren, ist übrigens der größte Sauerstoffverzehrer unserer Erde.

Die Sandwüste dagegen ist als Endstadium der Verwitterung von ozeanischer Weite und Weichheit. Sie trägt die Formen von Wasser und Wind als Dünen, Wellen, feine Rippelmarken und wirkt aufs Gemüt besänftigend. Die heftigen Farben sind zu ruhigerem Orange, zu Grau oder leuchtendem Gelb durchmischt und beschwichtigt.

Was heute zutagetritt, ist demnach oft unvorstellbar alt. In der nordwestlichen Sahara ragt 80 Meter über Stein und Sand ein 400 Millionen altes einstiges Korallenriff empor, härter als die umliegenden Sedimente und daher länger den Kräften von Wind und Sand trotzend. In seiner Umgebung eingebettet liegen 5 cm große „Rüben-Korallen", die noch jetzt so deutliche Jahres- und sogar Tagesringe zeigen, daß man an ihnen wie an einem versteinerten Kalender ablesen kann, wie damals das Jahr anscheinend fast 400 Tage hatte, die Tage nur etwa 22 Stunden, daß die Erde sich also schneller als heute gedreht haben muß. Selbst diese Drehung ist demnach endlich und wird irgendwann zum Stillstand kommen. Wüstenforschung, so sagt man, sei der Schlüssel für Vergangenheit und Zukunft der Erde. Das Buch der Natur liege hier gleichsam aufgeschlagen unter dem blendenden Himmel. Es berichtet, daß nicht nur das Leben verweht und irgendwann ganz erlischt, daß nicht nur die Luft, das Wasser, der Stein vergehen, sondern auch der Ablauf der Zeit. Binnenwüsten entstanden u. a., wenn die Erdoberfläche sich durch Schub, Verdriftung und Faltung ihrer Kruste so hoch auftürmte, daß Regenwolken manche der zwischen den sonnenreichen Wendekreisen liegenden Gebiete über die Bergreliefs hinweg mit der Zeit immer seltener erreichten. Riesige Wüsten entstanden auch, wo kalte Meeresströme nur sehr trockene Luft vom Ozean ans Land gelangen ließen. So ist der kalte Benguelastrom vor Südwestafrika bis heute die Ursache der sehr alten Namib, einer langgestreckten Küstenwüste.

Überdauern, ja steile Höherentwicklung des Lebens außerhalb der Meere erscheinen in vielerlei Hinsicht als unwahrscheinlich. Es mußte nämlich auf dem zunächst lebensfeindlichen Land mit abstruser Hartnäckigkeit eine Art Aufwärtsreaktion stattfinden zu komplexeren chemischen Strukturen, zu höheren Informationsformen, zu differenzierterer Gestalt, eine Entwicklung zu höheren Ordnungen, zu immer größerer Ungleichheit der Erscheinungen, während es doch viel wahrscheinlicher wäre, daß alles zum Zerfall, zum Ausgleich, zur Einebnung zurückstrebte. Der 2. Hauptsatz der Thermodynamik lehrt, daß der Aufbau solcher höherer Ordnung nur um den Preis eines Energieverbrauches möglich ist, der an anderer Stelle um so mehr Unordnung hervorruft. Auf sehr lange Sicht strebt aber doch alles letztlich einem Zustand der Gleichheit entgegen, in dem „hochwertige", verwertbare Energie in unverfügbare Energie auf Niedrigtemperaturniveau übergeht; man spricht vom „Kältetod". Die Sandwüste kann einen solchen Ausgleich, einen Endzustand aller gestalteten Ordnung in die Unordnung des völlig Gleichartigen, hier des feinen Sandes, symbolisch anschaulich machen. Dieser – allerdings nur vorläufige – Endzustand wirkt auf uns wie eine neue Ordnung, wie beruhigte Harmonie.

Viele Forscher sehen eine unaufhaltsame „Umweltkatastrophe Wüste" im Gang, die mit gewissen Unterbrechungen bis heute anhalte. Aus diesem Blickwinkel erscheint es wie eine nebensächliche Verzögerung der tödlich, also auf den Tod aller differenzierten Formen zulaufenden Erdgeschichte, daß die Sahara, vor 150 Millionen entstanden, zwischendurch auch wieder Sümpfe und Wälder trug und sogar gewaltige Saurier ernähren konnte, deren versteinerte Spuren inzwischen wieder herausgewittert sind. Die Sahara ergrünte mehrfach, zuletzt nach der Eiszeit vor rund 8000 Jahren; noch in historischer Zeit war bei großem Wildreichtum in ihr auch Rinderzucht möglich und Ackerbau am Nordrand, wie es aus der klassischen Antike noch bezeugt ist. Seitdem breitet sich die Sahara mit Flugsand und Wanderdünen von selbst in solcher Geschwindigkeit weiter aus, daß zusammen mit Wäldern und Steppen auch die antiken oder modernen Umweltsünden sowie mühsame neue Kulturversuche durch Bewässerung gleichermaßen vor ihrer Macht im Sand versinken oder im heißen Stein erstarren. Das Leben überhaupt scheint angesichts der Wüsten zu einer unwesentlichen Episode der Erdgeschichte zu schrumpfen.

Man kann also die Naturgeschichte in der Weise interpretieren, daß der größte Sieg des Lebens längst vorüber sei, ein quantitativer Sieg, der vor ca. 300 Millionen Jahren in der „Steinkohlezeit" erfolgte, als wuchernde Farn- und Schachtelhalmwälder in unvorstellbarer Üppigkeit das Land bedeckten und langsam in die riesigen Vorräten an Steinkohle umgewandelt wurden. Solche Sicht mag aber durch die Tiefe der geologischen Zeiträume, in die das forschende Menschenauge in Richtung Vergangenheit und Zukunft vordringt, einer Verschiebung der Perspektive unterliegen. Denn was heißt schon „Umweltkatastrophe Wüste"? Wessen Umwelt soll da gemeint sein? Gewiß, die Wüsten sind fraglos seit Jahrmillionen wieder im wachsen begriffen. Doch im selben Zeitraum entwickelten sich doch gerade auch immer neue Lebensformen: Blumen und Insekten, Vögel und Säugetiere, schließlich der Mensch. Diese Formen falteten sich aus der wohl letztendlich in seine Niederlage führenden Auseinandersetzung des Lebens mit der Wüste heraus. Was aber heißt Niederlage, wenn es in ihrem Verlauf zur höchsten Steigerung des Lebenswunders kommt? Bis hin zum Menschen, der vermutlich vom Wüstenkontinent Afrika ausgegangen ist? Freilich, zwingt man dieses Leben auf die durch Abstraktion gewonnene physikalische Zeitgerade, dann erscheint seine Niederlage angesichts der Wüsten als gewiß. Soll man also sagen, Skorpion, Sandviper oder Spatenfußkröte hätten die lebensfeindliche Wüste durch Anpassung erobert? Oder soll man sagen, sie hätten nur dem ständigen Vordringen der Wüste durch erstaunliche Überlebensstrategien für eine begrenzte, verschwindend kurze Weile Trotz geboten, und am Ende müßten sie doch alle weichen? Die pessimistische Interpretation der Erdgeschichte als permanente Umweltkatastrophe erscheint fragwürdig. Denn schon die Lebensformen, die gerade in der Wüste selbst und nur hier vorkommen, zeigen noch einmal eigens die Grundtendenz des Lebens zur Steigerung, die offenbar hier am äußersten Saum der Gefährdung zu höchster Vollkommenheit angespornt wird. Vom Menschen, einem aus dieser Sicht Verspäteten, gar nicht zu reden, der ja diese erdgeschichtliche Betrachtungsweise gefunden hat.

Beobachten wir einen der zahlreichen Schwarzkäfer (Onymacris unguicularis) der Namib: Er übernachtet in kühleren Sandschichten und stellt in der ersten Morgenwärme seinen erkalteten Leib so geschickt in die geringfügig feuchte Meeresluft, daß ein Tropfen sich daran kondensiert, der ihm für seinen nächsten Lebenstag genügt. Es rennt das größere Weibchen, vom kleineren Männchen gefolgt, derart lebenseifrig durch den Namibsand, daß an seinem

So- und nicht Anderssein in diesem Augenblick keinerlei gestrige oder morgige Zweifel möglich sind. Was hat der Schwarzkäfer zu tun mit dem, was in den Sedimentschichten ehemaliger Meere aufgezeichnet ist, die wieder Wüstensand, Verwehtes, neu Abgesunkenes, Gelagertes und Gehobenes für neuerliche Abtragung wurden? Er ist kein Nichts auf der abstrakten Zeitgeraden *unseres* Weltbildes, sondern er hat selbst lebendige Zeit, Tage, die für sich, unvergleichbar zum Wehen des Sandes ablaufen, zu den Äonen, in denen dieser Sand aus Stein geschliffen wurde, um einst wieder zu Stein gepreßt zu werden für neuen Schliff. Die Stratigraphie liest diese geologische Zeit nach Mineralien und Leitfossilien seit etwa 100 Jahren immer genauer ab und macht damit in unserem modernen Bewußtsein die noch für das 18. Jahrhundert nur wenige tausend Jahre alte Erde unvorstellbar viel älter, in Milliardengröße hinein. Der Schwarzkäfer aber trinkt seine eigenen kostbaren Tropfen täglichen Lebenswassers und eilt durch seine eigenen Namibtage. Ihm gehört diese jetzige Wüste, ja er ist diese Wüste, ebenso wie der Blindmull, ein nur noch vergraben im Namibsand lebender Maulwurf, der da unten sein Augenlicht verloren hat. Ein blindes goldpelziges Stückchen Leben, geht er mit aufmerksamem Geruch-, Tast- und Gehörsinn auf unterirdische Insektenjagd. Auch das Flughuhn ist Wüste: Es brütet kaum sichtbar an einige Steine geduckt, das Männchen fliegt bis zu 60 km allmorgendlich zur Tränke, bringt den Jungen im eigens umgebildeten Brustgefieder Wasser und ist in ständiger Gefahr, vom fahlen großen Lanner-Falken geschlagen zu werden, der vom Boden aus jede geringste Erhebung im flachen Sand, in der heißen wabernden Luft wahrnimmt und in niedrigem Flug jagt. Sogar Amphibien sind Wüste, etwa die hochspezialisierten amerikanischen Spatenfußkröten: Sie graben sich mit Hilfe eines hornigen „Spatens" an den Hinterfüßen über 1/2 Meter tief ein und verbringen in dieser Tiefe scheintot die Monate oder auch Jahre der Regenlosigkeit im Trockenschlaf, um bei ausreichend starken Niederschlägen rasch emporzukommen. In den entstandenen Teichen laichen sie ab. Kaulquappen entwickeln sich hastig, drängen sich im schon wieder austrocknenden Tümpel eng zusammen; dann bilden etliche größere Tiere Mundwerkzeuge aus und verspeisen ihre Geschwister. Durch diesen ökonomischen Kannibalismus schaffen es einige Exemplare, im Wettlauf mit der Dürre gerade noch heranzureifen und sich im letzten Augenblick vor der Vertrocknung einzugraben – bis zum nächsten Regen. Ihr Leben verläuft mit riesigen Unterbrechungen während solcher jeweils ganz kurzer Zeitspannen. Die Pausen, in denen die Kröten kaum atmen, betragen ein Vielfaches des kurzen intensiven Lebendigseins. In diesen Pausen altern die Tiere kaum, denn für sie vergeht dann auch so gut wie keine Zeit.

Wer nahe dem trockenen Rivier des Swakopflusses im flimmernden Wüstenlicht vor dem Wunder aller Wunder steht, vor der Pflanze Welwitschia mirabilis, der fragt nicht mehr, ob sie diese Wüste erobert oder ihr „nur" getrotzt hat, sondern er staunt. Als der österreichische Botaniker Dr. Welwitsch am 3. September 1859 als erster Europäer vor diesem lebenden Fossil stand, rief er: „Ich habe das Schönste und Herrlichste gesehen, was die Tropenländer Südafrikas darbieten können." Daher der Name dieser Pflanze, die englischsprechende Kenner zärtlich nur „Mirabilis" nennen. Es ist ein botanisch geschulter Blick nötig, um solche Schönheit zu erfahren, auch ein Gefühl für die Inständigkeit dieses geduldig starken Wachsens, das mit „Überleben in der Wüste" nur höchst notdürftig bezeichnet wäre. Die mit den Nadelbäumen verwandte Welwitschia treibt einen hölzernen Stamm mit breit verzweigtem Wurzelnetz in den Sand. Am niedrigen oberirdischen Holz wachsen nur zwei endlose, harte, blaugrüne Blätter gewölbt ein Stück empor, um in einige Längsstreifen zerschlissen und abwärtsgebogen bei Berührung mit dem heißem Sand abzusterben und als ungeordnetes Gewirr am Boden zu liegen. Geringe Nebelfeuchtigkeit vom Meer her sammelt sich an diesen seltsamen Gebilden und rinnt zu den Wurzeln. Aus der Mitte der zweihäusig blühenden Pflanze ragt ein verzweigter Stiel, der entweder kleine lachsfarbene Staubzapfen trägt, oder große, blaugrüne, weibliche Zapfen. Auf diese Weise entsteht ein Pflanzenzelt, bei den größten Exemplaren ein- bis zweitausend Jahre alt, bewohnt von Spinnen, Skorpionen, Insekten, Reptilien, Mäusen, Vögeln. All das staunenswerte, emsig wimmelnde Tierleben auf dem fast zeitlosen Pflanzenkörper, diese äußerste Lebenskonzentration mit völlig unterschiedlichen lebendigen Zeiten – auch das ist Wüste. In ihr verschmelzen Falkenzeit, Käferzeit, Pflanzenzeit mit dem Wehen von Sand und dem Wandern von Dünen, in denen der einstige Fels gelöst ist und dahinfließt.

Der Reisende, der in die Wüste eindringt, wird ihr zunächst ganz und gar fremd und äußerlich bleiben. Ist er dann einige Male unter ihrem Himmel eingeschlafen und aufgewacht, den Blick in die unfaßbar klaren Sterne verloren, ins Kreuz des Südens zumal, das er erkennt, ohne daß es ihm jemand zeigen muß, oder in den Skorpion und den so anders als gewohnt ausgerichteten Orion – dann beginnt er, diese Fremdheit in sich einzulassen.

Damit setzt seltsamerweise ein lebenslanges Heimweh ein, ausgehend davon, daß das Wort „Wüste" eine Wandlung erfährt. Wir sind gewohnt, aus ihm die Verwüstung herauszuhören, die Unwetter, Krieg und das moderne Leben unserer europäischen Welt zufügen, um sie scheinbar ohne Trost und ohne Versöhnung zu hinterlassen. Die Begegnung vor allem mit der Sandwüste, ihrem grenzenlosen Himmel, dem weiten Horizont, der unfaßlichen Stille und Leere zwingt – vorausgesetzt, sie wird allein bestanden – zu ganz anderer Erfahrung.

Zuerst ist da ein großes Staunen, etwa darüber, im endlosen Sand auf einem Punkt zu stehen, den nichts auszeichnet, als daß hier die eigene Spur endet und er der Mittelpunkt des Horizontes ist. Auf das Staunen folgen Angst, ja Entsetzen. Die menschliche Natur muß sich verändern, um dies allein ertragen zu können.

„Die Natur bäumt sich in einem auf, lieber würde man Steine unter der glühenden Sonne schleppen", hat der Italiener Carlo Carretto von seinen ersten Wüstenerfahrungen berichtet, nachdem er im Alter von 44 Jahren sein hektisches Kirchenleben mit der Kontemplation vertauschte und in den modernen Orden der „Kleinen Brüder und Schwester Jesu" eintrat, der ein Noviziat in der Sahara vorsieht. Er verbrannte hinter einer Düne sein umfangreiches Adreßbuch und sah zu, wie der Wind der Sahara die Asche verwehte. Frucht dieses Entschlusses sollten Jahre später „Geistliche Briefe aus der Wüste" sein.

Auslieferung an die Wüste führt zu einer Armut, die das ganze Innere des Menschen erfaßt. Da ist nicht nur die Loslösung von den vielen Dingen im Spiel, den tausend Tätigkeiten, die jeder zu brauchen glaubt und sogar vom selbstgenügsamen Behagen. Es geht auch um die Lösung von allem, was jeder an Bildern und an vermeintlicher eigener Bedeutung und Wichtigkeit, an Können und Müssen und Sorgen in sich aufgehäuft hat. Zunächst wird das als Grauen erlebt und beschrieben, Grauen vor der zermalmenden eigenen Nichtigkeit, die übrigbleibt.

Die Wüste schenkt ihren Frieden nicht ohne diesen Durchgang. Sie ist von solcher Grenzenlosigkeit in Raum und Zeit, daß der dem nicht angepaßte Mensch, in seiner Alltäglichkeit auf Überschaubares angewiesen, davor wie vernichtet steht. Wer die Tapferkeit aufbringt, sich diesem Abgrund der Wüste auszusetzen, der erfährt offenbar, daß die menschliche Natur auch einem unendlichen Geheimnis nicht angepaßt ist, und er beginnt, sich diesem Geheimnis auszuliefern und schließlich anzuvertrauen. Die ägyptischen Wüstenväter der Spätantike, auf die das ganze christliche Mönchstum zurückgeht, beschreiben diese Erfahrung gemäß dem Glauben ihrer Zeit oft als drastische Dämonenkämpfe und die Wüste als Tummelplatz des Teufels.

Zwar gleichen sich die Formen der Askese in allen Religionen. Aber der christliche Gedanke der Nachfolge ist darüberhinaus von einer Gottesliebe und -sehnsucht erfüllt, die über die anderen Religionen hinaus in die Kreuzesnachfolge mündet. Die Anachoreten zogen sich also nicht zurück, um ein schlechteres, sondern um ein besseres Leben zu finden, und manchen von ihnen schenkte die Wüste nach langer Zeit Worte der Weisheit. Dann wurden sie Lehrer.

Charles de Foucauld, der 1916 von algerischen Tuaregs erschossene Priester und Eremit, auf den die „Kleinen Brüder" und die „Kleinen Schwestern" zurückgehen, schreibt: „Man muß einmal die Wüste durchzogen haben und darin wohnen, um die Gnade zu empfangen ... Diese Stille, diese Sammlung, dieses Vergessen alles Geschaffenen ist nötig für die Seele ... Der Anblick meines Nichts, anstatt mich zu betrüben, hilft mir, mich zu vergessen und nur an Den zu denken, Der alles ist." Das ist Ziel des Wüstenweges.

Als der Prophet Elias nach seinem Streit mit den Baalspriestern des Königs Ahab fern vom Berg Karmel, fern auch von Jerusalem und von Beerscheba, wo er seinen Gefährten zurückließ, im Negev unterm Ginsterbusch liegt und verzweifelt, da hat er erst den kleineren Teil der südlichen Wüste durchmessen. Das vom Engel gereichte geröstete Brot und das Wasser müssen genügen für den weiteren Weg, für die 40 Wüstentage bis zum Berg Horeb am Sinai. Dieser Horeb hat bis heute sein unentschlüsseltes Wesen bewahrt. Viele Reisende steigen stundenlang im Dunkel der späten Nacht hinter dem arabischen Bergführer auf, um droben den Sonnenaufgang zu erleben. Mancher blickt dann wohl erschrocken auf den steilen Pfad, den er eben bewältigt hat und mag trotz der vielen Menschen um sich, trotz des Flugplatzes drunten, der Busse und Autos ahnen, was es für Moses und Jahrhunderte nach ihm Elias bedeutet haben muß, hier allein heraufzukommen. Es ist die absolute Wüste, reiner Fels, schroff und nackt und leer von Leben – nichts, woran der zum Prophetenamt Berufene sich noch hätte klammern können. Das kleidet die Bibel in den furchtbaren Satz: „Und Moses stieg hinauf zu Gott". Erdbeben. Blitz, Donner, Posaune und Wolken sind nur Begleitumstände. Ähnlich erschreckend ist der Wüstenberg mit Sturm und Erdbeben auch für Elias, bis er die Erscheinung verhüllten Hauptes im „sanften Sausen" erlebt.

Die drei großen Religionen der Juden, Christen und Moslems beziehen sich auf den Berg Horeb, alle drei haben sie ihr offenbartes Wort aus der Wüste. Die vierzig Wüstentage des Moses, die als vielhundertjährige Tradition die Bibel durchziehen, sind bis heute lebendig und werden von Millionen Christen zwischen Aschermittwoch und Ostern auf vielfältige Weise gehalten. Ja, sie haben eine Belebung erfahren durch die neu erwachende Verantwortung für die Schöpfung, der viele Menschen in einem erweiterten Verständnis vom Fasten gerecht zu werden suchen.

Westlich von Jericho, im steil aus der Jordanebene aufragenden Gebirge, besuchen seit Jahrhunderten Reisende den Djebel Qurantal (Mons Quarantana – Berg der Vierzig). Nach steinigem Aufstieg betritt man innerhalb des an die Ostflanke getürmten Klosters eine der Höhlen. Sie gilt als der Ort, wo Jesus nach der Jordantaufe 40 Tage gefastet hat. Durchs rückwärtige, von vielen schweren Schlössern geschützte Klostertor gelangt man über einen Serpentinenpfad auf den Gipfel dieses „Berges der Versuchung". Das ist auch ohne die Erschöpfung wochenlangen Fastens ein ermüdender Weg durch heißes Gestein. Droben reicht der Blick weit über die judäische Gebirgswüste im Westen und über die Jordanebene im Osten hinweg. Dieser Berg birgt die Erinnerung an den so menschlichen Anfang von den drei Prophetenjahren, an lange Tage in grauenhafter Einsamkeit und an drei bedrängende Versuchungen: Aus Steinen Brot machen – alle Reiche, die man von hier oben zu überblicken meint, in Besitz nehmen – niederfallen und den Versucher anbeten. Es beginnt von hier aus ein entsagungsvolles Wanderleben mit Predigt und dem Heilen einiger Kranker, begleitet vom unbefangenen Verzehr von Brot, Fisch und Lamm, oder auch nur von abgepflückten Ähren, was als Zeichen verstanden sein will: Die Schöpfung darf von uns gebraucht werden, jedoch in Ehrfurcht und im Wissen der ihr und uns gemeinsamen Endlichkeit.

Der kleine Windkanter in der Hand birgt also wie eine Schrift neben der Nachricht von den geologischen Wüsten unter unseren Füßen auch den Hinweis auf Wüstenworte, wie sie der Sinai, die Sahara, die jüdischen Berge oder Mohammeds arabische Wüste verschenken.

Reinhard Löw

Die Selbstbildung des Menschen im Künstlerischen

Philosophische Bemerkungen zu Adalbert Stifters „Nachsommer"

Stifters „Nachsommer" erfreute sich nie einer großen Gunst des lesenden Publikums. Anspruchsvoll ist dieser Roman, mit vielen gelehrten Ausführungen, breit angelegt mit wenig Handlung, und das bißchen Handlung wiederholt sich auch noch dauernd: Jedes Jahr fährt der Held ins Gebirge, zum Rosenhof, und dann wieder nach Hause. Keine Neuheiten erfährt man, keine Kritik an irgendwelchen gesellschaftlichen oder politischen Zuständen (unter denen der Autor doch sehr litt): Es gibt keinen einzigen schlechten Charakter im Buch. Aber das wußte Stifter selber.

„Wer dies Buch als eine Liebesgeschichte liest, bei der am Schluß noch eine ebensolche, aber verunglückte rückwärts erzählt wird", schreibt Stifter einer Freundin, „der wird es völlig unbefriedigt zur Seite legen." Aber wie soll man es dann richtig lesen? Als Bildungs- oder Entwicklungsroman, so heißt es in den diversen Literaturgeschichten, neben dem „Wilhelm Meister", dem „Titan" oder dem „Anton Reiser". Nur: Klingt „Bildungsroman" nicht verdächtig nach dem 18. Jahrhundert („Telemach", „Emile") oder gerade noch dem 19., und von da an wird er obsolet, nicht nur für Schreibende, sondern auch für Lesende?

Das sei vorläufig dahingestellt, vielmehr unvoreingenommen ein Blick auf diesen „Nachsommer" geworfen, in welchem der Prozeß der Selbstbildung eines jungen Mannes an einem älteren Manne, der ihm Freund ist, nachgezeichnet wird, indem „Hilfe zur Selbsthilfe" – ein nicht immer wohlgebrauchtes Wort der „Entwicklungshilfe" heute – geleistet wird. Ein wenig schwierig für das Verständnis des „Nachsommer" ist es freilich stets gewesen, daß in einem selbst wenigstens in nuce die Anlage vorhanden sein muß, dem Künstlerischen überhaupt einen Rang sui generis zuzusprechen, um den Roman zu begreifen. Das sei hier einfach einmal vorausgesetzt.

Wenden wir uns zunächst ganz unbefangen dem Moment dieses Künstlerischen zu, wie es uns in der Entwicklung Heinrichs begegnet. Wir treffen es zunächst nur in seinen Voraussetzungen an. Schon der Knabe und Jüngling macht sich vertraut mit Hölzern und Steinen, mit Pflanzen und Tieren, mit Landschaften, später mit Erzen, Mineralien, verschiedenen Marmorarten, Metallen, Halbedel- und Edelsteinen. Er macht sich damit vertraut zuhause in den Büchern, aber auch an den Objekten selbst, auf kleinen und größeren Reisen. Er zieht wissenschaftliche Werke zu Rate und legt sich im kleinen an, was im 18. Jahrhundert als „Naturalienkabinette" so beliebt war. Dieses Sich-Vertraut-Machen mit der Natur wird von Stifter nicht besonders hervorgehoben; es erscheint selbstverständlich; *oikeiosis* nannten es die Jüngeren der alten Griechen, die Stoiker, *oikeiosis:* Einhausung, die damit beginnt, daß man den Namen weiß, und die dort endet, wo wir die Sache begriffen haben, wo der Gegenstand, wie Hegel sagt, als er selbst gewußt wird, wo unser Geist bei sich ist, wenn er im Gegenstand ist. Es muß gar nicht extra betont werden, daß die Kenntnis der *physis,* von Natur und Wesen einer Sache, Voraussetzung dafür ist, um mit dieser Sache etwas Vernünftiges anzufangen, und dazu gehört über das Nützliche weit hinaus auch seine künstlerische Bearbeitung oder Darstellung.

Ein wesentliches Charakteristikum für dieses Vertrauen mit den Dingen ist die Freiheit, welche dem Jüngling dabei gelassen wird. Weder forcieren die Eltern die Entwicklung, noch geschieht dies auf dem Rosenhof. Der Vater dringt auch gar nicht darauf, daß sein Sohn „etwas wird". Am Schluß erfahren wir dann schon warum: Er soll „er selbst" werden. Das erscheint uns heute an die seltenen Voraussetzungen gebunden, die bei Heinrich tatsächlich zutreffen: hochmögende Eltern, ein zugeneigter Erzieher, eine züchtige Geliebte. Wir wissen zwar, daß Bedingungen das Bedingte nicht hervortreiben; aber wir wissen auch, daß ohne eine halbwegs günstige Erde das erwünschte Blümlein nicht blühen wird.

All das ist Stifter gleichgültig. Es hätte natürlich auch Heinrichs Vater arm sein oder er selbst in eine Gletscherspalte fallen können. Dann wäre der „Nachsommer" im Mai aus gewesen. Stifter will uns dagegen den Glücksfall bis zur süßen Neige auskosten lassen, um so mehr, als er ihm selbst nicht zustieß – er mußte Schulen inspizieren und sich endlos mit der Bürokratie herumschlagen –; er will ihn auskosten lassen bis zur Übererfüllung, indem am Schluß das holde Brautpaar sämtliche Immobilien, Kunstwerke und Wertsachen übereignet bekommt, die in der Geschichte eine Rolle spielen (mit Ausnahme des Kefermarkter Altars ...). Ein Märchen?!

Das Moment der Freiheit des Sich-Selber-Bildens wird von Heinrich aufs Erfreulichste genutzt. Er interessiert sich für die alten Instrumente – Werkzeuge, Gegenstände des täglichen Gebrauchs, Lampen, Äxte, Krüge, Leuchter, welche selbst an der Vollkommenheit teilhaben –, und nicht nur für die größten Tempel oder Statuen der Vorväter (99). Nach und nach lernt er zeichnen, beschäftigt sich mit den Dichtern, für die er auch Fremdsprachen lernt, um sie im Original lesen zu können (wir hören von Homer, Aischylos, Calderon und Shakespeare). Die Geschichtsschreiber, im alten Griechenland noch durch eine Muse vertreten, beschäftigen ihn, aber er macht sich auch vertraut mit der Fassung von Juwelen – der richtigen und schönen Fassung im Gegensatz zu der oft üblichen „Barbarei von Steinen in einer Barbarei von Gold" (100). Er lernt Zitherspielen und begeistert seine Schwester dafür. Seine Zeichnungen gewinnen ihm das Lob des Vaters und des Freundes, es werden nach seinen Vorlagen Gegenstände gefertigt, das Wasserbecken in Marmor, die ergänzten Holzvertäfelungen. Am Schluß und als Krönung malt er in Ölfarben: In dieser höchsten Kunst muß die Seele der Landschaft, des Gegenstandes, des Menschen erfaßt werden, und zwar durch die eigene Seele, der das Auge nur seine Vermittlungsdienste leistet. Es ist bezeichnend, daß erst nach diesem Selbstgelernt-haben nun sein Vater, der ihn nicht drängen wollte, die Bilder zeigt, die er selbst zu Hause in seinem Kabinett hat.

„Das ist die große und nicht zu beschreibende Liebe des Vaters. Diese kostbaren Dinge besaß er, an diesen Dingen hing sein Herz, sein Sohn war vorübergegangen ohne sie zu beachten, und der Vater entzog dem Sohn doch kein Teilchen der Zuneigung, er opferte sich ihm, er opferte fast sein Leben, er sorgte für ihn und suchte ihm nicht einmal zu beweisen, wie sehr ich auch hier geschont worden war" (393).

Das „Auch" bezieht sich auf das Erlebnis mit der Marmorstatue im Rosenhof. Heinrich spricht mit Risach.

„Warum habt Ihr mir denn nicht gesagt", sprach ich weiter, „daß die Bildsäule, welche auf Eurer Marmortreppe steht, so schön ist?" „Wer hat es Euch denn jetzt gesagt?" fragte er.

„Ich habe es selber gesehen", antwortete ich.

„Nun, dann werdet Ihr es um so sicherer wissen und mit desto größerer Festigkeit glauben", erwiderte er, „als wenn Euch jemand eine Behauptung darüber gesagt hätte."

„Ich habe nämlich den Glauben, daß das Bildwerk sehr schön sei", antwortete ich mich verbessernd.

„Ich teile mit Euch den Glauben, daß das Werk von großer Bedeutung sei", sagte er.

„Und warum habt Ihr denn nie zu mir darüber gesprochen?" fragte ich.

„Weil ich dachte, daß Ihr es nach einer bestimmten Zeit selber betrachten und für schön erachten werdet", antwortete er.

„Wenn Ihr es mir früher gesagt hättet, so hätte ich es früher gewußt", erwiderte ich.

„Jemandem sagen, daß etwas schön sei", antwortete er, „heißt nicht immer jemandem den Besitz der Schönheit geben. Er kann in vielen Fällen bloß glauben. Gewiß aber verkümmert man dadurch demjenigen das Besitzen des Schönen, der ohnehin aus eigenem Antrieb daraufgekommen wäre. Dies setzte ich bei Euch voraus, und darum wartete ich sehr gerne auf Euch."

„Aber was müßt Ihr denn die Zeit her über mich gedacht haben, daß ich diese Bildsäule sehen konnte und über sie geschwiegen habe?" fragte ich.

„Ich habe gedacht, daß Ihr wahrhaftig seid", sagte er, „und ich habe Euch höher geachtet als die, welche ohne Überzeugung von dem Werke reden, oder als die, welche es darum loben, weil sie hören, daß es von anderen gelobt wird." (328)

Nicht von ungefähr wird gelobt: Bei der Statue von Risach handelt es sich um ein griechisches Original aus dem 5. oder 4. Jahrhundert, beim Vater sind es, wir erblassen vor Neid, Gemälde von Tizian, Veronese, Reni, von Dürer, den beiden Holbein und Cranach, von Rembrandt, van Dyck, Lorrain und Poussain (396). Doch darauf kommt es gar nicht an. Wesentlich ist, daß Heinrich *selbst* das Kunstwerk entdeckt und nun sieht, wie schön es ist. Selbstsehen, gelernt haben, aufmerksam zu sein; das ist zwar mit Mühe und Zeit verbunden, aber wesentlich für die Auffassung von Kunst. Das Auge muß geschult sein, und dies geschieht am besten mit Stift und Pinsel. Und man muß es selbst durchaus nicht bis zur Meisterschaft gebracht haben, um Meisterschaft beurteilen zu können. Analog schärft man das Ohr für die Musik durch Erlernen eines Instruments und das Ohr für Lyrik und Epos mit Zunge und Schreibfeder.

All dies hat unser Heinrich getan. Breit ist seine Ausbildung gewesen, und dies hatte auch der Freund von ihm gefordert:

„Ihr solltet zu Eurem Wesen eine breitere Grundlage legen. Wenn die Kräfte des allgemeinen Lebens zugleich in allen oder vielen Richtungen tätig sind, so wird der Mensch, eben weil alle Kräfte wirksam sind, weit eher befriedigt und erfüllt, als wenn eine Kraft nach einer einzigen Richtung hinzielt. Das Wesen wird dann im ganzen leichter gerundet und gefestet. Das Streben in einer Richtung legt dem Geiste eine Binde an, verhindert ihn, das Nebenliegende zu sehen, und führt ihn in das Abenteuerliche. Später, wenn der Grund gelegt ist, muß der Mann sich wieder dem einzigen zuwenden, wenn er irgendwie etwas

Bedeutendes leisten soll. Er wird dann nicht mehr in das Einseitige verfallen. In der Jugend muß man sich allseitig üben, um als Mann gerade dann für das einzelne tauglich zu sein" (301).

Und damit sind wir, was die künstlerische Ausbildung des jungen Mannes anlangt, auch schon am Ende. Wir erfahren nicht, ob er sich zum Künstler entwickelt, es ist auch ganz unwahrscheinlich; eher wird er Kunsterzieher, und zwar für seine wahrscheinlich zahlreichen Kinder. Wir werden gleich sehen, daß ihm zum großen Künstler etwas Entscheidendes fehlt, etwas fehlt, von dem wir gemeinhin annehmen, daß es auch besser fehlen sollte: Schmerz und Leiden. Wir ahnen etwas in der Geschichte davon beim unsteten Jäger und meisterlichen Zitherspieler, bei den rastlosen Brüdern Eustach und Roland, und besonders bei dem, der an seiner künstlerischen Natur durch die Umstände verhindert wurde und der nur noch sammeln, restaurieren, in Auftrag geben kann, dem Freiherrn von Risach. Aber was heißt hier „nur noch"? Wir wollen darauf zurückkommen. Für den Augenblick sei die Interpretation des „Nachsommer" unterbrochen für einige grundsätzliche Überlegungen.

Die erste nimmt noch einmal das auf, was vorhin über die *oikeiosis,* das Sich-Vertraut-Machen mit der Natur und ihren Phänomenen, ihren Gegenständen bemerkt wurde. Heinrich sagt dazu:

„In der Naturwissenschaft war ich gewohnt geworden, auf die Merkmale der Dinge zu achten, diese Merkmale zu lieben, und die Wesenheit der Dinge zu verehren . . ., es erschien mir endlich lächerlich, wenn einer schaffen wollte, der nichts gelernt hat." (291)

Das erscheint eigentlich ganz selbstverständlich, aber wer sich heute einmal auf Akademien umhört und umsieht, vollends bei manchen Kunsttheoretikern, kann auch ganz anderes erleben. Es gibt Professoren, deren mit gewaltiger theoretischer Abstraktionskraft gemalte Bilder schon nach 10 Jahren abblättern (Karl Kraus spottete: wer kann, der tut; wer nicht kann, der lehrt . . .). Es gibt nur zwei Stellen, wo man „es" lernt: an der Natur selbst, und bei einem Meister. Lehrbücher und Theorien können erst greifen, wenn dieser Fundus gelegt ist. Und hier erst stellt sich dann die Frage, für wen denn das Kunstwerk da ist. Sicher nicht für das Lehrbuch oder den Kunstwissenschaftler mit Zentimetermaß, Metronom oder Spektrometer. Es wendet sich an Sinne und Seele des Menschen. Es gibt ja noch immer andere Berufe auch neben dem Künstler, bei denen der Praktiker jedem noch so hochqualifizierten Theoretiker überlegen ist: beim Glockengießen, beim Geigenbauen (im „Nachsommer" sind es Zithern „aus singreichen Tannen"), beim Parfumriechen, beim Bierbrauen. Hier ist immer Adressat der Mensch, dem es schmecken, klingen, gefallen muß. Er ist das Maß aller Dinge, und es hilft nichts, wenn etwas schön gedacht war und dann doch nicht schön wurde. „Gut gemeint ist das Gegenteil von gut“, sagte Odo Marquard. „Mal ein bißchen kreativ sein“: das sollte man um der Kunst willen besser bleiben lassen.

Zum zweiten ergibt sich als höhere Voraussetzung für das Erleben und das Schaffen von Künstlerischem bei Stifter die Beschäftigung mit der Geschichte der Kunst. Weder ist damit gemeint, daß man gelehrt über Jahreszahlen, Biographien oder Standorte zu diskutieren versteht noch daß man lauter alte Sachen sammelt. Darüber spottet Risach:

„Man sammelte wieder Altes und nur Altes. Statt der neuen Mode mit den neuen Gegenständen kam die neueste mit alten Gegenständen. Man raffte Schreine, Betschemel, Tische und dergleichen zusammen, weil sie alt waren, nicht weil sie schön waren, und stellte sie auf“ (258).

Risach verehrt natürlich die Griechen, aber auch das Mittelalter, das eine tiefe Kunstempfindung bis hinab in die untersten Volksschichten gehabt habe, und die Künstler hätten ein so großes Vertrauen darein gehabt, daß sie große Bauwerke glaubten unvollendet kommenden Generationen überlassen zu können. Und nun gilt zwar:

„In der Kunst... ist ebenso wenig ein Sprung möglich als in der Natur. Wer plötzlich etwas so Neues erfinden wollte, daß weder den Teilen noch der Gestaltung nach ein ähnliches dagewesen ist, der würde so töricht sein wie der, der fordern würde, daß aus den vorhandenen Tieren und Pflanzen sich plötzlich neue nicht dagewesene entwickeln. Nur daß in der Schöpfung die Allmählichkeit immer rein und weise ist; in der Kunst aber, die der Freiheit des Menschen anheimgegeben ist, oft Zerrissenheit, oft Stillstand, oft Rückschritt erscheint“ (255).

Die Freiheit des Menschen läßt es zu Rückschritten kommen. Dennoch brauche man sich um die Kunst keine Sorgen zu machen, in jedem Volk stecke etwas davon, und er schließt: „Wer weiß, ob nicht sogar auch Amerika Schätzenswertes verbirgt“ (386).

Reisen, das ist selbstverständlich, gehört zum Sich-Vertraut-Machen mit den Kunstwerken anderer Völker und Zeiten. Das Künstlerische ist anthropologische Grundbestimmung: Aber das heißt gerade nicht, daß es international überall und homogen das Gleiche hervorbringt, sondern das Gemeinsame ist, daß, wo immer es auftritt, es an spezifische Tradition und Heimat gebunden ist – so jedenfalls Stifter.

Der dritte Gesichtspunkt schließt sich an das soeben Zitierte an. Wenn die wissentliche oder unbewußte Einbindung in Tradition im wesentlichen zum Künstlerischen gehört, dann wird kein allzu hoher Preis auf Originalität gesetzt. Damit ist gemeint, daß die Tatsache, originell zu sein, aus einem Gegenstand noch kein Kunstwerk macht. Wer nur den Lehm irgendwie abstrus zusammenpatzt, wer ganz unverständlich redet oder die Musik durch Würfelentscheidung zustandekommen läßt, ist sicher sehr originell. „Originell", hat der Philosoph Robert Spaemann kürzlich in Bezug auf die Philosophie gesagt, „sind wir nur in Bezug auf das Falsche. Die Wahrheit liegt allein bei Gott". Für die Kunst mag ein ähnliches gelten.

Gleichzeitig wendet sich Stifter gegen einen Kultus der Leidenschaftlichkeit in der Kunst. „Es gibt nichts Falscheres", sagt Risach, „als wenn man von edlen Leidenschaften spricht" (543). Das Getriebenwerden durch Leidenschaft ist Schwäche, und aus Schwäche entsteht kein Kunstwerk. Daß Leidenschaften einen so einfach überwältigen, widerspricht der menschlichen Freiheit: Da muß man sich schon erst überwältigen *lassen*, damit einen die Leidenschaft überwältigen kann.

Kant hat dafür ein schönes Beispiel gegeben. Einem jungen Mann, der sagt, daß bei Zusammentreffen bestimmter Bedingungen wie einem Haus, in dessen Schlafzimmer sich sein Liebchen befindet, er nicht anders könne als von seiner Leidenschaft hingerissen zu werden, antwortete Kant: Dann lassen wir alle diese Bedingungen zusammentreffen und vermehren sie um eine, daß nämlich vor dem Haus ein Galgen errichtet sei, an welchem Du nach Deinem Hingerissensein sofort aufgeknüpft wirst, dann wollen wir doch sehen, ob Du nicht auch anders kannst. (KpV A 54)

In der scharfen Auseinandersetzung mit der der Romantik wie dem Realismus zuzurechnenden Betonung des Leidenschaftlichen, Antirationalen steht Stifter seinem späteren Verehrer Nietzsche (der sagte, der „Nachsommer" gehöre zu den ganz wenigen deutschen Büchern, die es sich lohne, immer wieder zu lesen) in nichts nach. Und Thomas Mann schreibt fünfzig Jahre später, daß die mächtigen Leidenschaften, die bei so vielen großen Künstlern angetroffen werden können, keine Bedingungen für ihr Künstlertum seien: Ihre Künstlerschaft besteht *trotz* dieser Leidenschaften, trotz der Hingabe an Laster, trotz Krankheiten, Schwächen, Depressionen. Diese Einschränkungen finden sich schließlich bei anderen Menschen auch, ohne daß sie dadurch schon Künstler wären. Als wahres Moment des Künstlerischen, als Voraussetzung nennt Stifter, wie Nietzsche später, das *Leiden*, welches Voraussetzung ist, um überhaupt Reflexionen über die Dimension des Menschlichen, des Entgangenen und Vergangenen anzustellen. „Nur der leidende Starke wird schaffen", schreibt Nietzsche, und Stifter „glücklich die Menschen, die diesen Schmerz nicht kennen! Und doch auch unglücklich, sie kennen das Höchste des Lebens nicht. Ich gebe den Schmerz nicht her, weil ich sonst auch das Göttliche hergeben müßte." (742).

Und dies ist die Stelle, an der wir – nach Stifter – des „Defizits" gewahr werden müssen, das Heinrich im „Nachsommer" hat, das glückliche Defizit, das so gar nicht „fehlt": die Abwesenheit von Leiden. Es ist aber nachdrücklich zu betonen, daß die Möglichkeit oder auch nur Wahrscheinlichkeit des künstlerischen Schaffens kein Leiden „rechtfertigt": Es gibt genügend „heitere" Genies, die nicht im üblen Sinn des Wortes „litten" und doch Unerhörtes schufen. Selbst wenn Meister Eckhart recht hätte mit seinem berühmten Diktum: „Das Leiden ist das schnellste Tier, das euch trägt zur Vollkommenheit", so ist damit höchstens etwas über Schnelligkeit ausgesagt, nicht aber über die mancherlei Wege und Umwege zur Vollkommenheit. Stifters Biographie ist nicht die Heinrichs; eher ist sie der Traum des Verfassers: wie er sich seinen eigenen Lebenslauf gewünscht hätte. Würden wir aber von Stifter annehmen müssen, daß er – gesetzt, er hätte seine eigentlich Angebetete bekommen, mit ihr eine große Familie begründet und nichts weiter geschrieben – unglücklich gewesen wäre oder seine Existenz gar als minderwertig im Vergleich zum unglücklich Schaffenden angesehen hätte? Ich glaube kaum, zumal bei den genannten meisterlichen Brüdern und dem Jäger uns eher Getriebene denn Freie gegenübertreten. Wie dem auch sein, Heinrich kann sich mit der Verwaltung seiner Latifundien, mit Reisen, Kunst und Familie harmonisch beschäftigen, zu einem Schaffenden oder Großen wird er nicht. Dies aber ist nicht als „kleine Rache" des Schaffenden, Großen, Adalbert Stifter, an seiner Romanfigur zu interpretieren. Er achtet ihn wie Hegel, der die Größe von Großen der Weltgeschichte, der Kunst, der Philosophie preist und anfügt: „Wer aber abseits der Weltgeschichte das Sittliche verwirklicht, der ist immer schon am Ziel". Das Eigentliche am Menschen ist seine Teilhabe am Guten und Göttlichen, schreibt Stifter, nunmehr ganz in der philosophischen Tradition seit Platon – und dies leitet über zur vierten Bemerkung, einer Ortsbestimmung des Kunst-Schönen bei Stifter.

Das Schöne ist die Erscheinungsform des Guten: Das sich zeigende Gute ist das Schöne für Platon. Das Schöne weist eine Identität von Inhalt und Form, von Gegenstand und Begriff auf. Nietzsche dazu:

„Man ist um den Preis Künstler, daß man das, was alle Nichtkünstler „Form" nennen, als *Inhalt* empfindet" (KSA 13,9).

Damit ist zweierlei gesagt. Das formlose Aneinanderreihen von Worten und Sätzen, von Tönen und Farben, kann zwar Stilmittel sein, aber nicht selbst

Kunstwerk. Ein ungeformter Inhalt ist von Kunst so weit entfernt, und das ist das zweite, wie das peinlich genaue Befolgen von Regeln ohne die schöpferische Potenz. Opitzens „Buch der deutschen Poeterey“ bringt eben keine Sprachkunstwerke hervor; dergleichen Regelgerechtes macht uns eher lachen wie Beckmessers verunglücktes Ständchen in den „Meistersingern“.

Es ist ein Gespräch zwischen Heinrich und Risach, das im „Nachsommer“ den Unterschied zwischen Wissenschaft und Kunst entwickelt. In der Wissenschaft, so Heinrich, kommt es auf die Merkmale an, nach denen man die Dinge erst erkennt, dann klassifiziert, begreift, schließlich für Experimente, Anwendung, Technik und auch Kunst in Anschlag bringt. In der Kunst als Kunst hingegen gibt es diese Merkmale nicht.

„Was aber die Merkmale anbelangt, an denen Ihr die Schönheit erkennen wollt, so werdet Ihr keine finden. Das ist eben das Wesen der besten Werke der alten Kunst, und ich glaube, das ist das Wesen der höchsten Kunst überhaupt, daß man keine einzelnen Teile oder einzelnen Absichten findet, von denen man sagen kann, das ist das Schönste, sondern das Ganze ist schön, von dem Ganzen möchte man sagen, es ist das Schönste; die Teile sind bloß natürlich.“ (338)

Wäre dem nicht so, das bemerkt später Heinrich, und man lobte an einem Kunstwerk, an etwas Schönem ein einzelnes, z. B. an der Geliebten die Lippen, so wäre das zugleich eine Herabsetzung alles übrigen als nicht oder weniger schön; es ist ein „aber *immerhin* sind die Lippen schön“.

Eine nähere Bedingung dessen, was notwendig der Kunst angehöre, hatte Heinrichs Vater schon am Anfang gegeben: „Daß Ruhe in Bewegung sei“ (13). Heinrich nennt diese Bestimmung Risach, doch der wehrt sie erst ab. „Es ist ein gewöhnlicher Kunstausdruck, allein es täte auch ohne ihn“ (339); dann aber interpretiert Risach ihn so, daß er mit seinem Begriff der Schönheit doch zusammenstimmt.

„Unter Ruhe (mag) weit öfter die künstlerische zu verstehen sein, die ein Kunstwerk, sei es Bild, Dichtung oder Musik nie entbehren kann, ohne aufzuhören ein Kunstwerk zu sein. Es ist diese Ruhe jene allseitige Übereinstimmung aller Teile zu einem Ganzen, erzeugt durch jene Besonnenheit, die in höchster kunstliebender Begeisterung nie fehlen darf, durch jenes Schweben über dem Kunstwerke und das ordnende Überschauen desselben, wie stark auch Empfindungen oder Taten in demselben stürmen mögen, die das Kunstschaffen des Menschen dem Schaffen Gottes ähnlich macht, und Maß und Ordnung blicken läßt, die uns so entzücken. Bewegung regt an, Ruhe erfüllt, und so entsteht jener Abschluß in der Seele, den wir Schönheit nennen.“ (342)

Das ist nun ganz platonisch: daß das Moment des Schönen und Künstlerischen in einem Kunstwerk eben von nichts anderem abhängen kann als von ihm selbst, d. i. von der in ihm verwirklichten Idee der Schönheit. Ein Theaterstück, ein Gemälde, ein Musikstück ist nicht deswegen große Kunst, weil es fortschrittlich, sozialkritisch, konservativ oder sonst etwas ist, sondern – analog Thomas Manns Bestimmung des Künstlers – es *kann* große Kunst sein, *obwohl* es in irgendeiner Weise überdeutlich engagiert ist. Selbst das Häßliche kann kunst-schön sein, „solange es noch ein Kunstwerk ist, das heißt, solange es das Göttliche nicht verneint", wie Risach sagt (388).

Es gilt, so Risach, daß sprachliche Interpretation das Kunstwerk nie ganz erreichen kann – wenn die Interpretation nicht selbst zu einem Kunstwerk wird: Manche Schriften von Schiller, A. P. Gütersloh, Thomas Mann, Gottfried Benn atmen diesen Geist. Aber eine Kunst*wissenschaft*? Eine, die nun doch Merkmale am Kunstwerk klassifiziert, Tonfolgen, Farbschwankungen, die die Vokale zählt und die Hebungen? Nun, sie erkennt viele der *Bedingungen*, unter welchen Kunstwirkungen zustandekommen. Es ist das Handwerkszeug des Künstlers, das er gar nicht „wissenschaftlich" kennen muß, um es dennoch vollendet zu beherrschen: Er kennt ja die Wirkung, in seinem Auge oder in seinem Ohr. Die Kunstwissenschaft humpelt immer nachvollziehend hinterher. Aber ebenso wie eine Kunstwissenschaft ihren Gegenstand völlig verfehlt, wenn sie *systematisch* davon absieht, daß hier ein Ganzes an Sinn und Schönheit vor ihr steht (und damit der Bildung junger Menschen größten Schaden zufügt), so verfehlt diesen Gegenstand, das Kunstwerk, jeder Künstler, wenn er auf die Wirkung rechnet. Risach:

„Der Künstler macht sein Werk, wie die Blume blüht. Sie blüht, wenn sie auch in der Wüste ist, und nie ein Auge auf sie fällt. Der wahre Künstler stellt sich die Frage gar nicht, ob sein Werk verstanden werden wird oder nicht. Ihm ist klar und schön vor Augen, was er bildet, wie sollte er meinen, daß reine unbeschädigte Augen es nicht sehen" (542).

Kunst nun vollends psychologisch durch Verdrängungen zu „erklären", oder Kunst und Schönheit darwinistisch als eine Weise zur Verbesserung des Fortpflanzungserfolges anzusehen, das alles ist schlicht lächerlich. Das Phänomen wird gar nicht gesehen. Man braucht sich ja auch nur anzuschauen, was Darwinisten als schön bezeichnen: grelle Farben, lange Schwanzfedern, wüste Zacken, Knicke und Hörner. Der Biologe Adolf Portmann hat das Schöne in der lebendigen Natur ganz anders eingeordnet, unter die Kategorie der Selbstdarstellung der Geschöpfe. *Repraesentatio*, Darstellung der Herrlichkeit Gottes ist dafür der mittelalterliche Begriff, die christliche, dynamische Neuinterpretation von Platons eher statischer Bestimmung des Schönen als der Erscheinungsform des Guten. Das Schöne ist dadurch schön, so hieß es, daß es an der Idee der Schönheit teilhat. Tautologisch klingt dies, und doch ist Schönheit nicht anders zu bestimmen als durch Rekurs auf diese Idee der Schönheit. Eustach zitiert Platon, ohne ihn zu nennen: „Das Gute sei gut, weil es gut sei" (542). Platon könnte auch noch eine andere Bestimmung gegeben haben, die auf den ersten Blick auch tautologisch erschiene: „Das Gute ist das, von dem die guten Männer sagen, daß es gut ist". Auch hier haben wir im Gegensatz zur vorigen eine prozessuale, eine dynamische Fassung: es kommt darauf an, den guten Männern das Gute abzulernen. Es ist ein Prozeß der Erziehung, der Einübung, der Selbsterziehung, Selbstdisziplinierung. Und für das Schöne gilt eben dies, daß man es bei denen lernt, die „schön" sind, die die Erscheinungsform des Guten, das Schöne als Schönes wissen und hervorbringen.

Nach dem Guten nun drängen alle Wesen. Alles, was ist, ist bedürftig, sich im Sein zu erhalten. Platon faßt dies präziser: nicht sich *irgendwie* im Sein zu erhalten, sondern in der Ausbildung und Erhaltung aller in den Wesen angelegten Fähigkeiten. Sie streben danach, in Vollkommenheit ihr Sein zu erfüllen, und dies Streben, das allem Endlichen innewohnt, nennt Platon *eros*. Der *eros* drängt auf die Ausbildung des *eidos*, der Idee, der Gestalt, und mit ihr erlangen die Wesen Teilhabe am Ewigen und Göttlichen, sie repräsentieren das Göttliche als Schönes. Umgekehrt erweckt der Anblick des Schönen den *eros*, die Lust an der Unsterblichkeit, die Lust zur Zeugung, zur Weitergabe des unsterblichen *eidos*. Es gilt dies für den Bereich des Geschlechtlichen für alle Lebewesen, wobei es dem Menschen darüberhinaus gegeben ist, auch „unsterbliche Kinder" zu zeugen, und wenn Sokrates damit auch die Gedanken der Philosophie hervorhebt, so erscheinen doch Kunstwerke als nicht minder „unsterbliche" Kinder.

Mit dem fünften und letzten Gesichtspunkt kehren wir zu Stifter zurück. Der „Nachsommer" ist kein Künstlerroman, sondern, wie vermutet, ein Bildungsroman. Wie in dem von Stifter besonders verehrten „Wilhelm Meister" spielt die Kunst eine entscheidende Rolle in der Entwicklung der jungen Menschen; es ist das, was hier im Titel als „Selbstbildung im Künstlerischen" bezeichnet wurde. Den „Nachsommer" als Bildungsroman zu kennzeichnen geht also nicht fehl. Aber ausgeschöpft ist er damit noch nicht, denn: Soll das heißen, daß man aus ihm den vorbildlichen Weg zu einem gelungenen Leben lernen könnte? Bestimmt nicht. Viel eher könnte die Interpretation einleuchten, daß der Roman ein wunderschönes Märchen ist, ein Märchen für Erwachsene, die nicht in der Identifikationslust hin- und herpendeln zwischen Heinrich, Risach, dem Vater, der Braut. Man könnte es sogar als den Wesenszug des gelungenen Bildungsromans ansehen, daß es ihm gelingt, die Dimension des Märchenhaften als die eigentliche Wirklichkeit darzustellen. Erst die überhöhte Wirklichkeit macht die Prinzipien sichtbar, nach denen wir selbst unsere Erfahrungen und Zukunftspläne beurteilen sollten, ganz unabhängig davon, ob die banale Wirklichkeit, die eigene oder die allgemeine, damit übereinstimmt oder nicht. Daß die traditionellen Märchen eine enorme erzieherische Wichtigkeit besaßen und besitzen, das ist mittlerweile Gemeingut (und eifrige Erziehungsreformatoren haben deswegen gewöhnlich auch nichts Eiligeres zu tun als Märchen zu zensieren oder abzuschaffen). Daß der gelungene Bildungs- (oder „Entwicklungs"-) Roman selbst die Züge des Märchens trägt und tragen muß, scheint vergessen. Über die Realitätsauffassung der „modernsten" Literatur schweigt man besser. Aber es hat sich ja Gottseidank jene angelsächsische Maxime noch nicht ganz durchgesetzt, die da behauptet, daß man Bücher, die älter als drei Jahre sind, nicht zu lesen braucht.

Als Märchen und Bildungsroman zeigt uns der Nachsommer zwei Pole: den heilen Pol Heinrichs in einer heilen Welt, und den geheilten Risachs in einer unheilen. Es ist eine eigentümliche Dialektik, daß zum ersten der zweite geradezu als Voraussetzung erscheint. Das Motiv, durch Leiden geschritten sein zu müssen, um anderen wirklich helfen zu können, kehrt noch einmal wieder. Aber das ist nicht die Quintessenz des „Nachsommer", die Pole sind asymmetrisch. Wahrhaft im Mittelpunkt steht, wie ich meine, der Freiherr von Risach und nicht der junge Mensch, und von ihm aus gesehen erscheint diese „Selbstbildung des Menschen" als Voraussetzung eines glücklichen Lebens im Ganzen. Selbstbildung wird hier selbst zur Kunst in einem weiteren Sinne, um den Preis, daß sie *im* Leben nicht endet, sondern erst mit dem Leben. Die Alten sagten, von einem gelungenen, glücklichen Leben könne man erst am Ende sprechen. Risach hat, bei allem Leiden an den Umständen, die seinen Sommer als Schaffenden verhindert haben, Wissenschaft, Natur und Kunst, Sittlichkeit und Familie harmonisch so zueinander geordnet, daß das Leben selbst zum Kunstwerk wird. Er hat nicht „das Beste aus einer verfahrenen Situation gemacht", sondern er hat sein Bestes gefunden.

Als „Lebenskünstler" ist Risach gewiß das Gegenstück eines Bohemien; aber „Bohemien" ist ja auch ein Typus, eine Selbststilisierung und nur unter sehr gewissen Voraussetzungen Lebenskunst. Risach ist ein wahrer „Alternativer". Denn einem Typus nachzufolgen, das hieße für ihn, den Sinn für das Gute und das Eigene schon verloren zu haben. Sich selbst soll man entwickeln, mahnt er Heinrich an einer zentralen Stelle des Buchs:

„Daß der Mensch seinen Lebensweg seiner selbst willen zur vollständigen Erfüllung seiner Kräfte wählen soll. Dadurch dient er auch dem ganzen am besten, wie er nur immer dienen kann. Es wäre die schwerste Sünde, seinen Weg nur ausschließlich dazu zu wählen, wie man sich so oft ausdrückt, der Menschheit nützlich zu werden. Man gäbe sich selber auf, und müßte in den meisten Fällen im eigentlichen Sinne sein Pfund vergraben." (616)

Der Menschheit nützlich werden – das ist genauso abstrakter Verstand wie „die Verantwortung vor der Geschichte" übernehmen. Nicht einem Typus soll man folgen, sondern seinem Selbst: „Der folgt Zarathustra, der sich selber folgt", schreibt Nietzsche. Und dadurch, daß man sein Selbst entwickelt in „Maß, Männlichkeit und Tiefe, erreicht man zugleich die Ausgangsposition, nun konkret Menschen nützlich sein zu können". Risach sagt zu Heinrich: „Das beste aber, was der Mensch für einen anderen *tun* kann, ist doch immer, was er für ihn *ist*." (377, Hervorhebung von mir). Dem ist nichts hinzuzufügen.

Die Seitenzahlen der Zitate beziehen sich auf die Ausgabe des Winkler-Verlags (München) 1949, 1966.

Hans D. Fleischhauer

Sprechen – Schreiben – Lesen

Überlegungen und Vorschläge zum Deutschunterricht

Der Verfasser hat über 40 Jahre an deutschen Schulen unterrichtet, acht Jahre an deutschen Schulen im Ausland. Seit 10 Jahren lebt er im Ruhestand, hat aber durch die Theatergruppe, die er an seiner Schule gegründet und 30 Jahre geleitet hatte, immer noch Kontakt mit Schule und Schülern. Vor zwei Jahren forderten Schüler ihn auf, etwas über Schülertheater für das Programmheft einer Aufführung zu schreiben. Aus dem Aufsatz erwuchs, in mehreren Umarbeitungen, eine umfassende Darstellung seiner in Jahrzehnten entwickelten Auffassung und Praxis des heute so wichtigen Deutschunterrichtes. Der Verfasser glaubt einen Weg weisen zu können, der auch die jungen Menschen von heute in die Sprache unserer großen Literatur der Vergangenheit mühelos hineinführt, so daß sie deren Werke verstehen, sich aneignen und sich an ihnen freuen können.

Wenn man in den letzten Wochen in einer unserer großen Zeitungen lesen konnte, daß z. B. die Universitäten in Cambridge oder Oxford und in Glasgow verlangen, Hilfskurse in der Muttersprache einzurichten, weil viele Studenten nicht mehr in der Lage sind, einen vollständigen Satz zu bilden – und wenn man die Problematik des Übergangs von der Schule zur Universität in den USA und Japan kennt, dann wird es klar, daß die Industriegesellschaften der ganzen Welt vor der gleichen Bedrohung des Sprachverfalls stehen, wie er bei uns immer deutlicher zutage tritt.

Der Verfasser hofft, daß seine Vorschläge helfen und zur Hilfe anregen können, den Sprachverfall und die drohende Sprachlosigkeit aufzuhalten.

Sprechen – Schreiben – Lesen

Man bezeichnet es zu Recht als die Aufgabe des Deutschunterrichtes, das Sprechen, Schreiben und Lesen zu lehren und zu üben, wobei meist die Reihenfolge anders ist: Schreiben und Lesen stehen ein wenig unbedacht an erster Stelle, denn das Sprechen hält man fast für eine Selbstverständlichkeit, die Muttersprache für etwas Naturgegebenes, über das man deshalb nicht besonders nachdenkt.

Es wird aber besonders in den letzten Jahrzehnten klar, daß das Sprechen nicht mehr die selbstverständliche Voraussetzung ist, die es noch bis in die erste Hälfte dieses Jahrhunderts war. In den letzten 40 Jahren ist das Medienangebot mit einer rasanten, fast sich überschlagenden Steigerungsrate immer mehr in den Vordergrund unseres täglichen Lebens getreten, und der Charakter unserer Konsumgesellschaft verwandelt die Menschheit auch auf geistigem und kulturellem Gebiet in Konsumenten.

Statt Natur und Leben werden in den Medien deren Reproduktionen im Lehnsessel wahrgenommen, und zwar oft als Auswahl von Sensationen – eine zurechtgemachte, manipulierte Welt. Sensationell, weil die Medien auf dem Markt des Angebotes konkurrenzfähig sein müssen, denn es handelt sich auch hier um Kommerz, der bis in die private Sphäre hineinreicht. Interessengruppen in Wirtschaft und Politik wirken dabei mit, indem sie durch Auswahl und Suggestion Meinung bilden in ihrem Interesse. Bestimmend in der Auswahl ist vorwiegend Stärke der Wirkung, nicht Wahrheit und bildender Wert.

Alles das ist bekannt, aber nicht der immer größer werdenden Mehrheit der Konsumenten.

Die in unserem Zusammenhang wichtigste Folge ist die, daß in den Familien in zunehmendem Maße Gespräche nicht mehr stattfinden. Das Vokabular und die Denkinhalte sind durch die simplifizierten Begriffe und vor allem durch die Bilder der Medienwelt geformt und verdrängt. Denn Suggestion und Zauber des Bildes stehen an Stelle des Denkens, und der schnelle Wechsel der Bilder verhindert das Nachdenken. Während im Gespräch Denken und Vokabular aktiviert und durch die Partnerschaft mit den Gesprächsteilnehmern bereichert, verfeinert und entwickelt werden, so wird jetzt zunehmend passiv aufgenommen.

„Seit ein Gespräch wir sind und hören können voneinander", heißt es bei Hölderlin („Versöhnender ...", dritte Fassung). Unser Sein ist Sprechen, mehr: Gespräch! Gespräch setzt echte Partnerschaft voraus. Ge-spräch ist: Miteinander-sprechen – wie Ge-wölk auch z. B. auf ein Miteinander hinweist. – Ist kein lebendiger Partner vorhanden, fehlt das wichtigste Motiv der Sprache: die Mitteilung und die Erwartung, daß die Mitteilung eine Antwort findet. Die Antwort eines Menschen, der mich versteht und der reagiert, positiv oder negativ. Sprechen – gesprochene Sprache – ist Erwartung einer Antwort, die Mitfreude, Mitwirkung bekundet oder verspricht. Oder sie ist Ausdruck des Bestrebens, eine negative Haltung oder Handlung zu verhindern: durch Überredung oder überzeugende Darstellung der Folgen.

Sprache und Gespräch erst führen zur Menschwerdung, sind notwendig und unerläßlich – als Selbst-Mitteilung. Mit-teilen: das heißt, daß man mit dem Mitmenschen einen Teil seines inneren, lebendigen Selbst teilt, es mitteilt! Dieses im Gespräch – und auch in der Tat! – Miteinander-Teilen ist in unserer heutigen Maschinenwelt gefährdet, so daß es immer mehr verloren geht. Denn es liegt im Interesse einer solchen Welt, daß wir wie Maschinenteile – als solche! – funktionieren.

Da den Kindern heute in zunehmendem Maße die Wärme des menschlichen Miteinanders fehlt, weil das Familienleben oft gestört oder gar nicht vorhanden ist, sollte Schule den Kindern und allen Heranwachsenden etwas von dieser Wärme mitgeben: in der Klassengemeinschaft als einer Gruppe, in der alle eine lebenserfüllte Zeit, Ziele und Freuden gemeinsam haben, auch Freude aneinander! Für die Jugendlichen, die in einer intakten Familie leben, ein zusätzlicher Gewinn, für die Familienlosen und Familiengestörten eine lebensnotwendige Gabe!

Gespräch, Erzählen und Sprechen sollten gelehrt werden, indem man sie übt; und: ohne igendein Leistungsmessen! Lehrerinnen und Lehrer machen die Erfahrung, daß durch ungezwungene Erzählstunden – besonders in den ersten Schuljahren – die heute so belasteten Kinder beruhigt werden, Kinder, die durch die Reizflut des Medienangebotes und durch die gestörte Umwelt selbst gestört sind. Erzählen vom Lehrer und immer mehr auch von den Kindern – dann wächst schnell und beglückend die Erzählfreude in der Gemeinschaft der kleinen und großen Menschen heran!

Diese Erzählfreude ist ein Element von der ersten bis mindestens zur achten Klasse.

Irgendwann, wohl von der vierten Klasse an, sollte vor der Klasse erzählt werden. Solches Erzählen und Berichten findet am besten zu Beginn einer Deutschstunde statt. Man sollte drei bis fünf Minuten, manchmal auch mehr, zur Verfügung stellen. Sollte sich niemand melden, der etwas „erlebt" oder beobachtet hat, fällt es eben aus. – Warum sollte nicht auch einmal ein Lehrer in anderen Fächern von den Kleinen erzählen lassen? Vor allem, wenn sich der Deutschlehrer versagt.

In den oberen Klassen gibt es von jeher im Unterricht das Referat. In den Klassen, die früher den Brauch des Erzählens geübt haben, ist es nicht schwer, den freien Vortrag, die freie Rede, zu erreichen. Es empfiehlt sich übrigens sehr, in dem Deutschunterricht von Klasse 8 an eine Deutschstunde zu einer Debattierstunde zu machen. Die Methode der Debatte ist in Jahrhunderten an englischen Schulen und Universitäten entwickelt worden. Ohne Befolgung genauer Regeln entsteht nur Gerede.

Für alle Altersstufen gilt, daß der Vortrag vor der Klasse – das Erzählen, das Berichten, die freie Rede – für den Vortragenden den Eintritt in eine neue Entwicklungsstufe bedeutet, entscheidend für die Personwerdung. Der Erzählende, Sprechende, zu seinen Mitschülern Sprechende, erfährt eine Entfaltung und Öffnung nach außen, in Richtung auf seine Mitmenschen. Er geht auf sie zu. Und er gewinnt die Sicherheit, daß er das kann. Er erfährt eine in vielen Fällen neue Aktivierung.

Und für seine Mitschüler und Mitmenschen ist der erstmals Vortragende meist eine Entdeckung. So haben sie ihn bisher nicht gekannt. Der früher Schüchterne, der es nun wagt, dem Beispiel der anderen zu folgen, weil er etwas mindestens ebenso Interessantes beobachtet oder erfahren hat, findet Anerkennung. Und alle entdecken seit Einführung des Erzählens die Vielfalt und den Reichtum des menschlichen Wesens, das wunderbar Interessante menschlicher Charaktere. – Aufschließung des bisher verschlossenen Einzelnen – neue Seiten bei einem schon vorher, aber anders gekannten. – Beitrag zur erstaunlichen Fülle der Begabungen unserer Welt, unserer Menschenwelt.

Wenn von der 3. oder 4. Klasse an Aufsätze geschrieben werden, sollte man diese unbedingt aus dem Erzählen hervorgehen lassen. Denn dann sind diese Aufsätzchen lebendige, lebensvolle Mitteilungen an die Mitschüler und Lehrenden. Mitteilung ist also auch der Beweggrund des Schreibenden, er ist freudig und unternehmerisch interessiert. Zu dem Themenkreis des Erlebten und Erfahrenen kommen dann Fantasiethemen, fantastische Themen, Unsinnsthemen – sie reizen zum erfinderischen Erzählen und Fabulieren. – „Meine Schulbücher beklagen sich über schlechte Behandlung" – „Münchhausen in unserer Schule" oder: in unserem Vorort. Themenreichtum ohne Grenzen! – Beschreibungen von Gegenständen und Vorgängen, von Blumen und vielem anderen kommen bei den 12- und 13jährigen hinzu. Später dann die gedankliche Erörterung. Aber es soll hier nicht der ganze Themen- und Übungsfächer der „Schule des Schreibens" entfaltet werden. Übrigens war das der Titel einer berühmten und hervorragenden Lehrbuchreihe von den 30er bis zum Ende der 60er Jahre. Sie ist verschwunden, sowohl das fein durchdachte Gebäude der Lernziele und Methoden für alle Klassen von der 5. bis 13. – als auch die so benannte Schulbuchreihe und entsprechende anders benannte, aber auf den gleichen Unterrichtsaufbau ausgerichteten Lehrbücher. Die „Lernziele" sind heute anders. Am meisten erhalten ist wohl noch in den wert- und strukturkonservativen Ländern Süddeutschlands. –

Es hat sich immer schon als fördernd erwiesen, wenn die besten Haus- und Klassenaufsätze von den Verfassern vor der Klasse vorgelesen werden. Sind es einmal besonders viele einfallsreiche und wohlgelungene, so ist es nicht ein Zeitverlust, sondern ein Gewinn für den Unterricht, wenn ein größerer Teil – oder der größere Teil – der Stunde dazu verwendet wird.

Und es hat sich in Jahrzehnten bewährt, daß man die allerbesten vervielfältigen läßt, so daß jeder Schüler ein Exemplar erhält und eine Sammelmappe aller hervorragenden literarischen Erzeugnisse eines Schuljahres anlegt. Solche Arbeiten werden durch begeisterten Zuruf aus der Klasse bestimmt. Und wenn der Lehrer treffsicher ist, so stimmt sein Urteil mit dem der Schüler überein.

Warum es sich lohnt, eine solche Mappe anzulegen? Einmal, weil es den Reiz der Mitteilung erhöht. Ferner – und vor allem – weil dadurch der Wert der Arbeit als Schriftwerk sichtbar gemacht wird: es ist mehr als eine mit guter Note versehene Arbeit. Drittens hat es sich im Laufe der Jahrzehnte herausgestellt, daß solche Sammelmappen eine wunderbare Erinnerung an Jugendjahre und alte Klassenkameraden und Mitschüler sind, vielleicht vielsagender – oder anderes sagend – als Klassenfotos.

Solche Sammelmappen können auch die ganz anderen Aufsätze der Sekundarstufe II begleiten. Auch für diese ist das Vorlesenlassen der guten, besten Aufsätze wichtig, um die Freude am Schreiben zu pflegen, zu erhalten oder zu wecken. Auch sie erhalten so den Wert der Mitteilung und des Schriftwerkes.

Da in den so geleiteten Klassen die Freude am Miteinander und die Freude über die so vielen hervorragenden, bemerkenswerten und liebenswürdigen Mitmenschen in der Gemeinschaft lebendig ist, freut man sich an den Leistungen der Freunde und Gefährten wie über eigene Leistungen. Diese Aufsätzchen und Aufsätze sind aus dem gemeinsam Erlebten hervorgegangen, dem Erlebten im jugendlichen Alltag, aber auch dem Erlebten der vielen Wissensgebiete, die die Schule erschließen, bekanntmachen und gemeinsam erarbeiten – kennenlernen – läßt.

So darf man sagen, daß die mündliche und schriftliche Mitteilung ganz fruchtbar auf das Entstehen und die Pflege des Geistes einer Schulklasse wirkt, des Klassengeistes.

Und es sei angemerkt, daß, wenn man heute wieder nach Erziehung als Aufgabe der Schule ruft, man nicht außer Acht lassen darf: nur eine bis mindestens Ende der Sekundarstufe I bestehende Klassengemeinschaft kann den Boden für erzieherisches Wirken geben. Daß also die zu frühe Aufsplitterung der

Klassen in Kursgruppen das Gemeinschaftsleben und einen erzieherischen Einfluß verhindert.

Nun seien noch ein paar Hinweise auf die Erziehung zum Lesen gegeben. Es ist dringend nötig, daß im Klassenschrank der unteren, der Erzählklassen, eine Klassenbücherei ihren Platz hat. Eine zentrale Schülerbücherei genügt nicht für diese Stufe, sie ist zu weit entfernt. Die Bücher müssen in nächster Nähe, d. h. greifbar sein. Wenn die Klassenbücherei auch eingeschlossen ist, so hängt doch eine Liste aus.

Es ist wohl am einfachsten, wenn die Klassenbücherei ein Deputat einer zentralen Schülerbücherei ist, zusammengestellt aus altersmäßig passenden Büchern, die vom Inhalt her interessant und gut geschrieben sind. Spannend, und in die weite innere und äußere Welt einführend und in keiner Weise Schulbücher. Ferner: in diesem Alter noch keine politischen oder gesellschaftskritischen Bücher! Ganz notwendig gehört das klassische Traditionsgut hinein, ohne welches unsere deutsche und abendländische Kultur nicht zu verstehen ist. Angefangen mit Märchen, Fabeln, Sagen – besonders die des klassischen Altertums – Schildbürgern, Münchhausen, Till Eulenspiegel usw. usw. – Klassenbücherei für die Klassen 3 bis 8 oder 9. Für die Klassen darüber sollte eine zentrale Schülerbücherei da sein, die nach Inhaltsgebieten geordnet ist.

Wenn auch die Klassenbücherei von Schülern verwaltet wird, so muß doch der Deutsch- oder der Klassenlehrer für die Bücher werben! Die Überflutung durch die Medienangebote, meist mit fragwürdigem und schädlichem Sensationsreiz, die Discothek-Umwelt, die Faszination der rasend sich entwickelnden Naturwissenschaften und der Technik sind heute so groß und massiv, daß das Lesen gefährdet ist und vergessen wird. Der Lehrer sollte – vielleicht alle Vierteljahre – wenn die Ausleihe ins Stocken geraten ist, die Bücher einzeln ein- und vorführen, mit Kenntnis und/oder Fantasie – möglichst lustig! Dann gibt es einmal eine bunte Schulstunde, abwechslungsreich und anders!

Diejenigen Schüler, bei denen das Erzählen Brauch war, deren Lust am Schreiben geweckt ist, die sich an den kleinen, lustigen, überraschenden, wohlgelungenen Literaturprodukten ihrer Mitschüler freuen, diese Schüler lesen dann, wenn ein spannendes, fantasievolles, interessantes, gut geschriebenes Buch bei ihnen oder in ihrer Nähe „gelandet“ ist, mit Vergnügen und Verständnis. Da sie das Positive kennen, erkennen sie es in den Büchern und messen daran auch das weniger Gute. Sie sind literarisch urteilsfähig. Sie werden Leser!

Ein früherer Schüler, der so, wie es hier vorgeschlagen wurde, unterrichtet worden ist und der jetzt Physik studiert, sagte bei einem Klassentreffen vor zwei Jahren (1987), ihm fiele auf, wie „unbelesen“ (sein Ausdruck) alle seine Mitstudenten seien. Eklatantes Zeichen der Zeit!

Es sei abschließend noch auf den Wert der Rezitation hingewiesen – Sprechen von Prosatexten, Dramen und vor allem Gedichten.

Ich erinnere mich an eine Fachkonferenz vor mehr als zehn Jahren. Ein Lehrer sagte, er lasse nicht auswendig lernen. Er habe etwas gelesen, was gegen das Auswendiglernen spreche. Darauf erfolgte sofort der Protest der Schülermitglieder der Konferenz. Sie hatten in Klasse 9 unter freundlich von mir ertragenem Protest die 23 langen, schönen Strophen von Schillers Kranichen des Ibykus auswendig lernen „müssen“! Und dann hatten sie als Einzelne mit Wonne und ebenso im Chor die Strophen und dann das ganze Gedicht gesprochen („aufgesagt“!). Und diese drei Schüler waren später in die Theatergruppe eingetreten und hatten ihre Rollen in einer Komödie Shakespeares gelernt, gesprochen und gespielt. Jetzt, als Teilnehmer der Konferenz, stellten sie spontan, allgemeinverständlich und umwerfend fest: „Seitdem wir Dichtung auswendig gelernt und gesprochen haben, wissen wir erst, was Sprache ist!“

Einführung in die Dichtung. Zur Interpretation und Textkritik

Über ein Kunstwerk zu sprechen ist schwierig, man muß es verantworten können, es ist ein Wagnis. Denn Kunst ist nicht um der Rede willen in unsere Welt gekommen, sondern sie kann uns und soll uns wohl auf eine besondere Weise beglücken und Gabe und Geschenk sein, das uns erhöht, soll und will unser alltägliches und den Zwecken und dem Nutzen gewidmetes Leben mit dem besonderen Licht und mit Wohlklang erfüllen. Wie ein berühmtes Gedicht Rilkes es sagt, können wir, angesichts eines Kunstwerkes, von dem Gefühl getroffen und betroffen sein: Du mußt dein Leben ändern!

Und doch gehört zum Lesen als Aufgabe des Deutschunterrichtes als dessen Gipfel die Einführung in die Kunstgebilde der Sprache: Gedicht, dichterische Prosa, Drama: schöne Literatur. Wie soll solche Einführung geschehen, ohne daß darüber gesprochen wird?

Gewiß, die gerechteste Einführung ist die, daß das Gedicht erklingt, daß die Prosa, seien es Novelle oder Roman, sich dem ruhig und gesammelt Lesenden erschließen, daß das Drama, von verantwortungsbewußten Schauspielern und Regisseuren aufgeführt, uns ergreift, so daß es uns vielleicht sogar versagt ist, nach dem Ende der Tragödienaufführung die Hände zu rühren, um Beifall zu klatschen.

Aber der Weg zu dem Erleben-können, zum eigentlichen Verstehen großer Kunst, kann vom Elternhaus, der Schule, Freundeskreisen bereitet werden. Geistig lebendiges Elternhaus und ebensolcher Freundeskreis nehmen uns in ihr Leben auf, lassen uns teilnehmen, wir wachsen in die Tradition hinein. Schule lehrt und weist uns, wenn wir Glück haben, den rechten Weg in die Tradition unserer geistigen und künstlerischen Kultur. Da nun jeder der genannten Lebensgründe geisterfüllter Tradition in der rapide sich wandelnden Gesellschaft unserer Zeit versagen, ausfallen kann, ist es gut, daß es ihrer drei gibt. Auch die Schule kann versagen und sich versagen.

Sehen wir zu, wie Schule Literatur vermitteln kann. – Es sei dann aber auch darauf hingewiesen, wie sie ihr Ziel oft verfehlt.

Goethe sagt, man solle über ein Kunstwerk höchstens in seiner Gegenwart sprechen (Italienische Reise, 29. Juli 1787). – Das Bild ist vor uns, wir schauen und betrachten schweigend und versuchen nur einiges zu sagen – unsere Freunde, die mit uns Betrachter sind, hinzuweisen auf Einzelnes, von dem wir meinen, es schließe uns das Geheimnis dieses Kunstwerkes auf. Es kommt zum Gespräch. Immer mehr kann entdeckt werden. Je größer und ergreifender das Werk ist, um so mehr meinen wir entdecken zu können. Wir stoßen auf eine Unendlichkeit. Das gegenwärtige Kunstwerk erweist sich in seiner Schönheitsmacht als allen erklärenden Worten überlegen. Es ist eine Macht und behauptet sich, und seine Macht wird größer, je länger wir bei ihm verweilen.

Jedoch mögen viele, wenn nicht alle gesprochenen Worte nicht umsonst gesprochen sein. Vieles ist uns aus den Worten unserer Gesprächspartner aufgegangen, was wir noch nicht gesehen oder nicht beachtet hatten. Aber wir stehen nach wie vor in dem Bannkreis des Bildes vor uns. Seine Schönheit ist mehr als alle wegweisenden Worte. Es ist unerschöpflich. Und es weist die Worte, wenn sie gut und wegweisend waren, auf ihre dienende und nicht das Bild ersetzende Rolle hin. „Der auf den Mond weisende Finger ist nicht der Mond“, ein altes Wort aus dem Meditationsdenken des ostasiatischen Zen-Buddhismus.

Wie könnte man das Goethe-Wort auf die Literatur, ein Gedicht oder dichterische Prosa, anwenden?

Ein Gedicht sollte wohl immer vor der Besprechung vorgetragen, vorgelesen werden. Oder von allen still, gesammelt, andächtig gelesen, vielleicht mehrmals still gelesen werden (nicht kritisch – sei zeitkritisch betont!). Und nach der behutsamen Besprechung – sie kann lange dauern – wieder gelesen oder rezitiert werden. Als Abschluß der Besprechung.

Eine andere Art der Einführung eines Gedichtes ist das „Einlesen", wie man es in der Didaktik der 20er Jahre nannte. Dieses kann auch einmal zusätzlich zu der Besprechung geübt werden. Wie bei der Einübung eines Musikstückes kann das Sprechen der einzelnen Verse und Sätze von Schülern und vom Lehrer erprobt werden. Ausdrucksgestaltung. Vorschläge können gemacht und geprüft werden – und so kann es sein, daß Wortfügung, Satzmelodie, Versmaß, alles das als uns ergreifende höhere Schönheit sichtbar und lebendig werden und das Gedicht uns jetzt als ein Gebilde höherer und höchster Art zur Erscheinung kommt und von uns erlebt wird.

So haben Schülertheatergruppen Shakespeare-Komödien oder Molière oder Dürrenmatt einstudiert, und es ergab sich, wenn es nach vielleicht 120 Probestunden zur Aufführung kam, daß wir für eine Spielminute eine Stunde geübt und gearbeitet hatten. Ein halbes Jahr und mehr, in dem alle Mitwirkenden vom Zauber des Kunstwerkes, seiner Sprache und seiner Baukunst gefangen waren.

In einer Klasse 7: Mörikes Gedicht „Der alte Turmhahn". Welches Erlebnis! Nach Vortrag des Gedichtes durch den Referendar: Wieviele Einzelheiten werden von den 12- und 13jährigen Kindern nacheinander – immer wieder neue – entdeckt, Schönheiten und manchmal fantastische Möglichkeiten und Vermutungen verborgener Schätze und unerwarteter Juwelen, so daß wir zuhörenden Lehrer staunten und den jungen Referendar nachher beglückwünschten und uns dann bei den Kindern bedankten. Und wie reich beschenkt nahmen wir das Gedicht auf in dem die beiden Unterrichtsstunden abschließenden Vortrag desselben!

Eine geglückte Interpretation, von ganz besonderem Wert, weil sie eine Zusammenarbeit von Schülern und Lehrern war, besonders hervorragend, weil die unbefangene Fantasie der Kinder, vom Lehrer unbehindert, frei sich entfalten durfte, die unvorhergesehenen und wohl unvorhersehbaren Ergebnisse der Beiträge vom Lehrer aufgenommen wurden und er die Gabe hatte, dem Strom der Gedanken freien Lauf zu lassen, und alles doch zu einem Ganzen wurde. –

Das bisher zu Wort Gekommene ist nur ein Teil dessen, was über die Interpretation und ihren Wert gesagt werden kann. Es muß aber auf Bedenken aufmerksam gemacht werden, große und schwere Bedenken, angesichts der heute so verbreiteten Praxis der Interpretation im Schulunterricht.

„Wie schön waren früher die Gedichte, als wir sie noch nicht interpretierten!" Auf diesen Stoßseufzer des Deutschlehrers vor einer Klasse der Sekundarstufe II erfolgte die von Sympathie erfüllte Zustimmung der Schüler! Sie wurden damit belohnt, daß gelegentlich in einer Deutschstunde nur gelesen wurde. Viele Gedichte mehrmals. Dann ist das Gedicht in seinem eigentlichen Element, wie das Erklingen eines Musikstückes es ist. Oder Schüler dürfen in einer Stunde Lieblingsgedichte vortragen. Man erlebt dann das, was junge Menschen – die Erinnerung stützt sich sich auf die 60er und 70er Jahre – in ihren „außerschulischen" Zusammenkünften dazu bewegt, Lieder zur Gitarre zu singen. Protestsongs, Spirituals, vielleicht sogar alte Volks- und Wandervogellieder! – Die jungen Menschen freuen sich, wenn man ihnen sagt, Gedichte seien ja nicht für die Interpretation und den Schulunterricht gedichtet worden! Vielleicht, daß eine solche Bemerkung das wiedergutmacht, was durch die Überbetonung und die Überlastung des Literaturunterrichtes an den Schulen durch Interpretation zerstört worden ist. In den vergangenen zwei bis drei Jahrzehnten. –

Klasse 8, zugezogener „neuer" Schüler: „Ja, den Erlkönig haben wir auch gelesen. Und dann haben wir ihn auseinander genommen." – Lehrer: „Und dann war nichts mehr übrig?" – „Ja."

Die Schüler einer Klasse sind vom Deutschlehrer eingeladen, der am Abend Gedichte rezitiert. Einer 14jährigen Schülerin, die nicht zur Klasse gehörte und die ihren Bruder begleitete, fiel es wie Schuppen vor den Augen, daß es Gedichte gibt – daß ihr Sinn etwas anderes ist – als der, Sezierobjekte zu sein!

Die Interpretation wurde in den 50er Jahren weltweit eine Strömung der Literaturwissenschaft an den Universitäten. Es gibt hervorragende Interpretationen und Interpretationssammlungen. In den Schulen wirkte sich die Interpretation vorwiegend negativ aus. Ihrem Anspruch gerecht zu werden ist oft sehr schwer, wenn nicht unmöglich.

Wenn es der Schule gelingt, den Weg in die Literatur zu weisen, dann werden die schönsten Entdeckungen sicher die sein, die die richtig belehrten jungen Menschen für sich machen. Wenn sie durch die Schule Leser geworden sind.

Kinder schon können von einem Gedicht von Mathias Claudius ergriffen werden. – In den frühen 20er Jahren. Ein Zehnjähriger, mit dem Vater auf der Reise zu den Großeltern, geht in der Abenddämmerung über den Platz eines alten Städtchens. Im blaßblauen Himmel des vergehenden Tages der aufgehende Mond. Zwei junge Frauen – junge Mädchen – gehen zum Brunnen Wasser holen. Da spricht eine der Frauen für die Freundin und sich – angesichts des Mondes – das Claudius-Gedicht. – Bis heute: die Erinnerung unverwischt. Mythisches Bild. Aus der biblischen Geschichte. – Dem Nachdenken – heute – ergibt sich: Im Elternhaus das Weihnachtsfest, damals noch heilig, und die Weihnachtszeit mit Gedichten, Liedern. Auch in der Schule: Gedichte werden zu Festtagen „aufgesagt", vor der Klasse. Lieder gesungen von der Mutter und den Mädchen bei der Arbeit. So war der Boden bereitet für das Ergebnis und Ereignis der Verse: „Der Mond ist aufgegangen, die goldnen Sternlein prangen am Himmel hell und klar ..." – Der Dreizehn- oder Vierzehnjährige, als er in einem Gottesdienst aufgeweckt wurde durch die Anfangsverse des Johannes-Evangeliums: „Im Anfang war das Wort ..."

– Der 16jährige in einer Physikstunde, als er unter dem Pult der Schulbank eine Gedichtsammlung aufschlägt und er gefangen wird – vom Blitz getroffen – von einem Hölderlin-Gedicht. Elternhaus, Schule und Jugendgruppe haben den Boden bereitet.

Es wurde auch im Unterricht der ersten acht Schuljahre – damaliger Sprachgebrauch für die heutigen Klassen 1 bis 8 – nie ein Gedicht oder ein Prosastück „besprochen". Es wurde gelesen, vorgelesen, sachlich Schwieriges und Neues erklärt, auswendig gelernt, rezitiert. So einfach wurde man damals in die Literatur eingeführt. Es wurde allenthalben noch gesungen, und die Natur erschien uns rein, voll und schön.

Hier haben wir den unmittelbaren Weg in die Dichtung vor uns. Ihn gibt es auch heute noch.

Es wurde ja schon gesagt, was die gesammelte, stille Lektüre bedeutet. Was eine sehr gute Theateraufführung geben kann. Balladen und Verse Schillers und Goethes auch für die Elf- bis Fünfzehnjährigen: gelesen, gelernt, gesprochen. Für die Älteren: Rilke, Hölderlin, Peter Huchel, Nelly Sachs, um nur einige Namen zu nennen. Goethe und Schiller! Die Dichtungen sprechen durch sich selbst. Wie können sie uns erfüllen! Gerade der Kunst gegenüber – nein: in ihr – gibt es ein Verstehen vor und jenseits der Ratio. Ohne Analyse!

Es ist zu fragen, ob die Schule nicht durch die Übung der Interpretation heute meist überfordert ist. Sind nicht Gedichte zu schade dafür, daß Schüler veranlaßt werden, über sie zu sprechen, über sie zu schreiben als Aufgabe, sogar als Prüfungsaufgabe? Sind nicht wir Lehrer überfordert, wenn wir jederzeit bereit sein sollen, über die verletzlichen Gebilde der Kunst den Schutt von Worten auszubreiten und sie zuzudecken? Werden Gedichte und Dichtungen nicht durch solche Praxis herabgewürdigt? Wenn aber in den Richtlinien der Ministerien die Gedichtinterpretation verlangt wird und als Prüfungsaufgabe erscheint, muß sich die Unterrichtsgestaltung in einer Weise dieser Aufgabe annehmen, die die Kunst dem Verschleiß ausliefert. Man lese die Rede von Hans Magnus Enzensberger, deren Text in der F.A.Z. vom 25. September 1976 abgedruckt war – auch in der November-Nummer der amerikanischen

Zeitschrift German Quarterly, 1976. Hier wird in aller Drastik der Zustand des Deutschunterrichtes unter dem Unstern der Interpretation an deutschen Schulen deutlich gemacht.

Das oben angeführte Goethe-Wort heißt vollständig – es ist von einem griechischen Medusenhaupt die Rede: „Nur einen Begriff davon zu haben, daß so etwas in der Welt ist, daß so etwas zu machen möglich war, macht einen zum doppelten Menschen. Wie gerne sagte ich etwas drüber, wenn nicht alles, was man über so ein Werk sagen kann, leerer Windhauch wäre. Die Kunst ist deshalb da, daß man sie sehe, nicht davon spreche, als höchstens in ihrer Gegenwart. Wie schäme ich mich allen Kunstgeschwätzes, in das ich ehmals einstimmte."

Da es mehrere Wege der Einführung in die Literatur gibt, sollte man es der Wahl des Lehrers überlassen, welchen er jeweils vorzieht. Und wenn die Interpretation als Prüfungsaufgabe ausgeschlossen würde, belastete sie auch nicht mehr den die Prüfung vorbereitenden Unterricht, schreckte die Schüler nicht mehr ab, wenn sie hören, daß „schon wieder ein Gedicht" bevorsteht. Die gelegentliche Interpretation unter Leitung des Lehrers behielte so ihren vollen Wert.

In den Leistungskursen des heutigen Schulunterrichtes kann übrigens mehr von dem gebracht werden, was an die Wissenschaften, in unserm Falle an die Literaturwissenschaft, heranführt. In diesen Kursen sind Schüler, die das Fach freiwillig gewählt haben, weil Literatur sie interessiert.

Für allen Unterricht dürfte in unserer Zeit und bei den gegenwärtigen Schulverhältnissen gelten, daß nur wenige Elementarziele in den Richtlinien „flächendeckend" angegeben werden dürfen. Zu verschieden ist das Niveau der Vorbildung in den individuellen Klassen der gleichen Jahrgangs- und Klassenstufe. Und besonders in unserm Falle ist es Aufgabe des Lehrers, sich über die Grenzen der Auffassungsfähigkeit seiner Schüler Klarheit zu verschaffen. Seine Anforderungen sollen von hohem Niveau, dürfen aber nicht zu hoch, müssen erreichbar sein. Und der Deutschlehrer muß abwägen, wieviel und was er von seinem geliebten Fachwissen an die jeweilige Klasse weitergeben kann. Das, was ihm vielleicht als wenig erscheint, kann aber für die Aufnehmenden viel sein!

Und vielleicht sollte man erwarten und anstreben, daß wieder Lesebücher da sind, die vor allem solche Literatur bieten, die sich in Jahrzehnten und Jahrhunderten bewährt hat, die also wertvolles und hilfreiches Traditionsgut bringt und die jungen Menschen auf die Werke und Namen von Dichtern aufmerksam macht, die sie auch in ihrem späteren Leben brauchen, weil sie ihnen Reichtümer und Verständnis- und Lebenshilfen geben können. Die alten Volksschullesebücher waren so und sind heute Kostbarkeiten.

Zur Textkritik sei nur so viel gesagt, daß sie auch Gegenstand des Deutschunterrichtes ist. Aber erst dann, wenn Sprache und Literatur in ihrem Wert und ihrer lebendigen Kraft und Schönheit bekannt sind. Lange bekannt und vielleicht schon Lebenselement. Also kaum vor der Sekundarstufe II. Zu der Schule des Schreibens kommt dann die Schule des Lesens. Mit Stilkunde, Stil- und Textkritik und Poetik. So war es an den Schulen seit den 20er bis zum Ende der 60er Jahre. Aber auch dann sollte die Hauptaufgabe des Deutsch-Unterrichtes die Heranführung an - und Hineinführung in – die Literatur sein.

Gedanken zum Theaterspielen in der Schule

Was bedeutet Theaterspiel in der Schule? Welche Werte enthält und bringt es? Wo findet es statt?

Noch mehr Fragen wären sicher zu stellen und zu beantworten. Und von den Werten des Theaters, von Schülern gespielt, seien hier vorweg nur die erwähnt, daß man erstens artikuliert sprechen lernt, verständlich auch in einem großen Saal vor einem großen Auditorium, und daß man zweitens vor einem Auditorium, das nicht nur hört, sondern auch sieht und beobachtet, aufzutreten und sich unbefangen zu bewegen lernt – Gewinne für das Leben und Handeln in der Öffentlichkeit, Gewinne für das ganze Leben, es ist gleich, welchen Beruf man später ausübt.

Aber versuchen wir zunächst, die letzte Frage zu beantworten und sie etwas klarer zu formulieren, nämlich wo das Theaterspiel in der Schule seinen Ort hat, in welchem Zusammenhang kann es in der Schule stattfinden?

Theater kann entstehen im Deutschunterricht. Vor allem in den unteren Klassen gibt es die Möglichkeit – bis hinauf in die 8. oder 9. Klasse – Spiele zu improvisieren. Ein Märchen mag zugrunde gelegt werden. Oder Lehrer und Schüler haben Spielideen, erfinden einen Plot. Die Rollen werden spielerisch verteilt und je nach Lust und Begabung gewechselt, bis sie sich einigermaßen festsetzen auf die besten Rollenträger. Und aus den Ideen werden Bewegungen und Gebärden, aus diesen Worte und Sätze, die sich in wiederholenden und einprägenden Übungsstunden zu Texten anreichern. Wir haben es erlebt, daß einmal in 13 Tagen ein Märchen zu einem Spiel von über einer Stunde vor Hunderten von Zuschauern wurde.

Nun können wir schon auf die Frage nach dem Wert oder den Werten solchen Spielens zu sprechen kommen. Sagt nicht schon das Wort „Spiel“, was es bedeutet, wenn in den Unterricht als Wissensvermittlung und zu dem Ernst des Lernens das Lebendige, Freie, den Menschen Entfaltende des Spielens hinzukommt? Schöpferisches tritt an die Stelle des oft passiven Aufnehmens, Freude am Abbild des Lebens, dargestellt von jungen Menschen in oft überraschend anmutiger Gestalt, in Gebärde, Mienenspiel und Wort – Musik und Gesang, Bewegung bis zum Tanz. Wird hier nicht auch das stumm gelesene und analysierte Wort als Leben erlebt, als Schönheit staunend wahrgenommen, als eine Kraft, die die Anwesenden ansteckt und mitreißt? Die Anwesenden, auch wenn nicht vor einem Publikum gespielt wird, sondern die Anwesenden einfach die Mitspieler sind?

Wort und Gebärde werden als elementare Gestaltung erlebt und ergreifen uns. Und das Wort wird erfahren und sichtbar in seiner sinnlich-geistigen, schöpferischen Geheimnis-Macht.

Eine weitere Möglichkeit des Theaterspielens in der Schule sind freie Theatergruppen, welche die Grenzen des Klassenverbandes und auch der Altersgruppen überschreiten. Sie sollen und müssen jenseits der Leistungsbeurteilung des anderen Unterrichtes stehen. Sie führen zurück zu dem eigentlichen Sinn des Wortes „Schule“, das aus dem Griechischen kommt und dort Freizeit, Muße bedeutet. Also: musische Tätigkeit! In den ersten Jahrzehnten unseres Jahrhunderts kam, vor allem angeregt durch die Jugendbewegung, in den Schulen das Theaterspielen auf. So wie auch der Kunstunterricht vorwiegend Malen und Zeichnen war, der Musikunterricht Singen. So existierte ein notwendiges Gegengewicht gegenüber dem theoretischen Wissen.

In solchen Theatergruppen sind vorwiegend die Schüler der oberen Klassen. Komödien Shakespeares, Molières, Eichendorffs „Die Freier“, ein oder zwei Jugenddramen Goethes bis zu Max Mell, Dürrenmatt und Frisch sind jungen Menschen erreichbar. Daß oder ob sie jeweils erreichbar sind, ist ein nie zu vernachlässigender, notwendiger Gesichtspunkt!

Die Erarbeitung der Sprache solcher Dichtung und ihr szenisches und choreographisches Werden eröffnet den jungen Menschen den Zugang zu der Welt hoher Kunst und oft höchsten Geistes. Sie erleben Verwandlung und Geschenk und werden über die Dürftigkeit der Zeit hinausgehoben. Schon die Anfänge sprachlicher Gestaltung von Dichtung schlägt die jungen Menschen immer wieder in ihren Bann – wir erlebten über 30 Jahre lang in immer neuen Generationen der Gruppe diese Bezauberung und Erhöhung. Und wenn nach 80 oder 100 Probestunden – man führt ja immer erst dann auf, wenn man fertig ist! – die erarbeiteten vielen Einzelszenen zusammenwachsen, geht den Teilnehmern in den letzten Wochen vor der Aufführung der ganze Zauber der künstlerischen Wirklichkeit auf – es ist, so wurde einmal gesagt – wie wenn aus lauter schönen Einzelheiten auf einmal ein noch schöneres Schiff überraschend ersteht und alle Teilnehmer aufnimmt – und mit ihnen auf die Reise fährt auf das hohe, zeitenthobene Meer der Dichtung!

Jetzt nur noch dies: Es lag auch, unter anderem, in der Absicht des Gründers der noch heute bestehenden Gruppe – und es hat sich als richtig erwiesen – daß nicht nur den Spielern sich eine hohe Welt erschließen möge – sondern auch den Zuschauern aus dem engeren und weiteren Schulkreis. Vor allem den jungen Menschen, die nicht zur Gruppe gehörten. Der Zauber der Jugend, der so anziehend in ihren Parties sichtbar wird, soll auf der Bühne erhöht in strahlende Erscheinung treten als Träger des Geistes und der Kunst.

Es hat sich herausgestellt, daß das Schultheater eine unserer Zeit gemäße und heute notwendige Parallele zum Schuldrama der Jesuiten im 18. Jahrhundert darstellen kann!

So darf man wohl sagen, daß Schultheater zu den höchsten Entfaltungen des Deutschunterrichtes gehören kann.

Die Debatte

Die Engländer haben eine lange Tradition der freien Rede. Einmal im Parlament, das seit der ersten Hälfte des 17. Jahrhunderts mehr und mehr die Regierungsmacht geworden ist. Und das Wort Parlament weist mit seiner Wortwurzel „parler" gleich „sprechen" darauf hin, daß gesprochen und nicht gelesen, abgelesen wird wie bei uns meistens. Die Abgeordneten im englischen Parlament haben nur einen Sitz, kein Pult, keine Tischplatte vor sich, und die Abgeordneten sprechen von ihrem Platz aus, stehend. Die vielen englischen Freikirchengemeinden – die anglikanische Kirche umfaßt nur mehr als ein Zehntel der dortigen Protestanten – verwalten sich selber, die Gemeindemitglieder haben Stimmrecht. Die freie Rede ist für das kirchliche und auch das kommunale Gemeindeleben eine Notwendigkeit und wurde in solcher Praxis entwickelt. Für die Schulen war bis in die fünfziger Jahre hinein – und ist es wohl auch heute noch – die übergeordnete Bürokratie winzig und unbedeutend. Die Schulen verwalten sich selbst, und die Eltern bestimmen mit, auch das Fächerangebot und die Lerninhalte. Sollte eine Schule einmal auf Abwege geraten, so gibt das Ministerium Rat, schlimmstenfalls droht es mit einer Kürzung der Zuschüsse. Es ist nicht weisungsberechtigt. So ist durch die geschichtliche Entwicklung, auch der Institutionen, in England die freie Rede verbreiteter als in den meisten Ländern der Erde.

Die freie Rede aber hat sich nicht nur entwickelt, sie ist auch entwickelt und herangebildet worden. So gibt es an den alten Universitäten seit mehr als 200 Jahren, aber auch in den neuen und in den Schulen, Debattierklubs, in denen die Debatte als freie Rede geübt wird. Sie ist nicht zu verwechseln mit der Diskussion. Nur in der Debatte wird die freie Rede geübt, ausgeübt.

Die Ordnung einer Debatte oder einer Debattierstunde sieht so aus. Da ist der Präsident, der für den geregelten Ablauf sorgt. Er ruft gegebenenfalls zur Ordnung. Der Präsident erteilt das Wort. Er kann, gegebenenfalls, den Redner unterbrechen, er äußert sich aber nie zum Thema. Die Themen werden als einseitige Behauptungen formuliert. Zum Beispiel: Es ist zu empfehlen, die Todesstrafe wieder einzuführen. Oder – wie wir es einmal beim Besuch einer englischen Schule erlebten, als eigens für uns deutsche Besucher in einer Englisch-Stunde, wohlweislich, eine Debatte improvisiert wurde – Thema: Es ist wünschenswert, daß ein Klassenlehrer eine Klasse während der ganzen Schulzeit begleitet. Die Gegenthese heißt dann: Es ist nicht wünschenswert, daß ...

Bei einer Debatte gibt es zwei Fürsprecher und zwei Gegensprecher. Kandidaten melden sich. Sie haben ein paar Tage oder Stunden oder Minuten Zeit, sich vorzubereiten. Sie sitzen gegenüber der Versammlung der Anwesenden, rechts und links vom Präsidenten, die Für- und Gegensprecher jeweils nebeneinander. Jeder Sprecher hat eine begrenzte Redezeit – vielleicht sieben Minuten. Er darf Stichworte vor sich haben, aber keinen Text. Der Präsident leitet die Debatte – in Schulen meist der Lehrer. Er erteilt jeweils das Wort. Er kann es auch entziehen, zur Ordnung rufen, wenn Ungebührliches oder Verletzendes gesagt werden sollte. Er kann unterbrechen, um auf die Überschreitung der Zeitgrenze hinzuweisen. Die Debatte wird eröffnet mit der Rede des ersten Fürsprechers. Es folgt der erste Gegensprecher. Dann der zweite Fürsprecher. Schließlich der zweite Gegensprecher. Die auf den ersten Fürsprecher folgenden Sprecher haben jeweils Gelegenheit, auf die Argumente der vorhergehenden Sprecher einzugehen, d. h. auch, frei improvisierend ihren geplanten Redetext zu ändern.

Nach den vier Reden wird die allgemeine Debatte eröffnet. Jeder aus dem Zuhörerkreis darf nur einmal sprechen, wobei er die Aufgabe hat, vorher gehörte Argumente und etwaige eigene in einem möglichst sinnvollen Zusammenhang zu behandeln, also ebenfalls eine kleine Rede zu halten. Auch ihre Redezeit ist begrenzt, auf vielleicht drei Minuten. Alle Reden werden übrigens stehend gehalten, vom Platz aus. Zum Abschluß erhält der erste Gegensprecher, dann der erste Fürsprecher das Wort.

Wir hatten zusätzlich zum englichen Vorbild eingeführt, daß vor der Eröffnung und nach Beendigung eine Abstimmung aller Anwesenden – der Präsident war ausgeschlossen – stattfand. So hatte man einen Anhaltspunkt, welche Seite am besten argumentiert und gesprochen hatte.

Sehr wichtig ist der englische Brauch, daß man niemals einen Sprecher, wenn man sich auf ihn bezieht, beim Namen nennt. Die Sprecher und Redner beginnen mit der Begrüßung: „Sehr geehrter Herr Präsident!" Dann kommt: „Liebe (oder sehr geehrte) Anwesende – oder Freunde". Man verbannt so das etwaige Entstehen von verletzenden oder die Debatte scharf machenden Entgleisungen. Im englischen Parlament sagt man: Das ehrenwerte (honorable) Mitglied aus (Name der Grafschaft).

Jedes Mitglied des Klubs oder der Klasse sollte mindestens einmal in der Saison oder im Jahr Sprecher sein. Ein Komitee aus etwa fünf Mitgliedern leitet den Verein, wählt mit dem Präsidenten die Themen, bestimmt die Sprecher, wenn sich nicht genügend melden. Es kann ein Protokollführer ernannt werden, und dessen Protokoll wird zu Beginn der nächsten Sitzung vorgelesen und gegebenenfalls gebilligt.

Wir hielten es für klug und angemessen, die englischen Debattenregeln zu übernehmen. So wie es unklug wäre, wenn Gebirgsbewohner ein seetüchtiges Boot bauen wollten, ohne bei Küstenbewohnern zu lernen.

Kulturtradition als Aufgabe der Schule

Man sollte bedenken, daß die Kulturtradition heute zunehmend Aufgabe der Schule sein sollte und sein muß. Denn die herkömmliche Tradition in Gesellschaft und Familie nimmt auf Grund der rapide sich verändernden sozialen Strukturen ab. Die Aufsteiger von vor 20 oder 30 Jahren sind infolge der technisch-naturwissenschaftlichen Neuerungen schon wieder abgelöst von neuen Aufsteigern, und das Tempo des technischen Fortschrittes steigert sich in einem Maße, daß die führenden Gesellschaftsschichten sich immer wieder neu rekrutieren oder gar formieren.

Die Tradition, das heißt ja: die Weitergabe von Werten, lag bis zur Französischen Revolution vorwiegend in der Hand des Adels und der Geistlichkeit und wurde in den Familien und Institutionen weitergegeben. Im 19. Jahrhundert lag sie bei den Familien des Großbürgertums und wurde so von Strukturen getragen, die durch mehrere Generationen stabil blieben. Damals gab es noch „die Gesellschaft“ und sie war allgemein maßgebend. Bei dem heutigen rasanten Strukturwechsel spielen Familien als Kulturträger immer weniger eine Rolle. Geistige und künstlerische Werte gehen mangels Tradition verloren, wenn nicht die Schule verstärkt die Rolle übernimmt, das wertvolle Alte und Zeitlose weiterzugeben.

Aber Schule nicht als rein intellektuelle Lehre. Diese ist unvermögend, Tradition zu schaffen. Erst wenn das Schöne und der Geist als Lebenswert erfahren und erlebt werden, wenn man in und mit ihr aufwächst, dann erst kann das, was lebendig vorhanden ist, auch von Wissenschaft und Geist erkannt werden. Takt, Zurückhaltung und Vorsicht sind beim lehrenden Umgang mit Werten geboten.

Ein letzter Hinweis auf die Möglichkeit und Rolle der Tradition in der Schule: Vor einigen Jahren, 1977, wurde in einer Klasse 9 abgestimmt, ob es gut oder schlecht sei, wenn in einem Text altertümliche Worte und Redewendungen vorkämen. Alle stimmten dafür, daß es ein Gewinn sei. Das waren Schüler, die auf die hier dargestellte Weise unterrichtet worden waren.

Für sie war das, was mit dem Wort und Begriff des Verstehens ausgesagt wird, ein viel weiteres Begriffsfeld als das des rein rationalen Verstehens. Sie hatten durch die Freude des Miteinander-Hörens, des dem anderen Zuhörens, auch die gefühlsmäßigen, rhythmischen Werte, auch den Reiz der Farbe und des Wohlklanges und des nur Ahnbaren in ihre Aufnahme und Wahrnehmung von Sprache mithineingenommen – auch in die Spracherwartung – so daß der Begriff und die Wirklichkeit dessen, was Verstehen ist, ein viel weiteres Feld umfaßt als das wohl wichtige, aber zu enge des Rationalen.

Klaus D. Frank

Kulturobjekt Schulmaschine

I. Schulmaschine

Wenn einem Lehrer Dank und Glückwünsche eines Landesministeriums ausgesprochen wurden „für 25jährige gewissenhafte Pflichterfüllung im öffentlichen Dienst zum Wohle der Allgemeinheit", dann mag es diesem Lehrer gestattet sein, auch einmal öffentlich „zum Wohle der Allgemeinheit" darüber nachzudenken, was denn das für eine abgekürzte Institution: Sek. I / Sek. II ist, in welcher er arbeitet.

Ich habe nicht die Vorstellung, das Leben läge außerhalb der Schule; Schule ist als kulturgesellschaftliche Einrichtung ein Ort, an dem gelebt wird. Aber wie? Dieses besondere WIE hängt zusammen mit dem gesellschaftlichen Leben allgemein. Daher möchte ich im folgenden ein charakteristisches Bild des realen kulturellen Wertesystems unserer Gesellschaft darstellen und zeigen, wie in unserer Schule wesentliche Charakterzüge unserer Gesellschaft gespiegelt werden. Denn kulturelle Werte sind die Bezugspunkte unseres allgemeinen Handelns, sind das, was wir für wahr und wichtig halten, wonach wir die Wirklichkeit interpretieren, normieren und einrichten, also auch die gesellschaftliche Wirklichkeit der Institutionen und Organisationen.

II. Grund- und Leitwerte unserer Kultur

Wir müssen feststellen, daß in unserer Kulturgesellschaft ein antinomisches Werte- und Normensystem besteht: auf der einen Seite die christlichen, sozialen, liberalen, d. h. ethischen Grundwerte wie Nächstenliebe, Menschenwürde, Toleranz, Gerechtigkeit, Hilfsbereitschaft, Gemeinschaftssinn, Freiheit, Verantwortung; auf der anderen Seite die realen Leitwerke außerethischer Art wie abstraktionsfähige, instrumentelle Rationalität, naturwissenschaftliche

Objektivität, technische Effektivität, ökonomische Rentabilität, Macht, Erfolg, Leistung, Prestige, Konsum, Unterhaltung, Selbstbezogenheit, Genuß. Wenn wir ehrlich sind, können wir die zuerst genannten ethischen Grundwerte als die nominalen, die zuletzt genannten außerethischen Leitwerte als die realen bezeichnen, jedenfalls im großen und ganzen. Das Spannungs- und Widerspruchsverhältnis zwischen den ethischen und außerethischen Werten ist in unserer Alltagswirklichkeit sehr groß. Die Spaltung der Denk- und Handlungsfelder in unserer Gesellschaft besteht also nicht bloß zwischen dem öffentlichen und privaten Leben, zwischen Arbeitszeit und Freizeit, zwischen abgewerteter körperlicher Arbeit und aufgewerteter geistiger Arbeit, sondern auch zwischen außerethischen Leitwerten und ethischen Grundwerten. – Herstellung, Verteilung, Verbrauch bzw. Gebrauch von Gütern und Dienstleistungen sowie die ökonomische Funktionalität von Naturwissenschaft und Technik in unserer Massen-Industrie-Gesellschaft, das alles prägt entscheidend uns, unsere Bewußtseins- und Wissensformen, unsere Denkweisen sowie unser Wahrnehmen, Fühlen, Verhalten in den gesellschaftlichen Beziehungen, in der Selbstbeziehung, im Bezug zur Natur, und zwar so entscheidend, daß unsere Diener, nämlich Naturwissenschaft, Technik, Wirtschaft, gleichzeitig Herrscher unserer Wirklichkeit sind. Und die Erhaltung dieser Ordnung der Massen-Industrie-Gesellschaft findet als möglichst perfekte, totale Verwaltung statt, als Numerierung, Normierung, Juristifizierung möglichst vieler Handlungsfehler, als bürokratische Massenorganisation, abstrakt und anonym.

Ein Schulbeispiel: Ich legte meinen Lernenden aus einem Philosophie-Kurs (11. und 13. Jahrgang) eine Situationsschilderung (frei nach G. Nunner-Winkler) vor und bat um anonyme Beantwortung. Das Problem ist folgendes: Du willst dein gebrauchtes Auto auf dem Automarkt für 1000,– DM verkaufen und findest auch einen Käufer; ihr werdet euch einig, aber er hat nur 900,– DM bei sich und fährt schnell nach Hause, um die fehlenden 100,– DM zu holen. Inzwischen kommt ein neuer Kaufwilliger vorbei, der von deinem alten Autotyp so begeistert ist, daß er bereit ist, 1300,– DM zu zahlen, um auf jeden Fall den Wagen sofort zu bekommen. Was machst du? – Im 11er Kurs haben sich rund 45% der Lernenden für den ethischen Wert (Fairneß; Versprechen halten) und 55% für den außerethischen Wert (Rentabilität; Gewinnvorteil) entschieden. Im 13er Kurs haben sich 33% der Lernenden für den ethischen Wert entschieden. Aus so einer kleinen Umfrage kann man nichts Großes folgern; es wird lediglich deutlich, wie sehr junge Menschen in ihrem Verhalten natürlich auch die Werte praktizieren, die in unserer Gesellschaft handlungsleitende Funktion haben.

Im folgenden möchte ich unser außerethisches kulturelles Wertesystem noch etwas verdeutlichen. – Wenn auf dem Wirtschaftsmarkt produziert wird um des Gewinns willen, auch für Produkte und mit Produktionsverfahren wider alle Vernunft und Natur, auch mit Fertigungsmaschinen, die Arbeitslose erzeugen, anstatt die Arbeit der Arbeitenden zu erleichtern, dann ist es offenkundig, daß Rentabilität, Geldgewinn, Erfolg, Besitzenwollen hohe Werte darstellen. Wenn für den Konsum geworben wird mit optischen, musikalischen, erotischen Mitteln, dann formen diese die Wirklichkeitswahrnehmung und zielen auf den Genuß-, Unterhaltungs-, Abreaktions- und Verbrauchswert aller Dinge und Lebewesen der Wirklichkeit. Wenn zum naturfern gestylten Lebensstil als Endstation der Wegwurf gehört, dann stellen Austauschbarkeit und Verfügbarkeit wichtige Werte dar, die Verbrauchten und die Unverfügbaren bilden den Wegwurf, „Verschleiß", das Abseits. Wenn vornehmlich mit Quantitäten gearbeitet wird, verweist dies auf den hohen Stellenwert von Zahlen und Meßbarkeit in Zahlen und abstrahierter Effektivität. Die Abstraktion, d. h. das Absehen von Inhalten, von sinnlicher Anschauung, von Gefühlen, von oft wichtigen Wirklichkeiten, ist dabei eine zentrale Tendenz unserer Kultur. Außerdem verweist dies aber alles auch auf den hohen Stellenwert von Funktionalem, so daß das Funktionieren des einzelnen Menschen in der anonymen Massen-Gesellschaft als Normalität definiert werden kann. Persönliche Dynamik, Effektivität bzw. Leistung, Durchsetzungskraft spielen als Werte eine wichtige Rolle, so daß jedermann die damit zusammenhängende Hektik und Isolation, Einsamkeit der Menschen und ihre Konkurrenz als in dieser Gesellschaft normal ansieht. Der Konkurrenz und Hektik isolierter Menschen entspricht in den Massenmedien die Masse isolierter Informationselemente – übrigens ebenso in der Schule, in der Unterhaltungsindustrie hektisch aufbereitet zum Sensationellen, Aktionshaften des punktuellen Hier und Jetzt. Denn der Unterhaltungswert der gesamten Wirklichkeit mit dem Konsum in der Privatwelt soll einen Ausgleich gegenüber den harten Werten und Folgen in der Arbeitswelt darstellen. Es ist die Gestaltung menschlichen Lebens nach außerethischen Werten in unserer Gesellschaft: die detaillierte Aufsplitterung, Spezialisierung, Isolation der Arbeits- und Lernvorgänge bis hin zur mechanischen Monotonie und Meßbarkeit der Arbeits- und Lerntätigkeit in Zahlen einerseits – die kauf-, konsum-, schau- und unterhaltungsorientierte Freizeit in isolierter Selbstbezogenheit andererseits.

Naturverständnis in unserer Kultur

Jetzt möchte ich noch darlegen, welches Menschenbild sich in unserem Naturbild spiegelt, weil dies zentral damit zu tun hat, wie wir mit der Natur der jungen Menschen in der Schule umgehen. Das Naturverständnis unserer Massen-Industrie-Gesellschaft weist sich gleichzeitig als unser Selbstverständnis aus; denn im Verhalten gegenüber der außermenschlichen Natur und unserer eigenen Naturhaftigkeit zeigt sich unser Naturverhältnis allgemein – gerade auch in gesellschaftlichen Institutionen. In dem Maß, in dem wir die Natur nicht mehr als eine große polare Ganzheit ansehen, d. h. als schöpferische, schaffende Urkraft bzw. außermenschliche Macht eines fortwährenden dynamischen Vorgangs einerseits, andererseits als einen geschaffenen Zustand von Dingen, Pflanzen, Tieren, Menschen, – in dem Maß verlieren wir das Staunen und die Naturehrfurcht auch vor unserer eigenen Natur. Und das bedeutet: alles wird für uns zum Objekt, zur Funktion, sowohl die Natur als auch wir selbst. Die Urkraft Natur und das von ihr Geschaffene wird verflüchtigt zu Geld-, Meß-, Formelzahlen sowie verdinglicht zum bloßen Rohstofflager, Versuchs- und Nutzgegenstand. In diesem übermenschlichen Hochmut gefangen, merken wenige, wie sehr die von uns geschaffenen Objekte (Telefon, Auto, Fernsehen, Flugzeug, Industriemaschinen, Militärtechnik, Atomkraftwerke, Pharmaka, Düngemittel) nicht nur die Natur und unser Naturverhältnis bestimmen, sondern auch uns, die Subjekte, unser Verhalten, unsere Beziehungen, unsere Verhältnisse. Unser sichtbarer Naturanteil, der Körper, wurde zur Abstraktion, zur Funktion, zum Objekt, z. B. in der Apparatemedizin und rein pharmazeutischen Medizin, ebenso wie der Mitmensch, sei es im Leistungssport, in der Werbung, Arbeit, im Städte- und Wohnungsbau oder in der Schule. Im folgenden soll es darum gehen, zu zeigen, wie sehr das Abstraktions-, Funktions- und Objektdenken im Schulsystem Platz gegriffen hat, so daß vom Kulturobjekt Schulmaschine gesprochen werden kann.

IV. Leistung

So wie die naturwissenschaftlich-technisch-wirtschaftliche Supermaschine unserer Kulturgesellschaft die Naturlandschaft sowie die Natur allgemein als Stätte abstrakt-gesetzlicher und praktisch-technischer Funktionen sowie geldorientierter Produktion mit Konsumption darstellt, so wird die geistig-seelische, sinnlich-soziale Natur junger Menschen in den Schulen entstellt. Wir sprechen in der Schule von Leistungsnorm und Leistungsfortschritt, Leistungserwartung, -anforderung und Leistungsbewertung, -kontrolle, -nachweis, von Leistungsdruck, Leistungsmessung, Leistungseinschätzung und Leistungskurs. Auffällig ist der Drang, die gesellschaftich-kulturell gerade gängigen Wertvorstellungen fraglos in die Schule einzubauen; ohne nachzudenken, wird der fünfstündige Oberstufenkurs „Leistungskurs" genannt, der dreistündige heißt „Grundkurs", als müßte nicht auch in diesem etwas „geleistet", besser: erarbeitet werden.

Das Lernen als Tätigkeit, welche sowohl mühselig als auch spielerisch sein soll und eine soziale Individualität aufbauen hilft, steht in der Schule nicht im Zentrum. Ein Orientierungswert und Gliederungsprinzip im allgemeinen gesellschaftlichen Rangsystem ist die Leistung – ebenso in der Schule.

In jeder Gesellschaft müssen Menschen etwas schaffen, „leisten". Aber in der Leistungsgesellschaft interessiert nur generell, was für ein meßbarer Gewinn dabei herauskommt, nicht aber ob der einzelne bei seiner mechanisierten, isolierten, hektisch-dynamisierten Arbeit sinnlich, seelisch, sozial, geistig verkommt. Lernen als eine Tätigkeit, ein kreativer Prozeß für die Entfaltung der Sinne, des Gefühls, für das Miteinander und das kritische Fragenkönnen und Selbstdenken, das ist real entwertet, erdrückt vom Wissensberg und Leistungsdruck. In der Leistungsschule interessiert nur generell, was für ein Unterrichtslernergebnis und was für eine Zensur als Leistungsausdruck dabei herauskommen.

Leistung ist das Resultat einer Arbeit in einem bestimmten Zeitraum; der Begriff Leistung ist also nicht identisch mit dem der Arbeit. Leistungskontrolle ist terminierte Effektivitätskontrolle. Effektivität in der Bedeutung von Leistung, Wirksamkeit können wir als den Leitwert der Technik ansehen, der natürlich auch in der Wirtschaft und Naturwissenschaft eine Rolle spielt, weil diese mit der Technik in einer Wechselwirkung stehen. Die Verabsolutierung des Wertes Leistung zerstört die kulturlebendige Polarität zwischen dem einzelnen Selbst und dem gesellschaftlichen Wir, und zwar durch die Resultat- und Zeitfixiertheit jeder Arbeit, auch in der Lernarbeit. Das einzelne Selbst, das menschliche Subjekt, wird zum Funktionselement und Leistungsobjekt im Gesellschafts- und Kultursystems; die gesellschaftlich-kulturelle Wirform gibt es nicht, sondern nur Systeme über isolierte und hektische Menschen hinweg.

Aus dem Gesagten folgt, daß auch die Lernarbeit und -erfahrung in der Schule als Lernprozeß verformt wird, weil nur das Lernresultat und der fixe Zeitraum beim Lernen und der Lernkontolle zählen (!). Die lebendige Auseinandersetzung, die selbständige Lernerfahrung, das Mit-anderen-lernen, indem man anderen etwas erklärt oder von ihnen lernt oder beides, die exemplarische und individuelle Aneignung von Kenntnissen und Erarbeitung von Erkenntnissen mit Widerstand und Hingabe, mit Sinnlichkeit, Gefühlswahrnehmung und kritischem Selbstdenken, all das, d.h. der Prozeß der Lernarbeit, tritt nicht gleichwertig neben das zeitfixierte Lernresultat, die Leistung. Lernen wird reduziert als Mittel auf den Zweck Leistung und wird dadurch mechanisch, also zum „Pauken". Es wird in der Mechanik von 40–45 Minuten-Schüben als Abstraktions- und Wissenslernen verordnet gemäß den wissenschaftsverehrend aufgeblähten Lernzielen offizieller Richtlinien. Es wird isoliert in der jeweiligen Fachenge und abstrahiert auf den letzten Zweck, die Leistungsbeurteilung: die Zensur, die Punktzahl.

In der gesellschaftlichen Einrichtung Schule gibt es staatliche Richtlinien für den Lernstoff der Fächer. Diese allgemeinen Lern- bzw. Lehrbezugssysteme stellen leider in keinem Bundesland einen sinnvollen Minimalkatalog von Lerninhalten und Begriffen für jedes Fach auf, sondern einen praxisfremden Maximalkatalog, gleichgültig gegenüber der Komplexität der Lehr- und Lernbedingungen. Rahmenrichtlinien als Ergebnis praxisbezogener Wechselbeziehung zwischen einem notwendigen Spielraum für die konkreten menschlichen Subjekte und einer hinreichenden Begrenzung dieses Spielraums als bescheiden angezielte staatliche Allgemeingültigkeit gibt es nicht. Wirkliche Freiräume gibt es nicht in der Schule. Aber selbst wenn es sie gäbe, könnten die wenigsten damit umgehen, die Lernenden nicht und die Lehrenden nicht. Diese sind für eine freie Kooperation und Nichtmechanik gar nicht ausgebildet oder gar nach solchen Maßstäben ausgewählt worden. Das wäre etwa so, als sollten die, die an die Planwirtschaft gewöhnt sind, plötzlich soziale Marktwirtschaft betreiben. – Von den Richtlinien und ihrer Lernziel- und Lernstoffüberfülle geht Leistungsdruck aus, und zwar für Lehrende und Lernende; leider aber auch von der Tatsache, daß sich viele Lehrende über-ich-ängstlich als Vollzugsbeamte von Rahmenrichtlinien verstehen und ihre Lernenden sinnlos hindurchhetzen, gleichgültig gegenüber humaner Moral, daß nämlich nicht Menschen für Richtlinien und Leistung da sind, sondern Richtlinien und Leistung für Menschen da sein sollen.

In der gesellschaftlichen Einrichtung Familie gibt es sehr viele Eltern, die ebenfalls Leistungsdruck auf ihr Kind ausüben, weil sie den Wert Leistung als einen gesellschaftlichen Verteilungsmechanismus erkannt haben, weil sie die zukünftige gesellschaftliche Position und den materiellen Verdienst möglichst hoch für ihr Kind ansetzen oder weil sie dem alten Denkzwang erliegen, „geistige", möglichst sogar „wissenschaftliche" Arbeit sei wertvoller als soziale, handwerkliche, künstlerische, technische, kaufmännische etc. Wehe aber der Zukunft des Lernenden, der in seiner Familie nicht auf den zentralen gesellschaftlichen Wert Leistung hin sozialisiert worden ist. Und wehe dem, der in seiner Familie nicht die gefühlsstabilisierende Institution findet, in der sein Versagen eigentlich ausgehalten und aufgefangen werden müßte. Wen wundert es, wenn Lernende die Lernmotivation durch die Zensuren ablehnen und in den Sog und Teufelskreis des Versagens und Verweigerns geraten und erleben müssen, daß ihr eigenes Selbst fast eine Null für Lehrende oder Eltern ist, weil häufig primär die Leistung dieses Selbst zählt. Wer kann sie ahnen, die Angst vor der Kränkung des Selbst, vor der Verletzung durch Herabsetzung und die Scham-, Wut-, Minderwertigkeitsgefühle, die mit dem verabsolutierten Leitwert Leistung in der Schulmaschinerie angerichtet wurden und werden?

Und zwei allgemeine Mißverständnisse bzw. Vorurteile hinsichtlich der Leistungsziele haben in unserer Gesellschaft zusätzlich die übelsten Folgen für viele Lernende.

Erstens: Die Abiturprüfung wird eingeengt auf den Bezugspunkt Universität und als Studierfähigkeitsprüfung verstanden wie früher, obwohl viele Lernende mittlerweile ihre Entwicklung als individuelle Subjekte in einer konflikt- und kritikfähigen Demokratie viel eher als Bezugspunkt ansehen und die nichtakademischen Berufe keineswegs so abwerten wie die konventionellen Akademiker mit ihrem Traditionsdenken dies tun. – Zweitens: Die allgemeine Wissenschaftsgläubigkeit und Hochwertung jeder Verwissenschaftlichung hat innerhalb der Universität dazu geführt, daß viele Universitätswissenschaftler glauben, ihre zentrale Aufgabe wäre es, Wissenschaftler und Wissenschaftlerinnen auszubilden. Zwar sollte ein Akademiker wissenschaftlich arbeiten können, das aber befähigt ihn noch nicht zum Spezialistenberuf Wissenschaftler. Die Hochwertung der Wissenschaft als der besten und einzig richtigen Wissens- und Denkform sowie die damit verbundene Tiefwertung anderer Wissens- und Denkformen hat außerdem bei vielen Nichtwissenschaftlern den Glauben gezeugt, die Wissenschaftler wären ganz besonders wertvolle Menschen. Das Dritte Reich bewies das Gegenteil; und heute beweisen es viele Forschungsabteilungen der Industrie und des Militärs.

Dynamik als Schnellebigkeit, Hetze, Hektik findet sich überall in unserer Gesellschaftsmaschine. Leistung als nicht nur resultat-, sondern auch zeitfixierter Handlungswert fördert die Dynamik, die Hektik. Jeder Lehrende und Lernende kennt den Druck, in einer bestimmten Zeit ein bestimmtes Pensum schaffen zu müssen. Jeder Lernende spürt häufig genug den Zeitdruck in den Prüfungsarbeiten und im Unterricht. Es kommt nicht nur darauf an, daß er sein Pensum kann, sondern es kommt auch darauf an, daß er es schnell kann; und wenn ihn das panisch macht, hat er eben Pech. Und es kommt nicht auf die austauschbaren, schnell wechselnden Lerninhalte an, das begreift er intuitiv, ebensowenig kommt es auf seine individuelle Lernzeit und Lernerfahrung an, sondern darauf, daß man zu einem bestimmten Zeitpunkt und in einem bestimmten Zeitraum schnell über etwas schreiben kann.

Was in Industrie- und Verwaltungsbetrieben die Stückzahl der Gegenstände oder Formulare, Aktenfälle in bestimmten Zeiteinheiten ist, welche geschafft werden muß, das ist im Schulbetrieb die Zahl der Lernfertigteile, Lektionen, Kapitel, Gebiete, die in bestimmten Zeiteinheiten geschafft werden muß.

Es gibt in Hessen einen Schulversuch mit sogenannten „D-Zug-Klassen", um auszuprobieren, ob das heutige Abiturniveau mit dem Ende des 12. Schuljahres bereits effektiv zu erreichen sei. Aber wir haben keine Zeit zu verlieren, sondern nur uns selbst. Hätte man nicht in erster Linie die Leistung im Blick und in der Schule institutionalisiert, dann müßte man das einzelne Subjekt in seinen Selbst- und Lernerfahrungen fördern. Zur lebendigen Selbst- und Lernerfahrung gehören Spontaneität, Improvisation, Kooperation, Initiative, abwechslungsreicher Rhythmus, anstelle der mechanischen Lehr- und Lernbewegung, bei der man vor dem ungeheuerlichen Leerlauf und der Sinnleere die Augen verschließt und mit der man eine Abstraktions-, Wissens- und Textherrschaft über und in den Köpfen der Lernenden aufbaut. Da aber die Leistung Leitwert ist, bleibt die moderne Schule in erster Linie ein Abstraktionstrainingsinstitut, eine Wissensvermittlungs- und gesellschaftliche Anpassungsanstalt. Dies alles könnte sie ja auch in moderater Weise sein, aber daß sie es nur ist und in erster Linie, das ist gegen die Ganzheit der menschlichen Natur und tragisch für viele junge lernwillige Menschen.

V. Zensuren

Effektivität wird abstrakt-rational und in erster Linie als der Wert unseres Techniksystems verfolgt; aber mit irrationalen Folgen, nämlich mit der nicht geplanten irrationalen Rückwirkung technischer Objekte auf die Subjekte, mit der Vernichtung von Natur sowie mit der Überorganisation in allen menschlichen Institutionen. (Allein ein Fotokopierer erzeugt in den Schulen einen Unterrichtsstil der Textherrschaft, der geradezu zwanghaften Charakter hat; monatlich 20000 Fotokopien an einer Schule sind keine Seltenheit.) Ebensowenig wie in der Technik und Wirtschaft eine vernünftige, d.h. moralische

Optimierung, Begrenzung der Produkte und Produktionsformen statthat, ebensowenig haben im Schulsystem vernünftige Lernformen Platz mit einer Optimierung des Zahlenverhältnisses zwischen Lehrenden und Lernenden, des Zeitverhältnisses zwischen Lernziel und Lernweg sowie des humanen Verhältnisses zwischen freien und verordneten Handlungsräumen – und dies alles im Hinblick auf die beiden zentralen Bezugspunkte: das individuelle Subjekt in seiner Entfaltung und Beziehung zur demokratischen Gesellschaft, zu einer Demokratie, die nicht bloß formales Stadion für Kämpfe von Interessengruppen wäre.

Zahlen (Zensur kommt aus dem lat. censere, d. h. ‚zählen', ‚schätzen'.) sind in unserer Naturwissenschaft, Technik und Wirtschaft ein wesentliches Arbeitsmittel, weil in ihnen und mit ihnen Wert als Quantität ausgedrückt werden kann: Rechen-, Meß-, Geld-, Leistungswert. Dadurch werden Inhalte austauschbar, vergleichbar, funktionalisierbar, formalisierbar. Nehmen wir als Beispiel die Wirtschaft und ihre Analogie zur Schule. Eine Ware ist ein Arbeitsprodukt, dies hat einen bestimmten Gebrauchswert und kann damit gegen andere Produkte eingetauscht werden. Um nun den Tausch im Laufe der Zeiten zu erleichtern und eine Orientierung beim Vergleichen der Arbeitsprodukte zu haben, bezieht man den Wert aller Produkte bzw. Waren auf einen einheitlichen Wertmaßstab. Heute sind es die Zahlen abstrakten Geldes.

Der Markt, auf dem die menschliche Arbeitskraft als Ware „getauscht" wird gegen Geld, ist der Arbeitsmarkt; der vorgelagerte Markt, auf dem menschliches Wissen als potentielle Zukunftsware getauscht wird, sind die Schulen und Hochschulen; die Examenszensur dürckt sich später in der beruflichen Position als variabler Geldwert aus. In der Analogie zwischen Wirtschaft und Schule entspricht also die Ware in der Wirtschaft der Leistung in der Schule, und das Geld dort entspricht der Zensur hier.

VI. Objektivität

Beim schulischen Tanz um die goldene Zensur wird der Bezug zu einem anderen großen Gebiet der Gesellschaft deutlich: zur Naturwissenschaft. Die Objektivierung der Erkenntnis spielt dort eine zentrale Rolle. Wesenselemente der empirisch-rationalen Methode in der klassischen Naturwissenschaft sind: Beobachtbarkeit, Zerlegbarkeit, Abstraktion, Zahl, Meßbarkeit, Nachprüfbarkeit bzw. Kontrolle. Die klassisch naturwissenschaftliche Methodik ist das Vorbild für die objektive Leistungsbewertung in der Schule.

Hierbei liegen mehrere zerlegbare Zuordnungen zwischen einzelnen beobachtbaren Arbeitsergebnissen eines Lernenden und eines Maßstabes bzw. einer vom Lehrenden festgesetzten Bewertungspunktzahl zugrunde. Jedes andere beliebige Subjekt mit entsprechenden Fachkenntnissen soll dann dies sachlich nachprüfen können; und jeder beliebige Lernende soll in seiner Leistung mit der eines anderen verglichen werden können.

Einmal abgesehen davon, daß der Objektivitätstyp der modernen Naturwissenschaft nicht mehr so stolz über den Subjekten angebracht ist wie der Typ der klassischen, zeigt sich hier in der Übertragung des Begriffs Objektivität aus der klassischen Naturwissenschaft auf die Bewertung in der Schule zweierlei: zum einen die wissenschaftsabergläubige Strahlkraft von abstrakten Zahlen, in denen die Leistung ausgedrückt wird, generell in unserer Gesellschaft; zum anderen werden auf diesem Weg nicht nur die naturwissenschaftlichen Phänomene, Kräfte, Energien als rational-empirische Objekte im Hinblick auf diesen Objektivitätstyp „sachlich" gesehen, sondern die jungen Menschen in der Schule auch; dies ist nur deshalb verschleiert, weil man ihre Leistung von ihnen abstrahiert. Man reduziert sachlich-rational die menschlichen Subjekte der Lernarbeit und Leistung auf Objekte und fängt deren Lerneffektivität abstrakt in einer Zahl ein.

Wie sehr der klassische Objektivitätsbegriff selbst in der modernen Naturwissenschaft mittlerweile überholt ist, kennzeichnet der Physiker Heisenberg, wenn er sagt, die heutige Naturwissenschaft zeige nicht „ein Bild der Natur", sondern „ein Bild unserer Beziehungen zur Natur". Dementsprechend gibt es kein objektives Zensurenbild der Leistung eines Lernenden, sondern nur ein Zensurenbild der Beziehung des Lehrenden zur Leistung und zum Lernenden. Hierbei ist der Lehrende aber außerdem noch an der Leistung des Lernenden zweifach beteiligt: erstens durch seine Qualität des Unterrichtens, zweitens durch die Angemessenheit seiner Aufgabenstellung. Es ist eine Illusion und Anmaßung, zu glauben, die Subjektivität des Lehrenden könnte man aus der sogenannten Objektivität seiner Leistungskontrolle und -bewertung heraustrennen.

Was mich an vielen Lehrenden und Eltern erschreckt, ist, daß sie diese Scheinobjektivität in der Schulmaschine nicht durchschauen, um das Leiden der jungen Menschen daran zu lindern. Aber diese selbst sind schon meist auf diese Weise sozialisiert und taxieren den Selbstwert und den Wert der anderen bereits nach Zahlen, Zensuren und kompensieren Niederlagen mit Regressionen, Depressionen, Apathien, Konsumsteigerung, mit Aggressionen und Neigung zu normabweichenden Cliquen. Das Unmenschliche dieser pseudoobjektiven Zensurengebung ist, daß viele Lehrende sich moralisch nicht darüber klar sind, daß man Menschen nie total zu Objekten versachlichen darf, sondern daß man bei der Bewertung das Subjekt, seine Lebensbedingungen und Lernentwicklung im einzelnen wahrnehmen müßte – neben der Wahrnehmung seiner selbst als Subjekt mit Gefühlen. Erst dann könnte so etwas wie Gerechtigkeit (ethischer Wert) in der Objektivität (außerethischer Wert) einer Beurteilung aufleuchten.

Ohne empirische Einzeluntersuchungen anzuführen, kann man dreifach belegen, daß es sich bei der Zensuren- bzw. Punktzahl in jedem Fall um eine Scheinobjektivität handelt. 1. Es ist den Lehrenden einer Schule überlassen, für welches Arbeitsergebnis wieviel Bewertungspunkte zugeordnet werden und für wieviel Punkte dann welche Zensur steht. 2. Die Lehrenden identifizieren ihre Leistungserwartungen mit ihren Beurteilungsmaßstäben, so daß der eine eine Aufgabenstellung für zu schwer, der andere dieselbe für angemessen oder zu leicht hält, je nach der eigenen Erziehung, Schullaufbahn und Über-Ich-Instanz. 3. Ob nun die Aufgabenstellung angemessen ist oder nicht, ob die Vorbereitung durch den Lehrenden angemessen erfolgt ist oder nicht, ob die Zuordnung zwischen Teilarbeitsergebnissen und Teilbewertungspunktzahlen angemessen ist oder nicht, in jedem Fall können sich in der verfeinerten Einzelbewertung verfeinert soziale Vorurteile, Sympathie oder Antipathie des Lehrenden unbewußt niederschlagen.

VII. Konkurrenz

Neben dem gängigen Ausdruck „Leistungsgesellschaft" gibt es einen Ergänzungsbegriff „Konsumgesellschaft"; wer etwas leistet, der darf auch konsumieren! Nicht selten klagen wir Lehrenden über die Lernenden, bezeichnen sie als passive Konsumenten, die die Lerninhalte als Ware, Unterhaltung, möglichst leicht aufnehmen, „schlucken" wollen, uns am liebsten als „Entertainer" sehen. Wir, die enttäuschten Lehrenden, machen aber bekanntlich das „Unterrichtsangebot" – mancher denkt dabei an „Sonderangebot". In den Lesebüchern steht auch immer häufiger „Textsorte" statt „Textart" – wie bei Wurst oder Käse. Erschöpft von der Menge der zu unterrichtenden Lernenden (pro Woche etwa 180 Lernende) flüchten wir nicht selten aus der Rolle des Erziehenden in die Rolle des bloßen Verkäufers von Kenntnissen; ebenfalls also angepaßt an die Konsumgesellschaft.

Ob es nun um die Vorderseite als Leistungsgesellschaft oder um die Rückseite als Konsumgesellschaft geht, auf beiden Seiten wird allgemein konkurriert bzw. rivalisiert: entweder um Besitz, Berufserfolg, Geld oder mit Ansehen, Lebensstandard, Waren und Macht. Auch für das Phänomen Konkurrenz gilt, was für den Leitwert Leistung gesagt wurde, daß sie nicht bloß negativ gesehen werden muß. Wenn im Bereich wirtschaftlicher Vorgänge Konkurrenz zwischen Produkttypen herrscht, dann ist das kaum als schlecht für die Menschen zu bewerten, die einkaufen wollen. Wenn es im beruflichen Bereich zwischen Bewerbern um eine Stelle Konkurrenz gibt, dann ist auch dies nicht als unbedingt schlecht für die Menschen zu bewerten, solange die Konkurrenz ethischen Werten wie Fairneß und Gerechtigkeit untergeordnet ist. Da in unserer Gesellschaft eine Rangordnung der Menschen nicht mehr fest vorgegeben ist, z. B. von der Herkunft, muß sie dynamisch über das Konkurrieren im Hinblick auf die Leistung hergestellt werden; denn eine Gesellschaft ohne jegliche Rangordnung gibt es nirgends.

Aber kritisch wird es, wenn das Konkurrieren unreflektiert aus dem Bereich wirtschaftlich-beruflicher Vorgänge ganz einbricht – ohne ethisch bewußte Eingrenzung – in alle menschlichen Bereiche, wenn Konkurrenz, Rivalität die Beziehungsform schlechthin in einer Gesellschaft wird, alles Menschliche unter die Polarität von Angebot und Nachfrage, von Gewinn und Verlust, von Nützlichkeit und Nutzlosigkeit gerät, alles dynamisiert wird zum kämpferischen Gegeneinander.

Wie verhält es sich mit der Konkurrenz in der Schule? Die einen Lernenden konkurrieren hart um den Gewinn guter Zensuren, um das nützliche gute Ansehen beim Lehrenden, um das Bessersein allgemein; die anderen Lernenden ziehen sich hilflos, trotzig, stumm aus diesem allgemeinen Wettkampf zurück, täuschen nicht selten Gleichgültigkeit vor. Früher sagte man: „Hilf dir selbst, so hilft dir Gott." Ein Spruch der Jugendlichen, auf Schultische geschrieben, lautet: „Hilf dir selbst, sonst hilft dir keiner." Aus der allgemeinen Konkurrenz und dem Mangel kooperativen Lernens folgen Isolation, Einsamkeit, auch Schutzsuche in normabweichenden Cliquen. Viele Eltern tragen auch ein Übriges zum Konkurrenzdruck bei, wenn sie nach der Rückgabe einer Klassenarbeit nach dem Zensurenspiegel oder den Zensuren von Freunden, Freundinnen fragen oder gute Zensuren mit Geld bezahlen.

Woraufhin aber erziehen wir die jungen Menschen heute, wenn sinnstiftende Grundwerte der Ethik von der zweckrationalen Schulmaschine mit ihren mehr oder weniger verbrämten außerethischen Werten fast ganz verschluckt werden? Diejenigen, die erfolgreich durch die Schulmaschine bearbeitet wurden und hindurchstiegen, die danach in erhöhte gesellschaftliche Positionen aufstiegen und von dort wiederum mit ihrem zusammenhangslosen Wissen und Denken, mit ihrem Abstraktions-, Funktions- und Objektdenken sowie -verhalten die Wirklichkeit bearbeiten, werden sie die Sinnleere in der gesellschaftlichen Supermaschine, welche nach außerethischen Zwecken dahinstampft, durch ethisch sinnvolle Veränderungen mildern können? Werden sie der globalen Klimaveränderung aufgrund industrieller und gedankenloser Naturzerstörung begegnen können sowie der Chemisierung der Nahrungsprodukte? Werden sie der Überbevölkerung auf unserer Erde durch Handeln gewachsen sein? Werden sie die inhumanen Manipulationen der Mächtigen auf dem Geldmarkt und dem global verflochtenen Rohstoff- und Warenmarkt aufdecken, verhindern oder selbst dazu beitragen? Werden sie die Risiken ziviler und militärischer Atomenergietechnik sowie die der Gentechnik bewältigen? Werden sie mithelfen die Welt im Produktionsgift und Konsummüll ersticken? Werden sie den Aufsteigerpraktiken in Machtgefügen nicht erliegen, nämlich skrupellose Führer oder gehorsame Anpasser abzugeben, also bloß funktionierende gesellschaftliche Marionetten, die z. B. lächelnd und illegal Giftgasfabriken exportieren?

VIII. Mechanik und Bürokratie

Vorbereitung auf den späteren Büro- oder Industrieraum: Wir, Lernende und Lehrende, gehen jeden Tag in unser kafkaeskes Schloß, in unseren angefärbten Betonbunker mit dem Höllenlärm im großen Vorraum, mit dem Neonlicht, den Kunststoffwänden und -böden, dem abgestandenen Dunst in den Räumen, mit den nicht zu öffnenden Fenstern, mit den schmalen Luftklappen und mit der verrückten Ventilation, welche den Mief zwischen den Unterrichtsräumen zischend gleichmäßig verteilt, ohne frische Luft von draußen hereinzuholen. Abgestumpfte Sinnlichkeit ist bautechnisch vorausgesetzt – ein Stöhnen nur noch beim bloß neonbeleuchteten, fensterlosen Sprachlabor mit seinen Technikpulten in Reih und Glied. Der Schulmensch ist in ein starres Zeitschema gestellt, der sinnliche Bewegungsraum ist für 13 Jahre die rechtwinklige Sitzschablone, die seelische Grundhaltung ist die Gefühlsunterdrückung, die soziale ist die nichtsoziale Isolation und eine Angst- und Drohbeziehung – wenn nicht durch Lehrende, dann durch Zensuren.

Angepaßt an die Leitwerte der Technik, Effektivität mit entsprechender Rationalität und Abstraktion, gibt es mittlerweile, zu uns herübergeeilt aus den USA, eine „school-effectiveness“-Forschung, eine sogenannte „Schulwirkungsforschung". Wie Gefühle und Beziehungsfähigkeit, Sinn und Sinnlichkeit in der normalen, genormten Schulmaschine verkommen, das ist ebensowenig Thema der „Schulwirkungsforschung" wie die Tatsache, daß die Erkenntnisfähigkeit der Lernenden verbogen wird zu einer Abstraktionstechnik.

Man muß sich als Erwachsener wirklich einmal vorgestellt haben, was es für Lernende heißt, in zehn Fächern abstrakten Wissensstoff zu verarbeiten: In 40–45 Minuten ein Gedicht interpretieren, in den nächsten 40–45 Minuten Mathematikaufgaben lösen, danach die Politik von irgendeinem Otto oder Friedrich im Mittelalter kennenlernen, dann Kenntnisse über die Sahelzone in Afrika, dann ein grammatisches Problem in einer Fremdsprache, schließlich noch einen physikalischen Versuch besprechen. Und all dies geschieht fast nur im Frontalunterricht und isolierter Einzelarbeit. Und zwischen den einzelnen Unterrichtsstunden müssen die Lernenden eine geradezu apparathafte Umschaltfähigkeit entwickeln. Es ist ein Fließband mit unendlich vielen abstrakten Wissenseinzelteilen, das tage-, wochen-, monate-, jahrelang in gleichförmigen Lernmustern und hauptsächlich angetrieben vom Zensurendruck und -stoß durch die Köpfe der jungen Menschen geleitet wird (Passiv!).

Das Maschinensystem ist Vorbild für unser Schulsystem, und es funktioniert objekthaft nach den außerethischen Leitwerten unserer Gesellschaft und Kultur; fremdregulierte Organisationsstruktur, dirigistische Hierarchie; Geschlossenheit; Zeit- und Lernelemente wie maschinelle Fertigteile zerlegbar, zusammensetzbar; Informationsaufnahmne und -verarbeitung möglichst unabhängig von Mit-, Um- und Innenwelt der Subjekte; quantitätsorientiert, zweckorientiert im Hinblick auf die Richtlinien als Sollwerte; für objektiv gehaltene Lerneffektivitätskontrollen und -bewertungen; gewinnorientiert im Hinblick auf die Zensurenzahl; Fehler und Fragen der Lernenden als Störfaktoren; mechanische Gleichförmigkeit der Unterrichtslernmuster; kognitive Lernprozesse als mechanische Trimm-dich-Vorgänge für die nächste Leistungskontrolle; Abfall vieler gelernter Wissensinhalte nach der Leistungskontrolle; reduziertes Subjektsein durch massengesellschaftsadäquate, räumlich konzentrierte hohe Zahl von Lernenden; Lehr- und Lernfunktion total getrennt; zwei Hauptziele: Akkumulation von Kenntnissen, Produktion einer abstraktionsfähigen Rationalität; Hektik der Menschen; Isolation der Menschen und Fächer; entindividualisiertes, maschinenhaftes Lerntempo.

Pädagogen rufen nach einer „inneren Reform" der verwalteten Schule. Aber innerhalb der naturwissenschaftlich-technisch-wirtschaftlich bestimmten Supermaschine unserer Massen-Industrie-Gesellschaft werden in und um die Menschen maschinenhafte Systeme errichtet, die gleichzeitig beim Subjekt die sinnliche, soziale, geistige, seelische Dimension wegabstrahieren, um es zum Objekt zu verdinglichen und zur Funktion zu verflüchtigen, so daß durch dies subjekthafte Objekt hindurch wiederum die mechanisch-automatische Systemfunktion an anderen Subjekten gewährleistet ist. Denn wir Menschen neigen, einer irrationalen Gesetzmäßigkeit folgend, dazu, das mit anderen Subjekten zu tun, was mit uns als einem Subjekt einst getan wurde.

Es könnte der Eindruck entstehen, hier ginge es um Polemik, Satire – weit gefehlt; wer den Schulalltag ehrlich wahrnimmt und nicht nur an einer einzigen Schule kennt, der kennt den Kampf der Menschen um ein bißchen Menschlichkeit in den maschinellen Abläufen. Und auch Kultusminister wollen eine menschliche Schule. Im § 2 des niedersächsischen Schulgesetzes wird vom Bildungsauftrag der Schule gesprochen; wichtig seien für die Erziehung die „Grundlage des Christentums", der „europäische Humanismus" sowie die „Ideen der liberalen, demokratischen und sozialen Freiheitsbewegungen". Die Schülerinnen und Schüler sollen fähig werden zur „staatsbürgerlichen Verantwortung" und zur „demokratischen Gestaltung der Gesellschaft" im Rahmen unserer Grundrechte. Sie sollen fähig werden, „nach ethischen Grundsätzen zu handeln", „ihre Beziehungen zu anderen Menschen nach den Grundsätzen der Gerechtigkeit, der Solidarität und der Toleranz zu gestalten ...". – In meiner Darstellung geht es aber weder um „die guten Absichten" noch um „das böse Schulsystem" des Alltags, sondern es geht um den größeren und täglichen Zusammenhang, in dem die Schulen stehen. Innerhalb der Schule wird das praktiziert, was außerhalb der Schule in unserer kultur- und massenindustriellen bürokratischen Gesellschaft praktiziert wird: das einseitig leistungsorientierte, unterdrückende, isolierte, konkurrierende, mechanische, hektische, konsumorientierte Wahrnehmen, Fühlen, Denken, Verhalten. Die Handlungsfelder in Industrie, Verwaltung, Wissenschaft und Schule sind voller Systemmechanismen, z. B. Isolation, Abstraktion: die, die über etwas entscheiden, die, die etwas ausführen, die, die von der Entscheidung und Ausführung betroffen sind; sie alle sehen, fühlen, denken, handeln isoliert, also nicht mit der in Beziehung aufeinander bei wesentlichen Angelegenheiten, und sie denken formal; das Abstraktionstraining zeitigt Folgen.

In allen starr-hierarchischen und zentralistischen Organisationssystemen siegen und verlieren die Bürokraten. Sie siegen mit ihrer Mauer aus organisierter Konformität und ihrer Regelmechanik und ihren formalen Kontrollen von oben. Sie verlieren jeden wirklichen Einblick in die Praxis, und sie verlieren die Initiative, Kritikmöglichkeit, Innovationen sowie Selbstregulationen der Betroffenen oder Ausführenden „unten". Das rationelle Organisieren auf das effektive Funktionieren hin läßt absurderweise die großen zentralistisch-hierarchischen Systeme zu einem immer unterschätzten Prozentsatz leerlaufen, ineffektiv sein. In der verwalteten Schule nehmen organisatorische, administrative, juristische Probleme bzw. Verfahren einen hohen Stellenwert ein. Laut Statistik eines Lehrerverbandes gab es in einem Bundesland seit 1970 jährlich rund 150 neue Rechtsverordnungen bzw. Änderungen. Die Dezernenten, die Vorgesetzten der Lehrenden in den Behörden, sind überwiegend Organisationsfunktionäre, Amtsherrschaft durch Regelformalismus und Kontrolle ist nicht selten; einen souveränen Menschen muß man unter ihnen mit der Laterne suchen. Wenn ein gesellschaftliches Problem zum Thema wird, werden von den Kultusministerien Erlaße herausgegeben, Fortbildungen propagiert und wieder ein Problem als Teilstück in Aktenordnern abgeheftet, nachdem man vorher vielleicht einen Sonderposten für einen Dezernenten eingerichtet hat. Beispiele solcher gesellschaftlichen Ratlosigkeit sind die zusammenhangslosen und isolierten Lernfelder wie die verordnete Verkehrserziehung, Sexualerziehung, Friedenserziehung, Gesundheitserziehung, Umwelterziehung, Technologie-Erziehung. All das soll von den Lehrenden natürlich geleistet werden – neben der Erfüllung übervoller Richtlinien für die Einzelfächer. Wie denn?

Die frustrierten, einsam und isoliert vor sich hinarbeitenden Lehrenden – in der Sek. I und II – reagieren verschieden auf die faktische Schulmaschine. Die einen fliehen in ihre Ohnmacht und resignieren, verdienen ihr Geld mehr oder weniger lustlos; die anderen verleugnen die Last des mechanischen subjektfernen Arbeitens, funktionieren angepaßt als Lehrobjekte gegenüber Lernobjekten, werden befordert oder interessieren sich als engagierte Subjekte für ihren Eigenheimbau; die nächsten kämpfen hin und wieder gegen die Schulmaschine an, sinken erschöpft zurück, retten sich vorübergehend in den Zynismus; wieder andere erkennen die herrschende Schulmaschine zwar, aber nicht als objektives Phänomen über und in den Menschen, sondern sie versuchen, sämtliche Probleme der Schule zu subjektivieren, indem sie nur in einzelnen Personen, in den Lernenden, im Kollegium, in der Schulleitung, in politischen Parteien Sündenböcke für die mechanisch geordnete Leere suchen.

Pädagogische Beratungen, fachliche Kooperationen gibt es kaum. Aber es gibt Gesamt-, Fach-, Versetzungs-, Zeugnis-, Teilkonferenzen sowie Ausschußsitzungen und Dienstbesprechungen mit z. T. schier endlosen Tagesordnungen (Etat, Datenschutz, Papierentsorgung, Geld für Fotokopien, Reparatur der Mediengeräte, neue Computerraumschaffung, Studienfahrten, Chor- und Skifahrten, Pausenordnung, Grundsätze zum Vertretungs- und Stundenplan, Neuzusammensetzung der 11er-Klassen und Richtlinien dafür, Teilnehmerzahlengrenzen bei Kursen etc. sowie mindestens fünf Sonderanträge). Es gibt dann Beschlüsse, die in den Protokollordner wandern und die nach einem Schuljahr kaum noch einer kennt; aber viele Konferenzen haben häufig die Funktion von emotionalen »Ablaßventilen«. Und kommt man in das sogenannte Lehrerzimmer, so findet man die Wände tapeziert mit Informationsblättern; über die Papierflut in den einzelnen Postfächern staunt man dann nicht mehr.

Die Ideen von teilweiser Dezentralisierung und Selbstregulation, von teilweisen Handlungsfreiräumen für eine Zusammenarbeit zwischen Lehrenden und zwischen Lernenden und Lehrenden auch im Hinblick auf einen fächerübergreifenden Projekt-, Praxis-, Epochenunterricht (nicht nur in einer gelegentlich kleinen »Projektwoche« im ganzen Schuljahr), diese Ideen sind in der üblichen Lern- und Leistungskontrollmechanik nicht zu verwirklichen. Lehrende und Lernende müßten so etwas ja auch erst lernen – aber wie und wo? Das Denken von uns Lehrenden ist vorwiegend fächerfixiert, schmalspurig, orientiert an fachdidaktisch aufbereiteten Wissenselementen, Lernfertigteilen der Verlage. Wir sind meistens weder innerhalb eines Faches noch fächerübergreifend kooperativ, weil die Schulmaschine uns weder Kraft noch Zeit dazu läßt, weder Freiräume noch Arbeitsräume noch Arbeitszeiten dafür enthält. Die gemeinsamen Überlegungen der Subjekte vor Ort auf das gesellschaftliche Allgemeine und fachlich Besondere hin (wie unbeholfen anfangs auch immer!) mitsamt einigen ministeriell allgemeinverbindlichen Vorgaben, das wäre eine Bedingung einer ethisch-demokratischen Utopie mit vielen kleinen Schulgebilden, in denen Mensch und Mensch, Mensch und Natur in eine auch transfunktionale und konkrete Beziehung eintreten könnten.

Nicht erst seit der wissenschaftlichen Chaostheorie wissen Menschen, daß Chaos *und* Ordnung die Basisdimensionen lebendiger Wirklichkeit sind. Wer kein kreatives Chaos, d. h. kleine überschaubare Handlungseinheiten sowie dezentralisierte Freiräume mit Selbstregulation durch die betroffenen Subjekte zuläßt, der muß einseitig dirigistisch-schematisch menschliche Wirklichkeiten vernichten, der muß Subjekte reduzieren auf mehr oder weniger funktionierende Leistungsobjekte, auf Input-Output-Expertensysteme. Kreatives Chaos will man in den Schulen nicht neben den verordneten Handlungsräumen zulassen, deshalb setzt es sich als destruktive Ordnung, d. h. als mechanische Starre mit viel Sinnleere, als Schulmaschine durch. – Der junge Mensch ist *chaotisch*, wenn er die Sinnlichkeit seiner Sinne ausdrücken, erleben, erfahren will, wenn er Anschauung fordert, das Beton-Kunststoff-Gehäuse ablehnt, wenn er Phantasie hat und unpassende Fragen stellt, wenn er Vernunft gewonnen hat und in Frage stellt, wenn er Beziehungsschwierigkeiten gelöst, nicht reglementiert wissen will, wenn er seine Gefühle und seine Lernzeit berücksichtigt wissen will. Der junge Mensch ist *ordentlich*, wenn er rational-abstrakt denken kann, wenn sein Denken formal-flink und inhaltlich unbeschwert ist, wenn seine Fragen und seine Gefühle den Betrieb nicht aufhalten und die Beziehung zu ihm glatt läuft, wenn sein Lernen funktional-diszipliniert dem Lehrplan leistungsmäßig entspricht. Anders gesagt: die lebendige und die subjekthafte Wirklichkeit wird unter den Fahnen unserer kulturgesellschaftlichen Leitwerte in der Schulmaschine wegabstrahiert, wegrationalisiert, wegorganisiert, wegfunktionalisiert, wegobjektiviert. Die Schulmaschine stampft vorschriftsmäßig innerhalb der gesellschaftlichen Supermaschine.

IX. Absurdität

Nach „25jähriger gewissenhafter Pflichterfüllung" in der Schule muß ich in reflektierter Innen- und Außensicht erkennen, wie sehr wir in unserer Kultur im Spiegelungszwang zwischen Gesellschaft und Schule leben, wie fern ein Schultyp ist, in dem real die Wechselwirkung zwischen ethischen und außerethischen Werten praktiziert und den ethischen Priorität eingeräumt würde, wie sehr wir in einem pathologischen außerethischen Wiederholungszwang gefangen sind, der, als Supermaschine organisiert, alle und alles letztlich oder in erster Linie zu Objekten und Funktionen macht und in dem einzelne Zwecke verfolgt werden – ohne größeren Sinnzusammenhang. Dieser Wiederholungszwang ist die beschleunigte Wiederkehr des Gleichen: die Macht der außerethischen Werte sowie die mächtige Dreieinigkeit von Naturwissenschaft, Technik, Wirtschaft mit ihren Folgen Konkurrenz und Dynamik, Mechanik und Isolation, Bürokratie und allgemeine abstrakte Reduzierung der Subjekte, der Natur, des Lebens aufs bloße Objektsein und auf Funktionsbezüge.

Aber Dialog-, Empathie- und Reflexionsfähigkeit sind zur lebendigen Identität eines menschlichen Subjekts nötig. Werden diese Fähigkeiten in der Schule oder sonstwo gefördert? Offensichtlich ist das menschliche Subjekt in seiner Individualität heutzutage ein vergangenes Ideal bzw. eine Lebensform einiger Exzentriker und Naiver. Der moderne Mensch hat sich aufklärerisch befreit, hat die Gitter aller metaphysischen Bezugssysteme zerstört, die metaphysischen Ketten abgeworfen, aber ist jetzt gefangen in seiner außerethischen

Antimetaphysik, hat sich vor ethischer Lebenspraxis und Reflexion abgesperrt und ist mittlerweile in seiner Mehrheit angekettet an die außerethischen Werte, funktioniert nach ihnen als unmündiges Subjekt, als Objekt seiner eigenen gesellschaftlichen Systeme.

Alle unsere Akademiker: Techniker, Ingenieure, Naturwissenschaftler, Lehrende, Industrieführer, Banken- und Verbandschefs, Politiker, Verwaltungsbeamte in Behörden, Ministerien, sie alle haben in unserer Schulmaschine gelernt, abstraktes Wissen isoliert anzuhäufen, zur Leistungskontrolle pünktlich abzugeben, sich an den Werten der Effektivität und Rentabilität zu orientieren.

Das Schulsystem hilft leider mit, unser Kultursystem als überwiegend sinnleeren Betriebsraum zu reproduzieren, indem es passende Mitglieder unserer kommerziellen Massen-Industrie-Gesellschaft produziert, sie in ihrer Maschinerie nach den Systemsollwerten jahrelang normiert. Dabei ergibt sich die Fragwürdigkeit unserer gesellschaftlicher Supermaschine aus dem Gedankenexperiment, daß eine Globalisierung unserers Lebenssystems, unserer Lebensform mit den außerethischen Leitwerten kein Jahr brauchte, um zum katastrophalen globalen Untergang der Menschheit zu führen.

Am Ende aller Überlegungen bleibt nur die Absurdität: Es gibt keinen kulturellen Wandel zu mehr Mitmenschlichkeit und Naturehrfurcht, zu mehr einfühlender Phantasie und kritischer Vernunft ohne eine Entwicklung der Subjekte zu moralischen Individualitäten und wirklichen, nicht bloß formalen Demokraten. Aber es gibt diese Entwicklung der Subjekte nicht in großer Menge ohne einen Wandel des Kulturobjekts Schule. Und diesen Wandel wiederum gibt es nicht ohne einen Wandel der Menschen in der Naturwissenschaft, Technik und Wirtschaft. Aber wer kann die Macht dieses Dreiersystems ändern? Etwa die Politiker, die weitgehend ihr Handeln nach dem Leitwert der Macht richten und die dadurch zum großen Teil selbst abhängig sind von den Mächten Wirtschaft und Technik? Staat und Gesellschaft mit ihren Leitwerten und Organisationen und Institutionen sind das reale Vorbild für unser Schulsystem. Ist ein Schulsystem aber als Vorbild für Staat und Gesellschaft überhaupt möglich? Wie soll man eine funktionierende Schulmaschine so vermenschlichen, daß die jungen Menschen später im Beruf die Gesellschaftssupermaschine vermenschlichen?

Glücklicherweise gibt es immer noch einzelne Lehrende, die sich weigern als pedantische Regelmechaniker, als Vollzugsbeamte von Rahmenrichtlinien, als seelenlose Zensurenzähler und gesellschaftliche Selektionsinstanzen zu fungieren. Und glücklicherweise gibt es immer noch eine kleine Zahl von Lernenden, die sich nur zum Teil anpassen, ansonsten mit ihrem starken Subjekt – sei's genetisch, sei's vom Elternhaus bedingt – Widerständigkeit zum Ausdruck bringen und auch für andere Hilfen und Wegweiser sind. Aber die Schulmaschine wird, angekettet an unser Wissenschafts-, Wirtschafts-, Techniksystem, in dieser Weise so lange bestehen wie jene. „Es gibt kein richtiges Leben im falschen." sagte der Philosoph Adorno. Und eine polnische Weisheit lautet: „Wenn kein Wind geht, rudere." Ich rudere. Im Ohr das Motorengeräusch der Schulmaschine.

Jürgen Dahl

Zwölfzylinder, schadstoffarm

Von den Aporien des sogenannten Umweltschutzes

I

Als im vorigen Jahr die Februarstürme übers Land fegten, gab es im Fernsehen eine denkwürdige Nachrichtensendung: Auf die Bilder von der Verwüstung und auf die Kommentare mit der verzagten Frage, ob dies alles wohl menschengemachtes Unheil sei, folgte die Meldung, ein Gremium von Experten habe für den Rest des Jahres die Aussicht auf ein vierprozentiges Wirtschaftswachstum errechnet, und man sehe der näheren Zukunft so optimistisch entgegen wie schon lange nicht mehr.

„König Belsazer machte ein herrliches Mahl tausend seiner Gewaltigen und Hauptleute und soff sich voll mit ihnen. ... Und da sie so soffen, lobten sie die goldenen, silbernen, ehernen ... hölzernen und steinernen Götter. Eben zu derselbigen Stunde gingen hervor Finger wie von einer Menschenhand, die schrieben dem Leuchter gegenüber auf die getünchte Wand in dem königlichen Saal. Und der König ward gewahr die Hand, die da schrieb. Da entfärbete sich der König und seine Gedanken erschreckten ihn, daß ihm die Lenden schütterten und die Beine zitterten."

Der Prophet Daniel, Kapitel 5. Die Zeichen an der Wand werden heute vom Fernsehen geschrieben, aber ehe wir erschrecken können, sind sie schon ausgelöscht von den nächsten Zeichen, und die Frage, ob wir uns die Stürme, die das Land verwüsteten, selbst gemacht haben, wird verdrängt von der Verheißung eines vierprozentigen Wirtschaftswachstums, – was schon deshalb eine Art Zynismus ist, weil ja nach der absurden Rechenweise der Ökonomen noch die Särge der Sturmopfer zum erhofften Wirtschaftswachstum beitragen.

Die Zynismen blühen in Zeiten des Umbruchs und des Scheiterns. Am beklemmendsten sind jene, die gar nicht als Zynismen gemeint und auf den ersten Blick auch gar nicht als solche kenntlich sind. Es *ist* aber ein Zynismus, wenn man angesichts des Menetekels an der Wand eben dasjenige preist, vor dem die Unheilszeichen waren, wenn also das Wirtschaftswachstum begrüßt wird, wiewohl es doch eben dieses Wachstum ist, das uns, wenn vielleicht nicht streng meteorologisch, so doch in einem metaphorischen Sinne, die verheerenden Stürme beschert.

Ein anderer Zynismus der heimlichen Art wird an jeder Straßenecke ausgeschrieen:

„Umweltschutz fängt zu Hause an!"

Das soll sagen: Was immer es zu beklagen gibt an Verschmutzung und Zerstörung – wir alle sind schuld daran, dann *wir* sind es, die Auto fahren und Sprays gebrauchen, Wäsche waschen und Plastiktüten nach Hause schleppen, hygienische Verpackung fordern und Saft aus Aluminiumdosen trinken. Wir sind Sünder allzumal, soll das heißen, und wenn denn ernstlich an einen Wandel gedacht werden müsse – soll das heißen – so hätte er eben dort zu beginnen, wo das ganze Zeug benutzt und verbraucht und weggeworfen wird.

Wir zucken schuldbewußt zusammen und finden, daß sich das ganz plausibel anhört, – aber es ist der schiere Zynismus, ein Hohn auf die Wirklichkeit, so wie sie ist, und damit ein Hohn auf uns, von denen man offenbar glaubt, wir vermöchten gar nicht wahrzunehmen, daß man uns nur ablenken will.

Der schlichteste von allen Gründen, die den Spruch vom Umweltschutz, der zu Hause anfangen soll, diskreditieren, liegt in der Mengenfrage beschlossen:

Auf gutgemeinten Merkblättern wird uns vorgerechnet, wieviele Kilowattstunden Strom eingespart werden, wenn wir in mühseliger Kleinarbeit ein Kilogramm Aluminium – weniger nehmen die Sammelstellen nicht an – aufgehäufelt und abgeliefert haben. Nur wer dies je unternommen hat, weiß, was ein Kilogramm Aluminium ist. Es müßte ihn entmutigen, wenn ihm zu Ohren käme, daß allein in Westdeutschland im Laufe eines Jahres dreieinhalb Milliarden Kilogramm (im Monat: 300 Millionen Kilogramm) erzeugt und verbraucht werden.

Aber unverdrossen lehren uns die ökologischen Optimisten, auch Kleinvieh mache Mist – was ja gewiß nicht zu bestreiten ist – und es komme eben darauf an, mit kleinen Schritten zu beginnen und derart zum großen Ganzen vorzudringen. Und sie fügen hinzu, es habe ja zum Beispiel die große öffentliche Erregung über die schädlichen Treibgase in den Sprayflaschen sehr schnell dazu geführt, daß die zivilisierte Menschheit ihren Achselschweiß nunmehr umweltfreundlich bekämpft.

Das ist wohl wahr. Aber während sich die kosmetische Wende vollzog, bestätigte die Deutsche Bundesbahn ungerührt, sie halte an ihrem Plan fest, die

Triebköpfe ihrer neuen Hochleistungszüge mit den unentbehrlichen Fluorchlorkohlenwasserstoffen zu kühlen. Und ganz Absonderliches begab sich in Italien: Dort beschloß man, dem internationalen Abkommen über die Reduzierung der FCKWs beizutreten, sie also möglichst zu verbannen – und dann verkaufte man die dieserhalb schrottreif gewordenen Kühlschrankfabriken den Chinesen, denen nun gar nichts anderes übrigbleibt, als endlich die Großproduktion von Fluorchlorkohlenwasserstoffen in Gang zu setzen. Dagegen erscheinen die Spraydosen als läßliche Sünde, die kaum den Lärm verdient hat, den man darum machte.

Das sind nur Beispiele, freilich solche von symbolischem Wert. Sie künden vom Primat der Wirtschaft, und sie verdeutlichen die Ohnmacht aller privaten Anstrengungen, die, umgekehrt proportional zu der Mühe, die sie bereiten und zu dem Verzicht, den sie oft bedeuten, das große Ganze nur unmerklich beeinflussen. Da kann es wiederum nur zynisch klingen, wenn ein Einfluß auf die neunte Stelle hinterm Komma schon als Schritt auf dem richtigen Weg in die richtige Richtung deklariert wird.

Selbst wenn sich aber mit solchem Trippeln eine statistisch meßbare Wirkung erzielen ließe, so bliebe doch ein anderer Zynismus davon ganz unberührt: Die Mahnung, daß Umweltschutz zu Hause anfange, entspricht dem Hinweis an einen Gefesselten, er habe doch immerhin die Möglichkeit, mit den Augenlidern zu klappern.

Will sagen: Es sind nur einige sehr begrenzte Lebensbereiche, innerhalb deren der einzelne zum sogenannten Umweltschutz beizutragen vermag. Außerhalb dieser Bereiche hat uns das moderne Leben so fest im Griff, daß wir nicht im entferntesten hoffen dürfen, wir könnten mit jenem Slogan Ernst machen auf eine Weise, die die Welt verändert und die Umwelt rettet. Daß Umweltschutz zu Hause anfange, ist ein Hohn auf die allseits anerkannten und in Kraft befindlichen Normen des Produzierens, des Konsumierens, des Lebens überhaupt, denen wir, auf Gedeih und Verderb, zu weitgehender Fügsamkeit verpflichtet sind:

In einer Welt, in der zur Herstellung eines Autos nicht weniger als 400 000 Liter Wasser gebraucht werden, ist es lächerlich, die Leute zu ermahnen, sie sollten das Eierwasser zum Blumengießen verwenden, um Wasser zu sparen.

In einer Welt, in der ganze Volkswirtschaften nur deshalb florieren, weil sie die Abwässer ihrer Fabriken, ihrer Agrarbetriebe und ihres Tourismus ungeklärt in Flüsse und Meere leiten und umgehend Konkurs anmelden müßten, wenn sie es nicht dürften, – in einer solchen Welt hat es etwas Tragikomisches, wenn man die Leute ermahnt, keine Medikamente ins Klo zu werfen.

In einer Welt, die derart auf die Elektrifizierung aller täglichen Verrichtungen angelegt ist, daß nicht einmal eine Überweisung von einem Konto auf ein anderes ohne Stromverbrauch vonstatten gehen kann, ist es ziemlich hoffnungslos, Strom sparen zu wollen, indem man das Flurlicht ausmacht, wenn es nicht gebraucht wird.

In einer Welt, die bis ins kleinste Detail auf das Vorhandensein und die Möglichkeiten des Autoverkehrs eingerichtet ist, ist es schier unmöglich, durch individuelle Verzichte auch nur die Steigerungsrate aufzufangen. Es genügt ja nicht, ein paar unnötige Fahrten zu vermeiden, wenn jede Tube Zahnpasta, die man kauft, auf vielfache Weise ihren Anteil am Verkehrsaufkommen hat.

Wenn wir den Weg zum Automaten um die Ecke nicht mit dem Auto, sondern zu Fuß zurücklegen, dann ist das aus Gründen der Leibesertüchtigung sinnvoll, ändert aber überhaupt nichts daran, daß wir direkt und indirekt zwangsweise beteiligt bleiben an einer Lebensführung, deren Grundprinzip die Beförderung und deren Lebenselixier folglich das Benzin ist. Es steckt in jedem Ei, in jedem Glas Wein, in jedem Buch. Das sind nur Beispiele dafür, daß wir unausgesetzt und noch im Schlaf unübersehbar vielen und zum großen Teil unsichtbaren Nötigungen ausgesetzt sind, denen gegenüber die Aufforderung zu umweltfreundlichem Verhalten der blanke Hohn ist.

Natürlich können wir einen Ziegelstein in den Klosettspülkasten legen, um den Wasserverbrauch zu verringern, wir können mechanische Uhren statt der batteriebetriebenen benutzen und Fliegenfänger anstelle von Insektensprays. Aber das sind Marginalien im Privatleben, die bestenfalls die Illusion erlauben, wir hätten zum großen Ganzen unser Scherflein beigetragen.

Dahinter steht die Hoffnung und manchmal auch die Verheißung, daß all diese Kleinigkeiten, diese Tricks und Aufmüpfigkeiten doch dereinst, wenn sie nur um sich greifen würden, in ihrer Summe den großen Aufstand, die ökologische Wende herbeiführen könnten.

Aber die Hoffnung ist eitel, die Verheißung bleibt hohl, denn jeder Versuch, die engen Grenzen privater Entscheidungen zu überschreiten, scheitert an technischen, gesellschaftlichen, beruflichen und anderen Nötigungen.

Vor allem aber befestigt jene Parole einen fundamentalen und systemerhaltenden Irrtum. Die Welt, so besagt dieser Irrtum, ließe sich wohl wieder in Ordnung bringen, wenn man nur etwas mehr auf Sauberkeit und Sparsamkeit achtete und wenn sich alle Gutwilligen in diesem Ziel zusammenfänden, die weniger Gutwilligen einfach mitreißend auf den Weg zur Umweltfreundlichkeit. Die Welt, so meint der Irrtum, könne im Grunde so bleiben, wie sie ist, es müsse in ihr nur etwas weniger giftig, etwas weniger riskant und etwas weniger rabiat zugehen, Einbußen an Wohlstand und Wohlleben seien nicht zu befürchten.

Die Autos sollen etwas langsamer fahren, die Katalysatoren und Filter aller Art noch etwas effizienter werden, die Nahrungsmittel selbstverständlich naturbelassen und rückstandsfrei, die Deponien besser abgedichtet und die Müllverbrennungsanlagen garantiert kein Dioxin ausstoßen. Dabei sollen alle Besitzstände erhalten bleiben, alle Bequemlichkeiten, alle Gewohnheiten, das ganze moderne Leben mit seiner Automatik, mit den apparativen Hilfen, mit dem mehr oder weniger lautlosen Funktionieren aller Abläufe, und was immer sich als störend oder unsicher oder gesundheitsschädlich erweist, das wird da nur als eine demnächst zu beseitigende Unvollkommenheit angesehen. Hochgemut schreit die Werbung diese Weisheit aus:

„Bei diesem Zwölfzylinder wurde vereint, was unvereinbar schien. Verbessert, was als vollkommen galt: schier unendliche Kraft und maßvoller Verbrauch. Niedriges Gewicht trotz großzügiger Auslegung. Dabei langlebig und schadstoffarm ..." (BMW)

Oder: Umweltschutz fängt mit dem Zwölfzylinder an.

Über alles läßt man mit sich reden, über Grenzwerte und Schadstoffilter, über Energiesparhäuser und solarbetriebene Taschenrechner, über Kläranlagen und biologischen Pflanzenschutz, neuerdings sogar über Müllvermeidung – was der Wahrheit schon näher kommt – aber unbehelligt und unbeschädigt soll eine Weise des Produzierens und Konsumierens erhalten bleiben, der wir zwar alle Mißhelligkeiten letzten Endes verdanken, von der man gleichwohl inständig hofft, sie möge Bestand haben. Alle rufen nach dem Ausweg, aber alle meinen nur das Weitermachen. Kaum je der Gedanke daran, daß, wer zu weit gegangen ist, umkehren muß oder gar: verkommen kann. Es ist, als ob der ertappte Taschendieb fordert, man möge ihm die Fortsetzung seiner Karriere gestatten, weil er nichts anderes gelernt hat und ein Berufswechsel die Existenz seiner Familie gefährden würde.

Die Errungenschaften der Zivilisation haben zumindest darin Suchtcharakter, daß ihr Fehlen als lebensgefährlich empfunden würde und der Gedanke an einen Verzicht Verzweiflung hervorruft, während die Vorstellung von weiterer Steigerung Euphorie erzeugt.

Nichts darf langsamer gehen, alles soll nur noch schneller werden, nichts darf mühevoller werden, alles soll noch selbsttätiger vonstatten gehen. Verlorengehen dürfen nur – und gehen verloren, Stück für Stück – jene Erlebnisse und Verrichtungen, zu denen es keiner Apparate bedarf: der Trunk aus der Quelle, das Bad im See, die Stille der Nacht.

„Die Größe des Fortschritts bemißt sich nach der Masse dessen, was ihm alles geopfert werden mußte."

Nietzsche. Aber die Verwandlung der Welt in einen Freizeitpark, in welchem die Stille der Nacht, falls Nachfrage besteht, mit Hilfe eines Tonbandgerätes erzeugt wird, schreitet fort, und wo es Mißlichkeiten zu beklagen gibt, taucht nur selten der Gedanke auf, daß der Teufel gar nicht im Detail steckt, sondern in den Fundamenten haust.

II

Der grundsätzliche Irrtum, daß die Risiken und Mißgeschicke der Industriezivilisation nur Defekte sind, die sich vermeiden oder notfalls reparieren lassen, und der weitere Irrtum, dies sei ohne Verminderung der erlangten zivilisatorischen Errungenschaften möglich, – diese Irrtümer prägen nicht nur das Konzept des Umweltschutzes, der angeblich zu Hause anfängt, sondern bilden auch die Präambel für alles, was auf der Ebene darüber als sogenannte Umweltpolitik firmiert.

Die Gesetzgebung der Industrieländer unternimmt den in seiner Verlogenheit schon fast wieder rührenden Versuch, erkannte Notwendigkeiten des Schutzes von Erde und Leben pro forma, ansatzweise, in handlichen Portionen zu berücksichtigen, wobei sie aber peinlich genau darauf achtet, das Florieren einer freien Produktion und die Lebensgewohnheiten der Konsumenten unangetastet zu lassen.

Das ist die Lebenslüge einer Industriezivilisation, die nach hundert Jahren pausenlosen Fortschreitens zwar endlich beginnt, die Verwüstungen wahrzunehmen, die sie angerichtet hat, aber immer noch darauf besteht, sie und nur sie selbst sei imstande, den Schaden wieder zu beheben, und zwar mit den prinzipiell gleichen Mitteln, mit denen sie ihn hervorgerufen hat. Die Brandwunde soll ausgebrannt werden. Das muß mißlingen, und es mißlingt tagtäglich vor unseren Augen. Selbst im punktuellen Gelingen spiegelt sich doch nur das große Scheitern: Die Filteranlage im atomaren Endlager löst das Problem nicht, sondern steht geradezu für die ewige Unlösbarkeit, und der Katalysator produziert Wolken feinsten Platinstaubes, von denen niemand behaupten kann, er wisse, daß sie unschädlich seien.

Die Gründe für das Scheitern aller „Umwelttechnik" entsprechen ziemlich genau denen, die den privaten Umweltschutz so hoffnungslos machen: Auch hier ist es die Beschränkung auf kleine und oft genug ganz unbedeutende Bereiche der Produktion und des Lebens, die das Bemühen um Umweltschutz zur Farce macht, auch hier hemmt das Bestreben, am Prinzipiellen nichts zu ändern, jeden Schritt, der in die Richtung einer Neuordnung führen könnte.

Die Ratlosigkeit bedient sich der Juristen und der Techniker. Zusammen mit den Politikern entfalten sie eine Betriebsamkeit, die stets an der Oberfläche bleibt. Als der Bundesumweltminister im Kabinett ein Programm zur Verminderung des Kohlendioxid-Ausstoßes vorstellte, bemerkte der Wirtschaftsminister, dies erfordere „einschneidende Maßnahmen" – er meinte das aber nicht als Ausdruck vernünftiger Entschlossenheit, sondern als schlagendes Gegenargument.

Wo ein Gift überschwappt – eines von Zehntausenden – errechnet man einen Grenzwert und erläßt eine Verordnung, auf daß er eingehalten werde. Wo Risiken drohen, konstruiert man Monitore und elektronische Steuerungen und bedroht mit Strafen die, die sie im Ernstfall außer Kraft setzen. Wo der Lärm die Leute neurotisiert, entwerfen die Techniker Schallschutzwände (zweifellos das Häßlichste und Absurdeste, was sie je entworfen haben) und man legt fest, ab wieviel Dezibel die Bürger diesen Schutz beantragen dürfen. Wo der Dreck unerträglich wird, ersinnt man Filter und schreibt ihren Einbau vor. Und so weiter.

Aber ganz abgesehen davon, daß solche Notbehelfe meist auf den erbitterten Widerstand derjenigen stoßen, die dadurch ihre Produktionsfreiheit oder ihre Wettbewerbsfähigkeit oder – letztes verzweifeltes Argument – die Arbeitsplätze gefährdet sehen, – abgesehen davon also sind das alles nur Umbuchungen, die die Not an irgendeiner anderen Stelle um mindestens so viel vergrößern, wie sie zuvor verringert worden ist.

Denn all diese Notbehelfe müssen ja wiederum produziert und transportiert und eines Tages entsorgt werden, sie vergrößern nur den Verbrauch von Stoffen und Energie und den Anfall von Giften und Abfällen, – und beschleunigen damit gerade das, was sie zu verhindern vorgeben: den Konkurs des ganzen Unternehmens.

Wo die sogenannte Umweltpolitik am Werk ist, kommt auf die unübersichtlichste und oft mit Fleiß verschleierte Weise alles zusammen, was sich als Hindernis für vernünftiges Handeln nur denken läßt, und längst nicht immer läßt sich ausmachen, wer oder was schließlich verhindert hat, daß das Vernünftige geschieht:

– die Rücksicht auf die verbriefte Freiheit des Produzierens,
– der Druck der Interessenten,
– die Gültigkeit von Rechtsnormen, von denen viele aus grauer Vorzeit

stammen und nicht den Schutz der Erde, sondern das Florieren der Volkswirtschaft zum Ziel hatten,

– die Strukturen einer Wirtschaft, die stets den kurzfristigen Erfolg honoriert und jeden in die Pleite treibt, der seine Entscheidungen mit den Interessen der Enkel und Urenkel in Einklang zu bringen sucht,

– die gnadenlose Herrschaft der Wirtschaft über die Politik, mithin: des Geldes über das Nachdenken, wenn dieses nicht der Erzeugung von Geld dient,

– und schließlich auch die Unsicherheit darüber, was denn nun eigentlich das wirklich Vernünftige wäre. Es gehört ja zu den Fatalitäten der Industriezivilisation, daß ihre Machenschaften einerseits so miteinander verflochten sind und andererseits ein so großes und unabschätzbares Potential von Folgen haben, daß leicht Ungewißheit aufkommen kann, wie denn am besten weiter zu verfahren wäre.

Computer, Pestizide, Talsperren, Gentechnik, Atomkraftwerke, Satelliten – wer weiß denn wirklich, was all diese bewirkt und wo und wie, und sicher ist nur, daß alles sehr viel mehr und sehr viel andere Folgen und Folgen hat als man dies zu Anfang meinte. Seit mindestens fünfzig Jahren ist ein Teil dieser Folgen so groß, so unhandlich, so überraschend, daß jene, die sie bewirkt haben, nur noch sprachlos davor stehen, was immer sie in ihrer Sprachlosigkeit plappern mögen.

Was keineswegs heißt, daß die Ohnmacht der Umweltpolitik ausschließlich auf Unwissenheit beruht. Es wäre aber schon ein schöner Fortschritt (und ein kleiner Sieg der Redlichkeit), wenn die Politiker und ihre wissenschaftlichen Berater, die fließend über Umweltfragen reden und weittragende Entscheidungen fällen, wenigstens diesen Teil ihrer Unwissenheit einbekennen und, vor allem, als einen ganz wesentlichen Aspekt ihrer Entscheidungen verinnerlichen könnten; denn die fatalsten Entscheidungen werden zweifellos nicht aus der Unwissenheit selbst geboren, sondern aus der mangelnden Einsicht in diese Unwissenheit.

Schlichter gesagt: Eine Entscheidung ist um so verhängnisvoller, je schlauer sich derjenige dünkt, der sie trifft. Unsere Atomtechniker zum Beispiel waren vor dreißig Jahren ziemlich fest davon überzeugt, alles Wichtige über die Atomtechnik zu wissen; was davon alles falsch war, wissen sie erst heute und immer noch nicht genau. Mit den Gentechnikern wird es nicht anders gehen.

Die Umweltpolitiker aber, weit entfernt davon, die lebensgefährlichen Unsicherheiten als konstituierendes Element ihrer Entscheidungen zu berücksichtigen, sind schon froh, wenn sie den jeweiligen Kenntnisstand auf einem

Gebiet erreicht haben und glauben wirklich, sie wüßten etwas. Da sie selbst dies immer erst später wissen, ist es nicht übertrieben, zu sagen, daß alle Umweltgesetzgebung immer zu spät kommt, und angesichts der anderen Hindernisse, die einer vernünftigen Entscheidung im Wege stehen, darf man hinzufügen, daß sie immer zu wenig bewirkt.

Was, alles in allem, nichts anderes bedeutet, als daß die Umweltgesetzgebung bis heute in selbstverschuldeter Ohnmacht verharrt, – denn natürlich ist die Unwissenheit über die eigene Unwissenheit selbstverschuldet.

Freilich: Wenn die Politiker ein realistisches Bild vom Zustand der Welt hätten, wenn sie – wenigstens in einer stillen Stunde daheim – imstande wären, sich das Ausmaß der Bedrohtheit des Lebens vor Augen zu führen, wenn sie endlich vom Entsetzen gepackt würden, blieben sie gleichwohl gelähmt.

Denn das, wofür sie aus besserer Einsicht dann streiten müßten – der Abbau, die Reduzierung auf menschliches und irdisches Maß, die Bescheidenheit, die sich am gegenwärtigen Besitzstand gemessen als klägliche Armut ausnähme, der Rückzug auf das Lebensnotwendige und der Abschied von der Schwelgerei, – das wären Ziele, über die ein Politiker nicht einmal laut nachzudenken wagen könnte, ohne seine politische Existenz aufs Spiel zu setzen.

Noch kann man nämlich, selbst von besonnenen Verteidigern des Industrialismus, die Meinung hören, es sei den Menschen noch nie so gut gegangen wie heutzutage, und alle Mahnungen zur Umkehr seien nichts anderes als ein intellektueller Luxus, den sich eben nur gelangweilte Zivilisationsmenschen leisten könnten, gewissermaßen als prickelnden Ersatz für die herkömmlichen Lebensnöte, die ja die Zivilisation von ihnen genommen habe.

Man könnte freilich, wenn man denn schon die Psychologie bemühen will, auch mutmaßen, den Leuten sei einfach schlecht geworden in ihrem Überfluß und eben deshalb spürten sie um so genauer, daß die Völlerei am Ende ungesund ist und daß das große Fressen, wenn man es nicht beendet, mit dem Platzen der Bäuche enden wird.

Abgesehen aber von der seelischen Befindlichkeit der Wohlhabenden ist die Behauptung, es sei „uns“ noch nie so gut gegangen wie heute, wieder einer jener Zynismen, die die letzte Zuflucht im Stadium des Scheiterns bilden.

Zynisch ist es, Wohlstand und Überfluß zu preisen, während wir zugleich im eigenen Dreck ersticken und die halbe Welt in bitterer Armut versinkt. Vierzigtausend Kinder verhungern tagtäglich in dieser Welt.

Die Hungrigen, sagt da der Zynismus, sind selber schuld, wenn sie hungern, und jedenfalls tun wir alles, was in der Macht der Marktwirtschaft steht, um ihren Hunger zu stillen.

Aber der Zynismus vergißt, daß dieser Hunger von uns gemacht ist, indem wir die Kontinente erobert und ausgeplündert haben und ihren Bewohnern unsere Pharmazie und unsere effiziente Form von Landwirtschaft und Handel aufgedrungen haben. Indem wir so die hergebrachten Strukturen und Strategien des Lebenskampfes mit der Natur abschafften, haben wir erst jene Armut und Hilflosigkeit hervorgebracht, die wir einerseits in teilnehmenden Worten beklagen, andererseits ganz ungeniert als einen unerschöpflichen Markt nutzen, als wäre der von uns zermürbten Dritten und Vierten Welt wirklich mit Pestiziden und Atomkraftwerken und freier Weltwirtschaft aus ihrem Dilemma zu helfen.

Aber auch die Industrieländer sind ja dem lebensbedrohenden Kollaps weit näher, als die Mehrheit ihrer Einwohner sich nur träumen läßt. Vergiftung, Zerstörung, Verschwendung haben einen Grad erreicht, angesichts dessen das Weiterleben, solange sich an diesem Leben nichts ernstlich ändern soll, nur noch als eine immer wieder verlängerte Kette von Notlösungen zu denken ist, die allenfalls aufschiebende Wirkung haben.

Das heißt zugleich, daß jedes Land mit seinen jeweils akuten Problemen zurechtzukommen sucht und jeweils im kleinen Bereich dieses Problems eine vorläufige, für Monate oder für ein paar Jahre ausreichende Reparatur vornimmt.

Auf internationaler Ebene wiederholt sich hier, was den „Umweltschutz" schon im privaten und nationalen Bereich versagen läßt: daß die Symptome nicht einmal kuriert, sondern nur kaschiert werden, daß man Besitzstände hegt und Gewohnheiten zäh verteidigt, daß man sich auf juristische und technische Finten verläßt, und daß dies alles schmerzlos bleiben muß, also am Prinzip nicht das geringste verändern darf.

Und eine weitere Schwierigkeit kommt hinzu, die im privaten und nationalen Umweltschutz noch als überwindbare Unvollkommenheit gelten mag, im internationalen aber bis auf weiteres eine folkloristische Konstante bleiben wird: das ist die Uneinigkeit der Beteiligten.

Die Nordseekonferenz im Frühjahr 1990 war die bühnenreife Darstellung dieses Dilemmas, ein groteskes Melodram: Ernsthafte Fachleute aus allen Nordseeländern setzten sich zusammen, konstatierten besorgt, daß es abendländischem Gewerbefleiß geglückt sei, die gewaltigen Wassermassen dieses Meeres so nachhaltig zu vergiften, daß bald kaum mehr Leben darin möglich sein wird, auf unabsehbare Zeiten hinaus. Sodann schob einer dem anderen und dieser dem Dritten die Schuld zu, man warf sich Prozentzahlen an den Kopf, wehrte sich damit erfolgreich gegen die Zumutung, am Strom des eigenen Unrats etwas zu ändern und trennte sich schließlich ergebnislos, wohl wissend, daß die Nordsee zwar keine Chance mehr hat, daß es aber die letzte Chance der Küstenländer und ihrer Hintersassen ist, um den Preis der endgültigen Zerstörung der Nordsee das Florieren ihrer Industrien noch um eine kleine Spanne zu verlängern.

Ganz falsch ist es ja nicht, wenn geltend gemacht wird, daß durchgreifende Änderungen die Existenz der Staaten gefährden. Denn da der technische Fortschritt seit mehr als hundert Jahren wie selbstverständlich das Privileg für sich in Anspruch genommen hat, Luft und Wasser mit seinen Absonderungen zu verschmutzen, und da noch vor zwanzig Jahren ernsthafte Ingenieure behaupteten, sie vermöchten bis auf die zweite Stelle hinterm Komma auszurechnen, wie hoch ein Schornstein sein müsse, um die Verschmutzung der Luft zu verhindern, – so wird es nun, da all diese Rechnungen als der Humbug entlarvt sind, als der sie nachdenklichen Laien schon damals galten, – so wird es nun zum Zusammenbruch der ganzen Kalkulation kommen, wenn man das alte Privileg der Vergiftung zu streichen genötigt ist.

So wie auch eine Landwirtschaft, die jahrzehntelang die Mißhandlung der Böden nach dem Prinzip der Hoffnung auf Verdünnung begangen hat, zusammenbrechen müßte, wenn man ihr das Privileg der Brunnenvergiftung entziehen würde.

Widerstreitende Interessen und im Ernstfall sogar wirklich: existentielle Nötigungen verhindern, daß irgendetwas geschieht, was wenigstens als Auftakt und ernster Versuch einer umfassenden Wende angesehen werden könnte.

Wenn es, so wie die Dinge liegen, nicht einmal möglich erscheint, innerhalb eines kleinen, vergleichsweise freundschaftlich verbundenen Kreises wie der Europäischen Gemeinschaft Einigkeit etwa über die zuträglichen Grenzwerte von Schadstoffen und über die Verfahren zu ihrer Vermeidung zu erzielen, so wird man sich nicht wundern dürfen, daß die Uneinigkeit auf der höchsten Ebene, also unter den Ländern dieser Erde, noch größer und noch hoffnungsloser ist.

Jedes dieser Länder hat seine eigenen Interessen, seine eigenen Lebensformen und Gewohnheiten, seine eigenen Nöte und seine eigenen Notlösungen, und die Hoffnung wäre kindisch, daß es gelingen könnte, Brasilien und England und Irak und Kenia und Rußland und China mit ihren unterschiedlichen Ansprüchen, Religionen und Lebenszielen je dahin zu bringen, daß sie die Umweltprobleme im Sinne der *einen* Erde und ihres Weiterbestandes lösen, durch Vernunft und Verabredung, durch freien Handel oder gerechten Ausgleich.

Natürlich kann man globale Pläne machen, Haushaltspläne für die Erde als Ganzes – aber es wäre verwegen, zu hoffen, daß solche Pläne in Teheran und Peking, in Bagdad und Buenos Aires gleichermaßen gebilligt würden. Die Lebensstrategien werden, je näher die Bedrohungen rücken, um so egoistischer von allen Beteiligten je für sich entworfen werden, und vielleicht sind es letzten Endes doch noch die australischen Ureinwohner (soweit wir sie nicht zum Zwecke der Urangewinnung dem Suff überliefert haben), deren Strategie sich als die erfolgreichste erweist.

Von allen angeborenen Schwächen der Umweltpolitik ist freilich auch global gesehen die verhängnisvollste der abwegige Wunsch, es möge alles irgendwie beim alten bleiben oder möglischt noch besser werden:

Die Industrieländer, grob gerechnet ein Viertel der Weltbevölkerung, verbrauchen drei Viertel aller Ressourcen dieser Welt und haben nicht die Absicht, ihre Ansprüche zu vermindern, ihre Lebensweise grundsätzlich zu ändern.

Die Entwicklungsländer mit drei Viertel der Weltbevölkerung, verbrauchen nur ein Viertel der Weltressourcen und wünschen inständig, weit mehr als bisher an den Segnungen der Zivilisation beteiligt zu sein. Würden diese Länder auch nur den Bruchteil an Wohlergehen fordern, der ihnen gerechterweise schon deshalb zustünde, weil sie es waren, die hundert Jahre lang für nicht viel mehr als Glasperlen und ein paar Medikamente die Rohstoffe für die Erhaltung des westlichen Wohlstandes geliefert haben, – würden sie nur diesen gerechten Anteil fodern, so hätte das Unternehmen Welt sogleich Konkurs anzumelden.

Woraus man einerseits folgern könnte, daß die Industrienationen es zur Vermeidung des Zusammenbruchs weiterhin darauf anlegen sollten, daß der größere Teil der Menschheit unter sehr viel weniger komfortablen Bedingungen lebt als die „entwickelten" Länder, – oder andererseits: daß wir zu teilen, und das heißt: uns ganz beträchtlich einzuschränken hätten, um es mit schmerzlichen Verzichten dem Rest der Welt zu ermöglichen, daß er sich wenigstens von der bittersten Not befreit.

Das würde übrigens nicht so sehr heißen, den anderen etwas zu schenken und ihnen die Schulden zu erlassen, als vielmehr: daß wir sie nicht länger als „Markt" mißbrauchen unter dem Vorwand, es sei ihnen am besten geholfen, wenn sie ihre Nahrungsmittel und Rohstoffe bei uns gegen Medikamente, Waffen und Pestizide eintauschen.

Die Armen arm zu lassen, erscheint kaum mehr vorstellbar, weil sie mehr und mehr die Möglichkeit gewinnen, sich notfalls mit der Kraft der Verzweiflung ihr Teil zu nehmen. Die Abwehr solcher Zudringlichkeiten, wohl auch mit Waffengewalt, wäre dann ein Teil jener Überlebensstrategie, die auf den Egoismen der Völker beruht und notwendig in einen Weltbürgerkrieg mit ungewissem Ausgang mündet.

Die andere Möglichkeit: mit den Armen zu teilen und sie womöglich gar in Ruhe zu lassen, statt ihnen unentwegt den Firlefanz der Zivilisation zu verhökern, würde bedeuten, die Regeln und Freiheiten eines durch nichts gehemmten Welthandels außer Kraft zu setzen – und es ist keine Instanz zu denken, die dies bewerkstelligen könnte.

So wird denn alles seinen Gang gehen: die Verwüstung der Erde durch die Industrienationen, die Ausrottung der allerletzten Überbleibsel fremder, bewundernswerter Kulturen, die die Erde nie wiedersehen wird, die Selbstzerstörung der sogenannten Dritten Welt aus dem verständlichen Wunsch, auch einmal so in Saus und Braus zu leben wie die Eroberer von gestern und die Handelsherren von heute, – und wenn man recht hinsieht, dann hat die letzte Phase, in der jeder sich selbst der nächste ist, schon längst begonnen...

III

Das große Fressen geht zu Ende. Der Tisch ist mit Abfällen übersät, die Teller hat man, manche noch halbvoll, an die Wand geworfen, der Wein fließt in Strömen, vieles davon auf den Boden, die Schüsseln sind noch halb gefüllt, doch manchen Gästen ist längst schlecht geworden, sie rufen nach dem Magenbitter und weisen das Dessert zurück. Unterm Tisch hocken ein paar Hungrige und suchen etwas aufzuschnappen von dem, was vom Tisch fällt. Manchmal tasten sie nach den Stuhlbeinen, um sich daran aufzurichten.

Das Industriezeitalter geht zu Ende. Es hat bis an die Grenze der Denkbarkeiten fast alle Träume erfüllt, mit denen es begann. Wir können fliegen, sogar bis zum Mond und vielleicht bald noch weiter. Wir haben die Chemie zu einer Art von Zauberei entwickelt, mit der wir Kranke heilen und Pflanzen ernähren und Klosetts desinfizieren können. Wir haben einen weltumspannenden Verkehr, der es uns möglich macht, die Güter dieser Welt beliebig zu befördern, hin und her, wir haben elektrisch betriebene Lockenwickler und ein Kommunikationssystem, das der Aufhebung von Raum und Zeit immer näher kommt. Wir haben dies und vieles mehr, und wir haben auch das Problem gelöst, die dafür nötige Energie zu gewinnen: Nachdem das Holz der Wälder verbraucht war, haben wir die Wälder unter der Erde zu nutzen begonnen und sind dabei, in wenigen Jahrzehnten das Erdöl aufzubrauchen, das sich über Jahrmillionen in uralten Gesteinsschichten aufgespeichert hat.

Wir haben uns aber mit all dem in eine Abhängigkeit gebracht, die nicht weniger bedeutet, als daß dieses erfolgreiche und bequeme und produktive moderne Leben stets am seidenen Faden des Funktionierens aller so trickreich eingefädelten Verknüpfungen hängt, –

– Abhängigkeit auch davon zum Beispiel, daß die gefährlichen Abfälle der Vergangenheit nachträglich „entsorgt" werden und die Abfälle der Gegenwart und der Zukunft überhaupt noch untergebracht werden können. Das ist nur einer jener Punkte, an denen wir nun unübersehbar an die Grenzen der menschlichen Möglichkeiten und an die Grenzen der Erde selbst stoßen.

Jedem Erfolg, den wir mit dem Fortschritt errungen haben, steht ein Scheitern, eine Vernichtung gegenüber, und es hat den Anschein, als wären alle Erfolge stets nur unverläßlich, müßten unausgesetzt gegen ein Mißlingen geschützt werden, während die Vernichtung stets so gut wie endgültig ist.

Jede Produktion bedeutet zugleich einen Verbrauch, und kein Rezyklisierungs-Trick kann verhindern, daß die steigende Produktion mehr und mehr von der Welt unbrauchbar macht, auf alle Zeiten. Das große Fressen endet mit leeren Tellern.

Wir basteln aus dem Genmaterial der Natur neue Geschöpfe zusammen – was riskant ist –, während die herkömmliche Flora und Fauna der Erde rapide dezimiert wird – was sich nie wieder rückgängig machen läßt.

Wir haben mit den Metallen aller Art eine Technik entwickelt, die vom Kugelschreiber bis zur Weltraumrakete reicht – aber die Abfälle dieser Metalltechnik durchseuchen unsere Welt, dringen aufs feinste verteilt bis in unsere Lungen, unser Trinkwasser, unsere Böden, unsere Nahrung – und sind daraus nie wieder zu entfernen. Es hat symbolischen Charakter, daß das Aluminium, indem es allgegenwärtig wurde, schließlich in die Gehirne sickerte und dort die Alzheimersche Krankheit erzeugt: Es steigt uns zu Kopfe und läßt uns verblöden.

Noch ist Leben möglich, oft freilich in einer reduzierten Weise. In den Industrieländern sind zahllose, sehr schlichte Bedürfnisse des täglichen Lebens nur noch ersatzweise zu erfüllen, und daß man Mineralwasser aus allen Weltgegenden in Flaschen kaufen kann, wird als eine Errungenschaft genossen, dergegenüber der Umstand in Vergessenheit gerät, daß das heimische Wasser ohne vorherige Behandlung überhaupt nicht mehr zu genießen ist. Und so weiter. Noch ist Leben möglich. Aber von Jahr zu Jahr mehren sich die Zeichen dafür, daß immer weniger davon möglich sein wird, daß die lange zurückgezwungenen Kräfte der Erde ihre Rechte geltend machen werden. Wer Ohren hatte zu hören, der hörte aus jenen Februarstürmen die von Menschen nicht mehr beherrschbare Gewalt heraus – auch wenn die Experten mit den vorsichtigsten Floskeln den Eindruck zu zerstreuen suchten, es kündige sich hier schon die befürchtete Klimakatastrophe an.

Noch ist Leben möglich. Aber die Risiken sind ins Unmäßige vergrößert worden. Die Fähigkeit der Menschen, den ganzen Erdball in ein Feuermeer oder eine Giftwüste zu verwandeln, ist so vielförmig und so unausweichlich, daß es gar nicht einmal eines teuflischen Entschlusses, sondern nur eines banalen Versehens bedürfte, um das Ende herbeizuführen.

Das Industriezeitaler geht zu Ende. Es hinterläßt eine geschundene Erde mit geschundenen Bewohnern, von denen ein Teil am Rande der Vernichtung lebt, während der andere sich einer Völlerei ergeben hat, von der man immer noch nicht wahrhaben will, daß sie gar nicht mehr die Spitze des Fortschritts, sondern schon der Anfang des Elends ist.

Noch treten smarte Forschungsminister lächelnd vor die Kameras und verkünden, daß die Weltraumforschung, die Gentechnologie, die Computerei, die Hochgeschwindigkeitszüge und die Kommunikationssatelliten den Weg zu einem immer besseren Leben bahnen werden. Aber gleich hinter dem Lächeln der Forschungsminister, die unverdrossen die lebensrettende Macht von Wissenschaft und Technik beschwören, werden schattenhaft die Bilder von zerbröselnden Fabriken, von überwucherten Autobahnen, von verrostenden Pipelines sichtbar, und der Boden, auf dem all das gebaut ist, beginnt zu wanken, während die Macht der Stürme von Mal zu Mal größer wird.

Und immer noch, obwohl dies alles absehbar und zu einem beängstigenden Teil schon Wirklichkeit geworden ist, immer noch spricht man vom Umweltschutz, als gelte es nur, in einem weiteren Sinne, die Kanalisation funktionsfähig zu erhalten, und man tut so, als sei dies möglich, und als müsse und werde es stets für jede Art von Lebensführung – also auch für die unsere – eine angemessene Form von Umweltschutz geben, – während doch in Wahrheit diese Lebensform der Änderung bedarf.

Änderung nun eben nicht in dem Sinne, daß man das Altglas zum Container bringt und Aluminiumpapier sammelt und noch für den letzten Auspuff einen Katalysator erfindet, sondern Änderung in einem fundamentalen, heute vielleicht noch gar nicht vorstellbaren Sinne, Änderung zu einer Weise des Lebens, die mit den Kräften der Selbstregulation der Erde und ihrer Natur in Übereinstimmung ist.

Mag sein, daß hinter allen Beschwörungen des Umweltschutzes und hinter dem Frohmut der Forschungsminister doch schon die Verzweiflung lauert, die weiß, daß das alles nur noch Bühnendekorationen sind, die man mühsam mit immer neuen Flickreparaturen standfest zu erhalten versucht. Mag sein, daß dahinter schon das Wissen steckt, daß „Umweltschutz", so wie er bei uns derzeit verstanden und praktiziert wird, nur der letzte Versuch ist, sich gegen das absehbare Scheitern der Menschenpläne aufzubäumen, und daß er erfolglos bleiben muß, selbst wenn es gelänge, ihn über alle Grenzen hinweg als globales Ereignis ins Werk zu setzen.

Der Gedanke an die Katastrophe drängt sich auf. Es müsse, so kann man hören, die Katastrophe abgewartet werden, die dann die Änderung herbeizwingt, – und unter der Katastrophe versteht man den großen Knall, der, möglicherweise, einen Teil der Probleme durch die schlichte Vernichtung derselben löst und eine dezimierte Welt zurückläßt, in der sich, vielleicht, weiterleben läßt.

Daran ist wohl so viel richtig, daß die Kräfte der Vernunft gelähmt sind, kein Plan mehr denkbar ist, dem sich alle Völker dieser Welt aus freien Stücken unterordnen möchten oder, gefangen in den Zwängen ihres Überlebens, unterordnen könnten.

Was immer vernünftig erscheint, würde, innerhalb der selbstgeschaffenen Abhängigkeiten, an anderer Stelle etwas Unerträgliches, Unzumutbares bewirken und würde ja auch zuallererst voraussetzen, daß die hehren Prinzipien freien Produzierens und Handelns zumindest teilweise außer Kraft gesetzt werden müßten.

Der Gedanke, es könne eine Art von globaler Vernünftigkeit geben, die alles wieder aufs richtige Maß bringt, ehe der Planet selbst das Ende der Zumutbarkeiten bekanntgibt, ist tollkühn, – kaum realistischer indessen die daraus folgende Vermutung, es könne und müsse eine schlimme, aber doch gewissermaßen reinigende Explosion geben, die mit ihrem Donnerschlag die Dinge wieder ins Lot bringt.

Es mag zwar die Möglichkeit, das Risiko einer solchen Katastrophe geben, doch ist es viel wahrscheinlicher, daß an irgendeiner Ecke der Welt, in irgendeinem Winkel des Menschenhauses ein vergleichsweise kleines Mißgeschick passiert, daß dieses aber, weil ja alles mit allem auf unauflösliche Weise zusammenhängt, Folgen und Folgefolgen hat, die nach und nach die Strukturen und Abhängigkeiten des zivilisierten Lebens außer Funktion setzen.

Es wäre vermessen, die Prognose zu wagen, wo die Schwachstelle liegen könnte, die sich derart bemerkbar macht und dann den schleichenden, stolpernden Zusammenbruch einleitet. Die Welt – so könnte es kommen – fällt der

Völlerei zum Opfer, die man auf ihre Kosten gelebt hat, aber indem sie ihr zum Opfer fällt und vieles von ihrer Schönheit, ihren Geschöpfen und Schätzen dahingeht, erneuert sie sich auch und wird mit etwas weniger, mit weniger Geschöpfen und Schönheit und Schätzen zurechtkommen.

Es wird, als notwendige Folge der Völlerei, eine große Armut sein, und wenn man konstatiert, daß damit Not und Tod und Untergang für viele Menschen verbunden ist, dann ist das kein zynischer Gleichmut, sondern ein Realismus, hinter dem sich tiefe Trauer über das Dahingegangene verbirgt, auch wohl Zorn auf jene, die dies herbeigeführt und bis zum bitteren Ende mit siegessicheren Reden begleitet haben, womöglich auch mit Hohn auf die sogenannten „Apokalyptiker", denen man ihren Realitätssinn als Effekthascherei vorwirft und ihre Trauer als Neurose.

Nur die Armut kann uns retten. Nur wenn uns einfach die Mittel fehlen, so viel Unfug in so großem Umfang zu begehen, wie wir es hundert Jahre lang getan haben, ist an ein Weiterleben zu denken, bei dem die unvermeidlichen Fehler in einer Größenordnung bleiben, innerhalb derer die Natur zur Selbstheilung fähig bleibt. Nicht die fachmännische Bedienung der Megamaschine, auch nicht die punktuelle Korrektur durch Bürgerbeteiligung oder Ethikkommissionen oder einen endlosen herrschaftsfreien Diskurs, schon gar nicht eine Marktwirtschaft, die den höchsten Triumph ihrer Gestaltungsfreiheit im Waffenhandel feiert, vermöchte zu leisten, was die Armut leistet: die Nötigung zum Verzicht.

Und da niemand freiwillig in den Stand der Armut treten wird, wenn die Reichtümer so griffbereit liegen und die Methoden zu ihrer Nutzung so wohlfeil sind, so wird eben diese Armut heraufziehen müssen als ein unausweichliches Verhängnis.

IV

Ist das ein düsteres Bild? Natürlich, wenn man es mißt an der vollautomatischen Schlaraffenwelt, deren baldige Heraufkunft man uns immerzu in Aussicht stellte, mit nahezu kostenlosem Atomstrom, einer schier allmächtigen Medizin, Freiheit von allen Nöten und als einzige Not nur noch die der Entscheidung, wie man seine Freizeit herumbringt.

Ein düsteres Bild ist es auch angesichts dessen, was vom gewesenen Reichtum der Welt immerhin noch existiert, aber mit wachsender Beschleunigung verdirbt und vergeht und kurz vor Toresschluß noch verpulvert wird. Der

Blick auf die Reste ist voll Wehmut, der Blick auf die letzten Eskimos, auf die letzten Pirole, auf Pflanzen, die es bald nicht mehr geben wird, auf mecklenburgische Seen, bisher durch die Armut vor dem Schlimmsten bewahrt, jetzt der Habgier ausgeliefert und dem Verderben preisgegeben, – Wehmut und Zorn darüber, daß die Zumutungen, die wir an die Erde gestellt haben, offenbar längst, wie ein Suchtgift, zugleich das Vernichtende und das Lebensnotwendige darstellen, von dem wir leben müssen, auch wenn damit das Überleben um so mehr gefährdet wird.

Wehmut darüber, daß alle Versuche, mit dem sogenannten Umweltschutz eine Aufhebung des Urteils, eine Begnadigung zu erwirken, zum Scheitern bestimmt sind und nur noch die Frage bleibt, ob dieses Scheitern sich etwas früher oder etwas später vollzieht.

In dieser Lage gewinnt die Mahnung, den Umweltschutz zu Hause anfangen zu lassen, plötzlich eine ganz neue Bedeutung. Aus der proklamierten Pflicht wird ein individuelles Recht: das Recht des einzelnen, sich dem, was den Untergang herbeigeführt hat und noch begleitet, womöglich zu entziehen. Es ist eine Art von passivem Widerstand, hoffnungslos, aber ehrenwert, ein Boykott der Partisanen, Verweigerung des Gehorsams wenigstens dort, wo die Selbstbehauptung noch möglich geblieben ist und letzte Reste einer Lebensform zuläßt, die sich gegen den tödlichen Mummenschanz rundum möglichst absondert, gegen die Zwänge *und* gegen die Verlockungen.

Da wird der Umweltschutz, der zu Hause anfängt, zu einem Akt der Selbstbehauptung, der nicht mehr darauf rechnet, die Welt zu retten, der aber die eigene Würde rettet, mit einem Kilogramm Aluminium, mit einer Armbanduhr zum Aufziehen, mit einem Ziegelstein im Spülkasten, und dies nicht als schikke Öko-Tat zur illusionären Selbstberuhigung, sondern als verzweifeltes Aufbegehren.

Das ist kein privatistischer Rückzug. In einer Welt, in der die Mehrheiten unentwegt für die Fortsetzung der Völlerei optieren und die offenkundigsten Einsichten, die fundiertesten Erkenntnisse, die stichhaltigsten Mahnungen nicht in die Tat umgesetzt werden können, weil die Gemeinwesen durch Kommerz und Egoismus stranguliert sind, – in einer solchen Welt bleibt eben nur ein lächerlich schmaler Raum, innerhalb dessen sich die Gegenwehr wenigstens symbolisch bemerkbar machen kann.

Das ist kein Rückzug, sondern ein Vorstoß bis an die äußersten Grenzen des Möglichen. Und wenn er die Welt nicht rettet, so rettet er doch ein Stück Leben in dieser Welt.

Konrad Adam

Zehn Gebote aus dem praktischen Umweltschutz

Was ein Gebot ist, glaubt alle Welt zu wissen. Aber der Begriff ist mehrdeutig, mindestens doppeldeutig, genauso schwankend wie das Wort Gesetz. Wenn ein Jurist vom Gesetz spricht, dann meint er eine Vorschrift darüber, wie sich der staatstreue Bürger zu verhalten hat. In seinem Sprachgebrauch bezeichnen Gesetze und Verbote das, was geschehen soll oder verhindert werden muß; schon die Tatsache, daß viele von ihnen mit Strafandrohungen verbunden sind, weist aber darauf hin, daß sie im Alltag keineswegs allgemein respektiert, vielmehr aus Nachlässigkeit oder in voller Absicht oft genug mißachtet werden. Die Ethik und die gesamte Juristerei haben es mit dieser Art von Vorschriften zu tun. Sie belehren über das, was sein soll.

In den exakten Wissenschaften versteht man unter Gesetzen aber etwas anderes. Da es um Sachen geht – und um Lebewesen allenfalls dann, wenn sie sich wie Sachen vorstellen oder behandeln oder mißbrauchen lassen –, scheidet alles Appellative aus. Wo es den Willen definitionsgemäß nicht gibt, braucht man sich nicht an ihn zu richten. Im Lichte solcher Theorien stellt sich das Weltgeschehen als eine Kette von Reaktionen dar, bedingten oder unbedingten Reflexen, die als Ganzes zwar nur ein Chaos erkennen lassen, im Einzelnen aber streng und erbarmungslos determiniert sind. Hier berichten die Gesetze über das, was ist.

In diesem zweiten, naturwissenschaftlichen Sinne wird der Begriff im folgenden verwandt. Versucht wird also eine nüchterne, durch Beobachtung und Erfahrung gestützte Darstellung der Realität, genauer: jener Wirklichkeit, die unser Leben immer umfassender bestimmt, um die sich die Politiker fast ausschließlich sorgen, neben der alle anderen Kräfte, die Kunst zumal und selbst die Wissenschaft, als zweitklassig erscheinen, die Wirtschaft also. Es geht nicht etwa um die schönen Umwelt-Parolen, die Ehrfurcht vor dem Leben, Verantwortung für kommende Generationen, Versöhnung von Ökonomie und Ökologie und dergleichen mehr versprechen, sondern um die Praxis, die hinter solchen Bekenntnissen überall sichtbar wird. Daß diese Wirklichkeit mit dem, was sein sollte, nichts zu tun hat, wird keinen überraschen, soll aber dennoch gleich zu Beginn noch einmal ausdrücklich betont werden.

*

Das erste Gebot ist das wichtigste. Es lautet: *Verwische Deine Spuren!* Natürlich widerspricht diese Regel der im Umweltrecht amtlich gültigen Maxime, dem sogenannten Verursacherprinzip. Nur hieße es die Bedeutung solcher Wortköder gründlich zu verkennen, wollte man sie zum Nennwert nehmen. Sie erfüllen die ihnen zugedachte Rolle ja gerade dadurch, daß'sie die Blicke in die falsche Richtung lenken, das Publikum einlullen und als Deckmantel für eine ganz andere Realität dienen. Ein wohlbekanntes Beispiel ist das Lob der Solidarität: im selben Maße, wie man sich von ihr definitiv verabschiedet, hebt man sie nun rhetorisch in den Himmel. Die Politik verfährt fast überall nach diesem Muster; seitdem der Umweltschutz ein Gegenstand der Politik geworden ist, auch dort.

Es gibt verschiedene Methoden, sich der Haftung für einen angerichteten Schaden zu entziehen; die eleganteste von ihnen tarnt sich als Wissenschaft. Der Sachverständige, der damals, als man an Wackersdorf noch glaubte, gegen ein üppiges Honorar die Interessen der Industrie und des Freistaates Bayern öffentlich vertrat, hat geradezu mustergültig vorgeführt, wie die wissenschaftliche Entlastungsstrategie aussieht. Bei einer Anhörung versicherte der Mann, daß es in Wackersdorf „nachweislich keinen Leukämiefall geben wird, der durch radioaktive Emissionen verursacht worden ist." Das klingt, will man von der sprachlich mißglückten Form einmal absehen, zunächst beruhigend: als ob die bloße Möglichkeit eines Zusammenhangs zwischen Krebs und Strahlung definitiv ausgeschlossen werde. Um zu begreifen, daß in Wahrheit etwas ganz anderes gemeint ist, muß man das Wort „nachweislich" nur richtig zuordnen. Dann merkt man nämlich, daß der Experte, statt selbst den Nachweis über irgendetwas anzubieten, nur die Beweisaussichten anderer kalkuliert. Recht verstanden, bestreitet er keineswegs, daß Leukämiefälle auftreten können, es leugnet nicht einmal den Zusammenhang zwischen Krankheit und Radioaktivität; was es zu recht bezweifelt, ist lediglich die Chance, den Zusammenhang wissenschaftlich darzutun. Das ist entscheidend, denn wo der Nachweis nicht gelingt, ist auch von Haftung keine Rede.

Jeder, der sich vor Gericht auskennt, weiß aus Erfahrung, daß die Verteilung der Beweislast zum guten Teil über den Ausgang eines Verfahrens entscheidet.

Beweispflichtig zu sein oder zu werden, bedeutet in der Regel, den Prozeß zu verlieren. Das wissen und nutzen auch diejenigen, die der Natur mit ihren Emissionen zusetzen, zumal die großen Unternehmen. Wie der Bundesverband der Deutschen Industrie versichert, wollen sie Abgaben zum Schutz der Natur nur dann hinnehmen, wenn „konkrete, nachweisbare Umweltbelastungen verursachergerecht erfaßt" werden. Das läuft erkennbar auf den Rat hinaus, alles beim alten zu lassen. Denn Umweltschäden zeichnen sich ja gerade dadurch aus, daß sie eine Fülle höchst unterschiedlicher Ursachen haben, die sich nur ausnahmsweise und immer nur mit sehr erheblichem Aufwand einem bestimmten Täter zuschreiben lassen. Gerade die bedrohlichsten Phänomene, die schleichende Vergiftung der Luft, des Bodens und des Wassers, spotten der Zurechnung nach Art der BDI-Bedingungen. Der Schluß, daß das Verursacherprinzip, das als die offizielle Richtschnur der Umweltpolitik immer wieder beschworen wird, nichts gilt und auch nichts gelten soll, drängt sich förmlich auf.

Aber ist es denn überhaupt noch an der Zeit, über solche Fragen zu rechten? Soll nicht der Grundsatz des Verschuldens nach den neuesten Plänen, die das Parlament schon gebilligt hat, vom Prinzip der Gefährdungshaftung abgelöst werden? So ist es in der Tat vorgesehen; nur wäre es voreilig, daraus auf härtere Bedingungen für diejenigen zu schließen, die die Natur vor allem als Kloake schätzen. Denn nach wie vor, also auch unter der Herrschaft des neuen Grundsatzes, haben Ersatzansprüche nur dann Aussicht auf Erfolg, wenn sich ein individueller Verursacher ausmachen läßt: und wie oft wird das schon der Fall sein? Das Beispiellose der neuartigen Gefahren besteht doch darin, daß sich ein Einzeltäter in aller Regel gar nicht mehr erkennen läßt. Mit Recht spricht Hans Jonas von einer kollektiven Tat und lauter kollektiven Tätern. Auch in Zukunft werden die Opfer des rücksichtslosen Umgangs mit der Natur vor Gericht genauso leer ausgehen wie jener Waldbesitzer, der Ersatz für die ihm angetanen Verluste verlangt hat. Für die Waldschäden hielten die Richter alle verantwortlich, tatsächlich also keinen, und so scheiterte der Mann bis in die letzte Instanz.

Was das Verursacherprinzip bedeutet, darüber war man schon viel früher, kurz nach dem ersten Weltkrieg nämlich, anschaulich belehrt worden. Im Herbst 1921 hatten bei einem großen Industrieunfall in den chemischen Fabriken von Oppau mehr als 500 Menschen den Tod gefunden. Damals kam ein Untersuchungsausschuß des Reichstages zu der Erkenntnis, daß die Schuldfrage nicht zu klären sei. Die Katastrophe wurde als einer jener Unglücksfälle beschrieben, „deren Ursachen durch alle Anstrengungen der Untersuchung unter Zuhilfenahme der Wissenschaft und Technik nicht zuverlässig ergründet werden können". Man muß das Wort „zuverlässig" nur durch das Adjektiv „nachweislich" ersetzen, um auf die Höhe der modernen, wissenschaftlich dekorierten Ausweichstrategie zu kommen. Beweisen läßt sich in der Tat nur wenig. Hinter den beträchtlichen Schwierigkeiten, einen lückenlosen Nachweis zu führen, findet jeder Deckung, der sich seiner Verantwortung entziehen will.

*

Ohne Frage ist der Versuch, die eigenen Spuren zu verwischen, das billigste und aussichtsreichste Verfahren, sich der Haftung zu entziehen. Sollte er, was auf längere Zeit immerhin möglich ist, nicht mehr durchzuhalten sein, dann tritt das zweite Gebot in Kraft: *Laß' andere zahlen!* Man kann darüber streiten, ob diese Regel den Bruch oder nicht doch viel eher die Erfüllung, den letzten und wichtigsten Sieg der Marktwirtschaft bedeutet. Denn einerseits verlangt das Marktgeschehen zwar, neben den Einnahmen auch die Ausgaben in realistischer Höhe auszuweisen und auch für sie in vollem Umfang einzustehen. Auf der anderen Seite glorifiziert es aber den Gewinn, den Überschuß der Einnahmen über die Ausgaben also, als Sinn und Zweck des Unternehmens. Daß sich der erfahrene Kaufmann in diesem Dilemma dafür entscheidet, seine Einkünfte dadurch zu vermehren, daß er die Kosten, so gut es eben geht, von anderen bezahlen läßt, sollte deshalb nicht Wunder nehmen.

Das Kalkül, daß in solchen Fällen zum Zuge kommt, ist immer wieder dasselbe. Wenn der Nutzen eines gemeinschädlichen Verhaltens groß ist und dem Täter unmittelbar zugute kommt, die Schäden dagegen ungewiß bleiben und sich auf viele, fremde Schultern verteilen, läßt sich die Reaktion des kühlen Marktteilnehmers voraussagen. Ob der Straßenverkehr, alle Folgewirkungen in Rechnung gestellt, Verheerungen in Höhe von 50 oder 100 Milliarden Mark im Jahr anrichtet, ist nur von akademischem Interesse; entscheidend bleibt, daß diese Summe von anderen aufgebracht wird, daß also die öffentlichen Subventionen – denn darum handelt es sich bei den externen Kosten ja der Sache nach – weiter fließen. Systemkonforme Theorie und systemwidrige Praxis gehen in der Marktwirtschaft schon lange Hand in Hand. Man begeistert sich für den abstrakten Gedanken, die Kosten verursachergerecht zu verteilen, entsetzt sich aber bei der Vorstellung, daß ihre realistische Zuordnung die Attraktion des Industriestandortes Bundesrepublik verringern könnte.

Als Herrin über die modernste Technik hat die deutsche Atomwirtschaft beispielhaft vorgeführt, wie sich die Betriebskosten senken lassen. Sie hat es verstanden, der Allgemeinheit, vertreten durch den Staat, nicht nur Entwicklungsausgaben in Höhe eines zweistelligen Milliardenbetrags, sondern auch die im einzelnen noch unbekannten, in jedem Falle aber gewaltigen Aufwendungen für die Beseitigung von ausgedienten Kernkraftwerken zuzuschieben. Seit Jahren sind ihre Forderungen dieselben: keine Anpassung der bestehenden Altanlagen an den Stand der Technik, keine angemessenen Rücklagen für die horrenden Folgekosten, keine Anhebung der Höchstsumme, bis zu der die Kraftwerkseigner für Unfallschäden einzutreten haben. Für diese Auslagen, die üblicherweise zu den Betriebskosten zählen, sollen andere aufkommen. Daß eine von so vielen Sonderkonditionen begünstigte Branche dazu in der Lage ist, ihren Atomstrom konkurrenzlos billig anzubieten, kann man verstehen. Nur zur Bewunderung besteht kein Anlaß, denn unter den Bedingungen einer rein politischen Buchführung, die für Entwicklungs- und Folgekosten andere bezahlen läßt, wären wohl auch ökonomische Laien zu ähnlichen Glanzleistungen imstande.

*

Eine bedrückende Last der technisch anspruchsvollen Marktwirtschaft sind ihre sogenannten Nebenfolgen. Gelegentlich treten sie so aufdringlich in Erscheinung, daß das gewohnte Wort zum Euphemismus wird, weil die unbeabsichtigten Nebenfolgen die intendierten Hauptfolgen in den Schatten stellen. In diesem Falle hilft das dritte Gebot: *Bringe die Konkurrenz ins Spiel!* Es ist leicht zu erfüllen, weil es den größten Vorrat ausbeutet, den die industrielle Zivilisation zu bieten hat, ihr Übermaß an Ausfällen, Störfällen und Unfällen aller Art. Die Kunst besteht nur darin, die passende Bezugsgröße zu finden, mit der verglichen das Ausmaß der eigenen Zumutungen eher harmlos erscheint. Diese Fähigkeit erlernt sich schnell, denn je größer der Vorrat an technischen Rückschlägen und ökologischen Lasten, desto leichter wird die Suche nach einem Konkurrenten, der noch rücksichtsloser verfährt als man selbst.

Bevor er sich Anfang der achtziger Jahre zu den sanften Energieformen bekehrte, war Carl Friedrich von Weizsäcker ein überzeugter Anhänger der Kernkraft. Er propagierte sie unter anderem dadurch, daß er Strahlenopfer und Verkehrstote zueinander in Beziehung setzte. Nach den Regeln der Wahrscheinlichkeitsrechnung werde die Zahl der Todesfälle, die im atomaren Katastrophenfalle zu erwarten sind, „unter den 15000 bleiben, die wir zur Zeit alljährlich auf den Straßen töten“. Natürlich sei das eher ein Argument für die Änderung des Verkehrssystems, räumt von Weizsäcker ein, als für den Ausbau der Kernenergie; aber weil er weiß, daß er mit einem Plädoyer für mehr Vernunft auf den Straßen tauben Ohren predigen würde, geht er den anderen Weg und leitet aus dem Vergleich eine bedingte Empfehlung der Kernkraft ab. Es leuchtet ein, daß sich nach diesem Muster fast alles rechtfertigen läßt. Wer sich schon deshalb zu einem Risiko ermächtigt fühlt, weil andere ein noch größeres Risiko in Kauf nehmen, bewegt sich auf einer abschüssigen Bahn, an deren Ende der größte Gauner triumphiert.

Welche Entfaltungsmöglichkeiten die moderne Konkurrenzwirtschaft einer solchen Argumentationstechnik eröffnet, braucht nicht weiter erläutert zu werden. Bei seinen Mitbewerbern irgendein Produkt zu entdecken, das die Natur noch bedenkloser ausbeutet oder dauerhafter belastet als die eigenen Erzeugnisse, macht keine Mühe. Ein bayerischer Automobilhersteller, der auf den Bau von Lastkraftwagen verzichtet, verweist zum Beispiel auf die gewaltigen Umweltbelastungen, die durch den Straßenverkehr entstehen. Im Gegenzug erinnert sein schwäbischer Konkurrent, der keine Motorräder im Programm hat, an die gesundheitlichen Risiken, die der Motorradfahrer auf sich nimmt. Beide kommen dabei auf ihre Kosten, denn indem sie den anderen herabsetzen, stellen sie sich selbst als Unternehmer dar, die im Umgang mit der Natur und bei der Rücksicht auf den Menschen ihre Verantwortung ernst nehmen.

*

Sicherheit verspricht aber auch diese Methode nicht für immer. Wenn sich die Zustände so unerfreulich darstellen, daß ganze Branchen öffentlichen Unmut auf sich ziehen, kann der entlastende Hinweis auf die Konkurrenz, die es noch ärger treibe als man selbst, nicht mehr wirksam sein. Dies ist der Augenblick, sich an das vierte Gebot zu erinnern: *Spiele auf Zeit!* Mit Hilfe freiwilliger Zusagen ist dies in aller Regel möglich. Da derartige Versprechen einseitig gegeben werden und keine Sanktionen vorsehen, läßt sich ihre Einhaltung niemals kontrollieren, erzwingen schon gar nicht. Genau das macht sie für alle, die noch eine Weile im alten Stile weitermachen wollen, zu attraktiv.

Wie man vorzugehen hat, lehrt das Beispiel der FCKW-Produzenten. Jahrelang waren sie bei der hinhaltenden Verteidigung ihrer Interessen überaus erfolgreich. Als die Kritik jedoch anwuchs und geradezu geschäftsschädigende Ausmaße erreichte, schrieb die Industrie-Gemeinschaft Aerosole dem Bundesumweltminister einen Brief, in dem sie gelobte, den Einsatz vollhalogenisierter Fluorchlorwasserstoffe in Spraydosen zu vermindern. Um das Gewicht dieser Zusage zu ermessen, muß man den entscheidenden Passus wörtlich zitieren. Er lautet: „In Fortführung dieser Bemühungen zum vorsorglichen Schutz der Umwelt sagt die Industrie-Gemeinschaft Aerosole e.V. verbindlich zu, ihre Mitglieder nachdrücklich anzuhalten, die Reduzierung des Einsatzes von FCKW in folgender Weise fortzusetzen ..." Was sich hier an Terminen, Prozentangaben und Produktbezeichnungen anschließt, ist es nicht wert, im einzelnen erwähnt zu werden, denn der zitierte Eingangssatz macht alles weitere belanglos. Eine Zusage ist eben nur dann als verbindlich zu betrachten, wenn man erfährt, was für den Fall geschehen soll, daß sie nicht eingehalten wird. Und auf die Nachdrücklichkeit eines Bemühens werden erfahrene Leute nur dann etwas geben, wenn jedenfalls in groben Zügen zu erkennen ist, worin der Nachdruck denn im einzelnen bestehen soll, ob Zwangsmaßnahmen vorgesehen sind und wie mit Delinquenten zu verfahren ist. Auf beides hat die Industriegemeinschaft verzichtet, mit Sicherheit aus guten Gründen.

Freiwillige Versprechen dienen nicht der Vernunft, in deren Namen sie vorgetragen werden, sondern den Interessen derer, die sie ablegen. Das war im Fall der Mehrwegflaschen, deren Marktanteil entgegen einer einschlägigen Vereinbarung immer weiter zurückfiel, genauso wie bei der Zusage der Automobilfabrikanten, die Abgaslast ihrer Produkte herabzusetzen. Akte der Selbstverpflichtung haben den Eingriff des Gesetzgebers immer nur verzögert, nie ersetzt. Der Zeitgewinn, der auf solchen Umwegen erzielen läßt, lohnt trotzdem. Erst neulich haben die deutschen Kraftfahrzeughersteller in aller Öffentlichkeit versprochen, „daran zu arbeiten, daß bis zum Jahre 2005 der Verkehr ein Viertel weniger Kohlendioxyd ausstößt als bisher". Diese Zusage wurde 1990 gemacht, der Zeitgewinn beläuft sich also auf rund 15 Jahre. Mehr ist in einem Rechtsstaat, der seine Freiheitsstrafen auf eben diese Frist von 15 Jahren begrenzt, wohl nicht zu haben.

*

Irgendwann wird die gewonnene Zeit jedoch auslaufen. Selbst dann ist freilich nichts verloren, vorausgesetzt, man ist empfindsam genug, sich auf die ideologischen Wechselbewegungen einzulassen. Damit hält man sich an das fünfte Gebot, das heißt: *Nutze den Zeitgeist!* Der Bundeskanzler hat danach gehandelt, als er nach dem Desaster von Tschernobyl im Bundestag den Kritikern der Kernenergie ökonomischen Dilettantismus vorwarf. Wer auf die Kernkraft verzichten wolle, müsse darlegen, wie er die Lücke in der Energiebilanz zu schließen gedächte, erklärte er vor dem Parlament. Der Verdacht, daß diese

Lücke nicht mehr war als eine tendenziöse Erfindung der Versorgungsindustrie, hatte sich damals noch nicht herumgesprochen. Die meisten sahen in der Parallelität von Wirtschaftswachstum und zunehmendem Energiekonsum so etwas wie ein Naturgesetz, und so konnte jede Warnung vor einem Energieengpaß auf ein besorgtes, lautes Echo rechnen. Die mindestens ebenso realistische Aussicht auf Energie im Überfluß war seinerzeit kein großes Thema.

Inzwischen weiß man, daß es bisher ungenutzte Chancen gibt, den Energiekonsum zu drosseln, ohne auf die Annehmlichkeiten der technischen Zivilisation zu verzichten. In dieser Lage tritt der Appell an die Angst vor dem Treibhauseffekt samt anschließendem Klimakollaps in die Rolle ein, die jahrelang der Hinweis auf das drohende Energiedefizit gespielt hatte. Für die Atomkraft wirbt man heute weder mit dem Kostenargument noch mit dem Hinweis auf eine imaginäre Versorgungslücke, sondern mit der Warnung vor einer stetigen Erwärmung der Erdatmosphäre. Seit alle Welt von dieser Furcht erfaßt ist, kann man sie nach Bedarf abrufen und ausbeuten. An der Regelmäßigkeit, mit der das Argument in jedem Energiepalaver auftaucht, läßt sich ablesen, daß die Atomkraftfreunde die Chancen der Zeit erkannt haben und daß sie entschlossen sind, sie zu nutzen.

*

In der Antike gab es das Sprichwort, wonach der Anfang die Hälfte des Ganzen ist. Es wurde immer dann zitiert, wenn es darum ging, den Menschen Mut zum ersten Schritt zu machen. Den braucht man heute freilich nicht zu wekken, jeder Tiefbauingenieur besitzt von ihm mehr als genug. Er unternimmt die ersten Schritte gern und ständig, und er tut sie um so lieber, als er sicher sein kann, damit weit mehr als nur die Hälfte hinter sich gebracht zu haben. Der Sachzwang ist zwar keine Erfindung der Neuzeit; die Moderne hat ihn nur systematisiert und ihn auf diese Weise zu einem allmächtigen, allgegenwärtigen Phänomen gemacht. Man hat gemerkt, daß es den Sachzwang, streng genommen, gar nicht gibt, daß er sich also nicht nur fatalistisch hinnehmen, sondern planmäßig konstruieren und anwenden läßt. Daraus ergibt sich dann das sechste Gebot: *Vertraue auf den Sachzwang!*

Die sichtbarsten Symbole für seine Herrschaft haben in jüngster Zeit die Straßenbauer errichtet. Jede Trasse, die sich im ungefähren verliert, jede Betonbrücke, die ohne An- und Abfahrten in der Landschaft steht, erinnert daran, daß es hier irgendwann einmal weitergehen soll und wird und muß. Das Kunststück besteht darin, schon den ersten Schritt so anzulegen, daß Rückzüge oder Korrekturen in Zukunft ausscheiden. Wie leicht das geht, hat der Versuch bewiesen, im Zuge der neuen, auf Kompromisse gestützten Sicherheitspolitik das militärische Beschaffungsprogramm der Bundeswehr zu revidieren. Über ihr aufwendigstes Rüstungsvorhaben, den Jäger 90, ist die Debatte gar nicht erst in Gang gekommen, denn das Projekt hatte schon in der Planungsphase jene unsichtbare Grenzlinie passiert, jenseits derer es zum Selbstläufer wurde. Wie der Verteidigungsminister vorrechnete, war gleich zu Anfang so viel Geld verbraucht worden, daß jeder Ausstieg teurer werden mußte als das Weitermachen. Wer es so weit gebracht hat, wer mit formalen Argumenten wie Zeitplänen, Entwicklungsnotwendigkeiten und Vertragszwängen hantieren kann, hat das Spiel gewonnen. Inhaltliche Einwendungen braucht er jedenfalls nicht mehr zu fürchten.

Es ist genauso gekommen, wie es Helmut Schelsky seinerzeit vorausgesagt hatte: die Mittel bestimmen die Ziele, die bloße Möglichkeit erzwingt die Anwendung. In der Praxis der Teilerrichtungsgenehmigungen, wie sie bei Kernkraftwerken gang und gäbe sind, ist dies Verfahren zur Routine geworden. Der Vorstand des größten deutschen Energieproduzenten hat diese Praxis nur zu Ende gedacht, als er empfahl, neue Atomkraftwerke zunächst einmal zu errichten und dann erst, nach Fertigstellung also, zu prüfen, ob der Bau dem ursprünglich genehmigten Entwurf entspricht. Auch die Betriebserlaubnis, das lezte Glied in dem langwierigen Genehmigungsverfahren, erwartet er vorab. Daß damit die gesamte Prozedur zur Farce würde und es bei weitem konsequenter wäre, den ganzen bürokratischen Aufwand zu unterlassen, leuchtet ein. Denn wozu nachträglich genehmigen, was schon vorab gebilligt worden ist?

*

Der Zwangscharakter dessen, was man den Fortschritt nennt, hat neben manchen Schattenseiten auch seine erfreulichen Aspekte, erfreulich jedenfalls für den entschlossenen Unternehmer. Er weiß, daß man die Hinterlassenschaft der Technik, die Altlasten, Rückstände und Deponien, nur dadurch in den Griff bekommen kann, daß man vom gleichen immer mehr riskiert. Die Wunde, die die Technik schlug, soll mit demselben Mittel, technisch also, auch geheilt werden. Welche Wachstumschancen sich damit eröffnen, ist längst erkannt, berechnet und verbreitet worden: sie sind gewaltig. Aus ihnen folgt als siebentes Gebot: *Mach' das Geschäft zum zweitenmal!*

Es zu erfüllen, ist nicht schwer, im besten Falle muß man nur ein wenig warten. Der Bauunternehmer, der vor zwanzig Jahren seinem Bürgermeister erfolgreich eingeredet hatte, auch noch das letzte Rinnsal einzubetonieren, seinen Lauf zu begradigen und seine Ufer zu befestigen, kann heute mit dem Auftrag rechnen, das eigene Werk zu zerstören und den ursprünglichen Zustand, sofern noch möglich, wiederherzustellen. Inzwischen glaubt man nämlich zu wissen, daß natürliche Bachläufe nicht nur schöner sind, sondern auch eine Reihe handfester Vorteile mit sich bringen; weshalb dem Ausbau von damals der Rückbau von heute folgt. Über den Sinn des Ganzen zu rätseln, ist müßig, denn dieser Sinne erschöpft sich darin, Bauunternehmer bauen und Bauarbeiter arbeiten zu lassen.

Es soll genügen, aus der schier endlosen Reparaturliste, die sich hier anschließen ließe, ein paar zufällige Posten herauszugreifen. Schließlich kann die Marktwirtschaft ohne das lebhafte Bedürfnis, ständig etwas Neues anzufassen und auf allen Wegen den Gewinn zu suchen, nicht auskommen. Nach dieser Regel empfiehlt es sich für einen Autobauer, Lärmschutzwände anzubieten; für einen Treibgasproduzenten, Hautkrebsmittel herzustellen; für einen Giftgaslieferanten, Gasmasken zu verkaufen; und so immer fort, denn gegen den Teufel hilft nun einmal nur der Beelzebub. Wer sich die Produktionspalette mancher Firmen ansieht, wird um Beispiele nicht verlegen sein. Ohne die Technik, mit der die Technik bekämpft und wieder aufgehoben wird, wäre mancher Unternehmer wohl schon längst am Ende; in jedem Falle fiele es ihm schwer, den Aufschwung auch im zehnten Jahre fortzusetzen. Deutschland ist eben deshalb eine führende Wirtschaftsmacht, weil es in beiden Produktionsbereichen vorne liegt, bei den Verkehrsabgasen genauso wie bei der Katalysatortechnik, mit der das Abgasgift entgiftet wird. Da aber auch die Katalysatoren wieder aus der Welt geschafft, entgiftet und entsorgt werden müssen, ist eine natürliche Grenze für dieses Wachstum nicht in Sicht. Mit anderen Worten: das Geschäft läßt sich nicht nur zum zweitenmal, sondern noch viele weitere Male machen.

*

Daß die Natur ein überaus empfindliches, in allen seinen wechselseitigen Abhängigkeiten kaum vollständig durchschaubares Gebilde ist, in dem buchstäblich alles mit allem zusammenhängt und der geringste Eingriff weitreichende Folgen haben kann, ist eine Einsicht, die noch vor hundert Jahren jedem Bauern geläufig war. Inzwischen haben sich die meisten Menschen daran gewöhnt, das eigene Grundstück, das eigene Unternehmen oder den eigenen Staat als

Dreh- und Angelpunkt der Welt zu betrachten, und keine holistische Predigt kann sie von dieser Egozentrik abbringen. Das begünstigt eine neue Variante des Umweltschutzes; sie baut darauf, daß niemand mehr das ganze überblickt. Ohne das Gesamtgewicht, das die Natur zu Boden drückt, zu verringern, werden die vielen, in ihrer Summe tödlichen Einzelgewichte nur anders verteilt. Das ist der Sinn des achten Gebotes: *Versuche, die Probleme umzudefinieren!*

Der jahrelange Streit zwischen den Glasfabrikanten und den für die Umwelt zuständigen Behörden ist nach dieser Regel beendet worden. Gewiß trägt, wer seine Scherben zu einem der zahlreichen Glascontainer schleppt, auf seine Weise dazu bei, die Abfallmenge zu begrenzen; nur dürfte er sich Illusionen über den Umfang, vor allem aber über den Charakter seines Beitrags machen. Denn selbstverständlich ist der langwierige Prozeß, der über das Einschmelzen und das Aufbereiten zur Wiederverwendung eines Rohstoffs führt, kein umweltfreundlicher Vorgang, beim Glas schon gar nicht. Es herzustellen, erfordert einen ungewöhnlichen hohen Aufwand an Energie, so daß die Abfallprobleme nur vordergründig beseitigt, im besten Fall verkleinert und oft wohl nur verschoben werden. Sämtliche Katalysatoren, Rußfilter und Entschwefelungsanlagen bringen die Schadstoffe ja nicht einfach zum Verschwinden, sie sammeln und konzentrieren sie bloß am Ort ihrer Entstehung. Früher oder später werden sie ihrerseits zu Entsorgungsfällen, und dies um so eher, je effektiver sie ihre Aufgabe erfüllen. Lösen ließe sich das Dilemma nur durch Verzicht; der allerdings ist unpopulär. Aus diesem Grunde bietet es sich an, über die beste Lösung, das Sparen nämlich, gar nicht erst zu reden und die Probleme, die man nicht vermeiden will, durch Umgestaltung zu verlagern.

*

Verlagern ist das Stichwort, an das sich das neunte Gebot anschließen läßt: *Schließe Verträge zu Lasten Dritter!* Diese Regel ist nicht eigentlich umweltspezifisch, sie beherrscht auch sonst das öffentliche Leben in einem Ausmaß, das kaum zu überschätzen ist. Die Erste und die Zweite, die sich zum Schaden der Dritten Welt bereichern; die Beitragszahler und die Rentenbezieher, die der nachfolgenden Generation Versorgungslasten aufbürden, die sie selber nicht tragen mußten und freiwillig auch niemals übernommen hätten; die Arbeitgeber und die Arbeitnehmer, die sich darauf verständigen, einen maroden Betrieb auf öffentlichen Kosten zu sanieren: sie alle und viele andere machen vor, was mit dem neunten Gebot gemeint ist.

Der Dritte, der für die Rücksichtslosigkeiten der technischen Zivilisation aufkommen muß, ist die Natur. Seehunde sind keine Rechtssubjekte, höhnten die Juristen, als einige Greenpeace-Leute auf den Einfall kamen, im Namen der Robben vor Gericht zu ziehen. Weil die Rechtswissenschaft eine formale Disziplin ist, hatte ihr Einwand Erfolg; sich darüber Gedanken zu machen, was aus einer Gemeinschaft wird, die den gemeinen Nutzen, weil er keine Lobby hat, weder erkennen noch durchsetzen kann, ist keine Aufgabe für Juristen. Der Satz, daß dort, wo sich kein Kläger findet, auch kein Richter sei, war nur so lange gut und richtig, als es unmöglich oder jedenfalls noch nicht üblich war, mit seinem eigensüchtigen Verhalten Dritte zu belasten. Das hat sich in der jüngsten Zeit geändert, ohne daß die Rechtspflege auch nur ansatzweise die Konsequenz aus der neuen Lage gezogen hätte. Wer heute lebt, kann die Existenz derer, die später als er oder weit von ihm entfernt leben, in einer bisher unvorstellbaren Weise präjudizieren. Was es bedeutet, radioaktive Substanzen mit einer Halbwertszeit von mehr als 20000 Jahren im Tonnenmaßstab zu produzieren, weiß kein Mensch. Sicher ist nur, daß für die Folgen andere eintreten müssen und daß sie keine Chance haben werden, sich der Bürde, die ihnen ungefragt vererbt worden ist, zu entziehen. In diesem Bewußtsein kann man heute seine Geschäfte machen. Und weil man es kann, tut man es natürlich auch.

*

Zum Schluß, nicht eher, noch ein wenig Ethik. Nicht jene Ethik selbstverständlich, die man in Europa jahrhundertelang gepredigt hatte, die man zum Maßstab des Handelns machte und auch dann in Ehren hielt, wenn man sie nur unvollkommen zu erfüllen glaubte; sondern ihre einäugige Kümmerform, die als kapitalistische Ethik, als christliches Geschäftsinteresse oder als die Moral des Marktes im Umlauf gekommen ist. Sie soll dem Leben, anders als die klassische Moral, nicht eigentlich Form oder Richtung geben, schon gar nicht um den Preis des Opfers. Wie alles, was der Wirtschaft dient, soll sie nur eins, den Umsatz zu steigern und die Dividende. Daraus ergibt sich ganz von selbst das zehnte Gebot: *Gib dich moralisch!*

Einer der ersten, die instinktiv und mit außergewöhnlichem Erfolg nach diesem Gebot gehandelt haben, dürfte Alfred Nobel gewesen sein. Als Techniker und Unternehmer gleichermaßen talentiert, trug er in der Glanzzeit der industriellen Revolution ein riesiges Vermögen zusammen. Der Preis dafür war eine rüde Geschäftsmoral, doch diesen Preis hat Nobel, ein ziemlich dunkler

Ehrenmann, gern bezahlt. Wenn Kriege geführt wurden, und das geschah im 19. Jahrhundert doch etwas häufiger als gegen Ende des 20., belieferte er grundsätzlich beide Seiten. Das brachte Geld im Überfluß, aber keine Freundschaften und schädigte zudem auch noch den Ruf. Daß er im Gedächtnis der Nachwelt dennoch als ein Wohltäter der Menschheit fortlebt, hat seinen Grund in der Folgerichtigkeit, mit der sich Nobel an das zehnte Gebot hielt. Er vermachte sein Vermögen der bekannten Stiftung, ursprünglich mit der Auflage, den Jahresertrag für eine einzige Auszeichnung, den Friedensnobelpreis, zu verwenden. Tatsächlich geht der moralische Kredit, den Nobel bis heute genießt, zum allergrößten Teil auf diesen Preis zurück. Daß das Geld, mit dem der Friede prämiert wird, im Krieg verdient worden war, ist über all dem Pomp und allen Ehren längst vergessen worden.

Auch damit erweist sich Nobel als ein Archeget der Neuzeit. Denn die Zahl derer, die ihm nacheifern, die das eine tun, um mit dem anderen zu werben, ist groß. Sie halten sich an Machiavelli, der empfohlen hatte, die Macht dem Anschein nach, nicht etwa ernsthaft in den Dienst moralisch akzeptierter Zwecke zu stellen. Der weltweit agierende Medienkonzern, der mit seinen Videoclips einen entscheidenden Beitrag zur Analphabetisierung des Volkes leistet, engagiert sich zum Ausgleich bei der „Stiftung Lesen". Nach derselben Regel unterstützt der Fleischwarenproduzent, der das fabrikmäßige Abschlachten und Auswaiden der Tiere zur Perfektion entwickelt hat, mit seinen Stiftungsgeldern irgendein Forschungsvorhaben über die artgerechte Tierhaltung. Nicht ohne Recht hat man diese Art der Vermögensverwertung als Geldwäscherei bezeichnet; tatsächlich geht es um den guten Schein, der die böse Tat nachträglich übertünchen soll. Wenn man die Ethik nicht zu ernst nimmt, vor allem aber konsequent vermeidet, nach ihr zu leben und zu denken und zu handeln, befördert sie das Geschäft. Und das schafft ihr sogar in Wirtschaftskreisen Freunde.

*

Eine Sammlung von offenkundig zynischen Gesetzen rechtfertigt ein Nachwort, verlangt es geradezu. Der Anspruch ging ja dahin, zu schildern, wie es in der Umweltpolitik zugeht; daß sich daraus von selbst ergeben würde, wie man stattdessen zu verfahren hätte, war die stillschweigende Voraussetzung. Ob sie noch stimmt, mag offen bleiben, denn das, was sich in der modernen, auf Wachstum und Konsum versessenen Gesellschaft von selbst versteht, ist offensichtlich etwas anderes als das, was früher einmal selbstverständlich war.

Kaum sonstwo herrscht das Prinzip der Rücksichtslosigkeit so ungefochten wie in der Umweltpolitik. Sie liefert die meisten und die anschaulichsten Beispiele für das, was man in anderem Zusammenhang über die Banalität des Bösen bemerkt hat.

Der Einwand, daß dies alles übertrieben sei, liegt natürlich nahe. Soweit mit Übertreibung Einseitigkeit gemeint ist, wird er sogar zu recht erhoben: einseitig ist der vorstehende Katalog gewiß. Aber einseitig ist ja auch das, was von der Gegenseite weitaus lauter, mit ungleich größerem Aufwand und viel stärkerer Wirkung Tag für Tag in Umlauf gesetzt wird. Die Zehn Gebote sind der Kontrapunkt dazu, mehr nicht. Mögen sie einseitig sein, so bleibt die Leichtigkeit, mit der sich aus lauter zufälligen Einzelbeobachtungen ein ganzer, in sich stimmiger Katalog von Verhaltensregeln ergeben hat, verblüffend genug. Jedes Beispiel läßt sich belegen, jedes Zitat überprüfen, und wer mit der Szene auch nur oberflächlich vertraut ist, wird alle Namen und sonstigen Details aus eigener Erfahrung mühelos ergänzen können.

Die Kurzsichtigkeit, mit der die Industrie den selbsterzeugten Problemen begegnet, ist eine beschämende Tatsache. Der Vorwurf richtet sich weniger gegen Einzelfirmen oder Einzelpersonen, die sich auf dem Umweg über ihr Eigeninteresse, ihren Geltungsdrang und ihre Absatzwünsche zwar nur mit Mühe und allenfalls widerwillig, am Ende aber doch erfolgreich zu einer Richtungsänderung bewegen lassen. Viel verhängnisvoller ist das Treiben der Verbände, der reinen Lobby, die schon deshalb eine nackte und ungeschminkte Interessenpolitik verfolgen kann, weil sie sich um so etwas wie Imagepflege nicht zu kümmern braucht. Was der einzelne nur mit schlechtem Gewissen tut, das tun die Industriegemeinschaften und Interessenverbände in voller Absicht und aus tiefster Überzeugung. Der Schaden, den sie anrichten, ist danach.

Keiner von ihnen scheint ein Bewußtsein für die völlig neuartigen Gefahren entwickelt zu haben, die mit der in Deutschland gesetzlich fixierten Wachstumspolitik verbunden sind. Was schon vor Jahren nicht mehr stimmte, das glauben sie bis heute noch, daß nämlich Umweltschutz so etwas wie ein Almosen sei, das man zur Beruhigung des Gewissens zwar geben, ganz nach Belieben aber auch verweigern kann. Und gerade das ist falsch, denn die Natur ist nicht jene endlos geduldige Instanz, die ihren Protest gegen die fortgesetzten Anschläge des Menschen schlimmstenfalls dadurch zu erkennen gibt, daß sie, erschöpft und ausgebeutet, ihre Wohltaten mindert. In die Enge getrieben, verhält sich die Natur genauso wie ihr Gegner, der Mensch: sie wird nicht langsam müde, gibt nicht einfach auf, sondern wehrt sich und schlägt zurück. Wo sie nicht Freund ist, wird sie Feind.

Schon deshalb ist es wenig hilfreich, daß der Begriff des Umweltschutzes das alte und vertraute Wort Naturschutz ganz und gar verdrängt hat. Natur bewahrt noch eine, wenn auch noch so blasse Erinnerung an die Tatsache, daß der Mensch selbst ein Stück Natur ist, mit ihr sich also selber schützt. Umwelt dagegen klingt nach Außenwelt, nach etwas Fremdem und Anderem. Das Wort bewahrt die alte Trennung zwischen dem denkenden Ich und den von ihm abgesonderten, ihn nur umgebenden Gegenständen; und nährt damit den Irrglauben, daß dieses Ich sein Wohlsein auf Kosten des Objekts, zu dem die Schöpfung dann herabgewürdigt wird, bewahren oder sogar steigern könne.

Daß diese Annahme naiv ist, hat man schon immer geahnt. Seit neuestem weiß man aber, kann berechnen und beziffern, in welchem Umfang sie verkehrt ist. Inzwischen nämlich lassen sich die fatalen Folgen der Naturzerstörung in derselben Währung abmessen wie die Vorteile, um derentwillen die Schäden in Kauf genommen werden. Die lebensverlängernden und lebensverkürzenden Effekte der modernen Zivilisation heben sich auf, Fortschritt und Rückschritt werden identisch. Längst sind es keine Hysteriker mehr, sondern die Versicherungen, diese großen Realisten des Wirtschaftslebens, die vor den katastrophalen Effekten des Wachstumsdenkens warnen. Auch sie haben, faktisch jedenfalls, das Lager gewechselt und halten statt der Vorzüge die Rückschläge für das eindeutigste Kennzeichen der technischen Zivilisation.

Die glatte Formel von der Versöhnung zwischen Ökonomie und Ökologie, das Glaubensbekenntnis aller Wirtschaftsminister, ändert daran nichts. Auch diese Floskel will die beispiellose Aufgabe ja nur verschleiern, nicht lösen. Natürlich haben die Wachstumstheoretiker, die den Aufschwung bis ins dritte und vierte Glied fortsetzen wollen, nicht die Absicht, die Welt zu ruinieren; sie scheinen diese Folge aber doch in Kauf zu nehmen. Nicht auf Vorsatz, sondern auf bedingten Vorsatz lautet der Befund. Die Römer nannten das *luxuria*, ein Wort, das die Maßlosigkeit als das entscheidende Motiv kenntlich macht. Schon deshalb ist es treffender als das deutsche Äquivalent, das über die Gründe, die zum bedingten Vorsatz treiben, schweigt. *Luxuria* ist strafbar. Wann sie bestraft wird, mit welchen Mitteln und durch wen, weiß man noch nicht; aber daß sie bestraft wird, ist schon heute sicher.

Theodor Binder

Kolumbus und die Folgen

Im Jahr 1992 werden in ganz Amerika – von Kanada bis zum Feuerland – große Festlichkeiten stattfinden zum 500. Jahrestag der Entdeckung Amerikas durch Cristóbal Colón. Ebenfalls in ganz Amerika, ganz besonders in Kanada, den USA, Mexiko, Kolumbien, Peru, Ekuador und Paraguay, haben Indianerorganisationen gegen diese Feiern protestiert und das Jahr 1992 bzw. 1492 zum Jahr der Trauer für die Indianer erklärt. Warum sie das tun, davon soll hier die Rede sein. Eine kurze historische Reminiszenz sei eingeschaltet.

Als Cristóbal Colón (Kolumbus) am 12. Oktober 1492 mit seinen goldgierigen Mit-Abenteurern die Antilleninsel Guanahani betrat, wurde er von den indianischen Bewohnern aufs freundlichste empfangen.

Sehr schnell merkten die Indianer, mit wem oder was sie es zu tun hatten: die Matrosen stürzten sich auf die Indianerfrauen; die Männer, die sie verteidigen wollten, wurden getötet. Nach wenigen Wochen brach unter den unglücklichen Menschen eine Suizid-Epidemie aus, der ein großer Teil der ausgebeuteten und geschändeten Bevölkerung zum Opfer viel.

Die Conquista, die Eroberung des amerikanischen Doppelkontinentes durch die Weißen, wurde für die Ureinwohner zu einer einzigen Tragödie, die bis heute andauert – übrigens in Kanada kaum weniger als in den lateinamerikanischen Ländern. In einigen ist sie zu ihrem Ende gekommen, beispielsweise auf Feuerland im äußersten Süden Südamerikas. Dort hatten die Engländer, die das Land zuerst besiedelten und große Schafherden dorthin brachten, ein Kopfgeld auf jeden Indianer ausgesetzt. Die aus ihren ureigenen Jagd- und Fischereigründen abgedrängten Indianer hatten da und dort in ihrer Not ein Schaf erbeutet und aufgegessen. So wurde ihre Ausrottung beschlossen. Was die Waffen der Schafhirten nicht erreichten, das vollendete die eingeschleppte Tuberkulose, der ein Großteil der Feuerlandindianer zum Opfer fiel. Der letzte von ihnen starb vor wenigen Jahren.

Ich muß hier einen Mann erwähnen, dem wir einen tiefen Einblick in die erstaunlich hohe und differenzierte geistige Welt der Feuerlandindianer verdanken: den schlesischen Pater des Ordens Verbi Divini, Prof. Martin Gusinde. In den 20er Jahren hat er Jahre unter den Feuerländern gelebt – ohne missionarische Absichten –, hat die schwierigen Initiationsriten zum Teil unter Lebensgefahr mitgemacht und wurde in den Stammesverband aufgenommen. In seinem dreibändigen Werk „Die Feuerland-Indianer", einem nicht nur wissenschaftlichen, sondern auch menschlichen Werk erstens Ranges hat er ihnen ein Denkmal gesetzt, das mich schon als jungen Mann mit Staunen und Trauer erfüllte.

Vor einigen Jahren besuchte der spanische König Kolumbien. Bei dieser Gelegenheit wies er energisch die Vorwürfe gegen die spanischen Eroberer zurück: Tatsache sei, daß diese den Indianern erst die wahre – sprich: die christliche – Zivilisation gebracht hätten. „Spottet seiner selbst und weiß nicht wie", läßt sich da nur sagen. Wie sieht denn die Lage der Indianer in Kolumbien heute aus?

Es wird viel über die gewiß beklagenswerten Opfer der verbrecherischen Drogen-Mafia gesprochen und geschrieben. Wer aber sind die Hauptleidtragenden? Auf meinen regelmäßigen Reisen in jenes Land, vor allem ins Cauca-Tal, konnte ich mich von der Realität überzeugen: Es sind nicht die Politiker, Polizisten, Richter und Drogenbosse. Sondern die Indianer und kleinen Kolonisten. Sie werden von den Drogen-Pflanzern und -händlern zum Anbau von Coca u. a. gezwungen. Sobald die bewaffnete Macht erscheint, werden sie als Schuldige getötet oder verhaftet oder vertrieben. Sagen sie aber der Polizei die Wahrheit, dann werden ganze Indianerdörfer oder Kolonistensiedlungen von den Häschern der Drogen-Mafia ausgerottet und dem Erdboden gleichgemacht.

In den schwer zugänglichen Urwäldern des Südens, wo u. a. die Witoto-Indianer leben, unter denen ich gute Freunde habe, geht es den Indianern noch einigermaßen erträglich. In Mittel- und Nord-Kolumbien aber sind sie versklavt, werden sie ausgebeutet, und in abgelegenen Gegenden passiert ihnen das Schlimmste. Hierzu nur ein Beispiel, das eine befreundete Ethnologin mir berichtet hat.

Ein Indianer hatte mit seiner Familie ein Stück Wald gerodet, Pflanzungen angelegt und hielt auf einer Naturweide ein paar Kühe. Das Land war Staatsland. Es grenzte an den Besitz eines kolumbianischen Landbesitzers, der dort vor allem größere Viehherden hielt. Eines Tages ließ er den Indianer zu sich kommen und bot ihm eine unbedeutende Geldsumme für sein Land. Der Indianer lehnte ab. Daraufhin vergewaltigte er des Indianers Frau und als der Indianer sich wehrte, ließ er ihn auf dem Dorfplatz kreuzigen.

Das östliche Nachbarland Kolumbiens, Venezuela, macht in mancher Hinsicht eine rühmliche Ausnahme. Die Indianer-Gesetzgebung ist zwar nicht vollkommen aber doch befriedigend. Den Vertretern der US-amerikanischen Sektierergruppe der „Whicliff Bible Translators", die sich und ihr übles Tun hinter dem Namen „Linguisten" verbergen und in ganz Lateinamerika ihre unheilvolle ethnozide, d. h. kulturtötende Tätigkeit entfalten, ist der Zutritt nach Venezuela verboten.

Gehen wir weiter nach Süden, und zwar nach Peru, wo wir 26 Jahre lang unter Indianern des Berg- und vor allem des Tieflandurwaldes gearbeitet haben. Hier muß ich länger verweilen.

Eine Gruppe von Indianern am Mittellauf des Río Ucayali verwehrte aufgrund schlimmer Erfahrungen allen Weißen (zu ihnen gehören für die Indianer auch die oft noch grausameren Mestizen) den Zutritt in ihr Territorium. Als ein Trupp von konzessionierten Ölsuchern mit Gewalt in ihr Land einzudringen versuchte, wurden alle Teilnehmer getötet. Kurz darauf wurden die Indianerdörfer auf Befehl des „demokratischen" Präsidenten Belaúnde von der peruanischen Luftwaffe bombardiert und vernichtet.

Eine andere Gruppe von Indianern verhielt sich ähnlich und widersetzte sich vor allem allen Missionierungsversuchen. In der Folge zog eine Anzahl von „Whicliff Bible Translators", die ihre Base – mit über 20 Flugzeugen – in der Nähe unsres Amazonas-Hospitals Albert Schweitzer haben, mit bewaffneten Missionsindianern aus, überfiel die Hauptsiedlung und führte die Bewohner als Gefangene auf ihr Camp ab, um sie zu missionieren. Die meisten von ihnen erlagen der Tuberkulose. Den Häuptling haben wir zeitweise stationär im Amazonas-Hospital behandelt. Er war nicht zu retten. Er hatte einfach keine Lust mehr, fern vom angestammten Gebiet unter extremem seelischem Zwang zu leben.

Heute gehören auch die Bergindianer zu den großen Leidtragenden. Hauptsächlich auf den Anden wird der tödliche Kampf zwischen den maoistischen Terroristen der Gruppe „Sendero Luminoso", d. h. Leuchtender Pfad, und den staatlichen Polizei- und Militärkräften ausgefochten. Indianerdörfer werden von Terroristen besetzt. Dann dringen Militär und Polizei ein und führen Erschießungen durch. Kaum sind sie abgezogen, kommen die Terroristen zurück und töten oft die ganze Dorfbevölkerung – all dies im Namen einer Heilslehre, die den Menschen ein besseres, menschenwürdigeres Dasein verheißt.

Langsam, aber unaufhaltsam dringen die Maoisten jetzt auch in den Urwald vor. Der größte Urwaldstamm, die Campa oder, wie sie sich selber nennen, Asháninka, waren ihr erstes Opfer. Die Geschichte dieser freiheitsliebenden,

„wilden“ und gastfreundlichen braunen Menschen verdient eine eigene Darstellung. Wie oft waren wir mit ihnen zusammen voll Bewunderung darüber, wie sie ihre alten Sitten und Gebräuche zäh gegen alle Missionierungsversuche verteidigten. 1980 zählte der Stamm noch gut 20000 Menschen. Unbemerkt von der Weltöffentlichkeit ist der Großteil von ihnen untergegangen, zerstreut worden oder mit brutaler Gewalt in die Reihen von Sendero Luminoso rekrutiert worden. Hier sei die Tragödie diees Urwaldvolkes kurz berichtet. Ich stütze mich dabei hauptsächlich auf Informationen von Freunden in Peru und auf eine erschütternde Reportage des mutigen Journalisten Gustavo Gorriti in „The New York Times Magazine“ vom Dezember 1990.

Eine Zwischenbemerkung über Sendero Luminoso scheint mir notwendig zu sein. Der intellektuelle Autor dieser Organisation ist der ehemalige Philosophie-Professor Abimael Guzmán, der an der Universität der Andenstadt Ayacucho den Studenten die maoistischen Dogmen beibrachte und terroristische Führungskader aus ihren Reihen organisierte. Unterstützt wurde er von anderen Intellektuellen – hauptsächlich Philosophen und Soziologen in Lima und Cuzco.

Ich bin den meisten von ihnen begegnet: Alle waren sie eiskalte Rechner, denen es einzig und allein um physische und psychische Machtausübung ging. Regungen der Sympathie mit den Armen oder des Mitleids mit ihnen bin ich nicht begegnet. Sie dienten ihnen nur als Mittel zum Zweck. Zur Diskussion ihrer oder anderen Prinzipien waren sie nicht bereit.

Ich erinnere mich an ein bezeichnendes Erlebnis mit einem von ihnen, einem Philosophie-Professor. In der „Peruanischen Gesellschaft für Philosophie“ hielt ich einen Vortrag über das Thema: „Albert Schweitzer als Philosoph“. Im Zusammenhang mit Schweitzers Ethik zitierte ich einen Satz von diesem, in dem der Ausdruck „vornehme Gesinnung“ vorkam. Sofort unterbrach mich der Jünger Maos und sagte geradezu haßerfüllt: „Sie reden auch den Werten einer dekadenten Aristokratie das Wort.“ ...

Ähnlich wie einst bei den Ausführungsorganen Hitlers oder Stalins oder heute noch bei denen des rotchinesischen Schreckensregimes handelt es sich bei den „Bodentruppen“ von Sendero Luminoso und insbesondere bei ihren Unterführern (dem Unteroffizierskorps vergleichbar) fast durchwegs um kriminelle oder psychopathisch-sadistische Elemente, denen Foltern und Töten größtes Vergnügen bereitet.

1980 trat Sendero Luminoso erstmals öffentlich in Erscheinung. Große Teile Perus – vor allem die Andenregion – werden virtuell von dieser Terroristengruppe beherrscht. Sie ist auch tief in das Drogengeschäft verstrickt. –

Der Gran Pajonal, ein von Urwäldern und Naturweiden bedecktes Mittelgebirge am Ostabhang der Anden, war das Hauptsiedlungsgebiet der Campa. Ein US-amerikanischer Franziskaner-Pater, Mariano Gagnon, war im Jahre 1948 nach Peru gekommen mit der festen Absicht, sein Leben den Ureinwohnern zu widmen. Bald fiel seine Wahl auf die Campa. Seine Intentionen galten den Menschen (er ist ein wunderbarer Mann) und nicht ihrer „Bekehrung". Ende der 60er Jahre gründete er am Río Ene, den ein weites fruchtbares Tal säumt, die Station Cutuvireni mit bald 700 Bewohnern. Es wurde zum Zentrum für über 5000 Indianer. „Padre Mariano", wie sie ihn nannten, wurde zu einem großen Helfer auf allen praktischen Gebieten und zum Vertreter ihrer Interessen der Außenwelt gegenüber.

Alles schien sich gut zu entwickeln. Da überfiel am 20. Mai 1984 eine Gruppe schwer bewaffneter Männer die kleine Stadt und brannte sie restlos nieder. Es wird angenommen, daß es sich um Coca-Pflanzer der Umgebung handelte, die eine potentielle Konkurrenz ausschalten wollten. Niemand von der Mission hatte freilich je Coca angepflanzt. – Ein mühsamer Wiederaufbau begann.

Vom Jahr 1988 an machte sich die heimliche Präsenz von Sendero Luminoso bemerkbar; aber es kam noch nicht zu offenen Übergriffen. Das geschah erst im November 1989, als „Padre Mariano" sich gerade in den USA befand – wie er dachte, zu seinem letzten Besuch dort.

Als er anfangs Dezember zurückkam, fand er Cutuvireni erneut zerstört. Ein Großteil der Bewohner war getötet worden, soweit sie nicht in die umliegenden Wälder fliehen konnten. Die führenden Campa wurden als Gefangene abgeführt und erschossen; doch der einflußreichste von ihnen, Mario Zumaeta, der die zweisprachige Schule in Cutuvireni leitete, wurde gekreuzigt und bestialisch verstümmelt – „als abschreckendes Beispiel". Sein Leichnam wurde in den Fluß geworfen.

Das Morden ging weiter. Im Februar 1990 überfiel ein Sendero Luminoso-Kommando die paar zurückgebliebenen Campa und tötete 15 von ihnen, meist Frauen und Kinder. Angesichts der immer neuen Angriffe von Sendero Luminoso beschlossen die noch verbliebenen Campa und „Padre Mariano", den Ort zu verlassen und einen schwer zugänglichen Platz zu suchen. Sie fanden ihn auf einem Felsplateau, dessen Verteidigung relativ einfach war. Bemerkenswert ist, daß die Ordensoberen und die US-Botschaft in Lima sich nicht auf die Seite „Padre Marianos" stellten.

Es würde zu weit führen, Einzelheiten zu berichten. Es zeigte sich jedenfalls, daß auch am neuen Ort Sendero Luminoso die Oberhand gewinnen würde und so wurde der Exodus beschlossen. Ein junger Privat-Pilot, Armando

Velarde, der in der Gegend wohnte und die Campa-Indianer liebt, erklärte sich bereit, die Flüchtlinge ins Gebiet der Machiguenga-Indianer zu fliegen. Das bedeutete einen Flug über eine Kette von Anden-Bergen. Über 40 mal flog der tapfere Pilot unter schwierigsten Wetter- und Höhen-Bedingungen mit seiner kleinen Cessna-Maschine hin und her und brachte 169 Indianer in (wenigstens vorläufige) Sicherheit, Einige wenige blieben auf ihren Wunsch zurück. Die Campa-Flüchtlinge wurden von den Machiguenga freundlich aufgenommen und es wurden ihnen jede Hilfe zuteil, um sich eine neue Heimat zu schaffen. „Padre Marianos“ Schmerz über das Schicksal des einst großen und stolzen Campa-Volkes war groß und doch war er glücklich darüber, daß er wenigstens einem kleinen Teil davon zu einem neuen Leben verhelfen konnte. Gezeichnet von seinem Mit-Leiden (und ich fürchte: tödlich getroffen im Innersten) kehrte er jetzt in sein Heimatland zurück.

Ich könnte mit den Bildern des Schreckens und Leidens weiterfahren. Es sind die täglichen Schrecken und Leiden der Indianer seit Hunderten von Jahren. Selten wird *so* darauf hingewiesen, daß das Weltgewissen dadurch aufgerüttelt wird.

Ich bin in den Ostblockländern gewesen und kann aus eigenen Vergleichen sagen, daß das Elend der Indianer (und gewiß auch das vieler Schwarzafrikaner und Asiaten in Indien, Bangladesch ...) viel schlimmer ist als das in irgendeinem osteuropäischen Land – mit Ausnahme vielleicht von Rumänien. Auch hier sind es hauptsächlich wieder ethnische Minoritäten – z.B. in Indien, Äthiopien –, die von den Machthabern besonders grausam unterdrückt und ausgerottet werden.

Hier sollen aber jetzt noch ein paar Bemerkungen gemacht werden über das, was getan werden kann und muß, um das Schicksal der amerikanischen Ureinwohner wenn auch nicht global, so doch da und dort zu wenden. Darum haben sich auch in der Vergangenheit menschliche und tapfere Vertreter unserer Zivilisation bemüht. Zwei Beispiele seien genannt: das eine ist an den Namen des spanischen Dominikaners Bartolomé de las Casas, Bischof von Chiapas in Mexico, geknüpft. Vor Kaiser Karl V. trat er für die Rechte und für die Menschenwürde der Indianer ein. Auf einem Konzil war ihnen, den hartnäkkigen „Heiden“, die Menschenwürde ausdrücklich abgesprochen worden. In einem Disput mit dem Jesuitenpater Sepúlveda, der die krasse Gegenposition vertrat, entschied Karl V. zugunsten Bartolomé de las Casas'. Leider wirkte sich dieser Sieg in der mexikanischen Realität nicht so günstig aus, wie de las Casas es sich erhofft hatte. Dennoch ist sein Beispiel ein leuchtendes Mahnmal, dem zwar nicht viele, aber doch einige gefolgt sind. Darunter befindet sich ein Mann, dessen Vorbild mir besonders erwähnenswert erscheint: der brasilianische General Rondón, der die Indianer-Schutzorganisation in seinem Land – FUNAI – begründete, die leider später und bis heute in völlig korrupte Hände überging und so viel zur Vernichtung der brasilianischen Indianer beigetragen hat wie Goldsucher und Armee. General da Silva Rondón selber ist im Jahre 1958 im Urwald verschollen.

Größere Publizität wurde den Problemen der Yanomami-Indianer in Nordbrasilien zuteil: Goldsucher und Militärs haben ihre Existenz aufs äußerste gefährdet. An diesem Beispiel läßt sich zeigen, was jeder einzelne in einem solchen Falle tun kann: Viele Leser von Zeitungsberichten oder von Sendungen im Fernsehen oder Besucher von Ausstellungen über die Yanomami haben an die jeweilige brasilianische Botschaft (in Bonn, Bern, Paris, Washington usw.) Protestbriefe geschrieben und Kopien an die eigenen Parlamentarier geschickt und gefordert, daß jede Wirtschafts- und Entwicklungshilfe an ein solches Land eingestellt werde. Nur so – aufgrund des Druckes der internationalen Öffentlichkeit – war es möglich, die brasilianische Regierung zu einer Änderung ihrer Politik den Yanomami gegenüber zu zwingen, wie die folgende Mitteilung der „Gesellschaft für bedrohte Völker“ zeigt:

„Juni 1990 ... Völkermord an den Yanomami, Mai 1990: Die völkermordähnlichen Verbrechen an den Yanomami wurden einer immer breiteren Öffentlichkeit bekannt ... Uns unterstützten kirchliche Kreise, Umweltschutzbewegung, Bundestagsabgeordnete und Europaparlamentarier. Der starke internationale Druck, nicht zuletzt aus dem deutschen Sprachgebiet, ermöglichte es, daß Brasiliens neuer Präsident Collor den brasilianischen Umweltschützer José Lutzenberger als Staatssekretär zum Schutz des Regenwaldes einsetzte. Lutzenberger will vor allem für die Yanomami eintreten; zahlreiche Flugpisten von Goldsuchern ließ er bereits zerstören. Es gibt wieder Hoffnung für das Überleben der Yanomami ...“

Über den Tagesereignissen dürfen diejenigen nicht vergessen werden, die von keiner Regierung vertreten, ja, die von den Regierungen der Länder, in denen sie leben, oft marginiert, unterdrückt oder – so in Brasilien – heimlich oder offen ausgerottet wurden und werden: die Indianer.

Wie eine sinnvolle Hilfe für die Indianer aussehen kann, soll hier noch kurz skizziert werden, und zwar auf der Grundlage einer 40jährigen Tätigkeit bei ihnen, davon 24 Jahre im peruanischen Amazonasgebiet (hier hatten wir engen Kontakt zu den Campa-Indianern), 4 Jahre auf dem mexikanischen Hochland der Sierra Madre Central, 2 Jahre bei US-amerikanischen Indianern und 10 Jahre in Paraguay.

In diesen 40 Jahren hat sich vielerorts die Situation geändert. Am Anfang hat es sich darum gehandelt, den Indianern Mut zur eigenen Kultur zu machen und sie darin zu bestärken, die eigenen Traditionen weiterzuleben. Gleichzeitig mußten sie auf die Begegnung und den Umgang mit der technisch überwältigenden und mörderischen Zivilisation der westlichen Welt vorbereitet werden. Um überleben zu können, mußten sie Dinge dazulernen, ohne die sie ewig die Unterlegenen und damit leichte Ausbeutungsobjekte blieben: also Lesen, Schreiben, Rechnen und einfache Methoden in Landwirtschaft und Viehzucht. Mit ein wenig Geduld war das ohne größere Schwierigkeiten möglich. Wie wichtig das war, mag aus folgendem Beispiel klar werden. Da die Indianer mit Geld nicht umzugehen wußten, bezahlte man sie in Waren, wobei Macheten (Buschmesser) und vor allem Gewehre oder Schrotflinten ganz besonders begehrt waren. Für alles wurde ihnen mindestens das Dreifache und nicht selten bis zum Zehnfachen des wirklichen Wertes berechnet, und die sich ergebenen Beträge waren so hoch, daß sie sie niemals abzahlen bzw. abarbeiten konnten. Auf diese Weise wurden sie zu lebenslangen Arbeitssklaven. Wenn sie sich diesem Zustand durch die Flucht zu entziehen suchten, wurden sie von der Polizei wieder eingefangen falls es ihnen nicht gelang, in abgelegenen Urwaldgebieten sich zu verstecken. Als wir in Peru unsre Tätigkeit aufnahmen, lebten die allermeisten Indianer auf Farmen, beim Holzfällen oder in Fabriken der Ucayaligegend in wolchen Verhältnissen. Wir stellten eine Sozialhelferin aus Lima an, deren Hauptaufgabe es zunächst war, diesen Dingen nachzugehen und korrekte Arbeitsverträge für die Indianer zu erzwingen. Daß wir dadurch bei den Unternehmern nicht beliebt wurden, störte uns nicht. Wir waren glücklich darüber, daß im – sehr großen – Einzugsgebiet unsres „Amazonashospitals Albert Schweitzer" dieser schändliche Ausbeutungstrick bald völlig unmöglich wurde.

Auch den Umgang mit den Behörden mußten die Indianer lernen, vor allem mit den Gerichten. Sonst taten sich die Ausbeuter mit den Richtern zusammen (die Letzteren gehörten nicht selten selber zu jenen; gerade davon haben wir krasse Beispiele erlebt) und die Indianer waren immer die Unerliegenden. Um das zu ändern, hat unsre sehr tüchtige und unerschrockene Sozialhelferin sie aufs Gericht begleitet. Ihr Selbst- und Rechtsbewußtsein wurde dadurch gestärkt und nach einigen Jahren konnten sie sich selber zu ihrem Recht verhelfen. Die durch „Sendero Luminoso" geschaffene Situation hat freilich alles Erreichte in Frage gestellt oder – wie im Falle der Campas – vernichtet.

Der Aufbau landwirtschaftlicher und kunsthandwerklicher Kooperativen war und ist ein weiterer wichtiger Schritt auf dem Weg zu ihrer wirtschaftlichen Unabhängigkeit. Auch ihn haben die Gruppen, mit denen wir zusammengelebt und -gearbeitet haben, erstaunlich gut mitvollzogen.

Das Hauptproblem, dem wir jetzt in Paraguay gegenüberstehn – in andern Ländern ist es natürlich genau so –, ist die Tatsache, daß die Indianer kein eigenes Land haben. Auf welch subtile Weise man sie selbst dort, wo sie – wie in Mexico – eigenes Land in Gestalt der sogenannten „Ejidos" haben, ausgebeutet und um die Früchte ihrer Arbeit betrogen werden, ist ein eigenes Kapitel, das hier nur angedeutet sei.

Wir sind daher dazu übergegangen, für die Indianer Land zu kaufen oder, wo noch freies Regierungsland vorhanden war, es ihnen als Gemeinschaftsbesitz von der Regierung übereignen zu lassen. Daß wir Land kaufen konnten, verdanken wir unsern großzügigen Freunden in Deutschland und der Schweiz, die sich in Vereinen zusammengeschlossen haben. (In Deutschland in der „Indianerhilfe Dr. Binder e. V. in D-7800 Freiburg i. B., Zasiusstraße 118; in der Schweiz in der „Indianerhilfe Paraguay", in CH-4125 Riehen/BS, Grenzacherweg 110). So konnten wir den aus ihrem ursprünglichen Gebiet vertriebenen Chamacoco-Tomarâho-Indianern ein Land sichern, aus dem sie nicht mehr vertrieben werden können – Jetzt sind wir gerade dabei, für sie weitere 1–2000 ha dazuzukaufen, die sie dringend brauchen, da inzwischen andre versprengte Gruppen zu ihnen gestoßen sind.

Das gleiche Problem besteht für das alte Bauernvolk der Mbyá in Ost-Paraguay, die immer und immer wieder von dem Land, das sie bearbeitet haben, vertrieben werden. Da das Land dort völlig in Privatbesitz, der Boden gut und damit teuer ist, ist das Problem viel schwieriger. Die Regierung legt sich nicht gern mit den Großgrundbesitzern an, zumal prominente Regierungsmitglieder selber zu ihnen gehören. Dabei ist gesetzlich die Handhabe gegeben, Enteignungen zugunsten der Indianer vorzunehmen.

Ungünstig ist, daß von bestimmten politischen Kreisen, die u. a. von der evangelischen Kirche Paraguays und der BRD unterstützt werden, die Situation ausgenützt und pervertiert wird: es werden Leute dafür bezahlt, daß sie sich auf irgend ein Stück Privatland setzen, auf dem sie nie zuvor waren und auf das sie keinerlei Anspruch haben und der Öffentlichkeit wird vorgemacht, es handle sich um rechtlose Siedler, die man von ihrem Land vertreiben wolle. Diese Manöver dienen weder der Sache der Indianer noch der der Colonos (kleinen Siedler), da die Hintergründe zwar nicht in Deutschland aber im Land selber wohl bekannt sind (vielleicht will man auch in Deutschland die wirklichen Tatsachen gar nicht wissen) und die öffentliche Meinung sich dann tragischerweise mehr und mehr auf die Seite der Grundbesitzer stellt, deren Unmenschlichkeit und bis zur Grausamkeit gehende Rücksichtslosigkeit wir immer wieder feststellen mußten.

Wir bemühen uns aber weiter und hoffen, auch für die Mbyá mit weiteren Spenden Land kaufen und als unveräußerbaren Gemeinschaftsbesitz sichern zu können.

Till Bastian

Mangelware Wasser – Kriegsgrund der Zukunft?

WASSER ist eine in jeder Hinsicht lebenswichtige Substanz: Das permanente homöostatische Bestreben eines jedweden Organismus zielt zuvörderst darauf ab, das wässrige innere Milieu zu garantieren und die Stoffkonzentration innerhalb einer mehrfach kompartimentierten körpereigenen Flüssigkeitsverteilung aufrechtzuerhalten. Die menschliche Körpermasse besteht am ersten Lebenstag nach der Geburt zu 80% aus Wasser; der Wassergehalt eines 85jährigen Menschenkörpers beläuft sich immer noch auf 50%.

„Wasser ist ein einzigartiger Stoff, der die Erde erst zu dem macht, was sie ist. Im Wasser entwickelte sich vor Urzeiten das erste Leben; auf Wasser sind alle Organismen direkt oder indirekt angewiesen. Für die Menschheit ist Wasser wohl das kostbarste Gut, das die Erde ihr zu bieten hat. Man sollte annehmen, daß dies den Menschen auch bewußt sei und sie deshalb die natürlichen Wasservorkommen zu bewahren und vor Verschmutzung zu schützen suchen. Bisher jedoch sind wir überall auf der Welt außerordentlich kurzsichtig und gleichgültig mit dieser Ressource umgegangen. Die Zukunft unserer Spezies und vieler anderer Arten kann freilich gefährdet sein, wenn wir unser leichtfertiges Verhalten nicht grundlegend ändern“ – so schreibt, und dies mit Recht, ein kritischer Chronist und Wissenschaftler[1].

Die Folgen eines durch ökodestruktives Fehlverhalten bedingten Wassermangels sind vor allem deshalb außerordentlich prekär, weil einerseits auf Wasser nur eine sehr kurze Zeitspanne verzichtet werden kann und weil andererseits ein Wassertransport über weite Entfernungen, der einem solchen bedrohlichen Mangel abhelfen soll, schon mengenmäßig auf große Schwierigkeiten stößt. Während der tägliche Nahrungs- und Vitaminbedarf eines Menschen in der Volumeneinheit einer kleinen Konservendose konzentriert, verpackt und verschickt werden kann, beträgt der Wasserbedarf für die gleiche Zeiteinheit in den verarmten und verelendeten Regionen der Südhalbkugel mehr als drei Liter – und füllt damit eben auch das entsprechende Hohlmaß. Schon deshalb wird es in den Zeiten der sich anbahnenden ökologischen Krise immer weit schwieriger sein, durstende Menschenmassen mit Trinkwasser zu versorgen als Hungernden das Existenzminimum an Nahrung zu garantieren.

Wir müssen für die folgende Betrachtung zwei – realiter eng verknüpfte – Probleme unterscheiden: Den quantitativen Wassermangel, d. h. die Verringerung der verfügbaren Trink- und Brauchwassermenge, und die qualitative Verknappung, d. h. die durch Verschmutzung und Vergiftung bedingte Minderung der Wasserqualität. Minderwertiges Wasser mag zwar vor der unmittelbaren Gefahr des Verdurstens schützen, kann aber mittel- und langfristig zur Quelle verheerender Seuchen und anderer schwerer gesundheitlicher Schäden werden.

Die Art und der Umfang des menschlichen Raubbaus am essentiellen Lebenselement Wasser kann hier mit einigen wenigen prägnanten Beispielen allenfalls kurz angedeutet werden:

- In der Bundesrepublik Deutschland werden derzeit für die Herstellung von 1 Kg Zucker 120 Liter, für die Produktion von 1 Kg Papier 3000 Liter, für die Fertigstellung eines Automobils 100 000 Liter Wasser benötigt.
- Dieser immense Wasserbedarf nimmt weltweit weiter zu, und zwar nicht nur absolut, d. h. in der wegen des Bevölkerungszuwachses steigenden Gesamtmenge, sondern auch relativ, d. h. als pro-Kopf-Verbrauch. Lag der jährliche globale Wasserverbrauch 1950 noch bei rund 1000 Kubikkilometern, so dürfte er 1990 die 4000 Kubikkilometergrenze durchstoßen – das heißt, er hat sich in einem Zeitraum vervierfacht, in dem sich die Weltbevölkerung in etwa verdoppelt hat.
- Als Anhaltspunkt für die anthropogene Wasserbelastung sei hier angemerkt, daß jährlich etwa ein Promille der weltweit geförderten Erdölmenge ins Meer gelangt und dieses verunreinigt – in absoluten Zahlen handelt es sich um etwa 5 Millionen Tonnen Rohöl, relativ gesehen um über ein Gramm pro 100 m^2 Meeresoberfläche.

Einer künftigen Verknappung der keineswegs unendlich verfügbaren Ressource Wasser wird überdies noch durch die rasch erfolgenden Klimaveränderungen, d. h. vor allem durch die zu erwartende Erwärmung der Boden bereitet.

Pointiert gesagt, müssen wir über die ja ohnehin schon außerordentlich bedrohliche Gewässer- und Meeresverschmutzung hinaus rechnen mit

- einem Meeresspiegelanstieg an den Rändern der kontinentalen Landmassen und
- einer Veränderung von Niederschlagsverteilung und Niederschlagsmenge mit tendenzieller Austrocknung in vielen Regionen der Welt.

Es ist wichtig, sich vor Augen zu führen, daß – wie bei ökologischen Problemen steter Brauch – auch hier die Variablen interferieren. So wird zum Beispiel die globale Problematik der *Wasserverknappung* die lokale der *Wasserverschmutzung* bestärken, denn wenn die Wasserführung der Flüsse sich mengenmäßig vermindert, steigt selbstverständlich die in ihnen vorhandene Schadstoffkonzentration.

Insgesamt gesehen, wird Trink- und Brauchwasser infolge einer immer weiter klaffenden Kluft zwischen sich verminderndem Angebot einerseits und steigender Nachfrage andererseits ein immer wertvolleres und knapperes Gut werden. Und ein weiterer Trend tritt, die Krise verschärfend, noch hinzu: die zu erwartende geringere Wasserverfügbarkeit wird insbesondere jene Regionen hart treffen, in denen schon jetzt Wassermangel besteht: die ökologische Krise akzentuiert und verschärft auch hier die schon vorhandenen Ungerechtigkeiten. Kriegerische Auseinandersetzungen um eine ausreichende Wasserversorgung sind keine deshalb düstere Zukunftsvision, sondern eine immer wahrscheinlichere Eventualität. Dies wird um so deutlicher, je genauer man die Sachlage betrachtet.

Es muß an dieser Stelle freilich betont werden, daß eine zumindest halbwegs exakte quantitative Abschätzung der Auswirkungen künftiger Klimaveränderungen immer noch auf große methodische Schwierigkeiten stößt. Dies liegt im wesentlichen einerseits daran, daß die Speicherkapazität der Ozeane noch nicht genügend in die prognostischen Modelle integriert werden kann, zum anderen an der schwer vorhersehbaren Natur etwaiger (positiver und/oder negativer) Rückkoppelungsvorgänge[2].

Dennoch muß festgehalten werden, daß die derzeit möglichen Prognosen durchaus nicht einer gewissen Präzision entbehren: Sowohl der Abschlußbericht der Enquete-Kommission des Bundestages wie auch der vorbereitende Experten-Report für die Weltklimakonferenz in Genf im Oktober 1990 rechnen mit[3]:

- einer mittleren Klimaerwärmung in den nächsten hundert Jahren von rund 2 Grad Celsius bis zum Jahre 2025 und – bei gleichbleibendem Anstieg der Emission von Treibhausgasen – von 4 Grad Celsius bis zum Jahre 2100[4] eine Erwärmung, die größenordnungsmäßig jener seit dem Höhepunkt der letzten Eiszeit vor rund 20000 Jahren entspricht;
- einem konsekutiven Meeresspiegelanstieg um 60 cm (Unsicherheitsbereich: 30 bis 100 cm) ebenfalls bis zum Jahre 2100[5].

Auf die Fachliteratur zum Gesamtthema kann hier nur kursorisch hingewiesen werden[6].

Zum Problem des Meeresspiegelanstieges

Der Präsident der Republik Malediven, deren 150000 Einwohner auf 1196 Inseln mit einer Gesamtfläche von rund 300 km² leben, hat vor der Vollversammlung der Vereinten Nationen 1987 die Gefahr geschildert, die sich schon aus einem Meeresspiegelanstieg von einem Meter für sein Land ergeben: da die meisten der Inseln sich nur rund 2 Meter über das Meer erheben, müßte über den Landverlust hinaus jede Sturmflut eine tödliche Gefahr bedeuten[7].

Zu den außereuropäischen Ländern, deren gesamtes Areal praktisch nirgendwo mehr als hundert Fuß über dem Meeresspiegel liegt, zählen z. B. Guinea-Bissau und Gambia, vor allem aber Bangla-Desh; dort wurden schon 1970 bei einem Sturm 300000 Menschen getötet, 1985 bei einer Sturmflut 1,3 Millionen Menschen obdachlos. Rund die Hälfte der Landesfläche liegt weniger als fünf Meter über Meereshöhe: Sturmfluten können bis zu 200 Kilometer ins Landesinnere reichen. Der zu erwartende Meeresspiegelanstieg wird das Land, das vom Reisanbau in den Deltagebieten des Golf von Bengalen lebt, außerordentlich hart treffen; viele Menschen müßten als Umweltflüchtlinge landeinwärts ziehen; Sturmfluten, Wetterunbill und das Eindringen von Salzwasser (dazu weiter unten) würden auch für alle anderen Bewohner unerträgliche Existenzbedingungen schaffen. Die Mündungsgebiete der Flüsse und andere überbevölkerte Küstenabschnitte sind in Bangla Desh wie andernorts überdies häufig von Bodenabsenkungen bedroht: ein Problem, das in Europa durch den drohenden Untergang Venedigs bekannt geworden ist[8]; es wirkt sich auch in anderen Regionen negativ aus. Für Bangla Desh ist errechnet worden, daß ein Meeresspiegelanstieg um (hypothetische) 79 cm bis zum Jahr 2050 bei einer gleichzeitigen Absenkung um 65 cm (d. h. bei einem Gesamtanstieg des Wasserspiegels um 1,44 m) einen Landverlust von 16% bedeuten und 13% der Bevölkerung vertreiben würde[9].

„Am Ende kann als Ergebnis stehen, daß der Anstieg des Meeresspiegels, die schweren Stürme und der Verfall des Deltas dem Land soviel Schaden zugefügt haben, daß es buchstäblich nicht mehr existiert“[10]. Wohin aber mit den 106 Millionen Einwohnern (1988), deren Zahl beständig wächst? Soll sie das übervölkerte Indien aufnehmen und ernähren?

Ein Meeresspiegelanstieg um rund einen Meter würde zum Beispiel die Städte Kairo und Schanghai (und damit weit über 20 Millionen Menschen) gefährden, um nur zwei Beispiele aus der „Dritten Welt“ zu nennen. Doch selbst ein geringerer Niveauanstieg (etwa in der Dimension der 1990 publizierten Prognosen, die in der Größenordnung von 6 cm/Jahrzehnt liegen – siehe weiter oben) hätte aller Voraussicht nach fatale Folgen. Denn existenzgefährdend ist ja nicht nur der totale Flächenverlust durch Überflutung („Land unter"), sondern auch die sich anschließende verstärkte Küstenerosion, die wachsende Gefahr von Sturmfluten etc. – vor allem aber das unvermeidbare Eindringen von salzigem Meerwasser ins Binnenland samt der konsekutiven Verseuchung von Trinkwasser, Böden und Bewässerungssystemen.

1989 wurde aus Italien bekannt, daß Meerwasser – bedingt durch Grundwasserabsenkung infolge langer Trockenheit – in Schichten 200 bis 300 Meter unter der Erdoberfläche eingedrungen war:

„In einigen Orten Sardiniens wurden schon geradezu katastrophale Auswirkungen dieses Phänomens verzeichnet. So sind ganze Ernten von Früchten verloren gegangen, nachdem unerwartet brackig (teilweise versalzen) gewordenes Wasser auf den Plantagen verwendet worden war."[11] Im Sommer 1990, während der Niederschrift der vorliegenden Arbeit, wird über erneute Wasserverknappung und -versalzung aus Italien, aber auch aus Frankreich und Griechenland berichtet.

Mit diesem Phänomen ist auch bei einem Anstieg des Meeresspiegels zu rechnen, der „maßvoll" ausfallen mag. Eine weitere Gefahrenquelle liegt in der Beeinträchtigung der sog. Schelfmeere, d.h. der im Schnitt 200 Meter tiefen Randgebiete des Festland-Sockels, die ein bis hundert Kilometer breit sein können (die gesamte Nordsee ist ein solches Schelfmeer) und in denen die biologische Aktivität drei- bis fünfmal höher ist als im Rest des Ozeanes; diese Schelfmeere sind die produktivsten Fischereigebiete. Durch Auswaschung von Schadstoffen aus den überfluteten Küstengebieten könnte die Rolle der Schelfe als Nahrungsmittelreservoir drastisch abnehmen. Schon unter den derzeitigen Bedingungen hat eine von Wissenschaftlern der Universität Aberdeen im Auftrag der Vereinten Nationen vorgelegte Studie die Randzonen der Weltmeere zum Problemgebiet erklärt[12]; die Berliner Dahlem-Konferenz vom März 1990 hat zudem noch einmal ausdrücklich auf die Bedrohung der Schelfmeere aufmerksam gemacht[13].

Meeresspiegelanstieg und Trockenheit werden im Zusammenwirken selbstverständlich besonders unangenehme Folgen zeitigen – und genau diese wechselseitige Verstärkung zum Schlimmeren hin ist es, was wir im Küstenbereich vieler Länder künftig zu erwarten haben. So zeigt sich deutlich, daß nicht nur Landüberflutung, sondern auch Landverderb in großen nicht überschwemmten Zonen – mit drastischen Folgen für die Agrarproduktion – zu den verheerenden Folgen der klimatischen Veränderungen gehören werden. Länder, für die dieses Problem besonders dramatische Formen annehmen wird, sind z.B.

Ägypten, Somalia, der Irak und ganz besonders der indische Subkontinent (Pakistan, Indien und Bangla Desh) sowie die Volksrepublik China: Regionen in den Wetterwinkeln der Weltpolitik.

Es ist hier festzuhalten, daß derzeit (1989) über 50 Prozent der Weltbevölkerung an Küsten und Flußmündungen leben[14] – mit steigender Tendenz. Die beschleunigte Verstädterung, wie sie insbesondere für die „Dritte Welt“ typisch ist, erweist sich hiermit als ein weiterer Faktor, der die Probleme verschärft. Neben den bereits erwähnten Millionenstädten Schanghai und Kairo ist z. B. Kalkutta zu nennen, für das für das Jahr 2000 eine Bevölkerung von rund 20 Millionen Menschen erwartet wird[15].

Zusätzlich zu den unvermeidlichen Bevölkerungsbewegungen von den schwer geschädigten Küsten ins Hinterland, die die nationalen Regierungen vor schwerste Probleme stellen werden, ist in den betroffenen Ländern mit akutem Süßwassermangel, Hungerunruhen und Seuchen zu rechnen. Eine rapide anwachsende Bevölkerungskonzentration in neuen Zufluchtsgebieten wird dort zu einer raschen Ressourcenverknappung und zu erheblichen sozialmedizinischen Problemen führen.

Zum Problem der Wasserressourcen im Landesinneren

120 von 200 der größten Flußsysteme unseres Planeten fließen durch zwei oder mehr Länder: Der Niger durchströmt das Territorium von zehn, der Nil das von neun Staaten, der Sambesi das von acht, der Amazonas das von sieben, der Rio de la Plata das von fünf Ländern. Diese und andere Flüsse erwachsen infolge der Veränderungen von Niederschlagsmenge und -verteilung zu Problem- und Konfliktzonen ersten Ranges[16]; Euphrat und Tigris, Indus, Ganges, Amur, Mekong, Rio de la Plata, Jordan, Yarmuk und Litani sind es ohnehin schon – an all diesen Flüssen ist es bereits zu Auseinandersetzungen um das Wasser gekommen[17].

„Der nächste Krieg wird um das Wasser des Nils geführt“, soll der ägyptische Staatsminister Butros Ghali gesagt haben[18]. Er spielt damit wohl auf die Tatsache an, daß gerade die Nil-Anrainerstaaten Ägypten, Sudan und Äthiopien ein sehr hohes Bevölkerungswachstum zu verzeichnen haben (über die genaue Wachstumsrate liegen verschiedene Angaben vor, die zwischen 2,5 und 3,2% pro anno schwanken; am verläßlichsten ist wohl die Prognose für Ägypten mit 2,6% jährlich[19]). Die düstere Prophezeihung erscheint nicht unberechtigt: denn die Bedeutung des Flußwassers wird natürlich über den allgemein steigenden Wasserbedarf hinaus noch einmal deutlich wachsen, wenn – wie oben erläutert – am Unterlauf der Flüsse, in den Delta- und Küstengebieten, salziges Meerwasser das Grundwasser verdirbt. Während der Dürre von 1984 hatte Ägypten Äthiopien und den Sudan beschuldigt, mehr Wasser als in gemeinsamen Vereinbarungen festgelegt aus dem Nil abzuzapfen. Den Nilwasser-Vertrag von 1902 (der die Aufstauung des Blauen Niles verbietet) hat Äthiopien mittlerweile gekündigt.

Solche Streitigkeiten zwischen Staaten am Unterlauf und am Oberlauf eines Flußsystems werden zweifellos an Schärfe gewinnen[20]: etwa zwischen Indien und Pakistan, dessen Wasserversorgung nahezu ausschließlich aus Quellen gespeist wird, die auf dem Territorium des umstrittenen Kaschmir-Gebietes liegen, das von Indien für sich beansprucht (bzw. aus pakistanischer Sicht annektiert) worden ist.

Eines der herkömmlichen Mittel, drohender Wasserknappheit zu begegnen, ist die Stauung von Flüssen – aber gerade diese Methode schließt, von anderen ökologischen Nachteilen ganz abgesehen[21], den Konflikt mit Nachbarn am selben Flußlauf nahezu zwangsläufig mit ein. Dies trifft z. B. für Indien und Bangla-Desh zu (die Stauung des Ganges-Oberlaufes auf indischem Gebiet hatte für das „nachgeordnete" Bangla Desh immer wieder katastrophale Folgen), und wird, wie bereits erwähnt, möglicherweise am Oberlauf des Niles für Konflikte sorgen; es gilt aber auch für die Türkei und den Irak, seit die türkische Regierung mit ihrem „südostanatolischen Bewässerungsprojekt" den Bau von drei Euphrat-Dämmen eingeleitet hat (zwei davon sind bereits in Betrieb, der dritte, der „Atatürk-Staudamm", wird demnächst vollendet – es kann kaum überraschen, daß dieser Staudamm auch mit besonderer Umsicht gegen Kriegseinwirkungen gesichert worden ist). Die Präsidenten beider Länder, Yildirim Akbulut und Saddam Hussein, hatten Anfang Mai 1990 bei einem Treffen in Bagdad das Euphrat-Problem erörtert – allerdings ohne Ergebnis. Die Türkei hatte den Fluß im Januar 1990 gegen irakischen Einspruch zwecks partieller Füllung ihres Atatürk-Stausees einen Monat lang aufgestaut[22].

Die türkischen Stausee-Projekte führten auch zu einer diplomatischen Krise mit Syrien, dessen Situation, was den Wassermangel betrifft, der des verfeindeten Irak überaus ähnelt[23]. Aber auch der Konflikt zwischen Israel und seinen arabischen Nachbarn ist durch die zunehmende Wasserverknappung mitbedingt: „Seit dem Sechs-Tage-Krieg von 1967 kontrollieren die Israeli den Jordan und damit den größten Fluß Palästinas. Die Nordgrenze der israelischen Sicherheitszone im Libanon bildet nicht zufällig der wasserreiche Litani; und auch der Besetzung der syrischen Golanhöhen kommt mehr als nur eine militärische oder sicherheitspolitische Bedeutung zu, denn dieser Höhenzug ist reich an Niederschlägen und deshalb an Trinkwasserquellen .... Wenn Regierungschef Schamir und andere Falken die Formel „Land gegen Frieden" ablehnen, dann werden ihre Überlegungen von anderen (als militärischen) Faktoren bestimmt: nämlich von dem stetigen Strom jüdischer Auswanderer aus der Sowjetunion bei einem gleichzeitigen Versiegen der eigenen Wasservorräte."[24]

Ob auf der arabischen Halbinsel, am Nil oder auf dem indischen Subkontinent – allenthalben gilt das Fazit: „Das Potential an dürrebedingten Konflikten ist angesichts der Übervölkerung des Planeten und weitverbreiteter regionaler Wasserknappheit enorm"[25]. Dementsprechend stellt auf einer im Juni 1990 eröffneten Konferenz von 43 afrikanischen Staaten zum Problem der Wasserknappheit schon die erste Rednerin unmißverständlich fest: „Wassermangel bedroht den Frieden"[26].

Es ist hier auch darauf zu verweisen, daß Süßwasser ja nicht nur als Trinkwasser und als Brauchwasser für Fertigungsprozesse etc. Verwendung findet, sondern in der derzeitigen Organisation der landwirtschaftlichen Produktion zur Bewässerung und Berieselung in großem Stil benötigt wird. Auf die Landwirtschaft entfallen derzeit 73 Prozent des globalen Wasserbedarfs; drei Millionen Quadratkilometer Land – das entspricht fast die Größe Indiens – werden heute bereits künstlich bewässert, und diese Fläche vergrößert sich mit einer jährlichen Wachstumsrate von etwa 8%[27].

Rund zwei Drittel dieser bewässerten Fläche liegen in Asien[28], wo dementsprechend auch bei Wasserverknappung besonders harte Auseinandersetzungen zu gewärtigen sind, denn nur aufgrund der derzeit vorhandenen Bewässerungsflächen ist in Asien eine Ernährung der einheimischen Bevölkerung – die auf dem indischen Subkontinent jährlich um 24 Millionen zunimmt! – zumindest noch halbwegs möglich.

Die Austrocknung Afrikas

In Afrika, jenem Erdteil, der die größten Wüstengebiete der Welt in sich birgt, hat sich die „Schere zwischen Storch und Pflug", d.h. die Kluft zwischen Nahrungsmittelversorgung einerseits und Bevölkerungswachstum andererseits besonders weit geöffnet. Dies gilt insbesondere in den Sahel-Staaten, deren Bevölkerungszahl für das Jahr 2000 auf 55 Millionen Menschen geschätzt wird – ein Anstieg um 77% gegenüber 1980[29].

Das skizzierte Problem betrifft allerdings nicht alleine die Nahrungsmittelproduktion, sondern auch und vor allem die Wasserversorgung. Der Grund dafür liegt in der fortschreitenden Ausdehnung der Wüstengebiete.

Um 1880 beliefen sich die Wüsten und wüstenähnlichen unfruchtbaren Gebiete dieser Erde auf 11 Millionen km^2, das heißt auf weniger als ein Zehntel der festen Erdoberfläche von rund 149 km^2. Bis 1952 hatten sie sich auf 26 Millionen km^2 ausgedehnt, was einem Zuwachs um 140% entspricht. In den siebziger Jahren erreichte die Wüstenfläche den Gesamtumfang von rund 30 Millionen km^2 (was der Landmasse des afrikanischen Kontinentes gleichkommt), und für das Jahr 2000 wird eine Ausdehnung um weitere 20% befürchtet. Die Zahl der von Verwüstung bedrohten Menschen ist von 1977 bis 1986, d. h. innerhalb eines Jahrzehntes, von 57 auf 150 Millionen gestiegen[30]; die bedrohte Fläche beläuft sich auf mehr als ein Drittel der gesamten Landmasse des Planeten[31].

Die Ursachen hierfür sind vielfältig; die meisten von ihnen beruhen auf menschlicher Mißwirtschaft und werden – daher die besondere Dramatik der Entwicklung – von den zu erwartenden Klimaveränderungen noch stärker akzentuiert werden.

Große Probleme für die Wasserversorgung, auch in Afrika, entstehen aus dem Absinken des Grundwasserspiegels, insbesondere durch Anlegen zu vieler Tiefbrunnen (häufig Prestigeprojekte, die mit Entwicklungshilfegeldern finanziert werden), und aus der Bodenerosion durch Entwaldung, Überweidung und andere Übernutzung. Ein lokal identifizierbares Problem dieser Art ist das Vorrücken der Sahel-Zone[32] nach Süden. Barber Conable, der Präsident der Weltbank, hat 1987 in einer Rede festgehalten, daß „die Wüstenbildung in nur einem Land, Mali, die Sahara sich in den letzten 20 Jahren 350 Kilometer weiter nach Süden hat ausdehnen lassen."[33] Allerdings wird die schicksalhafte Metapher von der „südwärts vorrückenden" Wüste mit guten Gründen bestritten:

„Ein Forstbeamter in Niger brachte es besser auf den Punkt als irgendein Wissenschaftler, als er zu mir sagte: Die Sahara bewegt sich nicht südwärts; *wir ziehen* sie südwärts" – schreibt Loyd Timberlake[34].

In einem der Sahel-Staaten, in Äthiopien, war 1950 noch ein Drittel des Landes von Wald bedeckt – heute tendiert die verbliebene Waldfläche gegen zwei Prozent, vielleicht sogar weniger. Daß der Waldvernichtung keineswegs ein entsprechender Gewinn an Ackerfläche entspricht, sondern daß sie vielmehr auch die noch verbliebenen nutzbaren Böden gefährdet, ist bereits deutlich geworden. 1989 mußte Afrika eine Milliarde Dollar für Getreideimporte ausgeben – vierzig Prozent mehr als im Vorjahr. Die anthropogene Bodenvernichtung nimmt dennoch weiter zu – mit ihr die Fläche der Wüsten; mit ihr auch die quantitative und qualitative Wasserverknappung. Daran wird sich nichts ändern, solange der Anteil der Brennholz-Verfeuerung am Energieverbrauch in Afrika noch bei rund 50 Prozent liegt (zum Vergleich: Lateinamerika 16%, Asien 15%). Holz ist der Brennstoff der Armen – und infolgedessen kommt in Afrika auf 29 abgeholzte Bäume derzeit nur ein einziger, der neu gepflanzt wird (Tropen insgesamt: 10:1)[35]. Für einige afrikanische Länder wurde der Holzanteil am Energieverbrauch auf 96% (Burkina Faso), 93% (Malawi) oder 92% (Tanzania) geschätzt – ähnliche Zahlenverhältnisse sind ansonsten nur aus Nepal (94%) bekannt[36].

Die FAO hat eine Tabelle jener Länder veröffentlicht, in denen im Jahr 1985 das Kalorienangebot unter dem für notwendig erachteten Minimalwert lag. Diese Tabelle umfaßte 32 Länder – davon 20 in Afrika[37]; Länder mit einer Gesamteinwohnerzahl von über 250 Millionen Menschen! Die Zahl der in absoluter Armut lebenden Afrikaner ist zudem im letzten Jahrzehnt kontinuierlich angewachsen, wie eine Studiengruppe der Vereinten Nationen im Mai 1990 bestätigt hat[38]. Der im Sommer 1990 vorgestellte 13. Entwicklungsbericht der Weltbank, der die Zahl unter der Armutsgrenze[39] lebenden Menschen in Afrika südlich der Sahara auf 47% der Gesamtpopulation beziffert, rechnet damit, daß auch unter optimistisch eingeschätzten Rahmenbedingungen die Zahl der Armen bis zum Ende des Jahrhunderts in Asien um 400 Millionen Menschen sinken, in Lateinamerika unverändert bleiben und in Afrika noch um fast 100 Millionen Menschen wachsen werde[40]! Welche Bedeutung unter diesen Umständen die sich auf eine ohnehin bereits katastrophale Lage Problematik von Austrocknung und Wassermangel künftig erhalten wird, läßt sich leider sehr leicht ermessen.

Wasser als Mittel der Kriegsführung

Brunnenvergiftung galt seit jeher als ein besonders heimtückisches Kriegsverbrechen. Mit zunehmendem Wasserbedarf einerseits, wachsender Wasserverknappung andererseits bietet sich dieser neuralgische Punkt der expansiven Industriegesellschaften leider auch als mögliches Gebiet einer besonders rücksichtslosen, gerade deshalb aber auch effektiven Kriegsführungsstrategie an. Der am 17. 1. 1991 entbrannte Krieg am Persischen Golf hat dies in fürchterlicher Weise deutlich gemacht. So wurde durch den irakischen Diktator Saddam

Hussein ein Angriff auf die Wasserversorgung des feindlichen Nachbarlandes Saudi-Arabien durch Ölverseuchung des persischen Golfes zielstrebig und rücksichtslos durchgeführt; hatte man in Saudi-Arabien gehofft, die in spätestens fünfzig Jahren zu erwartende Erschöpfung der landeseigenen Grundwasservorräte durch Meerwasserentsalzung in großem Stile kompensieren zu können (was in der Hauptstadt Riad zu einem Tagesverbrauch von über 600 Litern Wasser pro Kopf geführt hatte[41]), so drohte die irakische Einleitung von circa 500000 Tonnen Erdöl in den Golf gerade diesen Lebensnerv einer ohne Rücksicht auf jede ökologische Anpassung emporgewucherten Industriezivilisation zu treffen. Schon Anfang Februar 1991 zeigte sich, daß die Auswirkungen des Ölteppichs im Golf „wahrscheinlich nicht auf dieses Meer und seine Anrainerstaaten beschränkt bleiben" werden[42]. Der Oldenburger Biologe Thomas Höpner berichtet Mitte März 1991, es sei im Golf ein Küstenstreifen von über 200 km Länge schwer geschädigt; die Beseitigung der Schäden – sofern überhaupt möglich – werde anderthalb bis 2 Jahre dauern[43]. Wieviel Öl mit der Tiefenströmung in andere Gewässer verbracht worden ist, läßt sich derzeit kaum ermessen.

Kurze Zeit nach der irakischen Öleinleitung in den Golf hat die Türkei unter dem Vorwand technischer Arbeiten an ihrem Atatürk-Staudamm den Wasserdurchsatz des Euphrats um fast die Hälfte (von 500 auf 300 Kubikmeter pro Sekunde) vermindert[44].

Die durch Verelendung und Naturvernichtung wachsende Kriegsbereitschaft im Rahmen des Nord-Süd-Konfliktes[45] wird gerade dann, wenn sie Wasserverschmutzung und -vergiftung als Waffe nutzt, den Kampf um die Mangelware Wasser weiter verschärfen.

Zusammenfassung

Insgesamt läßt sich sagen, daß bei weltweit steigendem Wasserbedarf durch Bevölkerungszunahme und industrielles Wachstum die Menge verfügbaren Wassers sinken und zudem die Qualität des noch verfügbaren, aber durch Immissionen aller Art belasteten Wasserreservoirs drastisch abnehmen wird. Einige der daraus resultierenden Konflikte sind bereits angedeutet worden: die Interessengegensätze zwischen den verschiedenen Anrainerstaaten eines Flußsystems (z. B. Ägypten, Äthiopien und der Sudan am Nil) oder der mögliche Kampf um die Wasserreserven zur Bewässerung landwirtschaftlicher Nutzfläche (z. B. auf dem indischen Subkontinent, dem ohnehin schon durch den

Meeresspiegelanstieg und die dadurch bedingte küstennahe Grundwasserversalzung schwere Probleme drohen). Dürreperioden werden zu großen Flüchtlingsbewegungen, das Ausweichen auf Wasser zweifelhafter Qualität zu Seuchen und Epidemien führen, da z. B. in Lagos (Nigeria), der größten Stadt Schwarzafrikas mit derzeit 4 Millionen Einwohnern[46] nur 13 Prozent aller Haushalte über eigenes Fließwasser verfügen[47].

Welche Problematik sich hier aus der Kombination von raschem Bevölkerungswachstum einerseits und verschlechterter Wasserversorgung andererseits ergibt, ist leicht erkennbar.

Um noch einmal die Größenordnung dieses Problems zu beleuchten, sei auf die Dürrekatastrophe in der Sahelzone 1984/85 hingewiesen: sie hat Hunderttausenden das Leben gekostet und insgesamt 35 Millionen Menschen gefährdet. 19 Millionen Menschen hungerten auch dann noch, als die schlimmste Dürre vorüber war; Krankheiten wie Bilharziose etc. breiteten sich durch die verschlechterte Qualität des verfügbaren Wassers rasch aus[48].

Auch auf dem Problemfeld „Wasser" trifft die ökologische Katastrophe die ohnehin schon Benachteiligten: In 20 der 46 Staaten Afrikas ist schon derzeit eine geringe Wasserverfügbarkeit gegeben (definiert als weniger als 5000 Kubikmeter pro Kopf und Jahr verfügbarer Wassermenge) – und in 17 dieser 20 Staaten wird die Wasserverfügbarkeit bis zum Jahr 2000 weiter abnehmen[49] – und zwar um 50 Prozent oder mehr!

Da Wassermangel sehr viel schnellere und drastischere Folgen hat als z. B. eine chronische Unterversorgung mit Nahrung, läßt sich leicht voraussagen, daß die sich im Verlauf der ökologischen Katastrophe vermutlich rasch beschleunigende Wasserverknappung schon in naher Zukunft einen hochbrisanten Konfliktstoff liefern wird.

Anmerkungen

[1] J. W. Maurits la Rivière, Bedrohung des Wasserhaushaltes, Spektrum der Wissenschaft 11/1989, S. 80

[2] So könnte sich durch die Methanfreisetzung aus den auftauenden Permanentfrostböden Sibiriens die Konzentration des Treibhausgases Methan in der Atmosphäre in den nächsten 200 Jahren verdoppeln und so die Verstärkung des Treibhauseffektes drastisch beschleunigen. Eine andere positive Rückkoppelung könnte darin liegen, daß die Absorption der vom sich erwärmenden Meer abgestrahlten Wärme von der wasserdampfhaltigen Luft über dem Meeresspiegel zunächst linear erfolgt, d. h. um jenen Betrag zunimmt, um den auch die Wassertemperatur steigt. Es gibt aber Hinweise dafür, daß jen-

seits einer Wassertemperatur von 27 Grad Celsius die Wärmerückhaltung durch die wasserdampfhaltige Luft plötzlich überproportional ansteigt, d. h. daß die Wärmeemission in den Weltraum drastisch abnimmt und der Treibhauseffekt damit ebenso drastisch verstärkt wird.
Bei den der Erwärmung möglicherweise entgegenwirkenden Vorgängen ist zu unterscheiden, ob es sich wirklich um echte negative Rückkoppelungen, d. h. um Kompensationsvorgänge oder „nur" um Verzögerungen handelt: Wenn z. B. der häufig vorgebrachte Einwand stimmen sollte, daß die Speicherungsfähigkeit der Ozeane in den derzeitigen Modellen unterschätzt wird, so ist gleichwohl zu berücksichtigen, daß auch eine erheblich größere Speicherkapazität der Weltmeere bei langfristig steigenden CO_2-Emissionen allenfalls als mittelfristig wirkende „Bremse" betrachtet werden kann.

[3] Vgl. Bundestagsdrucksache 11/8030, Dritter Bericht der Enquete-Kommission „Vorsorge zum Schutz der Erdatmosphäre", 2. 10. 1990

[4] Hierbei ist die verzögernde Wirkung der Ozeane bereits veranschlagt. Vgl. Enquete-Kommission 1990 (Anm. 3), S. 28

[5] Ibidem, S. 31

[6] Ohne Anspruch auf Vollständigkeit sind hierzu – über die in den Anmerkungen bereits zitierte Literatur hinaus – zu nennen:
W. Bach, Gefahr für unser Klima. Wege aus der CO_2-Bedrohung durch sinnvollen Energieeinsatz. Karlsruhe 1982
P. J. Crutzen und M. Müller, Das Ende des blauen Planeten? Der Klimakollaps – Gefahren und Auswege. München 1989
P. Fabian, Atmosphäre und Umwelt. Heidelberg 1987
Th. E. Graedel u. P. J. Crutzen, Veränderungen der Atmosphäre. Spektrum der Wissenschaft 11/1989
R. A. Houghton u. G. M. Woodwell, Globale Veränderungen des Klimas. Spektrum der Wissenschaft 6/1989
E. Keppler, Die Luft, in der wir leben. Physik der Atmosphäre. München – Zürich 1988
St. H. Schneider, Veränderungen des Klimas. Spektrum der Wissenschaft 11/1989
C. D. Schönwiese, Klimaschwankungen. Berlin – Heidelberg – New York 1979
C. D. Schönwiese u. B. Diekmann, Der Treibhauseffekt. Der Mensch ändert das Klima. Stuttgart 1988
Schutz der Erdatmosphäre. Eine internationale Herausforderung. Zwischenbericht der Enquete-Kommission des 11. Deutschen Bundestages „Vorsorge zum Schutz der Erdatmosphäre". Bonn 1989[2]
Dritter Bericht der Enquete-Kommission „Vorsorge zum Schutz der Erdatmosphäre, Bonn 1990 (Vgl. Anm. 3)
Atmosphäre, Klima, Umwelt. Mit einer Einführung von Paul J. Crutzen, Heidelberg 1990

[7] Zit. nach Worldwatch Institute, Zur Lage der Welt 1988/89, Frankfurt a. M. 1988 S. 38

[8] Venedig ist (wie die gesamte obere Adriaküste) von der Landsenkung betroffen. 1876 – 1955 stieg der mittlere Wasserspiegel um 39 cm (8 cm als Folge des allg. Meeresspie-

gelanstiegs, 31 cm durch Sackung der Sedimente). Wasserentnahme für Städte und Industrie sowie Erdgasgewinnung (1961 eingestellt) beschleunigten die Absenkung". Der Italien-Brockhaus, Wiesbaden 1983, S. 304

[9] Worldwatch-Institute, Zur Lage der Welt 1989/90, Frankfurt a. M. 1989, S. 120f.

[10] Ebenda, S. 122

[11] Süddeutsche Zeitung, 29. 3. 1990

[12] „Wohlstand und Industrie nagen an den Küsten", Schwäbische Zeitung, 20. 3. 1990

[13] „Die ‚Zeitbombe' im Schelf", Süddeutsche Zeitung, 2. 4. 1990; „Unterschätzte Küstenmeere", Die Zeit, 6. 4. 1990

[14] Maurits la Rivière (Anm. 1), S. 84

[15] Global 2000 hat für Kalkutta im Jahr 2000 eine Bevölkerung von 19,7 Millionen Menschen prognostiziert. Vgl. auch Zur Lage der Welt 1987/88, Frankfurt a. M. 1987, S. 50

[16] Vgl. H. Siebert, Die vergeudete Umwelt, Frankfurt a. M. 1990, S. 83ff.

[17] J. K. Cooley, The war over water. Foreign Policy 54, 1984

[18] Zitiert nach J. Streich, Global 1990, Hamburg 1989 – der leider keine Quelle nennt.

[19] Zur Lage der Welt 1987/88, S. 18

[20] Vgl. auch „Naher Osten: wie lange noch reicht das Wasser der großen Ströme? Wenn Quellen des Lebens verdunsten", Süddeutsche Zeitung, 22. 2. 1990

[21] Zu den ökologischen Problemen durch Staudämme kurz und bündig in Zur Lage der Welt 1988/89, S. 91ff.

[22] „Keine Einigung über das Euphrat-Wasser (Süddeutsche Zeitung, 8. 5. 1990)."

[23] „Aus dem Wasser stammt alles Lebendige. Wassernot und Bevölkerungszuwachs in Syrien", Frankfurter Allgemeine Zeitung, 27. 6. 1990.

[24] W. Koydl, Kriege um Wasser, nicht um Öl, Süddeutsche Zeitung, 25. 3. 1991

[25] A. Ehrlich und P. R. Ehrlich, in: M. K. Tolba, G. H. Brundtland u. a., Die Umwelt bewahren. Die globale Umweltkrise als neue Dimension von Sicherheitspolitik. Texte der Stiftung Entwicklung und Frieden. Bonn – Bad Godesberg 1989, S. 42

[26] Frankfurter Allgemeine Zeitung, 27. 6. 1990. „Das Konfliktpotential werde um so größer, je mehr Länder die Grenzen der ihnen zur Verfügung stehenden Wassermengen erreichten, warnte Frau Starr. Die meisten Konferenzen über Wasser befaßten sich mit technischen Aspekten, das Treffen in Kairo aber solle vor allem den Politikern der afrikanischen Länder deutlich machen, welche Bedeutung die Wasserknappheit gewinnen könne" (Ibidem). Vgl. J. R. Starr, Water wars, Foreign Policy 82, 1991

[27] Alle Zahlen nach Maurits la Rivière (Anm. 1). Zur Lage der Welt 1987/88 gibt für 1985 271 Millionen Hektar, d. h. 2,71 Millionen km^2 bewässerter Fläche an.

[28] Laut Zur Lage der Welt 1987/88 184 Mio Hektar – die bewässerte Fläche in Afrika (13 Mio Hektar) und Südamerika (9 Mio Hektar) ist demgegenüber marginal.

[29] Zur Lage der Welt 1989, S. 27

[30] M. Wöhlcke, Umweltzerstörung in der Dritten Welt, München 1987, S. 50ff.

[31] Zur Lage der Welt 1989, S. 19

[32] Der Sahel-Zone werden üblicherweise die Länder Äthiopien, Burkina Faso, Mali, Mauretanien, Niger, Somalia, Sudan, Tschad und Uganda zugerechnet. Faktisch muß heute allerdings auch der Norden Kenyas von Baragoi bis zum Turkana-See dem Sahel-Gürtel zugesellt werden. Der Wasserspiegel des Turkana-Sees, der im Norden an

Äthiopien grenzt, ist in den letzten acht Jahren um ca. drei bis fünf Meter gefallen (eigene Beobachtung).

[33] Zitiert nach Zur Lage der Welt 1988, S. 24

[34] L. Timberlake, Krisenkontinent Afrika, Wuppertal 1986, S. 78

[35] J. MacNeill, Strategien für Die Wirtschaftsentwicklung, Spektrum der Wissenschaft 11/1989

[36] Zur Lage der Welt 1988, S. 139

[37] Streich 1989 (Anm. 18), S. 50

[38] „Der Schwarze Kontinent: das Armenhaus der Welt (Schwäbische Zeitung, 25. 5. 1990)“.

[39] Von der Weltbank definiert als verfügbares Jahreseinkommen von weniger als ein US-$ täglich (bzw. weniger als 370 Dollar per Jahr). Andere Studien, z. B. der in Anm. 166 erwähnte Bericht, benutzten z. T. andere statistische Kodifikationen.

[40] Weltbank 1990

[41] „Krieg um das Wasser“, Die Zeit, 1. 2. 1991

[42] „Schon geringe Mengen von Öl-Giften verändern Meeresorganismen“, Ärztezeitung, 5. 2. 1991

[43] Frankfurter Rundschau, 15. 2. 1991

[44] Süddeutsche Zeitung, 11. 2. 1991

[45] Vgl. T. Bastian, Naturzerstörung: Die Quelle der künftigen Kriege, Heidesheim 1990

[46] Die Einwohnerzahl von Lagos wird für das Jahr 2000 auf 8,3 Millionen (WCED) bzw. 9,4 Millionen (Global 2000) Menschen geschätzt.

[47] Zur Lage der Welt 1987/88, S. 50

[48] Es kann insofern nicht verwundern, daß weltweit auch die Cholera-Inzidenz steigt: von 1988 weltweit 44083 Fällen aus 30 Ländern auf 1989 48403 Fälle in 35 Nationen. Ebensowenig überraschen kann die absolute wie relative Spitzenstellung Afrikas mit 35606 Cholerafällen 1989 gegenüber 23186 im Vorjahr. Zit. nach Ärzte-Zeitung, 16. 6. 1990

[49] Global 2000 bzw. Streich 1989 (Anm. 18), S. 65f.

Ernst Ulrich Köpf

Der Wald in unseren Händen

„Terra etsi aliquanto specie differt in universum tamen aut silvis horrida aut paludibus foeda humidior qua Gallias ventiosor qua Noricum ac Pannoniam aspicit" – so schreibt Tacitus um das Jahr 100 n. Chr. über die Landschaften Germaniens. In unseren Worten lautet das etwa wie folgt: Obschon das Land im besonderen durchaus Unterschiede aufweist, so bestimmen doch im ganzen seine unheimlichen Wälder und seine widerwärtigen Sümpfe das Bild. Im Westen, Gallien zu, ist das Klima atlantischer, im Osten, gegen Noricum und Pannonien, kontinentaler. Auch meint der Römer an anderer Stelle, niemand würde freiwillig in so ein Land ziehen; gegebenenfalls bewohne man es, weil man da eben zuhause sei.[1]

Dieses Land wurde gerodet und entwässert, beweidet und beackert, erschlossen und bebaut, industrialisiert und bevölkert, zuletzt zersiedelt, geschunden, verseucht. Die Schrecken der Natur scheinen uns fern, aber neue Schrecken als Zivilisationsfolgen drohen. Wir selbst verursachen sie, wir tun es ohne Not: „Marode" nennt man – Wort des Jahres 1990 –, was nicht dem sterilen Standard des übervölkerten, hypermobilen, hektisch-pseudoproduktiven Westen unseres „einig Vaterland" entspricht. Das Urteil bezieht seine Rechtfertigung aus dem politisch-moralischen Versagen der DDR-Führung, mehr noch aus den gigantischen Umweltschäden, welche die Zentralverwaltungswirtschaft hinterlassen hat. Das Korrektiv demokratischer Strukturen hat dort gefehlt. Wir aber wollen den industriellen Aufbau der neuen Bundesländer nach unseren marktwirtschaftlichen Regeln „in Angriff nehmen" – koste es was es wolle. Wenn wir nicht achtgeben, führt die Besitzergreifung nach unseren Bedingungen zu weiterer Umweltzerstörung auf dem „höheren Niveau" unserer westlichen Zivilisation.

Die politische Entwicklung in Deutschland hat den Wald aus der öffentlichen Diskussion verdrängt. Einige Landesregierungen nahmen im Jahr 1990 die Wintersturmschäden zum Anlaß, die Waldschadenserhebung nicht fortzuführen. Schon einige Jahre zuvor war die öffentliche Meinung mit der Formel, die Schadensentwicklung habe sich auf hohem Niveau stabilisiert, beruhigt worden. Nun läßt sich vielleicht ein Schlußstrich ziehen. Die Mehrheit der Menschen nimmt die schleichende Veränderung des Vegetationsbildes kaum wahr. Da stehen Berliner staunend im Schwarzwald, den sie sich „gestorben" ganz anders vorgestellt hatten: „Ich kann nichts sehen", ist die gängige Reaktion unbedarfter Beobachter. Die Kurorte atmen auf, die Gäste sollen sich in der heilen Welt unserer Berge wohlfühlen, da stört das Gerede vom sterbenden Wald. Die Kritiker mögen sich auf den Höhen des Erzgebirges umsehen, dann wissen sie, unser System ist auf dem Gebiet des Umweltschutzes „Spitze".[2] In dieser Lage wollen wir uns besinnen: Worum geht es beim Wald? Ist er zu retten? Und wenn er gerettet werden kann, wie soll er künftig aussehen? Wer bestimmt über ihn? Ökologisch engagierte Menschen klagen an, sprechen von Monokulturen, von Holzfabriken, wollen den Weihnachtsbaum abschaffen oder durch Plastikbäume ersetzen, bekämpfen die wirtschaftliche Nutzung der Wälder. Haben sie recht? Haben die Forstleute Fehler gemacht? Kann, muß eine von wirtschaftlichen Interessen unabhängige Naturschutzverwaltung dafür sorgen, daß der Wald als Lebensraum (Biotop), als Lebensgemeinschaft (Biozönose) erhalten bleibt? Was spricht für, was gegen eine solche Lösung?

Menschen bestimmen das Schicksal des Waldes

Es ist schwer, sich die Wirkung des langjährigen Einflusses des Menschen auf die Natur, auf den Wald vor Augen zu führen. Ursprünglich, als Jäger und Sammler, war der Mensch Glied der Biozönose, gering an Zahl, angepaßt an die Bedingungen seiner Umwelt, eingebunden in den Wechsel reichlichen und ärmlichen Nahrungsangebots, wandernd wenn nötig mit den Wildbeständen – im Europa der Eiszeit und Nacheiszeit sommers nach Norden, winters nach Süden. Doch mit der Seßhaftwerdung begann der Mensch, seine Umwelt zu dominieren, zu verändern, zu gestalten. Er legte Brände, wie überall auf der Welt, wo es gilt, sich Freiland und seinem Vieh Weide zu verschaffen. Er hat das seit Urzeiten gemacht, sicher auch bei uns, denn solange Großtechnik und Chemie nicht eingesetzt werden, ist Brennen die rationellste Technik im Kampf gegen den Wald.

Es war ein Kampf gegen den Wald. Unsere Zivilisation ist der gewaltsame Versuch, die Natur zu bändigen, zu zähmen. Urwald ist unzugänglich, ist für den Menschen Hindernis und Gefahr. Der Druck einer rasch wachsenden Bevölkerungszahl in den Ländern der Dritten Welt verstärkt heute das Zerstörungspotential. Der Mensch hat Samen verschleppt, die Zusammensetzung der Vegetation beeinflußt (gewiß auch bereichert), hat Pflanzen und Tiere domestiziert, gezüchtet, gehegt, dezimiert, ausgerottet. Niemand kann sagen, wie in Europa sich die Biotope entwickelt hätten, gäbe es den Menschen nicht. Der Mensch macht sich die Erde untertan – freilich nicht die Natur.

Bei uns führte die mittelalterliche Rodung zur Ausbildung weitreichender und differenzierter landwirtschaftlich genutzter Zonen. Der Wald stand unter starkem Nutzungsdruck: Honig, Beeren, Pilze und Kräuter wurden gesammelt; Waldweide und Streunutzung gehörten neben Ackerbau zur normalen Landwirtschaft; Holz wurde allenthalben benötigt, in immer größeren Mengen als Bau- und Werkstoff, als Energielieferant; Bergwerke und Salinen, Eisen- und Glashütten führten zur Waldzerstörung; Kohlebrennen, Pechschwitzen, Harz- und Aschenutzung boten Waldbewohnern kümmerlichen Lebensunterhalt. Zunehmend machten die Fürsten ihren Anspruch geltend: Seit dem Frühmittelalter jagten sie in den Waldgebieten; allmählich erweiterten sie ihren Einfluß und sicherten ihre Macht durch die Fiktionen des Rechts, durch Forstordnungen, die manchenorts nutzten, manchenorts schadeten. Im 18. Jahrhundert aber standen bei ihnen die Ideen der Physiokraten und Merkantilisten hoch im Kurs[3], folglich ließen sie als Impuls für die Entwicklung der Wirtschaft und zur Mehrung des Wohlstandes im Lande in großem Maßstab Holz durch Unternehmer einschlagen und exportieren. Im 19. Jahrhundert nahm mit der Bevölkerungszahl und der Industrialisierung der Bedarf an Siedlungs-, Verkehrs- und Gewerbeflächen sprunghaft zu, und die Intensivierung aller Arten der Bodennutzung begann die Beobachter und Freunde der Natur ernsthaft zu beunruhigen.

1925 machte der Tübinger Botaniker H. A. Krauss bedenkenswerte Ausführungen: „Der Verfasser hat in einer langen Reihe von Jahren reichlich Gelegenheit gehabt, die Veränderungen und Umgestaltungen zu beobachten, die durch menschliche Eingriffe im Naturbild entstanden sind. Eisenbahn- und Straßenbauten, Weganlagen, Industrie- und Stauwerke, Wasser- und Hochbauten, Steinbrüche haben tief eingegriffen in die Natur und ihre Produkte, die Pflanzen- und Tierwelt; aber noch viel mehr wurden diese geschädigt durch die Ausnützung des Bodens für land- und forstwirtschaftliche Zwekke."[4]

Unvorstellbar für die Mahner dieser unfernen Zeit ist das Ausmaß an Landschaftszerstörung, das seither durch Bevölkerungszunahme und Bauboom,

Gewerbe- und Verkehrsentwicklung, durch Hochwasserschutzmaßnahmen, strukturelle Veränderung der Landwirtschaft, Flurbereinigung, ungeheuerliche Landschaftseingriffe in Weinbaugebieten, enorme Steinbruchanlagen, Deponien für Hausmüll und Erdaushub, endlich durch unser Freizeitverhalten und neue Formen der Freizeitgestaltung stattgefunden hat. Die allgemeine Überlastung des Naturhaushaltes, die Verarmung in der Tier- und Pflanzenwelt, die Urbanisierung weiter Teile der Landschaft ist mittlerweile evident. Als Symptom drohender Klimaveränderung und bisherigen Höhepunkt der zerstörerischen Entwicklung erfahren wir seit rund zehn Jahren das Waldsterben – den schleichenden Tod der Bäume in unseren Wäldern. Unser Wohlstand aber macht blind für die unbestreitbare Ursache des Desasters, unsere Industriekultur.

Vorübergehend war die Aufmerksamkeit der Allgemeinheit auf den Wald und auf die Forstwirtschaft gelenkt. Viele haben sich zu Wort gemeldet. Vieles wurde erforscht, manches erreicht. Steinkohlekraftwerke konnten – nach Jahren des Kampfes wohlgemerkt – mit Rauchgasentschwefelungsanlagen ausgestattet werden. Das Ferngasnetz wurde erweitert und trägt dazu bei, wenigstens die Luftbelastung durch SO_2 als Ursache klassischer Waldschäden zu mindern. Zögernd wurde der Katalysator zu Reduzierung der schädlichen Autoabgase eingeführt.

Aber gerade er nahm vielen das schlechte Gewissen, das vorübergehend die Raserei gebremst und Nachdenklichkeit bei den Autobenutzern bewirkt hatte. Heute spielt man mit dem Gedanken, die Fixkosten des Autos durch eine „Vignette" zu erhöhen – als wüßten wir nicht, daß nur die Kosten des nächsten Kilometers, der gefahren wird oder nicht, entscheidungsrelevant sind. Nicht das Auto an sich belastet die Umwelt, es ist der gefahrene Kilometer. Und es ist – ceteris paribus – die Treibstoffmenge je Kilometer, die das Abgasvolumen bestimmt. Deshalb sind die Zwölfzylindermodelle, mit welchen die Nobelmarken heute konkurrieren, Zeichen des Unverstandes, der unsere Industriekultur immer noch beherrscht. Dabei wuchs die Zahl der Autos weit über das Maß hinaus, das vor wenigen Jahren noch als Grenze des Denkbaren galt.

Ob der Wald zu retten ist? – Vor bald zwanzig Jahren wurden wir durch die Meadows-Studie nachdrücklich gewarnt und gemahnt, unverzüglich zu handeln, um durch Einhaltung der Grenzen des Wachstums drohende globale Katastrophen abzuwenden[5]. Nichts davon wurde realisiert. Die Not der Welt zeigt sich heute in Wanderungsbewegungen, die neue regionale Probleme schaffen. Seit mehr als zehn Jahren warten wir auf das Verbot von FCKW zum Schutz der Ozonschicht, die Ankündigung halbherziger Lösungen in ferner

Zukunft kann nicht befriedigen. Neue Gefahren für das Klima werden als Folge der CO_2-Belastung der Atmosphäre befürchtet. Werden wir noch sinnvoll reagieren können?

Unsere technokratischen Reaktionen lassen einen Aktionismus erkennen, wie ihn manche aus der Schlußphase des Zweiten Weltkrieges in Erinnerung haben, als man mit einer „eisernen Ration“ im Luftschutzkeller überleben sollte. 1985 wurden Maßnahmen zur Erhaltung der genetischen Vielfalt der Waldbaumarten eingeleitet, seither bemüht sich eine Bund-Länder-Arbeitsgruppe um ein Konzept zur Erhaltung forstlicher Genressourcen. Man wird Waldsamen einlagern, auf die man in einer erhofften besseren Zukunft zurückgreifen kann, um dann wieder Waldbestände aufbauen zu können, wie man sie vor dem Desaster unserer Zivilisation kannte. Die Suche nach neuen, schadstoffresistenten Baumarten ist Menetekel einer bereits zusammenbrechenden Epoche. Damit soll nicht gesagt sein, daß defensive Maßnahmen völlig zwecklos seien. Wenn aber noch Hoffnung besteht, unser Sozialsystem gewährleiste ein gewisses Maß an Rationalität bei der Entscheidungsfindung, das Vertrauen in unsere technischen Fähigkeiten lasse sich auch sinnvoll umsetzen, dann müssen wir zur Lösung der Probleme durch konsequente Reinhaltung der Umwelt drängen. Ob die Machtstrukturen nicht letzten Endes anderen Interessen mehr dienen? Wie im alten Rom halten Brot und Spiele die Menschen bei Laune. Viele fühlen sich beim Müllsortieren als Umweltschützer, fahren aber mit dem Auto zum Zigarettenautomaten. Wir haben den Bildungsnotstand der Sechzigerjahre nicht behoben, vielmehr einen neuen geschaffen durch die Oberflächlichkeit und die Illusionswelt einer medienabhängigen, von Werbungsinteressen gesteuerten Informationsgesellschaft.

Es sieht nicht gut aus um die Zukunft des Waldes. Unsere weiteren Erörterungen beruhen auf der Unterstellung, eine neue, zukunftsbewußtere Dynamik ergriffe die Gesellschaft unseres Landes und der Industrieländer insgesamt, verhülfe dem Umweltschutz zu bisher unbekannter Effizienz und bestimmte künftig die Entwicklung der ganzen Welt. So würden die ökologischen Voraussetzungen für eine naturgemäße Waldwirtschaft geschaffen, die den Wald instand setzen kann, den vielfältigen Leistungserwartungen, die Menschen in ihn setzen, nachhaltig zu entsprechen. Ausgehend von diesem leider wenig wahrscheinlichen Fall können wir bedenken, wie sich die Aufgabe der Forstwirtschaft in der Gesellschaft der Zukunft stellt, ob der Wald von einer Naturschutzverwaltung betreut oder unmittelbar von der Bevölkerung nach Belieben benutzt werden könnte, inwieweit sich das Forstwesen, das seit zweihundert Jahren aufgebaut wurde, bewährt hat und beim Schutz, bei der

Pflege und Nutzung des Waldes in der Industriegesellschaft unentbehrlich geworden ist, wie die Aufgabenstellung der Forstwirtschaft den Bedürfnissen der Gesellschaft anzupassen ist.

Die Forstwirtschaft dient der Gesellschaft

Man hatte dem Wald lange eine hohe Widerstandskraft gegenüber Schadstoffeinwirkungen, die vom Menschen ausgehen, zugetraut. Natürlich filtert der Wald Staub, Aerosole, Lärm; dadurch sind die Wälder für die Erholung der zivilisationsgeplagten Menschen wichtig geworden. Der Spaziergang in verhältnismäßig reiner Luft bei gedämpftem Licht und verminderter Geräuscheinwirkung ist von großem gesundheitlichem Wert.

Die tödliche Wirkung konzentrierter Industrieemissionen für empfindlichere Baumarten war als „klassischer Rauchgasschaden" lange bekannt. Schon vor hundert Jahren entstanden an gefährdeten Standorten in Fabriknähe und Bahnanlagen neue Vegetationstypen, beispielsweise mit der Robinie (Robinia pseudacacia) als Charakterart. Im Industrierevier bewährten sich Baumarten wie Blaufichte (Picea pungens) als weniger rauchempfindlich. Das Kränkeln und Absterben der Tanne (Abies alba) – auch in „Reinluftgebieten" – hat die Forstleute seit Beginn des zwanzigsten Jahrhunderts beunruhigt. Viele Hypothesen über mögliche Ursachen wurden diskutiert, ehe man die komplexe Veränderung der Ökosysteme durch sogenannten sauren Regen, durch Photooxydantien, synergistische Wirkungen, aber auch unmittelbare Schadwirkungen zum Beispiel durch Kohlenwasserstoffe in äußerst geringen Konzentrationen an den Wachsstrukturen der Spaltöffnungen für das inzwischen flächenhaft auftretende „Waldsterben" als ursächlich erkannte.[6]

Besondere Aufmerksamkeit verdient nun der soziologisch-politische Prozeß, den diese Entwicklung auslöste. Zum einen eine Welle populärer Veröffentlichungen, überhaupt eine immense Publizität, Resolutionen auf allen Ebenen der Gesellschaft, Engagement von Bürgern und Gruppen bis hinein in die Parlamente. Zum anderen eine phantastische Konzentration finanzieller Mittel zur interdisziplinären Erforschung der Ursachen des Waldsterbens, die binnen weniger Jahre eine Fülle von Erkenntnissen zeitigte. Erstaunlich für Außenstehende, vielleicht aus der Tradition einer menschenfernen und landschaftsbezogenen Aufgabenstellung zum Teil erklärbar, die weitgehende Zurückhaltung der Forstleute in der Praxis, die sich im wesentlichen auf eine distanzierte Erläuterung des Vorgangs beschränkten. Dazu wurden sie allerdings als Beamte von der politischen Führung auch verpflichtet; denn, wie bereits ausgeführt, war das Anliegen unverkennbar, die öffentliche Aufregung tunlichst zu dämpfen. Dafür gab es wiederum Gründe, zu welchen die Oberflächlichkeit der öffentlichen Diskussion zu zählen ist.

Das ist hier von besonderem Belang: Wir fragen ja nach der Sicherung des Waldes für die Zukunft. Welche Rolle spielt die Forstwirtschaft? Ist sie mitverantwortlich für die Not der Natur? Ihre Verflechtung mit der Wirtschaft, die finanzielle Abhängigkeit von den Holzkäufern macht sie verdächtig. Das Verständnis für fundamentale Belange des Naturschutzes ist in der Tat bei den Vertretern der Industrie gering, unverhüllt zeigt sich der gesellschaftliche Konflikt zwischen Ökonomie und Ökologie[7]. Viele Forstleute suchen ihre Stellung dadurch zu halten, daß sie es möglichst mit beiden Seiten nicht verderben. Zwischen den Fronten aber ist der Bedarf an Aufklärung über die tatsächliche Lage des Waldes um so dringlicher.

Der Wald, wie wir ihn kennen, ist von Forstleuten aufgebaut worden, und zwar weithin auf degradierten, ja devastierten Flächen[8]. Ihr Auftrag war ursprünglich die Holzproduktion, unzweifelhaft solange Holz ein Grundrohstoff der Volkswirtschaft und für das Wohl der Bevölkerung unentbehrlich war. Ein Land wie Großbritannien, das jahrhundertelang erfolgreich auf Arbeitsteilung gesetzt hatte und durch seinen weltweiten Freihandel das Gesetz des komparativen Kostenvorteils zu seinem Nutzen anzuwenden verstand, begann 1916 – aus der Erfahrung des Ersten Weltkriegs – mit dem Aufbau einer Holzvorratsreserve im Lande selbst, was zur „Forestry Commission“, der britischen Forstverwaltung führte[9].

Auch die landeskulturelle Bedeutung des Waldes wurde hier wie dort erkannt und der Forstwirtschaft als Zielsetzung vorgegeben. Bereits 1887 hatte J. Lehr geschrieben[10]:

„Zwar hatten bereits im vorigen Jahrhundert einzelne Gelehrte, wie Réaumur, Buffon, Varenne de Venille u. a. sich bemüht, die Bedeutung des Waldes für Klima und Bodenkultur klarzulegen; doch wurde erst im Laufe dieses Jahrhunderts die Annahme Gemeingut, daß der Wald auch als Schutzwald eine hohe Bedeutung habe, weil er als Schutzmittel gegen drohende Gefahren diene, bzw. weil sein Bestand einen günstigen Einfluß auf Landeskultur und Gesamtwohlfahrt ausübe.“

1953 hat Victor Dieterich in seiner „Forstwirtschaftspolitik“[11] vielfältige Funktionen des Waldes dargestellt, nämlich die „Flächenfunktion“, dazu gehören die sogenannten Wohlfahrtswirkungen des Waldes, „Rohstoff-Funktion“, „Arbeitsfunktion“, „Einkommensfunktion“ und „Vermögensfunktion". Wir wählen heute eine andere Form der Darstellung, welche deutlich macht, daß es Leistungserwartungen des Menschen an den Wald sind, die da beschrieben werden, nicht Eigenschaften des Waldes an sich[12], und damit kommen wir zum Kern des Problems:

Es sind viele Menschen mit vielen Vorstellungen, Wünschen, Erwartungen, die heute mitreden wollen, wenn es um den Wald geht. Wir machen dabei grundsätzlich keinen Unterschied, ob ihr Interesse auf Natur und Landschaft im allgemeinen gerichtet ist oder auf den Schutz besonderer Pflanzen- und Tierarten und spezieller Biotope; ob sie Erholung suchen im Wald oder Sport treiben wollen; ob für sie Holz wichtig ist oder die Jagd; ob für sie wasserwirtschaftliche Belange im Vordergrund stehen oder Erosionsschutz. Es gibt, wie bei allen Fragen unserer Zeit, eine Fülle zum Teil widersprüchlicher Auffassungen und Stellungnahmen, Absichten, Ziele und Zwecke. Nun geht es darum, möglichst vielen Leistungserwartungen der Menschen gerecht zu werden, ohne den Wald als Biozönose dabei zu gefährden. Das Forstwesen als Institution mit Forstwirtschaft und Forstwissenschaft als Komponenten wurde aufgebaut, um die Erfahrungen, die wir beim Umgang mit dem Wald benötigen, zu sammeln, auszuwerten, zu verbreiten und sachgerecht anzuwenden. Die Forstleute werden als Spezialisten ausgebildet, um die Biozönose Wald in unserer Zivilisation zu schützen, zu pflegen und im Rahmen des Möglichen – man sagt dafür seit etwa zweihundert Jahren „nachhaltig" – zu nutzen. Nutzen heißt aber alles, was menschliche Bedürfnisse befriedigt, auch Ziele des Naturschutzes gehören dazu.

Falsch ist es, tatsächliche oder vermeintliche Fehler der Vergangenheit, die ihre Ursache in den Leistungserwartungen der Gesellschaft an den Wald haben, der Forstwirtschaft anzulasten. Es kann schon sein, daß sich Forstleute irren, so wie sich jeder Mensch irren kann; und es gibt keinen Grund anzunehmen, daß im Umgang mit dem Wald während zweihundert Jahren Forstwirtschaft keine Fehler gemacht worden wären. Eine Besonderheit der Arbeit am Wald ist, daß ihre Folgen noch nach über hundert Jahren unmittelbar zu sehen sind. Um so wichtiger ist es, die Übersicht über diesen zeitlichen Zusammenhang bei der Betreuung der Biozönose Wald zu wahren, die doch ganz anderen Gesetzen der Zeit folgt als unsere menschliche Gesellschaft, und die richtigen Konsequenzen zu ziehen. Dieser Besonderheit des Waldes sind die Institutionen des Forstwesens mit Bedacht angepaßt, die das nötige Wissen tradieren, prüfen, anwenden und immer wieder neu auswerten, ohne das man diese Aufgabe nicht lösen kann.

Entscheidend ist die Frage, wie die Gesellschaft die Prioritäten bestimmt, nach welchen den vielfältigen Leistungserwartungen der Menschen an den Wald entsprochen werden soll. Wir haben komplizierte Systeme von Institutionen entwickelt, die diesem Zweck dienen sollen: Demokratische Strukturen, Gesellschafts- und Rechtsordnung, Eigentum und Markt, Raumordnung und Landesplanung, Naturschutz und Landschaftspflege, auch die staatlichen Forstverwaltungen und das Forstrecht. Es kann sein, daß in diesem Rahmen einzelne Interessen bevorzugt, andere benachteiligt werden, und daß sich daraus Konflikte ergeben, in welchen die Forstwirtschaft selbst zum Streitpunkt gemacht wird. Hier liegt ein forstpolitisches Problem, das gerade für die Forstleute nicht leicht zu handhaben ist. Denn sie stehen im Dienst des Waldbesitzers, und dessen Recht bemißt sich nach Artikel 14 des Grundgesetzes, wo es heißt:

„1. Das Eigentum und das Erbrecht werden gewährleistet. Inhalt und Schranken werden durch die Gesetze bestimmt. 2. Eigentum verpflichtet. Sein Gebrauch soll zugleich dem Wohle der Allgemeinheit dienen. 3. Seine Enteignung ist nur zum Wohle der Allgemeinheit zulässig. Sie darf nur durch Gesetz oder auf Grund eines Gesetzes erfolgen, das Art und Ausmaß der Entschädigung regelt. Die Entschädigung ist unter gerechter Abwägung der Interessen der Allgemeinheit und der Beteiligten zu bestimmen. Wegen der Höhe der Entschädigung steht im Streitfalle der Rechtsweg vor den ordentlichen Gerichten offen."

Es ist nicht eindeutig geklärt, wie sich diese Verfassungsnorm auswirkt, wenn tradierte Vorstellungen von ordnungsgemäßer Forstwirtschaft mit neuen Forderungen des Naturschutzes oder zunehmender Erholungsnutzung des Waldes (im Privateigentum) kollidieren. Die Frage ist, wieweit die „Sozialpflichtigkeit" geht und wo der „enteignungsgleiche Eingriff" beginnt, der eine Entschädigungspflicht auslöst[13]. Es sollte aber unumstritten sein, daß eine Regelung stets in erster Linie dazu dienen muß, den Wald als Biozönose gegen jedwede Ansprüche des Menschen zu sichern, die ihm schaden könnten. Das war auch früh schon die Begründung für den Erlaß von Forstordnungen und Forstgesetzen. Wenn Forstleute in solchen Konflikten Partei ergreifen, sollten sie sich daran orientieren, daß der Wald zugleich Biozönose und wertvolles Kulturgut ist, aber auch als Ressource zur Befriedigung menschlicher Bedürfnisse dient.

Der Wald – Natur und Ressource zugleich

Wir sind davon ausgegangen, daß unsere Landschaft, nachdem sie zur Zeit des Tacitus noch wilde Natur war, in vielen Jahrhunderten mit wechselnder Technik und Intensität kultiviert wurde, ehe sie einer gnadenlosen Mißhandlung mit den Mitteln unserer Zivilisation unterworfen wurde. Ein Symptom dieser Mißhandlung ist das „Waldsterben“, dessen Ursachen punktuell bekämpft werden, aber durch die Dynamik unserer Industriekultur weltweit immer noch zunehmen.

Dennoch müssen wir uns mit den Möglichkeiten auseinandersetzen, die Waldpflege und Waldnutzung unter unseren Bedingungen für die Zukunft zu sichern. Bei allen Leistungserwartungen an den Wald ist zu beachten, daß die langzeitig wachsende und sich entwickelnde Biozönose, die er darstellt, im hochbevölkerten Land, in der Industrie- und Wohlstandsgesellschaft fachliche Betreuung braucht, die nur durch die Institutionen des Forstwesens gewährleistet sind.

Dabei sollen Belange der Bevölkerung, welcher Art sie auch seien, weitestgehend berücksichtigt werden. Konflikte sind dabei unvermeidlich, sie sollten aber immer nach dem Grundsatz behandelt werden, daß der Wald als kostbares Gut zu erhalten, zu schützen und zu pflegen ist. Es muß bedacht werden, daß die sachkundige Betreuung des Waldes Kosten verursacht, die gedeckt werden müssen. Es ist auch sicherzustellen, daß diese Betreuung keinen schroffen Wechseln ausgesetzt wird, vielmehr über lange Fristen mit Sachkunde wahrgenommen werden muß.

Nur so kann den vielfältigen Leistungserwartungen an den Wald unter Beachtung seiner Lebensgesetze nachhaltig entsprochen werden. Das gilt auch im Hinblick auf berechtigte Forderungen des Naturschutzes. Man mache sich klar, welche kolossalen Veränderungen die letzten zweihundert Jahre gesellschaftlich und technisch-ökonomisch gebracht haben, und man erkennt, daß die notwendige Kontinuität der Waldbetreuung nicht durch beliebige administrative Strukturen zu leisten ist, vielmehr besonderer institutioneller Absicherung bedarf.

Zu den denkbaren, ja erwarteten Veränderungen in der Zukunft gehört auch verstärkter Holzbedarf, da die Ressourcen der übrigen Welt heute dezimiert und exploitiert werden, während gleichzeitig die Bevölkerungszahl und somit der Bedarf weltweit wächst. Von daher rechnet man damit, daß unser Wald auch als Rohstofflieferant wieder an Bedeutung gewinnt. Trifft diese Erwartung zu, so muß ihr durch eine Forstwirtschaft ohne Zugeständnisse zu Lasten der Umwelt begegnet werden. Der Wald beansprucht bei uns unabhängig von der Frage der Nutzung Schutz und Pflege als naturnahe und naturgemäße Lebensgemeinschaft. Er leistet dafür vielfältige, gute Dienste, wie das die Natur dem Menschen gegenüber immer tat – nur irrten wir uns, wenn wir annahmen, sie vermöchte ihre Leistung als freies Gut ohne Entgelt auf Dauer zu erbringen.

Bei unserem Bemühen um die Lösung der ökologischen Probleme unserer Zeit dürfen wir nicht übersehen, daß jeder Mensch unweigerlich die Umwelt belastet. Die Zahl der Menschen ist unnatürlich groß geworden und wächst weltweit beunruhigend weiter an. Daher ist es eine Illusion, man könnte wesentliche Teile der Landschaft sich selbst überlassen – und alles sei gut. Naturschutz im und am Wald bedarf sachkundiger Institutionen, die wir dafür finanzieren müssen.

Anmerkungen

[1] Tacitus sagt feuchter, nicht atlantisch, und windiger, nicht kontinental. Für Interpretationshilfe danke ich meinem Lateinlehrer Prof. Dr. Hans Renz, Korntal.

[2] Der „Bericht über den Zustand des Waldes 1990" des Bundesministers für Ernährung, Landwirtschaft und Forsten nennt folgende Zahlen:

	Schadstufen*)			
	0	1	2–4	
	– in Prozent der Waldfläche –			
Bundesrepublik vor dem 3. 10. 1990	47,1	37,0	15,9	Angaben für 1989
Gebiet der neuen Bundesländer	34,3	29,8	35,9	Angaben für 1990

* Schadstufe 0: ohne Schadmerkmale; Schadstufe 1: schwach geschädigt, Warnstufe; Schadstufen 2–4: deutliche Schäden.
Letal geschädigte Bäume werden aus dem Wald entfernt, belasten daher die Statistik nicht!

[3] Die Physiokraten klassifizierten die Menschheit zeitbedingt-zynisch in die „classe distributive", auch „classe des propriétaires" – Landbesitzer –, die „classe productive" – die Pächter bzw. Landarbeiter – und die „classe stérile" – Gewerbetreibende und Händler. Die Wirtschaftstheorie verdankt jedoch dem Begründer des physiokratischen Systems, dem Leibarzt Ludwigs XV. Francois Quesnay (1694–1774), die Idee des Wirtschaftskreislaufs und mit dem „Tableau économique" den ersten Entwurf einer volkswirtschaftlichen Gesamtrechnung. Über den „Aufstieg des Forstwesens im Zeichen des Merkantilismus" bei Kremser, Niedersächsische Forstgeschichte, Rotenburg (Wümme), 1990.

[4] Veröffentl. der Staatl. Stelle für Naturschutz beim Württ. Landesamt für Denkmalpflege, Heft 2, Stuttgart, 1925, S. 54.

[5] „Die Grenzen des Wachstums“, Stuttgart: DVA 1972.
[6] U. a. Forschungsbeitrag Waldschäden/Luftverunreinigungen, Dritter Bericht, Karlsruhe 1989.
[7] Z. B. Allgemeine Forstzeitschrift Nr. 27/1990, S. 698; vergleiche auch Forstliche Forschungsberichte München Nr. 103, 1990 – Schriftenreihe der Forstwissenschaftlichen Fakultät der Universität München und der Bayer. Forstlichen Versuchs- und Forschungsanstalt.
[8] Siehe z. B. Hesmer und Schroeder: Waldzusammensetzung und Waldbehanldung im Niedersächsischen Tiefland ... Decheniana – Beihefte 11, Bonn, 1963.
[9] Johnston, Grayson, Bardley: Forestry Planning, London: Faber & Faber, 1967, S. 62ff.
[10] Forstpolitik, in Handbuch der Forstwissenschaft, hrsg. von T. Lorey, Zweiter Band: Forstliche Betriebslehre und Forstpolitik, Tübingen, 1887.
[11] Hamburg und Berlin: Parey, 1953.
[12] Glück, Das Elend der Kielwassertheorie; Internationaler Holzmarkt, 1982.
[13] Nießlein, Waldeigentum und Gesellschaft, Hamburg, Berlin: Parey, 1980.

Christian Schütze

Die Lage der Natur in der Nation

Seit dem Beitritt der Deutschen Demokratischen Republik zur Bundesrepublik Deutschland am 3. Oktober 1990 hat sich die Lage der Natur in der Nation insofern ein wenig verbessert, als die Umweltschutzgesetzgebung der alten Bundesrepublik hinfort auch für die fünf neuen Bundesländer in Ostdeutschland gelten wird. Die ungezügelte Ausbeutung der „natürlichen Lebensgrundlagen" im Interesse der Planerfüllung in der DDR und in der Verbundwirtschaft der sozialistischen Länder kann aufhören, ebenso der Export von Giftfrachten in Flüssen und Luftströmungen aus dem Osten in den Westen. Das gilt – wenn auch in geringerem Maße – ebenso für den Giftexport aus dem Westen in den Osten. Eine Grenze ist weggefallen und mit ihr eine preiswerte Entsorgungsmöglichkeit.

Nach dem Erschrecken über den Zustand der Umwelt auf dem ehemaligen DDR-Territorium hat die Bundesregierung im Rahmen des Gemeinschaftswerkes „Aufschwung Ost" ein Umweltschutz-Sofortprogramm beschlossen. Die neuen Länder bekommen 1991 und 1992 für dringliche Vorhaben der Trinkwasserversorgung, Abwasserbehandlung, Deponiesicherung und des Altlastenabbaus 800 Millionen Mark. Sie dienen der Abwehr unmittelbar drohender Gefahren. Zur Feststellung von Altlasten auf Kasernengelände und Übungsplätzen der Sowjetarmee sind weitere 70 Millionen Mark verfügbar. Für die Beseitigung dieser riesigen Mengen von technischem Abfall und Giften – vom Bauschutt über Kerosin bis zu Munition – sind für die kommenden vier Jahre 540 Millionen Mark im Bundeshaushalt vorgesehen; Bundesumweltminister Töpfer hält die Summe für viel zu klein. Die Vereinbarungen über den Truppenabzug bis 1994 sehen in etwas naivem Glauben an die Kraft des Verursacherprinzips vor, daß die Sowjettruppen ihre Liegenschaften in sauberem Zustand, ökologisch einwandfrei und nicht nur besenrein zurücklassen. Doch in den ersten Monaten des Jahres 1991 mehrten sich die Gründe für den Verdacht, daß öfters nicht saniert, sondern nur getarnt werde. Töpfer verhandelte intensiv mit den hohen Kommandeuren und erwog sogar die Auslobung von „Finderlohn“, um die Truppen zur aktiven Mitwirkung bei der Bestandaufnahme zu bewegen.

Die militärischen Altlasten sind nur ein kleiner Teil der allgemeinen Misere. Das laute Klagelied über den Zustand der Umwelt in den sächsischen, anhaltischen und brandenburgischen Industriegebieten übertönte die Stimmen, die daran erinnerten, daß durch den Beitritt der DDR die Natur in der Nation auch manches wertvolle Mitbringsel bekommen habe. So liegen von den neun Landschaften, die von der Unesco als besonders schutzwürdige Biosphärenreservate anerkannt wurden, fünf in den neuen Bundesländern: Das Gebiet mittlere Elbe (Dessau, Wörlitz, Vockerode), der Spreewald, die Schorfheide nordöstlich Berlin, der südöstliche Teil von Rügen und das Vessertal in Thüringen. In der alten Bundesrepublik liegen vier Biosphärenreservate: Die Nationalparke, Bayerischer Wald, Berchtesgaden und Wattenmeer sowie Teile der Rhön. Am Unterlauf der Oder südlich Stettin entsteht ein grenzübergreifendes Naturschutzgebiet, und nach fast vierzigjähriger Vorarbeit von wissenschaftlichen Organisationen und Naturschutzverbänden ist im Frühjahr 1991 auch der 10000 Hektar große Nationalpark Sächsische Schweiz vom Ministerpräsidenten Biedenkopf eröffnet worden. Die DDR-Regierung hatte ihn als eine ihrer letzten Amtshandlungen im September 1990 in Übereinstimmung mit dem Einigungsvertrag ausgewiesen.

Reserveflächen des Naturschutzes sind die militärischen Sperrgebiete der ehemaligen Volksarmee und der einstige „Todesstreifen“ entlang der innerdeutschen Grenze, der immerhin eine Fläche von der Größe Luxemburgs ausmacht. Um ihn konkurrieren Straßenbauer und „Erschließer“ mit den Naturschutzverbänden. Die NVA-Truppenübungsplätze umfassen 22000 Hektar, von denen 10600 Hektar nach Einschätzung des Naturschutzbundes Deutschland äußerst wertvoll sind: Moorlandschaften, Wälder, Heide mit 50 Tierarten, die in Westdeutschland ausgestorben sind. Anders als die sowjetischen Truppenübungsplätze sind die der Volksarmee mit Altlasten wenig vergiftet, weil sie erst seit den sechziger Jahren genutzt wurden. Das Bundesverteidigungsministerium hat sie für militärisch unnötig erklärt und zum Verkauf an private Interessenten freigegeben. Umweltminister Töpfer möchte sie als Naturschutzgebiete erhalten.

Die Chancen für Töpfer sind nicht die besten. Die neuen Bundesländer enthalten nicht nur Reserveflächen für den Naturschutz, sondern auch unverdorbene Gebiete, in die hinein die westdeutsche Freizeitindustrie vordringen möchte. Das Kapital in den alten Bundesländern war jedenfalls im ersten Jahr nach der Vereinigung weniger an den alten Industriestandorten interessiert als am Absatzgebiet Ost und an Liegenschaften aus DDR-Staats- oder Parteibesitz mit geklärter Vorgeschichte, was die Besitzrechte anbetrifft. Es liegt in der Natur der Sache, daß dies gerade auch die ökologisch interessanten Flächen sind.

Erstklassigen Konfliktstoff bei der Frage, wie die neuen Bundesländer auf Westniveau zu heben seien, bietet die Verkehrspolitik. Minister Krause, der zielstrebige Verhandler des Einigungsvertrages, verfügt über einen um 40 Prozent auf 35 Milliarden Mark angeschwollenen Verkehrsetat und schwört: Ohne Verkehrsaufschwung kein Wirtschaftsaufschwung. Die langen Planungszeiten nennt Krause „völlig unakzentabel", die im Westen üblichen Mitspracherechte seien übermäßig gewuchert, der Verwaltungsgerichts-Aufwand gegen die Entscheidung von Planungsbehörden zu groß und zeitraubend. Krause wünscht sich den Abbau des Rechtsstaates, damit die Verkehrsinfrastruktur schneller aufgebaut werden könne. Vordergründig mag solches dem nicht kleinen Anteil der Autobesessenen in den neuen Bundesländern gut gefallen, aber der tiefere Antrieb zur Revolution in der DDR war doch der Wunsch nach einem Staat, in dem der Bürger der Gestaltungswut von Monopolparteien und Bürokratien nicht mehr rechtlos ausgeliefert sei. Daß Bonner Beamte in Krauses Ministerium mit Eifer am „Beschleunigungsgesetz" ihres Ministers arbeiten, ist nicht verwunderlich. Verkehr ist in der übermotorisierten Gesellschaft zum Selbstzweck geworden. Daß er der Wirtschaftsentwicklung diene, ist Dogma, auch wenn es aus dem ehemaligen Zonenrandgebiet und anderen strukturschwachen Regionen inzwischen beweiskräftige Untersuchungen gibt, die zeigen, wie schnelle Straßen vor allem das Fernpendeln von Arbeitskräften fördern, nicht deren Zuwendung zu neuangesiedelten Betrieben. Diese „Raumwirksamkeit" von Fernstraßen ist seit einer Untersuchung der Bundesforschungsanstalt für Landeskunde und Raumordnung aus dem Jahr 1981 bekannt.

Gegen solche Erkenntnisse veranstaltete die Autoindustrie Kolloquien und Symposien, auf denen Verkehrsexperten ihre Untersuchungen vortrugen, die von einer Zunahme des Güterfernverkehrs um 80 Prozent „ausgehen", was eine sprunghafte Ausdehnung des Straßenverkehrs bewirken werde. So zum Beispiel bei einer verkehrspolitischen Tagung in Berlin im März 1991, organisiert vom Verkehrsforum Bahn, der Ingenieurgesellschaft Verkehr Berlin und dem Verband der Automobilindustrie. Der Sprecher des Bundesverkehrsministerium nannte dabei die Investitionen in das Verkehrsnetz einen wichtigen Motor für die gesamte Investitionstätigkeit. Er forderte die erhebliche Beschleunigung der Planungsverfahren.

Gegen Krauses Konzept gibt es Widerstand der Verfassungsrechtler und der Umweltschützer, selbstverständlich auch der politischen Opposition. Der hessische Umweltminister Joschka Fischer nannte die Pläne für Beschleunigungs- und Maßnahmengesetze eine „offene Kriegserklärung gegen 30 Jahre Umwelt- und Planungsrecht". Er vermutete, Krauses Vorstoß solle zum „Testlauf" für den Abbau von Bürgerrechten insgesamt werden; sie seien ein Angriff auf den Föderalismus und wahrscheinlich verfassungswidrig. Die rot-grüne Koalition in Hessen werde im Bundesrat entschieden dagegen ankämpfen. Fischer warf Töpfer vor, „erbärmlich" versagt zu haben; der Umweltminister möge endlich seine Stimme gegen Krauses „Notstandsrecht" erheben. In der Tat fand Krause viel Zustimmung in den Medien für seine Pläne auf der Linie der herkömmlichen Plausibilität: Straßenbau geht rasch, schafft Arbeitsplätze, beschleunigt die Verkehrsabläufe, ist schon immer gut gewesen. Töpfers Vorstellung, in den neuen Bundesländern böten sich beim Aufbau der Wirtschaft Chancen für einen „ökologischen Qualitätssprung" und die Vermeidung von Fehlern, die im Westen gemacht wurden, stieß bei den Betonköpfen und „Realisten" in Politik und Publizistik auf Ablehnung: Traumtänzerei sei das und akademischer Illusionismus.

Der Verkehrsminister verteidigte sich gegen Kritik mit dem Hinweis, das für die Erneuerung von Eisenbahnstrecken vorgesehene Finanzvolumen von 29 Milliarden Mark sei um sechs Milliarden Mark größer als das für die Autobahnen. Kritiker wollten in dieser bescheidenen Differenz kein Anzeichen für die versprochene Wende von der Straße zur Schiene sehen. Sie hoffen darauf, daß Einspruch von der Europäischen Gemeinschaft kommt. Die Pläne Krauses seien unvereinbar mit der EG-Richtlinie zur Umweltverträglichkeitsprüfung; Brüssel könne sie deshalb stoppen. Die europäischen Verkehrsminister werden sich dazu gewiß nicht entschließen. Sie haben sich damit abgefunden, daß der Güterfernverkehr als Folge des europäischen Binnenmarktes um 40 Prozent wachsen wird, und dieses vor allem in Form des Lastwagenverkehrs. Von Brüssel ist allenfalls Druck zur Minderung der Folgen zu erwarten, nicht Verkehrsvermeidung. Da 90 Prozent der schädlichen Abgase im Straßenverkehr aus Lastwagen kommen (so die EG-Kommission), haben die Umweltminister der Gemeinschaft niedrigere Abgaswerte für Dieselmotoren beschlossen. Von Juli 1992 an müssen neu konstruierte Lastwagen und Omnibusse mit einer Technik ausgestattet sein, die eine Halbierung der gegenwärtigen Mengen von Kohlenwasserstoffen, Kohlenmonoxyd, Stickoxyden und Ruß-Partikeln ermöglicht. Vom Oktober 1993 an müssen auch neuzugelassene ältere Modelle diese Technik enthalten, und eine weitere Verschärfung soll 1995 einsetzen.

Europas Diesel-Fahrzeuge werden dann Emissionswerte erreichen, wie sie für die vereinigten Staaten schon für 1994 vorgeschrieben sind. Die europäischen Umweltminister haben sich bei dieser Gelegenheit zu einem Prinzip durchgerungen, das lange Zeit umstritten war, weil es angeblich wettbewerbsverzerrend wirkte: Technik, die dazu hilft, daß gemeinsam beschlossene Grenzwerte früher als angeordnet erreicht werden, darf steuerlich gefördert werden. Bundesumweltminister Töpfer hat danach angekündigt, die Bundesregierung werde noch im Jahr 1991 den Entwurf einer emissionsbezogenen Kraftfahrzeugsteuer vorlegen.

Auf entschiedenen Widerstand stieß Minister Krause mit seinem Wunsch, die Schweiz möge einen „Korridor“ für den transalpinen Verkehr mit 40-Tonnen-Lastwagen erlauben. Der zuständige Bundesrat Adolf Ogli beharrte auf der Begrenzung auf 28 Tonnen und ließ sich auch durch Krauses Argument, moderne 40-Tonner könnten technisch weiterentwickelt und damit sauberer sein, nicht beeindrucken. Die Schweiz wird eine neue Eisenbahn-Alpentransversale bauen; der Gotthard-Basistunnel soll bis 2015, der neue Lötschberg-Basistunnel bis 2005 fertig sein. Nach einer Untersuchung der Universität Cambridge verursachen Lastzüge mit mehr als zwölf Tonnen Gesamtgewicht alljährlich in der EG Straßenschäden im Wert von 7,8 Milliarden Mark, bringen aber nur 3,6 Milliarden an Kraftfahrzeug- und Mineralölsteuer. Ein einziger Lastwagen von 40 Tonnen Gewicht zerstöre die Straßen genauso sehr wie 163 840 Mittelklassewagen von je einer Tonne.

Schon zum vierten Jahrestag der Reaktorkatastrophe von Tschernobyl waren dank Glasnost die Abläufe des Geschehens, die katastrophalen Mängel beim Management der Anlage und bei den Hilfsmaßnahmen sowie die Folgen für die betroffenen Menschen bekannt geworden. Das alles wurde 1991 beim fünften Jahrestag vertieft und durch Darstellungen der Konstruktionsfehler des Tschernobyler Reaktortyps ergänzt. Dieser wird zwar nicht mehr gebaut, aber es sind noch mehr als ein Dutzend Kraftwerke mit diesem Typ in der Sowjetunion in Betrieb. Inwieweit sie mit Sicherheitstechnik nachgerüstet wurden, ist aus westlicher Respektive schwer zu ergründen. Als gravierendes Risiko bleibt die inhärente Unsicherheit bestehen, weil der Reaktor bei bestimmten Betriebszuständen wie unter dem Gesetz eines positiven Regelkreises reagiert und zu sekundenschneller Leistungsexkursion neigt. Zu hoffen ist, daß die sorgsame Analyse der Tschernobyl-Katastrophe das Bedienungspersonal der übrigen Reaktoren gleichen Typs vor Experimentierlust gegen die Bedienungsvorschriften warnt. Die Zahl der Opfer der „Havarie“ wird offiziell immer noch mit 31 angegeben, doch sind auch sowjetische Wissenschaftler überzeugt, daß sehr viel mehr Todesfälle als Folge der Katastrophe gesehen werden müßten: bis zu 10000. In den nächsten Jahren werde die Zahl der Fälle von Leukämie deutlich steigen. Zahlreiche Menschen in den stark belasteten Regionen auch weit entfernt von der 30-Kilometer-Sicherheitszone leiden an körperlichen und seelischen Schäden. Sie sind anfällig gegen Krankheiten, leicht ermüdbar und depressiv. Ihre Versorgung mit unverstrahlten Nahrungsmitteln funktioniert nicht. Mehrere hunderttausend müßten eigentlich umgesiedelt werden, doch die Sowjetregierung hat andere Sorgen. Alles deutet darauf hin, daß den Opfern keine angemessene Versorgung zuteil wird. Die Bewahrung der Union vor Zerfall und Bürgerkrieg erscheint derzeit viel wichtiger, denn ein Zustand, in dem zentrale Anweisungen aus Moskau bei den arbeitenden Kernreaktoren nicht mehr ankommen oder nicht beachtet werden, könnte weitere „Havarien" zur Folge haben. Die vorausgesagten Beschränkungen der politischen Entscheidungsfreiheit durch Sachzwänge der nuklearen Technik zeichnet sich ab. Oder anders: Die Ausübung politischer Entscheidungsfreiheit ist unter den Bedingungen einer Nuklearwirtschaft mit enormen Risiken behaftet.

Nach der deutschen Vereinigung wurden die fünf Atomkraftwerke, die in der ehemaligen DDR arbeiteten und zehn Prozent des dort verbrauchten Stroms produzierten, aus Sicherheitsgründen abgeschaltet. Ob die Druckwasserreaktoren sowjetischer Bauart in Greifswald mit deutscher Sicherheitstechnik nachgerüstet werden könnten, um genehmigungsfähig zu werden, war 1991 Gegenstand der Prüfung. Der Reaktorbau in Stendal wurde eingestellt. Die Umweltminister der sozialdemokratisch regierten norddeutschen Bundesländer sprachen sich dagegen aus, in den neuen Ländern überhaupt wieder Kernenergieanlagen zu bauen. Die CDU/CSU-Bundestagsfraktion erklärte sich dafür. Bundeswirtschaftsminister Möllemann ermutigte, indem er Investitionsentscheidungen zu unterstützen versprach, die zur ostdeutschen Vereinigten Energiewerke AG verbundenen Konzerne RWE, Preußenelektra und Bayernwerke zum Bau je eines Druckwasserreaktors von 1300 Megawatt Leistung in Stendal und Greifswald. Doch die Firmen zögern und warten auf den neuen „Energiekonsens" zwischen den großen Parteien, der erst einmal Investitionssicherheit bringen müsse. Der Wille der Bundesregierung genüge nicht, erklärte der Vorstandsvorsitzende der RWE, Franz Josef Schmitt.

Doch im Jahr 1991 zeichnete sich der Konsens nicht ab. Vielmehr ließ der Trend zu sozialdemokratischen Stimmengewinnen und zur Stabilisierung von rot-grünen Koalitionen erwarten, daß es auf längere Zeit keine Entscheidungen zugunsten des Ausbaues oder auch nur Ersatzbaues bei der Kernenergie geben werde. Das erscheint zur Zeit nicht problematisch. Die westdeutschen Stromversorgungskapazitäten reichen aus, den wegen schwacher Wirtschaftstätigkeit in den neuen Bundesländern sinkenden Strombedarf dort zu decken, wo die Braunkohlekraftwerke allein es nicht schaffen. Auf die Dauer jedoch strebt die Elektrizitätswirtschaft einen „Energiemix" an, der etwa 15 Prozent Atomstrom aus ostdeutschen Kraftwerken bei der Stromversorgung der neuen Länder vorsieht. Die Bundesregierung steht solchen Plänen wohlwollend gegenüber. Hier ist es Umwelt- und Reaktorsicherheitsminister Töpfer, der sich kürzere Genehmigungsverfahren wünscht, um die Idee des Reaktorbaus im „Konvoiverfahren" zu verwirklichen. Wenn ihm das durch eine Novellierung des Atomgesetzes gelingt, wird der Vorteil für die Nuklearwirtschaft bedeutend sein; die von Töpfer geplante Abschaffung der Staatsförderung und die höheren Haftpflichtkosten, über die von Reaktorbauern und Stromversorgung laut lamentiert wird, sind dann mehr als ausgeglichen.

Zum eisernen Bestand der Argumente von Befürwortern eines weiteren Ausbaus der Kernenergie gehört der Hinweis darauf, daß diese kein Kohlendioxyd abgebe, also ein probates Mittel gegen den Treibhauseffekt sei. So jedenfalls erscheint das Argument in der Vergröberung durch die Massenmedien, auch wenn die Sprecher der Atomwirtschaft es so plump nicht vortragen. Sie sprechen nur davon, daß durch Kernenergie in der Bundesrepublik 140 Millionen Tonnen CO_2 im Jahr vermieden würden, rund 14 Prozent der Emissionen an diesem Spurengas; diese entstünden zusätzlich, wenn der gesamte Stromverbrauch durch Kohlekraftwerke gedeckt würde. Eine Energiepolitik, die diese 14 Prozent und mehr durch die systematische Förderung des Sparens erzielen könnte, ist nicht erkennbar.

Alternative erneuerbare Energien, die ebenfalls ohne CO_2-Erzeugung wirken, kamen 1990 und 1991 nicht wesentlich voran. Das hochsubventionierte Programm des Bundesforschungsministeriums zur Installation von Solarzellen auf tausend Dächern fand wenig Gegenliebe bei Energierechnern. Die Deutsche Energie-Gesellschaft kritisierte es als teuren Irrweg; mit demselben Geld könnte bei der Förderung von erprobter Kollektortechnik zur Warmwasserbereitung ein Vielfaches an Energie geerntet und der Kollektorindustrie ein Schub hin zur verbilligenden Großserienproduktion vermittelt werden.

Weltweit hat allerdings die Nachfrage nach Solarzellen wegen der Vorteile der Stromversorgung netzferner Verbraucher durch Photovoltaik zugenommen, pro Jahr um 20 Prozent. Das hat auch zu größeren Fertigungskapazitäten bei Firmen in der Bundesrepublik geführt. Doch deren Ertragslage ist nach wie vor schlecht, weil die Stückzahlen für eine deutliche Senkung der Produktionskosten nicht reichen. Kleinere Firmen haben aufgegeben, große erwägen die Einstellung der Produktion auf diesem Sektor. Doch einige ganz starke Konzerne, unter ihnen Siemens, investieren in größere Kapazitäten. Das Problem ist, daß die Forschung immer wieder einmal neue Perspektiven eröffnet, welche die vorgenommenen Investitionen zunichte machen oder wenigstens entwerten. Für den Aufbau der fünf neuen Bundesländer sollen, so scheint es vorerst, alternative Energiequellen keine Rolle spielen. Die Freunde einer Energiepolitik der intelligenten Technik und der finanziellen Anreize werden froh sein, wenn beim hastigen und möglichst billigen Wohnungsbau die Wärmedämmnormen eingehalten und die Heizkörper mit Thermostaten versehen werden, damit die phantastische Energieverschwendung aufhört, die zu den hervorstechenden Errungenschaften des Sozialismus gehört.

Dramatisch entwickelte sich im März und April 1991 das Ringen um Minister Töpfers Verpackungsverordnung. Sie drohte im Bundesrat am Veto einer Koalition aus Hessen, Niedersachsen und Bayern zu scheitern. Die Abstimmung wurde verschoben, der Entwurf im Sinne der Länder verbessert und schließlich mit knapper Mehrheit gebilligt. Graf Lambsdorff hatte als Schutzpatron der Verpackungswirtschaft und Supermärkte Töpfers ursprünglichen Entwurf als rechtlich abgesichert und ausgewogen gelobt; die Wirtschaft werde angehalten, mit Verpackungsabfall – 11,4 Millionen Tonnen pro Jahr – umweltfreundlicher umzugehen, könne sich aber durch Aufbau eines eigenen Entsorgungssystems dem Zwangspfand und der Pflicht zur Rücknahme von Packmaterial (im Laden) entziehen. Der bayerische Umweltminister Gauweiler forderte dagegen als Bedingung für seine Zustimmung, daß zur Stabilisierung des Mehrwegsystems Quoten festgesetzt werden müßten, was Lambsdorff als „strukturpolitischen Eintriff" ablehnte, der europarechtlich und wettbewerbspolitisch nicht zu rechtfertigen sei. Gauweiler solle, davon waren die Freien Demokraten überzeugt, vor allem von den bayerischen Brauereien die Konkurrenz des norddeutschen Dosenbiers fernhalten, das aber sei nicht die Aufgabe eines Umweltministers. Der Angeklagte verteidigte sich aber geschickt mit einem Appell an die Wählerschaft der FDP: Sein Kampf für Mehrwegverpackungen bei Getränken komme vor allem den mittelständischen Betrieben zugute; sie seien auf Flaschenumlauf, Pfandbetrieb usw. eingerichtet, aber als Einzelhändler nicht daran interessiert, daß ihnen Verpackungsabfall (Gebinde) im Laden zurückbleibe.

Die Verbraucherorganisation verlangten „Nachbesserungen" an Töpfers Entwurf, in dem sie die Handschrift von Verpackungsherstellern, Großhandel und privaten Entsorgern erkannten. Sie befürchteten, durch das „duale Sy-

stem" der Abfallbeseitigung – die herkömmliche öffentliche Müllabfuhr und die von der Wirtschaft neu aufzubauende private Sammlung – würden die Müllberge noch schneller wachsen, nur getrennt in „öffentliche und private Berge". Das Angebot der Verpackungsindustrie, rezyklierbares Packmateial mit einem grünen Punkt zu kennzeichnen, um den Verbraucher umweltfreundliches Verhalten zu ermöglichen, sei bedeutungslos, weil unverbindlich. Mit dem grünen Punkt könnten auch Einweggebinde versehen werden. Das Ziel Abfallvermeidung werde nicht erreicht, die Wiederverwendung von Wertstoffen nicht gesichert, die Verbrennung nicht eingeschränkt.
Das war auch die Kritik der Sozialdemokraten und Grünen. Töpfer, dem das duale System mehr aufgedrängt worden war, als daß er es selbst wollte, mochte die Verordnung nicht scheitern lassen und arbeitete sie um. Vom Dezember 1991 an müssen Hersteller und Vertreiber Transportverpackungen zurücknehmen und verwerten. Vom April 1992 an darf der Verbraucher sogenannte Umverpackungen im Laden zurücklassen; sie müssen wiederverwendet werden. Auf Einwegverpackungen von Getränken, Reinigungsmitteln und Farben wird ein Pfand erhoben. Der Handel kann sich davon befreien, wenn er parallel zur öffentlichen Müllabfuhr in der Nähe der Haushalte Sammelstellen für Verpackungsabfall einrichtet und regelmäßig leert. Das System muß aber bis Juli 1995 so gut arbeiten, daß es 80 Prozent des Verpackungsmülls erfaßt, sonst können es die Länder verbieten. Stabilisiert wird die Quote der Mehrwegverpackungen bei 72 Prozent; die Forderung der Länder, sie auf 81 Prozent zu steigern, blieb unerfüllt, weil hier ein Widerspruch der EG zu erwarten gewesen wäre. Nach Ansicht der Grünen ist die Verordnung kein „wesentlicher Baustein einer ökologischen Abfallwirtschaft" (so der niedersächsische Umweltminister Trittin), aber Minister Töpfer sah in ihr revolutionäre Elemente: „Wer produziert, muß sich darüber im klaren sein, daß dieses Produkt, wenn es zu Abfall wird, auch von ihm verantwortet wird ... ein Umbruch insgesamt in unserem Verfahren, in unserem Denken".

Noch mitten im Endkampf um die Verpackungsverordnung trug Töpfer dem Bundestag sein Konzept einer künftigen Abfall-Vermeidungspolitik vor. Ein verschärftes Gesetz soll von Ende 1992 an bewirken, daß die jährliche Müllmenge von 32 Millionen Tonnen halbiert wird. Dazu soll eine Abfallabgabe eingeführt werden zwischen 20 Mark pro Tonne Hausmüll und 100 Mark pro Tonne Sonderabfall. Von den zu erwartenden zwei Milliarden Mark Einnahmen soll die Hälfte für die Altlastenbeseitigung in den neuen Bundesländern reserviert werden. Innerhalb von zehn Jahren sollen die Abgaben auf das Doppelte steigen. Das Vorbild ist die dynamisierte Abgabe für ungereinigtes

Abwasser, die sich nach Töpfers Überzeugung gut bewährt hat. Was bei der Verpackungsverordnung noch nicht vollständig gelungen ist, soll das neue Abfallgesetz bringen: den absoluten Vorrang der Abfallvermeidung vor der Wiederverwertung, und den Vorrang der Wiederverwertung vor der Verbrennung oder Deponierung.

Heimische Umweltprobleme standen nach der deutschen Vereinigung 1991 im Vordergrund des Interesses in der vergrößerten Bundesrepublik. Am Schluß einer ermüdenden und ergebnislosen Serie von internationalen Konferenzen trat deshalb das Thema der drohenden Klimaveränderung zurück. Nach hervorragender Arbeit, die weltweite Anerkennung fand, wurde die Enquête-Kommission des Bundestages „Schutz der Erdatmosphäre" erneut eingesetzt. Das Ziel der Bundesregierung, den CO_2-Ausstoß in Deutschland bis zum Jahr 2005 um 30 Prozent zu vermindern, blieb ein einsames Signal. Die bisher schon ablehnenden Länder der Europäischen Gemeinschaft und die Vereinigten Staaten konnten sich zu solcher Selbstverpflichtung nicht durchringen, zumal Präsident Bush sich als erklärter Gegner einer solchen Beschränkung zu erkennen gab, die seiner Meinung nach das Wirtschaftswachstum gefährden müsse.

Eine vorübergehende Auffrischung der Debatte über den Zustand der Wälder und die Ursachen ihres anhaltenden Siechtums brachte der Sturm „Wiebke", der drei-bis viermal soviel Holz umlegte, wie in einem Jahr forstwirtschaftlich korrekt – nämlich mit Rücksicht auf die „Nachhaltigkeit" – geschlagen wird. Der Sturm fachte die Kontroverse um die Stabilitätsfrage wieder an: Haben naturnahe Mischwälder besser widerstanden als Fichtenplantagen? Das hatten sie nicht überall in markanter Weise, aufs Große und Ganze gesehen schnitten sie aber günstiger ab. Im übrigen setzte sich die Tendenz zu wachsenden Schäden durch Luftschadstoffe und Bodenversauerung bei den Laubbäumen fort, während Nadelwälder nur in dem seit Jahren bekannten Umfang kränkelten. Milde Winter in Serie halfen den Bäumen, den Angriffen der Umweltgifte besser zu widerstehen. Von einer Rettung des Waldes kann dennoch keine Rede sein, weil viele Bestände, die nicht gerade Fichtenmonokulturen sind, zumal im schwer zugänglichen Bergwald, zu vergreisen drohen. Zu viele Rehe, Hirsche und Gemsen fressen den Nachwuchs ab oder vernichten ihn durch Schälen und Fegen. Die Jagd bleibt durch politische Protektion still und indirekt subventioniert, auch wenn Landesrechnungshöfe langsam auf diesen Mißstand aufmerksam werden.

Die Aufnahme des Umweltschutzes als Staatsziel in das Grundgesetz kam nicht zustande. Die Unionsparteien wollen die Formulierung, daß die „natürlichen Lebensgrundlagen des Menschen" zu schützen seien, Sozialdemokraten und Grüne verlangen für ihre Zustimmung, ohne die eine Zweidrittel-Mehrheit nicht möglich ist, daß die Worte „des Menschen" entfallen. Auch die von der Union verlangte Einschränkung „Das Nähere regeln Bundesgesetze" ist für die Opposition nicht annehmbar. Durch sie entstünde ein „Staatsziel" minderen Rechts im Vergleich zum verfassungsmäßigen Sozialstaatsgebot. Auch die Novellierung des Bundesnaturschutzgesetzes kam nicht voran. Sie scheiterte an der Weigerung des Finanzministers, zwischen 120 und 200 Millionen Mark einzusetzen, damit der Landwirtschaft Produktionsausfälle erstattet werden können, die dadurch entstehen, daß in ausgewählten Gebieten extensiver gewirtschaftet wird. Solches wäre nötig, wenn bei der Novellierung die anstößige – weil unwahre – Behauptung gestrichen würde, wonach „ordnungsgemäße Landwirtschaft" in der Regel auch den Zielen des Naturschutzes diene.

Restriktiv blieben trotz aller Bekenntnisse zum Umweltschutz als größter Überlebensaufgabe der Menschheit in unseren Zeiten die Regierungspolitik und das Koalitionsklima. Klaus Töpfers Versuch, sich selbst und künftigen Umweltministern ein Vetorecht zu erstreiten, so wie es der Finanzminister bei kostenträchtigen Entscheidungen hat, war erfolglos. Sein Argument, der Finanzminister hüte nur das Geld, der Umweltminister aber das Wirtschaftskapital Natur und die Lebensgrundlagen, überzeugte die meisten seiner Parteifreunde in der Union nicht, und noch weniger die F.D.P.

Dennoch hat Töpfer nach seinem nicht sonderlich glücklichen Start als „Ankündigungs- und Showminister" und nach dem belastenden Zwischenspiel beim aussichtslosen Versuch, Ministerpräsident im Saarland zu werden, als Bundesminister für Umwelt, Naturschutz und Reaktorsicherheit Statur gewonnen. Mit seiner zähen Arbeitskraft, vor allem aber durch fachliche Kompetenz überragt er inzwischen das gesamte Kabinett Kohl. Er kann dicke Bretter bohren, eine Gabe, die Max Weber vom Politiker forderte. Die Opposition hat es zunehmend schwerer, ihm ernsthafte Vorwürfe zu machen. Die Mischung seines Instrumentariums aus ordnungspolitischen Maßnahmen, marktwirtschaftlichen Mitteln und Volkspädagogik ist weitgehend frei von ideologischen Elementen. Noch sein Vorschlag, in eine künftige „Umweltschutz-Präambel" den Begriff „Schöpfung" aufzunehmen, der Natur und Mensch gleichermaßen umfasse und den Formulierungsstreit bei der Staatszielbestimmung überwinden könne, zeugt von Pragmatismus. Töpfer hat die Umweltpolitik vom Verdacht befreit, ein Instrument der Subversion zu sein. Der Niedergang der Grünen im Bund beruht zwar in erster Linie auf deren internen Dauerstreit, der nach anfänglich hohem Unterhaltungswert das Publikum nur noch anödet. Er ist zum Teil aber auch die Folge davon, daß Töpfers Sachkunde der ganzen Union und der Regierung zu umweltpolitischem Ansehen verhilft. Das ist zwar nicht gerechtfertigt, aber doch politisch wirksam. Töpfers wachsende Sicherheit bei Auftritten und Äußerungen im Parteirahmen deutet darauf hin, daß er weiß, was die CDU an ihm hat. Die Frage ist, ob Bundeskanzler Kohl von seinem alles beherrschenden Regierungsrezept, mögliche Konkurrenten klein zu halten, im Fall Töpfer eine Ausnahme macht.

Biographische Angaben

Konrad Adam, geb. 1942 in Wuppertal. Studium der Alten Sprachen und der Geschichte. Journalist. Seit 1978 Mitarbeiter der FAZ.

Anschrift: Postfach 100808, 6000 Frankfurt am Main 1

Theodor Binder, Dr. med., geboren 1919 in Auggen/Baden. Studium der Medizin, Philosophie und Ethnologie (Amerikanistik) in Freiburg i. Br., Straßburg und Basel – Teilnahme am Krieg und am Widerstand gegen Hitler (Gruppe Goerdeler-Ritter). Nach Entdeckung Flucht in die Schweiz. – 1949 Übersiedlung nach Peru. Aufbau eines Hospitals in Oxapampa/Ostperu. 1949 Lagerarzt in einem Ölsucher-Camp im Gebiet der Shipibo-Indianer am Rio Pisqui. 1951 bis 1956 ärztliche Tätigkeit im Wohlfahrts- und Universitätshospital Dos de Mayo in Lima. 1956 Übersiedlung nach Pucallpa am Rio Ucayali; Indianer- und Armenpraxis, gleichzeitig Aufbau des Amazonas-Hospitals „Albert Schweitzer", das 1960 eröffnet wurde. – 1973 Aufbau des Mazahua-Hospitals „Albert Schweitzer" in Santa Ana Nichi in der Sierra Central von Mexico. 1977 Aufbau der Albert Schweitzer-Projekte in Paraguay (Hospital für Indianer und Campesinos in Tavaí Ostparaguay, Ambulatorien in der Reservation der Pai Tavyterá im Armenviertel von Santa Teresa). – 1987 Rückkehr nach Deutschland aus Gesundheitsgründen. 1988 Eröffnung einer Praxis für biologische Medizin. Gründung der Indianerhilfe Dr. Binder e. V. in Freiburg i. Br., Zasiusstr. 118. Diese und das „Armenhilfswerk Paraguay", CH-4125 Riehen/BS unterstützen die Indianerprojekte Dr. Binders. Diese umfassen immer ein integrales Programm: ärztliche Versorgung, Unterweisung in der biologischen Landwirtschaft und Aufbau landwirtschaftlicher Kooperativen, Förderung des traditionellen Kunstgewerbes und Schaffung von Absatzmöglichkeiten, Erwerb und Sicherung des nötigen Gemeinschaftslandes, Ermutigung zur Bewahrung der eigenen Kultur einschließlich der Religion. Der deutsche Verein nimmt Mitglieder auf. Spenden sind steuerabzugsfähig. Zur Zeit konzentrieren sich die Bemühungen auf die Sammlung von Mitteln zum Landkauf für die von der Vertreibung bedrohten Mbyá-Indianer Ost-Paraguays.
Auszeichnungen: Preis der deutschen Freimaurer; Internationaler Albert-Schweitzer-Preis für Medizin; Hippokrates-Medaille. Hufeland-Nadel. – Veröffentlichungen u. a.: „Nietzsche", „Albert-Schweitzer als Philosoph"; „Heimatlichkeit und Unheimlichkeit der Welt Bemerkungen über Goethes Naturverhältnis"; „Heroismus als Daseinshaltung"; „Sinn und Unsinn der christlichen Mission unter Urwaldindianern"; „Das Recht auf eigene Entwickung in der dritten Welt".

Anschrift: Commune de Schwoben, 7, rue du Vignoble, F-68130 Altkirch

Till Bastian, Dr. med., geb. 1949 in München. Studium der Humanmedizin, Promotion zum Dr. med. 1979. Praktischer Arzt bis Ende 1982. Geschäftsführer und Vorstandsmitglied der bundesdeutschen IPPNW-Sektion (Internationale Ärzte für die Verhinderung des Atomkrieges, Friedensnobelpreis 1985) von 1983 bis 1986. Seither freier Schriftsteller. Seit März 1991 wieder im Vorstand der deutschen IPPNW und deren erster Vorsitzender. Veröffentlichungen u. a.: Arzt, Helfer, Mörder; Paderborn 1982 – Nach den Bäumen stirbt der Mensch; München 1987 – Herausforderung Freud; Stuttgart 1989 – Unsere wahnsinnige Liebe zum Automobil (mit Harald Theml); Weinheim 1990 – Denken – Schreiben – Töten (Herausgeber); Stuttgart 1990 – Naturzerstörung: Die Quelle der künftigen Kriege (Eine Studie im Auftrag der International Physicians for the Prevention of Nuclear War – Friedensnobelpreisträger 1985); Heidesheim 1990.

Anschrift: Am Krumbach 14, 7972 Isny

Stefan Büttner, Dr. phil., geb. 1958. Studium der Philosophie, Griechische Philologie und Genetik an den Universitäten Tübingen, Heidelberg und München. 1988–91 Assistent am Forschungsinstitut für Philosophie Hannover.
Aufsätze zur Medizintheorie, zum Naturverständnis und zur Naturphilosophie des Deutschen Idealismus.

Anschrift: St.-Peter-Str. 2, 6900 Heidelberg

Erwin Chargaff, Prof. Dr. phil. geb. 1905. Von 1922 bis 1928 Studium der Chemie in Wien. Danach Forschungs- und Lehrtätigkeit an mehreren Universitäten, seit 1935 an der Columbia-University, New York, dort zuletzt Direktor des Biochemischen Instituts. 1975 emeritiert. Wichtige Arbeiten insbesondere auf dem Gebiet der modernen Biochemie. – Zahlreiche wissenschaftliche Auszeichnungen, 1975 die National Medal of Science, die höchste wissenschaftliche Auszeichnung der USA. – Neben zahlreichen wissenschaftlichen Arbeiten und Buchveröffentlichungen („The Nucleic Acids", 3 Bände) mehrere Bücher allgemeinen Inhalts: Voices in the Labyrinth (1977), Heraclitean fire (1978), Serious Questions (1986). Die folgenden, deutsch geschriebenen Bücher sind alle bei Klett-Cotta, Stuttgart, erschienen: Das Feuer des Heraklit (1979), Unbegreifliches Geheimnis (1980), Bemerkungen (1981), Warnungstafeln (1982), Kritik der Zukunft (1983), Zeugenschaft (1985), Abscheu vor der Weltgeschichte (1988), Alphabetische Anschläge (1989). Der zweite Teil des Aufsatzes bildete den Gegenstand eines Vortrags vor der Zahnärztlichen Akademie in Karlsruhe im April 1990.

Anschrift: 350 Central Park West, New York, N. Y. 10025 USA

Jürgen Dahl, geboren 1929 in Moers. Von 1955 bis 1964 selbständiger Buchhändler. Seit 1964 freier Schriftsteller. Deutscher Journalisten-Preis 1966; Bruno-H.-Schubert-Preis für Naturschutz 1987. Veröffentlichungen u. a.: „Jugend der Maschinen" (1965); „Mitteilungen eines Überlebenden" (1969); „Der Anfang vom Ende des Autos" (1972); „Einreden" (1974); „Auf Gedeih und Verderb" (1977); „Aufschlüsse" (1977); „Der Tag des Astronomen ist die Nacht" (1979); „Der unbegreifliche Garten und seine Verwüstung" (1984); „Wildpflanzen im Garten" (1985); „Nachrichten aus dem Garten" (1985); „Neue Nachrichten aus dem Garten" (1987); „Die Verwegenheit der Ahnungslosen" (1989).

Anschrift: Lindenhof, 4193 Kranenburg-Mehr

Hans-D. Fleischhauer, geb. 1909 in Schmalkalden. Schulbesuch und Studium im Rheinland. Mitglied des Freien Wandervogels. Von 1935 bis 1979 im Schuldienst in Düsseldorf, dazwischen ein Jahr an der Deutschen Schule in Lissabon und sieben Jahre an der Deutschen Schule in Tokyo. Von 1949 bis 1981 Leitung einer Theatergruppe am Schloßgymnasium Düsseldorf-Benrath.

Anschrift: Händelstr. 20, 4000 Düsseldorf-Benrath

Klaus D. Frank, geb. 1938 in Mühlhausen/Tübingen; Schauspielstudium an der Otto-Falckenberg-Schule München; Studium der Philosophie, deutschen Sprache und Literatur in München, Bonn, Berlin; Promotion in Philosophie. Lehrertätigkeit in der Erwachsenenbildung und am Gymnasium. „Mensch und Wirklichkeit. Schritte zum Philosophieren mit Überlegungen zur gymnasialen Lehrpraxis der Philosophie" (1988).

Anschrift: Am Lehester Deich 118 B, 2800 Bremen 33

Sibylle Glanzmann, geb. 1963, Studium der Philosophie und der Germanistik in Basel

Anschrift: Homburgerstraße 4, CH-4052 Basel

Hans Jonas, Prof. Dr. Dr. h. c. mult., geboren 1903 in Mönchengladbach. Studium der Philosophie; Promotion 1928 in Marburg bei M. Heidegger und R. Bultmann. 1933 Emigration nach Palästina; 1949 Übersiedlung nach Kanada, seit 1955 in den USA ansässig. Lehrtätigkeit an Universitäten in Jerusalem, Ottawa, New York u. a. Während des Krieges britischer Artillerieoffizier. – Mehrfacher Ehrendoktor, u. a. der Theologie (Marburg 1976). Friedenspreis des Deutschen Buchhandels 1987. – Hauptwerke: Augustin und das paulinische Freiheitsproblem (Diss., 1930). Gnosis und spätantiker Geist (Bd. I: 1934; Bd. II/I: 1954). – The Gnostic Religion (1958). – Zwischen Nichts und Ewigkeit (1963). – The Phenomenon of Life (1966). – Organismus und Freiheit. Ansätze zu einer philosophischen Biologie (1973). – Das Prinzip Verantwortung. Versuch einer Ethik für die technologische Zivilisation (1979). – On Faith, Reason, and Responsibility (1980). – Materie, Geist und Schöpfung (1988). Der hier abgedruckte Beitrag ist der Text des Vortrages, der am

19. 3. 1991 in der Königlichen Palast-Stiftung zu Amsterdam unter dem Titel „The Burden and Blessing of Mortality“ gehalten wurde.

Anschrift: 9 Meddow Lane, New Rochelle, New York 10805 USA

Ernst Jünger, geboren 1895 in Heidelberg, Freiwilliger im Ersten Weltkrieg, ausgezeichnet mit dem „Pour le Mérite“. 1923 bis 1927 Studium der Philosophie und der Naturwissenschaft in Leipzig und Neapel. Seit 1925 freier Schriftsteller. 1990 erschien „Die Schere“.

Anschrift: 7945 Langenenslingen 1 – Wilfingen

Ernst Ulrich Köpf, Dr. oec. publ., geb. 1937 in Stuttgart. Studium der Forstwissenschaften (Diplom Freiburg 1961) und Wirtschaftswissenschaften (Syracuse, New York; Promotion München 1964). Wissenschaftlicher Assistent an der Universität Freiburg. Im Auftrag des Internationalen Verbandes forstlicher Forschungsanstalten (IUFRO) Forschungsarbeit in Göttingen. 1972–1974 Planer bei der Welternährungsorganisation in Rom. 1975–1981 Leitender Planer beim Regionalverband Franken; Lehrauftrag für Naturschutz an der FH Heilbronn. 1981–1989 Bürgermeister der Gemeinde Baiersbronn. Seither bei der Forstlichen Versuchs- und Forschungsanstalt Baden-Württemberg. Derzeit DAAD-Gastdozent für Forstpolitik an der TU Dresden. Abt. Forstwirtschaft in Tharandt.
Veröffentlichungen: „Grundlagen rationaler Investitionspolitik in der Forstwirtschaft“ 1964; „Land um Alb, Enz und Nagold“ 1973 (mit F. Scholz); zahlreiche Beiträge in Fachzeitschriften.

Anschrift: Forststraße 20, 7292 Baiersbronn

Reinhard Löw, Prof. Dr. rer. nat. Dr. phil., geb. 1949 in Freising. Studium der Naturwissenschaften und Philosophie in München. 1977–1984 wiss. Assistent von Robert Spaemann in München. 1983 Habilitation für Philosophie, 1984–1987 Professor für Naturphilosophie in München. Direktor des Forschungsinstituts für Philosophie Hannover.
Veröffentlichungen u. a.: Philosophie des Lebendigen. Der Begriff des Organischen bei Kant, sein Grund und seine Aktualität, 1980. – Die Frage „Wozu“. Geschichte und Wiederentdeckung des teleologischen Denkens (zus. m. R. Spaemann), 1981. – Nietzsche – Sophist und Erzieher, 1984. – Leben aus dem Labor – Gentechnologie und Verantwortung – Biologie und Moral, 1985. – Als Taschenbuch erschienen unter dem Titel „Genmanipulation. Die geklonte Natur.“ Rastatt (Moewig) ^{2}1987. – Bioethik (Hrsg.) Köln 1990.

Anschrift: Forschungsinstitut für Philosophie. Lange Laube 14, 3000 Hannover 1

Ratzel, Friedrich, geb. 1844 in Karlsruhe, gest. 1904, war zunächst Apotheker, studierte dann Naturwissenschaften und reiste einige Jahre als Korrespondent der „Kölnischen Zeitung“ in Italien, Frankreich, Ungarn, Nordamerika, Mexiko und Kuba. 1876 wurde er Professor für Erdkunde an der Technischen Hochschule in München, 1886 in Leipzig. Von seinen Werken sind besonders bemerkenswert: „Wandertage eines Naturforschers“ (1873/74); „Die Vereinigten Staaten von Nordamerika“ (1878/80); „Anthropogeographie“ (1882); „Politische Geographie“ (1897).
Das hier abgedruckte Kapitel ist dem im Jahre 1904 im Verlag R. Oldenbourg, München, erschienenen Buch „Über Naturschilderung“ entnommen. Wir danken Herrn Klaus Weirich, Scheidegg, für den Hinweis auf Friedrich Ratzel und für die Überlassung des Buches.

Wolfgang Sachs, Dr. rer. soc., geboren 1946 in München. Studium der Theologie und Soziologie in München, Tübingen und Berkeley, USA. 1975–1984 an der Technischen Universität Berlin, zuerst als wiss. Assistent, dann als Mitarbeiter der Forschungsgruppe „Energie und Gesellschaft“. 1984–1987 Schriftleiter der Zeitschrift „Development“ bei der Society for International Development, Rom. 1987–90 Gastprofessor an der Pennsylvania State University. 1990/92 Kollegiat am Kulturwissenschaftlichen Institut, Essen. Buchveröffentlichungen: „Schulzwang und soziale Kontrolle. Argumente zur Entschulung des Lernens“ (Frankfurt 1976); „Die Liebe zum Automobil. Ein Rückblick in die Geschichte unserer Wünsche“ (Reinbek 1984, Taschenbuch 1990),

„The Archeology of the Development Idea" (Sonderheft „Interculture", Montreal, Jan./Feb. 1990) „Development. A Polemical Dictionary" (als Hg., London 1991). Aufsätze zur Kritik globaler Ökologie.

Anschrift: Kulturwissenschaftliches Institut, Hagmanngarten 5, 4300 Essen 15.

Robert Spaemann, Prof. Dr. Dr. h. c., geboren 1927 in Berlin. Studium der Philosophie, Theologie, Geschichte und Romanistik in Münster, München, Freiburg (Schweiz) und Paris. Nach Tätigkeit als Verlagslektor und wiss. Assistent 1962 Habilitation in Münster. Im gleichen Jahr ord. Professor für Philosophie an der TH Stuttgart, seit 1969 in Heidelberg, seit 1973 in München. Gastprofessuren in Rio de Janeiro, Salzburg und Paris (Sorbonne). – Veröffentlichungen: Der Ursprung der Soziologie aus dem Geist der Restauration, München 1956. – Reflexion und Spontanität, Studien über Fénelon, Stuttgart 1990². – Einsprüche, Basel 1978. – Zur Kritik der politischen Utopie. Stuttgart 1977. – Rousseau, Bürger ohne Vaterland, München 1980. – Die Frage Wozu?, München 1991³. – Moralische Grundbegriffe, München 1989³. – Philosophische Essays, Stuttgart 1983. – Das Natürliche und das Vernünftige, München 1987. – Glück und Wohlwollen. Versuch über Ethik, Stuttgart 1990². – Mitherausgeber des Historischen Wörterbuchs der Philosophie. – Zahlreiche Aufsätze zur Ontologie und Ethik, Politischen Philosophie, Religionsphilosophie und zur Ideengeschichte der Neuzeit.

Anschrift. Umgelterweg 10E, 7000 Stuttgart 1

Christian Schütze, Dr. phil., geboren 1927 in Dresden, Studium der Geschichte, Philosophie und Soziologie in Kiel und Heidelberg. Promoviert in Geschichte 1956 in Heidelberg. Werbeassistent bei BASF, dann wissenschaftlicher Assistent am Forschungsinstitut der Deutschen Gesellschaft für Auswärtige Politik in Frankfurt. Von 1958 bis 1964 Redakteur für Wissenschaft, Kulturpolitik und Kirchenfragen bei der „Stuttgarter Zeitung". Seit 1964 Redakteur bei der „Süddeutschen Zeitung" mit dem Arbeitsgebiet Umweltschutz, Ökologie, Energiepolitik; seit November 1985 Ressortleiter für Innenpolitik. Theodor-Wolff-Preis 1963 für die Berichterstattung vom Zweiten Vatikanischen Konzil.

Anschrift: Fichtenweg 10, 8190 Wolfratshausen

Wolfgang-Andreas Schultz, Prof. Dr., geb. 1948 in Hamburg. Studium der Musikwissenschaft, Philosophie und Literaturwissenschaft in Hamburg. 1974 Promotion, danach Kompositionsstudium an der Musikhochschule Hamburg bei Byörgy Ligeti. Seit 1978 Dozent an der Hamburger Musikhochschule, seit 1988 Professor. Opern, Orchesterwerke und Kammermusik. Aufsätze in Zeitungen und Fachzeitschriften, überwiegend zu musikästhetischen Themen.

Anschrift: Rudolf-Breitscheid-Str. 2, 2000 Wedel/Holstein

Godela Unseld, geb. 1951. Studium der Philosophie und Soziologie. Promotion. Wissenschaftliche Mitarbeiterin im ZIT, TH Darmstadt. Tätigkeit als Fotografin und Übersetzerin. Buchveröffentlichung: „Maschinenintelligenz oder Menschenphantasie? – Ein Plädoyer zum Ausstieg aus unserer technisch-wissenschaftlichen Kultur", Frankfurt/M. 1992.

Anschrift: Jungstr. 10, 6000 Frankfurt/M. 90

Barbara von Wulffen, Dr. phil. geboren 1936. – Studium der Biologie, Chemie und Philologie, Promotion 1962 in Germanistik. Vier Kinder. Seit 1967 freie Mitarbeiterin an der „Süddeutschen Zeitung", beim „Merkur", dem Rundfunk u. a. 1974–78 Jury zum Deutschen Jugendbuchpreis, Buchveröffentlichungen: „Zwischen Glück und Getto. Familie im Widerspruch zum Zeitgeist?", 1980; Lichtwende, Vorsorglicher Nachruf auf die Natur", 1985. Beide in „Texte und Thesen", A. Fromm, Osnabrück/Edition Interfrom, Zürich, „Urnen voll Hönig. Böhmen – Aufbruch in eine verlorene Zeit" 1989, S. Fischer, Frankfurt/M.

Anschrift: Hans-Carossa-Str. 5, 8035 Stockdorf

Mitteilungen an unsere Leser

Der Preis der SCHEIDEWEGE ist seit 8 Jahren unverändert geblieben, während alle anderen Bücher in dieser Zeit beträchtlich teurer geworden sind. Wir können den Preis der SCHEIDEWEGE nur dann halten, wenn unsere Leser neue Leser hinzugewinnen. Die Bezugsgebühren decken die Hälfte der Kosten des Verlages.
In diesem Zusammenhang möchten wir besonders daran erinnern, daß der Jahresband der SCHEIDEWEGE ein bei vielen Gelegenheiten verwendbares Geschenk darstellt. Mit jedem verschenkten SCHEIDEWEGE-Band tragen Sie zur Erhaltung der SCHEIDEWEGE bei.
Geschenkexemplare senden wir gern zu jedem von Ihnen gewünschten Zeitpunkt und von uns aus an den Empfänger. Ein Bestellformular für Abonnements- und Geschenkexemplare ist diesem Band beigefügt.

Aus Altbeständen sind noch folgende Ausgaben lieferbar:

1. Jahrgang 1971, Heft 2, 3, 4
2. Jahrgang 1972, Heft 1, 2, 3, 4
3. Jahrgang 1973, Heft 1/2, 3, 4
4. Jahrgang 1974, Heft 2
6. Jahrgang 1976, Heft 4
7. Jahrgang 1977, Heft 4
8. Jahrgang 1978, Heft 1, 2, 3, 4
9. Jahrgang 1979, Heft 2
11. Jahrgang 1981, Heft 2, 3, 4
12. Jahrgang 1982, Heft 1, 2
18. Jahrgang 1988/89
19. Jahrgang 1989/90
20. Jahrgang 1990/91

Schutzgebühr je Einzelheft aus Vierteljahresschrift DM 3,–, Preis je Jahresband DM 28,– zuzüglich Porto und Verpackungsanteil.
Welche Beiträge die Hefte bzw. Bände enthalten, ersehen Sie aus dem im 20. Jahrgang abgedruckten Gesamtinhaltsverzeichnis, das auf Wunsch auch als Sonderdruck lieferbar ist.

Weiterhin lieferbar ist der im Deutschen Taschenbuchverlag erschienene Band „Die Erde weint. Frühe Warnungen vor der Verwüstung“, der eine Auswahl aus den ersten 12 Jahrgängen der SCHEIDEWEGE enthält. Die Auswahl zeigt, mit welcher Klarheit die Autoren der SCHEIDEWEGE schon damals eine Problematik erkannten, die erst langsam ins Bewußtsein der Öffentlichkeit zu dringen begann. Für diejenigen Leser der SCHEIDEWEGE, die die alten und zum Teil vergriffenen Jahrgänge nicht mehr besitzen, ist dies eine wertvolle Ergänzung. Der Band ist über jede Buchhandlung zu beziehen.

Wir bitten unsere Leser um Beachtung der Anzeige für die GRAUE EDITION. Die Herausgeber gehören dem Redaktionskreis der SCHEIDEWEGE an. Geist und Ziele dieser Buchreihe entsprechen denen der SCHEIDEWEGE, so daß wir bei unseren Lesern Interesse dafür voraussetzen dürfen.

Zahlreiche Leseranfragen veranlassen uns, darauf hinzuweisen, daß die Folie, mit der die SCHEIDEWEGE verpackt werden, keinerlei Umweltschäden hervorrufen kann. Die SCHEIDEWEGE werden von der Druckerei und Buchbinderei der Firma Wilhelm Röck in Weinsberg gedruckt, verpackt und verschickt. Nach Auskunft der Firma Röck wird voll verrottungsfähige PE-Folie verwendet, die bei Verrottung und Verbrennung keine umweltschädlichen Stoffe abgibt.
Seit Verwendung der Folie sind die früher leider häufigen Reklamationen wegen Beschädigungen der Hefte beim Versand ausgeblieben.

Herausgeber und Redaktion SCHEIDEWEGE

Inhaltsverzeichnis

SCHEIDEWEGE erscheint einmal jährlich. Herausgeber Max Himmelheber. Redaktion: Jürgen Dahl, Max Himmelheber, Reinhard Löw. – SCHEIDEWEGE erscheint im Selbstverlag der Max-Himmelheber-Stiftung Baiersbronn. Anschrift von Redaktion und Verlag: Saarstraße 7, D-7292 Baiersbronn. Telefon: 07442/3061.
Von der Einsendung unverlangter Besprechungsexemplare bitten wir abzusehen; für die Rücksendung wird keine Gewähr übernommen.

Gesamtherstellung: Wilhelm Röck, Weinsberg

ISSN-Nr. 0048-9336
ISBN-Nr. 3-925158-07-3